추식
소설 선집

추식
소설 선집

김영애 엮음

현대문학

추식의 집필 모습(1985년경).

추식노래비.

충북도청 산림과 직원 시절(1943년경, 왼쪽 첫 번째).

한국문협상 수상식(1957년).

영화배우 이민자와의 환담(1957년).

국제 펜클럽 대회장에서 프랑스 소설가 이브 강동(당시 프랑스문인협회장)과 함께(1957년).

문인극文人劇 〈춘향전〉에 방자 역으로 출연(1958년).

독도 방문, 경비대장과 대담(1960년).

'어깨동무학교운동'을 창안한 추식 등을 치하하는 윤보선 대통령(1961년).

상도동 자택에서
아들들과 함께(1966년).

막내아들과의
창경원 나들이
(1967년).

낚시터에서 망중한을 즐기며(1968년경).

방송작가협회 세미나장에서(1970년).

자영하는 목장 '우정의 언덕'에서(1978년).   주인장을 기다리는 젖소들에게 목초를 주며(1978년).

과수원에서 강아지와
환담(1978년경).

일본 후지 산에서 한운사
韓雲史와 함께(1978년).

목장에서 막내아들과 놀이를 하며(1978년).

일본 여류방송작가들과 함께(1978년).

눈 온 날 자택(충남 예산) 앞마당에서(1981년).

새와 대화를 나누며(1985년경).

한국현대문학은 지난 백여 년 동안 상당한 문학적 축적을 이루었다. 한국의 근대사는 새로운 문학의 씨가 싹을 틔워 성장하고 좋은 결실을 맺기에는 너무나 가혹한 난세였지만, 한국현대문학은 많은 꽃을 피웠고 괄목할 만한 결실을 축적했다. 뿐만 아니라 스스로의 힘으로 시대정신과 문화의 중심에 서서 한편으로 시대의 어둠에 항거했고 또 한편으로는 시대의 아픔을 위무해왔다.

이제 한국현대문학사는 한눈으로 대중할 수 없는 당당하고 커다란 흐름이 되었다. 백여 년의 세월은 그것을 뒤돌아보는 것조차 점점 어렵게 만들며, 엄청난 양적인 팽창은 보존과 기억의 영역 밖으로 넘쳐나고 있다. 그리하여 문학사의 주류를 형성하는 일부 시인·작가들의 작품을 제외한 나머지 많은 문학적 유산은 자칫 일실의 위험에 처해 있는 것처럼 보인다.

물론 문학사적 선택의 폭은 세월이 흐르면서 점점 좁아질 수밖에 없고, 보편적 의의를 지니지 못한 작품들은 망각의 뒤편으로 사라지는 것이 순리다. 그러나 아주 없어져서는 안 된다. 그것들은 그것들 나름대로 소중한 문학적 유물이다. 그것들은 미래의 새로운 문학의 씨앗을 품고 있을 수도 있고, 새로운 창조의 촉매 기능을 숨기고 있을 수도 있다. 단지 유의미한 과거라는 차원에서 그것들은 잘 정리되고 보존되어야 한다. 월북 작가들의 작품도 마찬가지다. 기존 문학사에서 상대적으로 소외된 작가들을 주목하다 보니 자연히 월북 작가들이 다수 포함되었다. 그러나 월북 작가들의 월북 후 작품들은 그것을 산출한 특수한 시대적 상황의 고려 위에서 분별 있게 이해되어야 할 것이다.

이러한 당위적 인식이 2006년 한국문화예술위원회의 문학소위원회에서 정식으로 논의되었다. 그 결과 한국의 문화예술의 바탕을 공고히 하기 위한 공적 작업의 일환으로, 문학사의 변두리에 방치되어 있다시피 한 한국문학의 유산들을 체계적으로 정리, 보존하기로 결정되었다. 그리고 작업의 과정에서 새로운 의미나 새로운 자료가 재발견될 가능성도 예측되었다. 그러나 방대한 문학적 유산을 정리하고 보존하는 것은 시간과 경비와 품이 많이 드는 어려운 일이다. 최초로 이 선집을 구상하고 기획하고 실천에 옮겼던 한국문화예술위원회의 위원들과 담당자들, 그리고 문학적 안목과 학문적 성실성을 갖고 참여해준 연구자들, 또 문학출판의 권위와 경륜을 바탕으로 출판을 맡아준 현대문학사가 있었기에 이 어려운 일이 가능하게 되었다. 이런 사업을 해낼 수 있을 만큼 우리의 문화적 역량이 성장했다는 뿌듯함도 느낀다.

〈한국문학의 재발견-작고문인선집〉은 한국현대문학의 내일을 위해서 한국현대문학의 어제를 잘 보관해둘 수 있는 공간으로서 마련된 것이다. 문인이나 문학연구자들뿐만 아니라 더 많은 사람들이 이 공간에서 시대를 달리하며 새로운 의미와 가치를 발견하기를 기대해본다.

2013년 2월

출판위원 김인환, 이숭원, 강진호, 김동식

11

첫 창작집 『인간제대人間除隊』 출간 이후 반세기가 넘어서야 추식의 두 번째 창작집이 세상 빛을 보게 되었다. 이 긴 침묵의 시간이 흐르는 동안 소설은 문학연구자들에게 읽히는 것과 대중에게 팔리는 상품이라는 좁은 영역 안에 갇히고 말았다. 이름을 불러주는 이 거의 없는 도서관 서고에서 묵묵히 긴 세월을 견딘 추식의 소설들은 그 세월만큼의 먼지를 뒤집어쓰고 바스러질 대로 바스러져 있었다.

추식이라는 이름은 생소하다. 단편소설 「인간제대」와 방송극 〈동백 아가씨〉의 원작자로 세간에 알려졌다 하나 여전히 그의 이름은 일반 독자들뿐만 아니라 한국현대문학을 전공한 연구자들에게조차 낯설다. 그는 장편소설 10여 편과 중·단편소설 30여 편, 그리고 수많은 방송극과 시나리오를 발표하였으나, 그의 소설들 가운데 출간된 것은 단편집 『인간제대』와 장편소설 『가시내 선생』 뿐이다. 독자와 연구자들에게 그의 이름과 작품이 생소한 것은 일차적으로 이러한 상황에서 비롯된다. 그러나 방대하고 다채로우며, 인간의 존재 조건에 대한 고민과 관심으로 충만한 그의 작품 세계와 만나는 과정은 기왕의 문학 연구 방법과 태도를 반성하도록 만들기에 부족함이 없다.

추식 소설의 관심은 '인간', 좀 더 구체적으로는 곤궁한 처지에 놓인 '부랑아' 같은 인간이다. 그의 소설에 등장하는 인물들이 지닌 공통점은 이들이 지극히도 궁핍하고 열악한 조건에서 생을 견디는 존재들이라는 것이다. 이러한 관심은 작가의 생업이 본래 신문 기자였다는 점과 깊은 관련이 있다. 작가 스스로의 고백대로, 그는 세상 가장 높은 자리에 있는 사람과 가장 낮은 위치에 있는 사람을 두루 겪어야 하는 직업을 가졌고, 이러한 직업적인 경험이 훗날 소설 창작에 밑거름이 되었다. 그 가운데 그의 소설적 관심은 한국전쟁 이후 밑바닥 삶을 살아가는 불우한 인간들에게 집중되어 있다. 요컨대, 세상 가장 낮은 존재들의 목소리와 생존 방식을 탐구하는 일에서 출발해 그것을 인간의 가치와 삶의 참된 의미를 묻는 것으로 확장하는 과정이 추식 소설 세계의 진면목이라 할 수 있다.

한 편 한 편 추식 소설을 들여다보는 일은 참으로 새로운 작업이다. 그의 소설은 읽을수록 독자에게 새로운 의미를 던진다. 그의 작품들은 보편적인 전후소설의 문법과는 사뭇 다르다. 그의 소설은 시궁창 같은 현실을 극복한다는 미명하에 그것을 허술한 관념 따위로 치환하지 않는다. 그의 소설은 척박하고 곤궁한 현실을, 그것을 재단하는 서술자 혹은 작가의 관념이 개입되지 않은 상태의, 날것 그대로 보여줄 따름이다. 관념이 승한 보편적인 전후소설에 익숙한 독자에게 추식의 소설은 그 자체로도 낯설고 새롭다. 이러한 특징으로 인해 그의 소설이 대중에게 알려지지 못했다는 것은 매우 아이러니컬한 사실이다.

이 책은 지금까지 작성된 추식 소설의 연보 가운데 오류를 수정하고, 누락된 작품들을 복원하는 데 중점을 두었다. 필자의 역량이 부족하여 그의 작품 연보를 완성하지는 못했다. 이는 차후 지속적으로 연구되어야 하는 과제다. 〈한국문학의 재발견-작고문인선집〉을 기획해 주신 한국문화예술위원회와 현대문학사에 감사드린다. 이러한 생산적인 기획을 통해 추식 소설이 독자들에게 널리 소개되고, 그리하여 우리의 전후문학이

실은 매우 다채롭고 울림 깊은 목소리들로 채워진 것임을 다시금 깨닫는 계기가 되리라 믿는다. 많은 이들이 그의 이름을 불러주었으면 좋겠다.

2013년 2월

김영애

1. 이 책은 추식의 소설들 가운데 중·단편 29편을 모은 『추식 소설 선집』이다.
2. 작품의 배열은 발표순을 원칙으로 하였으며, 출전은 작품의 말미에 부기하였다.
3. 맞춤법과 띄어쓰기는 현대어 표기법에 따라 교정하였다. 다만 외래어는 창작 당시의 표기를 최대한 살렸으며, 작중 인물들의 대화는 원문을 그대로 표기하였다. 의미를 파악하기 어려운 어휘는 뜻풀이를 부기하였다.
4. 현대어 표기는 국립국어원의 『표준국어대사전』과 고려대학교 민족문화연구원의 『고려대한국어대사전』을 참고하였다.
5. 한자는 의미를 파악하는 데 꼭 필요한 경우가 아니면 가능한 한 삭제하였다.
6. 원문의 오자는 바로잡았으며 문맥상 맞지 않는 단어나 글자는 문맥에 맞게 고쳤다.
7. 대화·인용은 " ", 생각·강조는 ' ', 시·단편소설은 「 」, 단행본·장편소설은 『 』, 영화·시나리오·방송극·기타는 〈 〉, 신문·잡지는 《 》로 표시하였다.

차례

부랑아

박달이는 '삘기새끼'를 잡는 재미가 여간 꼬솜하지 않았었다. 왜 '삘기새끼'라고 부르는지는 몰랐다. 그것은 박달이가 정거장 마당에 나돌기 전부터 조무래기 패들만이 통하고 있는 '변'이었다. 서울물을 한 모금도 먹어보지 못한 시골뜨기 어린 소년들을 그렇게 부르는 것이다.

기저귀 보퉁이만큼 한 보따리를 보물처럼 껴안고 기차에서 내리는 시골뜨기들을 후미진 골목으로 끌고 가서 호주머니서부터 배에 두른 전대 속까지 발라내는 것이 '삘기새끼'를 잡는 장난이다. 그 장난은 아주 재미를 붙일수록 깨가 쏟아지는 것이었다. 장난이라고는 하지만 수지도 톡톡히 맞고 보니 실속 있는 장난이었다.

박달이가 '삘기새끼'*를 잡기 시작해서 최고로 낚은 것은 현금 칠천 환과 흰 딱지 '양키 시계'를 한 개 올린 날이었다. (그때는 아닌 게 아니라 가슴이 두근거렸었다.) 헛수고를 했나 부다 하는 날도 기백 환 수입은 여축이 없었다. 그러니 치사스럽게 하숙 가자고 하면서 손님들한테 진드기

| * '삘기'는 띠의 새로 난 어린 싹. '삘기새끼'는 갓 상경한 시골뜨기 어린 소년을 비유적으로 이르는 말이다.

처럼 대롱거릴 필요가 없었다.

　박달이는 밤차가 들어오는 족족 꾸역꾸역 밀려 나오는 손님들 틈새에서 어수룩한 '삘기새끼'들만 노리는 것이었다. 특히 목포서 올라오는 호남선 급행에는 흔했다. 서울 바닥 소문도 못 들었는지 그들은 거의 다 밥벌이를 하면서 고학을 할 양으로 올라온다는 것이었다. 생사람 눈깔도 마구 빼먹는 판인데 고학을 꿈꾼다는 것이 우스꽝스럽다고 속으로 생각하면서 박달이는 그들을 어두운 골목으로 끌고 가는 것이었다.

　지금 생각하면 좀 창피한 노릇이지만 어렸을 때 명동 골목에서 양부인이나 기생처럼 차린 아가씨들한테 마구 매달리던 것과는 달랐다. 그때는 되도록이면 사람이 많은 곳이 좋았다. '피조리'(부인)나 '초간나'(처녀)가 지나갈 때 치맛자락을 덥석 움켜쥐면 되었었다. 상대방이 상을 찡 그리고 발을 동당거리면 일은 다 된 것이다. 짜개지는 소리를 지르면서 도망을 치면 더 신바람이 났었다. 지나가던 신사 아저씨들이 싱글싱글 웃는 것이었다. 고거 참 꼬숩하다고 말은 안 해도 속으로는 잘하는 짓이라고 칭찬을 하는 듯싶었다. 혹간 주제넘은 친구가 있어서 혼구녁을 주는 수도 있었지만 그것도 상관없었다. "왜 당신 마누라야?" 하면 구경꾼들이 와아 하고 웃는 것이었다.

　'삘기새끼'들을 그렇게 다룰 수는 없다. "바로 요기야 헐값으로 재워 줄게." "우리 집에 있는 어느 회사 상무한테 소개해서 취직도 시켜줄게." 요리조리 꾀어가며 어두운 골목으로 끌고 가야만 되는 것이다. "나도 고학생이다." 하면 '삘기새끼'들은 목을 매면서 따라오는 것이었다. 국제회관 모퉁이를 돌아서서 도동 하꼬방* 틈새를 한참 올라가면 허물어진 벽돌집이 있다. 거기까지만 끌고 가면 되는 것이었다.

|　* 판잣집.

20

상냥하던 태도를 돌변하여 얼레방*을 놓고 호주머니를 바르는 것이다. '삘기새끼'들은 무서워서 벌벌 떨기만 하지 반항할 줄은 모른다. 덤비는 녀석들도 있기야 하지만 그까짓 시골뜨기 두서넛씩 다루는 것은 문제가 아닌 것이다.

볼일이 끝나면 '세브란스' 담벼락을 싸돌아 양동 고샅으로 도망치면 그만이다.

박달이는 우선 그날 수입에서 양담배를 두 갑 사야만 되었다. 주인아주머니 입막음이다. 주인아주머니는 박달이가 '삘기새끼'를 잡는 것을 알고 있기 때문에 '프레센트'가 필요한 것이다. 익살만 늘은 주인아주머니는 상무 아저씨와 무릎을 맞비비면서 화투를 치기가 일쑤였다. 문을 살며시 열고 담뱃갑을 들여밀면 "박달이냐? 삘기새끼 잡아서 수지 맞췄구나 호호호." 하면서 '껌'이나 한 개 더 '프레센트'하라고 조르는 것이었다.

그렇게라도 입막음을 해야지 시치미를 떼다가는 당장에 치도곤을 맞게 되는 것이다. "나가서 거지새끼나 되라."느니 "불에 지진 강아지 같은 것을 키워노니까 어떠니." 하는 아주머니의 악다구니도 귀찮지만 상무 아저씨의 잔소리가 더 못마땅했다. 아주머니가 동네방네 소리를 지르면 상무는 덩달아서 "어린것이 날강도 짓을 한다."는 둥 "될성부른 나물은 떡잎부터 알아본다."는 둥 노작지근한 소리를 꺼내는 것이다. 제법 주인노릇을 해볼 양으로 참견을 하는 모양이지만 상무란 그 집안에서 하찮은 존재였다. 박달이는 그 뱃속을 빤히 들여다보고 있었다. 더군다나 그날 새벽에 하던 꼬락서니를 보고부터는 날구역이 나도록 상무가 치사스러워 보였다.

| * 얼레발. '엉너리'의 방언. 남의 환심을 사기 위해 어벌쩡하게 넘기는 짓.

새벽차를 타러 나갈 손님이 가방을 달라고 해서 안방 문을 펄석 열었을 때였다. 아주머니나 상무나 둘이 다 형겊 쪽 하나 걸치지 않은 알몸뚱이였다. 한집에 있는 여주 색시를 손님방에 들여보내고 방 안에서 벌어지는 광경을 싫증이 나도록 엿본 일이 있지만 그런 꼴은 없었다.

박달이가 '양아치'(거지) 노릇을 할 때 왕초가 시키던 짓과 비슷했었다. 박달이 또래 '양아치' 열세 명을 거느리고 있던 왕초가 밤마다 즐기던 꼭 그 짓이었다.

거지 사회에서도 해가 지면 밤이 돌아온다. 그들과는 아무 상관이 없는 곳에서 '드라이 찡'과 '쮸쮸 크림'이 찐득거리는 시간이면 거지들도 그 시간을 '밤'이라고 부르게 되어 있다. 외팔이를 두목으로 하는 식솔들이 총총걸음으로 찾아드는 곳은 폭격에 송두리는 몽땅 없어지고 벽돌담 한구석과 지하실만 남아 있는 터전이었다. 그들은 그 남색방男色房 지하실에서 노란 꿈을 찾는 것이었다. '깡통'을 팔에 긴 동패*들이 다시 몰리는 시간은 어느 가정보다도 단란한 것이었다. 그러기에 그들은 어두워졌다고 해서 그저 거적 위에 꼬꾸라져 잠만 자는 것이 아니다. 대가리가 온통 헐어 부풀은 녀석은 밤새껏 엉엉대어도 좋았다. 누구고 그 소리를 듣기 싫다고 짜증을 내지는 않는다. 얼마나 쑤시고 아프냐고 입에 발린 인사도 하지 않는다. 그보다는 어느 한구석에서 짝패가 껴안고 도란거리는 소리에 귀가 쏠리는 것이다. 하루 동안 싸다니며 날치고 들치고 한 자랑에 꽃이 피면 모두들 군침을 삼키는 것이었다. 그럴 때 왕초는 그날 비위에 당기는 놈을 아무나 곁으로 오도록 부른다. 박달이는 그것이 싫었었다. 박달이뿐만이 아니라 그날 뽑힌 놈이 더듬더듬 외팔이 옆으로 가면 다른 놈들은 달콤하게 여긴다. 그것은 여간 고역이 아니었기 때문이다.

| * 한패.

22

"박달이 오라." 해서 즐비하게 누워 있는 놈들 다리나 모가지를 질경질경 밟으며 외팔이 옆으로 가면 귀를 꼭 쥐고 잡아당긴다. 입이 바로 거기 가서 닿게 되는 것이다. 어머니의 젖꼭지를 어떻게 빨았던가 하는 기억이 없었다. 외팔이는 그것을 강요하는 것이었다.

주인아주머니가 자고 있는 안방에서 그날 새벽에 그와 비슷한 광경을 발견한 박달이는 그때부터 상무를 밉살맞게 보는 것이다. 하기야 그런 일이 없다고 한들 상무 주제에 '삘기새끼' 잡는 것을 책할 나위가 없는 것이다. 아주머니는 그가 말하듯이 불에 지진 강아지를 사람 축에 들도록 만들어준 유세를 부려도 좋았다. 그러나 상무는 명색 없이 나무라는 것이었다.

박달이는 '삘기새끼' 잡는 것을 날강도 짓이라고 하는 그 낯짝에 대고 "당신 하는 짓은 무엇이냐?"고 쏘아붙이고도 싶었지만 아주머니 면을 보아서 차마 그렇게는 못했다. 우선 요전 일만 가지고도 상무는 큰소리를 할 처지가 못 되는 것이었다. 삼호실에 묵고 있던 충청도 손님들 밑천을 몽땅 잘라먹고 달장간이나 도망을 다닌 일이 있었던 것이다.

그때는 상무도 삼호실에 하숙을 하고 있는 손님이었다. 합자를 해서 자동차 수리 공장을 경영한다고도 하고 대용무연탄을 발명해서 금시 굉장한 주식회사를 꾸민다고도 하고 또 한강에다 '뽀-드' 회사를 만들어서 그것을 자기가 단독 운영하고 있다고도 하는 풍쟁이었다. 그 번드름한* 말솜씨에 넘어간 충청도 손님들은 늘 상무 꽁무니를 따라다니었다. 저녁으로 내기 화투들을 쳤다. 한 판에 얼마씩 걸고 장국밥 사다 먹기를 할 때도 있고 띠에 십 환씩 대고 돈내기를 할 때도 있었다. 돈내기를 할 때는 새벽녘에 꼭 싸움이 한 축씩 벌어지고 핏대들을 올리는 것이었다. 피

| * 번지르르한.

차 악착을 떨다가는 돈내기에도 멀미증이 생기면 색시 내기를 하기도 했다. 장국밥 내기를 하는 것처럼 육백을 삼세판 쳐서 두 번 지는 사람이 색시 몸값과 독방 세를 물고 이긴 사람이 데리고 자는 것이었다. 색시 내기를 할 때는 장국밥이나 돈내기를 할 때보다도 그들은 더 모지락스럽게 화투장을 치는 것이었다. 충청도 손님들이 이긴 적도 있었지만 상무가 이겨서 여주 색시를 데리고 잔 일이 더 많았다. 여주 색시가 자기 둘째 딸과 동갑이라고 하면서 수양딸을 삼자고 하던 상무였다.

상무가 여주 색시하고 자는 날이면 박달이는 여주 색시마저 미워지는 것이었다. 박달이가 상무와 상극인 줄은 여주 색시도 뻔히 알고 있었다. 그런데도 뼈 위에 가죽만 입혀논 것 같은 상무 몸뚱어리에 착착 감기면서 갖은 아양을 떠는 것이다. 그 꼴을 엿보면 여주 색시가 여간 괘씸한 것이 아니었다. 더욱 밉상을 받치느라고 상무는 초란이*처럼 날뛰면서 집안 식구들이 알아듣는 것도 상관없이 밤새껏 끼끼거리며 짐승 울음소리 같은 괴상망측한 웃음소리를 내는 것이었다. 박달이는 실지로 여주 색시가 상무를 좋아하지 않는가 하는 의문까지도 생기는 것이었다. 그렇지만 뼈 울기만 했지 여주 색시에게 그런 소리를 물어보지는 못했다.

하숙 손님들은 밤새껏 그따위 장난으로 웃다 언성을 높였다. 짓북새를 놓고도 이튿날 아침이면 조반상을 물리기가 바쁘게 '오 선생' '박 선생' 하면서 거드름을 빼고 옷맵시를 다독거리면서 어디론지 나가는 것이었다. 특히 상무는 옷차림에 시간을 끄는 것이었다. 아무리 털고 비비고 해야 그 꼴의 단벌 차림이다. 장기판같이 파아란 줄로 무늬를 논 양복저고리가 춘추복에서 동복을 겸한 것이다. 앞단추가 세 개나 달리고 기장은 무릎까지 내려오는 것이다. 구두 역시 그리 신통한 것이 못 된다. 생

| * 몹시 경망스럽고 야단스러운 것을 비유적으로 이르는 '초라니'의 한자어.

각만 나면 호주머니서 우단 헝겊 쪽을 꺼내서 채신머리없이 싹싹 닦으면서 "미제라 윤나는 것이 건사하다."고 자랑을 하지만 삐쭉한 코빼기에는 어린애 발 하나쯤 들어가고도 남을 만한 괴상한 물건이다.

상무 몸차림에서 제일 값진 물건을 추린다면 옥색 무테안경일 것이다. 집 안에 들어오면 꼭 벗어서 양복 속주머니에 간직하고 외출할 때만, 그것도 구두를 신은 뒤에야 턱 쓰고 나가는 것이다. 그 네모 알배기 안경은 아무래도 격에 맞지 않는 것 같기도 하고 상무 같은 사람이 꼭 써야만 어울릴 것도 같은 물건이다.

상무는 호활 좋게 충청도 손님들을 끌고 다녔다. 금시 삼각산을 뽑아 옮길 것처럼 서둘고 숙덕거리더니 하루는 대판 싸움이 벌어졌다. "오십만 환이나 밑천을 들여놓고 이게 무슨 꼴이냐."고 충청도 손님들은 상무에게 총부리를 들이댔다. 그래도 상무는 태연한 것이었다. "당신들이나 내나 모두 운수 소간이니 어찌하겠소?" 하면서 능청을 부렸다. 이틀간을 두고 옥신각신하다가 상무는 온데간데없어졌다. 아주 그림자조차 비치지 않는 것이었다. 충청도 손님들은 손을 톡톡 털고 밥값에 내의 부스러기가 들어 있는 가방을 잡혀놓고 시골로 내려갔다. 후에사 밝혀진 일이지만 오십만 환어치나 되는 '몰판'이라고 하는 주사약이 몽땅 가짜더란 것이었다.

상무가 다시 나타난 것은 달포나 지난 뒤였다. 상무취체역이라고 선전을 하지 않아도 넉넉히 그쯤 볼 만큼 머리서부터 발끝까지 한 벌 쪽 빼고 왔었다. 주인아주머니와 자동차를 타고 단성사니 수도극장이니 하면서 야단스럽게 굴고 안방에서 뭉기적거리면서 식모나 박달이한테 계적지근한 소리를 끓여 붓게 된 것은 그때부터 시작된 일이었다. 그 대신 여주 색시를 거듭 돌아다보지도 않는 것은 박달이에게 지극히 다행한 일이었다.

박달이가 '삘기새끼'를 잡기 시작한 것도 그 무렵이었다. 따지고 보면 그 짓을 하게 된 것이 순전히 상무 때문이라고 해도 과언이 아니었다.

합숙 손님 방에서 끼어 자던 조무래기 한 녀석이 새벽녘에 도망친 일이 있었다. 그대로 도망친 것 같으면 예사지만 손님들 속주머니를 털어 가지고 갔기 때문에 생난리가 난 것이다. 결국 피해를 입은 손님들 숙박료까지 못 받게 되자 상무는 박달이한테 그 손해를 몽땅 물어 채우라는 것이었다. 박달이가 '삘기새끼'를 전문으로 잡는 씽씽이와 어울린 것은 바로 그날 밤이다. 손해배상도 손해배상이지만 새벽에 도망친 녀석에 대한 분풀이를 다른 놈들한테라도 톡톡히 하자는 심사였다.

첫 개시부터 아주 재수가 좋았다. 씽씽이하고 삼칠제를 하여 삼부 '빠이'(배당)를 주고도 근 천 환 돈이나 생겼었다. 삼칠제를 하고 삼부를 바치는 것은 이미 길을 틔워논 씽씽이 녀석을 형님으로 대접해야만 되었기 때문이다. 그 대신 씽씽이가 단독으로 '삘기새끼'를 잡아도 박달이한테 삼부씩 '빠이'를 주기로 협정이 되었다. 그런 일은 지금까지 없었던 예외 일이다. 박달이 솜씨를 그만큼 한 팔 접어주는 것은 호락호락 볼 수가 없었기 때문이다. 씽씽이도 그전에 '삘기새끼'를 전문으로 잡던 남생이에게 '빠이'를 바쳤던 것이다. 씽씽이가 정거장 마당에서 독판을 치게 된 것은 그 남생이가 도거리 싸움 끝에 견딜 수가 없어서 돛달은(떠난) 뒤 부터였다. 지금 만약에 다른 놈들이 '삘기새끼'를 잡다가 들키기만 하면 정거장 마당에는 얼씬도 못 하게 되는 것이다. 혹간 두꺼비란 놈이 수지를 맞추는 일이 있지만 이튿날 밀어서 '빠이'를 바치고 사과를 하기 때문에 용서해주는 것이었다.

이제는 박달이도 아주 이골이 났지만 처음 '삘기새끼'를 잡을 때는 여간 겁이 나는 것이 아니었다. '삘기새끼'를 잡은 이튿날은 거리에서 '양아치'(거지)들을 보기만 하면 꼭 간밤에 호주머니를 털린 '삘기새끼'

들같이만 보였었다. 대합실을 왔다 갔다 하는 '짜부'(형사)들의 눈초리가 자꾸만 저를 쏘아보는 것만 같았다. 여전히 코똥*만 씽씽 뀌면서 시치미 떼고 싸다니는 씽싱이란 놈이 되레 밉살맞게 보였었다.

박달이는 파출소 앞을 어슬렁거리며 사무실 안을 살펴본 적도 있었다. 그럴 때 박 순경은 보이지 않고 눈을 지그시 감은 채 무엇을 생각하고 앉아 있는 주임의 몸집이 더 거대하게 보였다. 만약 그때 주임이 없고 박 순경만 있었더라면 박달이는 분명히 씽싱이 녀석을 꽈 박았을는지도 몰랐다. 그랬으면 씽싱이는 감옥소에 가고 저도 '삘기새끼'를 못 잡게 되었을 것이라고 생각했다. 박달이는 꽈 박지 않은 것을 후회하지는 않았다.

그 후 씽싱이와 몇 축 동패를 하는 동안 박달이도 '머저리' 같은 생각은 버리게 되었다. 형사들의 눈초리를 무서워하고 알몸뚱이가 된 '삘기새끼'를 걱정하는 것은 정말 머저리 같은 생각이었다. '삘기새끼'를 잡는 것보다 더 멍청한 짓을 일삼는 사람들도 그런 생각은 하지 않고 있는 모양이었다.

박달이가 덥숙 인사를 하면 씩 웃으며 군중 속으로 파고 들어가는 신사들이 있다. 후리미끈한 그들의 손가락 사이나 볼때기 속에는 칼날이 들어 있는 것이다. 그들이 헤치고 지나간 뒤에는 한바탕 분대질이 생긴다. 가방을 짜겠느니 깔고 앉은 돈 보따리가 없어졌느니 울며불며 동당거리는 사람들이 있게 된다. 신기한 기술을 가진 그 사람들을 '꽃제비'라고 부른다. 그들은 박달이보다 나이도 많고 하는 짓도 푸짐했지만 형사들을 두려워한다거나 돈을 잃어버리고 울고불고 하는 아낙네들을 조금이라도 측은하게 여기는 기색은 없었다. '꽃제비'들 팔목에는 누런 금시계 줄이 번쩍거리고 시골 상인들 밑천을 송두리째 들어먹은 상무는 번드

| * '콧방귀'의 방언.

27

름한 고급 천으로 온통 몸을 휘감고 있어도 아무 탈이 없는 것이다. 씽씽이나 박달이가 시골뜨기들을 골려먹는 것쯤은 상무나 '꽃제비'들이 하는 짓에 비하면 소꿉장난 푼수밖에 안 되는 것 같았다.

박달이는 '삘기새끼'를 멋지게 다룰 수 있는 기술과 배짱이 생기자 주인아주머니를 사알살 꾀였다. 나들이 손님들을 상대할 것 없이 달하숙月下宿만을 전문으로 하자는 데에 아주머니도 찬성이었다. 아주머니는 아주머니대로 몇 개 되지 않는 객실에 오히려 그것이 해롭지 않은 모양이었고 박달이는 또 제대로 '삘기새끼'를 잡아서 실속을 채우자는 속심이었던 것이다. 객실이래야 외줄빼기로 성냥궤짝만큼 한 것이 세 칸 있고 안방과 변소 사이에 외떨어진 방이 한 칸 있을 뿐이다. 세 푼 송판으로 언저리만 대강 뚜드려 맞춘 하꼬방이지만 알록달록한 도배지로 방 안만은 매끈하게 치장을 해놓았다. 외따로 있는 방은 손수건만 한 창문에 빨간 헝겊 쪽이 너울거리고 벽에는 열녀 춘향이가 그네를 뛰는 그림들이 걸려 있는 특실이다. 점잖은 손님만을 모시게 된 방이다. 이 집에서는 그 방을 '독방'이라고 부른다. 그 독방에 손님이 들면 주인아주머니와 박달이는 번갈아 '따리'*를 붙여서 꼭 색시를 찾게 만들고 여주 색시를 들여보내는 것이었다. 요즈막에는 여주 색시가 병이 나서 그 방에 몸져 누워 버렸다. 객실 하나는 상무에게 사기를 당한 충청도 손님들이 다시 올라와 차지하고 있었다. 전보다도 더 상무와 친절해지고 미군 물자를 소개한다고 주살나게** 싸다니는 품이 곧 무슨 좋은 수가 있을 것처럼 보였다. 또 객실 하나는 역시 상무 친구인 어느 신문사 정보부장과 기자들이 계속 묵고 있었다. 나머지 방 하나쯤은 느지막하게 찾아드는 단골손님들만으로도 공 비우지는 않았다. 그렇게 되자 주인아주머니는 손님이 들고

---

* 남의 마음을 사려고 비위를 맞추거나 알랑거리는 말.
** 뻔질나게.

안 들고 간에 통 간섭하지 않았다. 그보다도 살지락 살지락 시작한 '계'가 사뭇 새끼를 쳐서 한 달에 고작 삼사 일 빠안하고는 연일 나다니기에 넋이 속 빠진 모양이었다. 실상 하숙 영업을 박달이와 식모가 경영하는 셈이었다.

식구들 중에 제일 서리를 맞고 있는 것은 여주 색시였다. 벌이가 제대로 될 때는 규모 없이 돈을 흐트러 쓰다가 시름시름 앓으면서 영 자리에 눕고 말은 지가 벌써 석 주일이 넘는다. 무슨 병인지는 몰라도 사뭇 가래 끓는 것이 퍽 답답한 모양이었다. 식모는 독방 쪽을 바라보면서 "몸을 함부로 한 사람이 돼서 쉽사리 못 일어날 거야. 요샌 선지 같은 가래를 게워놓든걸……." 하는 것이었다.

여주 색시는 그 일 까닭에 병이 났는지도 몰랐다. "날도둑놈 때문에 생병이 생겼다."고 하면서 주인아주머니도 헐거니 누워 있는 여주 색시를 전처럼 들볶지는 않았다. 날도둑놈이라고 지목받는 청년은 몇 번 단골로 다니던 손님이었다. 여주 색시보고 살림을 하자고 못 견디게 굴던 '놈팽'이다. 그날 밤에도 '사이다'니 과자니 혼전 만전 사다가 먹고 시시덕거리다가 "같이 살지 않으면 자살을 한다."고 위협까지 하더라는 것이었다.

여주 색시는 그날 밤에 무척 시달리기도 하였지만 웬일인지 바가지로 포옥 폭 퍼다 붓는 것처럼 잠이 와서 이튿날 오정이 지나도록 잤다는 것이다. 여주 색시가 눈을 떴을 때는 그 청년이 눈에 띄지 않았었다. 횃대에 걸린 치마저고리며 심지어는 여주 색시 손가락에 긴 반지까지 뽑아 가지고 도망친 것이다. 일숫돈을 빚내서 가까스로 해 긴 반지였다. 한 달 열흘 동안 아침마다 일수쟁이 할머니가 드나들은 것을 식구들은 다 알고 있었다. 여주 색시가 부들부들 떨면서 악을 썼지만 소용이 없었다. 필연코 그날 저녁 '사이다'에 수면제를 탔던 모양이라고 하였다. 여주 색시는 그때부터 맥이 탁 풀어지고 시름시름 앓기 시작한 것이다.

"폐병도 전염하지요?" 식모는 물어본다기보다도 폐병은 전염하는 것이라는 것을 인식시키기 위하여 주인아주머니한테 그런 소리를 하는 것이었다. 영업집에 병자가 있으면 재수가 없다느니, 저것을 그대로 두면 어떻게 하느냐느니……. 여주 색시 누워 있는 것을 식모는 누구보다도 걱정하는 것이었다. 그것이 주인집을 위한다거나 여주 색시를 측은하게 생각해서 나오는 소리가 아니었다. 식모는 딴 배포가 있었던 것이다. 그 눈치를 모르는 주인아주머니가 아니었다. 박달이도 짐작은 했다.

이즈음 식모는 입술에 연지를 짓이겨 바르고 '청천하늘에'를 찾으며 덜렁댔다. 설거지를 하다가 말고도 손님방에 들어가서 화투 참견을 하면서 독판을 치려고 하는 것이었다. 술추렴을 할 때는 의례히 들고 간 상머리에 그대로 주저앉아서 손님들 놀림감이 되었다. 하도 어처구니가 없어서 한잔 권해보는 술을 덥석 받아 마시고는 빈방에 와 벌떡 나자빠지는 것이었다. 시뻘건 눈가에는 허연 비지를 짜내면서 고장도 모르는 소리를 씨부렁거리는 것이 참 가관이었다. 고작 한다는 소리가 '청천하늘'이고 '신고산이 우루루' 따위지만 그것도 제대로 배운 것이 못 되고 그저 들은 풍월이었다. 손님들이 놀리는 것인 줄을 통 모르는 모양이었다. "저런 미인을 버리구 딴 예펜네 붙어 간 녀석은 눈이 동태 눈깔이지?" 하고 손님들이 한바탕 웃어대면 "으이구 사람 골리지 마유. 미운 사람엔 발굼치가 계란 같아두 숭이라는데 머." 하는 것이었다.

가을철에 접어들면서부터 '삘기새끼'를 잡는 재미도 뜸했다. 박달이는 경부선이고 호남선이고 차 시간은 빼놓지 않고 살폈지만 만만한 것들이 별로 눈에 띄지 않았다.

'푸라타나스' 잎이 우수수 목져 떨어지고 우박이 한 줄금 지나간 끝이라 밤공기는 동지섣달 못지않게 차가웠다. 호남선 열차 도착 시간은 아직도 삼십 분이나 남았었다. '진도' '두꺼비' '씽씽이' 그것들과 함께 군밤 장사 화로를 둘러싸고 앉았던 박달이는 꼬박꼬박 졸음이 오다가 그만 깜박했다. 그 무서운 것이 나타났기 때문이다. 간밤 꿈에 본 그 구두 바닥이었다.

'삘기새끼'를 하나 끌고 언제나 하듯이 어두운 골목으로 앞장섰었다. '삘기새끼'는 아무 소리 없이 따라왔었다. 뒤를 돌아다보았다. 여전히 따라오고 있었다. 한참 가다가 또 돌아다보았다. 따라왔었다. 찍자를 붙고 호주머니를 바르려고 했었다. 그런데 이상했다. 참 이상했다. '삘기새끼'가 히히 웃는 것이었다. 자세히 보니 '삘기새끼'가 아니었다. 박달이는 가위가 꽉 눌렸다. 앞에 미륵처럼 서 있는 것은 사람이 아니었다. 아니 사람은 분명 사람이었다. 그런데 다리 한 짝이 제 몸뚱이 서너 배나 되고 키는 까마득했다. 박달이는 푹 엎드러졌다. 그 괴물의 구두 바닥이 박달이를 지그시 누르는 것이었다. 꽉 밟으면 창자가 터져 나올 것만 같았다. 경찰 복장을 한 것도 같았다. 정거장 파출소 주임이라고도 생각이 들었다. 박달이는 그 구두 바닥으로 눌린 채 맥이 탁 풀어지도록 실랑이를 하다가 잠이 깬 것이었다. 참 재숫머리 없는 꿈자리였다. 졸음과 함께 그 꿈이 되살아온 것이다.

거리에는 미군 추럭*들이 열 져 달리고 있었다. 군인들을 잔뜩잔뜩 실었었다. 헤아릴 수도 없는 '헷드라이트'의 질주였다. 연천으로 가서 그들은 한국을 떠나는 것이라고 사람들은 수군댔다. 박달이는 '송장부대'라고 하는 미군들도 떠나는 것인지 궁금했다. '목포'란 놈이 어떻게 되나 걱정되기 때문이었다. '목포'는 거지 굴에 있을 때 박달이와 짝패였다.

| * 트럭truck.

송장부대에 있는 깔쿠랭이* 둘짜리가 아들을 삼아 '十' 자가 그려 있는 병원차에 태워 간 것이다. 그 후 미군에게 대롱대롱 매달리며 거리를 지나가는 것을 한번 보았다. 파아란 비단에다 용과 호랑이를 수놓은 '잠바'를 입고 옆구리에는 장난감 권총을 두 개나 차고 있었다.

박달이는 '목포'도 지금 미군들과 같이 떠나는 것이라고 생각했다. 갑자기 쓸쓸한 생각이 들었다. 호주머니에 손을 넣었다. 금시 사 넣은 군밤 봉지가 뜨뜨무리했다. 까먹기가 아까웠다. 먹기 위해서 산 것도 아니었다. 그저 사본 것이다. '삘기새끼'를 잡을 기분이 도시 나지 않아 그대로 돌아왔다.

독방에서는 여주 색시 신음 소리가 들려왔다. 물을 찾고 있었다. 몇 시간 전부터 그렇게 애를 태우고 있었는데 몰랐다. 충청도 손님 방에서 시시덕거리는 식모는 그 소리가 통 들리지 않는 모양이었다.

여주 색시가 딴사람같이 보였다. 툭스러울 만큼 축 늘어진 양 볼이 헬쑥히 야윈 것이 되레 예뻤다. 입술이 '세로팡'**처럼 맑았다. 여주 색시는 군밤 봉지에 코를 댔다가 클클 힘든 기침이 터져 나와 한참 동안이나 자지러졌다. 방바닥은 언제 불김을 본 것인지 몰랐다. 박달이는 까아맣게 잊었던 일이 생각난 것처럼 다발 장작을 사다가 불을 지폈다.

박달이는 여주 색시 옆에서 신음 소리를 듣는 것이 심심치 않았다. 여주 색시는 "방바닥에 불김이 도니 살 것만 같다."고 했다. "적적해서 똑 죽겠다."고 "사람만 옆에 있어도 살 것만 같다."고 여주 색시는 혼잣말처럼 중얼댔다. 박달이는 여주 색시가 말끝마다 꼭 죽겠다느니 어쩌면 좀 살겠다느니 하는 소리가 이상하게 들렸다. 병들기 전의 여주 색시와 지금 누워 있는 그는 판이한 두 개의 인물이었다. 박달이는 웬일인지 켁

* 갈쿠리. '갈고리'의 방언.
** 셀로판.

퀙 가래를 꼬누고 누워 있는 눈앞의 여주 색시에게 정이 붙는 것 같았다. 불쌍하다는 생각이 들었기 때문이 아니었다.

박달이는 숨이 콱콱 막혔다. 가슴이 답답했던 것이다. 몸부림을 치다 눈을 떴다. 얼굴이 벌겋게 달아오른 여주 색시가 방그레 웃으며 팔을 늦추는 것이었다. 온몸이 따뜻해진 것은 구들이 달았기 때문만도 아닌 상싶었다. 사람의 살결이 그렇게도 따뜻한 것인 줄은 미처 몰랐다.

박달이는 매일 밤 체모도 없이 여주 색시 품에 안겨서 자는 것이 여간 포근하지가 않았다. 박달이는 저의 어머니 젖가슴도 그렇게 보얗고 보드라웠을 것이라고 생각했다. 여주 색시가 눈을 사르르 감으며 허리를 끊어져라고 껴안아 주면 간지러운지 시원한지 분간할 수가 없었다. 누나가 있었더라면 진작부터 그렇게 해주었을 것이라고 생각하기도 하였다. 박달이는 여주 색시 목줄기를 휘어잡고 힘껏 당겨보기도 하였다. 숨이 가빠서 기침을 하면서도 싫어하지는 않았다.

박달이는 여주 색시와의 관계가 학생 색시가 씽씽이를 대하는 것과는 다르다고 생각했다. 평양 아주머니들 집에 새로 온 색시를 '학생 색시'라고 부른다. 남영동에서 양갈보 노릇을 하는 것을 보았다는 증인(두꺼비)이 있는데도 씽씽이란 놈은 그 여자가 대학생이라고 손님들뿐만이 아니라 '펨프'*들끼리도 속인다. 씽씽이란 놈은 그 색시를 손님한테 소개하고서도 소개비를 받지 않는 것이다. 아주 안 받는 것은 아니다. 돈으로 받는 것보다 그것이 오히려 낫다고 한다. 씽씽이는 낮에 그 색시 방에 가서 '시간'을 놀다 온다는 것이다. 씽씽이는 그것이 큰 자랑이었다. 여주 색시가 박달이를 꼬옥 껴안고 자고 가끔 숨이 꽉꽉 막히도록 입을 맞추고 하는 것이 학생 색시처럼 하는 짓이라면 정말 싫었다. 박달이는 여주

| * 뚜쟁이.

색시가 그렇게 해주기 때문에 그가 좋아진 것이라고는 생각하지 않았다. 박달이는 여주 색시가 그저 좋았던 것이다.

그런데 그만 박달이는 일을 저질렀다. 그런 일이 있게 된 것이 여주 색시에게는 아무런 책임도 없는 것은 아니다. 그것을 구태여 씽씽이란 놈한테 책임을 미룰 수도 없는 일이었다. 씽씽이가 학생 색시와 그 짓을 계속하고 있다는 자랑을 그날서야 처음 들은 일이 아니다. 다만 그날은 박달이가 전에 없던 흥미를 가지고 씽씽이 이야기를 들었고 또 밤늦게 들어와 보니 여주 색시가 옷을 홀홀 벗고 이를 잡다가 그대로 잠이 들어 있었기 때문에 그런 일이 생긴 것이다. 그것도 여주 색시가 그렇게 노하지만 않았으면 박달이가 생각하는 것처럼 그리 멍청스러운 일이 아닐 것이다. 사실 상무나 또 다른 손님한테 하던 일을 생각하면 여주 색시가 그렇게까지 노할 일이 아니다. 돈만 가지고 따진다 해도 그렇다. 여주 색시가 병석에 있는 동안 박달이는 아끼는 것 없이 도와주었다. 만약 '삘기새끼' 잡은 수입을 가지고 다른 색시를 상대했다면 그 이상 마음대로 데리고 놀 수도 있었을 것이라고 생각했다.

박달이는 그 일이 있은 후부터는 '삘기새끼'를 잡는 것이 전처럼 재미가 나지 않았다. 여주 색시 보기가 부끄럽기 때문만도 아니었다. 그 대신 만만한 놈이 눈에 띄면 전보다 더 모지락스럽게 후려갈기기도 했다.

박달이는 '삘기새끼'를 잡지 않는 날도 여주 색시 군것질거리는 떨어뜨리지 않고 이어댔다. 밤중에 몰래 설렁탕 투가리*를 나르기도 했다. 박달이는 약국에 가서 땀이 나지 않는 약을 찾은 일도 있었다. 한 이불 속에서 자면서부터 여주 색시가 주체를 못할 만큼 식은땀을 흘리는 것을 보았기 때문이다. 여주 색시가 벼갯잇이 마를 새가 없도록 줄창 눈물을

* '뚝배기'의 방언.

34

흘리는 것은 몸이 몹시 아프기 때문이라고만 생각했다. 여주 색시 신세 한탄을 듣는 것도 싫지 않았다. 방직 공장 우두머리 가는 사람이라고 해서 속았다는 이야기며 반해서 목을 매고 덤비던 고학생이 남대문 시장에서 물건을 훔치다가 붙들려 갔다는 이야기는 몇 번이나 들었는지 모른다. 그 고학생이 어느 날은 피를 한 대통이나 뽑아 판 돈으로 화대를 치르고 자고 갔다는 이야기도 했다. 그 이야기를 할 때는 아주 언짢은 기색을 하기 때문에 박달이는 듣기가 싫었다.

여주 색시는 이 꼴을 해가지고 집에 돌아가면 아버지가 몽둥이를 들고 나설 것이라고도 하고 그렇지만 우리 어머니는 울다울다 지쳐서 돌아가셨는지도 모른다고 하며 히히히 발광한 사람처럼 웃기도 하였다. 박달이는 속으로 여주 색시 어머니가 살아 있으면 얼마나 좋을까 했다. 박달이는 여주 색시가 병만 낫는다면 저도 '삘기새끼'를 잡지 않고 씽씽이나 두꺼비 같은 놈들하고 어울리지도 않겠다고 생각했다. 여주 색시와 둘이서만 살았으면 좋을 것도 같았다. 여주 색시도 "박달아 우리 둘이 어디 머언 데 가서 살까?" 했었다. 그것이 무어 그렇게 서러운지 여주 색시는 한마디 하고 흑흑 느껴가며 울었다. 박달이는 싱거워서 울지 않았다.

여주 색시가 정신없이 잠을 잔 것은 그런 소리를 한 이튿날 밤이었다. 언제부터 자기 시작했는지는 몰랐다. 박달이가 아궁이 앞에다 장작 다발을 동댕이치고 문을 열고서 사과랑 '카스테-라' 봉지를 들여밀어도 그것도 모르고 자고 있었다. 박달이는 여주 색시 코를 꼬옥 쥐고 싱긋 웃었다. 숨이 막혀서 캑캑하다가는 그대로 시익식하고 있었다. 박달이는 싱거워서 그대로 이불 속에 파고들어 여주 색시 젖가슴을 만지작거리다가 그대로 잠이 들었던 것이다.

의사를 불러 댄 것은 오후 두 시가 넘어서였다. "박달아, 너 여주 색시 잠자는 약 먹은 것 못 봤니?" 하면서 주인아주머니가 파랗게 질려서 허둥댔으나 소용이 없었다.

여주 색시가 아주 숨을 거둔 것은 그날 밤 통행금지 '싸이렝'*이 막 분 뒤였다. 박달이는 누가 맞잡아주는 사람이 있으면 펄펄 뛰면서 울고 싶었다. 그렇게 뜨거운 눈물을 한꺼번에 쏟은 것은 지금까지 한 번도 없었다. 누가 볼까 봐 숨어서 울었다. 혹시나 했지만 여주 색시는 이튿날 아침에도 깨나지 않았다. 송진이 우러나는 널판 쪽에 마구 담겨서 영구차에 실려 나가는데도 박달이는 여주 색시가 되살아날 것만 같았다.

여주 색시 방에는 연기가 자욱했다. 독기毒氣를 씻어낸다고 식모가 쑥을 태우는 것이었다. 무당이 와서 북을 치며 굿을 시작했다. 집가심을 해야 한다고 북새를 놓는 것이었다. 주인아주머니와 상무나 식모는 벌써 여주 색시가 죽었다는 사실보다도 무당 굿 소리에 흥이 잡혀가는 모양이었다.

박달이는 여주 색시 죽은 넋이 정말 그대로 남아 있어서 주인아주머니나 식모를 실컨 욕을 보였으면 시원할 것 같았다. 박달이는 떠나기로 작정했다. 주인아주머니나 식모처럼 귀신이 붙어 있는 성싶어서가 아니었다. 그렇다고 해서 숨을 거둔 여주 색시를 위하는 마음에서도 아니다. 그곳을 떠나야만 사람이 되리라고 생각했기 때문이었다. 막상 떠나자고 작정하고 보니 박달이는 그 엎치락뒤치락하던 씨름판에서 여주 색시와 저만이 지고 돌아서는 것 같은 쓸쓸한 생각이 들기도 했다. 그렇지만 박달이는 그곳을 떠나기로 작정했다.

사람들이 살고 있는 틈새에 가서 꼬옥 끼어 살고 싶었다.

—《현대문학》, 1955년 6월.

| * 사이렝siren.

모오든 나는 오라

어떻게 해서든 이불 속에서 빠져나와야만 된다. 하나 두울 세엣! 하고 벌떡 이불을 걷어차면서 발 끝에 있는 '샤쓰'를 삼십 초 이내에 주워 꼬일까? 그건 어제 아침에 한 짓이다. 어제 일을 되풀이하는 것은 싱겁다. 오늘에 대하여 미안하기도 하다. 오 분 동안만 아무 생각도 말고 머릿속을 공백으로 만들어보자. 참 좋은 생각이다. 아직도 어제 일이 흙탕물처럼 뿌이옇게 머릿속을 차지하고 있다. 오 분 동안이면 가라앉을 것이다. 어제 일이라고 해서 하나도 버려서는 안 된다. 다음날 으레 필요하게 될 것이니까 찌꺼기를 포근히 갈앉혀 놓자. 어젯밤에 벽돌을 달구다가 주인아주머니한테 욕을 먹었다. 그것이 방세를 치를 기일이 넘었다는 사실보다 중대한 일은 아니지만 머릿속에서 사라뜨릴 필요는 없다. 오늘밤에는 벽돌을 달굴 때 구공탄을 부수지 않도록 조심하자. 불이 꺼졌느니 구공탄이 망가졌느니 하는 군소리를 들어가면서도 벽돌장을 달구는 그 구차한 짓을 당분간은 계속해야 될 것이니. 햇빛이라고는 본 일이 없는 북향 이층 방이다. 삼십칠 도의 체온을 유지하자면 후끈 달은 벽돌장을 이불 속에 넣고 자는 수밖에 없다. 자아 어제 일은 어제 일대로 정리해두자. 그 이상 생각을 하는 것은 일단 중지하자. 오 분만 지나면 머릿속이 개운하여질 것이다. 그런 다음에 차근차근 일어나서 이불도 제대로 개 얹고 아래층으로 의젓이 내려가자. 오 분이라는 시간을 정확히 측정하는 것은 탁상시계에게 맡기고……. 그런데 시계의 위치가 바뀌어 있지 않은가? 어젯밤에도 시계는 틀림없이 머리맡에 내려놓았다. 물론 고개만 돌리면 '현재'를 정확히 알아볼 수 있도록. 그것이 변화를 일으키고 있다. 사 조 반밖에 안 되는 이 방 안에서 하룻밤 사이에 변화를 일으킨 것은 물 대접에 마시다 남은 액체가 딱딱하게 고체화되어 있다는 것과 시계가 넘어져 있다는 두 가지를 우선 들 수가 있다. 그런 변화로 말미암아 머릿속을 공백으로 만들어보자는 희한한 생각을 버려야만 되는구나. 이불 속에서 손을 내밀어 시계를 바로 세워 보기가 고역스럽다. 그것은 나 혼자 있기 때문이다. 이불 속에 손을 내밀어 시계를 바로 세워놓는 동작조차 주저하는 그런 게으름뱅이라는 것을 나 이외 사람에게 보여서는 안 된다. 또 하나의 '나'가 이 꼴을 보고 냉소하지만 그것은 상관없다. 역시 분해된 처지에서의 '나'기 때문에 제삼자에게 보여주는 나의 인격은 아니다. 나의 인격을 나에게 감출 수는 없다.

아래층에서 쪼올쫄 수돗물 흐르는 소리가 들려온다. 정이(주인아주머니의 딸 말이다)가 눈도 코도 없는 그 헤먹은* 상판을 부둑부둑 씻는 소리가 미구에 들려올 것이다. 이 시간에는 S를 생각해야 한다. 징골징골한 정이가 세수를 하는 소리가 들리는 시간이면 나는 이불 속에서 S를 생각하는 것이 규율화되었다. 어제 아침에는 S가 화장실에서 나오는 뒷모습을 본 대목에서 그쳤다. 그때 나는 화장실로 들어가는 참이었지. 그다음을 계속하자. 머릿속에 간직해 둔 기억의 찌꺼기를 쓸모 있게 들추어보

| * 헤먹다. 사람의 성질이 야무지지 못하고 헤실바실하다.

자. 옳지! 그때 화장실 문을 열고 들어서자 S의 체온을 발견하지 않았던 가? 나의 기억은 정확하다. 김이 무럭무럭 나는 것은 분명 S의 체온이었 다. S의 내장에 묻혀 있다가 금시 이탈된 그 물체를 나는 그대로 버릴 수 가 없었다. S는 모두 내 것이었기 때문이다. 그런데 그것을 덥석 움키지 못하게 했다. 내가 말이다. 나 이외에는 아무도 없었으니까 그때 나의 행 동을 제지한 것은 분명 나였을 것이다. S의 체온을 삼키려던 내가 있고 그것을 말린 내가 있고 또 지금 남의 일처럼 그것을 생각해 보는 내가 있 으니 어느 것이 나인지 알 수가 없다. S의 어느 일부분이고 내 것으로 만 들지 못한 오늘도 역시 그 일을 들추어내고 있으니까 말이다. S가 결혼 하겠노라고 부디 와달라고 야해빠진 청첩장을 나에게 보내온 일이 있다. '이 두 분은 서로 백년을 함께할 뜻이 이루어져…… 운운' 한 그 종이쪽 을 받은 지가 반년 넘은 지금 어째서 S는 나와 같이 있는 것인가? 아래층 에서 세수를 하는 정이가 있듯이 식어빠진 벽돌장을 껴안고 누워 있는 내 옆에는 분명 S가 있다. 나는 이불솜에 흡수당한 나의 체온을 다시 빨 아들이면서 문을 열고 들어오는 변화를 그대로 기다릴 수가 없다. 세수 를 끝마친 정이는 자리옷 바람으로 층층대를 올라올 것이다. 그러면 S는 사라진다. 문을 두드리기 전에 용기를 내자. 이 방 안의 분위기가 이 이 상 복잡해지기 전에. S가 도망가기 전에 어서 일어나자. 아무래도 머리 를 공백으로 만들 수는 없는가 보다. 과거의 찌꺼기를 들추면 또 하나의 나를 발견할 뿐이다. 어서 일어나자.

옆집 남이 엄마가 간밤에 죽었단다. 조반상을 따라 내 방에 파고 들 어온 새 소식이다.

"배 속에 든 새끼를 뗄라구 약을 먹었데지 머유. 미련두 허지……."

목소리가 유별나게 짜름짜름한 남이 엄마가 변사를 했다는 것이 이 골목 안에서는 가장 큰 하룻밤 사이의 변화일 것이다. 그렇기 때문에 주인아주머니는 하숙비를 채근할 것도 잊고 마치 자기가 신문기자나 된 것처럼 신바람이 났다. 나는 남이 엄마가 죽은 사건의 '뉴우스' 가치를 따지기 전에 그가 죽은 것은 나 때문이 아니라고 변명을 했다. 주인아주머니가 나간 뒤였으니까 그 변명은 나에게 한 것일 것이다.

남이 아버지가 주인아주머니한테 돈을 둘르러 왔었다. 그는 채독으로 얼굴이 온통 누렇게 들떠 있었다. 끼니를 끓이지 못했다는 것이었다. 그것이 바로 어제 아침 내가 출근할 때 현관에서 있었던 일이다. 주인아주머니는 분명 내 뒤를 손가락질하며 하숙비를 내지 않기 때문에 돈 구경을 못한다고 했을 것이다. 남이 엄마는 굶어 죽었거나 그렇지 않으면 자살한 것일지도 모른다. 여하간 그가 죽은 것은 사실이나 그것이 나와 관련성이 있다는 증거는 없다. 그보다도 남이 엄마가 죽었다는 것은 대수롭지는 않지만 어제까지 없었던 일일 뿐만 아니라 있을 수 없는 일이기 때문에 나는 '뉴-스'로서 가치를 인정해야만 된다.

'생활고에 시달리던 젊은 주부가 낙태를 기도하고 '기니네'*를 과음한 끝에 사망하였다.'

남이 엄마는 일기예보와 같은 기삿거리를 나에게 마련해준 셈이다. 그러나 그것만으로써 하숙비는 충당되지 않는다. 심상치 않은 새로운 사실을 찾기 위하여 만원 전차를 타야 한다. 메뚜기 떼처럼 쏟아져 나온 '오-드리 번'들의 틈새를 뚫고 나가야만 한다. 학자와 매춘부와 미술가와 여학생과 그리고 신문기자의 오늘을 소복이 실은 전차 속에서 내일을 경고하는 숨찬 소리가 들려온다.

"여러분 앞에 위기는 닥쳐왔습니다. 당신들은 자기 개인 사정이나 행위를 종전대로 계속하든가 혹은 변화를 받거나 끝을 맺고 새로운 결과를

---

* 키니네. 기나 나무 껍질에서 추출한 알칼로이드의 하나이며, 예전에 해열제나 강장제로 쓰임.

가진 새로운 길을 당신 자신이 택하든가 하는 것을 결정할 때에 이르렀습니다."

차창 밖에는 극장 광고판이 보인다.

우주전쟁宇宙戰爭.

괴상한 물체가 공중을 날아와서 지구 덩이를 불바다로 만든다는 것이다. 우리들이 최대의 위력으로 알고 그만큼 공포증을 느끼는 원자폭탄도 그 괴상한 물체 앞에서는 되레 무색하게 된다는 것이다. 무너지는 '빌딩' 밑에서 갈피를 잡지 못하는 지구인들의 가련한 모습을 그려 붙이고 푸짐하게 선전하고 있다. 지구 덩이의 마지막 순간을 구경시키고 돈을 벌자는 심판이다. 그러나 아직 그날은 오지 않았기 때문에 화염 세례를 받지 않은 이 인간 절임통은 줄기차게 삶의 '레일'을 달리고 있다.

"위기의 때는 무한정하게 계속되지는 않습니다. 위기는 결과를 남기고 끝날 것입니다. 당신에게는 어떠한 결과가 남게 될 것인가 생각해 보십시오. 만약 당신들이 종말을 고하는 곳으로 함께 가기를 원치 않는다면 지금이야말로 당신이 결심하고 행동할 때입니다."

외침 소리는 당장 새로운 결심과 행동을 표시하라고 애원하는 것이다. 그러나 차내에는 무표정만이 가득 차 있다.

"아이구 아이구."

소매치기 소년이 실수를 한 모양이다. 몰매를 맞고 울음을 터뜨렸다. 손모가지를 똑 잘라버리라고 야단들이다.

"아구 아구 아이구 우우우……."

소매치기의 울음소리를 더 들을 겨를이 없다. 손목이 잘라져도 할 수 없다. 그건 새로운 '뉴-스'가 안 된다. 나는 내려야 한다. ○○빌딩은 아직 무너지지 않았다. '○○신문사' 간판도 그대로 있다.

○○신문사라는 간판이 어제 그 자리에 붙어 있는 거와 마찬가지로

그 밑에는 털벙거지를 눌러쓴 담배 장사 할아버지가 목판을 앞에 놓고 쭈그리고 있다. 나는 그에게 먼저 인사를 했다. 외상값을 갚지 못했기 때문에 그런 것은 아니다. 노인이라서 존대하는 것도 아니다. 항상 눈깔사탕을 입에 넣고 우물거리는 그와 나 사이에는 피차간에 존경하자는 것이 그와 나 이외의 또 다른 그와 나 사이에 약속되어 있기 때문이다. 서로 존경하는 그들은 구레나룻이 허옇거나 '로이드' 안경을 썼거나 하는 그런 형태를 갖추고 있는 것이 아니다. 물론 성이 무엇이고 본관이 어디고 하는 따위를 따질 줄도 모른다. 다만 보이지 않는 소망이 있을 뿐이다. 그의 소망이 곧 나의 소망이고 보니 그와 나는 하나일는지도 모른다. 그러나 현재 우리는 육신이 갈라져 있기 때문에 그는 보도 가에 쭈그리고 있고 나는 돌층대를 올라서는 것이다.

나의 위치를 이 시간에 여기까지 옮겨오자 기다렸던 변화가 다가왔다. 사장실에 불리어 가서 꾸중을 들은 것이다. 그러나 그 노여움을 다른 기억과 함께 오래 간직할 필요는 없다. 그것은 분해된 또 하나의 사장의 소행이기 때문이다. ○○은행에 의혹 사건이 발생했다는 신문기사가 실리지 않은 어제 아침에는 사장실에서 나를 부른 일이 없지 않은가? 사장이 ○○은행 사건에 대하여 정치적 모략이니 모종의 압력이니 하면서 기를 쓰고 변명하는 이유를 들출 필요가 없다.

"무관의 제왕이란."

하면서 위엄성 있는 어조로 신문기자는 언제나 공명정대하여야 한다고 사회명경社會明鏡이 되기를 원하던 사장과 ○○은행 간부와 교분이 있다고 해서 세상을 놀라게 한 대 의혹 사건을 취재 보도한 나를 죄인 다루듯 하는 사장과는 도저히 한 사람으로 인정할 수가 없다. 내가 사장으로부터 꾸중을 들을 때 그 방 안에는 또 하나의 사장이 있었을 것이다. ○○은행 사건을 취급한 것은 경세목탁警世木鐸으로서 당연한 일이라고 그 또 하나의 사장은 이 무관의 제왕이 한 일을 찬양했을 것이다. 그러나 나는 노여움을 가질 필요가 없다. 나를 꾸짖은 사람은 나와 아무런 상관도 없는 사람이다. 상관이 없으니 그가 하는 일에 대하여 나도 아는 척하지 말자. 내 하숙비가 두 달 치나 밀렸어도 그가 알지 못하고 있으니까 말이다. 사장에게 꾸중을 들은 것을 잊자. 새로운 사실을 메꿔야 할 오늘이다.

어제와 같은 행동으로 오늘의 변화를 캐어내야만 되기 때문에 오 분 전의 일을 과거와 함께 가라앉히며 '티이루움 오리엔트'로 갔다. 생활양식이 혁명을 일으키지 않는 한 '커어피'와 '만보'곡을 마셔야 할 시간이다. 죽암 선생도 와 있다. 조금 있으면 그 앞에 김한 씨가 와 앉게 될 것이다. 천하의 건달로 자처하는 김한 씨가 '오리엔트'에 나타나지 않는다면 그것은 하나의 변화를 일으킨 것이다. 안 올 리가 없다. 보라! 지금 삐걱하는 문소리와 함께 나타나는 저 친구, 저 움펑 들어간 눈, 가무잡잡한 입술 바로 저 사람이 김한 씨다. 그는 예정되어 있는 그대로 죽암 선생 앞에 와 앉는다. 마짱*으로 밤을 새웠겠지, 눈에 핏발이 서 있다. 그는 우선의 악의 고발장을 훑어본다.

"세관 관리들이 밀수품을 통과시켜 주고 거액의 대가를 받아먹은 것이 탄로되어 감옥에 들어갔댄다."

"노무 동원이 해제되어 돌아온 남편이 이웃 남자와 간음한 아내를 도끼로 찔러 죽였단다."

"양조장과 자동차 수리 공장에서 바친 세금을 송두리째 빼돌려서 '삘딩'을 세우고 무역회사를 꾸민 세무서원들이 법망에 걸려들었단다."

"관청의 금전출납을 감시하는 어느 기관 국장님이 부정 사실을 발견하고도 묵인했기 때문에 파면을 당했단다."

| * 마작.

"군복 강도범을 잡고 보니 탈주병의 가짜 장교더란다."

조간 삼 면에 실린 악의 기록이다. 충명공의 팔대손이란 족보와 이왕의 시종을 지냈다는 과거를 씹고 사는 죽암 선생에게는 도시 상관이 없는 일들이지만 김한 씨 경우는 그렇지도 않은 모양이다. 정치나 경제나 간에 김한 씨의 비위에 맞는 일이라고는 하나도 없는 듯했다.

"죽일 놈들!"

김한 씨는 그렇게 외침으로써 자신의 인격을 한층 솟구는 것이다.

방 안의 연기가 흩어진다. 예술가 K 씨가 문을 열고 들어오는 것이다. 움직이는 구호물자 목록이다. 그는 '매담'의 목걸이에 눈이 먼저 간다. 진주 목걸이는 '매담'의 것이다. 그런데 K 씨는 그것이 그대로 있는 것이 자신의 혈맥이 멈추지 않고 있는 것처럼 신기한 모양이다. 목걸이는 인조 진주라는 것 이외에 아무런 비밀이 없다는 것을 그는 모르기 때문이다.

이조걸물李朝傑物들의 기행록奇行錄을 마치 보기나 한 것처럼 꾸며 파는 K 씨나 과거를 벌려놓고 누가 사주기를 기다리는 죽암 선생이나 만경들〔萬頃平野〕을 단숨에 들이마실 것처럼 덤비는 김한 씨나 모두 일할 오부의 이자가 늘어가는 다방에서 무슨 변화를 기다리는 시간.

열 시.

나는 이제부터 두 시간을 서둘러야 된다. 두 시간 동안에 발견된 새로운 사실을 상품으로 만들어내야 한다.

○○ 장관을 먼저 만났다. 어제부터 꾸며진 예정표에 의한 것이다. 인간을 쓰레기처럼 처치해버린 책임 소재를 물었다. 바로 어제 오후에 있었던 일 말이다. 나는 부랑아들을 싣고 가는 것을 보았고 그것이 쓰레기차였다는 것을 말했다. 운전수 말에 의하면 수시로 그들을 몰아다가 수백 리 밖에 갖다 버린다는데 장관이 시킨 것이냐고 물었다. 장관은 의

짓이 웃었다. 있을 수 있는 일이 아니냐고 말은 하지 않았다. 그와는 반대로

"금시초문입니다. 알아보지요."

하고 '벨'을 눌렀다. 황급히 뛰어온 담당과장은

"아닙니다. 실어다 버린 것이 아니라 그 애들을 고향까지 데려다 준 것입니다."

하는 것이다. 장관은 만족한 듯 또 한 번 의젓이 웃었다. 서울의 사치품인 부랑아들을 씨 지우기 위한 계획은 수백 명의 무적자無籍者들에게 고향이라고 하는 것을 만들어준 것이다. 나는 전 혈관이 팽창해지는 것을 느끼며 진정하기 어려운 이상한 발작이 시작되었다. 언젠가 여의도 공항에서 있었던 그 까닭 모를 증세와 비슷하다.

'어린이 음악단'이 미국 각지를 순회하고 돌아오던 날 마중을 나갔을 때 생긴 일이다. 신문기자인 나는 소나기를 맞으면서 여객기가 도착할 시간만 고대했었다. 다른 사람들도 마찬가지였다. 장관들이나 '카메라맨'들이나 모두 다른 직업을 가지고 있었다면 그 시간에 허허벌판에 와서 노배기*를 하고 몇 시간씩 서 있을 리가 없다. 나는 빗물이 축축하게 살에 배어드는 것도 모를 만큼 긴장하고 있었다. 미구에 공개될 사실 속에서 나만이 색다른 것을 얻어야만 하기 때문이다. 그런데 정작 비행기가 거드름을 빼고 활주로에 내려앉자 신문기자인 나는 온데간데없었다. 유리창에서 제비 발 같은 조무래기들 손이 흔들리는 순간이었다. 좀처럼 나는 돌아오지 않았다. "엄마" "아빠" 소리가 뒤엉키고 '카메라맨'들이 함부로 '후랫쉬'를 터뜨리는 속에 끼어 있는 덩치만의 나는 전 혈관이 팽창해지는 것 같고 견뎌내지 못할 이상야릇한 발작이 시작되었다. 억지로

| * 노박이. 한곳에 붙박이로 있는 사람을 이르는 방언.

45

돌아온 신문기자인 나는 국제기구의 초청을 받아 석 달 동안이나 미국 각지를 순회하며 노래를 부르고 날아온 '사절단'을 환영하면서 김치가 먹고 싶었고 엄마가 보고 싶었다는 기사 자료를 얻었을 뿐이다.

부랑아들을 쓰레기차에 실어서 고향으로 보냈다는 이야기와는 얼토당토않은 그 오래전 일을 나는 왜 새삼스럽게 들추어내는지 모르겠다. 아니 그때 여의도 공항에서 발작하였던 '혈관팽창증'과 흡사한 오관의 변화가 왜 또 지금 생기는 것인지 알 수가 없다. 어린이 음악단과 거리의 부랑아와 신문기자인 나와 또 ○○ 장관과 그들 사이에 도대체 무엇이 얽히어 있는지 오늘 밤에는 좀 생각을 해보아야겠다.

기자실에서 생후 처음 만나는 어떤 신사와 인사를 하게 되었다. 그는 무슨 기계 제작 회사 취체역 사장인데 본사는 어디 있고 공장은 어디고 일본 동경에는 출장소가 있고 또 전화는 대표가 몇 번이고 하다는 자졸고리하게* 찍은 인격의 견적서를 한 장 주면서 머리를 굽실거리는 것이다. 그는 나와 아직 아무런 이해관계도 맺어지지 않았는데 될 수 있는 대로 여러 번 머리를 굽실거렸다. 나는 내가 필요를 느끼지 않는데 머리를 숙여주는 사람이 두렵다. 그들은 예외 없이 어려운 부탁을 하기 때문이다. 목소리가 여자처럼 가느다란 그 초면의 신사도 역시 내 육감에 어긋나지 않았다. 그는 부탁하는 일이 성사되었을 때의 대가를 말하기 전에 내게 지금 무엇이 극히 필요한가 하는 것을 생각해본 모양이었다.

"선생님 실례 말씀입니다마는 신문사 월급만 바라보다가는 생전 오바 한 벌 못 해 입으실 겁니다."

대단히 구미에 당기는 말이다. 나는 때가 꾀죄죄 묻은 '레잉코트'와 보기만 해도 훈훈하여 보이는 '낙타 오바'를 비교해 보지 않을 수 없었

| * 자질구레하게.

다. 내 몸뚱아리라고 해서 '낙타 오바'쯤 입지 말라는 법도 없으려
니……. 밖에는 눈이 퍼얼펄 날린다. 오바를 걸쳤다면 저 계절의 찌꺼기
도 무한 아름다우리라.

"알아보리다."

나는 그의 부탁을 거절하지 않았다. 그렇다고 해서 장담하고 수락한
것도 아니다. 그 사람의 부탁은 들어줄 수도 있는 일이다. 물론 "노." 하
면 그만이다. 그러나 그 사람과 이야기하는 동안에 '가' '부'를 결정할 수
있는 나의 행방을 놓쳤기 때문에 그를 찾을 때까지 시간적인 여유가 필
요하다.

신문기자가 아닌 '나'가 자꾸만 나의 하는 일을 가로챈다. 이래서는
안 되겠다. 이제부터는 신문기자만이 있어야 하겠다. 초침秒針은 쉬지 않
고 있다. 산 역사와 움직이는 지리는 무관의 제왕만이 기록해야 된다.

○○국장이 독일 시찰을 마치고 돌아왔단다. 옳지 그 사람을 만나자.
단벌 차림밖에 모르는 꼬장뱅이*가 패전국을 보고 온 이야기는 신문 기
삿거리가 될 것이니까.

"첫째 독일을 보고 놀랜 것은……."

"네 말씀하시지요."

"그 나라 국민들이 모두 근검하고."

"좀 구체적으로."

"대학생들이 가죽으로 만든 반 즈봉을 입고 '란도셀'**을 메고 다닙니
다."

---

* 꼬장을 부리는 사람.
** 네덜란드어 'ransel'의 일본식 발음. 일본 초등학생들이 등에 메는 상자 모양의 가방. 당초 군용이었다가
　　1950년대 이후 초등학교에 보급되었다.

"또."

"또 날씨가 대단히 추운데도 오-바를 입은 사람이 별로 없드군요."

뚜우우.

오늘의 오정은 이르다. 그러나 나는 새로 발견한 변화를 일단 여기서 정리하여야 한다. 가장 싱싱한 그것을 원료로 여러 사람의 비위를 맞출 수 있는 상품을 만들어야 하기 때문에…….

"손님입니다."

"바쁜데."

"꼭 만나잡니다."

"왜?"

"기사 관계로."

"들어오라고."

찌르르릉

"네 ○○신문삽니다. 어디, 대전? 그래서…… 수만 시민이 궐기대회를…… 적성감위 물러가라고…… 오우라…… 또 뭐야…… 자살? 여관 방에서 청춘 남녀가…… 빨리빨리…… 유서에 같이 묻어달라고……."

"용건을 말씀하시죠."

"네 저로 말하면 열다섯 살 때에 일본으로 건너가서…… 철공장에 취직해서……."

"바쁩니다. 용건만."

"네 네 그래서 팔일오 해방과 더불어 귀국해서 우리나라를 위하여……."

"그래서 무엇입니까?"

"다년간 연구한 끝에 발명한 것이 있습니다."

"무엇을?"

"군사상으로나 일반 국민 생활상으로나……."

"무엇입니까?"

"공중에서 타고 다닐 수 있는 자전거를 발명했습니다."

"공중자전거를?"

"네 네 그래서 그것을 좀 신문에 내주시라고……."

"그것이 어데 있습니까?"

"아직 완성되지는 않았습니다만 조금만 원조를 해주면 될 것입니다."

'당신이 그것을 꼭 원한다면 이 삼층에서 뛰어내리시오. 거꾸로 용감하게……. 그럼 나는 위대한 과학자가 자살했다고 당신을 크게 선전하리다.'

눈앞을 운모雲母 가루가 빤작거리며 스쳐 간다. 눈을 깜박거리고 나서 자세히 보면 없어진다. 그러다가는 또 하나 둘씩 둥둥 떠온다. 이번에는 몇 개나 되는 가 세어보기로 한다. 안 된다. 요란하게 빤작거리며 홀홀 날아가는 '빛의 가루'를 헤아릴 수가 없다. 그냥 눈을 감는 수밖에 없다. 눈앞에서 이런 변화가 심하게 생기게 되면 무엇을 좀 먹어야 한다. 먹는다는 것은 여간 중요한 일이 아니다. 그런데 나는 흔히 그것을 잊는 수가 있다. 일주일에 한 번씩은 육회나 불고기 등속으로 속을 채우고 평소에도 낙화생이니 군밤이니 생각나는 대로 사서 우물거리는 K 군과는 다르다. K 군은 잘 먹는다는 것이 지금 세계적인 시대 풍조라고 하면서 그놈의 풍조 때문에 바지허리가 좁아져서 곤란하다고 가끔 걱정을 한다. K 군뿐만이 아니다. 시대를 좇는 사람들은 모두 모두 잘 먹기를 경쟁하고 있다. 점심나절 혹시 ○○관 같은 유명한 식당엘 가보면 알 수가 있다. 인격의 전부가 교만으로 꾸며진 듯한 대 정객들이나 허리가 가는 것이 천하의 자랑으로 아는 인형들이 한 투가리의 곰탕을 먹기 위하여 가위 결사적으로 덤비는 꼴들을 볼 수 있지 않은가? 그런 풍조 속에도 휩쓸리지 못한 나는 오십 환짜리 '가락국수'로 눈앞의 운모 가루를 쫓아버려야 한다. 죽은 짐승의 살점이나 뼈다귀를 우린 국물이라서 그것을 싫어하는 괴팍한 성질이었다거나 남들이 하는 짓을 피한다는 꽤 까다로운 생각을 가지고 일부러 '곰보 할머니'가 찌트려 주는 국수집을 찾아가는 것은 아니다. 현기증을 갈앉히지 않고서는 무관의 제왕으로서 행세를 할 수 없기 때문이다.

휘파람을 불어라.
전기난로가 이글거리는 응접실에서 구두를 닦지 않은 것을 후회하면서 피부색이 다른 사람과 만나는 것이다. 배 속에서는 국수 국물과 커-피가 뒤범벅이 된다. 상관없다.
한국의 농촌을 어떻게 부흥시킬 것인가?
마을과 농장 사이에 신작로를 닦고 다리를 놓고 '추럭'을 공동 구입하여 농작물을 운반하고 목욕탕은 세 집에 하나 꼴, 닭을 길러 육식을 하고 간편한 작업복과 유행을 좇는 나들이옷은 따로따로 마련, '땐스 홀'로 쓸 수 있는 '뉴-스타일'의 공회당도 세우고…….
휘파람을 불어라.

이제 오늘이 얼마 남지 않은 모양이다. 나를 귀족처럼 존대하는 빈대떡집을 나섰다. 거리가 몸부림을 친다. 변화를 분주히 운반하는 자동차떼가 볼만하다. 눈에서 불이 뚝뚝 떨어진다. 결혼 행렬이 멈췄지만 오늘을 청산하기에는 아직 이르다. 어둠 속을 좀 파보자. 마음껏 외로운 맛을 찾아보자.

앞뒤를 살펴보고 인기척이 없는 것을 확인한다.

"모오든 나는 오라."

고 한번 외쳐본다. 참 개운하다. 청계산을 끼고 이렇게 균형을 잡지 못하며 걸어가는 시간이 여간 흐뭇하지가 않다. 살 속에 밴 '알콜'의 부축을 받으며 나는 내가 얼마나 외로운가를 차근차근히 찾아볼 수가 있다. 나는 내가 감내할 수 없을 만큼 벅찬 외로움 속에 휘감긴다. 이렇게 되기를 내가 원했던가? 아릿아릿한 과거를 토막토막 물어본다 해도 내가 이렇게 되기를 원한 적은 한 번도 없을 것이다. 지금 내가 조심스럽게 자국을 옮기는 곳이 풀포기 속에 율묵이*가 옹스리고** 있는 도랑길이라고 생각해본다. 송사리를 잡던 그 도랑을 따라 한참 내려가면 '빨래샘'이 있다. 퍼렇게 이끼가 옮긴 옹달샘에서 나는 거머리를 잡겠다고 발을 담그고 애를 쓰던 일이 있다. 살얼음 속이라 물은 차가웠다. 낯간지러운 그 장딴지가 뻐얼겋게 부풀도록 담그고 있어도 거머리는 달라붙지 않았다.

"하나…… 두울…… 세엣……."

되도록이면 처언천히 백까지 세고 들여다보아야 거머리는 나타나지 않았다. 나는 발과 장딴지만이 아니라 아랫도리가 온통 절리고 감각이 없게 되었다. 그렇다고 해서 엉엉 울은 것은 아니다. 이튿날 또 그 짓을 했지만 거머리는 잡히지 않았다. 다음 날도 마찬가지였다. 꼭 살려야 할 어머니는 내가 그 짓을 하는 동안에 돌아가셨다. 의원이 시키는 대로 거머리를 잡아 약을 만들지 못했기 때문에 나는 싸늘한 어머니를 부둥켜안

* 율모기. 뱀의 한 종류.
** 옹그리고.

51

고 악마구리*처럼 울었다.

　　그런 과거를 지금 물어보아야 눈물이 나오지 않는다. 눈물은 고사하고 허허 웃음이 나온다. 지금 내가 걸어가는 곳은 분명 서울 한복판 청계천 변이다. 지금 내 눈앞에 우뚝 솟은 것은 동구 밖에 그네를 매던 팽나무가 아니다. 발을 멈추고 아무리 살펴보아야 순국열사의 기념회관이 소담하게 퍼붓는 눈을 맞고 서 있을 뿐이다. 더 가까이 가본다. 나는 누더기처럼 피로한 덩치를 기념회관 한 모퉁이의 차디찬 벽돌장에 기대고 살며시 눈을 감는다. 크게 숨을 내뿜어 본다. 그리고 아무런 대가도 요구하지 않는 위로를 불러보는 것이다.

　　"모오든 나는 오라."고.

—《현대문학》, 1956년 2월.

| ＊참개구리.

비인격형非人格型

이 군은 볼품없는 내 걸음걸이부터 고쳐야 한다고 충고하는 것이었다. 멀쭘한 킷배기에 밤낮 길바닥만 바라보면서 땅덩이가 꿰어질까 봐 조심조심 다리를 옮겨 놓는 꼴을 보다 못해서 핀잔을 주는 것이다.

"눈을 부릅뜨고 아랫배에다 항상 힘을 주면서 걸어봐……."

오죽해야 그런 소리를 할까마는 아랫배에 힘을 주고 눈을 부릅뜨라는 것이 내게는 여간 대견하지가 않았다. 오뚝이처럼 걸어가는 이 군의 뒤를 따르면서 어깨를 한번 쭉 펴보기도 하였지만 되레 숨이 콱 막히는 것 같아서 견딜 수가 없기 때문에 자연히 또 땅바닥을 바라보며 추근추근 끌려가는 것이었다.

"추럭이나 차에 절대 치이지 않도록 조심해야 해……."

"……."

"마큐-리 정도라면 못 이기는 척 갈려줘도 괜찮지……."

이 군이 하는 얘기는 지극히 당연했기 때문에 나는 그 말에 찬동하는 의미에서 '헤에' 웃었다. 이 군이 하는 말은 나를 조소하는 어기뚱한 것이 아니었다. 사실 추럭이나 차에 치어본댔자 위자료도 제대로 받지 못

하고 말 것이니까…….

사람이 많이 우글거리는 곳, 특히 남대문 지하도를 빠져나갈 경우 나는 양 호주머니에 손을 움켜 넣고 바싹 웅숭린다. 소매치기가 우글우글하기 때문이다. 아무리 소매치기들이라고 한들 해골 속에 들은 넋이야 순식간에 날쳐 가지 못할 테지만 시민증이랑 병사수첩 그리고 주간신문사 기자증 등을, 나의 인격이 몽땅 들어 있는 지갑을 놓쳤다가는 큰 변이 생긴다. 그 소담한 것을 움켜쥔 내 손바닥에는 땀이 촉촉이 배어들 정도인데 앞장선 이 군은 태연자약하기 짝이 없었다. 그럴 것이 그는 호주머니 속에 아무것도 없는 것이다. 신분증 나부랭이가 무슨 소용이 있으며 무엇 때문에 그따위 종이쪽에 의지해서 살아야 하는 것이냐는 것이다.

"여보 여보!"

지하도를 마악 빠져나와 서울역 쪽으로 가는 길인데 이 군과 나는 젊다는 것만으로 기피자의 혐의를 받은 것이다. 나는 기활 좋게 지갑을 꺼내 고루 들추어 보였다.

"민병대 훈련을 왜 안 받았어?"

민병대 훈련? 나는 까맣게 잊었던 일이 생각났다. 돈 이천 환을 들여서 도장을 몇 개 찍어놓은 지가 벌써 오래다. 그렇게 무심하였다는 것이 혼날 만큼 되어 있다.

"보시다시피 몸이 아파서 몇 번 못 나갔습니다. 용서하십시오."

나는 예의상으로라도 그렇게 한번 빌붙어 보는 것이었지만 해결할 방도는 아니었다. 나를 등 뒤로 밀어 세운 그들은 사나운 눈초리로 뻣뻣이 서 있는 이 군을 오라고 손짓했다.

"무엇이요?"

이 군은 그 짙은 눈썹을 곤두세우며 큰소리로 들이댔다. 내가 더욱 놀랜 것은 이 군의 입에서 터져 나온 소리가 분명 우리말이 아니었다.

"미스터 캉 통역하시오."

이 군은 더욱 눈살을 찌푸리며 나에게 통역을 시키고 그 유창한 영어를 뇌까리는 것이었다.

"난 미국의 시민이오. 이름은 촬멘 리이. 아시겠소? 그리고 이 사람과 지금 중대한 용무를 띠고 가는 길이오. 알겠소?"

금시 주먹이라도 올라갈 것처럼 서둘다가 어깨를 추썩 하며 씽긋 웃는 그 몸짓이 어쩌면 그렇게도 어울리는지 나도 그 바람에 거침새 없이 통역을 해치웠다.

이 군 아니 '촬멘 리이'(철명哲明이라는 뜻) 덕분에 나도 그 자리를 무난히 모면하기는 했지만 웬일인지 다리가 후들후들해서 걸음을 걸을 수가 없었다.

"헤이 택시!"

나보다는 달리 이 군은 민병대 취체원들을 한번 노려보고서는 '택시'를 불러 나를 태우는 것이었다.

"일대일로서는 도저히 움직일 수 없는 사나운 거리에서 자네는 어쩌자고 자신을 그렇게 비하시키나? 그래 민병대 취체원들에게 용서하십시오 하고 싹싹 비는 것이 비굴하다고 생각 들지 않나?"

차 속에서 이 군이 무슨 소리를 하든지 나는 응수할 수가 없었다.

이 군에 대하여는 말이 많다. 정신분해증精神分解症 환자라고 보는 사람들이 있는가 하면 그것이 아니고 과대망상증에 걸린 것이라고 우기는 축도 있다. 정신분해증이건 과대망상증이건 그런 정신병 환자로 자칭하는 것이 본인 이 군에게는 명예스럽지 못한 일이다. 보통 사람 같으면 칼부림이라도 생길 일이다. 그렇지만 이 군은 그런 소리를 정면으로 다 듣고서도 시렁치도 않는다. 시렁치도 않는다느니보다 본인 역시 그것을 긍정하는 편이다.

"정신분해증이라고 하니 잘 맞췄군."

자신을 욕하는 상대방을 치켜세우는 그런 소리를 들을 때 그 말을 전 가한 사람이 되레 무색하게 되는 것이다. 또 과대망상증 운운하는 것도 있을 법한 일이라는 것이다. 그러나 자기가 생각하고 있는 것은 불원한 장래에 꼭 실현될 것이고 보니 그때 가서야 이러쿵저러쿵 지껄여대던 친 구들의 말문이 꽉 막히게 될 것이라고 한다. 불원한 장래에 실현될 것이 라는 그 일이 무엇인지는 분명치 않다. 새로 설치되는 어떤 정보 기구의 책임자로 가게 될 것인데 그 자리는 각부 장관과 동등한 대우를 받는 것 이라고도 하고, 한국을 원조하는 모든 외국 기관을 통할할 수 있는 고문 관으로 교섭을 받고 있다고도 하고, 그 밖에도 이 군을 모셔 가려고 하는 자리는 한두 군데가 아닌 상싶었다. 그 굉장한 감투 자리도 이 군에는 모 두 비위에 맞지 않을 뿐만 아니라 인격이 용납하지 않지만 권력 없이는 살 수 없는 세상이니, 자기도 그전과 같은 고집을 버리고 한번 쨍쨍거려 볼 작정이라는 것이었다. 이 군이 어느 자리고 하나 차지하는 날에는 서 울 장안에서 제일 눈에 띌 만한 고급 자동차를 장만하고 일곱 사람의 비 서를 거느리게 될 것이라는 흰소리를 들은 친구들은 누구나 그를 과대망 상증에 걸린 놈이라고 비웃는 것인데, 이 군 자신은 그것이 불원한 시일 에 꼭 이루어질 것이니 두고 보라는 것이다. 하기야 현재 아무 직함도 없 으면서 나를 비서로서 거느리고 있는 것이니 장관 자리를 차지하는 날에 는 일곱 사람쯤 문제가 아닐 것이다. 이 군 배짱에 그렇게만 된다면 또 장안에서 제일 눈에 띌 만한 자동차를 장만한다는 것도 그럴싸한 이야기 다. 이 군이 그렇게 출세만 한다면야 나는 누구보다도 그 덕을 입을 수 있는 처지다. 나는 이 군의 온갖 계적지근한 심부름을 다 하고 있기 때문 에 그런 소리를 하는 것이지만 그러나 이 군을 따라 벼락출세를 하겠다 는 생각은 별로 가져본 일이 없다. 내가 무슨 인격이나 사리를 따져서 당치 않은 일이라고 그러는 것은 아니다. 그가 하는 짓이 퍽 허황한 줄은 알지만 아주 터무니없는 소리라고는 여겨지지 않았기 때문에 은근히 이 군의 출세를 기다리면서도 내 자신이 그 축에 끼어보겠다는 생각은 가져 본 일이 없다. 그것은 내가 소심한 탓일는지도 모른다. 내가 보기에도 어림없는 것들이 멋대로 쩡쩡거리는 판세에 격에 맞는 일이 따로 있을까마는, 모든 것이 멍청스럽게만 여겨져서 현재의 위치로부터 비약이란 되레 대견할 것만 같았다. 그러기 때문에 늘 이 군으로부터 핀잔을 먹지만 할 수 없다.

이 군의 하는 짓을 따를 수가 없다. 관상대가觀相大家 용암사龍岩師를 다뤄 넘기는 솜씨라든지, 염료회사 전무취체역이라는 황 모와 진행시키고 있는 모사某事의 내용이라든지, 그 밖에도 몇 가지 이 군의 최근 활동 상황을 내가 잘 알고 있지만 사실 그는 나와는 판이한 인격을 지니고 있는 것이다.

용암사도 직업이 직업인지라 보통은 지난 사람이지만 이 군 앞에서는 무조건 쩔쩔매고 깍듯이 선생님 대접을 하니까 말이다.

이 군과 용암사는 세상에 둘도 없이 절친한 사이처럼 보였지만 실상 그들이 알게 된 것은 불과 달포 전 일이다.

"길 가는 신사 숙녀 여러분! 잠깐 발을 멈추고 이 돌멩이가 굴러가는 것을 보십시오."

불탄 우체국 앞 노상에서 키가 후리후리한 사내가 주먹만 한 돌을 움켜쥐고 소리를 지르는 것이었다.

"이들은 내가 계룡산에서 내려올 때 가지고 온 것입니다. 내가 가져 오지 않았으면 이 돌은 지금도 계룡산 속에 묻혀 있어야 할 것입니다. 그런데……"

미친 사람 같지도 않고 해서 이 군과 같이 그자의 연설을 듣다가 나는 '피이' 웃어버리고 이 군의 옆구리를 건드렸다. 그따위 허튼소리를 듣고 서 있기가 싱겁고 남이 보기에도 창피한 생각이 들어서 어서 가자고 눈짓을 했지만 웬일인지 이 군은 그 사내의 침이 툭툭 튀어나는 입언저리를 맥 놓고 바라보고 있었다.

"선생님은 오늘 꼭 만나야 할 사람을 아직 만나지 못했지요? 그렇다고 낙심할 것은 없습니다. 두 시간 이내에 그 사람은 약속한 자리에 나타나고 사흘 후에는 그 일에 어느 정도 서광이 보일 것입니다……."

거리의 철학가는 군중 속에 끼어 있는 허수레한 구제품 신사에게 밑도 끝도 없이 그따위 말을 주워섬기는 것이었다.

"좀 더 자세히 알고 싶으면 중국대사관 앞 제일여관 칠호실로 오시오. 선생은 천재일우의 좋은 기회가 눈앞에 가로 놓여 있습니다."

그런 식으로 군중 속에 있는 몇몇 사람의 운명을 간단히 판단하면서 여관으로 오면 더욱 자세히 일러주겠다고 하였다. 계룡산 속에서 이십 년간이나 도를 닦았다는 철학가가 연설을 마치고 여관으로 돌아가자 그 뒤에는 눈이 멀쯤하니 고드래 침만 삼키는 친구들이 네댓 명이나 주욱 따랐다. 제일여관 대문에는 창호지에다 '관상 운명 판정 백발백중 동양 철학가 용암사 감정소'라고 써 붙이고 굴속 같은 칠호실 벽에는 '평생감정 일천오백 환 당년신수 오백 환 작명 일천 환' 등등의 정가료가 숙박요금표와 나란히 붙어 있었다.

귀인이 도와서 관계官界로 들어가게 되었느니, 가장 가까운 처지에 있는 사람이 해를 붙일 것이니 조심하라느니, 금속을 다루는 사업을 하면 기필 성공할 것이라느니 하는 소리를 모두 경건히 듣고 나서는 빙글빙글 가벼운 걸음으로 돌아간 뒤에 맨 나중으로 이 군의 차례가 왔다.

이 군은 그 시커먼 입술을 여덟 팔 자로 다물고 교만을 빼면서

"지금부터 일송을 찾아가서 국사를 좀 논의해야겠는데 만날 수 있을

까 봐주시오."

하였다. 이 군이 만나야 하겠다는 일송이 ○○당 당수의 아호라는 것을 알아챈 용암사는 호주머니서 시계를 꺼내더니 괴상망측한 짓을 시작했다. 칠이 마구 벗겨져서 얼룩덜룩한 자개상 위에다 은딱지에 용을 조각한 회중시계를 올려놓고는 뻘건 헝겊으로 푹 덮고 무슨 주문을 한참 동안 외우는 것이었다.

"내일로 미루는 것이 좋겠는데요."

헝겊을 걷고 시계를 한참 들여다보며 고개를 갸우뚱거리던 용암사는 오늘은 만날 운이 없다고 하는 것이었다. 이 군은 또 '유엔' ○○위원단 ○국 대표와 진행시키는 일이 어떻게 되겠는가? 영국 대사의 청탁을 들어주어야 할 것인가? 질문을 던지고 시치미를 떼는 것이었다.

"오늘 남방에서 무슨 변화가 있었지요?"

이 군 질문을 일일이 대답하고 난 다음 용암사는 그런 반문을 던졌다. 아주 심각한 표정을 지으면서 오늘 새벽에 국운國運을 점쳐보니까 아무래도 남방에서 무슨 변화가 생길 것만 같더라는 것이다.

이 군과 용암사의 그따위 수작을 보고 있자니까 금시 폭소가 쏟아질 것 같았지만 나는 참았다. 그들의 인격을 존중해야 하기 때문이었다.

이 군과 용암사가 서로 알게 된 것은 그런 동기에서였고 그 후 이 군은 매일 용암사를 방문하였다. 이 군이 나를 뒤따르게 하고 제일여관 대문을 들어서는 시간은 오전 열한 시 이후로 정해져 있었다. 그 시간을 택하는 별다른 이유는 없지만 이 군은 저녁마다 정치적인 '파아티'*에 초청을 받기 때문에 자연 아침은 늦도록 자게 된다는 것을 은연중 표시하고 있었다.

| * 파티party.

"미군 모 장군과 밤새도록 정담政談을 했지요. 그 친구 정치 문제에 다소 아는 것이 있든데요. 내 용암 선생 얘기를 좀 했습니다."
하기도 하였다.

"자아 오늘 '스케줄'을 짜야지요?"

아침 인사가 끝나고 나면 용암사는 회중시계를 상 위에 꺼내놓고 이 군의 얼굴을 쳐다본다. 그는 이 군과 접촉하는 동안 '스케줄'이라는 말을 배워서 꼭 그것을 써먹는다. 오늘의 '스케줄'을 짠다는 것은 이 군이 하루 동안 해야 할 예정을 용암사가 점을 쳐서 그날 일수에 운이 닿는 것은 실천하도록 하고 그렇지 못한 것은 보류시키는 것을 말하는 것이다.

"오늘은 부산까지 좀 다녀와야겠는데 어떨까요?"

이 군은 졸지에 부산까지 가야 할 일이 생겼는데 일수가 어떻겠는가 보아달라는 것이었다.

이 군이 부산까지 가야 할 중요한 용무가 생겼다는 것은 비로소 그 자리에서 나온 소리였지만 나는 놀라지도 않고 웃지도 않았다. 물론 이 군이 하는 얘기는 터무니없는 소리다. 그러면서도 용암사가 고개를 끄덕이고 눈을 감으며 주문을 외울 때 나 역시 심각한 표정으로 '나도 부산까지 같이 가는데' 하는 눈치를 보이는 것이다.

"꼭 가시게 되어 있는데 일은 오늘 종결짓지 못하겠습니다. 굉장히 어려운 일 같습니다."

이십 년간이나 입산수도를 하였다는 동양철학가는 이 군의 일수日數를 점치면서 어려운 일이 생겼을 때마다 몸을 부르르 떨기까지 한다. 이 군은 벽에 넌지시 기대어 고개를 끄덕이며 무겁게 어깨숨을 내쉰다.

용암사가 내 얼굴을 쳐다볼 때는 나도 걱정스러운 기색을 취해야 된다.

"거마비 없으시죠?"
하면서 용암사 손에서 지팡장이 이 군 '포'으로 옮겨지기 전에는 사실 걱정스럽기 짝이 없다. 물론 그것은 내 속심으로서만의 걱정이다. 아무렇게나 집어 주는 척하면서도 이천 환 한도를 넘어본 적이 없는 그 돈을 얻기 위하여 이 군이 그런 짓을 한다고 하면 피차간 인격 문제니까……. 더군다나 거마비라고 하면서도 으레 뒷소리가 있는 것이다.

"아무리 소관이 바쁘시드래도 제 일두 좀 서둘러주십시오. 이거 어디 거리에 나가 떠들고 있으니 꼴이 됐습니까……. 요즘은 소득 없이 입만 아프고……."

용암사는 각부 장관들이나 저명한 정치인들과 관련을 맺도록 해달라는 것이었다. 자기가 장관실을 순회해도 좋고 그렇지 않으면 용건만 적어서 보내면 그시 그시 판정을 내려줄 테니 그들의 시운판정時運判定과 관형찰색觀形察色을 보아주도록 특약을 터달라는 것이다. 그것은 비단 돈벌이만 하자는 것도 아니요 자기의 명성을 높이자는 것도 아니라고 하면서 무학대사無學大師의 행적 등을 주워섬기는 것이었다. 이 군은 그것도 그것이지만 외국 고관들까지도 소개해주겠노라고 했다. 외국 사람들을 상대하면 한 건에 십 불씩은 받을 수 있을 것이니 수입도 착실할 것이라고 했다.

용암사가 서둘러달라는 것은 그런 일이다. 꼭 그것을 조건으로 내세우는 것은 아니지만 찻삯을 하라고 하면서 매일 이천 환 돈을 대주는 것은 역시 그 일 까닭일 것이다. 남의 운명을 백발백중 점쳐주는 용암사가 그렇게 협협히 속아 넘어간다는 것이 여간 우습지가 않지만 우리로서는 결코 웃을 일이 못 된다. 이 군과 나는 그 지간에 그 '거마비' 덕분에 살아왔기 때문이다.

용암사가 아무렇게나 집어 주는 이천 환 돈은 그것이 우리들의 총수입이요 또한 생활비가 되는 것이다. 그렇기 때문에 나는 용암사 앞에서는 머리가 숙여지고 그의 얘기는 팥을 콩이라고 해도 곧이듣는 시늉을 해야 되는 것이다. 만약 우리들에게 그런 고정 수입(?)이 없어지면 당장 거지가 되는 수밖에 없으니까 말이다. 그런데 이 군은 그것이 아니다. 용암사로부터 매일 그만한 용돈을 얻어 쓰는 것은 지극히 당연한 일로 생각하는 모양이었다. 용암사가 미처 생각이 미치지 않은 듯할 때는 당당히 손을 내밀고 때로는 돈이 약간 더 필요하다고 하면서 사오천 환씩 요구하기도 했다. 돈이 더 생기는 날은 우리는 청탕(중국목욕탕)으로 가는 것이 생활 양식이 되어 있었다. 평상시와 같이 명천옥의 얼크름한 대구탕과 대포 한 잔(나는 안 마시지만)을 해장 겸 점심으로 들고 소공동 뒷골목에 있는 청탕을 찾아가는 것이다. 나는 이 군의 하는 일을 늘 마땅치 않게 여기면서도 어쩔 수 없이 꽁무니를 따라다니는 것이었지만 '청탕'만은 이 군보다 내가 즐기는 편이다.

살이 벌겋게 부풀도록 탕 속에 들어앉았다가 뛰어나와 홑이불을 덮고 한참 자는 맛이란 여간 개운한 것이 아니다. 이 군 역시 한잠 자고 나서 정신이 희맑아지면 그가 말하듯이 소위 인간적인 이야기를 끄집어낸다.

"사람이 진정 사람으로 살아갈 때, 다시 말하면 인격적으로 생활할 때 그때만이 인간 본래의 생활이 있는 것이야. 그것은 사람이 인간으로서의 가치를 요청하는 생활이거든. 그와 같이 인간 가치 또는 자아 가치를 요청하는 생활에 있어서만이 개돼지나 날짐승과는 달리 인간적인 생활이 있는 것이야. 그런 의미에 있어서의 인간적 생활 즉 인간 가치적 생활이 인격적 생활이란 말이야, 알겠나? 그런 인격적 생활이 본래의 인간 생활이 아니겠어?"

인간적이니 인격적이니 하는 어구가 쏟아져 나오는 날이면 그날 밤은 영락없이 이 군은 나를 끌고 '미세쓰 안'을 찾아가는 것이었다. '미세쓰 안' 역시 한두 번이 아니고 공연히 술상머리에 앉아서 그따위 고리타분한 소리를 듣는 것이 짜증도 날 일이지만 그것이 영업이니만큼 적당히 감탄사를 섞어가며 경청하는 것이었다. 이대 출신이요 학자의 부인이었다는 인격의 소유자 '미세쓰 안'이 이 군의 하는 말을 새겨듣지 못할 바는 아니지만 지금 그의 처지로서 '자아 가치를 요청하는 생활에 있어서만이…… 운운' 하는 따위 소리를 들을 겨를이 없는 것이다. 이 군이 아무리 열변을 토한댔자 그것은 옆방에서 터져 나오는 〈양산도〉나 〈도라지타령〉 비슷한 것이다. 만약 이 군 입에서

"야수적 생활만이 인간적 생활이 아니겠소?"

하고 반문이 나온다 해도 그는

"그렇습니다. 옳은 말씀이지요."

할 것이다. 무슨 소리를 하든지 부정할 필요가 없는 것이다. 지껄일 대로 지껄이고 제멋에 지쳐서 일어설 때에 몇백 환의 지황장을 받는 것만 잊지 않으면 되는 것이다.

그러나 이 군은 그 '인격적 생활론'을 토로하기 시작하면 통행금지 시간이 다가와도 일어날 줄 모르고 심각한 표정으로 '미세쓰 안'의 손만 바라보고 있는 것이었다.

"미세쓰 안은 내 얘기를 알아듣는다. 그는 내가 발견한 최초의 여성이다."

이 군은 그 여자를 여간 찬양하는 것이 아니었다. '미세쓰 안'에게 인간 가치적 또는 인격적 생활을 찾아주기 위해서라도 권력을 잡아야 되겠다고까지 서둘렀다.

나는 그때까지도 이 군의 모든 언행을 이해할 수 있었기 때문에 아무리 굴욕적인 사례가 있더라도 꿀컥 꿀컥 참아왔다. 그런데 이 군에게 새로운 생활 문이 열리면서부터 나는 이 군의 하는 짓을 그대로 보고만 있을 수가 없었다. 이 군에게 새로운 생활문이 열렸다는 것은 그가 무슨 권력을 잡고 출세했다는 것이 아니다.

염료회사 황 전무를 알게 되면서부터 이 군은 그가 늘 소원하던 자동

차를 한 대 얻고 매일 몇만 환씩의 용돈이 생기게 된 것이다. 서울 장안에서 제일 뻔쩍이는 것은 못 되지만 이 군이 전용으로 타게 된 자동차도 오십삼 년식 무엇이라고 내세우는 물건이어서 그대로 행세할 만은 하였다.

"불편하시지만 당분간만 심보(참다)하십시오."

황 전무는 운전수를 소개하면서 당분간만 그 차로 '심보'하면 일이 성사되는 대로 새 차를 한 대 사주겠노라고 했다. '뻐쓰' 값조차 없어서 투덕투덕 걸어 다니던 처지에 자동차가 생겼다는 것만도 천행스러운 일인데 당분간만 '심보'하라는 조건쯤이야 문제가 아니었다.

자동차가 생기면서부터 이 군의 생활은 일대 개혁을 일으키고 그의 인격은 솟구쳤다. 빈대떡 몇 쪽을 놓고서 '인간 가치적 생활'을 논하는 것이 아니라 '우이동'이다, '남한산성'이다, 심지어는 '팔당'까지도 차를 몰고 다니면서 가는 곳마다 요리상을 벌여놓고 앉아서 진리를 토론하는 것이었다. 내야 물론 그림자처럼 그를 따랐지만 그제부터는 '미세쓰 안'이 더욱 두터운 그림자가 되어 항시 이 군 곁에 붙어 다녔고 착실한 비서 역할을 하였다. 그러니까 나는 자연 걸리적거리는 존재가 되었고 나의 인격에 대한 문제도 좀 생각해야만 되게 되었었다. 그리고 이 군이 돈을 물 쓰듯 한 그 뒷머리가 어떻게 될 것인가 하는 걱정이 자꾸만 겹쌓이는 것이었다. 그런 기색이 이 군에게는 마땅치 않은 모양이었다. 나는 이 군과 황 전무 간에 상약한 것을 잘 알고 있으며 그리고 이 군이 그 약조는 젖혀놓고 딴전을 벌이고 다니는 것을 뻔히 알고 있으니까 이 군도 내게만은 인격이 들여다보이는 것이다. 그러면 그런 대로 전과 같이 고분고분 따라다니며 말썽이나 부리지 말아야 할 터인데 그것이 아니고 보니 이 군으로서는 지극히 못마땅하게 여길 수밖에 없었다.

어느 날 나는 이 군으로부터 기가 막히도록 핀잔을 먹고 나도 그만큼 오금을 준 일이 있었다. 일요일이었다.

이 군은 무슨 속심에선지 자동차를 공덕동 어느 예배당으로 몰았다. 역시 '미세쓰 안'을 옆에 태우고 있었다. 나는 조수마냥 운전사 옆에 타고 가면서 급작스레 예배당에 가자고 하는 이유가 무엇일까 하고 요모조모 생각해보았지만 도무지 알 도리가 없었다. 예배당이라고는 하지만 토담집으로 겨우 몇십 명이 들어앉을 수만 있도록 만들어놓은 집이었다. 그런데 번쩍번쩍하는 '세단' 차가 딱 가서 멈추니까 모두 구경거리나 난 것처럼 내다보고는 수군댔다. 도시 교회라고는 처음 가보는 나로서는 마치 풍속이 다른 어느 외지에나 간 것처럼 어색하기도 하였지만 소공동에 있는 중국식 목욕탕엘 들어갈 때보다는 좀 더 경건한 마음으로 연단에서 무슨 신기한 소리가 나올 것을 기다리면서 쭈그리고 앉았었다. 그런데 주일 예배를 보는 그 자리가 별것 없이 '도떼기시장'과 흡사하다는 것을 느끼고 소매치기를 경계할 때처럼 불안한 생각이 들었다.

그날 목사의 설교는 모든 것을 바치라는 것이었고 찬송가 역시 자세히 기억은 못 하지만 '주님 앞에 바치겠네' 하는 것뿐이었다. 목사가 설교를 할 때 "아야" "아야" 하고 탄사들을 보내고 있었는데 그럴 때 옆에 앉아 있는 이 군의 표정을 돌아다본 나는 또 폭소가 쏟아질 듯한 것을 억지로 참았다. 마치 교장 선생님 훈화를 듣는 국민학교 우등생처럼 도사리고 있는 이 군의 모습은 나 혼자 보기에 참으로 아까울 정도였다.

"나는 그 병사의 손꾸락 하나가 없어진 내력보다도 그가 주님 앞에 회개하고 사죄하는 거어룩한 심정을 말하는 것입니다."

목사는 그가 군목軍牧으로 있을 때 보고 들었다는 '손가락 잘린 병사'의 이야기를 들어 설교하는 것이었다.

기독교 신자인 어느 젊은 병사는 단 한 가지 후회가 있었다. 그는 예배당 신축 연보를 거둘 때 선뜻 금반지를 빼어 바치지 못한 자신을 늘 책망하였다. 그는 '마리아'라고 하는 여인이 주님 발등에 향유香油를 들이 부은 것처럼 손가락의 금반지를 뽑아 바쳤던들 일선에서도 아무 괴로움이 없을 것이라고 생각했다.

치열한 전투가 벌어지자 그 젊은 병사는 적탄을 맞고 쓰러졌다. 얼마 후 의식이 돌아선 그는 손가락이 잘려진 것을 발견했다. 적군이 금반지를 뽑다가 급하니까 손가락째 잘라 간 것이었다.

"나는 그 병사의 손을 잡고 기도드렸습니다……."

그와 같은 요지의 설교가 끝나자 특별 연보를 거두는 주머니가 좌중을 샅샅이 훑어나갔다. 예배당 신축 기금을 거두는 것이다. 나는 연보 주머니가 내 앞을 스쳐 갈 때 어려서 방게를 잡겠다고 동구 밖의 방죽 둑을 쫓아다니던 생각이 나서 그만 '픽' 웃고 말았다. 나뭇가지 끝에다 아가리 벌어진 주머니를 매달고 사알살 지홧장을 훑어나가는 꼴이 방게잡이와 흡사했기 때문이다.

주머니가 바로 내 옆에 앉아 있는 이 군 앞에 멈추자 이 군은 호주머니에 손을 푹 넣어서 집히는 대로 꺼냈다. 뻘건 천 환짜리였다. 그때 나는 분통이 터지며 이 군이 무척 패씸했다. 제 종노릇을 하다시피 하는 나는 엉덩이가 너벌너벌하는 양복바지를 꼬이고 다니지 않는가?

그것보다도 그 돈머리가 그렇게 돌아갈 성질의 것이 아니다. 황 전무가 하루 일만오천 환씩 주기로 하고 자동차를 특약하여 제공한 것이나 매일 몇만 환씩 비용을 대주는 것은 그 회사의 흥망 문제가 이 군의 손에 달려 있기 때문이다. 황 전무는

"목성木性을 가진 귀인의 도움을 받아 기필 성사하겠습니다."

하는 용암사의 말을 철석같이 믿고 외국 고간들과 친교가 있다고 해서 소개를 받은 이 군을 어디까지나 숭배하는 처지였다.

"바닷속에 들은 대포 탄환을 건지겠다는 미친놈들……."

이 군은 그들을 미친놈들이라고 냉소한다. 그러면서도 대우는 대우

대로 받는 것이다. 막대한 비용과 생사를 걸고 덤비는 ○○염료회사의 사업을 다른 사람들은 몰라도 용암사나 이 군의 처지로서 '미친 짓'이라고 냉소할 수가 있을까?

일본군이 산더미같이 쌓아놓았던 대포 탄환을 패전 머리에 J 항구 앞바다에 내다버렸다는 사실을 알고 있는 ○○염료회사에서는 그것을 도루 건지겠다는 것이다. 물속에 든 대포 탄환을 건져서 그 속에서 화약을 뽑아가지고 전 국민이 알뜰하게 쓸 수 있는 염료를 만들자는 것이다. 그 치밀하고 과학적이고 애국적인 사업을 용암사는 기필코 성공한다고 단정했고 '목성을 가진 귀인' 이 군은 미군 당국과 교섭하는 중대 과업을 선뜻 담당한 것이다.

"강 군 아까 왜 웃었지?"

예배당에서 돌아오는 길에 이 군은 그 영웅적인 눈썹을 꼿꼿이 세우면서 나를 문초하기 시작했다. '미세쓰 안'만 같이 타고 있지 않아도 덜 섭섭했을 터이지만 나는 나로서의 인격상 그대로 있을 수가 없어서 한마디 안 할 수가 없었다.

"남의 돈으로 연보 바치는 것이 우스워서……. 황 전무는 그런 돈을 주지 않았을 텐데……."

"뭣이!"

이 군의 분격이란 이만저만한 것이 아니었다. 심지어는 날보고 '개자식'이란 욕설까지 하였으니까 말이다. '미세쓰 안'이 말리는 통에 그 정도로 그쳤지만 갈월동 근방에까지 오자 나는 차 속에서 축출을 당하고 말았다.

"강 군은 여기서 좀 나리지……. 그리고 다시는 만날 필요가 없어."

"……."

묵묵히 내리는 내 등 뒤에 백 환짜리 만 환 뭉치 한 다발이 던져지고 차는 휭 떠났다.

　그 길로 이 군은 돌아오지 않았다.

—《현대문학》, 1956년 6월.

또 하나의 전설

원 선생이 밥알을 혜적거리면서 반찬 접시를 흘기고 있노라면 뜨락에는 으레 도천이란 놈이 와서 쪼그리고 앉아 있었다. 팔짱을 끼고 간드러지게 도사리고 원 선생 동작을 목 놓고 바라보는 것이었다.

'이따위 접시만 너저분하게 늘어놓느니 양념간장에 깨소금이나 제대로 치지……'

원 선생이 이런 생각을 하면서 밥을 어린애 숟갈로 꼭 두 번 떠서 숭늉에 풀어 쓴 약이나 먹는 것처럼 들이마시고는 간장을 찍어다 쪽 빨고 숟갈을 동댕이치면 그 꼴을 바라보던 도천이는 군침을 꿀꺽 삼키고 외면을 하는 것이었다. 원 선생이 미처 아무 말도 건네지 않고 담배에 불을 붙일라치면 도천이는 켐켐 마른기침을 고누면서 툭툭 털고 일어서는 것이었다. 이때 원 선생이

"도천아 너 아침 먹었니?"

하면 유심히 흰 자국이 많은 그 큰 눈을 치뜨면서 홀추군히 바라보기만 하는 것이다.

"이거 와 먹어라 응."

하면 금시 생기가 돋치며 부엌 쪽을 힐끗 쳐다보고는 상머리에 와 쪼그리고 숟갈 목을 드는 것이었다.

도천이 숟갈질하는 것을 보고 이번에는 원 선생이 군침을 삼키는 것이었다. 아홉 살이라고 하지만 맞잘디 맞잘아서 실, 한 댓 살배기로밖에 안 보이는 아이가 폭폭 퍼 다루는 밥숟갈은 여간 어른 폭이나 다기졌다. 그래도 여관집이라서 된장찌개에 멸치 꽁치가 들어 빌척지근한 것이 별미스러운지 투가리가 깨어쪄라고 긁어 밥을 비비는 것이다. 밥숟갈을 떠서 넘기는 쪽쪽 원 선생을 힐끗힐끗 쳐다보면서 순식간에 한 사발을 단꿀 빨듯 하고는 쫓기는 사람처럼 횡 도망치는 것이었다. 맥없이 담배만 피우며 도천이 밥숟갈 오르내리는 꼴을 바라보던 원 선생은 그가 쪽대문 밖을 나선 것을 확인하고서야

"상 났습니다."

하는 것이다. 주인마누라는 밥사발 빈 것을 보고 반찬도 부실한데 이렇게 잘 잡수어주시니 고맙다는 둥 처음 오실 때보다 신색이 훨씬 나아졌다는 둥 한참 피새*를 부리고 원 선생이 빼주는 궐련을 황송히 받아 골치미에 찌르고는 밥상을 들고 나서는 것이었다. 계룡산을 흘러내리는 바람 소리가 요란하고 육모정 약수터에 가랑잎이 소복이 쌓여 옹달샘이 없어지자 탐승객들의 발길이 뚝 끊어졌다. 여관집에 묵고 있던 삼대 같은 휴양객들도 하나씩 둘씩 떠나고 남아 있는 원 선생만이 청승맞았다. 그래도 육모정 층댓돌에는 오징어, 껌, 양담배 등속을 늘어논 난전이 있었다. 낯선 사람들을 볼 수 없게 되자 자연 강 서방, 기돌이, 도천이 그리고 원 선생이 육모정 앞으로 몰리게 되었다. 강 서방과 기돌이는 난가게 주인들이다. 중들은 하나 소용 닿는 물건이 없고 도천이란 놈이야 오징어를

| * 급하고 날카로워 화를 잘 내는 성질.

짓물러서 때만 묻혔지 코 묻은 돈 한 닢 없다. 그래도 강 서방과 기돌이는 나란히 가게를 펴놓고 누구 물건이 더 먼저 줄어드나 경쟁을 하는 것이었다. 원 선생이 강 서방한테 양담배를 한 갑 사면 기돌이는 배앓이가 나서 코똥을 킹킹 뀌면서 비탈길을 올라가는 것이었다. 비바람이 멈추자 날씨는 아싹아싹 추워졌다. 강 서방은 가랑잎을 안아다 소복이 쌓아놓고 성냥을 그었다. 연기가 도천이한테로만 갔었다. 바람목을 모르고 불 곁에만 앉아 까마귀발 같은 손을 내미니 내울* 수밖에 없다.

"네 자지가 크기 때메시리 너한테만 가는 거야."

기돌이는 골려댔다. 도천이는 견디다 못해 일어서서 바윗돌에 날름거리는 다람쥐를 쫓아 올라간다.

원 선생이 기돌이 목판에서 오징어를 한 마리 집어서 불 속에 던지면 퍼그르르 타면서 냄새가 진동을 했다. 도천이란 놈은 어느새 냄새를 맡고 제 몸뚱아리만 한 고주박을 한 뿌리 질질 끌며 내려오는 것이었다.

"에이 장하다."

원 선생이 오징어를 한 쪽 짝 짜개 주면 도천이는 입어 벌어져 그제부터 뒤숭숭한 이야기를 끄집어내는 것이었다.

"너의 아버지 어디 갔니?"

원 선생이 말문을 열어주면

"울 아버지 죽었어유."

한다.

"왜 죽었어?"

"굶어 죽었지 왜 죽어유."

도천이 녀석이 시치미를 떼고 이렇게 대답하면 원 선생과 기돌이는

* 매울.

71

허리를 잡는다. 밤낮 듣는 이야기에 흥미가 없는 듯하면서도 강 서방도 따라 웃는다.

"굶어 죽었어? 그거 참 안됐구나. 근데 왜 굶어 죽었어?"

삘겨져 나올 소리를 뻔히 짐작하면서도 주둥이를 못 다물도록 말문을 트여주면

"밥을 사흘이나 굶구서루유 용수꿀 밭에 똥장군을 지구 갔대유."

하면서 야발거리는 것이 등사판에 찍어논 것처럼 매일 똑같았다. 원 선생은 강 서방한테서 벌써 도천이 아버지가 죽은 내력을 모조리 듣고 있었다.

도천이는 강원도서 내려온 피난민이었다. 계룡산이 피난지라는 말을 늘 들어온 그들은 충청도 땅에 접어들자 이내 계룡산으로 찾아들었다. 도천이는 보따리 위에 올라앉고 도천이 할머니는 며느리의 부축을 받으며 네 식구가 해탈문解脫門을 들어섰을 때에는 벌써 피난민이 백치 알 치듯 웅성거렸었다.

도천이 아버지는 흐뭇했다. 사람들이 많이 몰려 있다는 것보다도 계룡산의 걸직한 토질에 마음이 놓였기 때문이었다. 두메 농사에 이골 난 도천이 아버지는 보따리를 풀기가 바쁘게 굴멍*마다 찾아다니며 펀펀드리한** 데는 되는대로 파 일구어 귓다래끼만큼 한 밭떼기를 만들어놓았다. 들녘에서는 한창 논들을 맬 땐데 도천이 아버지는 끝조 씨를 뿌려서 절 뒷간을 알뜰하게 긁어다 걸구었다.

인민군들이 들어오자 피난민들은 태반이 풀려나갔었다.

밤나무 가지에 씨르래기 소리가 사라지고 밤비 몇 축에 참나무 잎이 누릿누릿해질 무렵 계룡산 골짜기가 온통 미어져라고 인민군들이 몰려

---

* '골짜기'의 방언.
** 펀펀한.

갔었다. 그렇게도 기활 좋게 토론을 하고 연설을 끌어 붓던 것들이 말 한 마디 없이 두세두세하며 북쪽으로 자꾸만 몰려가는 것이었다. 난리가 끝났는가 했더니 뒤쫓아 국군들이 밀려왔다. 그러고는 또 조용해지는 것이었다.

단풍이 한창이었다. 도천이 할머니 입에서

"야 참 곱구나……."

소리가 나올 만큼 그해 단풍은 유난히 고왔었다. 그러나 그렇게도 고운 계룡산 속에 사람 그림자는 없었다. 국군이 반격해온 뒤 절간에 중들과 여관집 식구들이 잠깐 돌아왔다가는 후리후리하다고 아랫마을로 되내려가는 것이었다. 메초로기들이 진종일 까 짖고 다람쥐가 바윗돌을 오르내릴 뿐 사람이라고는 도천네 네 식구뿐이었다.

대포 소리와 퇴각하는 인민군들의 발길에서 모질게 자란 스숙*은 겨우 도천이 손가락만큼 한 이삭이 그래도 철은 놓치지 않고 야문 것이었다. 도천이 아버지는 누더기 쪽같이 찢더벌린 밭뙈기에서 주섬주섬 스숙 단을 주워 모아 져 들이고는 아랫마을로 나다니며 바심 품팔이를 가으내 빠치지 않았다. 스숙 짚을 엮어서 지붕 꿰어진 것도 메꾸었다. 집이래야 암자 바로 뒤에 있는 병풍바위에다가 서까래를 걸치고 떳장으로 덮어 씌운 움막이었다. 싸리 가지를 다듬어 우물 정자로 살을 대고 회포대 종이를 찢어 바른 문이 없다면 그것을 사람 사는 집으로 볼 사람은 없었다. 굴멍에 듬성듬성 남아 있던 끝물 단풍도 색깔이 가시고 앙상한 쏙소리** 만 우거진 산속에는 겨울 다가오는 것도 빨랐다. 그러나 첫눈이 나뭇가지에 황홀히 피었다고 해서 도천이네는 걱정할 것이 없었다. 스숙 비슷한 것이 댓 말곡식이나 되고 품삯으로 거둔 쌀도 열일곱 말 되고 하니 겨우

---

* '조'의 방언.
** '상수리'의 방언.

내 팥잎죽거리는 든든했기 때문이었다. 다만 한 가지 걱정은 산속에서 외지게 사는 것이 두렵다는 것뿐이었다. 도천이 어머니는 인가 속에 가서 한겨울 지내고 오자고도 했었다. 그것을 도천이 아버지는 우겨서 버티었던 것이었다. 내 집을 두고 왜 남의 곁방살이를 할까 부냐는 것이었다. 흔한 나무에 구들을 달쿠어가며 살 수 있는데 이런 복덕방을 버리고 어디로 가느냐고 도천이 할머니도 펄쩍했었다. 그런데 그 한겨울을 그대로 넘기지를 못한 것이다.

된새벽부터 까마귀가 극성 궂게도 우짖던 날이었다. 인기척 없는 산속에서 까마귀 짖는 소리란 그리 듣기 좋은 것은 아니었다. 그날 밤이었다. 땅거미도 지기 전이었다. 여승들이 있던 암자 대문을 마구 뚜드리며 요란스럽게 주인을 부르는 소리가 들려왔다.

"산속에서 누가 길을 잊은 모양이로구나."

도천이 할머니의 이 말이 채 떨어지기도 전에 도천이 아버지는 문을 열고 "누구냐."고 소리를 질렀다.

대여섯 명이나 되는 청년들이 도천네 움막으로 올라온 것이었다. 국군 여름 복장을 한 사람도 있고 솜바지 위에다 '쟘바'를 입은 사람도 있었다.

그들이 하는 말은 겁결이라서가 아니라 알아들을 수가 없었다.

"우리는 당신네들을 잘살게 하기 위하여 산에서 싸우는 빨찌산들이다."

고 하는 말을 들었는데 그 '빨찌산'이라고 하는 말이 무엇인지를 몰랐었다. 그들이 쌀을 달라, 옷가지를 내놔라 하지만 않았더라면 공산당 하는 사람들인 줄도 몰랐을 것이었다.

이네 식구의 목숨이 달려 있는 곡식이라고 사정을 하여도 소용이 없었다.

우리 같은 불쌍한 사람들을 잘살기 위한다면서 왜 그것을 가져가느냐고 도천 할머니가 따지고 덤벼야 씨가 먹지 않았다.

"이 부랑당 놈들!"

하면서 도천이 할머니가 몸부림을 안 친 것도 아니었다. 번드름하게 저의 할 소리는 다 하면서 알곡식 한 톨을 남기지 않고 몽땅 쓸어 갔다. 심지어는 천장에 매달아 논 씨앗 봉지까지 떼어가지고 나서는 것이었다. 도천이 아버지는 숫제 참견도 하지 않았었다. 참척을 당한 것처럼 네 식구는 서로 찌푸린 얼굴들만 맞쳐다볼 뿐 아무 말이 없었다. 무엇을 탓해야 옳을지 몰랐기 때문이었다. 그런 일이 있은 후 도천이 아버지는 사흘 도막*을 목침을 벤 채로 누워 있었다.

그날 새벽에도 까마귀들이 청승맞게 짖었다. 도천이 아버지는 무엇을 생각했는지 물소처럼 한숨을 '후후' 내쉬고서는 밖으로 나갔다. 식구들은 뒷간에 가는 줄만 알았었다. 해가 삼불봉 쪽으로 돌았으니 거의 한나절이나 되었을 때다. 아랫마을 구장 집 머슴이 왜가리 같은 소리를 지르면서 도천이 아버지를 업고 산등을 내려오는 것이었다. 노루 올가미를 보러 갔더니 도천이 아버지가 보리밭 구덩이에 나자빠져 있더라는 것이었다. 보리밭에 인분을 지고 갔다가 허기가 져서 넘어진 모양이다. 그날 저녁때 움막집에는 초상이 난 것이다. 도천이 아버지는

"쌀가마니를 감추라."

고 헛소리를 버럭버럭 지르고는 숨을 거두었다는 것이다.

"울 아버지 굶어 죽었다."

고 노래 삼을 도천이 푸념은 여기에 연유하고 있는 것이었다.

원 선생이나 강 서방이나 도천이 녀석이 야발야발 지껄이는 것을 반

| * 동안.

웃음으로 듣기는 하지만 한편으로는 측은하기 짝이 없는 얘기였다.

도천이 녀석은 중이 되겠다고 했다. 원 선생이 가랑잎 밟는 재미로 계곡길을 거닐면 도천이는 앞장서서 양쪽 손에 돌을 집어 들고 톡톡 뚜드리면서 염불을 외곤 했다.

"정구업진언 수리수리 마하수리 수수리 사바하 오방내 외 안위지신 진언 옴아라 나미라다 지미 사바하……."

제법 목청을 가다듬어가며 천수경을 내려 훑는 것이었다.

도천이가 중이 되겠다는 이유에는 두 가지가 있었다. 중들이 공양드리는 것을 보면 언제나 쌀밥이라는 것과 그들이 집집마다 다니면서 목탁만 두드리면 쌀을 준다는 것이다. 도천이 녀석 이야기에는 언제나 쌀과 밥이 따라다닌다. 보천암 앞에 있는 색시 둠벙* 이야기를 할 때도 그렇다.

색시 둠벙이라고 하는 조그마한 둠벙에는 옛날 상주 색시 형제가 어머니의 사십구재를 올리려고 쌀을 씻다가 설움이 복받쳐서 두 형제가 한꺼번에 물속에 빠져 죽었다는 전설이 있다. 그런 이야기를 도천이가 야발거린다면

"허이얀 쌀을 한 함지 수북하게 가져가 씻다가 말이유……."

한다. 또

"색시들이 죽었으니까 그 쌀은 임자가 없잖어유. 그래서 동네 어려운 사람들이 그 쌀을 갖다가 밥을 실컨 해 먹었대유……."

한다. 도천이 녀석은 그렇게 꾸며대기도 곧잘 하는 것이다.

도천이는 까마귀가 짖으면

"오냐 오냐 알었어 불공꾼 온단 말이지."

하며 깨금발을 깡충깡충 뛰고 좋아했다. 중들이 까마귀가 짖으면 불공

| * '웅덩이'의 방언.

손님이 올 징조라고 낯살을 펴는 것을 보고 하는 소리였다. 불공꾼이 오면 도천이는 허리끈을 늦출 수 있기 때문이었다. 큰 불공이 들면 떡이나 과실도 흐뭇하게 고여놓는 것이었다. 불공이 있는 날이면 절에는 밥이 지천을 하는 것이었다. 중들이 실컷 먹고도 목기에 소담스레 고여논 쌀밥이 고스란히 남는 것이었다. 그것을 도천이 어머니는 앞치마에 싸가지고 오는 것이다. 몰래 가져오는 것이 아니라고 했다. 도천이 어머니는 불공이 있는 날이면 절에 불려가서 일을 거들어주기 때문에 남는 밥을 먹을 수가 있었다. 그러고도 찬밥이 남는다고 한다.

남은 밥은 회포대 종이에다 헤쳐서 말린다는 것이었다. 차돌처럼 말라 굳은 밥알을 팥잎죽에 한 호콤*씩 집어넣어서 끓이는 것이라고 한다. 도천이는 그래서 까마귀가 짖으면 여간 좋아하지 않았다.

싸늘한 빗방울이 잦고 가랑잎을 털어 내리는 바람 소리가 거세었다. 원 선생은 한나절에만 양지바른 펀더기를 거닐고는 종일 방에서 지냈다. 강 서방과 기돌이의 난전도 걷어치운 지가 오래였다.

강 서방은 아랫마을로 내려간 채 통 절 근처에는 비치지 않았다. 기돌이는 '모이쬬'** 판에 어울릴 나이세가 못 되기 때문에 날만 새면 터덜거리고 올라와 원 선생 방에서 해를 보내는 것이었다. 기돌이가 원 선생 방에 쑤셔 박혀서 된 말 안된 말 씨부렁거리는 것은 매일 한 갑씩 양담배를 팔기 위한 것뿐만이 아니었다.

기돌이가 원 선생 방문을 부스스 열고 들어오는 것은 원 선생이 조반상을 막 받았거나 늦도록 밥을 윗목에 밀어놓았을 때였다. 원 선생이 숭늉을 물어 입을 가시고 상을 밀어놓으면 기돌이는 기다렸다는 듯이 젓가락을 들고 나선다.

* 움큼.
** 화투 용어의 하나.

"짠지나 한 쪽 먹어볼까."

필요 없는 군소리를 하면서 짜곰거리기* 시작하면 어느새 밥상을 사타구니에 바싹 끼고 반찬 접시까지 싹싹 핥아버리는 것이었다. 도천이도 속에는 구렁이가 들어 있지만 기돌이란 놈은 한술 더 뜨고 덤비는 수작이었다.

기돌이는 빈 상을 부엌으로 날라다 주고 와서는 원 선생이 비위에 알맞을 만한 얘기를 꺼내는 것이다. 때로는 심심풀이가 되지 않는 것도 아니었지만 종을 잡을 수 없는 잔소리에 원 선생은 속으로 화가 날 때도 있었다.

원 선생은 며칠 동안 통 꼴을 볼 수 없는 도천이가 궁금했다. 자고 새면 알찐거리던 것이 보이지 않기 때문에 심심하기도 했었다.

도천이가 비치지 않는 데 그런 내막이 있으리라는 생각조차 해본 일이 없었다. 기돌이 이야기를 듣고서 원 선생은 어이도 없으려니와 창피하기도 했다. 이런 것을 귀여워했기 때문에 그것이 화근이 되어서 그런 소문이 퍼졌다는 것은 우습고도 불쾌하기 짝이 없는 일이었다.

기돌이가 꾸며서 하는 이야기가 아니라 그것은 확실했다. 주인마누라는 원 선생이 도천이 어머니를 사관해서 도천이 어머니는 배가 불러졌다고, 그 때문에 원 선생은 병도 났는데 산속을 떠나지 않는 것이라고 아주 잘라서 얘기하더라는 것이다. 도천이도 주인마누라가 하도 호되게 다루었기 때문에 발을 못 들여놓는 것이라고 했다.

"고런 순 왕구렝이 같은 놈의 새끼, 제 에미 붙은 기색을 알구 밥상머리에 와 쪼구리고 앉는 거여. 주리를 할 놈의 새끼……."

기돌이는 안방에 들리지 않도록 음성을 줄여가며 그런 흉까지 내는

| * 짜금거리다. 입맛을 다시며 맛있게 먹다.

78

것이었다.

"사실 도천이 어머니는 이런 산속에 묻혀 있기는 아까워유."

무슨 의미로 하는 말인지 기돌이까지 이렇게 한마디 던지고는 눈치를 살피는 것이었다.

기왕에 소문은 난 것이니 원 선생은 결말이나 좀 보자고 작정했다. 도천이 어머니를 똑바로 한번 보았으면 하는 생각도 없지는 않았다. 원 선생은 도천이 어머니 배 속에 있다는 애 아버지가 누굴까 하는 것도 심심풀이 삼아 이리저리 가늠해보기도 했다. 결국 산속에 있는 사람이라고 생각했다. 혹시 난전을 걷어치우고 노름판에 미쳐 다닌다는 강 서방 짓이 아닌가도 생각해 봤다. 그는 순 홀아비였다. 오랫동안 속병으로 고생을 하다가 산수 좋은 곳을 찾아온 것이라고 한다. 처음에는 아랫마을에서 머슴살이를 했다는 것이다. 원 선생이 보기에는 좀 시원치는 못하지만 병객 같지는 않았다. 육모정에 혼자 우두커니 앉아 있을 때는 〈늴리리야〉를 가는 청으로 곧잘 부르는 것이었다. 그는 도천이를 그렇게 귀여워하지는 않았지만 '하이칼라' 중처럼 미워하지도 않았다. '하이칼라'라고 별명이 붙은 그 중은 웬일인지 도천이하고는 앙숙이었다. 도천이는 '하이칼라' 중만 번듯하면 도망을 치는 것이었다. 왜 그러느냐고 물어도 도천이는 통 대답을 하지 않았었다. 모두들 필연코 도천이란 놈이 '하이칼라' 중의 욕을 하다 들킨 모양이라고 했다. 그런데 강 서방 역시 그 중을 여간 싫어하는 것이 아니었다. 강 서방이 싫어하는 것은 이유가 있는 듯하다. '하이칼라' 중은 땅콩을 곧잘 사 먹었다. 강 서방은 그가 꼭 기돌이 목판에서만 땅콩을 사 먹었기 때문에 미워하는 것은 절대로 아니라고 손을 내젓는 것이었다.

"글쎄 자식 폭도 못 되는 것을 데리구 온갖 잡소리를 다 하니 그게 사람이유? 그런 것이 중이라구 온 망나니 같으니."

상글상글하게 생긴 '하이칼라' 중이 기돌이하고 시시덕거리는 것이 아주 게적지근하다는 것이었다. 강 서방은 그 중을 '하이칼라'라고 하지 않고 '망나니'라고 불렀다. 원 선생도 '하이칼라' 중을 좀 이상하게 보기는 했었다. 탈속을 덜 했거나 그렇지 않으면 개화를 한 중이라고 생각했다. 그 중은 원 선생 방에도 가끔 들어와 놀다 가곤 했다.

때로는 절간에서 만든 '투각'을 신문지에 싸가지고 오기도 했다. 그럴 때는 원 선생 담배를 바닥이 나도록 피워댔지만 원 선생은 싫은 기색을 할 수 없었다.

"거 오바 홀몬 말이우다. 남자레 맞어두 도타구 하든데 그럴가요?"

그런 얼토당토않은 화제를 꺼내기도 했다. 원 선생 상식으로는 도저히 이해할 수 없는 이야기였다. 그 대신 원 선생은 쇠골 속에 있는 '홀몬'을 빼어서 사람 엉덩이에다 이식한다는 이야기를 했었었다. 그 중은

"뇌하수태 말이디오."

하고

"그거 주사로 된 게 있디 않습니까?"

하는 것이었다. 원 선생은 그가 보통 이상으로 그 방면에 대한 의학적 상식을 가지고 있다는 것을 알고 숫제 그런 얘기는 아는 척도 하지 않기로 작정했다. '하이칼라' 중은 언제나 목이 기다란 버선을 신고 있었다. 강 서방은 그 버선을 신고 다니는 것까지 트집 잡아

"날마다 새 버선을 갈아 신으니 놈이 참 오입쟁이여."

하면서 욕도 아니고 칭찬도 아닌 말을 혼자 투덜거렸다. 아침저녁으로 날씨가 선뜩거릴 때는 무릎까지 내려오는 틸 '짜'을 입고 수달피 '도루고' 모자를 번드감치* 쓰고 나서는 품이 '하이칼라' 소리를 들을 만도 했

| * 버젓이.

다. 원 선생도 처음 왔을 때는 그가 주지로만 알고 만날 때마다 인사를 깍듯이 주고받았다.

원 선생은 감기를 핑계 삼아 줄곧 자리에 누워 있었다. 대단치도 안 했지만 코가 좀 빽빽하고 머리가 좀 쑤시는 것은 그런 소문을 듣고도 선뜻 떠나지 못하는 핑계가 되었다. 기돌이가 쏘삭질을 하지 않는다 해도 주인마누라가 원 선생을 탐탁하게 생각지 않는다는 것은 뻔했다. 대우가 판이하게 달라진 것이다. 오늘은 죽을 쑤었다고 하면서 헤멀건 죽 대접과 간장 종지만 놓인 저녁상을 불쑥 들여밀기도 하고 원 선생이 낮잠이라도 들어 있으면 점심을 굶기기도 예사였다. 원 선생은 주인마누라와 무릎맞춤이라도 할까 하다가 하도 의젓잖은* 일이라 꾹 참는 것이었다.

그러다가 원 선생은 정말 호된 감기에 답새이고 말았다. 군불 때주는 것까지 부실했기 때문이다. 포대기 푼수밖에 못 되는 침구에다 불조차 제대로 때어주지 않는 것은 확실히 천대였다. 기돌이나마 고분고분 잔심부름을 해주지 안 했더라면 원 선생은 큰일이 났을는지도 모른다는 생각까지 들었었다. 병이 쾌차하면 더 볼 것 없이 그날로 떠날 작정이었다.

어서 병이 나아서 계룡산 속을 떠나야 하고 서두를수록 원 선생의 병은 위태해지기만 했다. 밤중에 한축(오한惡寒)이 나고 온통 전신이 떨릴 때는 영 계룡산 귀신이 되나 부다 하는 방정맞은 생각까지 들었다. 몸이 더해진 후부터는 기돌이를 같이 있도록 했다. 그렇게 알랑거리던 주인마누라는 헛소문이 떠돌기 시작한 후부터는 싹 보리감주 변하듯 했기 때문이다.

"선생님 도천 어머니 좀 오라구 할까요?"

오밤중에 원 선생이 불덩어리처럼 몸이 달아 '꿍꿍' 앓는 소리를 하

| * 말이나 행동 따위가 점잖지 못하고 가벼운 데가 있는.

자 기돌이 녀석은 무슨 생각이 들었던지 그따위 소리를 했다.

"그는 왜?"

"……"

기돌이는 그저 싱긋이 웃으면서 지금이라도 불러올 수는 있다는 듯한 표정이었다. 보통 때 같으면 생 혼꾸멍을 줄 판이지만 워낙 몸 추단하기도 어려운 원 선생은 그냥 앓는 소리만 했다. 그러자 기돌이는 문을 부스스 열고 나갔다.

"어디 가는 거야 이 녀석아."

혹시나 해서 원 선생은 소리를 버럭 질렀으나 기돌이는 대꾸도 않고 나가버렸다. 원 선생은 쏟아지는 것 같은 골치를 부둥켜안고 신음하면서도 기돌이가 필연코 도천 어머니를 데리러 간 것 같아 불안스러웠다. 그러면서도 저 녀석 돌아오기를 은근히 기다려졌다.

담배 한 대 참이나 지난 뒤에 기돌이는 숨이 턱에 닿게 달려왔다.

"선생님 큰일 났어요 도천 어머니가."

"도천 어머니가 어쨌단 말야?"

원 선생은 엉뚱한 겁이 생겨 불끈 일어났다.

"도망갔어유. 지금 도천이네 집엘 갔잖아유. 근데 도천 어머니가 없거던유. 도천 할머니두 모른대유. 같이 잤대는데 어느 결에 없어졌는지 모른대유."

"그래 어쨌단 말야!"

원 선생은 공연한 신경질을 부리며 또 소리를 버럭 질렀다. 기돌이는 도천 어머니가 도망갔다는 책임에 제게도 있는 듯이 실주군히* 고개를 숙였다.

| * 슬며시.

도천 어머니가 밤중에 없어진 뒤에 산속에는 또 이러쿵저러쿵 헛소문이 돌았다. 도천 어머니가 먼저 산속을 빠져나가면 원 선생이 뒤따라가기로 미리서 약조가 되어 있었던 것이라고 했다. 모 여관집 마누라가 꾸며낸 얘기가 꼬리를 물고 전파되는 모양이었다. 도천 할머니는 은폭동이니 삼불봉까지 올라가 샅샅이 살폈지만 헛수고였다는 것이었다. 혹시나 산속에 가서 목이라도 매어 죽은 것이 아니냐 하는 짐작을 가지고 있는 모양이었다.

　도천 어머니가 행방불명이 된 후 사흘 만에사 확실한 진상이 밝혀졌다. 강 서방이 터덜거리고 나타난 것이다. 원 선생은 처음부터 강 서방과 도천 어머니를 달리 보아왔기 때문에 그가 졸지에 나타나자 근심스러운 생각이 들었다. 그러나 강 서방은 시렁치도 않게 원 선생을 찾아와 천만의외 소리를 전하는 것이었다.

　"난 필연코 그렇게 될 줄 알았어요. 그 녀석 평소 하는 행투리*가 그렇잖았어요?"

　'하이칼라' 중과 도천 어머니가 백정자 신작로에서 자동차를 탔다는 것이었다. 유성장을 보고 늦게 돌아오는 사람들이 보니까 둘이서 대전 가는 '추럭'을 타더라는 것이다.

　원 선생은 정말 산속을 떠나기로 작정했다. 몸이 어느 정도 회복되기도 했지만 그보다는 엉뚱한 누명이 씻어진 것이 더 개운했다. 한편으로는 헛소문에 그치고 말았다는 것이 무엇을 잊어버렸을 때처럼 서운하기도 하고 또 도천 어머니를 데리고 도망간 '하이칼라' 중에 대하여는 지금까지 가져보지 않았던 증오심이 용솟음치는 것이었으나 그건 공연한 질투심이라고 자책하면서 여하튼 산속을 떠나기로 작정했다.

| ＊'행짜'(심술을 부려 남을 해롭게 하는 행위)를 부리는 버릇.

된내기(서리)가 눈발처럼 허이옇게 계룡산을 씌워버린 아침이었다.

"기왕 늦었으니 겨울이나 나고 가잖구……. 하긴 어서 나가셔서 입에 맞는 음식을 잡수시야지……."

원 선생은 속이 훤히 들여다보이도록 피새를 부리는 여관집 마누라와 작별 인사를 하고 쪽다리를 건넜다.

"도천아 선생님 간다 야."

'포스톤 빽'*을 걸빵 진 기돌이가 '상주 둠병' 쪽에다 대고 소리를 질렀다. 원 선생도 무심코 그쪽을 보았다. 풀기가 뻿뻿한 회색 바지저고리를 입은 도천이가 돼지감자를 씻던 손을 멈추고 물끄러미 바라보고 있었다. 어느 결에 상자**가 된 모양이었다. 물속에 잠겼던 손이 뻐얼겋게 부풀어 있었다.

"도천아 잘 있어라 웅."

원 선생은 그저 입에서 나오는 대로 한마디 던졌는데 도천이란 놈은 물끄러미 바라보는 두 눈에 눈물이 글썽글썽했다. 그 꼬락서니를 보자 원 선생도 코밑이 시근거렸다.

까마귀가 짖었다.

아마 불공 손님들이 몰려올 징조일 것이다.

—『인간제대』, 일신사, 1958년.***

* 보스턴백Boston bag. 바닥이 편평하고 네모졌으며 가운데가 불룩하게 생긴 여행용 가방.
** '행자'를 뜻하는 불교 용어.
*** 최초 발표일은 1956년 6월임.

곰선생

강 선생이니 강한수 씨니 하고 점잖게 부르는 것보다 역시 '곰선생'이라고 하는 편이 알기도 쉽고 정답다. 그런 별명을 어느 녀석이 붙였는지는 몰라도 벌써 교내에 쫙 돌아 학생들 간에는 물론 교무실에서도 보통 '곰선생'으로 통한다. 별로 해로운 소리로 들리지도 않으려니와 자신이 생각해도 '곰'보다 무어 나을 것이 없는 주제고 보니 본인 역시 '곰'으로 자처하는 수밖에 없다. 우선 잠자리부터가 곰의 굴보다 나을 게 없다. 이름을 붙이느라고 숙직실이라 했지 누가 들여다볼까 겁나는 굴속이다. 물론 교무실에서 사뭇 거처하고 밤 열두 시나 돼서야 들어가 잠만 자고 나오는 방이니까 상관은 없지만 한번 차곡하게 개어놓은 법이 없는 누더기 이불에다 미처 빨지 못한 내의 부스러기가 말코지*에 주렁주렁 걸려 있는 그 방 문을 누가 열어본다면 날구역질을 하고 도망칠 것이다.

그나마 콧구멍만 한 창문은 신문지 쪽으로 겹붙여 발라서 되레 어둡기만 하고 천장에는 무슨 화수분 단지가 있는지 쥐새끼들이 야단을 쳐서

| * 물건을 걸기 위해 벽 따위에 단 나무 갈고리.

이제는 아주 처억 늘어져 있다. 속성중학速成中學으로 전통을 자랑하는 청광학원青光學院 안에 그래도 그런 온돌방이 있다는 것은 곰선생을 위하여 안성맞춤이기 때문에 제시간만 되면 꾸물꾸물 기어들어 가서 디굴디굴 뒹굴다가 잠이 드는 것이다. 그 대신 아침에 일어나는 시간은 빠르다. 제아무리 늦도록 교무실에서 신문철이나 묵은 잡지 부스러기를 뒤적거리다가 자도 새벽에 두부 장수가 고샅*을 헤쳐 나갈 때는 벌써 곰선생은 철봉대에 매어달려 끙끙 소리를 내어가면서 턱걸이를 한다. 학생들이 아직 그런 꼴을 못 보았으니까 말이지 그가 턱걸이 하다가 다리를 철봉에 척 걸치고 흡사 곰처럼 훌훌 재주를 넘는 광경을 보기들만 한다면 곰선생이라는 별명을 한층 빛내줄 수도 있지만 그런 값진 장면을 보여주지 못하는 것이 유감이다. 그렇게 철봉대에 한참 매어달려서 뚝뚝 소리를 내던 뼈다귀가 부드러워지면 석유풍로에 불을 당기고 쌀을 씻는다. 전날 먹다 남겨논 밥 덩어리가 있으면 그럴 필요가 없지만 대개는 아침에 밥을 짓게 된다. 왜병들이 쓰던 반합으로 그득하게 밥을 지어놓으면 하루를 먹을 수 있다. 반찬은 굴비 한 마리를 구워놓고 뜯어먹다가 그대로 신문지에 싸놓으면 두고두고 뜯어먹을 수가 있다.

이 얼마나 흐뭇한 생활인가.

그러기 때문에 곰선생은 청광학원에 들어온 후로 몸이 자꾸만 벌어지는 것이다. 이제 단 한 가지 아쉬운 것만 어떻게 할 수 있다면 그로써 더 필요한 것은 없을 것이다. 참 아쉽다. 본래 담배니 술이니 하는 등속은 없어도 견딜 수는 있지만 그것만은 어찌할 수 없다. 하루 세 끼씩 빠뜨려서는 안 되는 밥을 차라리 한두 끼 거른다손 치더라도 그렇게 못 견디지는 않을 것이다. 군대에 있을 때나 제대하고 나와서 빈둥빈둥 놀고

| * 마을의 좁은 골목길.

있을 때나 더러 굶어본 경험이 있지만 차라리 그런 것은 아무것도 아니다. 밤중에 오줌이라도 마려워서 어쩌다 잠이 깨었을 때 그담 무슨 생각이 나기 시작하면 아무리 억세게 자신을 꾸짖어도 억누를 수가 없다. 그렇다고 해서 머리맡에 미리 간직해두었다가 훌쩍 들이키면 금시 가라앉아 버리는 그런 등속의 갈증도 아니다.

어지간히 무딘 곰선생도 그제만은 어찌할 수 없기 때문에 그저 주체스러운 휴대품을 부둥켜안고 곰이 아니라 성낸 구렁이처럼 몸을 비이비 꼬는 것이다.

곰선생이 울었다는 것은 참 우스운 일이지만 어느 날 아침 그도 도리가 없어서 이불을 푹 뒤집어쓰고 황소처럼 엉엉댔다. 군대에 있을 때 특무상사로부터 몽둥이 뜸질을 당하던 기억을 억지로 들추어냈지만 아무런 효과가 없었다. 기합을 받을 때처럼 양팔로 방바닥을 짚고 배가 닿지 않도록 엉덩이를 조금 추켜올리면서 이를 악물고 "아얏!" 소리까지 속으로 내보았지만 호랑이처럼 여겨지던 특무상사의 모습은 그대로 사라지고 엉뚱한 생각이 자꾸만 솟구쳤다. 몸이 근질거리면서 비이비 꼬이는 것 같았다. 한동안 그런 실랑이를 하다가는 하는 수 없이 엉엉 울어본 것이다. 울었다고는 하지만 무슨 눈물을 줄줄 흘린 것은 아니다.

"어머니……."

아무리 생각해야 무슨 수를 발견하지 못했기 때문에 그만 비명을 울리고 만 것이다.

그런 일이 어쩌다 한 번씩 있어서 그 고비만 용케 넘기면 그만인 것이 아니다. 그 증세는 날이 갈수록 더하고 거의 새벽마다 무수한 실랑이를 하다가는 날이 부우연히 새면 문을 차고 철봉대로 쫓아가는 것이다.

토요일이다.

매주 토요일은 양식을 장만하는 날이다. 학교 후문으로 나가서 쌀을 한 말 사다가 교무실의 책상 맨 밑의 칸에 넣어놓으면 일주일 동안은 걱정이 없다. 그러기에 토요일은 꼬장뱅이 서무과장도 두말없이 가불을 선뜻 내준다. 선뜻 내준대야 겨우 쌀 한 말 값. 미리 쌀값을 조사하는 것인지 아무리 변동이 있어도 용케 그날 시세를 알아가지고 꼭 쌀 한 말 사면 나투리* 하나 남지 않도록 잘라 주는 것이다.

"곰선생 도장 주시오."

"네……. 아니 그런데 이게 웬일이시오?"

"눈이 버언하십니까?"

서무과장은 돋보기 너머로 곰선생을 한번 훑어보고는 큰 인심이나 쓰는 듯이 만 환 다발 하나를 내밀었다.

생전 처음 만져보는 것 같은 큰돈이다. 한번 가불에 고작 천오백 환을 넘겨본 적이 없는데 그날만은 무슨 영문인지 몰라 슬며시 겁이 생겼다.

"교장 선생님이 드리라고 합디다. 인사나 하슈……. 주제가 너무 안 됐다구 하면서 넝마 양복이라도 한 벌 사 입으라고 합디다."

주제꼴이 영 볼 수가 없었던 모양이다. 그러고 보면 곰선생 역시 목구멍만 알았지 그 외의 것은 통 생각지 않은 것이 부끄러워 '헤에' 미안쩍다는 표시를 하고 돈뭉치를 받아 넣었다. 그런데 만 환이란 큰돈을 몸에 지닌 곰선생은 좀 생각이 달라졌다. 하기사 몸에 감을 것도 급하긴 했다. 남들이 보기에 멀미증이 생길 만큼 입은 탈색 군복 바지에다 꺼무레하게 염색한 작업복 저고리는 청광학원 선생님으로서 체면이 통 서지 않는 것도 알 수 있다. 사람이 살아가는 데 의식주를 먼저 손꼽는 줄도 안다. 헌데 곰선생은 구제품 양복때기를 들추려 동대문 시장으로 가는 길에 먼저 이발소에 들렀던 것이다. 구둣솔같이 까실거리는 수염을 파랗게

---

* '우수리'의 방언.

밀어붙이고 나니 의복때기야 어떻든 간에 가로수를 스쳐 오는 선들바람이 간지러웠다. 그래서 벼르고 벼르던 소원이 이루어진 것이다.

지홧장만 가지면 모든 예의와 절차를 생략하고 하나의 소망만을 살 수 있는 시장이 있다는 말을 들은 일은 있지만 그렇게 신기한 일은 생전 처음 보았다. 마치 쇠고기 한 근을 뚝 잘라 살 수 있듯이 간단하고 편리한 저자거리를 발견했다는 것은 곰선생에게는 삶의 보람을 더욱 느끼게 했다.

곰선생은 전차를 타야 할 것도 잊고 종로 삼가서부터 사뭇 걸었다. 부이연 살덩어리들이 어깨를 부딪치고 지나가도 전처럼 화를 내지 않았다. 그저 둥실둥실 즐겁기만 했다. 집에 돌아와서도 마찬가지였다. 좀처럼 잠이 오지 않았지만 그전처럼 몸이 뻐거운 것이 아니고 둥둥 풍선처럼 떠오르는 것만 같았다. 참 어리석은 수작인 줄은 알면서도 살에 배어들은 창녀의 체수를 어찌할 수 없어 그의 모습을 자꾸만 눈앞에 그려보았다. 그러나 또렷하게 윤곽이 드러나지를 않았다. 신화 속에 나타나는 여신마냥 부이여니 아롱거리다가는 그대로 사라지는 것이다.

그러니까 곰선생은 토요일이 까마득하게 기다려지는 것이다. 매 토요일마다 양복을 사 입으라고 돈을 주는 것이 아니기 때문에 그는 양식을 줄여 사고 나머지를 움켜쥐고는 혜숙이(곰선생이 꼭 기억하고 있는 창녀의 이름)를 찾아가는 것이다. 그 짓을 한다고 해서 위가 줄어들어 밥을 덜 먹어도 괜찮은 것은 아니다. 양식을 그만큼 줄이기 때문에 때로는 더욱 허기증을 느끼기도 했지만 일주일에 몇 끼씩은 죽으로 때워가면서도 양식 사는 날은 혜숙이를 찾아갔다. 그러는 동안에 곰선생의 협심증도 차차 가라앉았다. 처음 대할 때와 같이 혜숙이의 희멀건 살덩이가 그리 황공스러워 떨기까지 하던 기색이 차츰 사라진 것이다.

"혜숙아 왔다. 히히히 곰 왔어 곰."

창녀들 간에도 곰선생은 대인기였다. 그리고 아주 혜숙이에게 몫 지어놓은 '서방'이었다.

"흥 가모 왔군……."

주루루 대문까지 달려온 혜숙이에게 끌려 굴뚝 모퉁이를 지나 뒷방으로 꺼덕꺼덕 돌아갈 때 흔히 등 뒤에서 그런 소리가 들렸지만 곰선생은 그게 무슨 소린지 알 까닭이 없다.

"야 세어봐……."

곰선생은 방에 들어서기가 바쁘게 미리 세어서 접어넣었던 지홧장을 불쑥 내민다.

"세보긴."

혜숙이는 그냥 툭 채트려 경대 서랍에 간직하고는 훌훌 옷을 벗는다.

"야 푸레센트."*

곰선생은 또 호주머니에 손을 넣고 머뭇거리다가 혜숙이가 좋아한다는 복숭아 껌을 한 통 꺼내 준다.

"아이 신통해라. 어쩌면 잊지도 않구……."

혜숙이는 껌을 받아 경대 위에 놓고는 그담 곰선생을 끌어안고 이불 속으로 들어갔다.

"오늘은 나허구 얘기 좀 해."

"얘긴 밤낮 무슨 놈의 얘기."

"아냐 오늘은 꼭 할 얘기가 있어."

혜숙이가 신둥신둥할수록 곰선생은 심각하게 보채면서 담배를 꺼낸다.

| * present. 선물.

"이이가 왜 이래. 어서 바지나 좀 벗어요."

"가만있어."

"담배는 있다 피우구……. 요샌 임검이 심해요. 어서 놀구 가."

"임검!"

곰선생에게는 그것이 딱 질색이다. 교원의 신분으로서 만약 그런 장면을 발각당한다면 영 앞길이 막히기 때문이다.

"이거 내 꺼 해."

"아이 이이가……. 어서 놀아요."

"말해 이거 내 꺼 하지 응."

"호호호! 참 기가 막혀서"

곰선생이 주책없이 보채는 꼴을 보다 못해 혜숙이는 온 집안이 떠나가도록 웃어넘겼다. 곰선생은 혜숙이 배를 자꾸만 문지르면서 뭉글하게 맺히는 덩어리를 쓰다듬는 것이다.

"어서 놀아요. 난 그만 일어날 테야."

혜숙이가 뽀로통하니 일어나려고 하면 곰선생은 기겁을 하고 부둥켜안는다.

"피이 곰……."

"헤에……."

"요걸 달라구 이게 곰 새긴가 머."

"내 새끼두 될 수 있지. 눈이 있고 코가 있고 할 테니까."

곰선생은 맥없이 감격하면서 자지러지게 혜숙이를 포옹한다.

"그만 가요."

볼일이 끝나면 혜숙이는 언제 보았더냐는 듯이 휙 돌아서면서 이불을 차곡차곡 개 얹는다.

"그럼 또 올게……."

곰선생은 외면히 돌아선다. 그냥 돌아서기가 여간 서운하지 않았지만 그만 가라고 큰소리를 치니 체모 없이 뭉기적거릴 수도 없다.

결국 그날도 결말을 짓지 못했다. 곰선생이 혜숙이에게 꼭 확답을 들어야 할 일이란 혜숙이 배 속에 든 것을 달라는 것이다. 혜숙이에게는 우스꽝스럽게 들렸지만 곰선생으로서는 아주 골수에 맺힌 심정을 토로하는 것이다.

혜숙이 배 속에는 지금 여섯 달이 찬 핏덩어리가 자라나고 있다. 언젠가 마음이 내킨 혜숙이가 토로했기 때문에 그것을 알았다.

"배는 눌르지 말아. 우리 대장 치어 죽어."

혜숙이는 깔깔대면서 곰선생을 꼬집었다. 곰선생은 그제사 배를 만져보고 맺히는 것을 발견한 것이다.

"이런 그래 이래가지구……."

곰선생은 눈이 휘둥그레져서 꼬치꼬치 캐물었다.

"내가 이래 뵈두 사못님이야 사못님. 호호호 '야도이'* 사못님 '가오'** 사못님 호호호."

금시 발광이나 한 것처럼 웃어젖히고 나서 혜숙이는 제법 구수하니 내력 얘기를 꺼내는 것이었다.

혜숙이 따위는 거들떠보지도 않을 만한 귀공자가 찾아온 일이 있었다. 첫눈에 그렇게 보인 것은 바삭바삭하는 천 환짜리 다섯 장이나 '가마이' 쓰는 품으로 짐작이 된 것이다.

"너 나하구 살지 않간? 두 달만."

귀공자가 하는 얘기를 냉큼 알아듣지 못한 것은 농담 같지가 않았기

---

* '고용', '임시 직원'을 뜻하는 일본어.
** '얼굴'을 뜻하는 일본어.

때문이다.

"여기서 버는 대루 일당을 쳐줄 것이니 살잔 말이야……. 하루 삼천 환이면 되지? 그럼 한 달에 구만 환이라 어때? 한 달치루서 십만 환 선불하지."

그자가 하는 얘기는 농담이 아니었기 때문에 이튿날 아침 느지감치 혜숙이를 모시러 온 '찦'*차에 실려서 일약 육군 중령의 사모님이 된 것이다.

"그날부터 좀 대견하기는 했지만 정말 사못님 노릇을 깎듯이 했지 머야."

혜숙이는 눈을 깜박거리면서 꿈 얘기를 하는 것처럼 주워섬겼다.

늘 사복만 입고 다녔지만 그는 의젓한 육군 중령이었다. 사모님이라고 하지만 조건이 그러했기 때문에 속속들이 깊은 얘기는 하지도 않았고 들으려고도 하지 않았다. 그러나 며칠 지나는 동안에 그가 중령이라도 보통 중령이 아니라 어느 특수 기관의 우두머리로서 굉장한 세력을 가진 사람이라는 것을 알았다.

"오늘 저녁에도 '파아티'나 열까?"

중령은 '파아티' 여는 것을 즐겼다.

그리 넓지는 않았지만 그래도 방이 세 칸이나 되는 독채 집에서 단둘이 살면서 거의 밤마다 '파아티'를 열고 호사한 생활을 했다. 그런데도 혜숙이는 손 하나 까딱 안 했다는 것이 자랑이었다. 사실 뒤란에 있는 후미진 방에 운전수까지 졸병들이 세 사람이나 있어서 혜숙이를 마치 여왕처럼 모시기 때문에 반찬거리 하나 사러 나간 적이 없었다.

"혜숙이 난 불행한 사람야. 남들과 같이 혜숙이와 그저 평범한 가정

* 지프jeep.

을 이루고 아침이면 회사에 나갔다가 저녁땐 부지런히 돌아올 수 있는 그런 생활이 부러워……."

혜숙이를 놀리는 수작인지는 몰라도 돈을 물 쓰듯 하고 졸병들이 발의 때까지도 씻어주는 처지이면서 그는 가끔 그런 속심을 털어놓는 것이었다.

선금을 받은 한 달이 후딱 지나 이제 닷새밖에는 남지 않았다. 그동안 혜숙이는 '떠불 벳트'*와 '제니쓰 라디오'**보다도 '임시 남편'에게 의젓잖게 정이 들고 말았다. 하루 삼천 환이란 일당을 정하고 두 달 동안의 기한을 계약했다는 것이 부끄럽고 안타까웠다. 더구나 돈이 앞섰다는 것은 그의 품에 안길 적마다 한풀 죽어지는 것이었다. 그러기 때문에

"여보 찻값이 떨어졌는데 혹시 당신 돈 좀 없소?"

하면

"있어요. 얼마나?"

"한 오천 환 있으면 돼."

하면 혜숙이는 짜릿한 행복감까지 느끼며 선뜻 꺼내서 돌려주었다.

"담배 떨어졌수?"

혜숙이는 그가 좋아하는 '파알몰'을 통으로 사다 놓고 대주게까지 되었다.

"흥, 아주 톡톡히 정이 들었었군."

"왜 갈보들에게는 정이 없는 줄 알아!"

곰선생이 비꼬아서 놀리자 혜숙이는 매살스러운 눈초리로 노려보다가 이내 수그러지면서

"그러나 정이 더러워……."

* 더블베드double bed.
** 제니스 라디오Zenith radio.

하고는 외면을 했다.

"내가 그 더러운 정을 잡아떼고 나왔으니까 말이지 그렇잖았으면 신세를 아주 망칠 뻔했다……."

혜숙이는 사모님으로 고용당한지 스무닷새 만에 도망쳐 나오고야 말았다는 것이다. 혜숙이가 말하는 신세를 망친다는 것은 돈을 가지고 하는 소리다. 처음 그 중령이라는 자에게 십만 환을 받았으나 그곳을 빠져 나올 무렵에는 불과 기천 환밖에 수중에 없었다. 찻값이야 무어야 하고 짤꼼짤꼼 되돌려 쓰고는 갚을 생각도 안 했다. 그럴 것이 벌써 그 사람 심정에는 네 것 내 것을 가릴 필요가 없었기 때문이다. 그렇다고 해서 그 돈을 되돌려 달라기보다는 돈이 있으면 뒤치다꺼리를 해야 할 처지가 되고 말았다. 혜숙이는 차츰 겁이 생기기 시작했다. 그 이상 정이 들면 어떻게 하나 하는…….

"그대로 붙어 살아봤자 내게 돈이 없구 얼굴에 주름살이나 잡혀봐, 내 신세는 그만이지 머야."

혜숙이가 중령 사모님을 사퇴하고 나온 이유는 그것이다. 그런데 얼마 후에사 안 일이지만 그렇게도 의젓한 육군 중령이 사실은 가짜였고 순 협잡질을 하다가 걸려들었다는 것이다.

"그러니 봐요. 나같이 마음속으로 사랑하는 사람과 그런 돈을 먼저 내거는 사람과는 달라."

"에에 퇴퇴…… 마음속으로 사랑? 호호…… 사랑도 실트라아 도은도 실트으라. 속이고 속는 세에상 믿을 것이 무어냐…… 호호호."

혜숙이는 곰선생이 하는 얘기는 숫제 상대도 하지 않고 노래조로 받아넘겼다. 혜숙이의 앵돌아지는 태도에 곰선생은 더욱 몸이 달았다. 그러던 것이 십벌지목이라고 할까?

이즈음에는 혜숙이 편에서도 곰선생을 요모조모 뜯어보게 되었다. 첫째는 배 속에 든 것이 차츰 표가 나게 되었으니 앞으로 몇 달간은 벌이를 제대로 할 수 없다. 만약 손님을 받지 않고 드러누워 있게 된다면 주인아주머니의 구박도 이만저만이 아닐 것이고 반면에 빚은 빚대로 늘어가게 될 것이니 당장 어떻게 작정을 내려야 할 난감한 처지에 있는 것이다.

"이봐 곰, 정말 나하구 살아볼까?"

"정말야?"

"응 생각한 것이 있어."

혜숙이는 정색을 하고 곰선생의 기색을 살폈다.

"석 달만…… 아니 넉 달만."

"넉 달만?"

"넉 달만 살면 됐지 머야. 그 대신 몸값을 쳐달라는 것은 아냐."

"내가 가짜 중령도 아니니까……."

곰선생은 혜숙이의 하는 소리를 농담으로 돌리면서 실쭉하니 돌아누웠다.

"오늘 밤은 여기서 자고 가야 해. 오늘부터 당신은 내 서방이야. 앞으로 넉 달간을 어떻게 살아가느냐 하는 것을 상의하잔 말야 알았지?"

"좋다. 그런데 넉 달을 무사히 살고 나면 다시 기한을 연기할 순 있지?"

"아이 욕심쟁이…… 그건 그때 가봐야 알지."

"아냐 지금 그것도 뚜렷이 작정을 해야지 그때 가서 자아 기한이 됐으니 나는 간다 하고 나서면 난 어쩌란 말야."

"지금은 그런 입에 발린 소리를 하지만 그때 가선 되레 당신이 날 내쫓을걸……."

"내 목을 내걸자. 만약 혜숙이를 그렇게 하는 경우는 내 목을 잘라가지고 가……."

"이까짓 목을 뭣에 쓰게."

혜숙이는 굵다란 곰선생의 목을 껴안고 뒹굴었다.

"정말 내 몸값은 달라고 하지 않을게."

"그 대신 나도 담뱃값을 달라고 하지 않지."

"정말 날보고 돈 달라면 싫어. 그렇기 때문에 넉 달만 살자는 거야."

"돈 안 달라면 되지 않아. 살아봐. 봐 곰이야."

"곰. 호호호 곰 곰."

"그래 곰이다 곰."

곰선생은 흡사 곰처럼 네 발로 혜숙이를 껴안고 되는대로 핥았다.

혜숙이가 살림에 들어가게 되었다는 소리를 누구고 반갑게 여겨주는 사람은 없었다. 더군다나 상대방이 곰선생이라는 데에는 말이 많았다. 어디 사람이 없어서 그따위 무지렁이를 붙어사느냐 축도 있고, 그런 순박한 사람을 갉아먹으려고 하는 년이 죄받을 년이라고 하는 패도 있었다. 그런 수수한 소리는 으레 있을 것을 짐작했지만 남의 일에 너무도 극성스레 구는 것을 보자 혜숙이는 그만 비위짱이 틀어지고 말았다.

'요년들아 두고 봐라. 짠지 쪽같이 한번 살아볼걸. 평생 갈보 노릇밖에 못할 년들⋯⋯.'

넉 달만 살기로 했다는 얘기를 꺼내지 않은 것이 여간 다행이 아니었다. 곰선생한테 그런 소리를 한 것은 큰 실수지만 그까짓 것은 농담으로 돌리고 한번 여봐란 듯이 살아보자고 별렀다. 먼저는 유가 달랐다. 당초부터 그에게는 매매 조건이 성립되어 거래를 시작했다가 엉뚱한 생각이 생겨서 잡아떼고 돌아온 것이지만 곰선생의 경우는 그것이 아니다. 하기야 넉 달만 살아보자고 한 것은 이편의 처지가 복잡하기 때문에 적당한 시간만 의지해보자는 심사이기는 했지만 그것은 할 수 없어서 짜낸 생각이고 곰선생의 말대로 무작정하고 살아보자면 그에 더 바랄 것이

없다. 더군다나 더러운 것들의 입질에 오르내리게 된 이상 본때를 보여
줘야 한다. 그렇게 하자면 단 한 가지 사람 꼴이 되지 않는 것은 배 속에
든 것이다.

"이거 내 것 하자."

고 곰선생이 보채는 것은 엉뚱한 소리다. 곰선생은 배 속에 든 것도 눈이
있고 코가 있고 귀가 있을 테니까 내 새끼라고 이름만 붙이면 그만이 아
니냐는 것이다. 사실 따지고 보면 그럴 상도 싶었지만 어디 사람의 새끼
를 그렇게 함부로 할 수가 있을까?

"남의 새끼까지 배가지구……."

뒤에서 그따위 손가락질을 하는 것은 상관없다. 혜숙이 자신이 생각
하는 것은 어디까지나 양심에서 우러나는 것이라고 여겼다.

혜숙이는 늘 다니던 병원 의사 선생님하고 조용히 상의했다. 지금까
지 별로 남에게 눈물이라고는 보인 적이 없는 모지락스러운 혜숙이가 의
사 선생님에게 그런 특청을 드릴 때에는 웬일인지 빗발치듯 하는 눈물을
걷잡지 못했다. 참다운 사람이 되겠다는 데 의사 선생님도 감동이 되었
는지 한참 동안 찌임찌임하다가 결국 승낙을 했다.

"우리 의사들은 산모의 형편이나 희망보다도 건강이 유지되느냐 못
되느냐 하는 것을 진찰한 뒤에 도저히 낙태를 시키기 전에는 산모가 위
험하다고 생각할 때 비로소 수술을 하지요."

의사 선생님은 한번 응낙을 하고서도 그런 소리를 하면서 청진기를
들이댔다. 진찰을 하면서 고개를 끼웃거리는 품이 우습기는 했지만 혜숙
이는 꺼뻑 죽어가는 시늉을 하면서 숨을 들이쉬었다. 의사는 결론적으로
건강이 좋지 않아 낙태를 시키는 것이라고 하면서 선금 만 환을 가져오
라고 했다.

혜숙이는 병원 문을 나서면서 낙태뿐만 아니라 곰선생에게 양복이라

도 한 벌 사 입히고 제대로 결혼 준비를 하자고 속셈을 따졌다.

곰선생 역시 바빴다.

우선 교장에게 상의를 했다. 생전 처음으로 멍청한 거짓말을 하자니 얼굴이 붉어지지 않을 수 없었지만 교장은 그저 빙글빙글 웃으며 곰선생에게 그런 재간이 있었다는 것을 칭찬했다.

"자주 바깥을 나다니기에 수상하게는 생각했지만 그런 줄까지는 몰랐지요. 무어 그렇게 얼굴을 붉힐 것은 없어. 세상의 남자가 그런 일이란 예사지만 남의 집 귀한 딸을 그처럼 만들었으면 끝까지 애정을 변치 말아야 하오."

교장은 처음 신부 될 사람이 태중이라는 소리를 듣고 어이가 없는 듯이 바라보다가 곰선생이 버얼거니 서서 어물거리는 꼴을 보고 픽 웃었다.

"색시 부모한테 다리뼈가 부러지지 않은 것이 다행이로군."

"점잖이 혼났습니다……. 결혼을 할 테냐 안 할 테냐 하고 다짐을 받는 통에 할 수 없이 승낙은 했지만 부끄럽기도 하고 또 제 형편으로서는 여간 걱정이 아닙니다."

정말 자신이 생각해도 그런 재간 있는 거짓말이 어디서 나왔는지 몰랐다. 교장 말이 신부가 태중인 경우에는 본래 예식을 올리지 않는 법이라는 소리가 여간 다행스럽지가 않았고 또 우선 숙직실을 손질해서 쓰도록 하라는 승낙을 받자 모든 일은 순조로이 진행되었다. 먼저 곰의 굴을 미화시키고 보니 정말 살아볼 기분이 생겼다. 도배지 색깔이 좀 야한 것 같았지만 일부러 그런 것을 고른 것이 잘한 것이었다. 언젠가 교직원들의 친목회를 겸한 술자리가 있었을 때 따라가 본 그 집 벼름박이 그따위 도배지로 발라 있었지 않았던가? 발라놓고 보니 혜숙이 안목에 꼭 알맞을 만한 색조였다. 도배장판을 멀끔히 해놓고 보니까 이때까지 얼마나 고리타분한 생활을 했는가 하는 것이 그대로 눈에 띄었다. 그동안 미처

몰랐던 것이 이불이 마련 없이 더럽고 냄새가 괴상망측하다. 새로 꾸며
논 그 방에다 차마 그따위 너주레한 것을 깔기가 아까워서 이불을 그대
로 다락에 우겨 넣고 날바닥에 벌름 드러누웠다.

잠이 올 턱이 없다. 몸이 근질거린다. 혜숙이의 두툼한 귓밥과 쌍꺼
풀 진 눈동자가 그대로 그려놀 수 있을 만큼 또렷하게 나타난다. 구수하
니 기름 냄새가 풍기는 장판방을 엉금엉금 기어 다니는 어린것을 그려본
다. 곰선생은 픽 웃고 일어나 다락문을 열었다. 도배지를 사러 나갔다가
몰래 호주머니에 사 넣고 온 '딸랑이'를 꺼냈다. 장차 혜숙이가 낳아놀
어린것이 계집애가 될지 머슴애가 될지 몰라서 장난감을 고르는 데 한참
실랑이를 했다. 인형이니 딱총이니 너주레하게 늘어논 중에서 골라낸 것
이 '세르로이드'*로 만든 '딸랑이'다. 곰선생은 뒤로 번듯이 드러누워 그
만 픽 웃음보를 터뜨리고 말았다. 이불 속에서 엉엉 울다시피 하면서 몸
부림치던 그까짓 것도 이젠 아쉽지 않았다. 그것보다도 곰선생은 벙글벙
글하는 어린것을 등에 업고 학교 뒤란에 있는 우물에서 두레박질하는 자
신을 생각하면서 하마터면 '여보오' 소리를 입 밖에 낼 뻔했다.

학교 교직원들은 곰선생의 새색시가 오는 날을 기가 막히게 기다리
고 있었다. 결혼식을 하고 안 하는 그까짓 것보다도 장차 새색시를 어떻
게 다루는가 꼴을 좀 보자는 것이다. 색시가 오는 날은 직원 부인들을 동
원해서 제법 잔치를 베풀자는 준비도 곰선생이 모르는 동안에 진행이 되
었다.

토요일.

말하자면 장가를 가는 날이다. 곰선생은 일찌감치 이발소를 찾아갔
다. 비록 결혼식은 올리지 않는다 해도 기분상 몸차림만은 신랑으로 가

| * 셀룰로이드.

꿨다. 늘 가불을 타다 쓴 경리과장 영감님이 후행을 가겠다고 따라나서는 것을 막무가내 뿌리치고 거리에 나와 번드름한 '택시'를 하나 골라잡았다.

"잠깐만! 스톱!"

'택시'가 꽃집 앞을 지날 때 곰선생은 차를 세우고 큼직한 꽃다발을 사 들고 운전수에게도 양담배를 한 갑 후덥게 내밀었다. 도둑질을 하듯이 토요일 저녁마다 찾아들던 골목길을 곰선생은 마치 개선장군이나 된 것처럼 차를 몰아 대문 앞에 바짝 세우고 점잖게 내렸다.

"어이구 곰선생이 이제사 오는구면."

대문 여는 소리에 쫓아 나온 주인마누라는 기계적으로 반가운 기색을 하면서도 얼굴을 찌푸렸다.

"이리 들어와요."

주인마누라는 안방으로 곰선생을 끌고 들어갔다. 돈만 알던 주인마누라가 그처럼 특별 대접을 해주는 것도 인간대사를 축복하는 심정이거니 하고 곰선생은 고맙게 여기고 그에게 양담배를 한 갑 선사했다.

"그런데 선생님…… 혜숙이 소식 모르시고 오셨지요?"

"소식이라니?"

"그런 상싶어서 묻는 거요. 혜숙인 죽었어요."

매처럼 생긴 주인마누라도 눈물을 글썽글썽하면서 곰선생의 양손을 덥숙 잡았다.

곰선생은 넋이 달아나 아무 소리도 못 하고 있는데 주인마누라는 코를 횅 풀고 나서 혜숙이가 낙태 수술을 하고서 불과 몇 시간 만에 죽었다는 자세한 얘기를 했다.

"숨을 거두면서도 혀 꼬부라진 소리로 곰 곰 하고 선생을 찾드구면서 두 어디 계신지 통 알 수가 있어야지요."

"그래 어떻게 했습니까?"

"할 수 있어요. 저의 동무들이 모두 추렴을 해서 장사를 지냈지요. 아이 참……."

주인마누라는 갑자기 생각이 난 것처럼 의걸이 서랍에서 사진 한 장을 꺼내 곰선생에게 주었다.

"다른 것 다아 태웠지만 사진만은 선생님이 필요하실 것 같아서……."

"이것이 필요한 게 아녀요. 이건 이건 필요 없어요……."

곰선생은 황소처럼 울음을 터뜨렸다. 밖에서는 빨리 가자고 자동차 '크락숀'* 소리가 요란하게 울리는데……

—《현대문학》, 1956년 12월.

| * 클랙슨klaxon. 자동차의 경적. 제조 회사의 이름에서 온 말이다.

황색시인黃色詩人

상학종이 울리자 홍 선생은 제일 먼저 일어서서 교무실을 어정어정 나갔다. 역시 그 누우런 헝겊 쪽에다 분필 세 개를 얌전하게 싸가지고는 두리번거리면서 나가는 것이다. 언제나 하는 짓이기에 다른 직원들은 그리 관심을 두지도 않았지만 방 교장의 자가사리 수염은 유달리 실룩거린다.

그럴 것이 오늘은 생벼락을 내리고 사표를 받을 작정으로 단단히 벼렀다가 막상 당하고 보니 마음먹은 대로 되지 않았기 때문이다.

"홍 선생!"

하고 벌 먹은 소리로 불러 세우기는 했다. 그러나 방 교장은 하도 어이가 없어서 픽 웃고 말은 것이다. 홍 선생도 처음에는 짓쩍은 듯이 고개를 숙이고 섰다가 그냥 헤에 하고 웃으면서 머리를 긁고 돌아섰다. 방 교장도 그 이상 어젯밤에 생긴 일을 추궁할 도리가 없었다. 숙이가 힐끗힐끗 쳐다보지만 않았더라도 교장 성미에 땟가리* 같은 소리를 바락 질렀을는지

| * 꽹과리.

도 모른다. 그러나 다른 직원들도 있고 더군다나 다 큰 계집애도 바라보는데 오줌을 쌌다고 야단을 칠 수가 없었다.

홍 선생이 말한다면 노오란 빛깔이라고 감탄사를 넣어가면서 신통스럽게 생각할는지도 모르지만 방 교장은 지금도 콧구멍에서 그 냄새가 가시지 않아 날구역질이 올라온다. 오줌도 그렇게 멍청스레 싸재낀 꼴은 처음 보았다.

어젯밤에도 통행금지 '싸이렝'이 불도록 돌아오지 않기에 그대로 대문을 걸고 잤는데 어느 결에 이불 속에 파고들었는지 몰랐다. 방 교장은 잠결에도 온통 모주 냄새에 질식을 할 것 같아서 눈을 떴으나 이미 그때는 늦었었다. 아랫도리가 뜨뜻하기에 보니까 오줌을 온통 가력을 해놓고 그냥 쿨쿨 코를 골고 있었다.

"이눔아 당장 나가! 이런 순……."

교장은 홍 선생 귀빵을 후려갈기고 불을 켰다. 그때까지도 술이 곤드레가 된 홍 선생은 불끈 일어났다가는 그대로 꾸벅꾸벅 졸면서 쓰러졌다.

"이런 순 이러구도 잘 테야!"

약이 솟은 방 교장은 머리맡에 골통 담뱃대를 집어 북데기 단 같은 홍 선생 대가리를 톡톡 조졌다.

홍 선생은 그제야 부스스 일어나 앉더니만 훌지럭 훌지럭 퍼질러 우는 것이었다. 그러고도 아침에는 세수도 안 한 채 밥 한 그릇을 후딱 먹고 학교로 도망치듯 먼저 와버린 것이다.

방 교장은 그저 웃을 수밖에는 없었다. 하는 꼬락서니가 이젠 어찌할 수 없기 때문에 무엇이든 구실을 삼아 내쫓는 것이 상책인데 그렇게 구박을 줘도 찰거머리처럼 늘어붙으니 젊은것하고 악다구니를 할 수도 없고…….

그를 안 지는 오래다. 얼굴이 이쁘장스럽게 생기고 문학을 한다는 것보다 제법 어른을 알아보는 얌전한 청년이기에 방 교장은 그를 지도적인 면에서 가까이한 것이다. 방 교장이 그를 지도해보겠다는 것은 물론 그가 시를 쓴다기에 하는 소리다. 이미 문단에서는 은퇴를 하다시피 했지만 이즈음 파닥거리는 젊은것들의 시라는 것이 도무지 비위에 맞지 않아 걱정인 참이라 얌전한 문학청년이라면 발 벗고 지도하겠다는 생각을 늘 갖고 있었던 것이다. 그런데 싹수가 있으려니 하고 믿었던 그가 기껏 시라고 써논 것이

별 하나 별 둘
너 하나 나 하나
별
너
나
노오란 꿈이여

따위였기 때문에 방 교장은 그만 혼꾸녕을 준 것이다. 그 정도였더라면 그래도 어떻게든지 사람을 만들어보려고 했을는지 모르지만 그는 되레 방 교장의 작품을 마구 헐뜯는 것이었다.

"선생님, 천년을 묵었다니 너는 알겠고나 이 겨레는 얼마나 울어야 할까 부냐가 무에요?"
하면서 방 교장의 「천년송千年松」이라는 시구절을 함부로 꼬집어내는 통에 그 후부터는 '괘씸한 놈'이라고 숫제 상종을 안 했다.

하루에도 몇 번씩 찾아와 '선생님 선생님' 하고 빌붙던 그가 발길을 싹 끊은 것을 오히려 다행으로 여겼는데 한번은 뚱딴지같이 집으로 찾아왔다. 저녁이었다. 방 교장은 자기를 따르는 문학소녀들을 위해서라도

시집을 또 하나 내볼 양으로 그동안 써 모인 원고 뭉텅이를 뒤적거리고 있는데 기침 소리도 없이 문을 열고 들어온 것이 홍 군이었다. 그는 상냥한 인사 한마디 없이 방 교장이 끌어안고 있는 원고를 휘적거리면서 훑어보았다.

'저놈의 주둥이서 또 무슨 소리가 나올까?'

방 교장은 아주 마땅찮아 꾸역꾸역 골통대에 담배를 재어 물고 외면을 했다.

"이건 아주 걸작인데요. 선생님 작품이 이렇게 돌아설 줄은 몰랐는데요. 으응. 이즈러진 설계돌랑 찢어버리고 노오란 소녀들이 비슬는 술잔을 들자고나. 흐흐흐 참 좋습니다. 노오란 소녀들……."

방 교장은 목덜미를 잡힌 것처럼 당황했다. 홍 군이 걸작이라고 칭찬을 하는 것은 물론 늙은이를 놀리자는 작정으로 하는 소리다. 더군다나 홍 군이 전매특허처럼 써먹는 그 '노오란'이라는 구절을 썼다는 것이 봉변거리가 됐다.

"선생님 저 오늘 저녁은 여기서 좀 자고 가야겠습니다."

이건 무어 어려워하는 기색이 아니라 자고 갈 테니 그런 줄 알라는 말투였다. 방 교장은 이불이 없다고 핑계를 댔지만 소용없었다.

"선생님 이불 속에 꼬옥 끼어 자야겠습니다."

하고는 징그럽게 아양을 떨면서 웃옷을 벗어 주렁주렁 말고지에 걸고 늘어붙는 통에 방 교장은 하는 수가 없었다. 그날 더 봉변을 당하더라도 딱 잡아뗐더라면 욕을 면했을는지 모르는데 그만 하룻밤 그렇게 재워준 것이 화가 되어 이튿날부터는 아주 제 하숙집처럼 생각하고는 찾아드는 것이었다.

"선생님의 체온을 그리고 찾아오는 것입니다. 이불은 소용없어요."

이불이나 따로 덮고 자면 좋겠는데 그건 안 될 소리라고 하면서 꼭 방 교장 옆구리를 파고드는 데에는 정말 견딜 수가 없었다. 그나마 고이 자는 것이 아니고 모주 냄새를 풍기는 날은 구들이 들먹거리도록 코를 골면서 게다가 금방 숨이 넘어가는 것처럼 앓는 소리까지 하고는 다리를 척 척 갖다 얹는 것이다. 무슨 버르장머리가 없느니 잠버릇이 고약하니 하는 정도가 아니다.

방 교장은 홍 군이 무서워서 하루는 집을 비우고 학교 숙직실에 와서 잔 일이 있다. 당번 직원을 돌려보내고 쿨키한* 숙직실 이불을 뒤집어쓰고 누워 있자니 참 꼴이 아니었다. 차라리 몸뚱이 뜸질이라도 해서 발을 못 들여놓게 할 것이지 자신이 피해 나왔다는 것이 우스꽝스러운 일이었다.

"괘씸한 놈!"

모주 단지에 빠졌다 나온 것처럼 냄새를 진동시키며 그래도 용케 찾아드는 꼬락서니를 생각하고는 방 교장은 그저 '괘씸한 놈'이란 소리가 입버릇이 되었다. 그러나 할 수 없었다. 그놈의 주둥이를 벌리는 날이면 방 교장이 지금까지 발표한 작품을 모조리 들추어 혹평이라기보다도 그저 욕을 퍼붓기 때문이다. 방 교장은 이번에 발간할 시집 첫 장에다가는 '나비넥타이'를 매고 찍은 사진을 동판으로 떠서 실리자고 궁리를 하면서 불을 껐다.

"선생님! 선생니임!"

전등 '스윗치'를 끄고 채 자리에 눕기도 전에 덧문을 요란하게 두드리면서 숨넘어가는 소리가 들렸다.

"에이 원수 같은 놈……."

학교에서 자는 줄은 또 어떻게 알았는지 아랫도리를 시궁창에 빠져

| * 퀴퀴한.

가지고는 덜덜 떨면서 고래고래 소리를 지르는 것이었다.

"선생님 나빠요. 숙직을 하실려면 미리 얘기를 하셔야지요. 이거 보세요. 어이구우……."

홍 군은 흘러내린 코를 닦지도 않고 강아지 떨듯 하면서 엉엉 우는 것이었다.

"제발 그 아랫도리 좀 벗고 코 좀 닦앗! 어이구 참."

"선생님은 제가 더럽습니까? 더러워요?"

"깨끗하다. 어이구 참 이쁘다. 이런 젠장."

"히히히 그렇죠. 히히 그렇기 때문에 저도 선생님을 좋아하는 아니 숭배하는 것이에요. 자아 이거 잡수세요. 선생님 드릴려구 글쎄 집엘 갔더니 안 계시잖아요 히히히."

"인마 네 집여! 거참."

방 교장은 그 이상 화를 내야 소용없는 줄을 알았기 때문에 사알살 구슬러서 자리에 눕혔다.

"그거 잡수세요. 나 보는 데 잡수세요. 선생님이 그걸 안 잡수시면 난 나갈 테요."

"그래 먹으마. 먹을게 자란 말야."

"히히히 선생님도 저 없으면 심심하시죠. 너 하나 나 하나 히히히."

홍 군이 보챌 대로 보채다가 코를 골기 시작하는 것을 보고 방 교장은 옷을 주워 입었다. 살며시 문을 열고 나오려다가 신문지에 뭉쳐가지고 온 것이 도대체 무엇인가 하고 펼쳐보았다. 얼마치나 되는지 수월찮은 군밤을 신문지에 싸고 되싸고 한 것이었다.

"선생님 그거 안 잡수면 안 돼요."

코를 골던 녀석이 불끈 일어나 앉으며 그걸 억지로 먹으라는 것이다.

"선생님께 특청이 있는데요."

방 교장이 마지못하여 군밤을 한 알 까서 우물거리자 홍 군은 제법 의젓하게 접어들었다.

　"저 내일부터 학교에서 일을 해야겠습니다."

　"멋이?"

　"이젠 술도 끊고 교원 생활을 좀 해야겠어요. 선생님 믿겠어요."

　"……."

　"국어하구 역사는 자신 있죠."

　방 교장은 어이가 없어 말을 못하고 있는데 할 소리를 다 한 홍 군은 헤에 하고 한번 애교를 부리고는 이불 속으로 기어 들어가 이내 코를 골기 시작했다.

　홍 군은 그것이 술김에 하는 소리가 아니었다. 하긴 국어와 역사를 담당한 교사가 다른 공립학교로 옮겨 간 뒤에 마땅한 인물을 물색 중이기도 했지만 그 계제를 파고들었다는 것은 여간한 갈등이 아니었다. 명색이 중학교라고는 하지만 방 교장의 끈기로 간신히 지켜가는 처지라 교직원들도 다른 학교와는 달리 말하자면 동지적인 결합으로 되어 있다.

　홍 군이 그 동지적인 결합체에 끼게 된 것은 그날 밤 한 봉지 때문이 아니라 술을 끊는다는 것과 방 교장의 작품을 건방지게 평하지 않겠다는 것을 자진 맹서했기 때문이다. 그리고 부대조건으로는 한 달 동안만 방 교장네에서 기거하고 지도를 받겠다는 약속을 피차간 수락했기 때문이다.

　하기는 홍 군이 그동안 약속을 지키기 위하여 애를 써온 것은 방 교장도 십이분 알고 있으며 그것을 애처롭게까지 생각했다. 발령이 나던 날부터 학교 일은 두말할 것 없고 방 교장의 묵은 원고를 알뜰하게 정돈하고는 구절구절이 틀려먹은 철자법을 일일이 수정해서 인쇄에 들리는 일까지 꾀를 사리지 않았다. 다만 한 가지 방 교장이 마땅찮게 생각하는 것은 그 '노오란' 병만 고쳐주었으면 하는 것이었다.

홍 군은 '노오란' 빛깔에 미친 사람 같았기 때문이다. 하루는 교무실에서 박장대소가 일어났다. 모두 홍 선생의 책상을 바라보고는 허리를 잡는 것이었다. 방 교장도 무슨 일인가 하고 넘겨다보고는 체면을 생각할 겨를도 없이 그만 마룻장을 구르고 웃어댔다. 홍 군의 입을 빌린다면 '노오란' '샛노란' '누르끄름' '노로꼬름' '……' 또 무엇 무엇 해서 가지각색의 노란 빛깔을 한참 주워섬길 수 있을 것이다. 그따위 황색 헝겊 쪽을 어디서 주워 모았는지 만국기처럼 노란 실에 주욱 꿰어가지고는 흡사 성황에 금줄을 두르듯 노란 국화가 꽂힌 화병에다 주렁주렁 매달아 논 것이었다.

홍 군의 그 노란 병이 시작된 것은 언젠가 발표한 그의 작품에

나의 동행자는 노오란 꿈
나의 휴대품은 노오란 시장끼

따위의 구절에 어지간히 만족감을 느꼈던 모양이었다. 그가 말한다면 무어라고 그 색깔을 아름답게 표현할는지 모르지만 그는 늘 누르끄름한 '마후라'를 매고 다닌다. 역시 그 작품을 발표한 이후부터일 것이다. 교실에 들어갈 때는 분필을 꼭 세 개씩 누르끄름한 헝겊 쪽에 싸서 손에 들고는 심각한 표정을 지으며 바라보는 것이었다.

홍 군의 노란 병은 방 교장이나 딴 사람들에게 직접적인 피해가 있는 것도 아니고 그걸 무어 충고한다든가 할 성질의 일도 아니어서 못마땅하기는 하지만 그대로 방임하는 수밖에는 없었으나 한번 하숙을 정하고 옮겨 간 그가 요즈음 다시 방 교장 이불 속을 파고드는 데에는 사람 죽을 노릇이었다. 그러나 전과도 달라서 방 교장도 그에게는 큰소리를 못 하고 홍 군은 당연히 그렇게 할 권리가 있다는 듯이 용케 통행금지가 지난

뒤에도 대문 빗장을 따고 들어오는 것이었다. 월급을 안 주기 때문에 하숙에서도 쫓겨났다고 하면서 웬 놈의 돈이 있어서 매일 장취로 술독에 빠지고 다니는지 궁금할 지경이었지만 방 교장은 아무 소리도 않았다. 만약 그런 소리를 따지고 덤볐다가는 월급 타령이 또 나오고 생봉변을 당할 참이다.

오줌을 싼 사건이 있은 후부터는 한 일주일 동안을 돌아오지 않았다. 첫날은 저도 짓쩍어서 못 오겠지 하고 방 교장은 혼자 실없이 웃었지만 며칠을 두고 안 들어오자 차츰 궁금증이 생겼다. 일을 저질러도 집 안에서 생기는 일은 상관없지만 거리에서나 남의 집에서 그따위 짓을 했다가는 봉변당하기 알맞고 그러자니 학교 체면도 꼴이 아니기 때문이다. 그러나 학교에는 여축없이* 출근을 하기 때문에 방 교장도 모르는 척하고 있었는데 또 한밤중에 나타났다. 그는 옆구리를 마구 파고 덤비는 것이 아니라 대문 밖에서 청승을 떨고 서 있는 것이었다. 일요일 밤이었다. 방 교장이 소변을 보며 듣자니까 밖에서 무얼 중얼거리면서 한숨을 들이쉬고 내쉬고 하는 것이었다.

"자네 거기서 뭣하나?"

"선생님 좀 나와보세요."

그럴 적에는 꼭 계집애 목소리처럼 간드러졌다. 홍 군은 하늘을 가리키며 별을 보라는 것이었다.

"별이 어떻단 말야?"

"저것들이 얼마나 정답습니까?"

방 교장은 버럭 화가 나서 방으로 뛰어 들어오고 말았다. 그날 밤에사 말고 홍 군은 방 교장의 시집 인쇄가 늦어지는 것을 크게 걱정하면서

| * '깔축없이'의 방언. 조금도 부족하거나 남는 것 없이.

아주 철이 든 것처럼 갈롱*을 부렸다.

"선생님 저 결혼하기로 했어요."

방 교장이 외돌아져 누워 있는 기색을 보자 홍 군은 불쑥 그따위 소리를 꺼냈다.

"오줌 싸는 녀석한테 누가 딸을 줘."

"숙이하고 결혼해야겠어요."

"멋이? 똥을 쌀 소리 말고 어서 자."

방 교장은 그냥 무심코 비꼬아 넘겼지만 속으로는 적잖이 불안했다.

"선생님, 숙이는 저한테 양보하세요. 밀린 월급을 주지 않아도 결혼은 할 수 있으니까요."

"……."

못할 소리 없이 마구 지껄이는 것이 괘씸했지만 방 교장은 그저 못 들은 척했다. 숙이라고 하는 것은 교무실에 급사 겸 서무서기로 있는 계집아이를 말하는 것이기 때문이다. 그렇잖아도 얼핏 그런 기미를 짐작했지만 그 꼴에 결혼을 하겠다고까지 덤빌 줄은 몰랐다. '숙이 숙이' 하고 어린애처럼 모두 부르지만 단발머리 적에 발판을 놓고 전화통에 매달리던 때와는 딴판이다. 그렇지 않아도 '숙이'라고 부르지 말고 '정 양'이라고 부르도록 해야겠다고 하면서도 그걸 직원회에서 말할 수도 없고 해서 그대로 미루어 온 것인데 그보다도 벌써 탈이 생기게 된 모양이다. 숙이가 언젠가 노란 저고리를 입고 왔을 때 홍 군이 어린애처럼 좋아하면서 어루만지더라는 얘기를 듣고 그저 웃어버린 것이 실책일지도 모른다.

"선생님 숙이를 절 주시죠?"

"왜 송아지 새끼드냐. 주고 말고 하게."

* 간능. 재간 있게 능청스러움.

"선생님 숙이를 사랑하시니까 말예요."

"멋이 어떻구 어때?"

방 교장은 그대로 듣고 있을 수가 없어 불끈 일어섰다.

"선생님은 사모님두 계시구 숙이만 한 따님두 있지 않으요?"

"그러니 어쩌란 말야?"

"숙인 절 달란 말예요. 저한테 양보하세요. 선생님과 저 사이에 한 여성을 놓고 싸울 처지가 못 되니까요."

방 교장은 혹시 안방에라도 들릴까 봐 언성은 높이지 못하고 담뱃대만 쭉쭉 빨았다.

"여보게 자네도 사람인가?"

"그런 소릴 하실 줄 알았어요. 그러나 사제 간의 의리 문제와 이성을 두고 벌어지는 애정과는 다르니까요."

"도대체 무슨 소리를 하는 거야?"

"얘기는 간단하지요. 전 숙이를 일생의 동반자로서 사랑하는 것이고 선생님은 노후老後의 오락으로서 숙이를 공깃돌처럼 가지고 놀아보자는 악취미에서 사랑하는 것이니까 당연히 저에게 양보하시야지요."

"넌 누굴 죽일려고 그런 소리를 하는 것이냐 응?"

"상관없어요. 선생님이 숙이를 사랑하시는 것을 잘못이라고 하지는 않아요. 저하고 결혼한 뒤에도 그런 사랑은 허용할 것이니까요."

"좌우간 자고 내일 얘기하자."

"저는 일주일 동안을 생각한 끝에 결심을 하고 온 것이요. 늙었다고 해서 사랑하는 사람이 없으란 법은 없지만 숙이와의 경우는 당연히 저에게 양보해야 합니다. 확답을 해주세요."

천생 갓난애 보채듯 하는 통에 방 교장은 배겨내지 못하고

"그래 네 마음대로 해라 젠장……"

하고 말았다. 그제야 홍 군은 낯살을 펴면서 이불 속으로 파고들었다.

"선생님 이번 시집에 들어갈 〈목단〉이란 시는 숙이를 노래 부른 것이죠?"

"……."

"숙이는 목단이 아녜요. 그 아이가 왜 목단이 됩니까? 해바라기…….
의젓이 고개 숙인 노오란 해바라기지요."

비위짱을 일부러 거슬리는 것은 아닐 터이지만 홍 군은 사뭇 그따위
소리를 중언부언하면서 전처럼 쉽사리 코도 골지 않았다.

방 교장은 이번 일이 사표를 받을 만한 조건이 되는가 하는 것을 요
모조모 검토한 끝에 이튿날 아침 일찌감치 출근했다. 직원들이 아직 아
무도 나오지 않은 것이 다행이었다. 멀끔하니 소제를 해놓고 난롯가에
쪼그리고 앉은 숙이의 가슴패기에 새삼스럽게 눈이 갔다.

"숙이한테 물어볼 일이 있는데……."

방 교장은 천천히 담뱃불을 붙이고 접어들었다.

"너 홍 선생을 어떻게 생각하니?"

"……."

"내 들은 소리가 있기에 물어보는 것이니 솔직히 대답해."

"홍 선생님이 엊저녁에 댁에 갔지요."

"건 어떻게 알아?"

"새벽에 저이 집에 왔어요."

"으응…… 그래서?"

"멀 그래서요? 선생님두……."

무슨 시를 쓴다고 하면서 야릇잖게* 굴기는 했지만 얼굴 하나 붉히지

| * 야릇잖게. 말이나 행동 따위가 옹졸해 점잖지 못하게.

않고 늙은이를 다뤄 넘기는 춤에 방 교장은 되레 무색해지고 말았다. 더 얘기할 나위도 없었지만 그래도 미심쩍어서

"너두 그래 결혼할 작정이냐?"

하고 묻자

"그럼 사뭇 이력허구만 있어요. 참 선생님두……."

하는 데에는 되레 방 교장 얼굴이 화끈할 지경이었다.

그날 숙이가 사직원을 내지만 않았더라도 그런 분란이 생기지는 않았을 것인데

"저 오늘부텀 그만두겠어요."

하고 종이쪽을 불쑥 내미는 통에 방 교장은 간밤부터 참아온 화통이 터지고 말은 것이다.

"홍 선생도 같이 사표를 내시오."

점잖이 소리를 질렀지만 다른 직원들이 듣기에도 방 교장은 노기가 등등했다. 그러나 홍 선생은 핀둥핀둥했다. 숙이를 그만두게 한 것은 자기가 아니라는 것과 결혼을 하게 되면 교장 댁 신세를 지지 않고 숙이네 집에 가서 잘 것이라는 것을 누누이 설명하면서 영 사표를 내지 않고 여전히 누우런 헝겊 쪽에 분필을 싸가지고 교실로 들어가는 것이었다. 방 교장도 이번만은 지지 않았다. 불덩어리 같은 애국론을 토할 때처럼 교육자의 긍지서부터 현하 훈육 목표를 도의 면에 두어야 한다는 얘기를 주욱 웅변조로 책상을 두드려가며 역설한 다음 교감으로 하여금 홍 선생의 사표를 받도록 하라는 지시를 내리고 휭 교무실을 나가버렸다.

교장이 그처럼 완강하게 나오자 홍 군도 그 이상 배겨내지 못하고 책상 위에 널려논 노오란 헝겊 쪽을 걷어가지고 교무실을 나오고 말았다. 홍 군이 학교를 그만두던 날 교직원들은 그래도 섭섭한 생각에서 송별회를 열어주었지만 방 교장은 참석하지 않았다. 방 교장은 그것이 다행이

었다고 생각했다. 그날 송별회에서 교감을 비롯하여 여러 사람이 겪은 고역을 전해 들었기 때문이다.

사실 그날 밤 홍 군의 거동을 보고서야 교장이 노하는 것도 당연하다고 모두 혀들을 찼다. 송별회는 직원들이 단골로 다니는 중국 우동집에서 제법 자리를 갖추고 접시를 늘어놓았다. 그런데 주빈 격인 홍 군은 엉뚱한 빈대떡집에서 벌써 고주가 되어 있더라는 것이다.

직원들이 통틀어 가서 떠메어 오다시피 하여 상석에 앉혀놓자 홍 군은 대접으로 술을 들이키고는 맨손으로 안주를 마구 집어 먹으면서 훌쩌력 훌쩌력 우는 것이었다.

'나의 휴대품은 노오란 시장끼.'

운운한 홍 군이 쓴 시구절을 연상하고 모두들 측은히 바라보았지만 그런 기미에는 아무 상관 없이 그는 되는대로 훑어 먹고 일어섰다. 맨 끝장까지 홍 군에게 끌려간 교감과 몇몇 친구들은 되는 소리 안 되는 소리 실컷 욕을 얻어먹고 악다구니처럼 싸우고 헤어졌다.

"이젠 우리 집으로 가자."

고 끄는 통에 따라간 곳이 바로 숙이네 집이었다.

차라리 그런 줄 알았더라면 따라가지도 않았을 것인데 들어가서 본 즉은 단칸방인 숙이네 집이었던 것이다.

"손님들이 왔으니 술 받아 와."

홍 군은 듣는 사람들이 무색할 정도로 숙이에게 마구 호령을 하고, 술상을 차려 오자 이번에는 숙이더러 상머리에 앉아 잔을 따르라는 것이었다.

숙이와는 사오 년간을 한 직장에서 지내온 사람들이라 상관이야 없었지만 노란 저고리를 입으라고 야단을 치고 아직 예식도 갖추지 않은 처지에 숙이 어머니더러

"장모님, 사위 친구가 이렇게 왔는데 이런 부실한 대접을 해야 옳소?"
하고 떼를 쓰는 통에 보다 못해 모두들 일어섰다. 그러자 홍 군은 엉엉 울면서 닥치는 대로 먹살을 잡고 모조리 시비를 거는 것이었다.

홍 군은 '돼먹지 않은 놈들'이라고 욕지거리를 퍼부으면서 적어도 친구의 한 사람이 가장이 되어서 기쁜 술잔을 나누자고 하는데 그를 거부하고 일어서는 것은 홍 아무라고 하는 인격을 모독하는 것이라고 덤비는 것이었다.

"그런 자리는 결혼식을 올린 뒤에 얼마든지 있을 수 있지 않은가."
하고 순례로 타일렀지만 막무관이었다.

결혼식이라고 하는 것은 영리를 목적으로 하는 가장행렬假裝行列이라는 것이다.

그런 속된 신파를 꾸며가면서 허식을 꾸밀 필요가 없기 때문에 오늘 아침에 이미 결혼을 했노라고 하면서 마구 붙드는 것이었다.

그날 저녁 그 자리가 결혼 피로연이었을는지도 모르지만 큰 욕을 보고 모두 도망치듯 뿔뿔이 빠져나왔다.

"에이 지긋지긋한 녀석."
하고 방 교장은 상을 찌푸리면서 홍 군을 그렇게 떼어 박지른 것을 개운하게 여겼다. 다른 직원들도 서운하게 여기는 사람은 하나도 없었다. 오히려 그가 그만둔 뒤에도 가지가지의 흉이 뻘겨져 나왔다.

"글쎄 그 노오란 선생은 입때까지 목간통엘 가본 일이 없다는군. 허허허허."

그런 식으로 한 가지씩 숨겼던 흉이 폭로될 적마다 한바탕씩 웃었다. 그러나 그것은 한동안이었고 해가 바뀌는 동안 홍 군에 대한 얘깃거리도 차츰 사그라지고 홍 군이나 숙이도 통 얼굴을 볼 수가 없었다.

그런데 그 홍 군이 불쑥 방 교장 댁을 방문했다. 그러니까 한 이태나 되었을 거다.

방 교장 둘째 딸 혼인날이었다. 한창 잔치가 벌어져 북새통을 놓고 있는데 웬 어린애를 둘러업은 청년이 교장을 찾고 있었다.

"신문에서 보구 알았습니다. 제 주소를 몰라서 청첩장도 안 보냈지요."

방 교장은 우선 가슴부터 덜석 내려앉았다. 차리고 온 행색도 행색이려니와 덥석 악수를 청하는 손바닥이 무엇을 해 먹고 사는지 밤송이를 만지는 것처럼 까실거렸기 때문이다. 천생 애비를 닮았지만 그래도 소담스럽게 생긴 어린것은 연신 벙글벙글하면서 고것도 방 교장을 보고 넙죽 손을 내미는 것이다.

"잘 왔네. 야, 어서 들어오게."

경사라고 해서 일부러 찾아온 사람을 안면박대할 수 없어서 그렇지 방 교장은 속으로 여간 께름칙하지가 않았다.

"좌우간 들어와 이 사람아."

두리번거리기만 하는 홍 군을 학교 직원들이 있는 방으로 안내했다.

"여러분들이 반가워할 손님이 왔습니다. 그동안 통 안부가 없드니만 이렇게 왔군요. 허허허허."

교장은 홍 군을 일부러 청한 것이 아니라는 것을 광고나 하듯이 직원들 낯색을 살피면서 너털웃음을 웃었다.

"여어 홍 선생!"

"참 오랜만입니다."

하고 반갑게 인사들은 했지만 눈들은 등에 업힌 어린것으로 가고 금시 웃음보가 터지는 것을 억지로 참았다.

"자아 한잔 드시오."

"저 술을 끊었습니다."

"술을?"

홍 군은 술을 끊었다고 하면서 잔만 받아놓고 오색 가지로 물을 들인 꽃떡을 한 개 집어서 어린것 손에 들려주는 것이었다.

"기왕이면 이것을 주시지⋯⋯."

어느 짓궂은 친구가 노오란 물감을 들인 떡을 한 개 집자 좌중은 박장대소가 벌어졌다. 그러나 홍 군은 시렁치도 않았다.

"그동안 어떻게 지내셨소?"

"지금 무엇을 하고 계슈?"

짜장 그것이 궁금했기 때문에 모두 번갈아 물었지만 그저 벙긋이 웃기만 할 뿐 홍 군은 별로 말이 없었다.

"애기 엄마는 어떻게 하고 계슈?"

숙이의 소식도 늘 궁금했다.

"오늘도 같이 오려고 했는데 공장 일도 바쁘고 또 여러 선생님들 뵈옵기가 부끄럽다고 해서 혼자 왔습니다."

숙이 얘기가 나오자 홍 군은 비로소 입을 열었다.

"선생님들이 웃을까 봐 얘길 안 했습니다마는 지금 조그만 공장을 하나 경영하고 있지요."

그러고 보니 홍 군은 딴사람 같았다. 그전 같은 줄만 알고 실없이 굴던 친구들이 되레 무색해서 함부로 던지던 농담이 쑥 들어갔다.

홍 군은 묻는 말 이외에는 별로 지껄이지를 않았지만 그는 과거에 지낸 일을 무척 부끄럽게 생각하는 반면 지금은 하나의 기업주로서 아무 걱정 없이 지낸다는 것을 강조하기도 했다.

그는 지금 쥐덫을 만드는 공장을 경영한다는 것이었다.

"맥없이 반년을 낮잠으로 지내는 동안 연구한 것이 그것이지요."

얘기를 듣고 보니 그럴싸하기도 했다. 학교를 쫓겨난 후로 반년 동안을 문밖에 나오지 않았다는 것이다. 숙이가 어떻게 해서든지 끼니는 굶기지 않았기 때문에 그저 드러누워서 생각하고 일어나서는 쓰고 해서 시집을 한 권 내볼 양으로 원고를 써 모았다는 것이다. 그렇게 애를 써서 시렁에 모아논 원고 뭉텅이를 쥐새끼들이 몽땅 갉아 먹었다는 소리를 들었을 때 모두들 웃지를 못했다.

"그러니까 원수를 갚자는 셈이군요."

"글쎄 원수라기보다 이젠 은혜가 됐지요."

홍 군은 무어 쥐덫 장사를 할 작정으로 시작한 것은 아니지만 그 원고 뭉텅이를 갉아 먹은 놈들을 잡아보겠다고 손수 며칠 걸려서 쥐덫을 하나 만들었다는 것이다. 잡힐 턱이 없었다. 그러나 몇 축 실패를 거듭한 끝에 만들어낸 것이 지금은 훌륭한 상품이 되었다는 것이다.

"어느 친구가 '코오취'를 해서 신안 특허까지 맡아놓았으니까 이젠 영 쥐덫 장사가 되고 말았어요."

"좌우간 반갑네."

방 교장은 참 반가웠다. 반갑다는 것은 홍 군이 돈을 벌게 됐다는 것을 말하는 것이 아니다.

"그럼 그 귀중한 휴대품은?"

"노오란 시장끼 말입니까? 허허허 그 대신 이것이……."

홍 군은 꽃떡을 아기죽거리는 어린것을 꼬옥 껴안는 것이었다.

"그만 가보아야겠습니다. 한 개라도 더 만들어야지요."

홍 군은 집엣일이 무척 궁금한 듯 조바심을 치면서 일어섰다.

"얼마 안 되지만 서운해서……."

"온 이 사람아 이게 무슨……."

방 교장은 홍 군이 내미는 봉투를 굳이 사양했지만 지고 말았다. 홍 군이 돌아간 뒤에 방 안에선 제가끔 다른 생각에서 웃음판이 벌어졌다. 안방에서 봉투를 뜯어본 방 교장도 '축화혼 일금 백 환야祝華婚 一金 百圜也'

라고 쓴 것을 보고 허 허 웃었지만 웬일인지 눈시울이 시근거렸다.

─《신태양》, 1957년 2월.

대도신문사 大都新聞社

"방 형 얘기는 고맙지만 그렇게야 할 수 있나……."

"무슨 소리야 내가 그런 꾀를 낸 것은 비단 오 과장만 위하는 것이 아니야. 난 정말 그렇게라도 해서 다시 군대로 복귀해야겠어."

교정부 방 기자가 굳은 표정으로 문선과장의 억센 손을 훔켜잡을수록 실상 기막힌 처지에 놓여 있는 문선과장은 그저 허튼소리로 돌리며 싱글싱글 웃기만 했다. 오후 한 시경.

그 시간이면 사환 아이까지 나가버리고 명색 신문사라고 하는 그 방 안은 찬바람만 스친다. 편집국과 업무국을 양쪽으로 갈라붙이고 한가운데는 쓸모없이 크기만 한 사장 책상이 방 안 전 '스페이쓰'*의 삼분지 일을 차지하고 있는 서글픈 사무실이다.

"신문사가 이런 곳인 줄 알았으면 애당초 딴 직장을 찾았을 거야."

"신문사라고 다아 이런 줄 알아……. 헛헛헛. 이 신문사는 말야, 천하에서 오직 하나밖에 없는 대대도신문사거든 헛헛헛……."

| * 스페이스space. 공간.

문선과장은 넋 빠진 사람처럼 웃으면서 슬며시 방 기자의 손을 뿌리치고 일어섰다.

"오 과장 왜 일어나는 거야⋯⋯. 나하구 확실한 약속을 하고 일어서요."

방 기자는 문선과장을 다시 의자에 앉히고는 애원하다시피 했다.

문선과장은 마지못해 걸터앉으며 방 기자의 얼굴을 물끄러미 바라보았다. 평소에 그렇게도 말이 없고 무뚝뚝하던 방 기자의 눈방울에 이슬이 맺혀 있는 것을 보자 문선과장도 그만 콧잔등이 시근거리면서 말문이 막혔다.

방 기자는 아직 사회를 모르는 청년이다. 학병으로 군대에 입대했다가 작년 가을에 제대하고 곧장 신문사에 취직했기 때문에 아직도 순진성과 군인다운 솔직한 태도가 그대로 배어 있어 그것이 오히려 다른 사원들의 놀림감이 되는 수가 있다. 그런 방 기자가 벌써 이틀째 두고 문선과장을 조르는 내막을 남이 알면 큰일 날 소릴 뿐만 아니라 큰 웃음 건더기가 될 만한 일이다.

"내가 대신 군대에 갈 테니 그 대신 우리 어머니를 돌봐주지 않겠소?"

소집 영장이 나와 갈팡질팡하는 문선과장을 조용히 붙들고 방 기자가 그런 소리를 처음 할 때는 그저 위로한다는 의도에서 나온 얘기겠지 하고 귀담아듣지를 않았었다. 그런데 방 기자의 속셈은 그냥 지나가는 소리로 건네본 말이 아니고 꼭 그렇게 하겠다는 결심을 했던 모양이다.

"이따위 신문사에서 보람 없는 일을 하고 내 몸뚱아리를 얼구고 썩히느니보다는 차라리 군대로 가는 것이 떳떳하겠어. 그러나 오 과장은 부인이 그렇게 오래 앓고 있고 어린애들이 많은데 당장 떠나서는 안 되잖아⋯⋯."

어느 모로 들으나 방 기자의 하는 소리는 고맙고도 기막힌 소리였다. 그렇다고 해서 문선과장은 당장 그렇게 하자고 응할 수는 없는 일이다. 물론 그것이 법적으로 있을 수도 없는 일이지만 법이 용허한다 해도 그렇게 쉽사리 약속할 수 없는 일이다.

"혹시 내가 도중에서 도망이라도 쳐서 오 과장에게 화를 입힐까 봐 의심할지도 모르지만 난 그것이 아냐. 이따위 모순투성이의 허울 좋은 신문사에 길게 있다가는 내 자신을 망치고 말 거야. 그러니 날 살리는 셈 대고 대신 보내주. 절대 나는."

"쉿!"

방 기자의 흥분된 언성을 문선과장은 손짓으로 가로막았다.

이층 계단을 올라오는 발자국 소리가 들렸기 때문이다. 밖에서 차가 우르렁거리는 소리가 들린다. 군부 출입 기자를 아마 모시고 온 모양이다.

방 기자는 문선과장을 끌고 아래층 공장으로 내려갔다. 아무래도 오늘은 규정을 짓고야 말 기세다.

원고 마감 시간이 다가오면 외근 나갔던 기자들이 연달아 들어온다.

"야 이 새끼야! 펜, 잉크."

보통 '이 새끼'가 말버릇이 되어 있는 강 기자가 부산하게 들어오면 사환 아이는 슬금슬금 공장으로 피한다.

"이 새끼 어딜 가! 펜 가져오라니까……"

"펜이 없어요."

"뭣이! 얘 이 새끼야 펜이 없으면 어떻게 기사를 쓰란 말이야?"

"전들 어떻게 해요?"

"서무 불러와."

"나가고 안 계셔요."

"그 새낀 꼭 이 시간이면 없어지드라구……. 에라 모르겠다."

강 기자는 속주머니에서 양담배를 한 가치만 쏙 뽑아서 불을 붙여 연기를 푸우푸우 내뿜는다. 될 대로 되라는 태도다.

"아니 근데 이 새끼들이 도대체 어쩔 셈야……. 오늘두 틀렸군?"

책상 위에 구둣발을 올려놓고 뒤로 벌렁 나자빠져서 투덜거리는 강 기자에게 아무도 대꾸를 않는다. 그 소리를 못 알아들어서가 아니라 공연히 따라 지껄이는 것조차 싱겁기 때문이다.

"에라 이 순!"

원고지를 찢어져라 하고 후려갈기던 강 기자가 불끈 일어서면서 펜대를 책상에 콱 꽂는다. 기사를 다 썼다는 신호다.

"저어 여기가 대도신문샵니까?"

협수레한 친구가 조심조심 문을 열고 들어서면서 돌레돌레 훑어본다. 동지섣달인데 불기운이라고는 하나도 없는 방 안에 모두 눈알만 반짝이면서 도사리고 있는 것이 아무래도 잘못 찾아 들은 상싶은 모양이다.

"왜 그러십니까?"

"아니 저어 광고 좀 하나 낼라구요."

"이리 오십시오."

그런 경우는 기사를 다 쓰고 일어선 강 기자가 가장 유리하다.

"무슨 광곱니까?"

"자식 놈을 찾아달라구요……."

재빠른 강 기자는 자신이 광고 원고까지 꾸며서 주욱 읽어주고는 일금 천 환정의 영수증을 써준다.

백 환짜리 열 장을 받아 호주머니에 넣은 강 기자는 아까 책상 위에 펜대를 모지락스럽게 후려 꽂을 때보다는 훨씬 너그러워지면서 일금 천 환정의 가불증을 쓰는 것이다.

"대도신문을 살리는 길은 한 가지밖에 없다. 하루속히 주식회사를 만들어야만 된다."

신문에 거의 미치광이가 되다시피 한 편집국장은 평생소원이 그것밖에 없는 듯이 주식회사 타령이 입버릇이 되었다. 그러나 된다 하던 오천만 환의 주식회사는 어느 세월에 되는 것인지 깜깜소식이고 신문사 형편은 갈수록 말이 아니었다.

공장 직공들은 외부 인쇄물을 맡아다가 그래도 가끔 돈 구경을 했지만 기자들은 월급이라고 얻어 쓴 기억들이 없었다. 그러기에 심지어는 광고 선금 받은 것까지도 먼저 호주머니에 우그려 넣는 사람이 장땡이라는 관습이 생기고 말았다.

"자본과 자본의 피나는 싸움이 있을 뿐이다. 사원들, 아니 동인들의 정열과 출혈로써 신문을 만들던 시대는 벌써 지난 지 오래다. 우리 사장은 지금도 신문이란 어느 개인의 주장을 발표하고 개인의 영달을 위한 발판으로 생각하고 있으니 탈이다."

'면도칼'이라고 별호가 붙은 편집국장은 자못 흥분하면서 장소를 가리지 않고 마구 지껄였지만 사장 이운율李雲律이라는 사람에게는 도시 씨가 먹지 않는 소리였다.

신문이라는 것은 남의 호주머니를 털어다 발행하고 그 반면에 모든 이권은 발행인인 사람이 독차지하는 것으로만 알고 있기 때문이다. 그러기에 일 년 가야 신문사에는 코끝도 내밀지 않아도 신문은 그냥 나오고 있으며 사장은 명함만 가지고 소위 정치적으로 움직이고 있는 것이다.

허다한 직장을 다 젖혀놓고 '언론 기관'이라는 데에 모인 삼십 명이나 되는 사원들이 시간시간 갖은 희비극을 연출하고 있지만 이 사장은 그것을 모른다. 아니 설사 안다 해도 쇠퉁* 아랑곳없다는 태도다.

교정부 방 기자가 문선과장 오 아무라고 하는 인물을 대신해서 군문으로 들어가겠다는 것은 단순히 친구에게 대한 의리나 동정에서 오는 것이 아니다. 그렇게도 부러웠던 '무관의 제왕'이라는 직업을 애써 얻은 지불과 육 개월 만에 그는 지금 모든 것을 단념하려고 애쓰는 것이다. 신문사라면 '경세의 목탁'으로 자부하는 사람들이 그야말로 파사현정破邪顯正의 필봉으로 오직 정의를 위하여만 싸우는 총본영으로 알았던 것이다. 그러기에 방 기자는 대도신문사 사장이라는 직함을 가진 이운율이라는 인물을 처음 대할 때 군단장이나 사단장 같은 복장에 나타나 있는 계급적인 위엄성보다도 오히려 보이지 않는 존경의 가치가 있으리라고 믿고 그 앞에 머리를 숙였던 것이다.

"신문기자는 화창하면서도 고생이 많은 직업인데……."

"군대에서 단련을 받았으니까 웬만한 고생쯤은 감내하겠습니다."

사실 그만한 각오는 서 있었고 또 윗사람으로서 사원을 채용할 때 으레 하는 소리거니 하고 방 군은 그 앞에서 고생을 각오한다는 맹세를 하였던 것이다. 소개한 인물의 혜택이겠지만 방 군은 즉각으로 입사가 승낙되어 처음에는 교정부에서부터 일을 배우도록 되었던 것이다.

'신문기자는 화창하면서도 고생이 많은 직업.'

방 기자는 사장이 첫날 하는 얘기가 뇌 속에 박혀 사뭇 떠나지를 않았다.

그런데 출근하던 첫날 방 기자는 생전 처음 보는 이해할 수 없는 광경을 목도하고 큰 의문을 품게 되었다.

"하루하루 미루는 것도 염치가 있지……. 더 이상 말하기도 싫어. 오늘은 무슨 규정을 내야겠어."

사장 자리에 웬 아낙네가 와서 버젓이 앉아 서무부장이라는 사람에

| * 전혀.

게 고래고래 소리를 지르는 것이었다. 편집국원들은 싹 쓸어 나가고 방 기자 혼자서 마구 후려갈긴 원고와 무슨 글자인지 알아볼 수가 없도록 새까맣게 찍혀 나온 '게라' 쪽을 대조하면서 애를 먹고 있는 판이기에 어느 결에 그 여인이 들어왔는지도 미처 몰랐었다.

"아니 벙어리야! 왜 말을 못해 엉? 얌통머리 없는 인간들."

업무국 자리에는 서무부장과 사환 아이가 쭈그리고 있었지만 정말 벙어리가 된 듯 눈만 끄먹끄먹하고 있을 뿐이었다.

"이것들아. 너희가 신문사를 해……. 어이구 참 세상이 잘되느라구 이따위들이 흥. 이봐 사장인가 똥뗑인가 당장 가서 먹살 좀 잡아 내와. 왜 낯짝을 볼 수가 없어. 명함만 배겨가지구 술잔이나 얻어먹으러 다니는 사장이라문 못할 놈 없어."

그 여인이 어떠한 존재인지는 몰라도 그렇게 입에 담지 못할 폭언을 퍼부어도 서무부장이라는 자는 여전히 눈만 끄먹거릴 뿐이었다.

'도대체 어떤 여잔데 저 야단인가?'

방 기자는 하도 기가 막혀 물끄러미 쳐다보았다.

"왜 쳐다보는 거야. 보아하니 새로 들어온 교정기잔 듯헌데 날 그렇게 볼 것 없이 어서 딴길 찾아 봇짐 싸는 것이 좋을걸. 쯧, 쯧, 고생문이 훤언허다……."

어떻게 보면 마구잡이 술장사 같기도 하고 사장 자리에 버티고 앉은 그 뚱뚱한 몸티*나 술술 쏟아놓는 말솜씨로는 그럴싸한 면도 있는 상싶은 괴상한 여인은 방 기자를 되레 측은히 바라보면서 혀를 차는 것이었다. 방 기자는 출근한 첫날만 아니었더라도 그 여인을 그대로 두지 않았을 것이다. 그러나 그 여인에게 대항하지 않은 것이 다행이었다. 나중에

| *몸매.

서 안 일이지만 그 여인이야말로 《대도신문》을 연명시킨 은인이었기 때문이다.

"빈대떡 장사로 푼푼이 모은 돈이거든……. 그리고 사원들이 짊어진 외상값이 이만저만한 것이 아니야……."

같은 교정부에 있는 기자로부터 그 여인과 대도신문사와의 관계를 자세히 들었다. 그리고 방 기자가 차츰 근무하는 동안에 실지 목도하기도 했다.

대도신문이 몇 부를 발행하는지는 몰라도 신문 박을 용지를 매일매일 사들인다. 그것이 요행히도 지방에서 지국支局 계약이라도 하러 온 사람이 있어서 약조금을 받거나 선금을 내는 성명서 광고 같은 횡재수가 있거나 할 때는 제대로 꾸려나가지만 그렇지 못한 날은 매일 구구리 달음질이다. 정 둘러대다가 되지 않는 경우는 서무부장이 그 여인을 찾아가 숨넘어가는 소리를 하는 것이다.

"아주머니 내일은 ○○국에서 입찰광고료가 들어옵니다. 먼저 것까지 싹 갚을 테니 만 환만 돌려주십시오."

그런 식으로 돌려온 돈으로 신문 용지, 연판용, 다발 장작, 석유, 인쇄 잉크, 노끈, 그리고 선화지 몇 장을 제사 흥정하듯 사들이고 나머지 돈으로 발송비니 무어니 하는 잡비로 쓰게 되는 것이다. 신문이 당장 못 나오게 된다는 딱한 사정과 내일이면 꼭 된다는 노꼬치기에 넘어간 그 여인은 오십 환짜리 가락국수나 빈대떡을 팔아 모은 돈을 야금야금 돌려주다가 그만 탈이 생긴 것이다. 그뿐만 아니라 시장기를 늘 면하지 못하는 사원들은 그 여인 집을 무슨 구내식당처럼 여기고 외상 음식을 파먹기 시작한 것이다.

'적어도 신문사라고 하는데……'

신문사나 신문기자들에게 무조건 호감을 가지고 있던 그 여인은 설마설마하고 믿었던 기대가 영 삐끄러지고 말자 이젠 사무실에 와 버티고 앉았다가 어느 돈이고 들어오는 기색만 있으면 채 들여가는 것이었다.

"이사님 약주 반 되하구 빈대떡 좀 주시오."

방 기자는 문선과장을 끌고 인쇄공장과 잇대어 있는 그 여인의 집으로 왔다. 이사님이라고 하는 것은 사원들의 총의에 의해서 그 여인에게 씌워준 별명이다.

대도신문사에는 이사가 많다. 사장과 다소 교분이 있는 사람이면 돈만 환이나 출자하고 이사 감투를 쓸 수 있는 것이다. 사실 그 여인이 대도신문을 위하여 희생한 것으로 따진다면 '이사'라는 감투로서는 부족하니 부사장쯤 주자는 축도 있었지만 그냥 이사로 낙착을 짓고 말았다.

"자아 직전*입니다."

방 기자는 좌판 위에 돈을 미리 내놓고 문선과장과 하던 얘기를 계속했다.

"만약 오 과장이 날 대신 보내주지 않는다면 나는 혈서 자원이라도 해서 다시 군대로 들어갈 작정이야. 그러니 오 과장 형편으로 보나 내 사정으로 보나 내가 대신 가는 것이 서로 형편이 펴질 것 같아."

"방 형 얘기를 못 알아듣는 건 아닌데 만약 그 짓을 하다가 발각되면 큰일 나잖아."

"절대 발각될 염려는 없어. 그것은 내게 맡기고 오 과장은 우리 어머니나 돌봐줘."

방 기자는 '어머니' 소리를 할 때 목이 막히는지 단숨에 술잔을 쭉 들이켜고 오 과장에게 돌렸다.

"또 한 가지 말하고 싶은 것은……."

| * 현찰.

130

그는 벌써 대신 가기로 혼자 결정을 짓고 자신이 군대에 간 뒤에 할 일을 차례로 부탁하는 것이었다. 문선과장은 잠자코 듣는 수밖에 없었다. 술이 거나하게 취하자 방 기자는 주먹을 불끈 쥐고 목판을 쳤다.

"내가 군대에 가기 전에 꼭 한 놈은 죽여놀 테야……. 으음."

문선과장은 그 상대가 누구라는 것을 짐작할 수 있었다. 그동안 사뭇 교정부 일을 보다가 달포 전부터 외근을 나가고 있는 차 기자를 말하는 것이다. 그와 방 기자는 누구보다도 절친하게 지내왔는데 요즈음은 아주 앙숙이 되어버린 것이다.

"글쎄 그 자식이 밤중이면 으레 사장 집에다 대구 전화를 건단 말야. 쥐새끼 같은 놈이……."

방 기자가 미워하는 것은 단순한 사감私感만이 아니다. 차 기자는 사장의 '끄나풀' 행세를 하고 있는 것이다. 그것은 사내에서도 대개는 알고 있었지만 자신은 아마 아무도 모르는 줄 알았던 모양이다. 사장은 자신이 신문사에 나오지 않는 대신 사원 중에 밀정을 두고 매일매일 나가는 기사를 미리 전화로 연락받고 있는 것이다. 그것은 신문으로서 지나친 기사를 쓴다거나 사시社是에 어긋나는 일이 있을까 해서가 아니고 자신의 사업에 영향이 미치는 일이 있을 것을 염려해서 미리 겁을 먹고 있기 때문이다. 이 사장은 신문사 외에 토건사를 가지고 있다. 이 사장을 아는 사람이면 누구나 '대도토건사'라고 하는 것이 '삽자루' 한 개 없이 꾸려 가는 엉터리라는 것을 모두 알고 있는 것이다. 그런 일을 하자니까 자연 건설 당국에 대하여는 무슨 사건이 있어도 '텃취'*하지 못하게 되어 있다. 혹시 건설 당국을 공격하는 기사가 《대도신문》에 실리는 일이 있다면 그것은 아마 이 사장이 공사 지명을 받지 못했거나 전도금을 요구하

| * 터치touch.

는 대로 지불하지 않았거나 했을 경우일 것이다. 자신이 발행하는 신문이니까 마음대로 기사를 취급할 수도 있는 것이지만 워낙 편집국장에게 경우 꿀리는 짓을 하고 있기 때문에 그에게는 기사 취급에 대하여는 말한 마디 못하고 뒷구멍으로 도둑질하듯 출입기자와 연락을 취하고, 만약 자신에게 불리한 내용이 있으면 공장 직공들을 매수해서 조판이 되지 않도록 공작을 하는 것이다. 그러기 때문에 모두 사장을 의젓잖게 보는 것이다. 차 기자는 그런 분위기를 재빨리 알아채고 사장에 붙은 것이다. 그런 공로로서 교정부 기자의 굴레를 벗고 외근을 하게 된 차 기자는 학교와 중요 기업체 출입기자라는 직책을 맡게 되었다. 학교와 중요 기업체 출입기자라는 소리를 들으면 누구나 고개를 갸우뚱할 일이지만 이운율 사장의 가장 심복 부하가 아니면 그 일은 맡기지 않기로 되어 있다. 첫째 학교라고 하는 기관은 신문사를 무서워하는 반면에 돈 취급을 많이 하기 때문이다. 입학기를 기해서 연중행사처럼 하는 일이 있고 또 수시로 '자연 교육 자료'니 '보건상 필요한 기구'니 하는 따위를 강제로 맡겨서 적지 않은 수입을 올리는 것이다. 그런 일의 앞잡이는 역시 편집국장에게도 비밀을 지킬 수 있는 심복 부하가 아니면 안 된다. 이 사장은 그 심복 지인을 수시로 각 기업체에 순회시켜서 소위 '건설부'니 '푸로필'*이니 해서 소개 기사를 써주고 다다익선의 게재료를 받는다. 이 지간에도 차 기자를 대동하고 이 사장이 동에 번쩍 서에 번쩍 하더니 덕분에 차 기자도 갑자기 신수가 멀끔해졌다.

그런 꼬락서니를 보다 못해 뼈물던** 방 기자에게 더욱 분노심을 일으키게 한 것은 같은 처지에 있던 차 기자가 조사부장이라는 감투를 쓰게 된 것이다. 하기는 차 기자만 쓰게 된 감투가 아니고 모두 부장 차장의

---

* 프로필profile.
** 단단히 벼르던.

감투 배급과 봉급 미불을 상쇄한 것이었지만 방 기자는 여간 비위짱 사나운 것이 아니었다.

"아주머니 아니 이사님 여기 약주 반 되만 더 주슈."

이번에는 문선과장이 술을 청했다. 기염을 토하기에는 아직 주량이 부족했다. 문선과장도 어지간히 술기운만 들어가면 본때를 보여준다고 주먹을 휘두르는 편이다. 당수도를 배웠다는 방 기자와 문선과장이 큰소리를 토하게 되면 전 신문사 안에서 와작근 소리가 나게 마련이다.

"자아 방 형 들읍시다. 그리고 자당님은 내가 떠맡지. 아니 당연히 내가 어머님으로 모셔야지…… 핫핫핫……."

"형님 고맙소. 앗 핫핫핫……."

문선과장과 방 기자는 점점 음성이 거칠어지면서 한바탕 폭소를 쏟아놓고 나서는 꿀컥 술을 마셨다.

그때다. 신문사 이층에서 고함 소리가 들렸다. 무슨 영문인지는 몰라도 '이 도둑놈들'이니 '고소를 한다'느니 하는 거친 언성이 들려왔다.

문선과장과 방 기자가 뛰어 올라갔을 때는 벌써 전 사원이 이층 사무실에 총집결해 있었다.

"이 낯간지럽구두 게적지근한 놈들아. 그래 다른 건 몰라두 부돈*을 잘라먹어. 이 순 벼락을 맞을 놈들!"

별로 화를 내는 일이 없을 뿐만 아니라 늘 재담으로 공장 안을 웃음판으로 만들어놓는 박 노인이 핏대를 올리고 있었다.

"당장 내놔라 내놔. 도둑놈들……. 옛말에 남의 혼인길을 끊어놓는 놈과 상갓집 부의금을 잘라먹는 놈은 삼대 멸족을 시키라구 했다. 이놈들. 돈 내놓고 사장 놈 당장 불러오너라. 그놈부터 내려쫓아야 되겠다."

| * 부의금.

133

"개판두 그냥 개판이 아냐. 아주 미친 개판야 허허허허."

"하하하하……!"

말하는 것들도 우스웠지만 신문사 꼬락서니가 하도 어이가 없어 모두 허허 웃었다.

사실 기막힌 일이었다.

공장에서 견습공으로 부려먹는 꼬마둥이의 어머니가 죽었을 때 전사원이 모두 측은하게 여기고 부의금을 거둔 일이 있었다. 다른 회사나 마찬가지로 그럴 경우는 회람을 돌려서 모두 금액과 이름을 적으면 서무에서 총금액을 꾸려서 일을 당한 사람에게 전달하게 되어 있다. 그런데 당연히 전해졌어야 할 그 부의금이 중간에서 흐지부지되고 말았다는 것이다. 다른 사람들보다도 달라 어린것이 어머니를 여의고 찔찔 우는 꼴이 불쌍해서 전 사원이 알뜰하게 긁어모은 동정금이었다. 그것을 본인에게 전하지 않고 서무에서 돌려썼다는 것이다.

"그래 그 돈을 가지고 신문을 만들어냈단 말이지? 참 기가 막혀……. 좌우간 너희 같은 놈들하고는 같이 일을 할 수 없으니 신문사고 무에고 뜯어 걷자."

박 노인의 얼굴이 그냥 이글이글 달아오르는 듯 성깔을 내고 덤볐다. 서무부장은 함구불언이다. 하기야 그따위 짓을 했으니 변명을 할 여지도 없을 것이지만 그렇게 마구 욕지거리를 끓어 부어도 그냥 눈만 끄먹거리고* 헐커니** 앉아 있을 뿐이었다.

사무실에서 가끔 그런 북새가 일어났지만 이번 일만은 전처럼 어물어물될 상싶지 않았다. 먼젓번에 조판과 황 과장의 선친 소상 때에도 사원들의 돈을 거둔 일이 있었다. 그런데 역시 현금은 전달이 되지 않고 명부

* (눈을) 감았다 떴다 하고.
** 우두커니.

134

와 금액을 나열한 종이쪽만 전달되었던 것이다. 말하자면 외상부의外上賻儀를 한 셈이다. 그것이 종내 해결이 되지 않고 말썽이 일어나자 황 과장 명의로 장부에다 가수금假受金이라고 기장해놓고 일단 청산이 된 것처럼 정리한 것이다. 말하자면 황 과장은 부의금으로 대도신문사에 출자를 한 셈이 된다. 사원들이 조판과장을 황 이사라고 부르는 연유가 그것이다. 그렇다고 해서 이번 견습공의 경우는 그런 장난 식으로 할 수는 없다.

"그것도 가수금으로 하고 일만이를 이사로 모시면 되잖아……."

하고는 짓궂은 패들이 허리를 잡기도 했지만 그런 농담으로 돌리기에는 일만이라고 하는 그 견습공의 정상이 용서치 않았다.

"여러분! 이번 일은 내게 맡기십시오. 이따위 새끼들은 말보다도 그저 주먹밖에는 약이 없습니다."

얼근한 참에 잘되었다는 듯이 방 기자가 싸움을 가로채고 나섰다.

"딱!"

방 기자는 먼저 의자를 들어 사장 책상을 후려갈기고 서무부장에게 차근히 덤볐다. 방 안을 온통 독차지하고 있는 맥없이 크기만 한 사장 책상은 그런 일이 있을 적마다 얻어터져서 만신창이가 되어 있다. 때로는 '잉크'병으로 얻어맞기도 했기 때문에 '잉크'물이 흡사 피투성이처럼 되어 있는 것이다.

일이 그쯤 벌어지자 조간신문은 나올 것 같지 않았다. 그나마도 사장 이운율 씨가 몸소 나와서 사과를 한다든가 혼꾸멍을 준다든가 했으면 사그라졌을는지 몰랐는데 엉뚱하게 비겁한 짓을 했기 때문에 일은 영 망치고 말았다.

차 기자의 급보를 받은 이 사장은 주먹은 주먹으로 대하겠다는 작정으로 '어깨'라고 이름 붙인 부류들을 동원시킨 것이다.

방 기자가 독이 나서 서무부장을 때려 넘기는 판인데 '어깨' 패들이 몰려들었다. 당수도를 배운 방 기자가 어깨들을 그리 두려워할 리가 없다. 여러 소리 늘어놓을 것도 없이 치고받고 하는 일대 활극이 벌어졌다.

《대도신문》창간 이래 '최대의 쑈'를 연출한 결과 이튿날 신문은 완전히 휴간이 되고 말았다. 그까짓 신문이 휴간된 것이야 '기계 고장으로 인하여……' 하고 부득이 휴간된 것처럼 사고社告 몇 줄만 다음 날 신문에 실리면 되지만 방 기자에게는 그보다도 더 큰 일이 생겼다. 수라장이 되어서 치고받고 하다가 그만 잘못 나자빠져서 바른쪽 팔이 분질러진 것이다. 아니 팔을 분질렀다는 것이 그리 큰일이 아니라 문선과장을 대신해서 응소하려던 모든 계획이 수포로 돌아가고 만 것이다.

방 기자는 기가 막혔다.

'대한민국 안에 아니 이 지구상에 둘도 없는 신문사와 나와는 전생에 무슨 인연이 있단 말인가?'

— 『인간제대』, 일신사, 1958년.*

* 최초 발표일은 1957년 6월임.

귀순貴順 어머니

    나는 귀순 어머니하고 추는 것이 든든했다. 든든하다는 것은 묵직하다는 말이 아니다. 보매 귀순 어머니는 흔한 말로 '도라무통' 같지만 딱 잡고 '리-드'해 보면 웬걸, 여간 순순한 것이 아니다. 그렇다고 중위 부인이라는 고 야질고즌* 색시처럼 허전허전한 맛은 통 없다.

    말라꽁이인 내가 귀순 어머니만 늘 잡고 무아지경이 돼서 도는 꼴을 보고 모두 킥킥대는 줄은 알지만 그래도 나는 귀순 어머니가 좋았다.

    춤을 추는 맛도 그렇지만 마음씨가 또 여간 고운 것이 아니다. 언젠가는 나와 한참 신바람이 나서 '스핑탕'**을 돌다가 그만 부둥켜안은 채 넘어 박힌 일이 있었다. 마룻바닥에다 그렇게 모지게 골아박았으니 어디고 벗겨진 데가 있고, 절리거나 쓰라리기도 할 텐데 그저 싱긋이 웃고 일어서는 것이었다. 중위 부인이나 미쓰 한, 강 마담 할 것 없이 춤 손들을 놓고 허리를 잡는 통에 나는 그만 얼굴이 화끈 달아오르는데도 귀순 어머니는 그 삐뜨름한 입가에 미소를 띠우면서

---

* 가만히 있지 못하고 몸이나 궁둥이를 방정맞게 흔들거나 휘젓는.
** 스핀 턴spin turn. 척추를 중심으로 회전하는 동작을 말한다. 스핀spin과 같은 의미.

"제가 한 발을 잘못 디뎌서……."
하고는 내 무안까지 풀어주는 것이었다.

한 발을 잘못 디뎠다고 핑계를 댔지만 귀순 어머니는 그런 실수를 할 춤이 아니다. '스텝'이 참 깨끗하다. 그 육중한 몸집을 해가지고서도 오 선생과 '맘보'를 출 때 보면 여간 시원스러운 것이 아니다.

'맘보'라고 해서 다른 사람들처럼 채신머리없이 까불어재끼기만 하는 것이 아니라 정확한 '스텝'으로 거침새 없이 도는 것이 옆에서 보기에도 여간 신명진 것이 아니다. 싱글싱글 웃을 때마다 입이 더 삐뚤어졌지만 그게 결코 흉하게는 안 보였다.

그런 귀순 어머니를 모두 싫어했다. 중위 부인이라는 여자는 숫제 귀순 어머니만 나타나면 눈살이 깔쿠랑해가지고 앵돌아지는 것이다. 다방을 경영한다는 강 마담 역시 퇴퇴 하는 판이다. 오 선생은 그것 저것 티 내지 않고 너그럽게 대하는 모양이지만 그는 딴 배포가 있기 때문이다. 혼자서 여러 사람을 끌고 다니면서 '스로오 스로오 퀵 퀵'*을 찾자니 여간 고된 것이 아니다. 그럴 때 귀순 어머니는 오 선생의 조수로서 긴요하게 부려먹을 수 있는 것이다. 뿐만 아니라 오 선생의 '맘보 리드'를 척척 받아 신명을 풀어주는 것은 오직 귀순 어머니뿐이기도 하다. 그러니까 오 선생은 자기 실속을 찾기 위하여 건숭 좋아하는 것이고 귀순 어머니를 짜장 좋게 생각하고 있는 것은 다만 나 하나뿐인 것이다.

소위 '아르바이트'라고 하는 오 선생의 집에 춤을 배우러 오는 사람들이 모두 귀순 어머니를 싫어하는 이유는 단순하다.

귀순 어머니가 깜둥 아이를 낳았다는 것 그뿐일 것이다. 귀순이라고 하는 아이가 그 이름과 같이 귀엽게 생기고 피부색이 영숙이나 옥순이처

| * 슬로 슬로 퀵 퀵slow slow quick quick.

럼 태어났다면 그럴 리가 없을 것이다. 사실 나도 처음 그가 '양갈보'라는 소리를 들었을 때 약간 께름칙했었으니까 다른 여자들이 싫어하는 것은 당연했을지도 모른다. 나는 '초등학교 교원'이라는 직업을 갖고 있기 때문에 그를 께름칙하게 여기지 않을 수 없었다. 그러니까 중위 부인이나 '미쓰 한'은 그 이상으로 그를 경멸할 처지에 있을는지도 모른다.

그러나 부르기 쉬운 대로 그냥 '양갈보'라고 마구 입질에 오르지만 사실은 의젓한 '싸-젠'*의 부인이다. 옷차림새도 다른 양갈보들처럼 그리 요란스럽게 꾸미고 다니지 않았다. 오히려 입술에 온통 '루즈'를 이겨 바르고 때 지난 '맘보바지'를 꼬이고 다니는 '미쓰 한' 따위가 더 천박하게 보였지만 그렇다고 '양갈보'라고는 부르지 않았다. 옷맵시나 언어 행동 무엇이고 그렇게 멸시를 당할 이유가 없는데 귀순 어머니는 단 한 가지 때문에 그런 위치에 있게 마련이다.

"여자니까 아이를 낳았을 게 아닙니까? 그런데 왜들 주위에서 수군대는지 모르겠어요."

귀순 어머니 자신도 주위의 기색을 잘 알고 있는 모양이었다. 약간 주기가 돌았을 때 입이 더 삐뚤어지면서 그런 넋두리를 꺼낸 적이 있었다.

'싸젠'이 당직이라고 한사코 붙드는 통에 나도 슬며시 호기심이 생겨 그들의 보금자리에 들렀을 때의 얘기다. 비가 구슬구슬 내리는 밤이었다.

귀순 어머니는 '떠블 벳트'가 온통 독차지한 방 안에 나를 밀어 넣다시피 하고 대문을 열어준 계집아이에게 무엇을 수군거렸다.

"이렇게 푸대접을 해서 어떨는지……. 그렇지만 제 성의이니까요."

귀순 어머니는 계집애가 터덜거리고 사 들고 온 소주병과 과자 봉지를 클러놓으며 혼잣말처럼 지껄였다. 그런 소리를 듣고 보니 나는 사양

| * 미군 병장을 뜻하는 'sergeant'의 당시 한국식 발음.

하기도 무엇하고 해서 권하는 대로 술잔을 들면서도 속으로는 조심성이 생겼다. 내게 주기가 돌면 '양갈보'라는 본색을 가진 그녀가 어떤 수작으로 나올는지 모르기 때문이다. 더군다나 그녀도 거침새 없이 소주잔을 비우는 것이 아무래도 심상치 않은 것 같았다.

"보세요. 입이 이렇게 삐뚤어지고 낯짝이 메주장같이 생긴 년을 누가 탐탁하게 여겨주겠어요. 하긴 학교를 갓 나와서는 나이 덕분에 푸짐한 사랑도 받아봤지만……. 호호호……."

귀순 어머니는 무슨 순서를 찾느라고 그러는지 우선 신세타령서부터 시작했다. 모교의 명예를 위해서라고 하면서 교명校名은 종시 밝히지 않고 서울에서도 이름 있는 여고를 나왔다는 것과 이 세상에서 처음 애정을 주고받았다는 남자와 옛날 찍은 사진을 고리짝 속에서 꺼내 보이면서 듣는 사람의 정신이 삭갈릴 만큼 복잡다단한, 그러나 으레 있을 만한 과거를 들춰내는 것이었다.

"깜둥이 녀석에게 애정을 느꼈다며는 거짓말이라기보다 미친년이죠. 사실 그래요. 남성들에게 대한 애정이니 무어니 하는 것은 여성으로서 하는 얘기지요. 여성에서 한 걸음 벗어난, 그러니 무어라고 할까, 물론 남성은 아니죠……. 중성적인 인간이라고 하면 될 거야요. 그런 중성적인 여성들에게는 애정이라고 하는 따분한 어휘는 소용이 없게 되지요. 다만 신체의 구조를 이용해서 생활과 향락까지라도 얻을 수 있으니까요."

술기운 때문인지 귀순 어머니는 평소 풀이 죽어 지낼 때와는 딴판으로 말이 많았다. 나는 그의 말이 조리가 닿고 안 닿고를 따질 새가 없었다. 귀순 어머니는 미리 꾸며논 '씨나리오'를 낭독하듯이 학교를 나와 첫사랑에 실패한 얘기서부터 육이오 피난살이까지를 단숨에 쏟아놓고 나서 왜 양첩洋妾이 되었느냐 하는 대목에 와서는 제법 심리학적으로 파고 설명을 했다.

그때 안방 쪽에서 어린애 우는 소리가 나자 귀순 어머니는 벌떡 문을 열고

"귀순아 엄마 여기 왔다 이리 와."

하고 얼렸다. 선잠을 깬 귀순이는 사내아이처럼 우렁찬 목소리로 울음을 솟구면서 비틀비틀 쫓아왔다.

"울면 못써!"

귀순 어머니가 눈을 부릅뜨고 호령을 하자 신통하게도 울음소리를 딱 그치고 눈을 비볐다. 그때까지 나는 혼혈아라는 것을 맞대놓고 본 일이 없기 때문에 귀순이를 보자 세상에서 처음 대하는 괴상한 동물처럼 신기하게 보였다.

불에 지지다 만 것 같은 곱슬머리며 필요 이상으로 두툼한 입술, 그보다도 꼭 아궁이에서 자고 나온 것 같은 거무튀튀한 피부색. 그 입에서 '엄마' 소리가 나온다는 것이 신기하지 않을 수가 있는가?

"나 같은 처지에 있는 계집들은 누구나 체험하는 일이지만 이따위를 처음부터 날려고 작정한 사람은 없을 거예요. 죽어도 튀기는 낳지 않는다는 것이지요. 만약 임신할 줄 알면 지워버리지요. 그 짓을 못한 저는 바보 중에도 상등 바보에요."

"그야 여자들의 의무가 아닙니까?"

나는 무어라고 말대꾸를 해야만 될 것 같아서 맞장구를 쳤다. 그러나 귀순 어머니는 고개를 좌우로 흔들면서

"의무가 아니라 숙명이지요. 벌써 그런 숙명을 지니고 있기 때문에 어찌할 수 없어요."

했다.

귀순이는 엄마 무릎을 베개 삼아 쌔근쌔근 자고 있었다.

"선생님 약주 드세요. 저 같은 년을 알게 되신 것이 불행이지요."

"온 무슨 소린지."

"사실 선생님 같은 분들이야 저희를 사람으로나 취급하시겠어요? 그렇지만 저희 자신은 그런 감각이 없어요. 남성들에 대한 반항심과, 정상적인 여성들에게는 그 이상의 시기심이 있을 거예요. 그런데 자신들은 그것조차도 감각하지 못하거든요. 이상적인 남성을 발견하지 못했거나 영영 놓쳐버린 여성들은 거의 다 그래요. 살만 내놓으면 남자들을 공깃돌 놀리듯 할 수 있고 돈도 벌어서 얼마든지 즐겁게 지낼 수 있다고 여기는 것이지요."

귀순 어머니는 내가 캐묻기나 하는 것처럼 그 세계에서 사는 여성들의 심정을 쏟아놓는 것이었다. 마치 '너는 이런 것이 알고 싶을 것이다' 하는 것처럼.

봄비는 구성지게 쏟아진다. 나는 그대로 얘기를 듣기가 무뢰해서 야곰야곰 들기 시작한 소주가 전신에 파고들어 정신이 차츰 몽롱해지기 시작했다. 그녀가 귀순이를 침대 위에 들어다 눕히느라고 움직일 때 나는 그만 고개를 외면하고 말았다. 확실히 주기 때문일 것이다. 지금까지 얼마든지 그녀를 껴안고 춤을 춘 일이 있었지만 한 번도 그런 생각을 가져본 일이 없었다. 오늘따라 귀순 어머니의 육신이 별다른 곡선을 나타낸 것은 아닐 텐데 정면으로 바라보기가 숨이 가빴다. 그러면서도 나는 무엇이 금방 나타나는 것처럼 겁을 먹지 않을 수 없었다. 외면을 했을 때 빗줄기가 후려갈기는 창문에 시커먼 얼굴이 노기를 띠고 들여다보는 것 같았다. 그도 알 수 없는 일이다.

만약 그녀의 남편인 '깜둥이'가 나타난다면 나는 꼼짝 없이 탈을 당하고 말 형편이다.

"선생님 이런 데 앉아 계시기가 퍽 거북하시죠."

귀순 어머니는 다시 자리에 와 앉으며 정색을 했다. 나는 마치 사람으로 도습한 여우에게 홀리기나 한 것처럼 몸이나 정신을 가늠할 수가 없었다.

그러나 있을 수 없는 일이다. 나의 직업은 그런 여성과 한자리에 앉아 있었다는 것만도 용서를 하지 않을 터이니까 말이다.

나는 금시 몸이 오싹해지면서 지금까지 같이 춤을 추고 지냈다는 것조차 후회를 했다.

"선생님 거북하고 괴로우시드라도 오늘은 제 신세타령을 들어주시고 제 평생소원도 좀 풀어주세요."

내 눈치를 알아챘는지 몰라도 귀순 어머니는 두 무릎을 꿇고 앉아 양손으로 잔을 권하는 것이었다.

"아까 말씀드리기를 특수 여성들은 여성의 위치에서 차츰 멀어져서 중성화한다고 했지요? 그런데 애정이나 반항, 그리고 시기적인 감각까지도 없어졌던 그런 중성적인 테두리에서 다시 여성의 위치로 돌아오는 수가 있어요. 선생님 알아들으시겠어요?"

"글쎄요 잘 모르겠는데요."

물론 귀순 어머니가 하는 말의 의미를 못 알아듣는 것은 아니었다. 그러나 무슨 의도에서 그런 소리를 하는지는 확실한 짐작이 가지 않기 때문에 어리벙벙하게 대답하는 수밖에……. 그리고 만약 그녀가 나를 유혹하기 위하여 그런 주변을 부린다면 알아들으면서도 모르는 척하는 것이 좋을 상싶었다.

"선생님! 전 다시 여성의 위치로 돌아왔어요. 제가 앞으로 어떠한 길을 걷게 되는지는 선생님이 제 청을 들어주시느냐 안 들어주시느냐 하는 두 가지 중에 달려 있어요."

그녀는 눈물을 주르르 흘리고 있었다. 나는 당황하지 않을 수 없었다. 그러나 일어서지를 못했다. 귀순 어머니의 두툼한 손이 내 두 손목을 꽉 잡고 있기 때문에…….

나는 전신의 피가 머리끝으로 뿜겨 오르는 것을 느끼며 그녀의 어깨 위로 손이 갔다. 그러자 귀순 어머니는 더욱 흐느끼면서

"선생님, 무슨 짓을 해도 좋으니 제 청을 꼭 들어주셔야 해요."

했다.

"무슨 청이요?"

나는 약간 떨리는 음성이었다.

"우리 귀순이를 학교에 다니도록 해주세요."

"……."

그 소리를 듣자 나는 하마터면 그녀를 확 밀어붙일 뻔했다. 사라졌던 나의 혼백이 일시에 몰쳐 왔기 때문이다.

"제 몸뚱아리가 아스라져도 저것만은, 저것만은 불행하게 만들고 싶지 않아요."

귀순 어머니는 점점 울음소리를 솟구었다. 창을 후리는 빗방울도 점점 거세졌다.

침대 위의 귀순이는 그것 저것 모르고 쌔근쌔근 단잠을 자고 있는데…….

—《자유춘추》, 1957년 6월.

인간제대人間除隊

아내를 죽이지 않은 것만은 다행이었다. 새삼스럽게 측은한 생각이 들었다거나 달리 마음이 돌아섰거나 해서가 아니다. 그야 지금이라도 시끄럽게 굴지만 않고 씻은 듯이 없앨 수만 있다면 얼마나 개운할지 모를 지경이다. 그러니까 오늘 아침에도 그 정도로서 그쳤다는 것이 다행인 듯하면서 한편으로는 꼭 해치워야 할 일을 미뤄논 것같이 헤먹은 기분이었다. 아내에게는 또 하나의 약점을 잡힌 셈이 되기도 하고.

오늘 아침에는 눈만 한 번 더 지그시 감았으면 꼭 죽였을 뻔했다. 잠결은 아니었다. 벌써 오래전부터 잠이 깼으나 간밤에 이루지 못한 공상이 가로채는 바람에 오줌도 참아가며 실랑이를 하고 있는 참인데 고 자발없는 것이 쫑알거리기 시작한 것이다. 처음 몇 마디는 숫제 들은 척도 안 했다. 골목에 나가 오가 놈하고 한참 시시덕거리고 들어와서 재차 고시랑거릴 때 비로소 나는 밸이 꼴린 것이다. 그래도

"이년아 닥치지 못해!"

하고 소리를 질렀을 때 주둥이만 다물었으면 별일이 없었을 것이다.

"흥 사내 유세는 독판*이지."

하고 제까짓 것이 무슨 수나 생긴 것처럼 사람을 비웃고 코웃음을 치는 통에 후닥닥 일어난 것이다. 별수 없었다. 북데기 단 같은 머리채를 움켜잡고 추스르자 썩은 고주박처럼 넘어 박혔다. 그렇게도 맥없이 쓰러지는 것이 또 밉살맞아서 닥치는 대로 옆구리를 두어 번 걷어차자 '캑캑' 하면서 그대로 까물을 킨 것이다. 꼬락서니를 볼수록 울화통이 치밀어 견딜 수가 없었다. 이번에는 송장처럼 뻗은 아내를 삭 깔고 앉아 손아귀로 목덜미를 지그시 눌렀다. 그러자 아내는 눈을 희멀거니 뜨고 이를 보도독 갈았다. 그쯤 되자 머리끝까지 치밀었던 화가 스르르 갈앉았다. 싱겁기 때문이다. 어렸을 적에 부엌칼로 애동호박**을 퍽 퍽 조지다가 끝장에는 싱거워서 칼자루를 동댕이치던 그런 기분이었다. 종시 반항이라고는 없었으니까 말이다.

그 짓을 하고 나서 다시 드러누울 수는 없었다. 옷을 되는대로 끼고 문을 박찼다. 풍로 위에 올려논 냄비에서 시큼한 냄새가 풍겨 시장기를 돋웠지만 꼬꾸라져 있는 아내를 한 번 더 흘겨보고는 그대로 골목으로 나왔다. 철 지난 유행가와 노오란 웃음소리로 도가니 속같이 들끓던 골목 안이 배 떠난 항구처럼 조용하다. 흥건히 내려쪼이는 햇살에 지린내만 온통 진동한다.

"캐액 튀 툇!"

나는 창자를 훑다시피 가래침을 고나 마구 뱉었다.

"아니 이이가"

'앗차!' 했을 때는 이미 늦었다. 오줌 깡통을 들고 막 판자 쪽을 밀고 나서는 오가 마누라 속옷에다 가래침을 뱉은 것이다. 오가 여편네는 그 사팔 진 눈깔을 짜개지게 흘기면서 오줌을 길바닥에 홱 뿌리고는 판자문

---

* 혼자서 유난히 두드러지게 활동을 하는 자리.
** 애호박.

을 부서져라 하고 쳐 닫았다.

재숫머리 없는 아침이다. 아무리 살덩어리를 팔아먹고 사는 골목이기는 하지만 그래도 임자가 있는 여편네가 아닌가? '즈로스'*가 훤히 비치는 속옷 바람으로 문밖에 나온다는 것부터가 돼먹지 않았고 설사 사내가 실수했기로서니 그따위로 눈깔을 뜬다는 것은 사람을 업신여기는 것이 분명하다. 내놓고 지껄이는 소리는 듣지 못했지만 나를 이 골목 안에서는 찧고 까불 것이다. 그러니까 죽여 없애고 싶은 것은 아내뿐만이 아니다. 성냥을 드윽 그어 대서 몽땅 불살라 버렸으면 속이 시원할 것만 같았다. 아무런 기적이 없이 이대로 간다면 어느 때고 한번은 그런 사건을 일으키고야 말을 상싶다.

거리는 여전했다. 내가 집에서 무슨 짓을 하고 나왔든 간에 그까짓 것은 아랑곳없이 모든 사람들을 바쁘게만 휘몰았다. 나도 조금 전에 있었던 일은 까맣게 잊고 언제나처럼 서울역 삼등대합실을 찾아간 것이다. 열한 시발 '통일호'의 개찰이 시작되어 모두들 '홈'으로 꾸역꾸역 밀려나갔다. 열을 지어 있는 사람들을 아무리 훑어봐야 낯익은 사람은 하나도 없다. 그러면서도 그들을 떠나보내는 것이 서운하다. 꼭 같이 가야만 할 사람들인데 그 틈새에 끼이지 못하고 혼자만 동떨어지는 것 같은 서글픈 생각에서다.

'어디로 간단 말인가?'

그건 상관없다. 군대에 있을 때 기차면 기차, '추럭'이면 '추럭'에 실려서 가는 데까지 가던 그 기분이 아직도 남아 있으니까 말이다. 왜 나를 보고 기차에 오르라고 명령하는 사람이 없는가? 언제부터 생긴 습성인

| * 드로어즈drawers. 무릎길이의 여자용 속바지.

지 모르지만 나는 아침나절 으레 정거장에 한 번씩은 나와보았지만 기차에 오르라고 명령하는 사람은 하나도 없었다. 누구도 좋다. 그것이 내 아내라도 좋다. 만약 나를 기차에 오르라고 해준다면 지금까지 품고 있던 그녀에 대한 모든 감정을 풀 수 있을 것이다.

대합실도 텅 비었다. 나는 더 그곳에 머물러 있을 필요가 없었다. 내가 기다리던 아무런 요행수도 나타나지 않았으니까 말이다. 매춘가의 아침나절처럼 쓸쓸해진 대합실에서 나온 나는 또 한 가지 습성이 되어 있는 그대로 남대문 지하도까지 오면서 하루의 '스케줄'을 짰다.

전차를 잡아타고 시내를 한 바퀴 주욱 돌아보자는 멋진 계획을 세우기는 했지만 취소하는 수밖에 없었다. '택시'는 몰라도 전차쯤은 누구나 무료로 탈 수 있도록 할 수는 없는가? 그건 어처구니없는 소리다. 대가가 필요치 않기 때문에 나는 그저 걸어서 종로 쪽으로 나섰다. 사람의 습성이란 어김수를 별로 모른다. 나는 종로로 접어들면서부터는 더 생각할 것 없이 '파고다' 공원으로 들어섰다. 공원으로 발을 들여놓기만 하면 마음이 놓인다. 군대에 있을 때 척후를 나갔다가 전우들이 기다리는 중대본부로 무사히 돌아왔을 때의 기분과 같다면 곧이들리지 않을 것이다. 내 자신도 어째서 자꾸만 그런 기분을 뒤솟궈 내는지는 알 수 없지만 공원 울안에서는 모두 나를 기다리는 것만 같으니 어쩔 수 없다. 거리에서는 빽빽한 인파 속에 휩쓸려 아무리 시치미를 떼어봐야 뭇사람들의 눈길이 내게로만 오는 것 같고 손가락질을 당하는 것 같아 기지개를 펼 수가 없다. 키가 남달리 휘청휘청하게 큰 탓이기도 하겠지만 그보다는 옷이 날개라는 말이 있지 않은가. 주제꼴이 남의 거상에 벗어나니 제아무리 좋은 기골을 갖췄다 해도 별수 없을 것이다. 사시장천 염색한 작업복을 지긋지긋하게도 끼고 다녔다. 하기는 이렇다 할 직업만 가졌다면야 그까짓 작업복 아니라 때 기름투성이를 하고 다닌들 어떨까마는 손발을 묶인 처지에 있는 나로서는 옷치레라도 남과 같이 하고 다녀야 눈에 덜 띌 것이다.

거지 축에도 못 들고 신사들 틈새에는 더군다나 얼씬대지도 못할 내 주제꼴은 스스로 실업자라는 것을 광고하고 다니는 셈이 된다. 그러니까 아마 나는 '파고다' 공원이야말로 전우들이 기다리는 중대본부와 같은 기분이 드는 것이겠지.

서로 인사도 없는 처지다. 삼일정신 앙양 운동을 전개하기 위하여 회색 도포 등허리에 '독립선언서'를 써 붙이고 소리소리 외치는 우국지사나 중학교 제복 제모에 단정히 도사리고 앉아 신동神童의 명필名筆을 사달라고 애원하는 샛노란 소년이나 모두 성도 이름도 알 수 없는 사람들이다. 그러나 나는 그들과 흠뻑 정이 들었다.

"글쎄 정치를 하는 거야 하품을 하는 거야 응. 게다가 갈롱을 떠느라고 사알 살 꾀이기만 하니 거기에 누가 넘어 가느냐 말야……. 생도둑놈들."

대한민국의 언론 자유를 도맡은 것처럼 마구 씨부렁거리는 여장부의 연설은 그리 시원스러운 것은 못 된다.

대나무 통가리로 장단을 맞추면서 〈어랑 타령〉으로 재롱을 떠는 추물 늙은이의 쉬어빠진 목청도 듣기 싫었다. 만화 속의 인물이 움직이는 것 같은 그 꼬락서니를 바라보고 히히거리는 천치들 속에 끼이기는 싫다.

그렇지만 나는 숨을 크게 쉴 수 있는 장소가 서울 한복판에 있다는 것을 다행으로 삼기 때문에 어느 사이에 그들과도 정이 든 것이다.

"자아 다음은 세계 각국에서 많은 탐승객들이 모여드는 '베니스'라고 하는 곳입니다. 지금 마악 '모다뽀도'(모터보트)를 타고 거리 구경을 하고 있는 사람들의 기뻐하는 얼굴들을 보십시오……. 그럼 이번에는 저 유명한 '나이아가라'의 폭포를 구경합시다……."

요지경 영감이 코 묻은 십 환짜리 한 장을 받고 세계 유람을 시켜주고 있었다. 나는 그 옆으로 다가서면서 입을 벌쯤벌쯤했다. 영감도 싱긋이 웃는다. 그것으로 우리들은 인사가 되고 그 이상의 의사도 상통되는 것이다.

"여보 그거 재미있소?"

"네에 그저 장난삼아 한 번은 볼만하지요."

시건방진 청년들이 바싹 다가서자 요지경 영감은 썩은 새 같은 이빨을 내보이며 애교를 부렸다.

"여어 봅시다."

성급한 청년은 꼬깃꼬깃한 백 환짜리를 펄쩍 던지고 망원경처럼 생긴 신식 요지경을 들고 나섰다.

"네헤 고맙습니다. 무엇을 보시겠습니까?"

"좋은 것."

"세계 일주라고 하는 것이 있는뎁쇼."

"그따위보다 좀 좋은 것 있지 않소. 미인…… 미인 말야."

"네헤 그럼 이것을…… 홍콩의 해수욕장 풍경입니다……."

"쳇 이까짓 것 말고 왜 있잖우."

"무엇인지 말씀하십시오."

"나체 말야 미인들."

"그런 건 없습니다. 이것은 어린이들 정서 교육을 위하여 만든 것이니까."

"히히히 정서 교육? 쳇."

청년은 백 환짜리를 도로 움켜 넣고 발길을 돌렸다.

"모두 저 모양들이란 말야. 제정신을 똑바로 지닌 녀석들이 없어. 후."

영감은 날 보고 하소연하면서 한숨을 내뿜는 것이다. 그럴 때 비로소 그 영감의 인격이 나타난다. 십 환씩 받고 보여주는 장난감이기는 하지만 이세국민들을 위한 정서 교육을 목적으로 하는 사업이기 때문에 다른 장사치들과는 다르다는 것이다. 젊어서는 보통학교 훈장을 지낸 일이 있다는 요지경 영감이다. 내가 염색한 작업복을 늘 꼬이고 다니듯이 그는 바가지 모자(헬멧)를 위엄성 있게 쓰고 대통령 동상에서 제일 가까운 '벤치'를 영업 장소로 삼고 있다. 나는 혼자서 그 영감을 숭배하고 있다. 언젠가 십 환에 두 개짜리 '빵'을 한 개 얻어먹었기 때문만도 아니다. 하기는 나도 그 영감에게 여러 축 담배를 권했지만 그런 야박한 물질 관계를 따질 필요가 없다.

첫째로 내가 그 영감을 숭배하는 것은 해박한 지식이다. 논어 맹자에서 주욱 죽 문자를 들춰내면서 구수하니 얘기를 하는가 하면 때로는

"원자력이 평화적으로 이용만 된다면 동위원소는 쓸모가 많지…….
심지어는 농촌에서 나락 종자를 개량시키는 데에도 이용할 수가 있거든……."

하고 우리같이 젊은 녀석들도 미처 모르는 현대적인 상식을 토로하는 것이다.

우리나라의 예산 편성은 각 부마다 금액을 주욱 죽 내려 외는가 하면 국회의원은 그 출신 구역하며 원내에서 활동하는 정치적 역량 그리고 우연만치 이름난 사람이면 그 집안 족보까지 한참씩 뒤질 정도다.

"이번에 미국에 간 '싸우디아라비아' 왕은 '따-랑'*의 공군 기지를 오 개년간 빌려주는 대신에 '싸우디아라비아' 군대를 강화시키기 위한 원조를 받기로 했다는구만……."

나한테 그런 소리를 해야 그에 대꾸할 만한 기초 상식이 없다. 물론

| * 다란Dhahran. 사우디아라비아 내 미국 공군기지가 있던 곳이다.

그도 신문지 쪽에서 얻은 것이겠지만 세계정세까지 그렇게 훤하니 꼬이는 데에는 그저 감탄할 뿐이다. 그뿐만이 아니다. 모든 언행이 숭배할 만하다.

조무래기들이 공원 안의 사철나무를 마구 꺾는 것을 보자 요지경 영감은 상냥하게 그 애들을 불렀다. 손님들이 없으니 공짜로 구경을 시켜 준다고 하면서 요지경을 내밀었다. 조무래기들은 좋아서 서로 먼저 보려고 야단이었다.

"여기는 영국 '런던'의 공원입니다. 여러분과 같은 어린이들이 많이 있지요. 잔디밭이 있고 백화가 난만하고…… 그런데."

영감은 보통 때보다도 더욱 친절하게 설명을 하고 나서

"공원 안에서 너희들처럼 나뭇가지를 꺾는 애들이 있더냐?"

하고 묻는 것이었다. 영리한 꼬마들은 영감이 하는 말귀를 알아채자 손에 들었던 나뭇가지를 뒤로 슬며시 감추며 고개를 숙였다.

나는 요지경 영감이 바가지 모자와 '당코바지'*의 주제꼴을 홀떡 벗고 어느 한자리를 터억 차지하고 앉는다면 그 인품이 더욱 고매하게 솟아나고 장관 자리라도 넉넉히 감내할 것이라고 느꼈다.

나는 요지경 영감에게 바싹 다가앉았다. 아침에 아내를 죽일 뻔한 얘기를 하고 이제는 어떻게든지 해야 되겠다는 것을 상의해 볼 작정이었다. 요지경 영감은 내가 꼭 해야 하고 또 할 수 있는 일을 뻔히 알고 있으면서도 일러주지 않는 것만 같았다.

"선생님."

나는 어느 때보다도 진지한 태도로 영감을 쳐다보았다.

"저는 오늘 아침에 살인을 했습니다. 아내를 죽였어요."

| * 당꼬바지. 위는 펄렁하고 밑은 단추 등으로 여미어 딱 붙게 만든 바지.

나는 왜 그런 능청스러운 말을 꺼냈는지 모른다.

"부인을 죽여?"

"네 어쩌다 목덜미를 꾸욱 눌렀더니 죽더군요."

"……."

영감은 묵묵히 담배만 피웠다.

"부인을 죽인다고 무슨 수가 생길 것 같소?"

"수는 무슨 수요. 그저 그렇게 하지 않고는 못 살겠으니까 그런 것이죠."

"부인을 죽여야만 살 것 같다? 허허허."

영감은 내가 거짓말을 하는 것을 알아채고 너털웃음을 웃으면서 아랫수염을 쓰다듬었다.

그때 젊은 여인 둘이 요지경 앞에 멈췄다.

"덜 구경하구 가슈."

영감은 내 얘기를 더 들을 염도 안 하고 '벤치'에서 일어섰다.

"할아버지 거 얼마씩이오."

여자들 뒤꽁무니에 따라오던 고등학생 녀석들이 요지경을 한 개씩 들고 나섰다. 영감은 벌써 싹수가 틀린 줄 알면서도 한번 보는 데 십 환씩이라는 것을 설명하면서 억지로 부드러운 기색을 취했다.

"자아 보십시오. 돈은 내가 내지."

학생 녀석 하나가 들었던 요지경을 여자에게 불쑥 내밀었다. 아니나 다를까 여자들은 언짢은 기색으로 앵돌아지면서 관상쟁이들 쪽으로 도망갔다.

"아니 남의 호의를 무시하십니까?"

나는 학생들과 젊은 여자들 사이에 벌어지려고 하는 시비를 흥미 있게 보고 있었지만 요지경 영감의 안면은 실룩실룩 경련을 일으키기 시작했다.

"너이 어디 학교냐? 그 표식 좀 똑똑히 보자."

"왜요? 표창하려구요?"

"표창! 옛기 순 고이한 놈들!"

"어어 이 늙은이가 미쳤나? 아니 죽구 싶어서 이래……."

시비는 엉뚱한 데로 벌어졌다. 그럴 경우 나도 가만히 앉아만 있을 수가 없었다.

"야 너이 지금 메랐니?"

"으응 이건 또 뭐야……."

"이건 또 뭐야? 이 새끼!"

나는 일시에 터지는 분노를 참지 못하고 평소 써먹지 못하던 '이 새끼' 소리를 유효적절하게 한번 던졌다.

"허허 이거 왜 멋모르고 덤벼……."

그쯤 되자 싸움은 제대로 벌어졌다.

"그놈들이 학생이 아냐……. 마치 담부* 떼 같은 놈들이야. 세상은 그만이야."

'파고다' 공원의 시비를 파출소까지 가서 갈무리를 짓고 나자 영감은 나를 순댓국집으로 끌고 갔다. 영감은 내게 모주 잔을 권하면서 연신 한탄을 내뿜었다. 나는 영감의 한탄이 밉살궂게만 들렸다. 학생들이 아니다, 세상은 그만이다 하고 한탄만 한다고 될 일이 아니다. 그런 녀석들은 모조리 죽여 없애야 할 것 아닌가? 나는 내 옆구리에 권총이 있었더라면 하고 혁대를 만졌다. 요긴하게 써먹을 수 있는 내 옆구리에는 권총

| * '담비'의 방언. 무리 지어 다니면서 자기보다 강한 오소리, 멧돼지 등을 습격하기도 함.

154

이 없다.

　나는 아내를 죽이지 않은 것을 또 후회했다. 늙은이도 몰라보는 그따위 불량 학생 녀석들을 모조리 때려눕히지 못한 것을 분하게 생각하는 그 시간에 말이다. 아내와 불량 청년들과 무슨 연관성이 있느냐고 묻는 자가 있다면 나는 그자를 또 죽이려고 덤빌 것이다. 도대체 내 신경이 어떻게 엉클어지는 것인지 분간을 할 수가 없었다. 나는 영감과 작별했다. 그와 더 오래 있으면 또 무슨 생각이 떠오를는지 모르기 때문이다.

　등가죽에는 홍건히 땟구정물이 내배고 머릿밑이 그냥 부풀어 견딜 수가 없다. 가로수 잎이 제법 너울너울하기 시작한 계절이라는 것을 내 육신은 먼저 알아채는 모양이다.

　충무로 입구에서 동화백화점 쪽으로 건너가려고 했지만 연달아 자동차가 쏠리는 통에 한참 동안 제자리에 서 있었다. 그럴 경우 핑계 삼아 몇 시간이고 제자리에 머물러 있은들 아무 손해도 없으련만 제일 앞에서 보둥거리다가 화를 불끈 내고 돌아섰다. 하기는 꼭 길을 건너가야 할 필요도 없었기 때문에 방향을 바꿔 퇴계로 쪽으로 아주 무슨 볼일이나 있는 사람처럼 주춤주춤 걸어갔다. 그러자 얼마 안 가서 정말 볼일이 생겼다. 맞은편 삼층 '삘딩' 뒤 공터에 사람들이 주욱 늘어서 있지 않는가. 필연코 구경거리가 있는 상싶어 나는 꼭 보아주어야 할 의무가 있는 사람처럼 부지런히 접어들었다. 싸움판이 벌어졌어도 좋고, 약장사의 요술이나 재담 섞인 '바이오린'이 있으면 더욱 좋다. 어떻게든지 하루라고 하는 시간은 보내야 되기 때문이다. 그것이 싸움판도 아니요 약장사의 요술도 아니기 때문에 싱거웠지만 멀쭘히 바라보는 동안 나는 전신에 생맥이 도는 것 같고 가슴에 약간 고동이 생기는 것을 짐작했다. 전공 선발 시험장 電工選拔試驗場이라고 써 붙인 것이 눈에 띄었기 때문이다. 이백만이나 되는 전 서울 시민의 팔 할이 실업자라는 신문 기사를 게시판에서 유심히 읽고 오는 참인데 이건 생각잖은 직업이 대로상에 굴러 있지 않은가?

나는 무엇을 차근히 생각할 필요도 없이 주욱 늘어서 있는 꽁무니에 가서 매달렸다.

그런 대열이라면 당연히 한몫 낄 수 있는 자격을 가졌기 때문에 아무도 말리지 않았다. 내 꽁무니에 또 젊은 자 하나가 짓쩍은 듯이 다가섰다. 그는 제법 넥타이까지 매고 머리를 간초롬히 빗은 것이 어울리지 않았다. 얼굴이 새까맣게 끄슬리지도 않고 누우렇게 부풀어 오르지도 않았으니까 말이다. 앞에 주욱 서 있는 여남은 명이나 되는 친구들을 모조리 훑어봐야 다아 그만그만한 또래다. 이 세상 살아가는 데 직업이라고 하는 것이 꼭 있어야만 하기 때문에 그것을 목마르게 찾아다니다가 그만 지쳐버린 궁상들이다.

"와아 하하하……."

"허허허허……."

구경꾼들의 웃음소리가 터지자

"다음!"

하고 시험관이 호령을 한다. 고학생인 듯한 애송이 녀석이 두서너 발 기어 올라가다가 주루루 미끄러진 것이다. 전신주를 거침새 없이 올라가지 못하면 전공이 될 수 없기 때문에 미끄러져 내려온 사람은 그 자리에서 문자 그대로 낙제가 된다. 차례가 왔다. 나는 농구화 뒤꿈치에다 쇠꼬챙이를 가죽끈으로 동여매고 숨을 한번 크게 쉬고는 전신주를 착 껴안았다. 한 발 두 발 제법 순순히 올라갔다. 그러나 다섯 번째 발을 채 옮겨 디디지 못하고 양팔에 힘이 탁 풀리며 바르르 떨렸다. 아무리 전신주를 부둥켜안아야 소용이 없었다. 쭈루루 미끄러져 '픽' 하고 엉덩방아를 찧자 또 구경꾼들이 "와그르" 웃어젖혔다.

"동물원 구경보다 낫군."

구경꾼들 틈새에서 그런 소리가 귀에 거슬리자 나는 그만 눈물이 핑 돌았다. 눈앞에 흘려 있는 직업을 놓쳤다는 서운한 생각보다도 동물원의 원숭이가 아니라는 것을 분명 느꼈기 때문이다.

나는 구경꾼들 틈새를 어기죽거리며 빠져나와 도망이나 하듯이 동화백화점 앞까지 와서 뭇사람들 틈새에 끼었다.

"ㅇㅇㅇㅇ……"

나는 입 밖으로 뻴겨져 나오려는 웃음도 아니고 그렇다고 신음 같은 것도 아닌 괴상한 소리를 창자 속으로 되집어넣었다. 미치지 않았다는 것을 여러 사람들에게 보여주기 위해서다. 지금 한국의 심장 지대를 거닐고 있는 것이다. 모두 걸기를 홀떡 벗고 네 활개를 펴면서 신명지게 왕래하는 그 틈새에서

"ㅇㅇㅇㅇ……"

하고 입을 벌린다면 갈데없이 미친놈이 되고 말 것 아닌가? 고만한 지각은 있다.

그런데 왜 그따위 짓을 했는가?

"미친놈."

아무도 모르게 한 번은 꾸짖지 않을 수 없었다. 그래야만 속이 후련히 풀릴 것 같았기 때문이다. 사실 미친 짓이었다. 제까짓 게 무슨 재간이 있다고 거기에 뛰어들어 육두망신을 당한단 말인가.

"망할 년."

자신을 '미친놈'이라고 욕한 다음에는 무슨 손해나 본 것처럼 년 자를 놓고 욕을 했다. 물론 속으로 하는 소리였다. 그것이 바로 내 옆을 스쳐 가는 젊은 여인에게 던지는 욕이 아니다. 비록 인조 유방일 터이지만 앞가슴을 두둑하니 솟구고 약삭빠르게 걸어가는 그 여인을 욕할 나위가

없다. 내가 '망할 년'이라고 하는 것은 오늘 아침에 죽일 뻔한 내 아내를 말하는 것이다. 다른 여자들처럼 거리를 미화시킬 줄도 모르고 날송장처럼 자꾸만 야위어가는 철부지 말이다. 나는 내게 불리한 일이 생길 적마다 아내를 욕하는 버릇이 있다. 그러면 좀 개운해진다. 오가 놈하고 무슨 상관이 있으리라고 해서 그러는 것은 아니다. 울화통이 터질 때면 으레 그런 것이 앞서기는 하지만 지금 내 처지라는 것은 그따위를 타내서 말할 수 있게 되어 있지 않다.

그렇다고 해서 내가 무슨 딴 여자를 돌보고 있는 것은 아니다. 정말 그런 것은 천야만야한 얘기다. 생리적인 의욕이 없어진 지는 오래다. 내게 있어서 그것은 참 다행한 일이다. 나는 군대 생활을 후회하지 않는다. 군대 생활과 지금 내게 있어야 할 생리적 의욕이 없어진 것과 무슨 관련이 있다고는 생각지 않기 때문이다.

'숭남동 ○○번지'라고 하면 제법 의젓한 주택으로 여길는지 모르지만 사실은 한 사람 앞에 한 평씩도 차지하기가 어려운 공동묘지다. 그런 곳으로 파고든 것도 아내의 일방적인 의사였다. 나는 그때 군대에 있었으니까 말이다. 재환이 놈(죽은 내 아들 이름)하고 살아가기가 곤란하니 당신(나)이 제대하기까지만 그 짓을 하겠노라고 할 때에 나는 말리지 못했다. 아내는 그동안 미용 기술을 배웠고 그것을 가지고 창녀들을 상대로 하면 살아갈 수가 있을 것이라고 하는 것이었다. 모처럼 휴가를 얻어 가까스로 찾아간 곳이 바로 지금 살고 있는 숭남동이다.

"여보 여기가 사람 사는 곳이오?"

나는 사람들이 그처럼 하고 사는 꼴을 본 적이 없기 때문에 정색을 하고 물었지만 아내는 그저 웃기만 했다. 썩은 송판이나 걸레쪽으로 흡사 강아지처럼 꾸려놓고 그 속에서 꿈틀거리는 된살덩이들을 나는 유심히 보았다. 오랫동안 군대에 있었기 때문에 사람들의 몰골을 잊었는가도 생각했다. 아내는 영업이 제대로 된다는 것을 자랑했다. 넋은 죄다 빠져 달아난 송장들이 꿈틀거리는 그 공동묘지 속에서도 돈벌이가 된다는 것이었다.

　나는 부대로 돌아가자 쇠고기보다도 더 헐값으로 사람의 살덩이를 팔고 있는 그 공동묘지의 얘기를 했다. 전우들 중에는 혹간 내 얘기를 곧이듣지 않는 사람도 있었지만 나는 아내가 그곳에 살고 있다는 것까지는 밝히지 않았다. 아내가 그곳에 살고 있다는 것을 공개하지 않는 만큼 나는 아내에 대한 걱정이 커졌다. 아무래도 그곳에서 무슨 탈이 일어날 것만 같았기 때문이다. 아니나 다를까 나는 두 달 후에는 그런 통보를 받고 말았다. 그러나 내가 걱정하던 것과는 딴판인 일이 생겼다. 내 아들 재환이 놈이 죽었다는 소식이었다. 기동 훈련을 나갔다가 부대에 와보니 나보다 일주일이나 먼저 재환이 녀석의 부고가 와 있었다. 음식을 잘못 먹고 어쩌고 하다가 죽었다고 너저분하게 늘어논 아내의 편지를 읽고 나자 나는 아내도 그렇게 죽어버리지나 않나 하는 생각이 들었다.

　제대 명령이 내렸을 때 나는 먼저 아내를 만나면 그곳을 떠나 사람들이 살 수 있는 곳으로 옮길 것을 상의하려고 했다. 그러나 친구들이 내 주소를 일러달라고 할 때, 남대문에서 남산으로 올라가는 도중 이층 양옥으로 된 '호텔'을 지나서 바른쪽으로 꼬부라들어 조금 가다가 다시 왼쪽으로 접어들면서 미장원집을 찾으면 된다고 일러주었다. 아무래도 내가 취직을 하고 제대로 자리를 잡자면 한두 달은 걸릴 것이라고 생각했기 때문에 그렇게 일러준 것이다.

　그곳을 떠야 하겠다는 생각은 완전히 제대가 되어 아내를 찾아와서도 마찬가지였다. 아니 돌아오던 날 밤에 나는 더욱 단단히 결심을 했다. 그것은 그날 밤 아내의 행동이 내 눈에 거슬렸다는 것도 중요한 원인이 될 것이다. 아내는 내가 오는 줄도 모르고 어느 사내와 살을 맞비비고 있었다. 그렇게 못 견디도록 더울 때도 아닌데 겨우 젖통만 가리고 있었으니까 내 입에서 그런 소리가 나올 수밖에는 없었다. 그 사내가 오가 놈이 틀림없을 것이다. 지금이니까 내가 이런 소리도 함부로 하지 그때는 그런 생각을 통 갖지 않았었다. 다만 그곳만 뜨면 그만일 것이라고 생각했을 뿐이다.

그러던 것이 이 년이 지난 오늘까지 그 자리를 뜨지 못하고 있다. 그 자리를 뜨겠다는 생각을 이제는 버린 셈이다. 아내가 그 꼴 난 미용사 영업을 그만둔 지도 오래다. 경찰의 취체가 심하다는 것이 핑계는 될 것이다. 그렇지만 아내가 미용사를 그만둔 것은 나를 그저 지레 말려보자는 작정이라고 생각했다.

일자리를 잡아보려고 전신주에 기어 올라가다가 망신을 당하고 돌아오는 지금, 생각해 보면 그 알토란같이 생긴 재환이 놈이 죽었다는 것도 그저 죽은 것이 아닌 상싶다. 재환이를 독살시켜 갖다 버리고는 오가 놈하고 어디로 도망이라도 할 작정이었는지도 모른다. 내가 돌아왔으니까 그 계획이 망가졌지만 이제는 나를 죽이려고 계획하는지도 모른다. 나는 견디지 못해서

"날 그저 지레 죽이려고 하지 말고 차라리 잠을 잘 때 도끼로 대가리를 바셔라. 그럼 시원하게 죽을 것 아냐."

하고 타이르듯이 말한 적이 있다. 사실 나는 잠이 들었을 때가 아니라도 아내가 도끼를 들고 덤빈다면 머리를 내미는지도 모른다. 아내가 그런 짓을 않으니까 내가 아내를 죽이기라도 해야 한 것만 같다.

요즈음 서울 장안에는 군데군데 이상한 '포스터'가 붙어 있다.

〈인간가족〉

이라고 하는 그것 말이다. 이십칠 억만 명이나 되는 세계의 전 인간이 모두 한 가족이라는 것이다. 나는 그 말귀를 영 이해할 수가 없다. 아내와

단 두 식구인데도 한 가족이라기보다 서로 원수처럼 겨누고 있는데 무슨 소리냐 말이다. 그럼 세계의 모든 인간들은 한 가족이 될 수 있는데 나와 아내의 단 두 사람만은 그 속에서 빠졌단 말인가.

지금 힘아리 없는 내 발길이 남산 쪽으로 옮겨지자 '점쟁이'들이 쭈그리고 앉아 있는 꼴이 눈에 띈다. 길가에 겨우 사람 하나가 마주 앉을 수 있을 만큼 칸매기를 하고 백태만 허이연 두 눈을 끄덕거리는 위대한 철학자들 말이다. 그들과 '가족'이 되라고 하면 나는 서슴지 않을 것이다. 달리 둘러댈 것 없이 꼭 토끼장처럼 조옥 칸을 막아놓고 오줌 깡통과 사주책을 끼고 앉아 있는 꼴들은 정다울 것이 별로 없지만 그들은 내 아내보다도 또 나보다도 훨씬 보람 있게 살고 있으니까 말이다. 나는 실없이 또 웃음이 터지려고 한다.

"박 중사 아닌가?"

하고 굵직한 영남 사투리가 뒤통수에서 들리지 않았더라면 나는 아까부터 참아오던 웃음보를 그대로 터뜨렸을 것이다.

"그래 명철明哲이로구나. 우이 됐노 와."

억센 손아귀에 바른손을 꼭 잡히고 보니 경상도 출신인 전우의 한 사람이었다. 참 오랜만이다. 그를 만난 지가 오랜만이기보다 내가 악수를 해보았다는 것이 말이다. 사실 나는 새까맣게 끄슬린 손을 내밀어 악수를 청할 만한 상대가 없었던 것이다.

"내사 고마 고향으로 갈까 싶다. 하는 것 없이 이래노니 쓰겠는교……."

그나 내나 매한가지였다. 그도 역시 제대를 한 후 서울로 오기는 했으나 직업이라고 하는 것을 잡지 못했다는 것이다.

"우얄꼬 하고 점을 쳤드니 고향으로 가락 한다……. 술이나 묵자."

"들자."

우리는 술잔을 들었다. 소주잔을 겹쳐 기울이는 동안 우리에게는 아무런 소용이 없던 '하루'라고 하는 시간이 점점 사그라져갔다.

"○팔거 두 팔 두 다리 있는 게 원수 아닌가?"

"왜?"

"빙신(병신)은 묵고 산다."

"으으으 자식두……."

녀석 하는 소리에 나는 웃음을 참을 수가 없었다. 돌아다니며 보니까 두 다리 두 팔이 멀쩡한 사람들보다 오히려 병신들이 기세를 부리고 있더라는 것이다. 사실은 나도 가끔 그런 입을 빌려서 그런 소리를 들었을 때는 참 우스웠다.

"묵자 술 묵어……. 늬는 마누라 있나?"

내가 너무 웃어젖히는 것이 못마땅한지 녀석이 술잔을 마구 앵기며 '마누라 있나?' 하고 불쑥 들이댈 때 나는 그만 웃음을 딱 그쳤다.

"왜?"

"있는가 말이다."

"있잖구."

"늬는 다행이다."

"넌?"

"갔다. 몬살겠다고 갔다. 늬 조심하라이. 늬도 마누라 뺏긴다 으흐흐흐……."

전우는 소주 '컵'을 또 단숨에 들이키고는 어린애처럼 '엉엉' 울기 시작했다. 군대에 있을 시간부터 샛서방이 있었다는 것이다. 그것이 제대를 하고 돌아가 보니 늙은 어머니가 어린것들을 얼싸안고 있을 뿐 부인은 행방불명이 되었다는 것이다.

"만나기만 하믄 죽일라고 서울까지 찾아왔지만 이저는 내가 살고 바야겠다.……. 늬 조심하라이. 에펜네 속 못 믿는데이 <u>으흐흐흐</u>……."

그는 내게 아직도 아내가 붙어 있다는 것을 위로한다기보다 무슨 비양을 하는 것 같은 말투였다. 나는 아무 소리 않고 소주잔을 비웠다.

우리는 얘기가 한 토막씩 끝날 적마다 소주잔을 들어 꿀컥 들이켰다. 밤새껏 얘기를 한댔자 군대에 있을 시간이 좋았다는 것과 이처럼 괄시를 당하면서 살아간다는 것은 우리 젊은 핏기에 대한 모독이라는 결론밖에 나오지 않았다. 술기운이 보태질수록 전우는 얘기보다는 울음이 더 많았다.

"늬는 마누라 있제 우흐흐……."

나를 껴안고 마구 궁굴려고 하는 것을 간신히 뿌리치고 도망을 하니까 녀석은 쫓아오면서 '엉엉' 댔다.

"못난 녀석……."

하고 나는 한마디 뱉으면서 너구리 굴 같은 뒷골목으로 몸을 사렸다.

"아저씨 놀다 가세요."

"머시!"

나는 다정스럽게 덤비는 '펨프' 녀석의 귀빰을 후려갈겼다. 그 녀석은 강아지처럼 응석을 하고 덤볐다. 나는 또 발길로 찼다. 졸지에 생긴 일이다.

"왜 치는 거야 사람을 왜 치는 거야!"

"멋이! 사람? 와하하핫……."

나는 골목이 날아가라 하고 웃어젖혔다. 그 녀석 주둥아리서 '사람'이라는 소리가 삘겨져 나오는 것이 왜 그리 우스웠는지 몰랐다. 조무래기 패들이 몰려들었다. '뚜쟁이' 여편네들도 무슨 수나 생긴 것처럼 몰려들었다. 나는 닥치는 대로 후려갈겼다. 요지경 영감 말마따나 '담부 떼'처럼 몰려드는 떼거리들로부터 내 몸을 사리자면 그런 방법밖에는 없기도 했다.

"이 새끼야 왜 사람 쳐!"

때까리 같은 소리와 함께 내 뒤통수에 무엇이 부딪쳤다. 돌짝과 깡통 같은 것이 되는대로 날아왔다. 나는 도망을 치는 수밖에 없었다.

"도둑놈 잡아라!"

"도둑이야!"

뒤에서는 수십 명이 소리를 지르며 쫓아왔다. 나는 앞에 걸리적거리는 것을 되는대로 후려갈기며 도망을 쳤다. 숨이 턱에 닿도록 도망을 쳐서 내 집 앞까지 달려와서 판자 쪽에 매달렸다.

"문 따! 문."

나는 숨넘어가는 소리로 쪽문을 잡아 흔들었다. 담부 떼들의 발자국 소리는 가까워오는데 문은 열리지 않았다. 나는 급한 대로 판자 쪽을 와자끈 잡아 젖혔다.

"아니 이년이."

방 안에는 아내가 번듯이 누워 있었다. 내가 소리를 버럭 질러도 일어나지 않았다. 집 안으로 돌짝과 깡통이 빗발쳤다. 떼거리가 그새 몰려온 것이다. 그제는 할 수 없었다. 나는 문기둥을 뽑아 들었다. '피식 피식' 하면서 방구석이 무너져도 아내는 일어나지 않았다.

그 후의 일은 나도 모르겠다.

아니 내가 아내를 죽이지 않았다고 변명을 하자는 것이 아니다. 수사 계장한테도 분명히 나는 몽둥이로 아내를 내리 바쉈다고 자백했으니까 말이다. 나는 수사계장에게 이런 소리까지 했다.

"나는 정신분열을 일으킨 것이 아닙니다. 확실히 아내를 죽였습니다. 나는 분풀이를 그녀에게 했습니다. 인간 대열人間隊列에서 제외된 것이 하

164

도 억울해서 말입니다."

—《현대문학》, 1957년 7월.

기적궁奇蹟宮

　봉순이는 숫제 자기가 생각하고 있는 것을 말로써 쏟아놓지 않기로 작정했다. 때에 따라서는 누구나 그럴 수가 있는 것이지만 그래도 좋은 것은 좋다 그른 것은 그르다고 표현하는 것이 예사일 것이다. 그런데 봉순이는 무슨 일이건 입을 다물어버리는 것이다. 무어 직업이 직업이라서 그런 것은 아니다. 같은 기적궁 속에 있으면서도 영자 같은 아이는 별의별 소리를 다아 주둥아리 생긴 그대로 야발거리지만 아무런 탈도 생기지 않는다.

　손님을 받는 경우도 그렇다. 봉순이한테 단골로 다니는 '뚝발이'라는 상이군인이 처음 왔을 때 영자는 징그럽다고 쏘아붙였다.

　"아무리 돈을 받고 팔아먹는 몸뚱아리지만 난 싫어. 안 받을 테야."
하고 아무렇게나 내뱉는 것이었다.

　"어이구 되지 못한 년이, 맞아 죽지 못해서 쯔쯔쯔쯔. 이년아 그 사람은 그래두 네 년이 좋다구 부르는데 네깐 년이 무어 잘났다구 엠병야……."

　주인아주머니가 눈을 흘기고 혀를 차도 막무가내였다. 사실 몸뚱아리는 영자 것이니까 할 수 없었다.

"싫은 건 싫지 어떻게요? 난 딴 손님 받겠어요."

하면 그만이었다. 영자한테 퇴짜를 맞은 '뚝발이'는 봉순이를 지목했다. 봉순이 역시 한쪽 다리를 허벅지서부터 뭉턱 잘라낸 그 몸뚱아리가 탐탁스러웠다면 거짓말이다. 차마 눈을 뜨고 바라보기조차 징글맞았지만 영자처럼 "나는 싫어요." 하지를 못했다. 무슨 상대방을 위해서 그러는 것은 아니었다. 그 후 '뚝발이'는 이틀거리로 찾아왔다. 그가 목발을 짚고 쿵덕쿵덕 이층으로 올라오면

"봉순이 신랑 왔다."

하고 계집애들은 와자지껄한다. 봉순이는 쓰거니 달거니 말 한마디 없이 그를 맞아들인다. 그런 성품이니까 봉순이는 치근덕치근덕 말을 붙이는 녀석들을 볼 때 제일 밉살맞았다. 본래 말대꾸는 않기로 작정이니까 상대방이 무슨 수작을 붙이건 그저 꿀 먹은 벙어리처럼 딴전을 보고 있지만 그러자니 자연 속이 화닥화닥 타오르는 것이다.

"이름이 머냐?"

"몇 살이냐?"

"고향이 어디냐?"

"낯짝은 반반한데 왜 이 짓을 하느냐?"

하고 수작을 붙이는 것이 계적지근해서 그냥 따귀라도 한 대 갈기면서 마구 욕지거리를 퍼붓고 싶을 때가 한두 번이 아니지만 꿀컥꿀컥 참는 것이다. 그러니까 시간 손님이면 볼일이 끝나자마자 후딱 밖으로 나와 아래층으로 내려가고, 긴 밤인 경우는 초저녁부터 쿠울쿠울 자버리는 것이다.

그러다가 한번은 적잖이 욕을 먹은 적이 있다. 근 사십 되어 보이는 사내의 긴 밤을 차리고 자는 참이었다. 밤중에 그 사내는 문을 화닥닥 열

고 버럭버럭 소리를 질렀다. 초저녁부터 잠이 들었으니까 봉순이는 무슨 영문인지 몰랐다. 하도 호드득거리면서 주인을 부르는 통에 잠을 깬 봉순이가

"왜 그러세요?"

하고 일어나 앉자

"왜 그러세요라니. 그래 내가 이 집에 잠자러 온 사람야!"

하고 씨근덕거렸다.

"그럼 무엇하러 오셨어요?"

"무엇하러 와? 이런 순 날도둑년 같으니……. 그래 내가 네 년 잠자는 꼴 보러 왔단 말이냐? 돈까지 줘가며."

어지간히 울화가 치민 듯 퍼렇게 핏대를 세우고 시익식거리는 꼴을 보자 봉순이도 다소는 미안쩍은 생각이 들었다. 그러나 그것은 생각뿐이고 입으로는 표현하기가 싫었다. 그래서 벌떡 일어나 겉치마를 들쳐 꼬이고 횅 아래층으로 내려왔다. 그 자리에 그냥 앉아 있으려면

"미안합니다."

하고 사과를 하든가

"돈이 그렇게 아까우면 제 계집이나 끼구 자지, 이런 덴 왜 왔어!"

하고 면박을 주든가 해야 될 판인데 그런 소리를 꺼내기조차 도시 귀찮았다.

봉순이는 우선 수도꼭지를 틀어 벌떡벌떡 냉수를 들이켰다. 약간 속이 후련해지기는 했지만 목구멍에 치밀은 납덩어리 같은 것은 좀처럼 가라앉지 않았다.

찬장을 뒤져 소주병을 꺼냈다. 병 주둥이를 그냥 나팔을 불듯 입에 갖다 대고 꿀컥 꿀컥 들이켰다. 삼십 도짜리 소주가 목구멍을 쓸고 찌르르 창자를 훑어 내려가자 온몸이 개운해지는 것 같았다.

"아니 이년아! 넌 참나무 토막이냐?"

사내는 애교를 강요해야 소용없는 줄을 알자 옷을 홀홀 주워 꼬이면서 손을 내밀었다. 참 티꺼운 녀석이었다. 화대 이천오백 환을 치른 중에서 시간대로 오백 환만 제하고 나머지 도로 내놓으라는 것이었다. 호떡집 같은 데서 따지는 그런 셈속이다.

봉순이는 아무 소리 않고 고스란히 이천오백 환을 주어서 내보내고 문을 콱 닫아버렸다.

봉순이는 무슨 일이고 제대로 생각하기가 싫었다. 제 일이건 남의 일이건 그러했다. 또 남이 좋다고 하면 글러 보이고 그르다고 하면 좋아 보이기도 했다. 그런 비틀어진 생각이 언제부터 어째서 생겼는지는 몰랐다. 옥선이가 그 일을 상의할 때도 그러했다.

옥선이는 둘 중에 한 가지의 대답을 기다리는 것이었다.

"지워서는 안 돼. 배 안에 살인이 더 큰 죄라는데."

하거나

"그까짓 낳아놓으면 무어 신통할 게 있겠니. 진작 지워버려."

하거나…….

만약 자신이 그렇게 되었다면 어떻게 할 것인가? 봉순이는 참 징그럽지만 자기 배 속에 애가 들어 있다고 가정하고 낳느냐 지우느냐 하는 것을 곰곰이 생각해보았다.

물론 피차의 경우가 다르다.

옥선이는 머지않은 충청도에 눈이 끄먹끄먹하니 부모들이 살아 있다. 고등학교 이 학년 때 어느 군인하고 눈이 맞아 지내다가 집을 뛰어나오고 그 군인의 뒤를 사뭇 쫓아다닌 끝장에 창녀로 풀리고 만 것이다. 지금이라도 당장 찾아갈 고향이 있지만 남이 하지 않은 짓을 하고 도망쳤기 때문에 비위짱을 부리고 되돌아설 수가 없는 처지다. 더군다나 배 속에는 애가 들어있다. 계집이 애를 배는 것은 당연한 일이지만 옥선이가 애를 뱄다는 것은 죄가 되는 것이다.

일정한 의식을 갖추고 그것을 선천한 뒤에 새끼를 낳아야만 되기 때문에 말이다……. 그러기에 옥선이는 딱한 처지에 있는 것이다.

기적의 궁전서는 모두 과거를 말하지 않는다. 말해서는 안 된다는 무슨 법칙이 있는 것은 아니지만 그까짓 과거 같은 것은 그지없이 시시하기만 하기 때문에 옛날얘기를 할 겨를들이 없는 것이다.

봉순이도 수다스럽게 늘어놓는다면 누구에게 못지않을 만한 장황한 과거가 있다. 옥순이의 경우보다는 다소 자랑이 될 만한 대목이 있지만 그런 것이 하나하나 합뜨려서 결국은 창녀로 풀리게 된 원인밖에 되지 않았으니 그런 얘기를 늘어놓는대야 곰살궂게 들어줄 사람이 없다.

육이오 때 남하하다가 아버지는 복계福溪 근방에서 장사를 지내고 어머니와 오빠하고도 뿔뿔이 헤어졌다. 열세 살 적이다. 어머니가 갓 마흔, 오빠는 열다섯. 두 살 차이인 오빠와는 평소에도 늘 병아리들처럼 싸웠다. 그날도 의젓잖은 일로 짜그락거렸다. 가만히 있어도 될 것을 공연히 나서서 생고생이라고 봉순이가 다리를 질질 끌면서 투덜거리자 오빠 봉식이는

"그럼 넌 되돌아가!"

하고 쏘아붙인 것이다. 봉순이는 홱 돌아섰다. 참 철부지들이었다. 홍수처럼 밀려 내려오는 피난 대열에서 그 짓을 하다가 영 헤어지고 만 것이다.

"언니 정말 어떻게 할까? 일찌감치 없애버리는 것이 낫겠지. 인생이 불쌍하긴 하지만 호호호."

옥선이는 또 조바심이다. 그러면서도 실없이 웃어젖혔다.

"지금 처치해버리는 것이 젤 적당하다는데……. 석 달 됐으니까……. 별별 게 다 속을 썩여준단 말야. 벌이도 시원찮을 땐 돈 쓸 일이 더 생겨."

아무래도 지워버리자고 작정은 해놓고서도 어딘가 좀 께르끔하기 때문에 봉순이에게 상의를 하는 눈치 같았다.

"그래두 살려구 태어난 것을 죽이면 쓰니……."

봉순이의 대답은 뜻밖이었다. 역시 훑어 내버리는 편이 시원할 상싶고 또 그렇게 하는 수밖에 없다고 생각하면서 어떻게 그런 대답이 나왔는지 몰랐다. 옥선이 하는 꼴이 밉살맞아서 생각과는 딴판인 그런 소리를 했을 것이다.

"그럼 낳아볼까? 꼬물꼬물하는 것을 쏟아놓는 것이 우습기는 할 테지만 경험 삼아 한번 낳아보는 것도 괜찮을 거야 호호호."

"……."

봉순이는 그 이상 대꾸를 하지 않았다, 역시 귀찮아서다.

밖에서 왁자지껄 싸움이 일어났다. 영자의 딱따구리 같은 목소리가 판을 쳤다. 와그르르 구경꾼들의 웃어대는 소리에 엄불러서* 노기를 띤 사내 욕설도 들린다. 영자가 또 심심풀이를 하고 있는 모양이었다. 손님이 없을 때는 가겟집에 가 퍼질러 앉아서 노상 군것질을 하거나, 쌍소리를 마구 늘어놓거나 하다가 무슨 트집이고 긁어 달릴 꼬투리만 생기면 한바탕씩 싸움을 해야 먹은 것이 소화가 되는 모양이었다. 영자의 싸움은 군것질이 아니면 소화제인 것이다.

"아니 그래 이렇게 지게나 지고 다니는 놈은 사람이 아니란 말야!"

| * 어울려서.

"놀다 가라는 게 뭐가 잘못이야! 싫으면 그냥 가지 무슨 군소리야!"

역시 지나가는 사람을 붙들고 영자가 입에서 거품을 품기고 있었다.

"글쎄 저이가 지나가기에, 아저씨 놀다 가세요, 그러니까 공연히 성을 내고 저 야단이다. 글쎄, 아이 참 기가 맥혀……."

옥선이에게 싸움 시초를 설명하는 영자의 표정과 상대방 지게꾼의 행색을 바라보던 군중들은 또 한바탕 웃어젖혔다.

제대로 따진다면 할아버지뻘이나 될 것이다. 그래서 모두 웃는 것은 아닐 테지만……. 늙수그레한 그 지게꾼 영감은 단발머리 영자에게 눈을 부라리고 작대기로 후려갈길 기세를 취하다가 사람들이 큰 구경거리나 생긴 것처럼 모여들자

"저런 순 쌍년 같으니……. 제 에미 애비도 없이 자랐나……."

하는 뒷소리를 남기고 슬금슬금 사라졌다. 영자는 그 이상 곤두세우지는 않았다.

'에미 애비두 없이 자랐나.'

하는 소리에 풀이 죽은 모양이었다. 실주룩하니 돌아서는 꼬락서니가 어떻게 보면 측은하게도 여겨졌다.

영자는 고아이기 때문이다.

저의 어머니 아버지가 어떻게 되었는지도 모르면서 그냥 날뛰는 철부지다. 제 입으로는 육이오 때 수원서 폭격을 맞아 식구들이 몽땅 죽었다고 하지만 하도 쩔쩔대는 계집애가 돼서 그 소리를 그냥 종잡을 수는 없다. 처음에는 고아원에서 왔다고 하는 소리도 거짓말이라고들 했지만 그건 사실인 것 같았다. 그저 말끝마다 '고아원 고아원' 하는 것도 그렇고 나이 불과 열일곱밖에 안 된 것이 어른들이 당해내지 못할 정도로 되바라져서 멋대로 놀아먹는 품이 아무래도 가정에서 자란 것은 아닌 상싶었다.

봉순이는 그런 영자가 밉살맞아 견딜 수가 없었다. 제 몸뚱아리야 어떻게 문드러져가든 저의 부모들까지 욕을 먹이고 남의 입질에 오르내리게 하는 것은 불쾌한 일이었다.

"영자야!"

봉순이는 주먹다짐이라도 할 양으로 영자를 불러 세우고 눈살이 꼿꼿하니 노려보는 참인데

"봉순이 아냐?"

하고 바짝 다가서는 청년 때문에 영자 일을 젖혀놓아야 했다.

기적의 궁전 속에서는 가끔 그런 일이 생기지만 창배 녀석을 그렇게 만났다는 것은 옥선이가 배 속의 새끼를 훑어 내버린다거나 영자가 제 에미 애비 욕을 얻어 먹인다거나 하는 것보다도 더 불쾌한 일이었다.

봉순이는 아는 사람(과거의 말이다)을 만난다는 것이 그만큼 불쾌한 처지에 있는 것이다. 그런데 창배는 반색을 하고 덤비는 것이었다. 아마 녀석의 기억 속에는 부산서 지내던 일을 그대로 간직하고 있는 모양이었다. 그렇지 않으면 어느 일부분이나마 잊어지지 않는 대목이 있는 모양이었다. 저한테 이롭도록 말이다.

"어머니나 오빠 아직 못 만난 모양이군?"

그러니 어쩌란 말인가? 이제 다시 부산으로 되내려가 그 짓을 또 하잔 말인가? 어림도 없는 소리였다.

봉순이는 부산서 지낸 일은 한 번도 후회해 본 적은 없었다. 창배, 윤식이, 경수 그리고 봉순이까지 네 사람이 한 이불 속에서 지낸 일이 옳거니 그르거니 따져본 일도 없으니까 말이다. 그 무렵에는 별수가 없었다. 그 짓을 했기 때문에 지금 창녀로 풀리게 된 것이라고 내세울 수는 없지만 그런 경험 때문에 더러는 고통이 적었다는 것은 확실하다.

창배 녀석은 눈깔이 겔그름해가지고는 씨근씨근 덤볐다. 꼭 부산서

하던 그 꼴이다. 녀석은 아직도 봉순이를 단발머리 소녀로 알고 있는 모양이었다. 봉순이는 되는대로 내박질렀다. 화대를 먼저 받지 않았기 때문에 그러는 것은 아니었다. 화대라야 '시간'이면 오백 환 받는 속에서 이백 환밖에는 차지가 돌아오지 않는다. 그까짓 돈 이백 환 때문에 목을 매고 덤비는 사내를 매살스럽게 밀어젖힐 봉순이는 아니다. 더군다나 창배에게는 화대를 가지고 따질 처지가 못 된다. 부산서 지내던 일을 생각하면 말이다. 그때는 창배뿐만 아니라 윤식이 경수까지 합쳐서 같은 또래인 그들에게 조금치도 인색하게 굴지는 않았다. 그들 때문에 밥을 먹고 산다는 것도 핑계는 되고 어차피 그렇게 됐으니까 하고 체념도 한 것이었지만 별것 아닌 창녀 같은 생활을 하면서도 별로 싫다는 생각은 가져본 일이 없었다.

그러나 지금은 생각이 아주 다르다. 비단 창배라고 해서 그런 것은 아니다. 그들 셋 중에서 누구고 층하를 둔 사람은 없었다. 저희들끼리 칼부림까지 해가며 싸우지만 않았다면 지금까지도 그 짓을 하고 있었을는지도 모른다.

봉순이가 창배를 떼어 박지르는 것은 지금도 그 세 청년들 중에서 한 사람만을 상대한다는 것이 거리끼기 때문인지도 몰랐다.

창배를 보낸 뒤에 봉순이는 소주를 한 병 사다가 마구 들이켰다. 소주는 들이키는 대로 그냥 몸에 확 번지고 그대로 푹 쓰러질 수 있기 때문에 좋았다.

"염병할 년 오늘 장산 또 다했구나."

주인 여편네는 봉순이가 온몸에 술내를 풍기면서 꼬라져 있는 것을 보자 그 독살스러운 눈을 마구 흘기면서 욕지거리였다. 봉순이의 사정이야 어떻든 간에 주인으로서는 마땅치 않은 노릇이었다. 다른 계집애들과도 달라 꼭 지목을 하고 찾아오는 단골손님이 많은 봉순이가 툭하면 소주를 들이켜고 정신없이 꼬라져 있는 것은 영업상으로도 적지 않은 지장이었다. 그러나 주인 여편네도 눈을 흘기고 헛주먹질만 했지 그 이상 욱지르지 못했다. 저번처럼 나가버리면 큰 손해가 생길 것이니까 말이다.

봉순이가 이 년 동안이나 주객을 정하고 있던 '남포하숙집'을 한때 떠난 적이 있었다. 불과 이십 일 동안이었지만 그 지간엔 손님 발이 확연히 줄어들었던 것이다. 그만큼 봉순이에게 눈독을 들이는 손님들이 많았다는 것을 새삼스럽게 느낄 수 있었다.

그때도 봉순이가 주인에 대한 무슨 감정이 있었다든가 어느 놈팡이의 꼬임새에 넘어갔다든가 했다면 무슨 짓을 해서든지 붙잡아두었을 것이다. 그러나 별의별 달콤한 소리를 늘어놓고 살림을 하자는 둥 취직을 시켜준다는 둥 하고 꾀이는 놈팡이들이 수두룩했지만 그런 수작에는 끄떡도 않던 봉순이가 불각시에* 봇짐을 쌀 때 모두 영문을 몰라 그냥 멍하니 바라보기들만 했었다.

"우리 어머니를 만났어. 다시 만나기만 하면 소원이 없었던 우리 어머니……. 이제 우리 어머니한테로 가는 거야."
하면서 걷잡을 수 없이 떠나는 봉순이를 강제로라도 잡아둘 수는 없었다. 만약 그때 누구고 봉순이를 가지 못하게 말리는 사람이 있었다면 사생결단이 있었을는지도 모른다.

정말 봉순이는 칠 년 동안에 있었던 크고 작은 일을 한꺼번에 잊고 남포하숙집을 빠져나왔다.

하나의 크나큰 기적이 생기면 그 이전에 있었던 일은 아무렇지도 않은 것이었다. 이북서 넘어오다가 실없이 헤어진 어머니를 칠 년 만에 만

* 불시에. 미리 정한 때 없이.

175

났다는 것은 그 이상의 기적이 없었다.

새로 나온 은박 무늬의 '나이론'을 시원하게 두른 치장이나 손가락 묵직한 백금 패물이 뻔들거리는 것이 전연 기대에 어긋났지만 오히려 그 것이 지금까지 생각했던 괴죄죄한 거지 행색보다는 보기 좋았다. 다만 오십 줄에 접어들었는데도 피난 내려올 때보다도 피둥피둥한 살결을 찐 득거리는 화장으로 다듬어 가꾼 것이 못마땅하기는 했었다.

합승정류장에서였다. 훤하게 차린 중년 부인을 만났는데 그가 봉순이 어머니였다. 봉순이는 당연히 어머니를 따라갔다.

"귀밑에 검은 점이 없으면 내가 봉순이라고 하면서 덤벼도 곧이 안 듣겠다. 어쩌면 그렇게도 어렸을 때 모습이 하나두 없니……."

그러니까 지금까지 거리에서 더러 마주쳤을는지도 모른다. 여하간 서로 죽지 않고 다시 만났다는 것만이 다행한 일이었다.

봉순이는 매춘굴에 있다는 표시를 하지 않았다. 그러나 봉순 어머니 는 짐작할 수 있었다. 만난 장소가 그 근방이기도 했지만 핏기 없는 그 안색이며 흐트러진 몸맵시며 갈데없이 그건 창녀였다. 봉순 어머니는 구태여 캐묻지 않았다. 그보다는 먼저 할 얘기가 있었다.

"어떻게든지 너희를 찾아서 같이 살려고 했지만 어디 그렇게 되데? 지긋지긋이 고생을 하다가 병이 나서 거의 죽게 된 것을 어떤 고마운 사 람 덕분으로 살아났다. 그래서 얼마 전부터 살림을 들어갔고나……."

봉순 어머니는 그 고마운 사람이 누구라고도 얘기 않고 또 지금 같이 살고 있는 사내가 어떤 인물이라는 것도 밝히지 않았다. 봉순이는 어머 니가 거짓말을 하는 것이라고는 생각하지 않았다. 다만 같이 사는 사람, 그러니까 의부義父가 되는 사람이 바로 그 생명의 은인이라고 소개하지 않는 어머니의 속을 들여다 볼 수는 있었다.

봉순 어머니는 삼선교 근방에서 대중식당을 차리고 그대롭잖게 살고 있었다. 살림에 들어간 지 얼마 안 되는 것처럼 얘기하더니만 그들 사이에는 여섯 살 된 아들까지 있었다. 그 어린애가 봉순이를 '아줌마'라고 부르는 것을 보고 봉순 어머니는 겸연쩍어 어쩔 줄을 모르는 기색이었다.

"아줌마 아냐 누나야."

하고 애원하듯 어린것을 타일렀다. 어째서 '아줌마'가 아니고 '누나'가 되는지 척분을 따져볼 줄 모르는 어린것은 시키는 대로 '누나'라고 불렀다. 봉순이는 어린것이 "누나 누나" 하고 따르는 것은 그리 싫지 않았다. 그 대신 의부에게는 '아버지'라는 소리가 좀처럼 나오지 않았다. 그러니까 맞대했을 때는 어물어물 섬길 수가 있었지만 간접적으로 의부를 가리켜 부르기는 여간 난처한 것이 아니었다. 어머니하고 얘길 할 때는 의부를 어떻게 불러야 할지 한참 망설이다가는 공연히 얼굴이 붉어지기까지 했다. '애기 아버지'나 '그이'라고는 어머니 체면을 보아서도 안 될 소리다. '아버지'라고 부른들 죄 될 것은 없을 상싶으면서도 그것은 생각뿐이고 입 밖으로는 나오지 않으니 어찌할 수 없는 노릇이었다. 그 사내 얼굴이 유별나게 붉고 목소리가 그렁그렁 쉬어빠진 것도 싫기는 했다. 그러나 그런 조건 때문에 그러는 것은 아니었다. 그렇다고 해서 죽은 아버지를 생각하는 것도 아니었다.

봉순이는 의부와 같은 연배 사람들과 아무 거리낌 없이 살을 맞비빈 기억이 자꾸만 되살아오는 것이었다. 어쩌면 저 사람(의부 말이다)과도 같이 논 일이 있지 않을까? 하는 망발적은 생각이 들 때는 부르르 진저리를 치면서 고개를 마구 내흔들었다.

봉순이가 술을, 그것도 약주나 정종 같은 것이 아니고 독한 소주만 들이키기 시작한 것은 '남포하숙집'으로 다시 와서부터다. 옥선이나 영자는 그 속을 모른다. 봉순이 자신도 무엇 때문에 술을 마시게 되었는지 확실히 말할 수가 없으니 다른 사람들이야 더군다나 알 턱이 없다. 그저 울적할 땐 소주를 꿀꺽꿀꺽 삼키고 꼬라지는 것이 되레 편했기 때문에 봉순이는 가끔 그 짓을 했다.

옥선이가 애를 지워버리고 고향으로 간 뒤부터 봉순이는 공연히 설떨했다. 정말 무슨 결말을 지워야만 될 것 같았다. 노상 살림을 하자고 보채는 '뚝발이'하고라도 결혼을 하든가 그렇지 않으면 '키니네'를 한 주먹 삼키고 말든가 해야지 그대로는 있을 수가 없었다. 창배 녀석이 그 후에도 가끔 와서 별의별 수작을 다 붓지만 그까짓 것은 치지도외하고 있는 것이다. 그러면서도 창배가 나타난 날은 소주를 마셨다.

그날 밤에도 봉순이는 지독하게 취했었다. 창배와 초저녁에 '시간'으로 놀고 난 다음 소주 이 홉 병을 빈속에 마셨기 때문에 제정신이 아니었다. 그렇지만 않았더라도 혹시 몰랐을 것이다. 술김에 그냥 닥치는 대로 손님을 받은 것이다. 평소에 묻는 말도 제대로 대답을 않는 성품이면서도 공연히 횡설수설하면서 젊은 군인을 대접했다. 술 때문이었다.

"고향이 어디야?"

"부산입니더."

"부산이 아닌 것 같은데?"

"어떻게 아십니까?"

"경상도 사투리는 하지만 함경도 사투리가 섞였다."

"사실은 함경도야요."

"그렇지, 함경도 어디?"

"원산."

"원산?"

"네, 손님 어디세요?"

"그보다도 네 이름이 뭐냐?"

"봉순이."

"봉순이? 본명은?"

"본이름이 봉순이야요."

다음 순간 그 청년은 봉순이의 귀밑에서 사마귀를 발견했고 봉순이는 그 청년의 비통한 안색에서 오는 피할 수 없는 사실 때문에 술기운이 한꺼번에 사라졌다. 말이 있을 수 없었다. 그렇다고 그냥 부둥켜안고 부들부들 떨고만 있을 수도 없었다.

"결혼했수?"

봉순이는 생각한 그대로를 쏟아놓았다. 다급했던 것이다. 평소에는 늘 생각한 그대로 말하기를 꺼렸지만 그따위 습성은 아무래도 뼛속까지 배어 있지는 않은 모양이었다.

서로 알기 전에는 하루에도 몇 축씩 치르는 다른 손님들과 하나 다를 것이 없었다. 그런데 몇 마디 대화가 오고 가자 금시 온몸이 니글거리는 것이었다. 목구멍에서 무엇인가 자꾸만 넘어오려고 하는 것이었다.

'내 탓이 아니다.'

하고 보이지 않는 무엇인가에 대하여 몸부림을 쳐보았지만 소용이 없었다.

"결혼했수?"

봉순이는 다시 암팡스럽게 들이댔다. 점점 다구지게* 자신을 내세웠다. 그것이 발악이라고는 생각지 않았다.

"올봄에……."

봉식이가 무슨 죄나 진 것처럼 뜨듬뜨듬 결혼했다는 소리를 하자 봉순이는 전신의 피가 한꺼번에 골속으로 치솟아 올랐다. 혼자만 외돌아졌

---

* '다부지게'의 방언.

다는 것을 그제사 느꼈다. 그냥 외톨아진 것이 아니라 생전 복구할 수 없는 손해를 보았다는 것도 그제사 알았다.

봉순이는 또 소주를 들이켰다. 소주는 그냥 쓰기만 했다. 봉식이에게도 잔을 내밀었다. 해야 할 모든 얘기는 그다음으로 미루는 수밖에 없었다.

"그런데…… 어 어머닌 어떻게 됐을까?"

생맥이라고는 찾아볼 수 없는 봉식이의 눈에서 수르르 눈물이 쏟아졌지만 봉순이는 외면을 했다.

"너두 모르지?…… 어머니 소식……."

"몰라. 몰라앗! 아아앗!"

봉순이는 내장까지 송두리째 토해내듯 악을 썼다. 그러나 목이 탁 가래서 소리가 제대로 나오지 않았다. 답답했다.

"아 아 아앗! 아앗!"

연거푸 소리를 질렀지만 그럴수록 가슴만 꽉꽉 막힐 뿐이었다.

봉순이가 소주잔을 동댕이치고 꼬꾸라지는 것을 보고 봉식이도 쓰러졌다. 봉순이 입에서 알아들을 수 없는 신음 소리가 흘러나왔다. 그것도 잠시였다. 숨을 모으는 것처럼 가래를 끌어 올리더니 그냥 죽은 듯이 퍼지고 말았다. 봉식이도 마찬가지였다.

"불야!"

하는 비명이 바로 옆집에서 들려와도 여전했다. '단천집'에서 일어난 불길은 '남포하숙집'으로 널름거리고 덤볐다.

"불야!"

"어 어 어"

"불! 불!"

기적의 궁전이 짓끓었다. 영자가 나가면서 봉순이가 쓰러져 있는 방

문을 처부셨다. 불길이 삥 돌았었다. '함흥집'도 '곰보네'도 불 속에 들어
있었다. 불길은 매춘굴을 모조리 핥아나가는 것이었다. '콱' 하고 숨을 한
번 내어쉴 적마다 궁전이 하나씩 사그라졌다. 냄새가 진동했다. 흥건히
고여 있던 수십 수백 명의 썩은 정액이 불에 끄실리면서 고약한 냄새를
풍기는 것이었다.

　　"퍼엉!"

　　무엇인가 터지는 소리가 났다. 마치 그것을 신호로 하는 것처럼…….

　　"퍼엉! 퍼엉!"

하고 여기저기서 터지는 소리와 함께 괴상한 냄새를 풍겼다.

　　소방대도 소용없었다. 불길은 미리 계획이라도 그려논 것처럼 매춘
굴 일대를 재로 만들어놓고서야 가라앉았다.

　　이튿날 신문은 개운하게 타버린 그 자리에 현대적인 '아파아트' 오
층이 세워질 것이라고 보도했다.

—《문학예술》, 1957년 11월.

도묘기 盜猫記

늦게사 웬 그런 도벽이 생겼는지 모르겠다. 그것도 다른 물건이 아니고 극도로 싫어하던 고양이를 훔쳤으니까 말이다. 아마 술김이겠지. 그렇지 않고서야 그 앙상한 고양이 새끼를 큰 보물이나 되는 것처럼 앞자락에 싸잡아 올 리가 없다. 오히려 그 집 주인이 갖다 기르라고까지 준다 해도 탐탁하게 얻어 올 리가 없다.

나는 본시 고양이라고 하는 짐승을 싫어했다. 개나 돼지, 심지어는 병아리 같은 것도 좋아하는 편이 아니어서 집에 길러본 적이 없지만 고양이는 그보다도 한층 싫어했다. 내가 고양이를 싫어하는 내력은 어려서부터 시작한 것이다.

동리서 '고양이'라고 호가 붙은 강 첨지가 한 해 머슴으로 들어온 적이 있었다. 아래턱이 생기다 만 볼품없는 얼굴에다 바늘 같은 수염 몇 개를 앙상하게 곤두세우고 있기 때문에 별호가 고양이였다. 그놈의 첨지가 한번은 일을 저질러서 동리 소문거리가 되다시피 했었다. 큰일 때였다. 큰사랑 가마솥에다 조청을 고는 참인데 강 첨지는 그걸 모르고 새벽녘에 여물을 갖다 들어붓고 쇠죽을 끓인 것이다. 그런 주책없는 강 첨지가 어찌도 미웠던지 나는 고물개로 마구 갈기면서 욕지거리를 했다.

"엿 내놔 엿. 이놈의 고양이 엿 해놔 앙앙……."

이튿날이면 엿을 먹을 수 있다기에 잔뜩 기다렸었는데 눈을 뜨자 그 모양이니 분하기도 했었다. 그 후 나는 고양이를 보면 강 첨지처럼 미웠다. 그런 엉뚱한 숙원 때문에 고양이에게는 영 정을 붙이지 못했다. 그것이 근 사십 년 전 일이지만 머리가 반백이 된 아직도 고양이는 싫었다. 강 첨지의 조청 사건과는 아무런 상관이 없는 줄 알면서도(상관이 있다 해도 그건 옛날 일이지만) 고양이가 싫은 이유는 녀석의 채신과 하는 수작이 정떨어지기 때문이다.

손자새끼들을 홀 몰아내고, 아랫목에 혼자 옹스리고서 꼬박꼬박 조는 노망된 늙은이 같은 꼬락서니, 그 밉살맞은 잠에서 깨어나면 앞뒷발을 쪽 뻗고 기지개를 늘어지게 쓰면서 허리를 꾸부정하게 말아 올리는 꼴, 앙상하게 드러난 갈빗대, 겔그름한 눈, 그건 정 그대로 볼 수가 없다. 화가 치민다. 번쩍 들어서 태기를 쳤으면 시원할 것 같지만 실상 잡아 들고 보면 측은하다. 죄로 갈 상 부르다. 살점 하나 없는 늙은이처럼 거뿐하다. 그러니 정이 떨어질 수밖에 없다.

그렇게 괴벽스러우리만치 싫어하던 고양이 새끼를 내가 손수 훔쳐 왔다니 우습지 않은가? 그것도 섣달그믐 날.

그날 낮에 정옥이로부터 쪽지를 받았었다. 망년회라는 이름으로 단 둘이서 만나자는 것이다. 그날 밤엔 무슨 규정을 내게 되리라는 예감도 생기고, 만약 전처럼 흐리멍덩하게 넘길 바에야 섣달그믐이라는 날짜를 핑계로 속된 소리지만 '깨끗이 잊자'는 결심도 해보고 했다. 그래서 일곱 시가 되자 쪽지에 그려 있는 약도를 차근차근 더듬어 지정된 장소를 찾아간 것이다. 위치가 명동이요 옥호星號가 '○○반점飯店'이라고 되어 있었지만 이건 상상 외의 허술한 중국집이었다. 전에 소위 '나가야'라고 부

르던 외줄배기 적산 집 한 옆구리에 '응시소매 중화요리^{應時小賣 中華料理}'
어쩌구 한 패쪽 간판이 붙어 있었기 때문이다.

'악취미 같으니, 하필이면 이런 집에……'

굳이 이런 장소를 택한 그녀의 취미를 나는 이해하지 못한 채 문을
열고 들어갔다. 중국 노파가 안에다 대고 '꽥' 소리를 지르자 앞치마를
두른 친구가 쫓아 나와 호들갑을 떨며 꾸벅거렸다. 뿌유끄름한 전등빛이
라 잘 보이지는 않지만 사방에 거미줄이 주렁주렁 얽혀 있을 것만 같은
개운치 않은 집이었다.

그녀가 벌써 와서 기다리니 이층으로 올라가라고 젊은 친구가 애교
를 부리는 통에 컴컴한 계단을 한 발짝 올라서는데 사뿐 앞질러 가는 것
이 있었다. 나는 물춤했다.*

"고양입니다."

젊은 친구가 일러주지 않더라도 그것이 고양인 줄은 알았다. 그러기
에 물춤한 것이다. 그런 하찮은 일 때문에 나는 만약 혼자 온 것이라면
되돌아섰을지도 모르지만 그녀가 이층에서 기다린다는데야 그럴 수가
없었다. 더듬더듬 계단을 밟고 올라가는데 이번에는

"냐옹!"

하고 울음소리가 들렸다. 그때

"늦으셨군요."

하고 정옥이가 문을 열지 않았으면 이편에서 무슨 비명이라도 올렸을는
지 모른다.

"놈의 괭이!"

나는 인사 대신 그런 트릿한 소리를 한마디 던지고 방으로 들어서자

| * 무춤하다. 놀라거나 어색한 느낌이 들어 갑자기 하던 짓을 멈추다.

또 한 번 놀랬다.

"오랜만입니다. 안녕하셨어요?"

간드러지게 인사를 하고는 입을 삐쭉하는 소설가를 발견했기 때문이다. 나는 그 여성의 성명을 모르기 때문에 소설가라고 부르는 수밖에 없었다. 소설가라니까…….

"허허 두 분이 오셨군요?"

"둘이 와서 안됐지요? 전 곧 갈 테니 안심하세요."

여류 소설가는 또 한 번 입을 삐쭉했다.

여하튼 정옥이와 만날 때는 번번이 기대에 어긋나는 수가 많지만 오늘은 좀 지나친 것 같았다.

'단둘이 이 해가 막 가는 날을 보내고 싶습니다. 오늘 밤엔 선생님의 모두를 저에게 맡겨주시고…….'
한 쪽지와는 벌써 딴판이니까 말이다.

소설가라는 그 여인은 어쩐지 비위에 맞지 않는다. 몇 번 자리를 같이한 일이 있었지만 말끝마다 꼬투리를 잡고 사사건건이 자기주장만 내세우는 버릇이 있었다. 탐탁찮게 여기는 것은 그런 버릇이 거슬리기도 했지만 정옥이를 독차지하려고 하는 기색이 보였기 때문이다. 편협한 생각에서가 아니다. 소설깨나 쓴다고 하는 사람이면 이편에서 어떤 생각을 가지고 있다는 것쯤은 충분히 짐작할 수 있을 것이다. 오늘 저녁만 해도 그렇다. 단둘이만의 시간을 가져보자는 자린데 염치없이 와서 출반주*를 하고 있으니 부아가 나지 않을 수가 없다. 나는 성깔대로 한다면 당장 자리를 박차고 일어서든가, 소설가더러 나가달라고 소리를 지르든가 할 판이지만, 같은 또래도 아니고 또 상대방은 아무래도 여잔데 그럴 수가 없

| * 여러 사람이 모인 자리에서 맨 먼저 말을 꺼냄.

었다.

"배갈 좀 가져와…… . 데워서."

"전 맥주로 하겠어요."

"나두."

이편에서는 덮어놓고 취해보자는 심속에서 배갈을 청했다. 정옥이는 워낙 약하니까 맥주를 청하는 것이 당연했다. 그런데 소설가도 '나도' 하는 것이었다. 배갈이래야 셈속이 닿는 처진데 굳이 맥주를 청하는 소설가의 심술은 그렇게 해서 이편만 외돌아지게 할 작정인 것이다.

"좌우간 마셔봅시다."

나는 무성의하기 짝이 없는 수작으로 그녀들을 번갈아 보면서 배갈 잔을 들이켰다.

"저도 그거 한잔 주세요."

정옥이가 눈을 가늘게 뜨고 손을 내밀었다. 배갈을 함부로 들이키는 내 소가지를 짐작한 모양이었다.

"그래 들을 자신이 있으면 얼마든지."

"염려 마세요. 자신은 있으니."

정옥이는 내가 비꼬는 소리를 서슴지 않고 받아넘기면서 소설가에게 대고 눈을 질끈 하는 것이었다. 그때 정옥이의 입술이 바르르 경련을 일으키는 것 같았다.

내가 잘못 보았는지도 모른다. 그러나 나는 분명 그렇게 여겼기 때문에 전신에 피가 콱 머리로 솟아오르는 것을 느꼈다. 그렇게 되면 나는 걷잡을 수가 없다. 공연히 서러워지는 것이다.

내가 가장 조심해야 하는 것은 그런 순간이다. 그것은 내가 살인을 할 수 있는 기회가 될지도 모르니까 말이다. 다만 그런 독기를 밖으로 품어내지 않고 되삭여 넘길 수는 있다. 그것은 자랑스러운 일이 아니다. 자기의 분노를 자기 힘으로 억누를 수 있다는 것이 젊은이들 앞에 무슨 자랑이 되겠는가?

얼마 전에도 정옥이로부터 핀잔을 받은 일이 있다. 그때도 우리(정옥이와 나와 여류 소설가)는 술이 취해 있었다. 번번이 그렇지만 술이 취해서 서로 헤어지는 시간은 난감하다. 정옥이를 누가 데리고 가느냐 하는 문제 때문이다. 정옥이가 누구를 따라가느냐 하는 결정이 내리면 그제는 승부가 갈라서는 것이다.

그 순간은 우리 세 사람은 자기가 지니고 있는 온갖 지력을 털어놓고 겨누는 것이다. 만약 완력으로써 결말낼 수 있는 일이라면 나도 웃통을 벗어젖힐 것이다. 그런 꼴을 내가 가르치고 있는 생도들에게 들킨다 해도 부끄러울 것이 없다. 그 시간 나는 고등학교 선생님도 아니요, 오십이 가까워오는 늙은이도 아니다.

그러나 나는 지고 돌아서는 것이다. 정옥이를 여류 소설가에게 빼앗기고는 '후유' 하는 것이다.

"선생님은 왜 나를 끌고 가지 않았어요?"

이튿날 정옥이로부터 그런 핀잔을 받고서야 비로소 후회를 하는 것이다. 여류 소설가로부터 정옥이를 뺏어낼 수도 있었다는 가망성을 발견했을 때 나는 후회를 했지만 소용이 없었다.

'좀 더 용감해야 한다. 비굴해서는 안 된다. 결국 손해를 보니까……'

단단히 뼈물고 마련한 그다음 기회도 결과는 전번과 매한가지가 되고 말았다. 나는 한 번도 정옥이와 같이 가본 적이 없다.

나와 정옥이와 여류 소설가. 그 세 사람의 연관이란 서로가 생각할수록 우스운 일이었다. 대관절 그 여류 소설가가 정옥이를 한사코 독점하려는 심사부터가 우습지 않은가? 그녀와 정옥이가 단둘이 어울리는 것을 내가 싫어하듯이 그녀(소설가)도 정옥이와 내가 따로 만나는 것을 마땅찮게 생각하는 모양이었다.

그녀들의 사이에는 우정 이외의 것이 있다고 단정을 한 후부터 나는 정옥이를 빼앗기지 않으려고 무던 애를 썼다. 오기로서가 아니다. 내 자신에게 그것이 이로운 일이었기 때문이다. 무엇이든지 한 가지 일을 저지를 때는 거기서 오는 이해를 한번 따져보게 된다. 나만이 그런 것은 아닐 것이다.

여류 소설가도 자신의 부족한 무엇인가를 정옥이에게서 보충해야겠다는 욕심이 있을 것이고 정옥이 역시 아무런 타산이 없이 그런 고역을 치르지는 않을 것이다.

그러니까 나는 나대로, 소설가는 소설가대로, 그리고 정옥이는 정옥이대로 무엇인가 부족한 것을 얻기 위하여 자신을 그처럼 혹사하는 것이다.

"전쟁은 사내들에게 용맹을 강요한다. 그 대신 계집들에게는 고독을 준다. 어느 편이 더 큰 손해를 보느냐 말이다. 엉, 정옥아 너 말 좀 해라. 이 자식아."

술기운이 어지간히 돌자 소설가는 또 잔소리를 끌어 붓기 시작했다. 술기운을 빌려서 함부로 쏟아놓는 넋두리다.

그런데 소설가가 지껄이는 그런 소리에 나는 신경을 쓰는 것이다.

'전쟁과 계집.'

아무렇게나 털어놓는 여류 소설가의 넋두리에서 나는 그런 제목을 발견하고 차근차근 무엇인가를 따져본다. 결론은 내가 늙은 탓이라는 것 이외에 아무것도 얻지 못한다. 아무렇지도 않은 허튼소리를 가지고 무슨 새로운 진리나 되는 것처럼 되새겨 보다가 나는 그만 실망하는 것이다.

"호호호호……"

여류 소설가는 내 얼굴이 볼만하다는 듯이 웃어젖힌다.

"히히히히."

나도 따라 웃는 수밖에 없다. 아이들한테 이상야릇한 질문을 받고 미처 대답이 나오지 않았을 때 나는 그냥 교단에 서서 맥없이 웃어버리는 습성이 있다.

"선생님, 월세계의 소유권 대장은 누가 갖게 됩니까?"

하고 질문하는 녀석이 있었다. 그럴 경우 내가 무슨 재간으로 시원한 대답을 한단 말인가? 어물어물하는 내 얼굴을 바라보고 아이들은 자지러지게 웃는다. 내가 그 녀석들을 따라 웃는다는 것은 실없는 일이다. 그러나 그 곤경을 면하기 위하여는 웃는 수밖에 없다. 교무실로 돌아와서야 비로소 그런 실없는 웃음으로 아이들을 속인다는 것이 얼마나 비굴한가를 생각하게 된다.

소설가와 정옥이는 나와 이십 년의 차이를 가지고 있다. 그러니까 그들 입에서는 가끔 '월세계 소유권 문제' 같은 질문이 나온다. 내 입에서 대답이 나오기 전에 그녀들은 마구 웃어젖힌다. 나는 점점 대답할 자신이 없어져서 단 한 가지의 술책인 웃음으로써 그 자리를 모면하고 만다. 그런 교활한 수단은 내가 늙었다는 증거밖에는 안 된다.

"술이나 마시자."

나는 그 자리에서 필요한 용맹성을 얻기 위하여 배갈을 또 들이켰다. 술을 마신다고 젊어지는 것은 아니다. 나는 술의 힘을 빌리지 않고는 내 의사를 정옥이에게 전달할 수 없을 것 같아서 하는 짓이다. 내가 정옥이를 안 지 일 년이 지나서야 겨우 가까워졌다. 그것도 술의 힘을 빌렸던 것이다.

○○ 맥주회사에서 직영하는 '홀'에서였다. 고등학교 훈장인 나와 외서판매원外書販賣員인 정옥이에게는 별로 존재 가치를 인정받지 못하던 맥

주 '홀'에서 우리는 친해진 것이다. 그렇게 갑자기 친해질 수 있으면서 우리는 어째서 일 년이라는 시간을 허비했는지 몰랐다. 그것은 결국 서로가 비밀을 지니고 있었기 때문일 것이다.

비밀에 싸인 사람들끼리는 친해질 수가 없다. 우리는 조그마한 일이지만 감추고 있었던 것을 털어놓기 시작했다.

나는 우선 정옥이가 맥주를 한 병쯤은 마실 수 있다는 것을 발견했다. 일 년을 사귀어왔지만 그런 것조차도 그녀는 감추고 있었던 것이다. 정옥이의 그런 조그마한 비밀을 알게 된 나는 그것이 무척 신기했다. 정옥이가 술을 마신다는 비밀을 안 나는 이편에서도 그만한 비밀을 공개하는 것이 예절처럼 여겨졌다.

'무엇을 털어놓을까.'

나는 좀 망설였다. 내게 비밀은 많다. 그러나 그녀가 신기하게 여길 만한 비밀은 만들어내는 수밖에는 없었다.

"정옥이, 나는 공자라는 사람이 지금 살아 있다면 피해 배상을 요구하겠어……."

한 마디로써도 할 수 있는 얘기지만 나는 그런 망발적인 농담으로 말문을 열었다. 정옥이는 내가 무슨 소리를 하려는 것인지도 모르면서

"그건 선생님뿐만이 아니겠지요."

하고 접어들었다.

"아냐. 누구보다도 나는 큰 피해를 입고 있거든……."

나는 맥주 '쪽기'를 단숨에 들이켰다. 그리고 몸을 부르르 치떨었다. 지금부터 털어놓는 것이 얼마나 중대한 얘긴가를 인식시키기 위해서였다.

그러나 그런 거창스러운 수작은 정옥이에게 아무런 감동을 주지 못했다.

그녀는 웃고 있었다. 내가 하는 얘기를 죄다 듣지도 않고 가로막았다.

"선생님, 선생님이 그런 말씀을 하신다면 저는 인격을 다시 한 번 검토해야겠어요."

하고는 불쾌한 기색까지 보였다.

"일 년 동안이나 사귀어왔지만 선생님은 제 앞에서 가정 얘기는 하지 않으셨어요. 지금 새삼스럽게 그런 얘길 꺼내시는 것은 되레 우리들의 사이에 장벽을 만드는 것밖에는 안 돼요."

정옥이가 너무도 펄쩍하기 때문에 나는 입을 다무는 수밖에는 없었지만 꼭 한 가지만은 말하고 싶었다.

"내 아내는 간통을 했는걸."

"……?"

나는 속으로 '앗차' 했다. 정옥이가 멸시하는 눈초리로 쪼려보기 때문에 하는 수 없이 시선을 딴 데로 돌리면서 후회했다. 정옥이가 내 속을 훤히 들여다보는 것 같았기 때문이다.

'망할 년 같은 이……. 간통도 할 줄 모른단 말야.'

사실 아내가 간통이라도 할 줄 아는 주변이라면 이럴 때 얼마나 떳떳할 것인가.

"선생님 참 나빠요."

"암 철저히 나쁜 놈이지."

"아내의 간통을 광고할 만큼."

"그건 내게 밑천이 되는걸."

"참 불쌍한 분야."

우리는 취했었다. '빼드'가 울려주는 '짜즈*'를 헤치면서 흐지부지 농

* 재즈Jazz.

담으로 흘리고 일어섰다.

밖으로 나오자 정옥이는 바짝 잇붙어 걸으면서 내 외투 주머니에 손을 넣었다. 땀기 없는 내 손을 꼭 쥐면서 콧노래를 부르는 것이었다.

"처엉 산리 벼억게에 수야 하아……."

나는 어리둥절하는 수밖에 없었다. 정옥이 입에서 시조 가락이 흘러 나온다는 것이 신기하지 않은가?

그녀는 내 볼에다 입술을 갖다 대었다.

"전 시조니 창이니 하는 것을 싫어했지요. 아버지를 미워하듯이……. 그런데 오늘은 그렇지도 않군요."

나는 그녀가 문지르는 볼때기가 간지러워 처음에는 무슨 소린지 얼른 납득이 가지 않았다. 그것도 나이 탓이라고 여겼다.

"제가 왜 시조니 창이니 하는 것을 싫어했는지 아세요."

우리는 어느 결에 청계천 변을 걷고 있었다. 정옥이는 속에 간직하고 있는 것을 털어놓아야만 개운할 것만 같은 모양이었다.

"아홉 살인가 열 살쯤 됐을 땔 거예요. 엄마가 뜯고 있는 가야금 줄을 몽땅 잘라버렸지요."

정옥이는 아무 거침 없이 또박또박 걸으면서 술술 얘기를 늘어놓는데 나는 가끔 걸음을 멈추고 '후우' 한숨을 쉬어야만 했다. 정옥이 얘기에 맞장구를 치기 위해서였다.

"선생님, 가야금을 뜯는 직업이 무엇인지 아세요? 우리 어머니가 그랬단 말예요. 원산서 손꼽는 어느 부자 양반과 별나게 이뻤던 기생과…… 있을 수 있는 일이었지요. 그 두 사람이 한때를 보냈다는 것, 그리고 내가 남았다는 것…… 선생님은 잉여剩餘의 정리定理를 부인하진 않겠지요."

"잉여의 정리라…… 응."

"어머닌 항상 누워 있었어요. 몸이 저처럼 약해서요. 아버지가 가끔 찾아왔지요. 그 사내가 무척 미웠어요. 내가 가야금 줄을 끊은 것도 그 때문이에요. 학교에서 시험지를 받아 들고 오는 길이었어요. 구십팔 점을 맞았지요. 전 사뭇 우등을 했으니까요……. 어머니한테 그 시험지를 내밀고 도장을 받는다는 것은 그날 나의 가장 큰 기대였는데 집에 와보니까 어머니가 일어나서 단장을 차리고 앉았잖아요. 아버지가 와 있고…… 어머닌 누워 있어야, 아니 줄창 누워만 있는 사람인데 개운하게 일어나 앉았다는 것이 내 기대에는 어긋났지요. 게다가 또 가야금을 뜯고 있잖겠어요. 전 와락! 밸이 치밀어서 견딜 수가 없었어요."

정옥이는 어렸을 적에 가야금 줄을 끊었다는 얘기를 수표 다리까지 가도록 지껄였다.

"그건 아마 질투와 반항심에서 온 것일 거예요. 어머니가 돌아가신 뒤 아버진 날 무척 귀여워했지만 정이 붙지 않았어요. 어머니 대신 나를 귀여워하는 것 같아서요……. 호호호."

정옥이는 자지러지게 웃으면서 내 볼에다 입술을 또 갖다 대었다.

나는 그때서야 무슨 자신이 생겼었다. 정옥이의 외로움이란 내가 사 줄 수 있는 것처럼 느꼈기 때문이다.

그날 밤 헤어질 무렵, 나는 정옥이의 뒷모습을 바라보고 그녀의 전부를 알아볼 수가 있었다. 병든 학병아리였다. 목을 길이 빼고 비슬비슬 골목길로 사라지는 그 학병아리를 어떻게 그냥 둔단 말인가?

그 후부터 정옥이를 만날 때는 내 자신의 문제는 젖혀놓아야만 했다. 여류 소설가와 처음 자리를 같이했을 때도 나는 그녀들의 기분을 상하지 않도록 하기 위하여 애를 썼다. 남편이 육이오 때 일본으로 밀항을 했고 지금은 일본에 있는 그 남편한테서 보내오는 사치품을 처분해서 살아간 다는 여류 소설가는 정옥이보다 훨씬 이쁘다. 나이는 정옥이보다 네댓

살이나 위라고 들었지만 오히려 정옥이보다 윤기가 더 흐르는 편이다. 그런 여인이 시집을 가지 않고 바둥바둥 견딘다는 것은 확실히 자기 학대라고 여겨졌다. 그렇다고 나는 그녀를 동정하는 것은 아니었다. 그까짓 것은 아무래도 좋았다. 정옥이가 그 여류 소설가와 어울리는 것을 즐겨 하기 때문에 나도 휩쓸려서 좋아했고, 때로는 '삐에로'가 되어주기도 했었다.

"나는 무엇이란 말인가?"

정옥이와 여류 소설가 두 사람을 앞에 앉혀놓고 나의 위치를 찾는다는 것은 어려운 일이었다.

"세사느은…… 금사암책이요 호호 생에……느은 주일배 해애로다……."

정옥이는 눈을 껠그름하니 치감으면서 시조를 읊기 시작했다. 그럴 때는 딴사람이 되는 것이다.

"나는 시조를 싫어했다. 그러나 오늘 저녁은 부른다. 술도 마신다. 선생님 담배도 좀 주시오. 그렇게 날 쳐다보지 마세요."

정옥이가 몸을 가누지 못하는 것은 술에 지쳤기 때문만도 아닌 상싶었다. 그녀를 감싸고 덤비는 것이 있는 것이다.

바로 간다고 하던 여류 소설가도 그냥 퍼질러 앉아서 술잔만 무섭게 들이삼켰다.

"정옥아 애, 인간은 모두 잉여의 정리를 부인할 순 없다……. 그러나 난 그것을 거역한다. 너두?"

"그래 나두……. 그러기 위하여…… 그러기 위하여 어쩌자는 것이냐? 호호호호."

그쯤 되면 나도 무엇인가 지껄여야 했다. 그들의 기분을 그냥 살린다는 것은 나에게도 중요하니까…….

"넓고 넓은 바닷가에 오막사리 집 한 채애…… 고기 잡는 아버지와……."

내 입에서는 뚱딴지같이 그런 노래가 삘겨져 나왔다. 그러나 주책없는 나의 노래는 곧 합창으로 변했다. 그리고 두 번 세 번 되풀이를 했다. 정옥이는 얼굴을 무릎에 푹 파묻고 목청을 가다듬었다.

"이 교활한 사내야…… 그러나 난 너를 미워하진 않는다. 잉여물 호호호 잉여물……. 헤헤엣!"

정옥이가 미친 듯이 몸부림을 치기 시작했다. 웃옷을 홀떡 벗어젖히고 내게로 바짝 다가앉으며 쏘아보는 것이었다.

"야 이 사내야…… 호호호호."

"정옥아. 내가 교활하냐?"

"아냐 난 널 널 미워하지 않는다."

"나도."

"그러기에 교활하다는 거야……. 그래 날 어쩌자는 거냐. 이 교활한 사내야."

"그래서 좋다는 거야……. 그래서."

술김이니까 무슨 소리야 못할까마는 나와 정옥이가 주고받는 소리는 참 어처구니가 없었다. 평소에 그렇게도 깍듯이 나를 존대하고 자신의 행동을 조심하던 정옥이가 영 손을 댈 수가 없을 정도로 망나니 구실을 하는 것이었다. 나는 정옥이가 그렇게 망조로 구는 것이 여류 소설가 때문이라고 탓을 잡았다. 내가 정옥이를 그처럼 마구 대하는 것 역시 여류 소설가를 사이에 두고 있기 때문이니까 말이다. 그 여자(소설가)와 친하기 전까지는 정옥이에게서 그런 행동을 찾아보지 못했었다.

소설가는 정옥이를 부둥켜안고 달래는 시늉을 했다. 나는 그 꼴을 보자 늘 헤어질 때 소설가가 정옥이를 끌고 가는 이유가 무엇인가를 짐작했다. 내가 정옥이를 끝까지 함께 가주기를 원하는 것은 그녀가 호주머니에 손을 넣고 목을 길게 빼면서 하숙집 골목으로 사라지는 그 뒷모습이 보고 싶었던 것뿐이다. 내가 원하는 것은 고작 그런 실속뿐이지 다른 욕심은 없었다. 맥주 '홀'에서 친해진 후에 말이다. 그런데 여류 소설가와 정옥이는 딴속이 있어서 친해진 것이다.

정옥이가 '교활한 사내'라고 규정을 짓는 이유가 거기에 있는지도 모른다. 어쨌든 나는 교활한 녀석이 돼도 좋다. 다만 그런 일을 가지고 나의 인격을 단정한다는 것은 참 억울한 일이다. 내 눈도 '샤쓰' 바람의 정옥이의 앞가슴을 볼 수 있었지만 그것을 어떻게 한단 말인가.

나는 나대로 숨구멍을 틔워야 했다. 기껏 몸부림을 친다는 것이 또 주책없는 노래가 되고 말았다.

"나의 살든 고향은 꽃피는 산골…… 복숭아꽃 살구꽃 아기 진달래 애……."

그 역 교활한 짓이었다. 소설가에게 안겨 가쁜 숨을 돌리고 있던 정옥이는 내 노랫소리가 이상한 가락으로 쏠리는 것을 듣고 왈칵 내 목덜미를 부둥켜안는 것이었다. 술에 젖은 볼때기를 마주 비빌 때 그녀의 입술이 경련을 일으키고 있는 것을 분명 보았다. 나는 혈관이 팽창하기 시작했다. 중요한 시간을 알려주는 것이었다. 무엇인가 결정을 해야 할 시간이다. 그럴 때 사람을 죽이게 될 것이다. 그런 시간이 일 분간만 계속된다면 어떻게 될 것인가? 내가 몸서리를 치기 전에 정옥이가 먼저 부들부들 떨면서 소리를 질렀다.

"어머니! 어머니 어머니 어어어."

참 다행한 일이었다. 나는 정옥이를 슬며시 여류 소설가에게 밀어붙이고 일어섰다.

"키쓰나 해주세요."

누구를 동정하는 것인지는 모르지만 소설가는 엎드려져 있는 정옥이를 눈으로 가리켰다.

"냐웅!"

내가 문을 열고 나서자 구공탄 난롯가에 옹스리고 졸던 고양이 새끼가 밉살맞게 기지개를 쓰고 있었다. 그것을 선뜻 움켜 넣은 것이다. 고양이 새끼는 영문도 모르고 자꾸만 내 앞자락을 파고 덤볐다. 녀석은 내 체온의 일부가 필요한 모양이었다. 나는 그 고양이 새끼를 그대로 집으로 가져왔다. 늦게사 웬 그런 도벽이 생겼는지 모른다. 그것도 다른 물건이 아니고…….

— 『인간제대』, 일신사, 1958년.[*]

---

[*] 최초 발표일은 1958년 2월임.

귀촌歸村

밤새껏 궁리를 짜내야 그 수밖에는 없는 상싶었다.

화선花仙이의 돈 발을 끌기 위하여 별별 농간을 다 써보았지만 헛수고 였으니까 말이다. 화선이는 아예 내 말을 들으려고도 하지 않았다. 자기가 내놓은 돈을 당장 갚으라고 덤볐다. 그건 억지였다.

지금 당장 날담배 한 가치를 사 피울 수가 없는 처지라는 것을 화선이도 잘 알고 있다. 그러니까 화선이는 억지를 한번 부려보고는 그다음 조건을 내세우는 것이었다.

"그년만 갈아치슈……. 그럼 내 여관 한 구텡이를 팔아서래두 뒷돈은 대리다. 그러기 전엔 어림없어요."

"여보 그건 안 될 소리야. 난 나대루 생각이 있어서 한 짓인데……."

"그렇다면 두말 길게 할 것 없이 내 돈 이백만 환 당장 내놔요. 좋게 얘기할 때 내놔야지…… 공연히 세상 시끄럽게 되면 피차 돌아가는 게 없을 거니까……."

"아니 촬영이나 끝나야 돈 발이 펴지지 지금 이 지경 된 사람한테 무슨 돈을 내라는 거야. 온 참."

"흥 그놈의 영화가 제대루 될 줄 알구⋯⋯. 그따위 심사를 쓰면 만사가 재수 없어서 될 것도 안 될걸."

"무슨 소리야! 큰일을 앞에 놓고."

"흥 큰일⋯⋯ 참 큰일은 큰일이지⋯⋯ 참 큰일야. 막내딸 같은 피도 안 마른 계집애를 차고 다니면서 무어 영화를 만들어? 아 그래 내 돈은 그런 년놈들 존 일 시켜주자는 돈야? 앙!"

화선이가 악을 쓰고 덤비는 것도 당연하기는 했다. 그러나 나는 나대로 이유가 있었다. 내가 화선이에게서 필요한 것은 돈이다. 그렇지 않다면야 그까짓 퇴기 남시랑이*한테 무엇 때문에 빌붙겠는가. 그렇다고 당초부터 그 돈을 떼어먹을 심사는 아니었다.

이번 작품이 제대로 들어맞기만 하면 그 오력을 단단히 갚을 작정이었던 것이다. 그런데 화선이 년은 미리 방정을 떨고 난감한 조건을 제시하는 것이었다.

이제 와서 주연 배우를 갈아칠 수는 없다. 이백만 환이나 들여서 지금까지 진행시킨 촬영이 그냥 허사가 되고 만다. 그야 전주錢主인 화선이의 배짱 여하에 달려 있지만 내게는 그까짓 밑천 들인 것보다도 이번 작품의 주역인 강영애姜映愛를 버릴 수가 없다. 영애를 '스타'로서 만들어내기까지에는 적지 않은 손때를 묻혀왔다. 어쩌면 그 아이는 내 손으로 만들어낸 마지막 '스타'일는지도 모른다. 나는 영애를 최후의 아내로 삼을 작정이다. 늙었으니 할 수 없잖은가.

그렇다고 화선이에게 속셈을 실토할 수는 없다. 화선이는 화선이대로 그 지긋지긋이 긁어모은 돈을 내놓을 때 목적과 자신을 가지고 덤볐을 것이니까.

| * 나부랭이.

화선이는 나를 보고 무슨 배신자처럼 욕을 하지만 그건 어쩔 수 없는 일이다. 기백만 환의 투자를 하고 본전은 본전대로 뽑은 뒤에 그 이자로써 김일웅金—雄이라는 이 사람을 송두리째 옭아 잡으려는 심사 역시 허욕이다. 말하자면 화선이와 나는 서로 홀림수를 가지고 겨누어 본 것이다.

강원도로 내려보낸 촬영대가 외상값에 잡혀서 오도 가도 못하게 됐었기 때문에 나는 화선이 앞에 한 수 접어주고 나선 것이었다.

"돈이 다 무어요? 이게……. 그렇지만 내게는 기막히게 소중한 돈입니다. 이걸 내놓는 것은 김 선생을 믿기 때문이에요."

"그저 믿구려. 이번 작품은 내가 제일 뼈물어서 손댄 것이니까 틀림없을 것입니다."

"물론 영화도 잘돼서 성공해야 하지만 안 돼두 할 수 없지요. 피차 운수니까요."

"이번 실패하면 난 정말 깡통을 차게요."

"앗다 그렇게 되거던 여기 와 사무실 방이나 지키시구려."

"화선여관 서사로 취직하란 말이죠."

"누가 알우. 서사가 될지 사장이 될지 호호호."

"허허허허."

그런 허술한 약속만 가지고는 안 됐기 때문에 나는 그날 밤 늦은 퇴기요 지금은 여관 주인인 화선이 방에서 하룻밤을 자고 이튿날 다시 차용증서에 도장을 찍고 이백만 환을 얻어낸 것이다. 차용증서에는 영화가 완성되었을 때 자막에다 제작은 김일웅과 박화선이라고 새길 것도 써 넣었지만 그것만은 나중에 적절히 할 수 있는 일이라고 생각했다.

이백만 환을 받아 들자 나는 '찦'차를 한 대 대절해가지고 현장으로 달렸다. '뻐스'편도 있었지만 그런 인색한 짓은 삼가야 한다. 제작자에게는 기활이 필요한 것이다.

"오늘까지 소식이 없으면 마을 청년들한테 몰매를 맞든가 전원이 지서로 끌려가든가 할 판이었지요."

들으나마나 뻔한 노릇인데 감독은 그동안 겪은 일을 늘어놓았다. 가겟방에는 사탕 나부랭이서부터 명태 한 마리 남기지 않고 전부 들어먹었다는 것이었다. 배우들이 왔다고 해서 큰 수나 만난 것처럼 두메 사람들은 그저 주워 먹는 대로 바라보고 있었던 모양이다. 닭 마리나 기르는 집은 여배우들을 시켜 골고루 찾아다니면서 계란을 외상으로 갖다 먹고, 밀주집에는 술이 고기가 무섭게 바닥이 났다는 것이다.

그래야 그까짓 외상값이란 큰돈이 아니었다. 그날로써 알뜰히 갚아 버리고 마을 청년을 시켜 돼지를 한 마리 잡았다.

돈을 풀자 진행은 빨랐다. 이십 일 만에 지방 '로케'를 마치고 일행은 서울로 올라왔다. '셋트' 촬영을 시작해야 될 판이다. 그런데 화선이는 계속 투자를 거절할 뿐만 아니라 기위 투자한 이백만 환을 당장 갚으라는 것이다. 돈을 갚으라는 소리야 애당초 귀에 들어오지도 않았지만 계속 투자를 거부하는 데에는 질리지 않을 수가 없었다.

앞으로 사백만 환만 있으면 이천만 환 이상의 상품(영화)을 만들어낼 수가 있는데 전주인 화선이는 야속하게도 딱 자르는 것이다.

영화를 만들 적마다 당하는 일이지만 이번 일만은 좀 까다롭게 된 것이다.

〈서울로 간다네〉

라는 멋들어진 제목으로 촬영을 개시한 이번 작품이 전주인 화선이의 비위에 맞지 않는다든가 또 전주 호주머니에 돈이 말랐다든가 해서가 아니다. 단지 여자 주역이 말썽인 것이다. 그것도 연기를 가지고 그러는 것이 아니고 영애와 나 사이의 관계가 탄로되었기 때문인 것이다.

"어서 두 가지 중에 하나를 택하란 말예요."

"글쎄 주역 배우를 이제 갈면 처음부터 다시 시작해야 하잖소?"

"그건 각본만 뜯어고치면 될 것 아네요. 생판 처음부터도 꾸며내는데 그만큼 만들어논 것을 뜯어고치는 것쯤이 무슨 큰 문제라구……. 각본 꾸미는 사람을 불러와요. 우리 여관에서 며칠 동안 물밥 먹이면서 다시 뜯어고치라고 해요."

"그렇게는 안 되는 거라니까."

영화의 '영' 자도 모르는 화선이와 대꾸를 하자니 힘이 들었다. 영화계에서 지지고 볶고 한 녀석들하고 일을 해야 그런 경우는 납득이 빠른데 화선이에게는 오히려 내가 설명을 하면 할수록 상대방에서는 오해를 하는 것이었다.

나는 화선이가 내세우는 두 가지 중에 어느 하나를 택하겠으니 시간적인 여유를 달라고 애걸을 하고는 돌아왔다. 그러나 시간적 여유를 달라는 것은 달리 전주를 물색하기 위해서지 주역 배우인 영애를 물리칠 의향은 전혀 없었다. 영화 제작상으로도 그렇거니와 이번 작품으로 영애를 꼭 출세시켜야만 되겠기 때문이다.

'어느 놈의 호주머니를 추스를 것인가……'

나는 새로운 전주를 찾아 나섰다.

이번 작품에는 자신이 있었다. '스토리'도 근사하려니와 영애의 연기가 그대로 관객들 눈물을 쪽쪽 훑어낼 자신이 있는 작품인 것이다. 이것을 알아주지 않으니 탈이다.

촬영만 어지간히 되었다면 흥행계에 바람을 한번 피워볼 만도 했지만 아직은 그 정도까지도 되지 않았고 또 흥행계에서는 내 말을 별로 신용하지도 않는다.

결국 새로운 물주라는 것은 영화계의 내막을 모르는 풋내기들이라야 되는데 하루 이틀 동안에 그런 '봉'이 생겨날 리가 없다.

'고향을 찾아가자.'

밤새껏 궁리한 결과가 고향으로 내려가면 기백만 환쯤 마련이 될 것 같았다.

우선 사촌 형님을 구슬려보자는 계략을 꾸몄다. 그러고 보니 고향이란 참 좋은 것이다. 막다른 골목에서는 결국 고향을 찾게 되니까 말이다.

이튿날 나는 이십여 년 만에 고향 땅에 발을 들여놓았다. 거짓말 같은 소리지만 나는 이십 년 동안 고향 근방에는 발을 들여놓지 않았었다. 일제강점기 만주니 북지니 하고 수만 리 타국까지 싸다니면서도 서울서 불과 천 리도 안 되는 고향 땅을 돌보지도 않았던 것이다. 급한 대로 영애의 비상금을 노자 삼아서 M시까지 오기는 했지만 기차에서 내려서자 아닌 게 아니라 서글픈 생각이 들었다. 고향 땅이 비웃는 것 같았다.

정거장을 나서자 맞은편에 크낙한 이층 건물이 먼저 눈에 띄었다. 학교다. 내가 육 년간 공부를 한 학교, 그 자리는 틀림없었지만 옛날의 목조 단층이 아니고 '콩크리트'의 웅장한 이층 건물이 뻐젓이 서 있었다.

나는 차근차근 과거를 더듬을 수가 없었다. 풀섶을 헤치면서 고추잠자리를 잡던 연못도 없어졌고, 학교 앞에 있던 구멍가게 터가 어느 지점인지도 분간할 수 없을 만큼 언저리가 변해 있었다.

"흥……"

나는 고향의 모든 활동이 그대로 정지되어 있고 나만이 '예술가'가 되어 개선장군처럼 환영을 받을 줄 알았던가.

역전에는 '택시'가 네댓 대 대기하고 있었다. 그 역 상상하지 못했던 일이다. 나는 애당초의 예정대로 걷기로 했다. 솔마루까지는 십 리. 보통학교에 다닐 때는 줄달음질로 왕래하던 거리다. 송죽관 영화를 보러 밤길을 다닐 때도 인력거는 타지 않았었다. 어느 편이 되었든 옛날 생각을 되살리기 위하여도 '택시'는 타기 싫었다. 추근추근 걸으면 해동갑해서 송현리까지는 갈 만한 시간이기도 했다. 그보다 더 늦게 설핏해서 들어갈까도 생각했지만 그냥 걸었다.

옛날 본정통을 걸어도 아는 사람 하나 눈에 띄지 않았다. 극장이 있었다고 짐작되는 일정 목쯤 왔을 때 나팔 소리가 들렸다.

나는 혼자 피식 웃었다.

'트롬' 소리.

지금 들으면 지긋지긋하기만 한 그 '트롬' 소리 때문에 애간장을 태우던 옛 일이 생각났기 때문이다.

결국은 농웃소를 몰아다 팔았다. 악극단 꽁무니를 따라가기 위해서였다.

그제부터 오늘까지 철없는 생활이 계속된 것이다. 어머니가 돌아가셨을 때 한번 다녀갔고, 내 손으로 악극단을 만들어 금의환향하는 격으로 향토 방문 공연이라고 한 것이 벌써 이십 년 전 일이다. 그 후는 고향을 찾지 못했다.

솔밭 마루를 넘어 동구 밖이 턱밑에 내려다보일 때 아직 해는 많이 남아 있었다. 나는 단숨에 발을 내려디디지 못하고 서낭 솔 밑에 가 바윗돌을 깔고 앉아 담뱃불을 붙였다. 아름드리 서낭 솔 껍데기에는 아직도 꺼뭇꺼뭇 불탄 자국이 남아 있었다. 나는 무슨 기적이나 발견한 것처럼 반가웠다. 서낭 솔 껍데기에서 이십 년 전의 흔적을 발견했으니까 말이다. 서낭 솔에서 얼마 떨어지지 않은 곳에 상엿집이 있었다. 그 위치도 옛날 그대로다. 그때 '맨밥이' 녀석은 상엿집 지붕을 벗겨다가 서낭 솔에 불을 지른 것이다. '맨밥이' 녀석이 아니고서는 할 짓이 아니었다.

'맨밥이'는 나하고 한 또래였다. 또래일 뿐만 아니라 술친구로서 제일 가까웠다. 녀석이 하도 싱거워서 그런 별명이 붙었지만 투전도 잘하고, 읍내로 나다니면서 갈보도 일쑤 홀려가지고는 소문을 퍼뜨리고 했었다.

허황한 성품이면서도 손재주가 좋아서 못하는 짓이 없는 별난 녀석이었다. '맨밥이'로 자처하면서 가끔 엉뚱한 일을 저지르는 것은 녀석의 골수에 원한이 맺혀 있었기 때문인지도 몰랐다. 맨밥이네는 본래 솔마루 김씨들과 어울릴 수 없는 천인이었다. '맨밥이'가 어렸을 적만 해도 큰댁 행랑살이를 했던 것이다. 그러나 나는 웬일인지 어렸을 적부터 큰사랑보다도 행랑방인 '맨밥이'네 집이 아늑한 것 같아서 노상 '맨밥이'하고 어울려 놀았기 때문에 종아리도 많이 맞았다. 그럴수록 나는 녀석과 친했고 장성한 뒤에도 술친구로 어울렸던 것이다.

그날 밤도 내나 '맨밥이'는 읍내서 그냥 술독에 담겼다가 나온 것처럼 담뿍 젖어서 서낭당 마루턱까지 왔을 때는 거의 첫닭이 울 무렵이었다.

'맨밥이'는 서낭 솔 밑 지금 내가 걸쳐 앉은 바윗돌에 털썩 퍼질러 앉아서는 엉엉 울기 시작하는 것이었다. 녀석이 하도 슬프게 울기 때문에 나도 맥없이 따라 울었다.

"서낭님이시여! 영감하신 서낭님이시여……."

나는 울면서도 반장난 삼아서 서낭 솔에다 대고 꾸벅꾸벅했었다. 그러자 '맨밥이'는 미친놈처럼 달려가서 상엿집 지붕을 홀 걷어 안고 와서는 서낭 솔 밑에다 불을 지르는 것이었다. 나는 술기운이 한꺼번에 깨는 것 같았다. 녀석의 하는 짓이 무서웠기 때문이다. 아름드리 서낭 솔은 솔마루 사람들의 절대적인 신앙을 받고 있었으니까 말이다. 정월 보름이 되면 솔마루 아낙네들은 제각기 떡시루를 이고 와서는 서낭 솔에 절을 하고 축원을 드리는 것이다. 거기에다 불을 지르다니 그것은 당장 '맨밥이' 한 녀석뿐만이 아니라 온 동리가 망할는지도 모르는 일이었다.

그때 불을 잡은 뒤에 '맨밥이' 어머니가 대성통곡을 하면서 서낭 솔에 대고 수없이 큰절을 하던 것이 눈에 서언하다.

나는 '맨밥이' 녀석하고 모처럼만에 술잔을 나눌 일을 생각하면서 흐뭇이 일어섰다. 동구 밖에 방앗간이 송두리째 없어지고 연자돌만 덜렁하니 굴러 있는 것이 서글펐지만 고샅에 들어서니 오히려 예전보다 훈훈한 기운이 도는 것 같았다.

온 동리의 가난을 자랑이나 하듯 이 연자방앗간 옆에 찌그러져 가던 해산네 오막이 없어지고 그 자리에는 이쁘장한 회벽집이 서 있었다. 해산네 성세로는 이십 년은 고사하고 이백 년이 흘렀다 한들 그런 집을 세울 수는 없을 것인데 아마 마을에 새 부자가 생겼나 보다 하고 혼자 생각하면서 주춤주춤 고샅을 헤쳤다.

큰집 앞에까지 왔을 때 바깥마당에는 조무래기들이 한 패 어울려 있었다. 생전 처음 보는 것들이다. 그런데 모두 낯이 익었다. 나는 그 조무래기들과 함께 땡기(땅벌) 집을 쑤시고 다니던 것이 아닌가 싶었다. 그러나 그것은 이십 년 전 얘기다. 잠방이만 걸친 발가숭이들이 미역을 감고 오는 길에는 갑술네 논 구덩이에 있는 땡기 집을 쑤시는 것이 한 가지 재미였다.

땡기 집을 꼬챙이로 푹 쑤시면 벌 떼가 기겁을 하고 홱 퍼지면서 다갈리는 대로 한 방씩 쏜다. 개구쟁이인 나는 언제나 쑤시는 역할을 맡았었다. 그 짓은 제일 위험하면서도 요령 있게만 하면 제일 안전하기도 했다. 꼬챙이로 푹 쑤시면서 두어 발짝 뒤로 물러나 납작 엎드리면 그만인 것이다. 벌 떼는 도망가는 벌거숭이들을 쫓지 정작 그 옆에 엎드려 있는 나는 발견 못 하는 것이다. 지금 큰집 바깥마당에서 쑤알거리는* 쫑망구니들이 나하고 그 짓을 하던 동무들이라고 생각한 것은 나의 착각이었다. 내가 나타나자 그 아이들은 어리둥절하니 바라보고들만 있었으니까 말이다.

| * 쑤알거리다. 알아들을 수 없는 말로 조금 세게 자꾸 이야기하다.

"너 이리 좀 오너라."

나는 그중에서 한 녀석을 가까이 불렀다. 유복이를 그대로 빼어 꽂은 녀석이었기 때문에 그 아이를 부른 것이다. 유복이란 놈은 언제나 내 심부름꾼이었는데 지금 또 그 녀석을 골라 심부름을 시킨다는 것은 미안한 일이지만 웬일인지 나는 그것이 이무러운* 것 같았다.

"너 안에 들어가서 손님 오셨다고 해라! 서울서."

내 말이 떨어지기가 무섭게 유복이를 닮은 녀석은 대문 안으로 줄달음질을 쳤다.

'사촌 형님이 나오시려나……. 조카며느리들이 나오면 뭐라고 말을 붙이노…….'

녀석을 안으로 들여보내 놓고 어색하니 서 있자니까 의외에도 '넥타이'까지 매고 단정하게 차린 청년이 나왔다.

"누구를 찾으십니까?"

"어 나 서울서 왔는데……. 형님 사촌 형님 계신지……."

그 청년이 내 조카라는 것을 짐작은 했지만 혹시 실수라도 할까 봐 어물어물 사촌 형님을 찾았다. 그러자 그 청년은 내가 누구라는 것을 단박 알아채고

"그럼 서울 계신 당숙님이세요."

하면서 다가와 넙죽 절을 했다.

"아버지는 초상집 가 계신데 곧 오시도록 하지요. 어서 들어가세요."

"초상집?"

"네 저 동옥이 아버지가 돌아가셨어요."

"동옥이가 누구드라?"

| * 이무럽다. 불편하지 않다. 익숙하다, 친숙하다.

"당숙님은 모르실 겁니다. 왜 그전에 맨밥이라고 부르던."

"그래 그래 맨밥이의 누가 죽었어?"

"바로 그 맨밥이가……."

"맨밥이가?"

나는 '맨밥이'가 죽었다는 소리에 야릇한 충격을 느꼈지만 모처럼만에 대하는 조카 앞에서는 그냥 시렁치도 않은 기색을 하고 따라 들어갔다.

"그래 동생은 영 고향에 안 돌아올 작정인가?"

사촌 형님은 밤이 이슥하도록 솔마루 사람들이 겪은 일을 고담古談 삼아 구수하니 지껄이고 나서 내 걱정을 끄집어내는 것이었다.

"어차피 이번 일만 끝나면 돌아올 작정입니다."

"그래야 하네. 우리가 모두 말년에 함께 모여 살아야지. 이천만 환이라…… 거 큰돈이지. 동생이 난봉으로 없앴던 가대家代보다두 훨씬 큰 재물을 물고 들어오는구먼 허허허허……."

사촌 형님은 내가 이번 영화가 완성되면 이천만 환 이상을 뽑아낼 수 있다는 얘기며 그 일이 끝나면 환고향을 하겠노라는 어정쩡한 소리를 그대로 곧이듣고 좋아했다.

"아무튼 우리 집안 형세가 자꾸 일어나가는 것은 조부님 산소 덕분일세. 이장을 한 뒤로 완연히 달라지거든……. 자넨 몰랐지? 가잿골로 옮겨 모신 지가 벌써 칠팔 년 되는걸……."

"……."

"금년에 나도 대엿 마지기 늘켰지. 또술네 자치골 논을 훑으려 샀어……. 요새 또 일곱 마지기 한 배미가 나는데 그걸 놓치기가 아깝기는 하지만 성세가 어디 그렇게 되나."

"그까짓 논을 자꾸 사서 뭣해요……."

나는 형님의 기색을 엿보며 될 수 있는 대로 내 사업에 관심을 갖도록 말문을 돌렸다.

"일 년에 영화를 두 개만 제대로 만들어내면 부자 하나는 왔다 갔다 하지요."

"흐응…… 그리구 보면 농사짓는 사람들이 제일 불쌍하지……. 천만 환이니 이천만 환이니 하는 돈머리야 평생 꿈에나 생각할 수 있나."

"하기는 큰돈을 굴리자니 어떤 때는 밑천이 달려서 허둥지둥하기도 하지만 계획대로 되기만 하면 돈데미에 그냥 올라앉아 있는 것이죠."

"활동사진 만드는 것도 그럴 테지만 거 철공소도 큰돈 버는가 부데. 맨밥이가 복이 없어서 죽기는 했지만 요 불과 몇 해 동안에 아주 은행소를 차리듯 했네."

"허어 그렇게 많이 벌었어요."

"벌다 뿐인가……. 글쎄 읍내 은행소에서 맨밥이 돈을 찾아내면 금고가 빈다고 소문이 돌았는걸……."

"그 녀석이 어떻게 그런……."

"처음에는 의젓잖았지. 손으로 토드락 토락 쇠통갱이를 가지고 뭘 만들더니 나중에는 철판으로 자동차를 만들었어……. 원래 그 녀석이 손재주가 좋았잖아? 지금 읍내 있는 뻐스 차는 다아 맨밥이가 만든 거라니까……."

화제가 그만 엉뚱하게 '맨밥이' 돈 번 얘기로 돌아가고 말았다.

'그 녀석만 살아 있다면…….'

나는 '맨밥이'가 죽은 것을 내 운수와 결부시키지 않을 수 없었다. 녀석이 그렇게 큰돈을 벌고 살아만 있다면 꼬장뱅이 사촌 형님을 꾀일 필요도 없이 거뜬히 몇백만 환쯤 돌릴 수 있을 것이니까 말이다. 나는 좀더 일찍이 고향을 찾아들지 않은 것을 후회하면서 어떻게든지 사촌 형님이 유념해둔 돈을 끄집어낼 궁리를 했다.

이튿날이 '맨밥이' 장례였다. 공교롭게도 그런 계제에 환고향한 나는 녀석 상여 꽁무니를 따르는 수밖에 없었다. 동리 사람들은 모두 나를 귀빈 대우를 하면서 이십 년 동안이나 고향을 돌보지 않다가 친구의 부고를 듣고 찾아온 것이라고 멋대로 지릅대고는 칭찬이 자자했다.

그런 연중에도 나는 서울 일 때문에 한시라도 마음이 놓이지 않았다. 조바심이 생겼다. 그래서 나는 될 수 있는 대로 상여 뒤를 따르면서 맏상제인 '맨밥이' 큰아들을 위로했다. 그리고 망인과 나는 둘도 없는 친구였다는 것을 재삼 강조했다. 맏상제는 내 조카와 한 또래였다. 조카 녀석과 '맨밥이' 큰아들과는 우리가 젊어서 지내던 것처럼 아주 친한 모양이었다. 다만 우리들의 젊은 시절과 다른 것은 우리는 줄창 읍내에 싸다니면서 난봉 피우는 것이 고작이었는데 조카나 '맨밥이' 아들은 그것이 아니었다. 그들에게서 허황스럽거나 어수선한 맛을 찾아볼 수가 없었다.

두 놈들이 다 깨일 대로 깨어서 어느 난장판에 내세워도 헙헙하게 넘어갈 상싶지 않았다. 그러니까 나는 그들 앞에서는 한 마디 한 마디 조심해야 했다.

"당숙께서 이번에 제작하시는 영화 내용이 무엇이에요?"

산역 끝나기를 기다리는 동안 조카는 내 곁으로 바짝 다가와 앉으며 이번 작품에 대한 것을 물었다.

"이번에는 좀 대작을 만들어볼 작정이다. 여태껏 우리나라 영화가 행세를 못 했지만 아마 이번 내가 만드는 것은 해외 시장까지도 진출시킬 수 있을 것이야. 제목은 그냥 가볍게 '서울로 간다네'라고 붙였지."

"서울로 간다네?"

"내용이 어떻게 되고 하니 나날이 핍박해지는 농촌에서 견디지 못하는 젊은이들이 자꾸만 서울로 가는데 그중에 삼돌이와 이쁜이도 서울로 가게 됐단 말야. 그래서 쉽게 말하자면 삼돌이는 오늘 저렇게 장례를 지내는 망인처럼 철공을 해서 큰돈을 벌어서 회사 사장이 됐는데 그동안을 참지 못한 이쁜이는 어느 남자 꾀임에 빠져 이리저리 끌려다니다가 결국은 윤락의 길을 걷게 되지. 사장이 된 삼돌이는 이쁜이를 잊지 못하고 고민하다가 하루는 어느 요릿집에 초대를 받아 갔다가 옆방에서 맥주회사 사장과 희롱하고 있는 기생이 바로 이쁜이라는 것을 알게 되지. 그래서 삼돌이는 무의식중에 그 방으로 뛰어 들어가서 그 사내와 격투가 벌어졌는데 앗차 하는 순간 잘못해서 이쁜이와 희롱하던 맥주회사 사장을 그만 죽이게 된단 말이야. 그래서 결국 삼돌이는 십 년 징역을 살게 되고 이쁜이는 회개를 하고 고향으로 돌아와 삼돌이가 감옥에서 나오는 날만 기다리는 것이지. 그런데 이번에 그 이쁜이 역을 하는 강영애라는 여배우가 기가 막히게 관객을 울릴 연기를 보여주고 있단 말야……."

"거 순전히 신파로군요."

잠자코 듣고 있던 조카 녀석은 불쑥 그따위 소리를 했다. 참 괘씸했다.

"글쎄 아마 내 얘기가 시원치 않아서……."

나는 어째서 그게 신파냐고 들이대고 싶었지만 그럴 처지가 아니라서 억지로 참았다.

"지금 그런 신파에 관객들이 속나요. 좀 더 예술인들은 '리아리틱'한 작품으로 작품 수준을 향상시켜야 할 것이에요."

조카 입에서 재차 그런 소리가 나올 때 나는 어안이 벙벙했다. 명동에서 입만 벌리면 뻴겨지는 그 '리아리틱한 작품'이라는 소리와 똑같은 얘기가 두메 구석인 솔마루 청년 입에서 터져 나왔으니 말이다. 마침 하관 시간이 돼서 조카와의 영화 문답은 그것으로 중단되고 말았지만 제법 '인테리' 냄새를 풍기는 그 녀석과는 그 이상 영화 얘기를 주고받는 것이 위험할 것 같아서 나는 영화계나 내가 만드는 작품 얘기는 일체 안 했다.

그 녀석도 날 어떻게 보았는지 그 시간 이후는 통 영화 얘기를 꺼내지 않았다.

이튿날 나는 빈손으로 솔마루를 나섰다.

학부 출신인 조카나 '맨밥이' 아들은 나와 말이 통하지 않고, 사촌 형님과는 내가 답답해서 무슨 상의를 할 수가 없었다. 제작 관계로 서둘러야 되겠다고 작별 인사를 할 때 사촌 형님은

"일곱 마지기 배미는 내가 무슨 짓을 해서라도 잡아놓을 테니 그건 동생 몫으로 생각하게."

하면서 돈이 빠지는 대로 모둥거려 가지고 환고향하라고 했다.

사실 모둥거려 가지고 환고향할 수 있는 처지만 된다면 얼마나 좋을 것인가.

나는 모처럼 만에 고향을 찾아간 것을 후회하지도 않고 또 빈손으로 돌아서는 것을 노엽게도 여기지 않고 그냥 잔솔 날망*을 넘어섰다.

—《현대》, 1958년 3월.

| * '마루'의 방언.

색시

감잣국에다 왕대포를 한 사발 후려 마시고 나니까 내장이 홍건히 부풀어 오르는 것 같았다. 그전에는 안 하던 짓이다. 운전수라는 직업에 술은 비상처럼 여겨왔는데 어쩌다 그 맛을 알고 보니 미상불 괜찮았다.

"많이 올랐습니까?"

안주인은 지짐질을 하면서 아는 체를 한다. 첫 고동이 울릴 만한 시간에 꼬박꼬박 몇 축 드나드니까 안면이 생긴 것이다.

"모르겠수다! 제길할."

철구는 트릿한 사투리로 내뱉고는 호주머니를 털어 지홧장을 간추렸다. 꽤 올랐다. 차주車主 여편네가 된새벽부터 고시랑거리기에 무슨 탈이 생기거나 휘발유 값도 못 올릴 줄 알았는데 되레 어제보다도 나은 편이었다. 그러니까 그까짓 불여우 같은 계집이 종알거리는 것은 그날 재수와는 아무 상관이 없는 모양이었다.

'한강에나 나가볼까……'

그 짓도 무슨 습성처럼 되는 모양이었다. 이튿날 생각해 보면 우스꽝스럽기만 했지만 왕대포 바람에 정신이 녹작지근해지는 시간에는 어쩔 수 없었다.

사람을 줍자는 것이다. 어쩌면 그럴싸하기도 했다. 아주 이치에 어긋나는 짓은 아닌 성도 싶었다. 그러니까 철구는 그 시간이면 어린애가 무슨 중대한 사건에 부닥친 것처럼 어쩔 줄을 모른다. 그러다가는 차를 한강 쪽으로 몰아댄다. 꼭 성사될 것만 같은 심정에서 가슴을 두근거리기까지 한다. 철구의 뇌리에는 어떤 영상이 떠오르기도 한다. 여자다.

'여보쇼, 죽을 것 없소. 꼭 죽기로 작정했으면 그런 셈 대고 내 말을 들으슈……'

철구는 주운 여인에게 지껄일 대사를 미리 마련하기도 했다.

'나는 사람이 필요한 사람이오. 여자가 필요한 것이오. 당신 같은 젊은 여인이 그냥 죽는다는 것은 아깝지 않소. 그래 당신 소견대로 저 강물에 텀벙 뛰어들었다고 합시다. 그다음에는 무엇이 있소……'

차근차근 타이르면 알아듣겠지…….

무어 생으로 떼를 쓰는 것이 아니고, 기왕 버리는 것이면 그런 셈치고 한번 살아보자는 데에 이의가 있을 것 같지는 않았다. 그래서 한강 인도교로 차를 모는 것이었다.

벌써 여러 축 그 짓을 했지만 정작 그런 날은 자살하는 여인이 없었다. 그런데 신문에는 자살 기사가 실린다. 스물두 살 난 처녀가 시집 못 가는 것을 비관하고 음독자살을 했다는 기사 같은 것을 읽을 때는 여간 서운한 것이 아니었다. 그런 처녀들을 미리 알 수만 있다면 반갑게 맞을 수 있을 텐데 세상몰라서 그러고 보니 서운하기만 했다. 한강에서 미모의 여인 시체를 발견하였는데 신원을 조사한 결과 누구의 딸 아무것이며 나이는 스물다섯이고, 사인死因은 실연에서 오는 비관 자살인 것 같다는 기사를 읽고서는 게으른 자신을 탓했다. 한강은 공개된 장소니까 미리 그런 데에 가서 지켜 있으면 될 뻔도 한 일. 그래서 철구는 감잣국과 대포 잔으로 든든히 속을 채우고 한강 인도교를 찾아가곤 했다.

한강 인도교에는 사람 그림자가 드물었다. 통금 시간이 임박한 것이다. 그런 시간에 다리 난간에서 시름없이 서 있는 사람이 있기를 바라는 것이다. 그것이 여자일 경우 철구는 다짜고짜로 접어들 작정이었다. 울고 있다면 가만히 눈물을 닦아주고, 자동차에 오르도록 구슬리고, 만약 말을 안 듣는 경우는 강제로라도 차에 집어넣고 그 자리를 뜰 용기까지 있었다. 그런데 그럴 기회가 없었다. 여인이 하나 눈에 띄기는 했지만 남자의 팔짱을 잔뜩 끼고 손을 드는 것이었다. 노량진 쪽으로 건너갔다가 되돌아오는 참이었다. 길 복판으로 나서며 조급하게 손을 든 것을 못 본 체하고 스쳤다.

"좀 일찍 들어와요. 첫 고동이 울고 나면 집에 있는 사람은 몸이 달거든요."

새벽에 나갈 때보다는 딴판으로 주인 여편네는 생글거렸다. 철구는 지껄이기도 귀찮았다. 피곤했다. 진종일 별의별 데를 다 쏘다녔지만 정작 피곤한 것은 한강에 나갔다가 허탕을 친 때문일 것이다.

"강 씨, 시장한 거죠……. 안에 들어가 국하고 한술 뜨고 누워요."

주인 여편네는 무슨 변덕인지, 철구의 방문을 툭툭 두드렸다. 차고에다 판자 쪽으로 덧붙인 것이 철구가 쓰는 방이다. 안채하고는 아주 동떨어진 위치다. 철구가 이 집에 고용된 지 반 년이 넘었지만 한 번도 안채에 들어가 본 적이 없다. 무슨 양심이 있어서 그런 것은 아니다. 주인은 상당한 권세를 잡고 있는 고급 공무원이다. 안주인은 그의 소실. 부연을 달고 부엌과 뜰 안에 타일을 깐 한식 주택과 시발택시 한 대는 안주인 몫으로 되어 있다는 것도 며칠 안 가서 알았다. 철구는 자신이 시발택시를 몰고 다니는 것은 고급 공무원의 소실인 그 여자를 위해서라는 것도 알았지만 그런 소소한 일에는 관심을 갖지 않았다.

"아주머니가 들어오시래요."

건성 대답만 하고 그대로 누워 있자 이번에는 식모아이가 판자 쪽을 두드렸다.

주인님은 본댁에 가는 날인 듯, 자개장이네 텔레비네 으리으리한 이 칸 장방에는 새파란 여편네 혼자였다. 아랫목에는 담색 보료와 장침을 머리 병풍으로 살짝 두르고, 문갑 위에는 주인 여편네가 해수욕장에서 찍은 천연색 사진이 놓여 있었다.

'아깝다.'

상상한 것보다는 훨씬 짜임새 있는 그런 방을 젊은 마누라가 혼자 지키고 있어야 한다는 것은 무엇인가 잘못된 것처럼 여겨졌다. 그러나 그들의 생활과 철구와는 주인과 고용인이라는 이외의 아무것도 없다. "나 같은 홀아비도 있는데 당신들은 이게 무슨 짓이요?" 하고 따질 만도 할 일이었지만 그런 정당한 이유를 내세우지 못하니까 철구는 피곤했다.

새벽.

차를 몰고 골목을 나서면 전날 밤에 있었던 일은 까맣게 잊어진다. 우선 많은 사람들이 눈에 띄고 그중에서 손을 드는 사람을 발견하자니 구중중한 생각을 할 겨를이 없다. 출근 손님들을 몇 탕 치르고, 빈차로 밥집을 찾아가다가 원거리 손님을 만났다. 망우리까지 왕복하고 요금은 시간으로 정하자는 것이었다. 영구차를 따라가는 조객弔客들이었다. 철구는 그들이 내거는 요금에 '따리'를 붙이지 않고 순순히 응했다. 벌이보다도 그들에 겹질려 망우리까지 갈 수 있는 것만도 괜찮았기 때문이다. 망우리에는 아내와 아들 명석이의 무덤이 있다. 소용없는 짓이지만 울적할 때는 곧잘 달려갔었는데 취직이 된 뒤에는 그럴 만한 시간이 없었다.

수더분한 아내와 재롱둥이 명석이가 어째서 죽었는지는 지금까지도 모른다. 군대에 있을 적이다. '눈송이 작전'이라는 기동 훈련을 마치고 돌아와 보니까 부고가 와 있었다. 아내와 명석은 가스 중독으로 죽은 것으로 되어 있었다. 철구가 달려갔을 때는 벌써 재가 되어 두 개의 항아리가 기다리고 있었다. 이웃 아낙네가 내미는 신문을 보니까 '유서가 없는 것으로 보아 부주의로 인한 연탄가스 중독으로 모자가 죽었다'고 되어 있었다. 유서가 없다 해도 철구 생각에는 자살한 것만 같이 여겨졌다. 소위 가족 자살이니 모자 자살이니 하는 일본 사람들의 '신쥬〔心中〕' 같은 것이 유행하니까 있을 법도 한 일이었다. 더군다나 죽기 얼마 전에 보낸 아내의 편지가 거슬렸다.

이대로 있다가는 고스란히 굶어 죽을 것 같아요. 그러면 어떻게 하지요? 다른 사람들은 모두 좋은 세상이라고 잘들 사는데……. 아무것도 모르는 명석이가 불쌍해요. 될 수 있으면 하루속히 제대를 하시든가 그렇지 않으면 살아나갈 방법을 가르쳐주세요…….

통 그런 소리를 할 줄 모르는 아내로부터 그런 편지를 받았을 때는 불쑥 괘씸한 생각이 들기도 해서 통 답장을 하지도 않았던 것이다. 그러니 굶어 죽을 지경이 된 아내가 무슨 짓을 했을지 모른다. 그때 편지를 받고 곧 무슨 수를 내지 않은 게 후회되었다. 제대를 하고 직장을 찾아다니다가 자동차 운전을 하게 된 오늘까지 줄창 후회만 하고 있는 것이다.

손님을 태우고 영구차 뒤를 따르면서 철구는 간밤에 주인댁이 가는 눈웃음을 띠면서 하던 소리가 생각났다. 스페어 운전수를 두고 좀 쉬어가며 하라는 것이었다. 주인댁이 갑자기 인정을 베푸는 까닭을 알 수 없었다. 까닭이야 어떻게 됐든 스페어 운전수는 필요했다. 그러면 하루 건너건 이틀 건너건 쉴 수가 있을 테니까 일을 하지 않는 시간은 한강뿐만 아니고 다른 곳도 좀 찾아보자고 생각했다.

장지는 묘지 사무소에서도 좀 더 올라간 소위 일등지였다. 하관만 하면 곧 돌아간다는 손님들을 기다리는 틈을 타서 철구는 등성이 너머 삼등지 구역에 있는 아내와 명석이의 묘를 찾았다. 아내의 무덤에서 불과 몇 발자국 안 떨어진 언덕에 쓴 지 며칠 안 되는 듯한 무덤이 있었다. 철구는 공연스레 그 무덤으로 눈길이 쏠렸다. 아내 무덤 앞에서 형식적으로 고개를 숙이고는 슬금슬금 그 새 무덤으로 다가갔다. 뒤통수에서 아내의 눈치가 쏘아보는 것 같은 것을 느끼면서도 도둑질을 하듯 그편으로 다가갔다.

'민애자의 무덤.'

대패질을 한 팻말에 그렇게 적혀 있었다. 한강으로 달려갈 때처럼 철구는 어떤 여인의 모습을 그리면서 낯선 무덤 앞으로 접어 가는 것이었다. 그렇다고 무얼 어쩌자는 것은 아니었다. 필연코 젊은 여인의 무덤이거니 하는 것뿐이었다. 며칠 전에 신문에서 본 자살한 여인의 무덤같이도 여겨졌다.

'죽지 않았더라면……'

철구는 또 그런 멀쩡한 생각을 하면서 묘 언저리까지 오다가 봉분 앞에 꽃다발이 고스란히 놓여 있는 것을 보고 물춤했다. 누가 다녀간 지 며칠 안 되는 모양 꽃이 반은 시들고 반은 얼어서 우중충했다.

철구는 부끄럽기도 하고 계면쩍기도 해서 부지런히 그 자리를 물러섰다. 다시 아내 무덤 앞에 와서 긴 한숨을 내쉬고는 부지런히 등성이를 넘어 차 있는 쪽으로 왔다.

"죽고 나면 다아 허사야……"

하관이 끝나자 조객들은 차에 오르면서 누구나 할 수 있는 그런 싱거운 소리를 섞였다.

"죽기 전에는 또 어쩔 수도 없는걸……"

철구는 불현듯 안주인의 수영복 사진이 떠올라 속으로 중얼거렸다. 조객들은 동대문 밖까지 와서는 어느 주점 앞에 차를 세우라고 하더니 같이 한잔하자고 끌었다.

"죽으면 그만야⋯⋯. 우리 한잔씩 더 하고 종삼에나 가세."

근 오십 줄에 든 성실은 '아저씨'가 정색을 하고 제안하자 일행은 그러는 것이 보람 있는 일이라는 듯 모두 찬성하고 나섰다. 철구도 거 좋은 생각이라고 속으로 맞장구를 쳤다.

영구차를 따라갔다 온 날은 대개 재수가 있다. 그 손님들을 종로 사가까지 태워다 준 다음부터 줄창 손님이 나섰다. 신촌 버스 종점에서도 고개 하나를 넘은 신수동 부흥주택촌까지 갔다가 그만 왕대폿집으로 차를 모는 참인데 광화문 근방에 오자 또 손님이 걸렸다. 태우고 보니까 지독하게 취한 사람들이었다. 남자보다도 여자가 더 취한 성싶었다.

"어디로 갈까요?" 하고 묻는 철구에게 그들은 각각 달리 씨부렁거렸다. 남자는 "돈암동으로 가자."고 명령조로 내뱉고 여자는 "남산동으로 가 달라."고 애원을 하다시피 했다. 철구는 여자 편을 들어 남산동 쪽으로 방향을 잡고 차를 몰자니까 남자 손님이 등가죽을 후려치면서 "돈암동으로 못 가겠느냐!" 하고 고함을 질렀다. 철구는 마지못해 시청 앞 로터리에서 비잉 돌아 무교동 쪽으로 차를 돌렸다. 그러자 이번에는 여자가 발을 동당거리면서, "아저씨 제발 남산동으로 가주세요. 난 죽어도 돈암동은 안 갈 테야." 하고는 엉엉 울기 시작했다. 철구는 정신이 어지러웠다. 을지로 입구까지 와서 차를 우뚝 세우고, "시간이 없는데 방향을 똑똑히 말씀해주십쇼." 하고 약간 퉁명을 부렸다. 또 두 사람들은 "돈암동!" "남산동!" 하고, 서로 옥신거렸다. 그러자 남자는 철구에게 천 환짜리 한 장을 벌쩍 던져주고 차에서 뛰어내렸다.

"흥, 비겁하게끔⋯⋯."

여자는 그나마 몸을 가누지 못하고 제자리에 푹 쓰러지는 것이었다.

"이제 남산동으로 갈까요?"

"좋을 대로 하세요."

"남산동 어디쯤입니까?"

"아저씨 좋을 대로…… 마음대로 하십시오."

"아니, 그러시지 말고 말씀하세요. 시간도 다 됐는데."

철구는 짜증이 났다.

"마음대로 하라니까 왜 그러세요. 아저씨."

여자는 아주 마음 놓고 주정을 부리는 것이었다.

"그럼 여기서 내려주십시오."

철구는 여자 쪽을 바라보고 약간 노기를 내뿜었다.

"안 내려요. 아저씨 마음대로 어디든지, 아아……."

여자는 노여움도 타지 않고 그저 번듯이 누워서는 하품을 되삼키고 눈을 감는 것이었다. 철구는 물끄러미 그 여인의 몰골을 바라보다가 고개를 돌리고, 차를 몰기 시작하였다. 남산동 근방에 가면 적당한 장소에서 내리려니 하고 한국은행 앞에서 퇴계로로 핸들을 꺾고 묵묵히 차를 몰자 별안간 여인의 철구의 뒷덜미에 머리를 기대면서

"아저씨 어디로 가는 거예요? 그것만 일러주세요."

하는 것이었다.

"남산동으로 가자고 하시잖았어요?"

"싫어, 싫어. 거긴 그 사람하고 가자고 했지, 난 무서워요. 으으으."

무엇 때문인지 여인은 울고 야단이었다. 가지각색의 주정꾼을 태워 보았지만 그런 여인은 처음 보았다. 여인은 철구의 뒤통수에다 얼굴을 부비면서 한참 승강이를 하더니 새근새근 잠이 든 것 같았다.

'이 여인이 만약 오늘 밤에 죽기로 작정했다면…….'

철구는 문득 그런 실없는 생각이 떠올랐다. 안주인의 수영복을 입은 사진이 떠오르기도 했다.

"아무 데고 데려다 달라 했지요?"

철구는 새근새근하는 여인에게 다짐을 했다. 여인은 철구의 등덜미에다 대고 머리를 직신거린다.

철구는 차를 몰았다. 별수 없이 주인집으로 끌고 가는 수밖에 없을 것만 같았다. 안주인이 불평을 한다면 차고 옆의 자기 방에다 재우자고 생각했다. 오히려 그렇게 되기를 바랐다. 일단 그렇게 작정을 하고 나니까 별로 당황할 것도 없이 차를 몰았다. 그 여인과 같이 탔던 남자가 거리끼기는 했지만 죄가 될 것 같지는 않았다. 그 사내는 돈 천 환을 붙여서 쓰레기를 쳐내듯 버리고 갔으니까 말이다.

철구는 이제는 한강 인도교에 나가지 않아도 될 것만 같은 어기뚱한 생각이 들기도 했다. 차주들 집으로 갈 양으로 차를 장충동 방면으로 모는 참인데 뒷자리의 여인이 헛소리처럼 중얼거렸다.

"아저씨, 안 돼요. 명동으로 데려다 주세요……. 안 돼요 아저씨, 명동…… 성당 앞으로 데려다 주세요."

"어디요?"

철구도 잠결에서 일어난 사람처럼 퉁명스럽게 반문하자 여인은 혀를 가다듬으며 명동성당 앞으로 가달라고 애원을 하는 것이었다. 철구는 슬며시 화가 치밀기도 했지만 별수 없이 명동 쪽으로 핸들을 꺾는 수밖에 없었다.

성당 앞에 와 멈추자 여인은 비틀거리면서도 자기 손으로 도어를 열고 차에서 내렸다. 여인이 내던지는 지횟장을 집을 생각도 않고 철구는 멍하니 바라보았다. 여인은 무엇에 쫓기는 사람처럼 성당 정문으로 뛰어들어가더니 마리아상 앞에 가 푹 엎드러지는 것이었다.

'주울 수 있었는데······.'

철구는 서운했다. 그 여인은 마리아상 앞으로 달려갔으니 어쩔 수 없었다.

그렇다고 한강으로 차를 몰고 싶지도 않았다.

철구는 꼬박 밤을 새우는 한이 있더라도 확실한 대책을 세우기로 작정했다. 자살하려는 여인을 만나자는 것은 어렵고, 또 치사스러운 일같이도 여겨졌다. 남의 묘 앞에 가서 서성거리는 것은 더군다나 실속 없는 짓이고, 안채 이 칸 장방에서 공단 이불에 뚤뚤 뭉쳐 있는 주인 여편네도 역시 어쩔 수 없다는 것을 확실히 단정 지었다. 그렇다고 무어 뚜렷한 생각도 떠오르지 않은 채 둥글둥글하다가 꼬박 뜬눈으로 새웠다. 새벽 네 시, 성당의 종소리가 울리자 마리아상 앞으로 달려간 여인이 궁금했다. 이상한 일이었다. 새벽 종소리를 들으며 그 여인을 생각하자니까 심판을 받는 어떤 죄수의 모습 같은 게 연상되었다. 그 역 여자였다.

'옳지······.'

철구는 그런 희한한 생각이 떠오르자 한강으로 차를 몰 때나 공동묘지에서 서성거릴 때보다 훨씬 가슴이 두근거렸다. 다음 날로 미룬다거나 통행금지 시간 가까이까지 기다린다거나 할 수는 없는 일이었다. 차주에게는 하루 쉬겠노라고 하고 외출복으로 갈아입었다.

형무소 문전까지 와서는 약간 주저했다. 그러나 개인적인 중대한 소청을 하겠노라는 면회 신청이 허용되어 형무소장 앞으로 안내되었을 때는 아랫배에 지그시 힘을 주면서 다부지게 접어들었다.

"아니, 왜 하필이면 죄를 진 여자하고 결혼을 하자는 거요?"

형무소장은 무슨 조롱을 받는 것처럼 여기고 다소 불쾌한 듯 들이댔다. 철구는 첫마디에 질렸다. 철구가 대꾸를 못하고 주저주저하자 형무

소장은

"글쎄, 난 이해할 수가 없어서 하는 소리요. 그만한 기술이 있고 또 직업이 있는데 정 결혼을 하려고 들면 흔한 게 여잔데 어째서 여기까지 찾아왔느냐 말이오?"

하면서 다소 부드럽게 반문했다.

"네, 소장님께서 제 심정을 몰라서 그런 말씀을 하시는 것입니다. 물론 여자들이야 많지요. 그러나 모두 무서워서 그러는 것입니다."

철구는 이 세상에서 버리는 사람이 아니면 안심하고 대할 수가 없다는 것을 요모조모로 설명했다. 자살하는 여인을 찾아다녔다는 얘기를 할 때 형무소장은 눈썹을 쫑긋하더니만 마리아상 앞으로 달려간 여인의 얘기를 할 때는 고개를 끄덕이면서 담배를 꺼내 불을 붙이고 철구에게도 권하는 것이었다.

"그야 한번 회개한 사람이면 죄짓기 전보다 한 겹의 인격을 더 갖추게 되는 것이지만, 세상이 어디 그렇소……. 솔직히 말해서 난 당신을 의심하지 않을 수가 없소."

소장은 철구가 일시적인 호기심에 이끌리는 것이 아니면 전과가 있다는 약점을 가지고 평생 억누르며 살겠다는 옳지 못한 뜻을 품고 있는 것이 아니냐고 호되게 들이대기도 했다.

"물론 재소자들 중에는 결혼을 원하는 사람도 더러 있지만 노형같이 불쑥 나타난 사람에게는 안 되겠는걸. 허허허……."

"소장님 앞에서 무슨 맹세든 하겠습니다."

철구는 속에 있는 말을 다 뿜어내지 못했다.

소장이 바쁘다는 것으로 다음 날 연락하기로 하고 돌아왔다.

철구는 그 길로 발길을 명동으로 돌렸다. 형무소장에게 주소와 성명을 고해바쳤고 소장 자신이 수첩에 기록하는 것으로 보아 희망을 가질 수 있는 일이었다. 갈 때보다는 훨씬 너그러운 기분으로 번거로운 거리를 헤치고 성당 고갯길로 주춤주춤 걸어왔다. 마리아상 앞에는 단발머리 여학생이 고개를 수그리고 있었다. 간밤의 그 여인의 뒷일이 궁금했지만 스쳐 가는 수녀들을 보자 냉기를 느끼고 미처 말을 꺼내지도 못했다.

그날 돌아오는 길로 철구는 형무소장에게 차분히 편지를 썼다. 편지 끝 말미에는

'…… 소장님 앞에 무엇이든 맹세할 수 있습니다.'

고, 야무지게 썼다.

철구는 꿈만 같았다. 형무소장으로부터 상의할 일이 있으니 좀 와달라는 엽서를 받은 것은 거의 이십여 일이 지난 뒤였다. 소장은 그동안 신원을 충분히 조사했노라고 철구의 억센 손을 잡고 흔들었다. 형무소장은 형기를 마치고 나가는 죄수들로부터 여러 가지 감격적인 일도 많이 겪었지만 당신으로부터 받은 감격은 형무관 생활 삼십여 년 동안에 별로 없었노라고 눈을 끄먹끄먹했다.

"나는 여러 모로 생각 끝에 당신에게 훌륭한 색시를 중매하기로 작정했소. 당신이 원한다면 신부가 될 사람의 과거를 모두 밝혀드리겠는데……."

"아닙니다."

철구는 두 손을 들어 형무소장의 말을 막았다.

"저는 사람만을 구하는 것입니다. 그의 과거 같은 것은……."

"그렇지, 알면 오히려 주체스럽기만 하지."

형무소장은 또 한 번 철구의 손을 지그시 잡으면서 응접실로 인도했다.

이제 철구는 단 한 가지 소원이 있었다. 앞으로 두 달 후에 출옥할 아

내를 맞고 나면 무슨 짓을 하든지 자동차를 한 대 자기 몫으로 장만해야 될 것 같았다. 그것은 사실 색시를 구하는 것보다는 그리 어려울 것 같지 않았다.

—『현대한국문학전집 9』, 신구문화사, 1966년.*

| * 최초 발표일은 1958년 5월임.

죄罪

나를 다시 인간 세계로 돌려보내 주시오. 어서.

나는 정직했습니다. 그들은 나를 목을 졸라 축출했지만 그것은 내 의사를 무시한 강제 행위였습니다. 강제 축출을 당할 이유가 아무것도 없습니다.

보십시오. 저 여인은 울음을 그쳤습니다. 내가 어머니라고 부르던 저 여인은 울음을 그치고 이제는 내 육체를 불에 태워서 재를 만들든가 그렇지 않으면 땅속에 묻어서 썩히든가 할 것을 궁리하고 있습니다. 그리고 호적부에 있는 내 이름 석 자는 붉은 줄로 지워질 것입니다. 얼마나 억울한 일입니까?

어서 나를 인간 세계로 돌려보내 주시오. 당신은 나의 모두를 알고 있을 터이니까…….

정직한 나는 교수대에 나섰을 때도 인간 세계를 떠나고 싶지는 않았습니다. 나는 내가 저지른 일에 대해서는 자신이 있었습니다. 그러면서도 겸손했습니다. 당신을 믿었기 때문입니다.

당신을 무어라고 부르는지 나는 모릅니다. 그만큼 당신과 나는 거리가 멀었던 것입니다. 당신과 나 사이를 접근시켜 준다고 덤비는 사람이 오히려 우리 사이에는 장벽이 되었던 것입니다. 다만 당신의 존재만을 믿었던 나는 내 목에 올가미가 씌워지는 순간까지도 반항을 하지 않았습니다. 인간 세계에서 축출을 당하면 당신을 만나게 될 것을 확신했기 때문입니다.

인간 세계에서는 내가 저지른 일을 비정상적인 행위라고 규정짓고 있습니다. 권총이라는 연장을 사용하는 데도 정상적인 행위와 비정상적인 행위로 구분됩니다. 내가 은행지점장을 향하여 방아쇠를 잡아당긴 것은 비정상적인 행위에 속하는 것입니다. 나는 내가 저지른 일을 합리화시키기 위하여 교활한 변명을 하지는 않았습니다. 내가 취한 행위를 '살인강도'라고 이름 지을 수 있는 법률이었기 때문입니다.

"이번 선거에 또 당선이 되겠습니까?"
하고 관상쟁이 앞에 무릎을 꿇고 초조히 앉아 있는 국회의원들의 행동에는 죄명이 없습니다. 참 우스운 일입니다. 그런 것은 정상적인 행위고 원자학을 공부하기 위하여 미국에 가겠다는 내 행동은 비정상적이라는 것입니다. '살인강도'라는 죄명이 붙기 전에 내 소망은 벌써 정상적인 취급을 받지 못했던 것입니다. 그렇지요. 나는 그이에게 내가 할 일이 무엇인가를 설명하고 피차 확고한 약속을 했던 것이지요.

아하 내가 지금 이렇게 장황한 얘기를 할 시간이 아닌데…….

우주에는 지금 인공위성이 회전하고 있습니다. 인간 세계는 비행기 도둑도 있습니다. 내가 저지른 일은 아무것도 아닙니다. 그보다는 내 육체(저기 보이는 저 육체 말입니다.) 저것이 소용없는 물건이 되고 땅속에 묻히거나 불에 끄슬리게 된다는 것이 지금은 중대한 사건입니다. 저쯤 자라기까지는 이십 년이라는 시간이 걸렸습니다. 저 관이 비좁지 않습니까? 저것을 왜 버려야 합니까? 어서 나를 인간으로 복귀시켜 주시오.

당신은 침묵을 지키는군요. 관심이 없습니까? 나를 몰라서 그러십니까? 그렇다면 당신도 나를 그냥 '죄인'으로 처리해버릴 작정입니까? 이 뒤에 오는 내 친구들도 모두.

당신이 가지고 있는 신원조사부를 보여주시오. 우리가 믿는 것은 그 것입니다. 인간 세계에서는 우리들의 일상 행동은 '폭행' '강탈' '난음' '아편' '폭음' '방랑' 등등의 문자로 표현되고 있지요. 우리들을 제지하지 않고서는 안심할 수가 없다는 것입니다. 우리를 '세기의 암'이라고 여기는 것이지요. 당신은 웃지도 않는군요. 이 절박한 시간에 내가 웃는 것을 경솔하다고 생각하십니까? 핵전쟁의 예고를 받은 인간들은 흥분하고 있습니다. 그러면서 우리들을 '세기의 암'이라고 합니다. 그러니 우습지 않습니까? 우리는 인류의 멸망을 방지할 책임을 갖고 있는데 글쎄 우리를 제거해야만 안심할 수 있다고 하니 말입니다.

당신은 정말 나의 모두를 알고 있습니까? 내가 책 한 권을 훔치고 경찰서에 끌려간 일서부터……. 도시 당신은 말이 없군요. 무엇을 생각하고 있습니까? 당신도 내가 그 책(『창조정신』이라고 하는)을 훔친 사실과 인류의 멸망을 방지하는 일과는 아무런 연관성이 없다고 생각하십니까? 내가 가난을 싫어하는 것도 죄라고 여기고? 경찰서에 끌려간 나는 다시는 책을 훔치지 않겠다는 의사를 증명하기 위하여 지장을 찍고 석방되었습니다.

"사람이란 정직해야 된다."

수사계장이 그런 훈계를 할 때

"나는 정직했습니다."

하고 맞서지는 않았습니다. 그럼 또 석방하는 시간이 늦어질 것이니까요. 어머니는 경찰서 수사계장보다도 더 무섭게 나를 다뤘습니다. 나를 낳아서 기른 공치사까지 하면서 말입니다. 아버지가 살아계셨으면 또 하나의 권력 앞에 나는 피나는 고문을 받았겠지요. 여하튼 아버지라는 그이는 내가 하는 말은 죄다 귀찮고 나의 행동은 모두가 그냥 장난으로만 여겼으니까요. 그이와는 무슨 일이고 서로 상의해 본 적이 없었습니다. 학기말 성적 때문에 뚜드려 맞을 때도 나는 내 육체가 감내를 못 하든가 아버지가 제물에 지치든가 하는 시간을 기다렸지요. 그 수밖에 더 있습니까? 가난할수록 학교 성적은 우등이라야만 된다는 데는 더 말할 나위가 없었습니다. 그렇다고 자살은 하지 않았습니다. 철균이 녀석이 산다는 권리를 스스로 포기했을 적에 나는 거기서 아무런 멋도 발견하지 못했습니다. 철균이는 진숙이와의 관계를 가지고 고문을 당하자 자신의 인격을 한번 뽐내본다는 것이 그런 멋쩍은 짓이 되고 말았지요. 철균이가 자살을 했을 적에 그 아버지가 무어라고 한지 아십니까? 불효자식이라는 거예요.

아버지들에 대한 얘기는 그만둡시다. 자식들의 인격을 정충精虫과 똑같이 생각하는 아버지들.

아직도 당신은 내 얘기에 아무런 감동을 표하지 않는구려. 싫습니다. 당신이 그런 험상한 얼굴을 하면 훈육주임을 연상하게 되니까요. 나는 커나면서부터 가정에서 거추장스러운 존재가 되었습니다. 그래서 '학교'라는 또 다른 세계에서 내 인격을 내세워보았지요. 나뿐만이 아닙니다. 자살을 한 철균이도 그렇고 소년원으로 넘어간 오식이 역시 그렇다고 하더군요. 사실 학교에서만은 우리는 제대로의 인격을 내세울 수가 있었습니다. 그러나 그것은 우리들끼리의 얘깁니다. 어른(선생님)들이 보는 것은 또 달랐지요. 도대체 어른들은 존경을 강요하기만 했지 상대방(우리들)의 인격을 존중할 줄은 모릅니다. 왜 그리 뻔뻔스럽고 인색합니까? 그중에서도 훈육주임이라는 어른은 남의 인격을 횡령까지 하거든요. 그런 얼굴을 하지 마세요. 당신은 남의 인격을 횡령할 줄은 모를 텐데 왜 그런 오만을 부리고 있습니까?

나는 철균이 녀석이 자살한 뒤에 그 애인인 진숙이를 사랑해야 할 것인가를 생각해보았습니다. 아니 나는 진숙이를 사랑해야만 될 것으로 생각했습니다. 그러나 그 문제에 대해서 나는 자신을 갖지 못했습니다. 그런(사랑이라는) 경험이 없거든요. 그래서 나는 훈육주임에게 상의를 하려고 생각했습니다. 중국집으로 조용히 모시고 가서 상의를 할까 사택을 찾아가서 사모님도 계신 자리에서 물어볼까 하고 이리저리 궁리를 했지요. 그런데 그만 훈육주임이 먼저 나를 부른 것이 아니겠습니까. 나와 진숙이가 자주 만나는 것을 알아챈 훈육주임은 나를 교원실로 부르는 것이었습니다. 이 세상에 자기보다 잘난 인간은 없다는 그 오만한 태도로 나를 마구 몰아 닦아세울 때 나는 진숙이 문제를 그에게 상의하자는 생각을 버렸습니다. 그것은 내가 성급하다든가 오해하고 있기 때문이 아닙니다. 도시 어른(선생님)들은 우리가 무엇이고 조용히 상의할 기회를 주지 않거든요. 더구나 중요한 문제일수록 입 밖에 내기만 하면 당장 죄인 다루듯 하니 어떡합니까. 설령 나와 진숙이가 여관방에서 같이 잤다고 합시다. 그것이 어째서 죄가 됩니까? 우리는 우리 스스로가 알아차릴 수 없는 죄명에 공포증을 느끼면서도 생리적인 욕구는 채워야 했습니다. 생리적인 욕구를 억제시키는 방법과 젊은이들의 성교가 죄가 되는 내력을 우리는 모릅니다. 그것을 알고 싶었지만 그것을 알려고 하는 것조차가 죄가 되니 우리는 젊다는 것이 모두가 죄입니까? 미안합니다. 내가 이렇게 당돌한 소리를 하고 흥분하는 것은 정직한 증거일 것입니다.

나는 국민학교서 중학교로 그리고 고등학교로 옮겨지는 동안 내 육체가 차츰 어른들을 닮아가는 데에 흥미를 느꼈습니다. 고등학교 이 학년 때는 그러니까 작년입니다. 내 육체는 남에게 충분히 존경을 받을 수 있

을 만큼 자랐습니다. 교사들 중에는 나의 꺽센 어깨죽지를 슬슬 피하는
사람도 있었으니까요. 사실 같은 젊은이로서 교사니 학생이니 하는 테두
리를 벗어난다면 내 몸뚱아리가 훨씬 볼품 있었지요. 몸뚱이만 자란 것이
아닙니다. 대학 입학시험을 준비하듯이 우리는 어른들의 생활도 배워야
만 했습니다. 그러니까 교무실에서 흘러나오는 화제는 곧 우리의 화젯거
리가 되는 것이지요. 학생들을 무서워하는 교사라 할지라도 그들은 어른
이니까 모든 행동이 자유였습니다. 우리들이 지껄인다면 치도곤을 맞을
만한 얘기라도 교무실에서는 자연스러운 화제가 되는 것입니다. 그뿐이
겠습니까. 한 달이나 앞서서 쏟아져 나오는 월간 잡지도 우리가 읽을 수
없는 것이 많습니다. 그 많은 월간 잡지들은 우리를 죄인으로 만들면서
돈벌이를 하고 있지요. 물론 그들은 죄인이 아닙니다. 어른이니까요.

엉뚱한 얘기를 하는군요. 당신 앞에서는 무슨 얘기고 죄다 하고 싶어
집니다. 침묵을 지키고 있지만 당신은 내 얘기에 다소 흥미를 갖는 것 같
으니까⋯⋯. 지금 내 시체가 담긴 관을 옮겨 가는군요. 저걸 어떻게 할
작정인가? 당신이 내 얘기에 조금이라도 흥미를 느끼시거든 우선 저 시
체를 아직 불 속에 끄슬리지 않도록 해주십시오. 그동안에 좀 더 얘기를
하겠습니다. 아까보다는 훨씬 기분이 누그러집니다. 아주 차근히 얘기를
한 다음 다시 인간으로 복귀하고 싶습니다.

진숙이를 사랑했다는 죄와 그 먼젓번에 책을 훔쳤다는 죄가 겹질려
서 나는 결국 M 고등학교에서 축출을 당했습니다. 그때만은 나도 가만
히 있을 수가 없었습니다.

진숙이를 사랑한 것은 내가 그만큼 컸다는 증거라는 것과 그전에 책
을 훔친 것은 우리 집이 가난하기 때문이라는 것을 주장했지요. 그런 정
당한 소리를 할 때도 나는 겸손했습니다. 그러나 교직원회의의 심판은

'절도'와 '풍기문란'이라는 죄명으로 퇴학 처분을 선고했습니다. 그제는 나도 그냥 있을 수가 없었습니다. 강제 축출을 당하기 전에 나는 내가 한 일은 죄가 되지 않는다는 것을 설명했습니다.

우리가 실습이라는 노동으로 생산한 세탁비누와 '홈스팡'* · 오바' 천과 그리고 양어장에서 건져내는 잉어가 어떻게 처분되느냐 하는 것은 학생들의 관심거리였으니까 그 내막을 잘 알고 있었습니다. 통조림 찌끼를 사들일 때 터무니없는 예산을 썼기 때문에 회계감사에서 큰 문젯거리가 생긴 것도 알고 우리 '크라스'**에서 제일 귀염을 받는 '전주관' 집 아들이 전학을 해올 때 어떠한 수속과 절차를 밟았다는 것도 다아 물적 증거를 파악하고 있는 사실입니다. 체육교사 P 선생이 자기 고향에 사모님과 아들딸을 두고도 뻐젓이 새색시와 결혼을 하지 않았습니까? 미술교사 K 선생이 결근이 잦고 수업을 빼먹는 것도 양쪽 사모님한테 쫓아다니느라고 '에네르기'를 너무 소모하기 때문이라고 학생들 간에 소문이 자자하지요. 그렇다고 나는 그들의 행위가 내게 직접 영향을 미쳤다고 말하지 않았습니다. 아무리 다급한들 그런 줏대 없는 소리야 하겠습니까. 다만 대류對流 관계는 있을 것이라고 했지요.

당신은 어떻게 생각하십니까? 나나 또 내 친구들의 행동이 어른들 사회와 아무런 대류 관계가 없다고 생각하십니까? 같은 공기를 마시고 있으면서……. 아니 나는 지금 당신과 무슨 사리를 따지자는 것은 아닙니다. 그저 당신에게 물어보는 것이지요. 우리는 어른들 입에서 시원한 대답이 나올 리 없다고 생각하면서도 늘 무엇인가 질문하는 습성이 있습니다.

내가 무슨 소리를 하든 간에 그들은 '퇴학 처분'이라는 최선의 방법

* homespun. 양털로 된 굵은 실을 이용해 손으로 짠 직물.
** 클래스class.

을 고집했습니다. 그래 나는 M 고등학교를 쫓겨났지요. 어떻게 합니까. 그것이 어른들의 인격을 숭배하는 가장 적절한 수단인 것을.

나는 퇴학 처분을 받았다는 것을 어머니에게 알리지 않았습니다. 일부러 숨긴 것은 아닙니다. 어머니는 내가 그런 일을 보고하고 상의할 겨를을 주지 않았습니다. 정직한 나는 모든 것을 어머니와 상의하고 싶었지만 어머니에게는 그보다 더 긴급하고 중요한 일이 많았습니다. 정부情夫와 싸움을 해야만 했습니다. 그럼으로써 그 정부가 딴 곳으로 도망을 가지 않고 또 우리 모자의 생활비를 충실하게 지급해주거든요. 그렇다고 우리 어머니가 무어 매음녀들처럼 여러 사내를 모아들이는 것은 아닙니다. 내가 알기에는 그 사내와는 오래전부터 알고 지냈나 봅니다. 아버지가 돌아가신 뒤부터 우리 집에 발길을 들여놓기 시작했지만 사실은 그전에도, 그러니까 어머니가 이름난 기생으로 날릴 때부터. 당신은 아마 나보다도 더 분명히 알고 있겠지요. 우리 어머니가 그만큼 미인이었다니까 있을 수도 있는 일이 아닙니까. 나는 그 사내(어머니의 정부)와 돌아가신 아버지와를 같이 비교해볼 필요는 없었습니다. 그 사내는 아버지처럼 나를 꾸짖지도 않았으니까요. 다만 그 사내와 어머니가 싸움을 하는 것이 내게는 마땅치가 않았습니다. 그들이 싸움을 하게 되면 나는 딴생각을 해야 되니까요. 한번은 내가 그 사내에게 덤벼든 일이 있었습니다. 나는 뇌깔스러워* 보고 있을 수가 없었던 것입니다. 하기야 완력으로 따진다면 나도 일대일로 해볼 만한 자신이 있었지만 늘 참아왔는데 그날은 영 견딜 수가 없었습니다. 내가 바라보고 있는 앞에서 어머니에게 마구 손찌검을 한다는 것은 내 인격을 그만큼 멸시하는 것이거든요.

예상했던 그대로 그이는 내가 지른 단주먹에 퍽 쓰러지고 말았습니

---

* 뇌꼴스럽다. 속이 메슥거릴 정도로 보기에 아니꼽고 얄밉다.

다. 그렇게 헙헙하게 뻗어버리는 것을 보자 나는 더 싸울 흥미를 잃고 말았지요. 어머니가 악을 쓰면서 덤비는 것을 뿌리치고 집을 나와버렸습니다. 그런 일이 있은 후 내게는 또 하나의 걱정이 생겼지요. M 고등학교에서 쫓겨난 뒤 아직 학적을 갖지 못했기 때문에 그 일만 해도 내게는 벅찬 걱정이었는데 이번에는 집까지 쫓겨났으니 어떻게 합니까. 집에서 무어 강제로 쫓아낸 것은 아니지만 그 짓을 하고서야 넉살 좋게 다시 들어갈 수는 없지요. 나는 정직한 대신 그만한 자존심은 있었습니다.

허허, 내 시체에 새 옷을 입히는군요. 어떻게 할 작정인가?

진숙이도 와 있군.

저 아이를 울지 말라고 해주시오. 저렇게 발버둥치는 것은 나와 헤어지기가 싫다는 표시입니다. 나도 그렇습니다. 우리는 헤어져야 할 아무런 조건도 없습니다. 진숙이는 억울합니다. 먼저 철균이가 자살을 했고 이제 또 내가 이 꼴이 되었으니 저 아이는 무엇이 되겠습니까? 우리 어머니의 울음과는 또 다릅니다.

진숙아!

아아 저건 차마 볼 수 없습니다. 내 눈을 가려주시오. 하계下界의 저런 광경이 보이지 않도록 내 눈을 가려주시오. 잠시만.

됐습니다. 좀 답답하지만 보지 않는 것이 편하군요.

그럼 얘기를 계속할까요. 내 얘기를 시원하게 듣고서야 보내주실 모양이니까. 당신도 아시다시피 나는 진숙이와 함께 살림을 시작했습니다. 소꿉장난이 아닙니다. 어머니의 정부를 갈기고 집을 나온 나는 침식의 근거가 없었습니다. 그래서 나는 일정한 잠자리를 만든 것입니다. 진숙이도 그것이 좋다고 했습니다. 내가 안심하듯이 진숙이 역시 안심이 되었던 것입니다. 사실 사람이란 남자나 여자나 안심할 수 있는 처지를 모

두 찾아다니지요. 진숙이는 우선 숨을 크게 쉴 수 있으니 살 수 있겠다고
했습니다. 그렇습니다. 그녀는 숨도 제대로 쉬지 못하고 살아온 것입니
다. 한방에서 일곱 식구가 포개 자니 숨인들 크게 쉴 수가 있었겠습니
까? 가난하기 때문입니다. 우리가 살림을 시작한 것은 사회제도에 따르
는 결혼도 아니고 또 제삼자에게 보여주기 위한 부부도 아니었습니다.
그렇다고 성생활을 목적으로 한 것도 아닙니다. 우리의 동거 생활은 어
디까지나 사적인 문제입니다. 피차 인격을 인정하면서 안정된 주거를 갖
는다는 것은 결코 못된 짓이 아니겠지요. 이거 쓸데없는 소리를 하는군
요. 그럴 시간이 아닌데……. 버릇입니다. 무슨 일이고 시원스럽게 따져
야만 후련해지기 때문에 그런 버릇이 몸에 젖고 말았습니다.

그 사내(아저씨라고는 부를 수 없지요. 어머니의 정부니까)를 만난 것은
진숙이와 살림을 시작한 훨씬 뒤였습니다. 내가 찾아갔지요. 그는 모 은
행 지점장 자리에 있었습니다. 나는 그와 어머니의 관계를 미끼 삼은 것
이 아니고 다만 내게는 필요한 돈이 없기 때문에 그를 찾아간 것입니다.
하기는 어머니와 그런 처지가 아니라면(생판 모르는 사람이라면 말입니다)
그 사람을 내가 찾아가지 않았겠지요. 그런 점 나를 교활하다고 보는지
모르지만 나는 그렇게 정직했습니다. 그는 내가 요구하는 금액의 반절을
주더군요. 그는 역시 타산이 빨랐습니다. 내가 요구하는 금액을 반절로
내려 깎은 것은 그가 인색하기 때문이 아니라 그의 지혜가 발동한 것일
것입니다.

그가 내미는 지전 뭉치를 받아 든 다음 나는 한 가지 조건을 제시했
습니다. 아니 간청을 했습니다. 내가 돈을 얻어 갔다는 것을 어머니에게
는 비밀로 해달라고 말입니다. 어머니에 대한 내 자존심의 손상을 걱정
한 것 때문에 어머니에게 정신적인 부담을 주고 싶지는 않았습니다. 그
것이 아니라도 어머니에게는 많은 부채가 있었기 때문입니다. 웃지 마십

시오. 나는 성현의 교훈 같은 것은 기억하지 못하지만 어머니가 내게 베풀어준 호의만은 잊지 않고 있습니다. 어머니가 그 대가를 직접 요구할 때는 불쾌했었지만 내 자신 그것을 치르지 못한 것은 부채가 되지 않겠습니까.

그가 내 청을 그대로 들어주었는지 어쩐지는 모르지만 나는 그 돈으로 간신히 학적을 갖게 되었습니다. S고등학교로 옮긴 것입니다. M고등학교와는 여러 가지로 격이 달랐지만 내게는 상관이 없었습니다. 같은 물건을 가지고도 백화점에서는 더 비싸게 파는 수도 있지 않겠습니까? 노점과 같은 S고등학교라도 내게 필요한 지식은 팔고 있었습니다. 나는 S고등학교가 더 이무러웠습니다. 오만한 훈육주임도 없고 실습이라는 이름의 교원후생사업도 없었으니까요. 그뿐만이 아닙니다. 술맛도 알게 되었지요. 감시 속에서 자라난 우리들에게는 술이라는 액체가 성교 다음 가는 환상이었습니다. 그런데 그 진짜 술맛을 알게 된 것입니다. 술은 이성의 체온보다도 한층 우리를 새로운 세계로 이끌어주었습니다. 술은 우리를 더욱 정직하게 인도하고 또 대담하게 만들어주었습니다. 술의 힘이 아니었으면 우리가 감히 '어깨 패'와도 거리 싸움을 할 만한 용기가 생겼겠습니까? 참 통쾌한 일이었습니다. '독수리 패'들과 대결한 것입니다. 사실 그들이야말로 인간 사회에서 제거해야만 할 '암'이거든요. 그것이 무어 우리 반에 있는 강오식이라는 아이가 두들겨 맞았다고 해서가 아닙니다. 그 정도는 하나의 '스포오츠'로서 피차의 힘과 재간을 겨누어볼 만한 일이지요. 우리가 그들을 미워하는 것은 그것이 아니고 그들의 생존 목적입니다. 아니, 그렇게 말할 수도 없군요. 그들에게 무슨 생존 목적 같은 것이 있어야지요. 옳지, 우리가 미워하는 것은 그들의 무식입니다. 젊음을 모독하는 무식, 그건 정말 그대로 볼 수 없는 일입니다.

그런데 우리에게 무슨 찬사라도 보내왔으리라고 봅니까? 칼을 펴 들고 덤비는 '독수리 패'들을 맨주먹으로 늘씬하게 조져논 우리들에게 말입니다. 참 억울했습니다. 신문 사회면에 '학생 깡패'니 '불량 학생'이니 하는 활자가 나열된 것입니다. 그리고 우리들에 대한 교육 방식을 새로 연구하는 것이었습니다. 사회심리학자들까지 동원해서 우리들의 생태를 분석한다고 덤볐습니다. 같은 양조장에서 나온 술이지만 우리가 마신 술은 독소라도 내포되어 있는 것처럼 분석표를 만들어냈습니다. 그들은 우리들의 목적이 무엇인가를 찾아내지 못한 대신 자신들(어른들)의 사회가 부패했다고 탄식을 하는 것이었습니다. 아마 어른들은 우리의 행동이 모두 자기들을 본보고 있는 것으로 아는 모양입니다. 천만에 말씀입니다. 우리도 어른들의 사회를 주시는 하고 있지요. 그러니까 우리는 그들을 따를 수가 없습니다. 우리를 그렇게 어리석다고 생각하니 기맥힐 일입니다. 어른들을 따라서 이로울 것이 없는 줄 알면서 우리가 그것을 본본 줄 아십니까? 그보다는 어떻게 하면 우리는 우리 세대로서 자신을 갖게 될 것인가 하는 것을 연구했습니다. 어른들의 사회를 일체 부인하는······.

그러니까 우리는 무엇이고 극단적인 것에 자연 흥미와 동경을 가질 수밖에 없잖습니까?

우리가 어느 부인에게 취한 행동도 그렇습니다. '흥정하지 않는 강간'에 흥미를 갖는 것은 우리가 아니고서는 안 될 일입니다. 어른들은 일방적인 성욕을 충족시키는 강간 행위도 화폐로써 흥정할 수 있습니다. 강간을 합리화시키기 위하여 노점에서 간단히 흥정을 하고 '커피'를 마시듯이 성욕을 충족시킵니다. 우리는 그런 흥정을 할 줄 모릅니다. 우리에게는 그런 짓이 금지되어 있기도 하지만 그런 무식한 행동은 우리 자신이 용허하지도 않습니다. 우리는 고통스러운 욕구를 발산시키기 위하여 어느 날 밤 한 여인을 선택한 것입니다. 불행히도 그 여인은 우리에게 그런 기회를 주지 않았습니다. 그 여인은 '정조'라는 것이 유일한 신앙이었기 때문입니다. 어느 성인이 채워논 '정조대' 때문에 우리 젊은이들은 그처럼 많은 손해를 보고 있습니다. 오식이란 녀석이 소년원으로 넘어가게 된 것은 그날 밤 일이 어른들 비위를 거슬렀으니까 할 수 없는 노릇이었지요. 도시 어른들은 자기들이 젊었을 때 일을 까맣게 잊고 있는 모양입니다. 이거 공연한 잔소리가 길어졌습니다. 속에 간직했던 것이 자꾸만 그렇게 쏟아져 나오는 것 같습니다. 이젠 고만 지껄이겠습니다. 우리들의 행동을 일일이 들추어 얘기한댔자 그건 아무것도 아닙니다. 인간들이 살고 있는 지구라는 것은 우주의 한 티끌만밖에 더 합니까? 그런 미미한 티끌 속에서 수력발전소를 만든다, 기차가 달린다, 연애를 한다 하는 것이 무슨 의미가 있습니까? 그런데 어른들은 제법 살아야만 할 의미가 있는 듯이 쑤알거리고 싸우고 하는 것입니다. 우리더러도 그런 군중심리를 따르라는 것이지요. 예절과 관습을 지키면서 몇십 년만 넘기면 된다는 것입니다. 달나라로 수학여행 갈 것을 꿈꾸고 있는 우리들에게 그런 어처구니없는 강요가 통해질 것 같습니까?

우리들에게는 초속 삼십 만 '마일'이라는 숫자는 있을지언정 오륙십 년이란 인간 연령은 머릿속에 없습니다. 우리가 쓰고 있는 숫자적 단위가 그처럼 멍청할수록 우리들은 팔목시계의 초침이 아무 기록도 없이 돌아간다는 것이 안타까운 것입니다. 내가 어머니의 정부인 은행지점장에게 권총을 들이댄 것도 그 때문입니다. 그는 나와 언약한 것을 한 번도 제대로 실행하지 않았습니다. 나는 많은 손해를 본 것이지요. 그래서 나는 한꺼번에 이백만 환이라는 지폐를 만들어달라고 한 것입니다. 그때는 비상수단으로 권총을 들이댔지요. 그 시간에 이백만 환만 내 손에 들려주었으면 그만인 것입니다. 나는 미국으로 건너갈 작정이었으니까…….

그는 나를 또 속이려고 했습니다. 나는 방아쇠를 끌어당겼지요. 그뿐입니다. 이젠 눈을 뜨게 해주십시오. 답답합니다. 얘기는 그만하겠습니다. 하계에서 무슨 짓들을 하고 있나 보고 싶습니다. 그리고 이젠 당신의 힘으로 나는 다시 인간 세계로 돌아가야만 되겠습니다.

아! 내 육체를 어디로 옮겨 갔습니까? 당신은 내 육체가 옮겨지는 것을 보고도 그냥 있었군요.

연기.

저 여인(어머니)은 왜 저기서 울고 있습니까?

진숙아!

내 육체는 어떻게 하고 저렇게 울고들만 있나요?

아얏! 내 육체는 벌써 태워버렸군요! 재가 되었군요. 나는 어떻게 합니까? 당신은 무엇입니까?

왜 진작 나하고 내기를 걸지 않았습니까? 나는 자신이 있습니다. 내 육체가 그냥 있다면 말입니다.

나를 인간 세계로 보내주지 않을 바엔 나는 당신과 내기를 할 작정이었습니다. 내 육체에서 죄의 요소를 발견하는 내기. 내 육체에 '메스'를 대고 알뜰하게 해부를 했으면 나는 이겼을 것입니다. 가죽을 벗기고, 근육을 도리고, 신경을 뽑고, 내장을 훑고, 뼈를 가르고, 그리고 피까지 한 방울 한 방울 검사해보았으면, 당신은 내가 한 소리를 거짓이라고 하지는 못했을 것입니다.

그런데 그 아까운 내 육체가 불 속에 들어가는 것을 보고도 당신은 가만히 있었군요.

죄명을 붙일 아무런 요소도 없는 내 육체를 태우게 둔 당신은 무엇입니까?

—《사상계》, 1958년 5월.

대류對流

　화섭華燮이는 의젓잖은 일을 가지고도 가부 결정을 짓지게 헛힘을 켰
다. 그럴 일이 못 된다는 것을 자신도 알고는 있지만 어쩔 수 없으니 탈
이었다. 저녁때 퇴근 차를 결정짓는 것도 그렇다.

　합승을 타느냐 '뻐스'를 타느냐 하는 것을 결정짓기까지에 한참씩 실
랑이를 해야 됐다. 술이라도 취해 있으면 합승이 됐든 '뻐스'가 됐든 상
관없이 그냥 올라타지만 맨송한 정신을 가지고는 그것이 어려웠다. '찦'
차를 세워놓고 합승 간다고 외치는 곁을 어슬렁어슬렁 지나가는 척하면
서 차 속에 타고 있는 사람들을 얼른 훑어본다. 만약 차 속에 몸집이 우
락부락하거나 눈초리가 고약하게 생긴 사람이 버티고 있으면 그 차를 탈
것은 단념하고 '뻐스' 정류장 쪽으로 가서 서성거린다. 그렇다고 부리나
케 달려와서 어서 타라고 서둘러재끼는 '뻐스' 속으로 비비적거리고 올
라가는 것은 아니다. 우두머니 서서 마포 가는 '뻐스'를 두서너 대 띄워
보내고는 다시 합승 쪽으로 온다. 정식 허가를 낸 합승이 아니라 뻐젓이
군복을 입은 운전수가 '찦'차를 몰고 와서는 조무래기들을 시켜 손님을
부른다. "마포요 마포! 합승 마포 가요!" 하고 외치다가 여섯 사람만 채

우면 우루룽 떠나는 합승. 화섭이도 그런 차를 타는 것이 빠르고 다소 편하기 때문에 많이 이용한다.

그런데 오늘 저녁은 웬일인지 그런 '찐'차를 타기에도 여간 힘이 들지가 않았다. 어물어물하다가 보면 우르룽 떠나고 하는 통에 두 대를 외면히 놓쳐 보내고는 왈칵 소가지를 부리면서 그 자리를 떴다. 순서대로 따지면 화섭이가 당연히 앞자리에 앉아 갈 수가 있었는데 웬 녀석이 날쌔게 가로채 오르는 통에 만원이 되고 만 것이다.

"자식이 그래도 신사라고……."

화섭이는 그까짓 합승(차)을 타지 않겠다는 심사로 걷기를 시작했다. '신신' 앞에서 광화문까지 걸어가는 것은 심심치가 않았기 때문에 차를 타려다가 비위짱 사나운 일이 있으면 으레 광화문까지 걷는 것이다.

"도시 저희들만 잘났단 말이냐……."

그만큼 양보를 해주었으면 무어라고 인사 한마디쯤은 있어야 할 것인데 인사는 고사하고 되레 거만을 빼고 꼿꼿이 바라보던 그 녀석이 미웠다. 화섭이는 그따위 것들이 모두 자기를 멸시하는 것으로만 여겨지기 때문에 속으로 욕지거리를 끌어 부으면서 주춤 광화문 네거리까지 걸음을 옮겼다.

마악 차도를 건너서려고 하는데 웬 신문팔이 소년이 울고 서 있는 것을 보고 걸음을 멈췄다. 그따위 짓을 하니까 남에게 멸시를 당하는지도 모른다. 모두 가위 결사적으로 차도를 건너가고 있는데 우두머니 서서, 신문팔이 소년이 우는 이유가 무엇인가 하는 것을 곰곰이 생각하고 있으니 말이다.

"여 신문 다우. 울긴."

화섭이는 십 환짜리 넉 장을 내밀고 석간을 아무거나 두 장 채트렸다. 그럴 때 동작은 제법 우악스럽게도 보였지만 실상은 억지 표정이다.

그 소년이 어느 망나니한테 신문을 몇 장 빼앗기고 울겠지…… 그러니까 그 손해가 보충만 되면 울지 않으렸다, 하는 어김수 없는 짐작으로 그짓을 한 것이다. 그러면서도 이편에서 그런 생각을 갖고 신문을 산다는 것을 상대방(소년)에게 눈치 채이지 않으려고 일부러 우악스럽게 대하는 것이다. 그런데 그 소년은 돈도 세어보지 않고 신문을 가져가거나 말거나 그냥 울고만 서 있는 것이었다. 화섭이의 짐작은 틀린 것이다. 실수다. 그 시간에는 벌써 어느 신문이고 십 환씩 싸구려를 부르는 판이다. 그런데도 횡재를 만난 기름이란 전혀 없고 질컥질컥한 눈으로 화섭이를 한번 바라보고는 계속 울고만 있었다.

"자식 남의 호의를 무시하고……."

화섭이는 또 혼자 화를 내고는 그 녀석이 울거나 말거나 그대로 차도를 건넜다. 그런 어린것한테까지 깔보이는 것이 노여웠다. 이쪽에서 그만한 호의를 베푸는데도 아무런 반응이 없다는 것은 완전히 인간 가치를 무시당한 것이 되니까.

점심때 식당에를 가도 그렇다. 무엇이고 얼른 주문을 하지 않으면 또 멸시를 당할까 봐 미처 생각이 나지 않을 때는 문을 열고 들어서면서 제일 먼저 눈에 띄는 음식을 청하기로 결심하는 것이다. 그러나 그것은 이편의 생각이고 정작 주문을 맡아 갈 사람들이 앞에 선뜻 나타나지 않는다. 그렇다고 고래고래 소리 지를 용기는 없고 그냥 우두머니 앉아 있을 양이면 계집애가 귀찮은 듯이 다가와서

"뭘 잡수세요?"

하고 쏘아붙이는 것이다. 딴 자리에 가서는 그렇게 재골거리고 아양을 부리는 계집애가 화섭이 앞에 와서는 아주 쌀쌀하기가 여간 아니었다. 별것도 아닌 것이 그렇게 깔보는가 하고 화가 치밀어, 그냥 한주먹 후려갈겼으면 시원할 것 같았지만 참는 수밖에 없었다.

"설렁탕."

"네?"

"설렁탕."

"……."

화섭이가 두 번씩이나 되풀이해야 겨우 알았다는 눈치로 획 돌아서는 것이었다. 설렁탕을 '맛빼기'로 말되 국수를 좀 나우 넣어달라고 하고 싶었지만 그런 밉살맞은 계집애하고 지껄이기가 싫어서 그냥 내쳐둔다. 그나마도 한참 동안 속을 썩인 뒤에야 날라다 동댕이치듯 밀어붙이고는 도망가 버리는 것이었다. 버르장이가 없다는 정도가 아니다. 이건 아주 손님 취급이 아니고 무슨 거지 대접을 하는 것이다. 그쯤 당하고 나면 화섭이는 자신의 육체를 한번 훑으려 본다. 어째서 이렇게 멸시를 당하는 것인가 하는 생각에서다. 두 팔 두 다리 다 있고, 게다가 별로 남루한 옷차림도 아닌데 그렇게까지 당하는 것이 억울했다. 차라리 팔이나 다리 한쪽이 없었더라면 하는 생각이 드는 것이다. 서로 인사는 없지만 뒷집에 사는 상이군인이 매일 장취 술에 젖어 있고, 이웃에서는 아주 세도가 당당한 것을 보면 아마 육체가 제대로 구비되어 있는 것이 탈인지도 몰랐다. 한쪽 다리를 허벅지서부터 몽탕 잘라낸 그 상이군인은 고샅길에서 고래고래 소리를 지르며 온갖 잡소리를 씨부렁거려도 누구 하나 탓하지를 않는다. 만약 화섭이가 그 정도 고샅을 매일 소란하게 휩쓸었다면 벌써 봉변을 당했을 것이다. '목발이'라는 별명으로 불리는 그 상이군인은 고샅의 젊은 여인들이나 쪼무래기 패들과 그냥 한 타랑으로 어울렸다. 화섭이는 그 '목발이'가 아내와 유독 친한 것처럼 보였기 때문에 녀석을 싫어했다. 아내가 '목발이'와 친하다는 것은 무어 뚜렷한 증거가 있는 것은 아니다. 지릅대고 혹시 그렇지나 않나 하는 의심을 품고 있을 뿐이다. 의젓잖은 일로 아내와 다툰 뒤부터는 더욱 '목발이' 녀석이 밉고 아내에 대한 의심이 겹쳤다.

"저 어디서 났어!"

경수란 놈이 건빵 봉지를 끌어안고 고샅에서 아기죽거리는 것을 보고 화섭이는 눈을 부라렸다. 퇴근하는 길이었다. 경수가 아무 소리도 않는 것을 보자 화섭이는 건빵 봉지를 채트려 길바닥에다 동댕이쳤다. 경수는 목구멍에 넘어가던 것까지 토해내면서 악을 썼다. 좀 지나쳤구나 하는 생각이 들었지만 화섭이는 거기서 성깔을 늦출 수 없었다. 야짓잖은 뺨따귀를 찰칵 소리가 나도록 갈기고는 그대로 번쩍 끌어안고 들어왔다. 아내는 밖에서 그런 소동이 일어나고 있는 것을 뻔히 듣고 있으면서도 딴청을 부리고 있었다.

"어디서 났어? 건빵 누가 사줬어 엉!"

화섭이도 아내에게는 얼굴도 돌리지 않고 그냥 경수만 가지고 달웠다.

"엄아아! 아……."

"자식이!"

화섭이는 더욱 모질게 소리를 지르면서 경수를 노려보았다. 그러자 경수는 바들바들 떨기까지 하면서

"목발이가 줬어."

하는 것이었다.

"이 더러운 자식!"

화섭이는 입에서 나오는 대로 마구 욕지거리를 하면서 어린것을 후려갈겼다. '목발이'한테 얻었으리라는 것을 뻔히 알기 때문에 건빵 봉지를 뺏어 동댕이친 것인데 그래도 어린것 입에서 "목발이가 줬어." 하는 소리를 듣자 분통을 참을 수가 없었던 것이다. 그제사 아내는 참견을 하고 덤볐다.

"공연히 새낄 치고 야단야……. 경수야 이리 와!"

"멋이? 공연히 새낄 쳐?"

"그럼 걔가 무슨 죄에요?"

"이것이 어디서 노닥거리고 있어……. 더러운 년……."

"뭐요?"

"거지 같은 것들……. 후우……."

아내는 마치 그런 소리가 나오기를 기다렸다는 듯이 따지고 덤볐다. 아내는 아내대로 화섭이가 꼬투리를 잡고 덤비는 것이 무엇인가 하는 것을 짐작하는 모양이었다. 그러면 그런대로 서로 툭툭 털어놓고 따졌으면 결말이 날 것이지만 서로 빗대놓고만 지껄이는 것이었다.

"병신자식 같으니 제깟 놈이 무오라고 되잖게……."

"내 자식 귀엽다는 사람두 싫구……."

"귀여우면 그냥 귀엽지 왜 그따위 짓야……."

"어린것이 사달라고 졸르니까 사준 거지 무어 그 사람이 돈이 흔해서."

"닥쳐! 사달라는 놈이나 사주는 놈이나."

"어떻단 말에요."

"홍 더러운 것들……."

"무엇이 더러운가 대요."

"홍."

"대체 더럽다는 게 무에요?"

"이년이!"

말문이 막힌다느니보다도 주먹으로 하는 것이 의사 표시가 빠를 상 싶어서 화섭이는 손찌검으로 디려댔다.

"……."

그렇게 쫑알거리고 덤비던 아내가 입을 딱 다물고 죽은 듯이 맞고만 있었다.

"왜 말을 못해 이년아. 그렇게 잘 따지는 년이."

화섭이는 더욱 화가 치밀었다. 아내가 일체 반항을 하지 않는 것은 제 잘못을 깨달았다거나 남편이 무섭다거나 해서가 아니다. 완전한 체념에서 오는 것이기 때문이다.

"당신하고는 아무런 얘기도 하기 싫소. 지지리도 못난 당신하고는……."

아내는 속으로 그런 소리를 뇌까리고 있는 것이 아닐까? 아내의 침묵은 멸시에서 오는 체념 때문일 것이다. 화섭이가 분하게 여기는 것은 그것이다.

아내가 '목발이'와 골목에서 시시덕거리는 꼴을 발견했을 때도 그렇다. 한쪽 다리가 없기 때문에 바짓가랑이를 한쪽은 그냥 털렁거리면서도, 그런 것은 아무런 흠으로도 여기지 않는 '목발이'는 마치 어린것들처럼 골목 아낙네들과 시시덕거리고 있었다. 화섭이 아내도 그 축에 끼어서 술래잡기를 하는 것처럼 덜렁대고 있었다. 화섭이는 기가 막혔다. 육신이 멀쩡한 남편과는 아기자기하게 얘기도 잘 않는 여편네가 그런 병신과는 어떻게 그처럼 흥겨울 수가 있는가……. 그뿐이 아니었다. 화섭이가 시치미를 떼고 그들의 곁을 지나가도 시렁치도 않는 것이었다. 주기 때문에 얼굴이 청동색이 된 '목발이' 녀석도 화섭이를 멀끔히 바라보기만 할 뿐 미안한 기색이라고는 하나도 없었다.

"박 씨, 이번에 지면 꼭 내야 해요. 호호호."

"호호호. 자아 잡아봐요."

"여기 여기……. 호호호호."

젊은 여편네들은 부끄러워할 줄도 모르고 또 '목발이'를 곰 새끼 놀리듯 하면서 깔깔댔다. 그것들 눈에는 쇠통 화섭이 따위가 사람으로 여겨지지 않는 모양이었다. 화섭이 아내만은 차마 그대로 어울릴 수가 없어서 의연히 돌아서기는 했지만 그들과 한 타랑으로 시간을 보내지 못하는 것이 여간 불만이 아닌 모양이었다.

"그것들과 같이 지랄이나 하지 왜 들어오는 거야⋯⋯. 참 기가 맥혀."

화섭이는 자연 말투가 거칠어질 수밖에 없었다.

화섭이가 '목발이'와 아내를 지독히 미워하는 것은 그들 사이에 무슨 별난 관계라도 있을까 해서가 아니다. 그런 일은 생각하는 것부터가 창피한 일이고 또 아무리 아내가 화섭이를 멸시한다 하더라도 그런 일까지는 없으리라는 것을 믿고 있었다. 주위 사람들이 모두 멸시하듯이 아내도 남편인 화섭이를 '목발이'만큼도 존경해주지 않는 것이 분했다. 오년 동안이나 같이 살아온 아내만은 알아줘야 할 것 아닌가? '목발이' 따위와 비교를 당한다 해도 억울한데 이건 그보다도 얕보고 덤비니 기가 막혔다.

"면도를 해야겠군⋯⋯."

화섭이는 턱을 쓰다듬어보았다. 가윗돈을 치르고 신문을 두 장씩이나 사도 아무런 반응이 없는 것은 얼굴이 더부룩한 탓이 아닌가 싶었다.

"이제부턴 면도도 자조 하고 머리도 간초롱이* 빗고⋯⋯."

여하튼 남에게 멸시를 당한다는 것은 억울하고 또 외톨이가 되는 것 같아서 서러웠다.

조금 전에 사장으로부터 칭찬을 받고 감격했지만 거리에 나와서는

| * 간초롬하다. '가지런하다'의 방언.

그건 다 소용없는 것이다.

　"랏쉬*를 돌려보고 완전히 자신이 생겼습니다. 이번 작품은 최초 예정대로 칸뉴** 영화제에 출품하도록 합시다. 절대 외화를 물리칠 자신이 생겼습니다. 그게 다 임 감독 노력 때문이지요. 난 흥행 여부는 이제 도외시하겠습니다. 수준이 얕은 팬들로부터 갈채를 받는 것보다 하나의 국제적인 거작을 내놓는다는 것이 중요한 문제지요."

　노랭이 중에도 아주 '이십사금'이라는 별명이 붙은 사장이 그런 소리를 한다고 해서가 아니라 사실 이번 영화는 화섭이의 있는 재간을 죄다 쏟아논 작품이었다. 이번 작품이 개봉되는 날은 영화계에 한번 '쎈세이슌'이 일어나리라는 것도 예상되었다.

　그런데 화섭이는 멸시를 받고 있는 것이다. 한 작품이 떨어지고 이제 좀 후유 하는 여유가 생기자 주위 사람들과는 너무도 외톨이로 떨어져 있는 자신을 발견한 것이다.

　화섭이는 조그만 양품 가게 앞에 와 어물어물했다. 면도날을 살 작정인데 냉큼 의사 표시를 못 했다. 주인인 듯한 부인이 힐끗 쳐다보기만 했지 딴 손님 비위를 맞추느라고 이편에는 별 관심이 없는 상싶었다. 화섭이는 우두머니 서서 딴 사람이 고르는 물건을 바라보기만 했다. 그러자 희한한 일이 생긴 것이다.

　"선생님 이거 어느 것이 좋겠습니까?"

　수더분하게 생긴 사내가 '넥타이'를 양쪽 손에 한 개씩 들고 화섭이에게 묻는 것이다. 화섭이는 '메카폰'을 들었을 때처럼 바싹 긴장해지는 것을 어쩔 수 없었다.

　'저 사람은 나를 존경한다. 내게 그만한 안목이 있다는 것을 인정하

---

* 러시 필름rush film. 촬영하자마자 현상하여 참고로 보는 필름.
** 칸Cannes.

는 것이다.'

그 사내는 곤색 양복을 입고 있었다. 골라 든 '넥타이'는 두 개 다 곤색 바탕인데 하나는 아무런 무늬도 없는 순색이고 하나는 빨간 횡선橫線 무늬가 요란한 것이었다.

"이쪽 것이 좋겠습니다."

화섭이는 음성을 가다듬으면서 무늬 없는 쪽을 가리켰다.

"그렇죠? 나도 이걸 택할려고 했는데……."

그는 화섭이의 의견을 그대로 받아들이면서 돈을 치렀다. 그러자 주인 아낙의 태도도 홱 달라졌다. 면도날 한 개를 포장지에 싸서까지 주려고 수선을 떨었다.

화섭이는 유쾌했다. 조금 전에 신문팔이 녀석 때문에 가졌던 감정 같은 것은 깨끗이 사라졌다.

"공연한 오해였는지도 모른다."

사실 남들이 얕본다는 것은 이편에서 일방적으로 생각했을 뿐이지 상대방에서 하는 소리는 아니었다. 화섭이는 모처럼만에 휘파람을 불면서 마포행 '뻐스'를 탔다.

"같이 좀 앉아 갑시다."

유쾌할 때는 용기도 생기는 모양이었다. 어떤 녀석이 좌석을 두 사람 몫이나 차지하고 버티고 앉았는 것을 발견하자 화섭이는 충고 비슷한 언사로 눈짓을 했다.

"좀 다가앉읍시다."

아무런 반응이 없기 때문에 재차 한마디 하고 이번에는 아주 다지기게 자리를 파고들었다. 그러자 상대방에서는 아니꼽다는 눈살로 이편을 째려보면서 약간 몸만 비스듬히 하는 것이었다.

'실수를 했고나.'

화섭이는 금시 후회했다. 어깻죽지며 상고머리에 꾸릿꾸릿한 눈방울이 여간한 녀석이 아닌 상싶었다. 그러기에 다른 사람들도 서 있으면서 자리를 비집고 덤비지 않는 모양이었다.

"허 햄 홍 홍."

아니나 다를까 그 녀석은 헛기침과 콧방귀를 텅텅 뀌면서 육중한 팔따귀로 화섭이를 지그시 누르는 것이었다. 아니꼽다는 의사를 전달하는 것이다. 그렇다고 비집고 앉은 자리를 다시 비우고 일어설 수도 없는 노릇이다. 화섭이는 공연한 기분에 만용을 부린 것을 후회하면서 속을 썩일 수밖에 없었다. 그러나 그대로 간다면 마포까지 가기 전에 무슨 탈이 생길 것만 같았다. 다행히도 차는 아직 뜨지 않았으니 후닥닥 뛰어내리는 편이 봉변을 덜 당할 상도 싶었다.

'어떻게 할까……'

옴짝 못하도록 몸뚱아리를 눌리고 앉아 뛰어내릴까 그냥 갈까 하고 초조하게 궁리를 하는 참인데 천만다행으로 좋은 수가 생겼다. '뻐스'가 와르릉 발동을 걸고 움직이기 시작하는 참인데 보따리를 껴안은 할머니가 궁글다시피* 뛰어오른 것이다.

"할머니 이리 앉으시오."

"아이구 이거 고맙습네다. 젊은 분이 틴델도 하시게……."

"……."

오히려 이편에서 감사를 드려야 할 참인데 그 할머니로부터 되레 치사를 받는다는 것이 화섭이는 내심으로 미안했다. 그러나저러나 우선 호혈虎穴을 면한 것 같은 기분에서 서서 가는 것도 마음 편했는데 차중에서 자꾸만 그 청년이 째려보는 데에는 질색이었다.

| * 궁글다. '뒹굴다'의 방언.

'자식, 어떻단 말야……. 되잖게스리.'

속으로 그런 소리를 되씹었지만 겉으로는 절대 내색을 할 수가 없었다. 그 녀석 눈초리는 그저 어떻게든지 시비를 걸고 달릴 꼬투리만 찾는 것 같았다. 그러니까 할머니에게 자리를 양보하고 일어선 것까지도 못마땅한 기색이었다.

"할머니 이쪽으로 편히 앉으시라우요."

할머니는 영문도 모르고 보따리를 밀어붙이며 좋아했다. 화섭이는 할머니를 부드럽게 바라보며 넌지시 웃었다. 할머니를 바라보고 웃기는 했지만 실상은 그 청년에 대한 항복을 표시하고 화해를 청하는 애소였다. 자신이 생각해도 지나치게 비굴한 수작이었지만 어쩔 수 없었다. 그 녀석은 자리를 양보하는 척 일어서서는 화섭이가 잡고 있는 손등을 덥석 포개 누르고는 시침을 떼는 것이었다. 서대문서도 내리지 않고 아현동서도 내릴 기색을 보이지 않았다. 화섭이는 옴짝 못하고 마포까지 봉욕을 당하는 수밖에 없었다. 녀석도 종점에서 내렸다.

"저어 선생님 인사합시다."

"왜 그러십니까?"

차에서 내리자 본격적으로 접어드는 그 녀석에 대꾸하는 화섭이의 음성은 자연 떨렸다.

"인사 좀 하자는데 뭘 그러십니까. 아직 시간이 이르니 저하구 약주나 한잔 나눕시다."

"글쎄 좋은 말씀인데 전 좀 바빠서요."

"이거 왜 이러는 거야. 되지 못하게 정말 이건 딱지가 덜 떨어졌군!"

"……."

"야 너 날 모르니?"

"글쎄 잘……."

"글쎄? 이런 머저리 같은 자식!"

녀석이 차츰 조여들자 화섭이는 등골에서 식은땀이 솟았다. 구경꾼들이 모여들었다.

"아니 글쎄 이따위 새끼가 날 모욕을 준단 말야 참 기가 막혀."

그 청년은 구경꾼들 들으라는 듯이 큰 소리로 뇌까리면서 화섭이의 멱살을 발끈 잡았다. 그런 경우 어떻게 하는 것이 제일 상책인가 하는 것을 생각해보았지만 좀체로 떠오르지를 않았다. 생전 처음 당하는 봉욕이다. 단둘이만 있는 장소라면 무슨 사죄라도 할 수 있지만 구경꾼들이 몰려들고 보니 차마 거기서 살려달라고 애걸을 할 수도 없고 해서 그냥 눈을 딱 감고 그 녀석이 하는 대로 내쳐 두는 수밖에 없었다.

"야 머냐? 왜 그래?"

"아니 글쎄 이 새끼가……."

"뭣 하는 새끼야?"

"몰라 근데 이게 까분단 말야. 행참."

"아니 가만있어라 이게……."

화섭이도 어디서 듣던 목소리다 하고 눈을 떴다. 의외에도 구경꾼을 헤치고 다가온 녀석은 틀림없는 '목발이'였다.

"이 새끼야 이거 놔! 너 누군 줄 알구 함부루 이러니. 쳇 참 큰일 날 뻔했군."

거기에 '목발이'가 나타난 것도 의외였지만 '목발이'의 제도가 그렇게도 위대하다는 것을 보고 화섭이는 새삼스럽게 놀랐다.

"이거 임 선생 아니 임 감독님 미안하게 됐습니다. 저 녀석이 철없이 그만……. 그저 몰라보고 그런 것이니 용서하시고 우리 약주나 한잔 나눕시다."

사실 그 장소에서 '목발이'가 아니었으면 화섭이는 죽을 욕을 보았을 것이다.

"감독님 오늘은 참 죄송했습니다……. 헤헤 그러니 감독님 얼굴이 영화에 나와야 제가 알지요 헤헤헤."

실상 털어놓고 보니 그렇게 우락부락한 녀석도 아니었다. '목발이' 한테 끌려서 서로 술잔을 돌리면서 화섭이는 또 하나의 처세관을 발견했다.

'내가 멸시를 당해온 것이 아니라 멸시를 하고 있지 않았나? 그런 대류 관계로 내 스스로 멸시를 당하고 있는 것이다.'

하는.

—《자유문학》, 1958년 5월.

엄친嚴親

창식아…….

내게 무엇인가 꼭 말해야 될 것이 있는 것 같다. 이제사 말이다.

"왜 죽었느냐?"

고 너를 책하거나, 네가 스스로 죽음을 택한 것이 이 애비의 탓이 아니라고 구차한 변명을 하려는 것이 아니다. 이 애비는 너희들 사 남매에게 누구보다도 너그럽게 대해온 사람이다. 너희들의 권리를 침해하지 않으려고 무한 노력해온 사람이다. 그런 내가 지금 싸느랗게 식은 네 시체를 바라보고 무슨 책망이나 변명 같은 것이 있겠니?

너는 나의 장남이라는 위치에 있었다. 네 그 좋은 허우대를 나는 누구에게나 자랑했다.

"자식, 이제 겨우 열여덟인데 저렇게 건장하단 말야……."

하고 우선 믿어온 너를 누구에게나 자랑했던 것이다. 너에게는 한 번도 그런 소리를 한 일이 없지만…….

우리는 부자간이었다. 그렇기 때문에 애비인 나는 너를 보고 칭찬을 못 하고 너 역 나를 보고 직접 칭찬한 적이 없는 것이다. 너도 네 친구들에게는 이 애비가 풍부한 지식을 품고, 실업계에서 손꼽는 인물이라는 것을 자랑했을 것이다. 나는 그렇게 짐작한다. 우리는 그런 처지에 있으면서 한 번도 정다운 말을 주고받은 적이 없다.

밤이 깊고, 몸부림치던 네 어미도 저렇게 지쳐서 잠이 들었으니 나는 조용히 너의 시체와 마주 앉아 얘기하고 싶고나.

창식아.

이 애비가 너희들의 하는 일을, 아니 하고 싶어 하는 일을 가로막은 적이 있었니? 또 하기 싫은 일을 억지로 시킨 적이 있었니? 우리 집의 평소 생활부터 검토해보자. 나는

"아버지 학교에 다녀오겠습니다."

하는 인사를 너희들에게 강요한 일이 없다. 그건 너희들 인격에 허식이라는 것이 배이지 않도록 하기 위해서였다. 내가(이 애비가 말이다) 며칠 동안 먼 곳에 출장을 갔다가 돌아왔을 때도

"이제 오십니까?"

하고 인사를 하는 것은 늙은 나의 아내(너의 어미)와 식모뿐이었다. 서재에서 며칠 동안 들리지 않았던 큰기침 소리가 온 집안에 울리자 너희들은 비로소 애비가 여행에서 돌아온 것을 알게 되었겠지……. 물론 내가 먼저

"이제 돌아왔다."

고 너희들에게 인사를 하지도 않았다. 도대체 그런 '인사'라는 것은 옛날의 수신독본을 들추는 것 같아서 너희들 비위에는 맞지 않을 것이다. 나는 그런 생각을 한다는 것이 같은 연배에 있는 다른 친구들보다 훨씬 앞서고 너희들의 세대와 함께 숨 쉬고 있는 줄로 알았다. 그것은 어려운 일이었다. 너희들에게 하나도 관심이 없는 척한다는 것은 말이다. 내게는 막내둥이요 네게는 끝에 아우가 되는 양식이가 이 애비에게 어색한 애교

를 부릴 때 나는 퉁명스럽게

"머야?"

하고 요구 조건을 물었다.

"권총……."

"얼마?"

"삼백 환."

"여깄다."

그 이상의 말이 필요치 않기 때문에 우리 부자간에는 언제나 요점만 통하는 버릇이 생긴 것이다. 네게는 고정적으로 일용돈의 한도가 있었으니까 그런 대화조차도 필요 없었다. 네 누이인 창순이도 그랬고 중학 일년생인 윤식이도 그렇지 않느냐…….

너희들은 이 애비에게 별로 질문을 한 적이 없었다. 가장 알고 싶은 것이 많을 너희들이었지만 나는 그것을 스스로 터득시키기 위하여 너희들에게 질문을 금했다. 질문을 하지 못하도록 강제로 금지시킨 것은 아니다. 나는 너희들이 무엇을 물었을 적에 대답을 하지 않았었다……. 창식아, 이 애비는 또 말머리를 딴 데로 돌리는구나. 웃지 말아라. 이 애비의 하는 말을 듣고 네가 소리 없이 웃는 것만 같고나. 나는 네가 힐죽이 웃는 것을 보면 모든 자신이 없어진다. 이 애비의 하는 짓이 모두 네게는 웃음거리가 되지 않는가 하는 자각이 생긴다. 애비의 권한이 무엇인가 모른다. 때로는 너희들에게 큰소리를 지르고 싶었다. 매질을 하고 너희들 눈에서 눈물이 흐르는 것을 보고도 싶었다.

"아버지 잘못했습니다. 다음부터는 그렇게 하지 않겠습니다."

하고 너희들이 이 애비의 존재를 인정해준다면 나는 흐뭇했을 것이다. 너는 이 애비를 비굴하다고 생각한 적은 없었니. 다른 애비들처럼 자신이 일생 동안 걸려서 이루지 못할 일을 자식에게 강요하지 못하는 이 애비를 말이다. 나는 그 짓을 안 했다. 어버이의 자격이 없다고 혹평을 한다 해도 나는 너희들에게 내가 하지 못한 일을 강요하지는 못한다. 너희들이 귀엽기 때문이다. 너희들에 대한 것은 일체 관심이 없는 것 같아 보였지만 나는 너희들이 귀엽다. 내 머릿속에는 언제나 너희들에게 대한 기쁨과 걱정으로 꽉 차 있다. 그러나 나는 짐승이 아니다. 물론 너희들도. 그래서 애비니 자식이니 하는 패쪽을 붙이지 않고 살아보려고 한 것이다. 그런데 너는 죽었다.

창식아.

나는 너와 친구가 되려고 노력했었다. 지금 이 자리에는 너(시체)와 나밖에 없으니까 무슨 소리를 지껄여도 괜찮겠지. 정말 네가 나의 좋은 벗이 되어주기를 원한 것이다. 네가 고등학교에 들어간 뒤부터일 것이다. 좀 더 정확히 말하자면 그해 봄에 네가 골방 문을 잠그고 나와 맞섰을 때부터겠지. 나는 그때 아쩔했다. 너를 한번 후려갈긴 것은 너희들이 원하는 애비 구실을 해보자는 것이었다. 물론 그것이 나의 일방적인 오해였기 때문에 엉뚱한 결과를 나타냈지만 네게 손찌검을 한 것은 짐승처럼 너를 사랑했기 때문일 것이다.

너는 그날 (아무런 저항도 없이) 평소에 쓰지 않는 골방으로 들어갔지……. 참 너는 우스운 자식이었다. 문고리를 안으로 잠그고 딴 사람은 얼씬도 못 하게 했으니 밖에 있는 사람들이 얼마나 간장을 태웠겠니? 또 너는 어미를 거쳐서 내게 돈을 반환해 왔지? 세뱃값이라고 해서 너희들 사 남매에게 깡그리 나눠 주었던 그 돈 말이다. 네 어미가 보기에는 확실히 '넌센쓰'였을 것이다.

"창식이라고 하는 아이가 이거 당신에게 돌려주랍니다. 그때 세뱃돈으로 받은 건데 이까짓 거 필요 없다구요."

하면서 깔깔 웃었으니까……. 그 때문에 우리는 내외 싸움을 했다. 네 어미는 너와 나 사이에 벌어진 그런 심각한 싸움을 '넌센쓰'로 여기니 내가 그냥 듣고 있을 수가 있어야지.

나는 아내(네 어미)에게 마구 욕을 퍼붓고 돌아앉아서 회사 서류를 뒤적거렸지만 사실은 그것이 아니었다. 네 어미에게도 자식들에 대한 일은 아주 무관심한 척했을 뿐이다. 골방에 묻혀서 나오지 않는 자식보다도 사업이 중하다는 기색을 보였을 뿐이다. 그것은 필요한 동작이었다. 네 어미에게는 그런 위엄을 보이는 것이 내 습성이기도 했다.

그 일 세뱃돈 반환 사건을 계기로 나는 네 인격을 다시 검토했다. 어릿광대인 양식이가 그 짓을 했다면 모르지만 벌써 어른들의 세계를 넘어다보는 네가 그 돈을 반환해 온 것은 확실히 내게는 예삿일이 아니었다. 나는 네 인격을 다시 검토했다. 나는 너에게 졌다. 지기는 했으나 속으로 기뻤다. 그리고 내가 그만큼 우둔했다고 자각했다. 정월 초하루라고 해서 너희들에게 세배를 시킨 것부터가 그랬었다. 이편에서 절을 받으면서 쾌감을 느끼고 있을 때 너는 힐죽이 웃었다. 너는 세뱃값이라고 펄쩍 던져주는 지폐장을 주워 들고 또 힐죽이 웃더라. 그걸 그때는 미처 몰랐다. 분명 너는 인격적인 모욕감을 느꼈기 때문에 그 돈을 쓰지 않고 간직해 두었었지? 그리고 내가 또 한 번 네 인격을 무시하는 기회가 오기를 기대했었지? 피차에 괴로운 일이었었다. 가장 친한 처지에 있으면서도 그런 불만을 노골적으로 털어놓지 못하는 것이 말이다. 그건 너뿐만이 아니다. 너의 누이인 창순이 역시 이 애비와의 거리가 차츰 멀어져갔다. 계집애란 아기뚱하기* 때문에 때로는 친근한 척하면서도 이 애비의 존재를 업신여겼다. 하긴 너희들의 행동을 간섭할 자신이 없었지만 네 누이년은 그것을 책잡아서 이 애비를 싹 무시하기 때문에 피차의 친근성이

| * 말이나 행동, 생각이 엉큼하다. 몸가짐이나 태도가 뚱하고 무뚝뚝하다.

차츰 사그라진 것이다. 슬픈 일이었다. 지금도 마찬가지지만…….

창식아.

이 애비가 너희들의 행동을 간섭하지 않고 방임한 것은 너희들을 그만큼 사랑했기 때문이다. 너는 힐죽이 웃지도 않는구나. 못된 녀석 같으니……. 나는 너희들의 행동을 일체 방임하면서도 언제나 너희들 일로해서 머릿속이 꽉 차 있다고 말했지? 그 증거를 대마. 나는 때때로 너희들 일기장을 훔쳐보았다. 그게 얼마나 무서운 고역인지는 너희들은 모른다. 나도 그 짓이 왜 그렇게 무서운지 모른다. 네 누이 창순이 넌 일기장을 훔쳐볼 때는 숨이 콱콱 막혔다. 나는 너희들과 함께 호흡할 수 있으리라고 믿었으나 그건 어려운 일이었다. 창순이 일기장에 이런 구절이 있었다.

그이는 그만 헤어지자고 했다. 아직 우리들의 시간은 남아 있었다. 그까짓 시간이 문제가 될 수 없을 만큼 우리는 즐거웠다. 그런데 그이는 나를 뿌리쳤다. "아무래도 그냥은 견딜 수가 없어…… 종삼에 들려서 이 흥분을 가라앉혀야만 되겠어……." 하는 것이었다. 나는 그이의 겨드랑에서 팔을 빼는 수밖에 없었다. 참 서글픈 일이다. 그이를 '에고'라고 나무랄 수는 없으니까…….

창식아.

이 애비가 그 일기장을 보면서 그들의 감정을 나눌 수 있었겠니? 나는 풀 수 없는 암호와 같은 그 구절들을 어떻게든지 해독하려고 애썼다. 그러나 나의 낡은 두뇌로써는 풀 수가 없어서 창순이를 조용히 불러 앉힌 것이다.

"아버지는 부끄러운 일이라고 생각하지 않으세요?"

"물론 부끄러운 일이다. 그러기 때문에 너와 조용히 얘기하자는 것이다."

"뉘우치셨단 말씀이죠?"

"글쎄."

"좋아요. 아버지의 인격을 존중하니까."

"아니 넌 지금 이 애비가."

"글쎄 좋다니까요. 절 이 이상 흥분시키지 마세요. 남의 일기장을 훔쳐보기는 했지만 굳이 그렇게 사과는 하실 것 없어요. 아버지는 신사가 아니세요?"

이 애비는 딸을 앞에 앉혀놓고 또 한 번 실수를 했구나……. 언어조차 제대로 통하지 않는 자식들이었다. 이 애비는 점점 당황할 수밖에 없었다. 열세 살짜리 네 아우 윤식이란 놈의 눈치까지 살피게 됐다.

창식아.

무능해진 폭군이 얼마나 고독한지 너는 짐작도 못할 것이다. 이 애비는 너희들 앞에서 완전히 기능을 상실한 셈이 되었으니 말이다. 네 어머니는 되레 걸리적거리는 존재였다. 쾌락을 억제하는 맛에 살아온 너희 어미와는 너희들에 대한 수수께끼를 같이 풀 수가 없었다.

네 누이 창순이가 결혼을 하겠다는 의사를 전해왔을 때 이 애비는 별로 놀라지 않았다. 네 어미는 창순이의 생활을 그냥 단조롭게만 짐작하고 있었으니까 당황하는 모양이었지만……. 그런데 정작 결혼 상대자가 누구라는 것을 알자 이 애비는 난생 가장 크게 놀란 것이다. 너도 그때 집안에서 일어난 분란을 알고 있지? 글쎄 그게 될 말이냐? 나는 너희들을 양육한 대가를 받으려고 생각한 적은 한 번도 없다. 그렇지만 대학까지 보낸 딸자식이니, 고등학생인 너나, 국민학교 육학년인 윤식이, 또 막내둥이인 양식이나, 너희들 사 남매에 대하여 모두 각가지의 소망을 걸

고 있었다. 그것이 네 누이 년서부터 무너지기 시작했으니 억울하지 않
을 수가 있겠니?

"아버지는 참 고루해요. 물론 세대가 다르고, 받은 교육이 다르니까
무리도 아니겠지만 제 결혼 문제를 가지고 아버지에게 양보할 의사는 없
어요. 제 자신에 대한 문제는 누구보다도 제가 잘 알고 있어요. 절 이만
큼 키워놓았으니까 아버지나 어머니는 제삼자의 위치에서 방관만 해도
좋아요. 전 그 사람에게 희생을 당한 것이 아니에요. 전 영리하니까 누구
에게 희생을 당하는 일이 없을 거예요. 전 그 사람을 정복했어요."

네 누이 년이 하는 소리를 알아듣지 못한 것은 이 애비가 무식한 탓
일까?

"그렇지만 처자가 있는 사람이 아니냐? 나이도 근 이십 년이나 차이
가 있고……."

"저는 그 두 가지 조건 때문에 그 사람과 결혼하기로 결심한 거예요.
그 사람의 부인과 저의 인격을 대조해 볼 때 자신이 생겼거든요. 호호호
호."

네 누이 년 입에서는 자꾸만 엉뚱한 소리가 삐져나왔다. 이 애비는 점
점 당황할 수밖에 없었다. 말이 통하지 않기 때문에 폭력을 썼지만 결과
는 역시 이 애비가 지고 말았다. 참혹하게도…….

창식아.

네 누이 년이 집을 나가도록 한 것이 애비라고 생각하니? 정말 몰라
서 묻는 것이다. 도시 너희들에 대한 일은 상징파의 그림을 감상하는 것
같으니 답답하기만 하구나. 네 누이가 애비의 폭력을 피하여 집을 나갔
기 때문에 나는 남아 있는 너희들에게는 말 한마디 던지는 것까지도 조
심했다. 네가 자라서 나중에 자식들을 거느려보면 그것이 얼마나 어려운
일이라는 것을 알 수 있었을 것인데…….

창식아.

나는 지금 네 앞에서 왜 이런 넋두리를 꺼내놓는지 모른다. 따지고 보면 너는 이제 내 자식도 아니고 친구도 아니고 같은 인간도 아닌 싸늘한 시체에 불과한데 말이다. 아주 야박하게 말하는 사람들은 너는 나를 끝까지 괴롭힌 못된 놈이라고 하는데 나는 이렇게 평소에 하지 않았던 얘기를 꺼내는구나.

내일이면 네 육체는 재가 된다. 이 애비가 누구에게나 자랑하고 싶었던 건장한 너의 육체가…….

너의 덩치가 영 없어지기 전에 나는 더 좀 얘기를 하고 싶다.

나는 네가 자살을 하지 못하도록 막아낼 힘이 없었다. 도시 너희들 세계에서 무슨 일이 생기고 있는지 알 수가 있어야지…….

하기는 너도 이 애비의 세계를 몰랐을 것이다. 너희들에게 모든 편의를 제공하기 위하여 나는 그만큼 부지런해야 했다. 내가 만약 내 인격만을 솟구고 고집을 부리고 태만했다면 그 영향은 곧 너희들에게로 갔을 것이다. 너희들은 이 애비가 그저 인쇄기에서 마음대로 지폐를 찍어내듯 돈을 벌어들이는 것으로 알고 있지만 그것이 아니다. 참 계적지근한 일이 많다. 그 얘기는 그만두자. 한 가지라도 끄집어낸다면 이 애비의 인격이 그만큼 허술해지니까…….

닭이 운다. 촛불이 사그라지고 만수향이 조용히 타고 있구나. 이게 무슨 꼴이냐? 나도 이 청승맞은 꼴을 하고 앉아 있기가 싫다. 네게 마지막으로 한마디만 묻고 싶다. 너는 이 애비가 어떻게 해주기를 원했었니? 남아 있는 네 동생들을 위해서 이건 중요한 문제다.

네 누이 창순이가 이 애비 곁을 떠난 이유는 흐릿하기는 하나 짐작이 간다.

제 깐에는 '행복'이라는 것을 찾아서 이십삼 년간이나 같이 살던 애비에게 '안녕' 한마디도 없이 떠난 것이다.

그런데 너는 무엇이냐? 네 유서는 거짓이다. 그런 실없는 소리가 있을 수 없다.

좀 더 큰 자극이 필요했습니다. 폭력 교사의 채찍이나, 호국단장의 주먹은 싫었습니다. 자식을 언제나 못 미더워하는 부모 곁에 있는 것도 괴로웠습니다. 인공위성은 너무 일찍 떴고, 낡은 도덕에는 지쳤습니다. 내가 택할 수 있는 오직 하나의 극단의 일은 이것뿐입니다.

너는 그따위 허튼소리를 써놓고 정말 죽었다. 정말 초하룻날 얻은 세뱃돈을 반환하듯 너는 인간으로서 최대의 권리를 포기한 것이다.

너는 어렸다. 그리고 정말 못난 녀석이다. 공금을 횡령한 장교가 막다른 골목에서 이유를 내세우고 있다.

이 애비는 너를 방임하기는 했지만 무관심하지는 않았다. 그러니까 너를 못 미더워한 것은 사실이다.

너는 이 애비를 '무능한 폭군'이라고 멸시했지? 사실 네 누이나, 너나, 또 앞으로 자라나는 네 동생들을 빈틈없이 다뤄나갈 자신은 없다.

그건 할 수 없는 일이다. 그러나 인간으로서의 연륜은 너희들의 그늘이 될 수 있다.

너도 죽지 않고 몇십 년 지냈다면 네 자식들에게 그런 소리를 할 수 있을 것이다.

창식아.

네가 죽었다는 소문을 듣고 단발머리 소녀가 달려왔더라. 의젓잖은 것 같으니…….

그 소녀와 폭력 교사가 어쨌단 말이냐? 인공위성이 단발머리 소녀의 눈물과 같단 말이냐? 예전엔 우주와 지구와 인간을 비교하다가 자살한 고등학생이 있었다.

"지구는 우주 속의 한개 먼지 푼수밖에 안 된다. 그 먼지 속의 인간이란?" 하고, 허무감에 사로잡혀 자살을 한 어린 '니힐리스트'의 외침이 너보다는 훨씬 당당했다.

그 소년에게 인공위성 '익스풀로러'가 발사되었다는 소식을 전해주었다면 자살할 결심을 포기하였을 것이다.

현대는 너에게 자살을 강요하지 않았다.

네가 말하는 '낡은 도덕'도 너에게 자살을 권유하지는 않았다.

너는 무엇엔가 놀란 것이다. 자신을 잃은 것이다. '스푸트니크' 속에 '라이카'(우주견宇宙犬)가 타고 갔다는 소식에 놀랐을는지도 모른다.

네 눈에는 거리의 깡패나 매춘부나 '외교 넘버'가 붙은 오십칠 년 식 승용차밖에 보이지 않았지?

결과야 어찌 되었든 네 누이는 자신 있는 행동이었다. 애인의 손을 뿌리치고 종삼 골목으로 달려간 청년도 정직했다.

네 동생 윤식이는 '인도네시아' 내란에 관심을 갖고 있다.

그리고 여덟 살짜리 양식이는 남방어족南方魚族을 기르는 데는 삼십오도의 수온을 유지해야 된다는 것을 어디서 얻어듣고는 알뜰하게 기억하고 있다.

창식아.

우주의 공간이 많이 줄어들었다. 이대로 얼마 안 가면 국경이 촌락의 표식으로 변할 것 같다.

그런데 너는 죽었다.

건강한 네 허우대가 아까워 나는 이렇게 운다.

종소리가 들리는구나. 교회에서 울려오는 새벽종이다. 우주 시대의 새벽을 알리는 종소린가 보다.

너와 지금까지의 관련을 청산시키는 종소리인지도 모른다.

네 어미가 잠을 깨였다. 또 울기 시작한다.

울음으로서만이 모든 문제가 귀결 짓는 것으로 알고 있지. 마지막 가는 너에게 모진 소리를 많이 했다.

이제 네 얘기는 않겠다.

날이 새고, 네 어미가 저렇게 몸부림을 치니 어디 조용히 얘기할 수나 있겠니?

여보.

울음을 그만 그치오. 우리가 할 가장 중요한 일이 남아 있지 않소.

저 자식을 어떻게든 처리해야 할 것이오.

허어 또 저 처녀가 왔군. 우리 창식이를 사랑했다는 것이지?

잘 왔다. 넌 왜 또 그렇게 우니?

우리 창식이 녀석과 어떤 관계가 있었기에 우느냐 말이다. 울 필요 없다.

너는 또 애인을 찾으면 된다.

우리 창식이와 같은 아니 그보다도 더한 애인을 고를 수 있다.

인공위성을 먼저 타겠다고 자원하는 영웅들도 많다.

우리 창식이에게는 화장火葬이라는 절차가 남았을 뿐이다.

그 아이를 생각하고 우는 것은 억지다. 허허 너는 참 어리석은 아이로구나.

무어?

잉태를 했기 때문에?

그렇다면, 서러울 것이다. 울어라.

실컷 울었거든 나하고 상의하자.

창식이는 죽었어.

그러니까 아무런 상의도 할 수 없다.

나는 그 녀석의 애비니까 자식의 뒤처리는 감당해야지. 낡은 도덕이
지만……. 여보.

녀석은 자식을 낳기도 전에 걱정이 되었던 모양이오. 저는 십팔 년
동안이나 남의 신세를 지고서……. 참 못된 것이었군. 그것이 폭력 교사
에게 주입 교육을 받았다는 증거라면 어처구니없는 일이오.

창식아.

인간들이 피차에 인격을 존중하면 그 뒤에는 반드시 복잡한 절차가
따르는 모양이다. 장례식이 끝나면 산실産室을 준비해야 되겠으니 말이
다. 그런 허비 생활을 하지 않았다면 우리는 좀 더 발전하지 않았겠
니……. 어른이 되어가는 자식을 친구처럼 존경하고, 성숙한 딸의 일기
장을 훔쳐보고 하는 것은 헛된 수고였나 보다.

애비와 자식이라는 패쪽을 달지 않고서는 살 수 없는 것이 인간인 것
을 공연한 억지를 부렸구나. 우주가 한 울타리가 되어도 역시 아비는 아
비, 자식은 자식인 것을…….

창식아. 내 아들 창식아.

네 장례가 끝나면 네 자식의 해산을 기쁘게 기다리마. 잘 가거라.

끝.

—《신태양》, 1958년 5월.

꽃제비

창식昌植이라고 하는 청년이 찾아왔다는 전갈을 받고도, 나는 한참 동안이나 누군가 하는 것을 생각해야만 했다. 그 아이와는 만난 지가 그만큼 오래되었으니까 내 기억력을 나무랄 필요는 없다. 그보다는 녀석이 의젓이 고개를 숙이고 인사를 할 때, 양복바지 뒷주머니에 빨간 손수건이 끝을 내밀고 있는 것과, 여드름이 디꺽디꺽한 고개를 외로 돌리는 것을 보고서야 우리들이 헤어져 있었던 기간을 측정할 수가 있었다. 나는 외숙이라고 하는 의무와 위엄을 나타내기 위하여 두서너 마디 그동안의 안부를 물었지만 그저 우물쭈물하기만 할 뿐 몸뚱어리를 어떻게 할지 몰라 주저주저하기만 했다. 들어봐야 뻔한 노릇이고 오히려 확실한 얘기가 터져 나오는 것이 두려워

"너 지도를 그려줄 테니 집으로 가렴."

하고, 나는 다시 사무실로 들어가 비교적 세밀한 지도를 그려서 주었다.

'녀석이 갑자기 왜 찾아왔을까?'

그동안 풍문으로 들은 일이 있기 때문에 은근히 걱정이 되었다.

머리를 상고로 쳐올려 깎은 꼬락서니나, 내 앞에 섰을 동안 두 손을

한데 모아 비비적거리는 동작 같은 것도 예사로 보이지 않았었다. 유순하기만 하던 눈언저리가 그렇게 보아서 그런지 꾸릿꾸릿한 것도 같았다. 그전에도 별로 숫기 있는 아이는 아니었지만 내 앞에서는 비교적 똘똘하게 보이던 녀석인데 몸뚱어리에 중심을 잡지 못하고 앞뒤를 자꾸만 살피는 것 같은 것도 내 눈에 거슬렸다.

"창식이 무슨 말 안 합디까?"

집에 들어오자마자 나는 건넌방에 들리지 않도록 아내에게 물었다.

"집행 유예를 받았다는군요."

"집행 유예?"

"이젠 그 짓을 안 하려고 당신을 찾아왔대요. 그런데 가만히 들어앉아 있는 직장은 감당 못 하겠대요."

"직장이 어딨노!"

나는 내 소리에 놀랄 만큼 노기를 띠었다. 우선 내게 그만한 부담이 생겼다는 것에 화가 치민 것이다. 취직 부탁에 아주 넌더리가 날 지경인데다가, 또 그런 소리를 들으니까 부아가 치밀기도 할 일이지만 공연한 큰 소리를 질렀다고 금시 후회했다.

'미스 한과 생질인 창식이와…….'

엉뚱한 일이지만 그렇게 결부를 시키고 보니 그렇게 역정을 낼 만한 일이 아니었다. 남의 취직 알선을 그렇게 싫어하면서도 미스 한을 K 출판사에 몰아넣을 때는 온갖 성의와 끝장에는 반강제적으로 성사를 시켰는데, 막상 나와 핏줄이 얽혀 있는 창식이가 그것도 지금까지 하던 것을 다 버리고 제법 새사람이 되겠다고 하는 것을 뜬 것 물리듯 하는 내 심정머리가 미웠다.

"소매치기 두목이었다는군요."

남의 속도 모르고 아내는 주워섬겼다. 소매치기라는 소리를 듣는 순간 나는 손시계를 들여다보았다. 아차! 실수를 했구나 하고 금시 후회했다. 나는 초침 돌아가는 것을 한참 들여다보고는 설마 아내가 내 속을 알아채지는 않았겠지 하는 변명을 했다. 창식이에게는 지극히 미안한 일이지만 나는 새로 장만한 론진 시계가 소매치기 노릇을 하여온 창식이와 연관성이 있는 것으로 착각을 했으니 얼마나 어설픈 짓이냐.

"창식이는 이걸 보고 아주머니는 참 약다고 하더군요."

아내는 손가락을 펼쳐 보이면서 건넌방에 들리지 않도록 킥킥거렸다. 아내는 손가락이 가늘어서 반지에다 헝겊을 감아서 끼고 있다. 그것을 보고 창식이 녀석이 약다고 칭찬을 했다니 참 어처구니없는 소리다. 내 앞에서는 그렇게 주저주저하던 녀석이 어째서 그렇게 다부진 소리를 했을까? 그냥 끼고 있는 반지는 제 것처럼 마음대로 쉽사리 뽑아낼 수가 있지만 헝겊을 감은 놈은 비눗물을 칠해도 쉽사리 뽑아지지 않는다고 설명하더라는 것이다.

우리 내외가 그런 얘기를 하고 있을 때 건넌방에선 도란도란 지껄이는 소리가 들렸다. 무슨 소리를 하는지는 분간할 수 없지만 가끔 킥킥거리는 것으로 보아 저희끼리는 꽤 흥미 있는 화제인 성싶었다.

이튿날 아침에 일어나기가 무섭게 담배꽁초를 입에 물고 손을 내밀었던 나는 소스라치게 놀랐다. 응당 삼면경 위에 놓여 있어야 할 라이터가 없다. 그놈을 장만한 이후 제자리를 옮겨본 일이 없는 물건이다. 싸구려 삼면경 위에 제법 장식품 구실을 하는 탁상 라이터가 없어졌다는 것은 공교롭게도 창식이가 한집 안에 머물러 있는 첫날 밤에 일어난 사건이기 때문에 놀라운 일이었다.

"여보, 여기 라이터 어쨌수?"

그때에 내가 조금만 침착했어도 남에게 속을 들여다보이는 꼴을 안 당했을 것인데 비명에 가까운 그 한마디 때문에 내 방 안에서는 넌센스가 벌어지고 말았다. 라이터는 장 서랍에 간직되어 있었기 때문이다. 부덕을 닦은 아내는 자기가 라이터를 서랍에 간직한 이유를 말하지 않았다. 라이터가 없어진 것을 발견하고 내가 놀란 것보다는 그것을 눈에 띄지 않는 곳에 옮겨논 아내의 행동이 한 걸음 앞서고 있지만 나는 아내를 칭찬하지 않았다.

창식이가 우리 집에 온 다음부터 아내와 나 사이에는 무슨 비밀을 지니고 있는 것처럼 서로 주고받는 말에 조심성을 가져야만 했다. 그녀의 육촌 동생이라는 제대 군인이 얼마 전에 찾아왔을 때는 그렇지 않았다. 그런 분위기를 만든 것은 창식이와 녀석의 행동 때문일는지도 모른다. 아이들이 학교에 간 뒤에는 기침 소리 하나 없이 쑤셔 박혀 있다가는 내가 출근하는 기색을 알자 그림자처럼 대문 밖에까지 나와서 고개를 꾸벅하는 것이다. 그때에 녀석이 무엇인가 어물어물하지 않으면 나는 등 뒤에 인기척조차 느끼지 못할 정도로 창식이는 나를 어려워했다.

석(첫째 놈)이가 꽃제비가 무엇이냐는 질문을 던졌을 적에 나는 창식이 녀석을 어떻게든 처치해야 되겠다고 새삼스럽게 느꼈다. 과외 수업까지 하면서부터 부쩍 질문이 많아진 석이가 꽃제비라는 것이 무엇이냐고 물었을 때 나는 우선 한번 후려갈겼다. 내가 소매치기에 대한 은어를 모를 줄 알고 제법 뽐내보려고 덤볐다가 혼이 난 석이가 시무룩해지자, 자칫하면 창식이로부터 입는 피해가 무서워질 것 같아서 그 녀석을 내 방으로 불러 앉힌 것이다

"이놈아, 대체 어떻게 할 작정이냐!"

"글쎄, 저도 모르겠어요."

싱거운 대화는 첫마디에 그만 중단되고 말았다.

"넌 지금까지 한 일이 잘한 짓으로 생각하느냐?"

그건 창식이 입에서 무슨 대답을 구한다느니보다 집안 어른으로서 권력 행사다.

"정말 이젠 앞날을 생각해야겠어요."

마치 무대 위에서 신파 배우들이 지껄이듯 뇌까릴 적에 나는 피식 웃음이 터질 뻔했지만 녀석 입에서 다음 얘기가 튀어나올 적에 전신이 오싹 죄어드는 것 같았다.

"그까짓 붙잡히는 건 문제없어요. 낡은 것을 그냥 집어야만 말을 듣는 녀석이 있기 때문에……. 그러다가 여자를 꼬여 팔아먹기도 하게 돼요. 그런데……."

처음에는 어색하게 입을 벌리더니만, 말문이 트이자 창식이는 주저라든가 수치심 같은 것은 본시 느껴본 적이 없다는 듯이 그동안 지내온 일, 저질러온 짓을 거침없이 주워 넘겼다. 온갖 망나니 구실을 하고 괴상망측한 인물로 취급되는 내가 되레 무색해졌을 정도니까 불과 열여덟 살밖에 되지 않는 부랑아 창식이는 의젓한 고등학교 선생님인 나보다도 또 하나의 인격을 갖추고 있는지도 모른다. 교육자인 내가 사회의 이목을 두려워하면서 참을 수도 있는 생리적인 욕구를 충족시키기 위하여 매춘굴을 찾아든 것과, 증명서를 몸에 지니고 있는 것이 불편할 정도의 생활환경에서 매춘굴을 드나든 창식이와, 어느 편이 자랑할 수 있는 것이냐 말이다.

"세상에 너보다도 불행한 아이가 얼마든지 있을 것이다. 그렇다고 해서 그 아이들이 모두 너처럼 못된 짓만 하고 다니지는 않는다. 낮에는 죽도록 일을 하고서도 저녁에는 책가방을 들고 학교를 찾아가는 아이를 너는 보지도 못했느냐? 못된 녀석 같으니. 우리 가문에서는 아직 형무소를 모른다. 너는 가문을 더럽히고 자신의 장래를 망친 녀석……."

지극히 상식적인 말을 털어놓으면서 나는 나대로 흥분하고 있을 때,

창식이는 홀쩍홀쩍 울고 있었다. 옆에 앉았던 아내는 창식이가 내 얘기에 감동되어 우는 것으로 알고 지극히 심각한 태도로, 어쩌면 자기 자신도 따라 울고 싶다는 듯한 기색이었지만 사실은 그게 아닐 것이다. 그것을 증명하는 듯이 창식이는 울음을 그치고 내게 가장 큰 부담이 되는 그리고 당연한 의무를 지워주는 것이었다.

"앞으로는 외삼촌이 시키는 대로 하겠어요."

그제사 나는 눈 기슭에 무엇인가 비치는 것이 있었다.

"그래, 참 잘 생각했다. 네가 나보고 무엇이든지 시키는 대로 하겠다고 했는데, 나는 지금부터 무엇이든지 네가 하고 싶다는 대로 시켜주마. 학교에 가고 싶다면 학교도 넣어주고 장사를 하고 싶다면 장사를 시켜주고 그냥 놀고 싶다면 집에서 놀려주마. 나는 죽은 너의 어미와 동기간이다……"

학교에서 강의를 할 때처럼 위엄성 있는 말투로 한참 넘기다가 나는 공연히 무서워지면서 그 이상 말을 계속할 수가 없었다. 단숨에 그냥 입 밖으로 나오는 대로 정말 내가 학교에서 학생들에게 지껄이듯 한다면 나중에는 영 감당할 수 없는 굉장한 거짓말을 하게 될 것이라는 것을 자각했기 때문이다.

불과 이삼 분 동안에 창식이와 내가 지껄인 대화를 추려보면 무서운 일이다. 창식이는 내게 매춘굴에다 색시를 소개한 것까지 감추지 않고 얘기했다. 그만큼 정직한 그 녀석은, "외삼촌이 시키는 대로 하겠어요." 한 소리가 결코 거짓말이 아닐 것이다. 그런데 나는 학교도 보내주고 장사도 시켜주고 그냥 놀려도 주고 하겠다는 멀쩡한 거짓말을 끓여 부은 것이다. 내가 무슨 재간으로 창식이를 그처럼 우대할 수 있겠는가? 내가 가장 정직한 소리를 한다면 외삼촌으로서의 위신이 깎인다는 하찮은 이유에서 거짓말을 한 것이다.

이튿날 저녁에 퇴근하자마자 나는 조그만 일을 가지고 전에 없었던 신경질을 부렸다. 강아지에게 디디티를 뿌려주지 않았다는 것이 그리 중대한 사건이 아니라는 것을 뻔히 알면서 뜰 위에 있는 화분을 집어 동댕이칠 정도로 화를 냈다. 그때에 창식이가 대문 밖에서 담배를 피우는 것을 보지 않았더라면 그런 사태가 일지 않았을는지도 모른다. 창식이가 담배를 피우지 않는다면 오히려 이상하게 여겨졌을 것인데 웬일일까 생각해 봤다. 결국은 내가 간밤에 중대한 약속을 했기 때문에 벌써부터 그 부담을 느끼고 취직자리도, 학적도 마련할 수 없는 외삼촌의 무력한 허세를 보이는 것이 불쾌했을 뿐이다.

　"창식이가 사 온 거예요."

　호주머니에서 부스럭부스럭 백양갑을 꺼내는 기회를 타서 아내는 양담배갑을 내 앞에다 펄쩍 던졌다. 그때 아내의 불손한 태도. 그녀도 창식이가 사 온 물건을 내 앞에 내놓기가 겸연쩍어서 그랬는지도 모르지만 그것이 내게는 굴욕감을 훨씬 더 느끼게 했다. 그러면서도 그것이 한 갑에 삼백 환짜리 바이서로이라는 것을 속셈으로 따졌다.

　"아무래도 답답해서 들어박혀 있지는 못하겠는 모양이죠. 오늘도 바람 쏘이고 온다고 나가더니 다 저녁때서 들어오면서, 그래도 제법 손님 구실 하느라고 어린것들 과자까지 사다 줍디다. 손목엔 시계를 차고 있는데 그게 암만해도 수상해요."

　아내가 하는 얘기에 호기심이 치솟았지만 그 이상 듣는 것이 무서워서 나는 또 소리를 버럭 질렀다. 녀석이 여전히 꽃제비 노릇을 한다면 나는 꽃제비의 외삼촌이 아닌가? 무서운 일이었다.

　내가 겉으로는 소리를 버럭 내지만 창식이 행동에 지극한 호기심을 갖고 있는 것을 알아챈 아내는 저녁에 내가 퇴근만 하면 녀석의 새로운 행동을 하나하나 들추어 보고하고는 했다. 아내 얘기를 들으면서 나는 그렇게도 유순한 척하는 창식이가 버스칸이나 혼잡한 시장 복판에서 날쌔게 남의 호주머니를 따내는 행동을 연상하면서 혼자 공포심에 사로잡히기까지 했다. 손목에 찼던 시계가 없어진 대신 보지 못하던 라이터를 가지고 있다는 둥, 건넌방에 숨어서 콤팩트 거울을 들여다보고 여드름을 짜더라는 둥 여편네 주둥아리는 수다스럽기도 했다. 창식이가 온 뒤에 일곱 살짜리 둘째 녀석은 훨씬 명랑해졌다. 본시 목청이 되어먹지 않은 녀석이라서 노래라고는 들어본 적이 없는데 요즈음은 어느 틈에 배웠는지 제법 목청을 가다듬으면서 유행가 가락을 넘기고는 했다. 처음에는 그저 신기하게만 여겨져서 '도라지 캐러 가세 헤이 맘보……' 어쩌고 하는 노랫소리가 들려올 때 그저 우습기만 했다. 그런데 그것이 웃어넘길 일이 아니었다.

"아버지, 오늘은 구리학빠이* 줘야 해. 꼭 가져오랬어."

할 때에, 나는 무슨 물건을 달라는 것으로 알고 주춤거렸는데 그 소리를 듣자마자 건넌방에서 창식이가 완이를 불렀다.

"완, 이리 와. 여기 있어."

"신난다. 언니가 '씽'** 줄 테?"

완이 녀석이 우루루 건넌방으로 달려가더니 백 환짜리 석 장을 받아들고는 줄달음질을 치고 사라졌다. 나는 아무 소리 않고 집을 나왔다. 어쩌면 내 자신까지도 창식이에게 지고 넘어가는 것 같은 불안감에서 녀석을 어떻게든지 처치를 해야겠다고 다잡았다. 그리고 무엇이든지 소원대로 해주겠노라고 큰소리를 친 것이 두고두고 후회가 됐다.

창식이가 개입한 우리 가정에는 눈에 보이는 것처럼 분위기가 변해갔지만 하나하나 무슨 사건이 일어날 때는 그것이 모두 내가 무력한 데

* 학빠이. '학빠이'는 '백 원'을 뜻하는 은어.
** '돈'의 은어.

274

대한 조소처럼 여겨져서 불쾌했다. 그중에서도 내가 제일 당황한 것은 창식이가 군밤 장사를 시작했을 때다. 나도 몰랐었다. 아침에 출근하려고 버스정류소 쪽으로 걸어가는데 창식이 녀석이 꾸뻑 인사를 하는 것이었다. 보니까 사과 궤짝을 길바닥에 놓고 군밤 장사를 하고 있는 참이었다. 수다스러운 아내도 그것만은 내게 보고하지 않았기 때문에 나는 그날 아침에 무척 당황했다. 그대로 집에 되돌아와 아내에게 호통을 쳐야만 속이 후련할 것 같았지만 그럴 시간이 아니어서 그대로 출근했다.

저녁에는 단단히 벼락을 내릴 작정을 하고 일부러 대포까지 몇 잔 들이켰다.

"밤을 닷 되나 구웠대요. 한 되에 백오십 환씩 사다가 거의 갑절이나 되는 장사를 했다는군요."

나는 또 한 번 호통을 칠 기회를 놓쳤다. 큰 성공이나 한 것처럼 아내가 주워섬길 때 차마 내가 거기에 들이대지 못한 것이 아니라 백오십 환씩 닷 되면, 녀석 제법 벌이가 됐겠는걸 하는 치사스러운 생각을 하고 있었기 때문이다. 그럴 경우 나는 계산이 빠르고 정확하다. 백오십 환씩 닷 되면 칠백오십 환이 되고 그게 한 달이면 이만 이천오백 환이 된다는 어김수 없는 숫자가 떠오르는 것이니까 말이다. 날이 궂은 날이 있더라도 한 달에 이만 환 벌이는 될 것이니까 하숙비 푼수는 되겠지 하는 정말 치사한 생각을 하느라고 아내를 꾸짖을 것도 잊고 담배만 피웠다. 그때 분명 나는 언젠가 창식이가 사 왔다는 양담배를 털어서 아무런 거리낌 없이 맛있게 피웠다.

"불쌍한 녀석……."

창식이가 불쌍한 생각이 갑자기 들면서 그 아이를 그처럼 만들어놓은 매부 놈을 원망했다. 설마하니 외자식 하나를 그처럼 만들어놓는가 하는 미움이 자꾸만 솟구쳤다. 누이가 죽었다는 소식을 듣고 달려갔을 때 매부는 첫마디에 미안하다는 소리를 했다. 초상집이 아니었더라면 나는 무엇이 미안하단 말인가 하고 반문했을른지도 모르는 그를, 싱거운 소리를 심각한 얼굴로 하던 매부 녀석의 꼬락서니가 그때서야 비로소 밉게 나타나는 것이다. 창식이를 야간 중학교에 편입시키자고 작정했다. 군밤 장사를 해서 학교에 갈 밑천이 마련됐으리라고만 생각했기 때문이 아니다. 다음에 매부를 만났을 적에 큰소리를 할 수 있는 자료를 만들겠다는 실없는 생각도 아니겠지. 설마하니 내가 불쌍한 생질 하나쯤 공부시키는 것을 큰 자세로 여길 어설픈 인격이 아니니까.

그런데 정작 창식이는 학교 얘기가 나오자 별로 흥미가 없다는 듯이 우물쭈물했다.

"길가에서 그 짓만 하는 것도 좋지만 네 나잇세에는 공부를 해야 해. 일류 학교가 아니라도 제 노력 여하에 성공은 달려 있는 것이야. 제 마음 먹기에 성불성은 달려 있는 것이다."

창식이가 아무런 대답도 없이 손가락으로 장판만 문지르고 있는 것을 보자, 나는 어떻게든지 그 아이를 납득시켜 볼 양으로 훈계를 늘어놓았다. 듣다 못하여 창식이는 고개를 들면서

"학교를 갈 수가 있을까요?"

했다. 그때에 창식이 눈을 나는 똑바로 바라보기가 고되어서 외면할 수밖에는 없었다. 사실 창식이에게 학적을 마련하여 줄 만한 자신이 없다. 창식이 눈이 그렇게 빛나는 것은 자신도 없으면서 훈계를 하는 내 속셈을 알아챘는지도 모르니까. 녀석은 꽃제비다. 나는 내 속을 그 녀석에게 도둑맞지 않았다는 것을 증명하기 위해서라도 학교 일을 서두르려고 단단히 별렀다. 녀석의 돈을 한 푼도 쓰지 않고 큰놈 중학 보내려고 저축하여 온 돈을 몽땅 바쳐서라도 내가 이기고야 말겠다는 결심을 했다. 그것이 또 한 번 내게 대한 실수였다. 다음 날 단박 그 결심이 누그러졌으

니까 말이다.

"사실 장사아치로 성공한 사람들을 보면 처음에는 모두 맨주먹으로 거리에서 의젓잖게 시작했거든……. 그러는 데서 자연 경험도 얻고 분발도 하게 되는 것이야."

아내에게 그런 소리 할 때에 나는 무척 상냥했었다. 남편이 말하는 이 진리를 창식이에게 전하지 않는다면 그녀는 영리하지 못하다. 그러나 아무래도 나는 내가 하는 소리를 올바로 전달할 것 같지 않아서 건넌방에까지 들릴 수 있는 목소리로 경제계에서 출세한 박 아무, 이 아무, 거기에 외국 사람의 이름까지 들추어가면서 그들의 성공담을 주워 넘겼다. 창식이가 부득부득 학교에 가겠다고, 그리고 돈도 다 마련되었다고 졸라대지도 않는데 나는 그런 소리를 해야만 했다. 그것이 선수를 치는 것이었기 때문이다. 역시 선수였다. 창식이는 장사에만 그냥 정신이 쏠리고 있는 듯했다. 얼마만큼 한밑천이 생겼는지 궁금한 일이었는데 나나 아내나 예상한 것보다도 장사 재미는 더 있었던 모양이었다. 처음에는 한 됫박씩 사 오던 밤을 며칠 분을 한꺼번에 사들이는 것도 시원치 않다고 하면서 며칠 동안 시골에 다녀와야겠다고 했다. 원산지에 가서 듬뿍 사다놓고 한겨울 구워 팔아야겠다고 하는 것이었다. 도대체 얼마를 벌었는지, 나는 그것이 궁금했지만 물어볼 일이 못 되었다.

그것 때문에 창식이가 기다려지는 것은 아니었다. 어쨌든 창식이 돌아오는 것이 무척 기다려졌다. 내 곁을 떠나서 딴 데에 가 있는 것이 몹시 불안스럽게 여겨졌다. 지금까지 몇 해 동안 그 아이에게 가져보지 않았던 관심이다.

그런데 엉뚱하게도 해석이가 나타났다. 육촌 처남인 제대 군인 말이다. 영등포에 있는 어느 친구와 서신 연락으로써 취직이 거의 확정됐기 때문에 올라왔노라고 미리 안심을 시키면서 눈치를 살폈다. 본시 그 사람도 내가 좋아하는 편은 아니다.

저녁 밥상은 온통 지지고 볶고 한 푸짐한 반찬에다가 술 주전자까지 놓아서 해석이와 겸상으로 들여왔다. 해석이가 양쪽 손에 그들먹하게 사 들고 온 것이라고 구구히 얘기하지 않아도 지레짐작할 수 있는 밥상이었 다. 앞으로 얼마간 공식을 할 사람이고, 그렇지 않다 해도 손윗사람을 찾 아올 때에 있을 수 있는 예의다. 그리고 해석이는 남의 물건을 날치거나 들치거나 하는 그런 사람이 아니다. 그런데 나는 불쾌했다. 창식이란 놈 이 지금 어디 가서 무슨 꼴을 하고 있을 건가 하는 생각을 가졌었다. 하 필이면 왜 그 밥상을 받았을 때 그 생각이 들었는지 알 수 없는 일이다. 해석이는 저녁 식사가 끝난 뒤에도 성큼 건넌방으로 가지 않았다. 그러 니까 자기가 갖춘 예의에 대한 생색일지 모른다. 아내는 해석이가 자 기의 혈육이라는 것만이 아니라 무엇인지 떳떳한 것이 있는 성싶었다.

해석이의 취직은 좀처럼 쉽지는 않았다. 그러면서도 창식이보다는 나이만이 아니라, 본래 지니고 있는 넉살에서 녀석은 나와 마주 앉기를 어렵게 생각한다든가 심지어는 내 담배갑에서 바로 제 것처럼 쏙쏙 뽑아 서 피우는 것조차 서슴지 않았다. 나는 해석이에게 창식이처럼 훈계할 자료도 없으려니와 그런 흥미조차 느끼지 않았기 때문에 그저 덤덤하게 만 대했다. 창식이에게는 왜 그렇게 차게 대했던가 하는 생각을 하면 서……

창식이를 명동 고갯길에서 발견한 것은 거의 한 달이나 지난 뒤였다. 그때도 역시 그 아이가 내 앞에 와서 어물어물하지 않았더라면 미처 몰 랐을 뻔했다.

"미안해서요. 신세만 자꾸 지구."

창식이의 목구멍으로 기어 들어가는 듯한 그런 소리를 들었을 때 선 뜻했다.

"녀석아, 왜 집에 안 와……. 서울 바닥에다 집을 두고서 맥없이 거리를 헤매고……."

난 그래도 입으로 그런 소리를 하면서 그 녀석이 그동안에 무슨 짓을 했는가 하는 호기심뿐이었는데 이번에는 그 아이가 나를 몇 갑절 앞질러서 의젓한 소리를 하는 것이었다. 나는 그 시간에 그 거리를 걸었다는 것을 후회 비슷하게 생각했지만 창식이는 나를 만난 이상 그래야 할 의무를 느끼는 것처럼 내 뒤를 따랐다.

"외삼촌, 식사 안 하셨죠?"

버스정류소를 향해서 추근추근 걷는 동안 녀석은 또 한 번 나를 골렸다. 사실 나는 그때 시장기를 느꼈기 때문이다. 창식이는 내게 물어볼 것도 없이 안주로 도루묵 구운 것과 불고기를 푸지게 시키고 내게 술을 권하는 것이었다. 녀석은 그렇게 함으로써 피차의 거리를 단축시키려는 그런 계획은 아니었을 것이다. 그러니까 나도 복잡하게 생각할 필요가 없을 것인데 덥석 술잔을 비울 수가 없었다. 그런대로 몇 잔을 들이켜고 나니 주책없이 나는 취기를 느끼지 않을 수 없었다.

해석이 때문에 창식이가 더 거북살스럽게 여길까 걱정했더니 웬일인지 녀석들은 만나는 첫날부터 아주 단짝이 되었다. 참 다행한 일이었다. 또 하나 다행한 것은 그 녀석들 때문에 내가 일찍 집에 들어가는 버릇이 생긴 것이다. 내가 일찍 들어간다고 해서 그들에게 잔소리를 끓여 붓든가 그들이 하는 일을 부축해 준다든가 하는 것도 아니다. 무엇인지 모르는 궁금증 때문에 학교 일이 끝나는 대로 곧장 집으로 돌아가고는 한 것이다.

창식이와 해석이는 서로 네 것 내 것 없는 것처럼 시시덕거리는 모양이었다. 창식이가 가지고 있던 라이터가 해석이 손으로 옮겨지고 내 눈에 거슬렸던 빨간 손수건도 해석이 작업복 호주머니에서 삐껴지고 있었다. 저녁이면 무슨 궁리가 그렇게 많은지 잠시도 다물지 않고 두 놈들은 주워 지껄이고 있었다. 나는 녀석들 틈새에 끼지 못했다. 혹가다가 하도 재미있게 지껄이는 소리를 듣고 건넌방에 건너갈 양이면 단박 입들을 다물고 날 바라보기 때문에 도무지 그들 나름의 화제 속에 휩쓸릴 수가 없었다. 그런대로 나는 그들이 무슨 궁리를 하고 있다는 것을 짐작할 수가 있었다. 해석이가 먼저 영등포 맥주 공장에 취직을 하고 곧이어 창식이도 같이 일하도록 마련할 궁리인 듯했다. 그러니까 창식이는 군밤 장사를 다시 시작하는 것이 아니고 줄창 해석이 꽁무니에 따라다니며 뒤치다꺼리를 하는 모양이었다.

그러더니만 하루저녁은 두 녀석들이 통금 사이렌이 불어도 돌아오지 않았다. 아내는 두 아이들이 한꺼번에 취직이 된 것이 아니냐고 하면서 지극히 낙관적인 소리를 하고 있었다. 늘 해석이의 사교술을 칭찬해 온 아내니까 응당 그렇게 믿겠지만 나는 설사 그렇다 해도 마음이 놓이지 않았다. 도무니 해석이라고 하는 녀석은 히쭉히쭉 웃을 때 뻔쩍거리는 금이빨부터가 실없게만 보였으니까.

아니나 다를까 해석이는 이튿날 새벽같이 시무룩이 돌아왔지만 딴소리를 하고 있었다. 취직 교제 관계로 어쩔 수 없었다는 변명을 늘어놓고는 창식이가 돌아오지 않는 것을 그렇게 대수롭지 않은 듯 엉뚱한 소리만 했다.

"저의 동패를 만나러 간다고 하더니! 나 아니었으면 벌써 콩밥 먹을 녀석인데."

그 소리를 듣자마자 나는 결을 참지 못하고 녀석을 마구 몰아댔다.

"거참 고마운 일이군, 내 생질이 징역 갈 것을 막아줬으니 그런 은인을 어떻게 대접해야 할꼬……."

해석이는 내 속셈을 알아챘는지 금시 파랗게 질리더니

"형님, 무엇 그 말에 그렇게 노여워하십니까? 그 애가 나한테 한 소리가 있기 때문에 말했을 뿐입니다. 교제비는 호남선 열차 한 번만 타면 마련될 테니, 글쎄 소매치기한 돈으로 취직 운동을 해달라고 하더군요. 그걸 말렸어요."

참 유들유들한 녀석이다. 속이 들여다보이는 소리다. 언젠가 학교 일 때문에 한참 훈계를 할 때 나를 바라보던 창식이의 눈이 선했기 때문에 그 아이 입으로 소매치기를 할 테니 취직을 시켜달라고 할 리는 없었을 것이라고 여겨졌다.

설사 창식이가 그런 소리를 했다손 치더라도 그걸 말릴 해석이는 아니다. 어쨌든 나는 아내의 모든 흥이 한꺼번에 쏟아져 나올 만큼 해석이가 미워졌다. 어쩌면 그들은 공모해서 나를 속이고 창식이를 골린 것이 아닌가 하는 억측을 가지고 그네들의 씨알머리도 보기가 싫어졌다. 그럴 경우 이상하게도 내 억측은 잘 들어맞는다. 아니, 내가 그런 억측을 하기 때문에 상대편에서 거기에 들어맞히는지는 모르지만 어쨌든 미운 사람들이었다.

이틀 후의 일이다.

형사 티를 나타내지 않으려고 억지로 꾸미면서 학교로 찾아온 허수레한 신사를 만나자 금방 그것이 창식이 일이라는 것을 직각할 수 있었다.

"죄송합니다. 모두 가정 환경의 탓이죠."

형사라는 직업을 가진 사람들과 접촉한 적이 없는 나로서 그런 소리를 한 것은 결코 내 체면만을 닦으려고 하는 교활한 수작이 아니었다. 지극히 사무적으로 대하는 형사와 얘기를 하고 있을 때 숨 가쁜 전화가 들려왔다. 그녀가 무엇 때문에 그렇게 당황했는지는 모르지만 아내의 목소리는 비참하리만큼 가빴다.

"창식이가…… 창식이가……."

"알았어!"

"해석이가 지금 경찰서에 알아보러 갔는데."

"알았어!"

나는 아내가 당황하는 이유나 해석이가 경찰서에 알아보러 갔다는 수작이 무엇인가를 알 수 있었다. 그렇다고 나는 그들의 행동을 꾸짖을 필요가 없었다. 나 자신도 경찰서로 가야만 했기 때문이다.

창식이는 이상했다. 참 이상했다. 녀석을 줄창 보았지만 그렇게 툭툭 털고 나서는 것을 본 적이 없다. 나를 보고 고개를 돌리는 것이 아니라 무엇이 그렇게 떳떳한지 보아달라는 듯이 뚜벅뚜벅 걸어와서는

"외삼촌, 바쁘신데……."

라고 나무때기 걸상에 뻐젓이 걸터앉았다. 그러니까 나는 또 한 번 녀석에게 진 셈이다. 아무 소리도 못 하고 홀쩍홀쩍 울면서 매달려야만 내가 할 얘기가 있을 것인데 그렇게 당당한 녀석 앞에서는 나는 기가 솟지 못한다. 형사하고는 한통인 성싶었다. 내가 앉아 있는 앞에서 심문을 받는데 내가 알아듣지 못하는 말귀를 척척 받아넘기는 창식이는 전에 내 앞에서 몸뚱어리의 중심을 잡지 못하던 그런 아이가 아니었다.

"사실예요. 외갓집에서 그처럼 잘해줬는데 저는 버릇을 고치지 못하고 또 그 짓을 했어요. 할 수 있습니까? 먹고 싶은 것도 많고 일하기는 싫고……. 왜 꽃제비를 처음 다루기에 그런 말씀을 하십니까?"

형사 앞에서 그런 비뚤어진 소리를 할 때 창식이는 어린애가 아니라는 것을 비로소 알았다. 꽃제비로서 행세할 때 창식이는 거짓말을 했지만 형사는 아무런 호통도 주지 않고 싱글벙글 웃으면서 취조 용지의 페이지 수를 적어나갔다.

"선생님, 이번 한 번만 관대히 처분하여 주실 수 없습니까? 교육자인 내 모든 기능을 통틀어서 이 녀석을 사람 구실 하도록 만들어보겠습니다."

그런 목멘 소리를 할 때 나는 정말 무슨 자신이 서는 것 같고 거짓말이 아니라는 것을 내세울 수도 있었지만 형사는 믿어주지 않았다. 창식이도 내 얘기에 과히 흥미를 느끼지 않는다. 취조실 밖으로 눈을 돌리고 있었다.

복잡하게 스쳐 가는 행인들을 보고 있는 것인지 호통을 부리며 굴러가는 자동차를 노려보는 것인지…….

—《지성》, 1958년 12월.

염병染病

"사십이 도나 되네요!"

"사십 도 이 부겠지요……."

방정맞은 주인마누라의 호들갑에 비하면 의사는 너무 침착하다. 나는 의사 말이 옳다고 여겼다. 내 체온은 내가 짐작할 수 있기 때문이다.

까짓 사십이 도건, 사십 도 이 부건 따질 바는 못 된다. 벌써 며칠을 두고 삼십육 도 일이 부에서 사십 도를 후딱 넘기는 변덕스러운 체온은 될 대로 다 된 판이니까……. 마치 내 정신 상태와 흡사해지는 것 같다. 정신분열증이니 원형탈모증이니 하는 따위 진단을 내리지 않는다 해도 내 정신 상태는 내가 잘 알고 있다. 다른 사람들을 기준으로 친다면 기어코 무슨 병명이 필요할 것이다.

거기다 육신까지 허덕거리게 됐다. 열이 내리면 허전하고, 단내가 숨이 막히도록 몸뚱아리가 달아오르고, 골통에 끓는 납 물이라도 들어붓는 것 같으면 쩔쩔매야 한다.

삭삭 삭삭 퍽!

잘 드는 실톱으로 등골뼈를 여위는 것 같은 소리가 또 난다. 의사가 주사약병을 줄로 홈집을 내서 모가지를 툭 자르는 것이다. 몇 방울의 약물을 살 속에 품긴다고 병이 나을 턱이 없다. 그런데도 의사는 비이 비꼬인 내 엉덩이를 조물락거리고, 좀 덜 딱딱한 틈바구니에다 침을 찌른다. 서너 번이나 그 짓을 한다. 필연코 '신도마이싱'*일 것이다. 또 하나는 '캄파'**겠고. 그따위 약을 찌를 바에야 좀 더 따끔하게 해주면 그런 자극이라도 느낄 텐데 의사는 공연한 자비를 베푸는 것이다.

"교감 선생님은 입원을 시키라고 하는데 어쩌면 좋지요."

"왜요?"

의사의 "왜요?" 하는 반문에 나는 홀딱 반했다. 박수라도 쳐주고 싶은 충동이 생겼다. 입원을 시켜야 한다는 소리는 교감 입에서 나오기는 했지만, 실상 주인마누라가 더 서둘고 있는 것이다. 의사가 "왜요?" 하고 반문하는 것은 자기가 내린 진단에 더욱 권위를 세우기도 했다.

"인플루엔자 B 타입입니다. 평소 건강 상태가 좋지 않았기 때문에 욕을 더 보지요……. 장질부사는 아닙니다."

의사는 나한테서 무슨 부탁을 받은 것도 아닌데 당당히 '장질부사'가 아니라고 자신 있는 진단을 내린 것이다.

그러니 아무리 민 교감이 우긴댔자 이편은 직업이 의산데 어쩔 수 없는 모양이었다.

"자식을 기르는 사람으로서 그냥 보고만 있을 수 없으니 입원을 시키도록 하시오. 병이라는 것은 감추면 못쓰는 법입네다."

대청마루에 앉아서 이편까지 들리도록 뇌까리는 소리를 들은 것이 그저께 저녁이다. 그 소리를 듣자 주인마누라는 들당산***같이 내 방으로

---

* 항생제의 일종.
** 항염제의 일종.
*** 당산에 들어갈 때 치는 굿.

뛰어와서

"어떡험 좋지……. 어떡험?"

하고 숨넘어가는 소리를 했다.

난 민 교감 놈이 하는 소리보다 주인마누라 수선에 더 노여움이 붙었다.

"지금이라도 입원하도록 해주슈……. 파출소에 가서 전염병이 생겼다고 신고만 하면 단박 나꿔 갈 것 아뇨?"

불쑥 그래놓고 나니 사실은 격리 병사에라도 수용되는 편이 마음 편할 것만도 같았다.

"하룻밤만 더 지내봐요."

주인마누라는 아주 인정이라도 쓰는 양

"민 교감도 병을 돋구는 것은 아니잖아요. 아유 오늘 밤이라도 열이 나 푹 내리면 얼마나 좋아……."

하고 엉뚱한 피새를 떨었다.

이튿날 아침에는 열이 삼십육 도 일 부로 씻은 듯이 내렸다.

"옘병할……."

공연한 욕지거리가 삘겨져 나왔다. 염병에 걸려서 격리 병사 나무때기 침대에 누워 있을 각오를 단단히 했던 김이라 그런 욕이 나올 만도 했다.

그날 아침 민 교감은 또 남의 비위짱을 건드려놓고 나갔다. 출근하는 참인데 대문간까지 나갔다가 되들어와 하는 소린 듯했다.

"오늘도 의사 오지요? 진단서를 한 장 써달라고 하십시오. 휴가원을 내야 할 테니 한 오십 일 정도 치료 기간을 적도록 얘기하세요."

주인마누라를 조용히 불러서 지껄여도 될 것을 목청을 돋우어가면서 내뱉고는, 내 방문 앞에서 깨금을 쫓고 노는 어린애를 혼구녕을 주는 것이었다.

"이놈아 집으로 못 가!"

아들 녀석은 기겁을 하고 도망치고 교감 놈이 모지락스럽게 밀어붙이는 대문 소리가 들렸다.

나는 머리맡에 손을 내밀어 성냥 통을 꺼 댕겼다. 성냥 알맹이를 한 줌 추려 들었다. 그대로 드윽 그어서 완자문에다 불을 지를 작정이었다.

"옘병할!"

그 짓도 못 했다. 불을 지른 다음의 자신이 없어졌다. 욕지거리 한마디로 분을 풀고, 간초롱히 한 성냥가치를 한 개씩, 그것도 천천히 통에다 되담았다.

간사하고 교활하고, 지독한 녀석.

"튀 튀! 튀……."

나는 무당들이 뜬것*을 물려낼 때 바가지에 담은 장국에다 침을 뱉는 흉내를 냈다. 민 교감 녀석이 하도 더러워서 뜬귀신처럼 내 기억에서 물리치는 것이다.

그놈이 간사하다는 증거는 있다. 날, 저의 학교에 끌어올 때 하던 수작만 해도 그렇다.

"내가 항상 이런 친구를 가졌다는 것을 영광으로 여기고, 자랑을 해 왔던 것입니다. 여기 여러분께 소개하는 분이 바로 그 주인공 노일민 선생입니다. 나뿐만 아니라 여러분들도 작품을 통하여 존경해 온 소설가 노일민 선생이 오늘부터 우리 학교에서 교편을 잡게 되었다는 것은……."

좌우간 첫 번 인사 소개에서 나는 감격한 것이다. 그(민 교감)가 나와

| * 떠돌아다니는 못된 귀신.

그렇게도 친한 처지에 있다는 것과, 그들(교직원과 학생들)이 나 같은 꾀죄죄한 인물을 환영하면서 '영광'이라는 말귀를 아끼지도 않고 마구 쏟아놓은 데에는 어쩔 수 없었다. 이제사 알고 보니 그 간사한 말꼬리에 땡겨 간 놈이 되레 단순할 뿐이다.

민 교감은 내가 부임하기 전에 벌써 숙소까지 마련해 놓았었다.

"내 집에서 같이 있고 싶지만 노 선생이 불편할까 봐……."

그렇다고, 딴 집에는 보낼 수 없고 해서 하숙을 정했노라고 했다. 그것이 지금 내가 누워 있는 이 방이다. 대청마루를 사이에 두고 안채에는 민 교감네 식구가 살고, 건넌방과 골방을 세를 놓고, 그 세 든 집에 나를 기숙하도록 주선한 것이다. 내가 쓰는 골방은 아마 민 교감이 교장이 되면 식모 방으로라도 쓸 양으로 꾸며는 것에 틀림없을 것이다.

나에게 취직을 시켜주고 침식 거처까지 마련해 준 그를 간사하니 교활하니 한다면 난 '배은망덕'하는 놈이 된다. 그러기에 민 교감을 깍듯이 상사로 대접하고 쥐꼬리만 한 자존심도 그 앞에서는 나타내지 않았다. 월급날이면 하숙비 조로 일만 팔천 환을 교감에게 주면 교감은 그 돈머리에서 집세 만 환을 제하고, 전기세니, 오물제거비니, 자기가 관여하지 않으면 안 될 법한 것은 알뜰하게 제하고, 공책에 금전출납부 형식으로 조목조목 기록한 것과 나머지 돈을 건넌방 마누라에게 내주는 것이었다.

그런 것엔 아무 불만도 없었다. 내가 민 교감에게 대한 최초의 불만은 아주 조그만 일이었다. 저녁마다 나를 자기 방으로 부르는 것이다. 나는 나대로 학급 경영도 연구해야겠고, 아이들의 개별 지도책도 짜내야 될 참인데 그런 시간을 앗아 가는 것이 불만이었던 것이다. 그것도 무슨 중요한 상의라도 하는 것이라면 몰라도 내게는 하나도 소용 닿지 않는 소리뿐이었다. 도시 남의 일에 관심을 가질 정력이 없는 나는 민 교감이 늘어놓는 얘기를 듣는다는 것이 큰 고역이었다.

신바람이 나서 늘어놓는다는 것이 고작해야 그전에 쫓겨난 교직원들의 험담이 아니면 현직 교원 중에서도 마땅찮은 몇몇 사람의 결점을 들추는 것이다. 그런 얘깃거리가 없어지면 자기가 지금 사는 집을 장만하기까지 겪은 노력과 근면과 인내성을 수신독본을 풀이하듯 섬기니 하루 이틀 아니고 견딜 재간이 없었다.

그러던 사람이 내가 몸져눕게 되고 열이 사십 도를 오르내리게 되자 그 지경인 것이다. 누워 있는 데까지 와서 지긋지긋한 잔소리를 늘어놓지 않는 것은 다행이었다. 코끝도 내밀지 않고 겁을 내는 것이다. 내 병세를 캐묻고는 '옘병'이라는 진단을 내린 것이다.

그러고는 대청마루에 앉아서 옛날 염병을 앓은 얘기를 늘어놓았다. 나는 땀이 질컥질컥한 솜 이부자리 속에서 오한에 떨면서 민 교감의 수다를 들어야만 했다.

"병 쳐놓고는 고약한 병이지. 꼭 두 달 만에 일어나니까 머리가 몽탕 빠지고 귀가 절벽이 되든구먼……. 거, 옘병 삼 년에 땀 한 방울 못 낼 놈이라는 욕이 참 무서운 욕이거든 허 허 허 허."

정말 염병에 걸렸다면 떠안기고 싶었다. 내가 듣지 못하는 줄 알고 저의 식구끼리 하는 소리고 보니 듣는 편에서는 생결이 올라 참을 수가 없었다.

민 교감은 자신이 장질부사를 앓아보았기 때문에 오십 일간이나 휴가를 내야만 될 줄로 아는 모양이었다.

"옘병이란 염병의 사투리렷다. 그러니까 장질부사뿐만 아니라 전염병은 통틀어 옘병이라고 할 수 있으니, 인플루엔자 B 타입이라는 유행성 감기도 옘병이라고 할 수 있지……."

민 교감이 자꾸만 주워섬기는 통에 겁을 집어먹은 주인마누라는 내 방에 들어오기조차 꺼리는 기색이었다. 의사가 왔을 때는 그래도 안심이 되는지 발치에 와서 쪼그리고 한참씩 앉아 보지만 아무도 없을 때는 얼씬도 안 했다.

몸이 밤중까지 쩔쩔 끓을 때였다. 문이 부스스 열리는 기색이었다. 나는 귀찮아서 자는 척했었다. 무엇이 선뜻하고 머리에 얹히더니 기겁을 하고 미닫이를 열고 나갔다. 눈을 떠보니까 머리맡에 미음 그릇이 놓여 있었다. 먹을 것을 날라 온 주인마누라가 자는 줄만 알고 머리에 손을 대보고는 도망친 것이다.

'무엇이 그렇게들 귀중한 생명이기에……'

정말 남의 것이라고 해서가 아니라 민 교감이나 주인마누라 같은 인종들의 생명이 귀하게는 보이지 않았다. 그런데 그들은 염병의 독균을 죽이느라고 온통 집안에다 '크레솔'을 들이붓고 야단들이었다.

"정말 염병에 걸릴 것만 같습니다."

나는 왕진 온 의사에 동의를 청했다. 의사는 싱긋이 웃기만 했다.

"대단히 좋아졌는데요."

가슴팍을 군데군데 헤쳐가며 청진기를 대보고 난 의사는 거의 정상 상태로 돌아간다고 했다. 그게 반가운 얘기는 아니었다. 그건 죽지는 않겠다는 얘기니까 말이다. 죽느냐 사느냐 하는 앙탈이 아니라 남들 입질에 오르내리는 그 병인가 아닌가가 중요할 뿐이다.

"선생님들 병원에는 입원실이 없나요?"

나는 다짜고짜로 붙들고 늘어졌다.

"글쎄 교감 선생님이 입원을 하라고 성화 아녀요."

발치에 쪼그리고 앉은 주인마누라도 서둘고 덤볐다.

"입원실이야 있지요."

의사는 별 사람들 다 보겠다는 듯 퉁명스럽게 내뱉으면서 왕진 가방을 챙겼다. 많이 좋아져서 정상 상태로 돌아간다고 하는데도 입원 타령을 하는 것이 못마땅한 모양이었다.

입원을 한 뒤에도 체온이 매한가지였다. 아침나절은 평온 상태에 있다가 열두 시쯤 미음을 마시고 나면 기다리기나 한 것처럼 열이 치솟아 삼십팔 도, 구 도……로 마구 오르는 것이다.

"이건 요즘 유행성 감기 '아세아 인플루엔자'에 대한 기사요."

의사도 답답하니까 새로 나온 《뉴쓰위크》를 들고 와서 내게 보여주는 것이었다. 기사는 유행 지역의 지도에다가 화살표로 번지는 방향을 표시하고, 병세 설명 기사에는 환자의 체온을 '그래프'에 기입한 도표까지 있었다.

"이놈의 병은 열이 이렇게 심하게 오르내린단 말야."

마치 만물상 그림처럼 삐쭉삐쭉 솟아오른 도표가 내게 무슨 안도를 주지는 않았다. 이번 유행은 사망률이 높다는 표제가 얼핏 눈에 띄었기 때문이다. 그 사망률 통계는 나까지 포함해서 산출한 '퍼어센테이지' 같기만 했다.

난생처음으로 '링겔' 주사라는 것을 맞았다. 허풍스럽게 말하자면 한 항아리나 되고 줄잡는다 해도 한 사발은 넘는 맑은 물을 헐떡거리는 내 혈관 속에 비집어 넣은 것이다. 두 시간이나 걸렸다. 벽에다 목침덩이만 한 맑은 유리병을 거꾸로 매달고, 가느다란 고무줄을 늘여서 병 속의 그 맑은 약물을 내 혈관으로 땡기는 것이다. 그 짓을 하고 있자니까 진짜 자신이 병자처럼 여겨졌다. 유리병을 째려보다가 "히히히……." 하고 맥없는 웃음을 터뜨렸다. 거꾸로 매단 유리병은 가느다란 심이 박혀 있다. 바늘구멍을 뚫어서 공기를 들여보내면 그 공기가 들어가는 만큼 약물이 고무줄로 뻘겨져 나와 내 혈관으로 오게 되어 있다. 그런 작용을 하는 것이 눈에 보이게 마련이다. 병 속에 들은 유리 심으로 공기가 들어가고, 약물이 밀리는 게 꼭 비 개인 다음 처마 끝에서 물방울이 떨어지는 것같이 보였다. 그것을 보고 웃은 것이다. 약물 아닌 빗방울이 내 육신을 파고 들어오는 것인지도 모른다. 그것을 우드머니 바라보고 있는 나는 어느 사형수 경우와는 딴판이 아닌가?

"히히, 히 히……."

소리 없는 방귀 같은 웃음이 나왔다.

그 친구가 아물거린다. 그는 사형수였다. 이름을 물어본 일은 없지만 나는 그 사형수와 꽤 친한 편이었다. 민 교감의 간사에 넘어갈 만큼 단순한 나는 그 사형수의 한 가지 행동을 보자 그만 그와 친해진 것이다. 그후로 돌아오지 않았으니까 내가 친해진 그 행동이라는 것이 아마 형장으로 끌려가는 뒷모습이었다.

비가 꽤 소담하게 퍼붓고 난 다음 아직도 가랑비가 멈추지 않았을 때였다. 그(사형수)는 간수에게 불려 나갔다. 아둔한 내게도 무슨 예감이 있었으니까 그는 확실히 알고 갔으리라. 비바람 끝이라 바깥은 선뜩거리는 듯 그는 팔짱을 끼고 웅스렸다. 간수가 눈짓하는 대로 곧장 서서 궁상스럽게 걸었다. 나는 그에 대한 그 이상의 흥미도 없었지만 딴 생각거리도 없었기 때문에 창틈으로 우두머니 바라보고 있었다. 내가 기겁을 하고 달려가 그를 부둥켜안고 싶은 충격을 느낀 것은 바로 그때였다. 보고 있자니까 그는 발돋움을 하고 비쓸비쓸 뛰검질*을 하는 것이었다. 시멘트 바닥에 물이 괴어 있었기 때문에 그 짓을 하는 모양이었다. 발바닥에 물을 묻히지 않겠다는 것이다.

"넥타이 공장(교수대)에 가는 녀석이 양말 젖는 걸 걱정해……. 쌔끼두……."

딴 놈들도 창살 사이로 보았던 모양이다. 그따위 소리를 뇌까렸다.

---

* '뜀박질'의 방언.

곰 재주하는 것을 보는 것처럼 마구 지껄이는 소리를 들으면서도 나는
분격하지도 않고 엉뚱한 생각을 했던 것이다.

그때 무슨 생각을 했었는지 아무리 들추어도 기억이 나지 않는다.

"염병할!"

분명 나는 무엇을 생각했었기 때문에 그를 사뭇 잊지 않고 있었을 텐
데 영 기억이 나지 않는다.

다만 지금 '링겔' 병을 보고 빗방울을 연상하고, 그 사형수가 발바닥
에 물을 묻히지 않으려고 발돋움을 하고, 뒤검질을 치던 것이 연상될 뿐
이다. 그 사람은 본능적으로 그런 행동을 보여주었다.

나는 눈을 꺼먹꺼먹하면서 내 혈관 속에 말간 물이 들어가는 것을 바
라보고 있는 것이다.

주인마누라가 미음 주전자를 들고 불쑥 들어서다가 물춤했다. 그 멍
청한 주사를 맞으면서 펴져 있는 품이 측은했던 모양이다.

"미안하지만 아침 오실 때 내 책상 위에 있는 유리 상잘 갖다 주십시
오."

"유리 상자?"

"왜 있잖습니까? 조그만 유리 상자……."

나는 짚신을 넣어논 상자라는 말을 냉큼 하지 못했다. 그러잖아도
주인마누라는 그런 흉측한 것을 왜 모셔놓느냐고 마땅찮게 여기는 물건
이다.

"그걸 뭣하게요?"

"아니 좀 쓸 일이 있어서요."

"……?"

주인마누라는 다시 묻지도 않고, 지껄이지도 않았다. 유리 상자를 갖
다 달라는 소리를 나의 유언처럼 여긴 모양이었다. 억지로라도 울음보를

터뜨려야만 이면치레가 되겠다는 얼굴로 나를 한참 바라보다가 그대로 외면을 했다.

"내일 아침에 잊지 마세요 네."

인사도 않고 시무룩하니 나가는 주인마누라에게 나는 제법 아양까지 섞어서 사정을 했다. 힐끗 돌아다보고 입언저리가 벌름거렸다. 어처구니없다는 눈치였다.

실상 나도 어처구니없는 심사였다. 그것을 가져오래서 어쩌자는 것인가? 그따위를 머리맡에 놓고 있으면 죽음을 면할 것 같은 어설픈 생각 때문인가?

이튿날 아침 주인마누라는 내가 부탁한 대로 유리 상자를 가져왔다.

"식기 전에 어서 마시슈……."

양은 양재기에다 미음을 따라 주면서

"어제 얘기하시던 거……."

하고는 신문지에 부정한 물건처럼 뚤뚤 뭉친 것을 머리맡에 밀어놓았다. 나는 미음을 단숨에 마시고 빈 양재기를 내밀었다. 되도록이면 내 곁에 앉아 있기를 꺼리는 눈치를 무시할 수 없다. 주인마누라는 병세도 묻지 않는다. 다 아는 병, 하루 이틀에 툭툭 털고 일어날 수 없는 병, 옘병. 그런 단정을 내리고 있는 것이다.

주인마누라가 연탄불이니, 빨래거리니 하고 혼자 지껄이고 달아난 뒤에 나는 신문지를 헤치고 성냥갑만 한 유리 상자를 손바닥에 올려놓았다. 가져오느라고 뒤흔들었는지 짚신짝 하나가 엎어져 있었다. 나는 유리를 맞붙여 논 '스캇치테이푸*'를 손톱으로 일궈서 한 구텡이만 떼어냈다. 엎어진 신짝만 바로 세우고 다시 봉하려고 하다가 짚신을 두 짝 다 꺼내서

| * 스카치테이프Scotch tape.

누우런 손바닥에다 가지런히 놓아보았다. 짚신이라야 갓난애 새끼손가락 끝 겨우 들어갈까 말까 한 야깃잖은 것이다. 그러나 신총이며, 날이며, 코빼기, 뒤축 할 것 없이 짚신짝으로서의 형태는 다 갖추고 있다.

그러니까 보물이라는 것은 아니다. 장사꾼이나 정치가나 누구든 그 물건만 갖고 있으면 소원을 성취할 수 있다는 마치 화수분 같은 얘기를 믿기 때문에 소중히 하는 것도 아니다. 사형수가 남긴 짚신 한 켤레.

지금 내 손바닥 위에 아무렇지도 않게 놓여 있는 장난감 같은 짚신은 그 사형수가 만들어논 것이다. 양말 바닥을 적시지 않으려고 발돋움을 하고 형장으로 간 그 사형수가 남긴 것이다.

그 보물이 지금 내 손바닥에 놓여 있다는 것은 우연한 일은 아니다.

그가 다시 감방으로 돌아오지 않게 되자 짚신의 소유권 때문에 무지무지한 싸움이 생겼다. 만사형통하는 화수분이기 때문에 생사를 걸고 싸울 만도 한 일이었다. 나는 그 싸움 통에 끼지 않았었다.

수의 섶에서 실밥을 뽑아 신총을 꼬고, 창을 삼을 때는 머리칼을 뽑아 섞기도 하던 그 사형수의 모습을 연상했기 때문이다.

"○털도 한 개씩 뽑아 섞게."

격식을 일러주는 것인지, 비양을 하는 것인지 알 수 없을 만큼 마구 지껄이던 녀석들은 그가 만든 물건을 서로 차지하려고 언성을 높이고 주먹질을 하고 하는 것이었다. 그들은 그 짚신도 역시 하나의 감방 풍습에서 생산된 물건으로밖에는 여기지 않기 때문에 그런 싸움질이 생긴다.

"지난달에 작업(사형 집행) 나간 녀석은 경대를 만들었댔지……."

육 년을 살고 이제 그만큼만 더 살면 출옥할 것이라고 죄수가 그런 소리를 했다. 그들은 그때의 사형수가 남긴 경대가 콩알보다 더 크지 않더라고 지껄였다. 그러면서도 유리알은 물론 서랍까지도 제대로 격식에 맞춘 완전한 경대였다는 것이다. 나는 그랬으리라고 믿었다. 사형수들의 손재주란 상상도 할 수 없을 만큼 비상한 것을 보았으니까 말이다.

지금 내 손바닥 위에 있는 짚신 역시 제아무리 잔재미 있는 사람이라도 흉내를 내지 못할 것이다. 그들은 자기가 이 세상에 있었다는 표적을 남기기 위하여 무엇인가를 만든다는 것이다. 내가 갖게 된 짚신을 만든 사형수는 (나중에사 안 일이지만) 이 세상에 남긴 건 죄명과 짚신 한 켤레뿐이었다. 결혼을 하지 않았으니 혈육이 있을 리 없고, 나이 젊어 (젊다기보다 어려서) 일한 표적도 없고…… 그래서 짚신을 삼았다는 것이다. 그렇게 만들어진 것이기에 나는 소중히 여겨왔다. 매한가지다. 그것을 갖고 있으면 소원 성취가 된다고 결과를 기다리는 사람들의 심사나, 그걸 만든 원인만을 캐보려는 내나 그 물건을 소중히 생각하는 것은 매한가지란 말이다.

나는 죄다운 죄도 져보지 못하고 잠깐 형무소를 다녀온 것이 되레 그런 보물을 얻은 것이다. 누구에게 지목을 해주지 않았기 때문에 서로 싸움 끝에 '무조건, 먼저 출감하는 사람에게 주자'는 결론을 내렸던 것이다. 감방장이 골 줌에 간직했었다가 도둑을 맞은 일도 있었다. 아무래도 먼저 출감할 자신이 없는 놈이 훔친 것이었다. 그것을 찾느라고 소동들을 일으켰었다. 결국 사타구니에 품고 있는 것을 캐내서 결의한 대로 내가 출감하는 날 가지고 나오게 된 것이다.

나는 찌부러진 신총을 만지작거려 제대로 잡아서 유리 상자에다 되넣었다.

'어디다 놓을까?'

항상 누워만 있어야 하니까 누운 자리에서 제일 잘 보이는 위치를 찾았다.

어항 옆이 좋았다.

'그렇지, 어항하고 나란히 놓는 것이 좋지……'

고개만 돌리면 바라볼 수 있는 위치도 되려니와 뻐끔뻐끔 살아 있는 금붕어와 짚신 상자를 나란히 놓고 볼 수 있다는 것은 희한한 일이기도 했다. 그런 대수롭지 않은 일에 희열을 느끼니 자신이 가련해질 수밖에 없다.

미음을 마시고 짚신 바람에 너무 오래 앉았던 탓일 것이다. 지근지근 열이 올랐다. 삼십구 도 칠 부.

이제 죽으려는가? 열이 그대로 오르기만 한다면 죽는 수밖에 없었다.

금붕어들은 모두 물 위로 주둥이를 추켜세우고 물방울을 토해냈다. 산소가 부족하다는 것이었다. 할 수 없는 노릇이었다. 병실에는 나 혼자뿐이었으니까……

"꿈을 꾸지 않는 약은 없나요?"

자정이나 되어서 불을 꺼주기 위하여 들어온 간호원에게 나는 비참한 언성으로 상을 찌푸렸다.

"꿈자리가 뒤숭숭한 건 병이 나아지는 증좌에요."

간호원은 말귀를 알겠느냐는 듯이 타이르고는 손바닥으로 하품을 막았다. 고단한 모양이었다. 어항의 물을 갈아달라는 부탁을 차마 못 했다.

이튿날 아침 간호원이 두런거리는 소리에 눈을 떠보니까 기막힌 일이 눈에 띄었다. 금붕어가 몽땅 죽어 흥건히 떠 있는 것이었다.

간호원이 쓰레질을 하고 짓뿌려 논 '크레솔' 냄새가 코를 찌른다. 어항 물은 뿌옇게 흐려 있다.

"아아 으……"

나는 비명을 되삼키며 벽을 바라보고 돌아누웠다. 짚신 때문일 것이다. 금붕어가 죽은 것을 보고 또 그 사형수를 연상했다. '크레솔' 냄새도 지독하다.

해부대. 시체. 메쓰. 냄새.

보다마나 그때 내 눈앞에 늘어놓았던 시체들도 금붕어들처럼 저렇게 '알콜 탱크'에 잠겨 있었을 것이다. 내가 죽어지려고 그러는지 엉뚱하게스리 그런 기억들이 곰살궂게 되살아온다.

짚신을 남긴 사형수를 만난 일을 생각할 만도 한 분위기이기는 하다. 뿌연 물속에 금붕어의 시체가 퉁퉁 불어서 떠 있고 그 어항 옆에는 짚신을 담은 유리 상자가 놓여 있는 것이다. 필요 이상으로 예민해진 내 신경은 S대학 해부학 교실에서 있었던 일을 기어이 들추어내고 말았다. '옘병'이 아니랄지라도 나는 지금 기막힌 병마에 오금을 못 쓰고 있는 것이다.

초가을이었던가 싶다. 그렇지, 형무소에서 나와 한 일 년 후의 일이었으니까…… H대학 회화과 졸업반인 미스 오가 별안간 찾아와서 어딜 가자고 서둘러대는 것이었다.

"이번 기횔 놓치면 또 일 년 후래야 돼요."

S대학에서 해부 실습을 시작했다는 기별을 받고 쫓아온 것이었다. 미스 오는 미술을 하기 위해서 꼭 보아야 할 형편이었고, 나는 그저 호기심 절반에서 그전부터 그런 기회를 엿보았던 것이다.

수더분하게 생긴 교수에게 견학을 청했더니, 두말없이 승낙을 했다. 물론 나도 미스 오와 함께 H대학생으로 가장한 것이었다. 교수(성도 모른다)는 '까운'을 구해다 주고는 앞장서서 해부학 교실로 우리를 안내했다.

미스 오는 태연스럽게 '빽'에서 거울을 꺼내 보면서 걷고 있었는데 나는 그럴 겨를이 없었다. 공연히 다리가 휘청거리는 것 같았었다. 중학교 입학시험을 치른 뒤, 발표를 보러 갔을 때 같기도 하고, 밤중에 성황당이 있는 고갯길을 혼자 갈 때처럼 두근거리기도 했었다. '해부학 교실'이라고 패가 붙은 방문을 들어서자 나는 숨을 내쉬기만 할 수밖에 없었다. 지독한 냄새였다. 눈이 아렸다. 끄먹끄먹하자니까 눈물이 줄줄 흘렀다. 두세두세 지껄이는 소리만 없었으면 그대로 뛰어나올 뻔했었다. 미스 오는 깜찍스러웠다. 낯색 하나 변하지 않고 교수가 무슨 지시라도 해주기를 바라고 있었으니까 말이다.

"눈물이 나지요? 처음 이 방에 들어오면 그렇습니다."

교수는 내가 쩔쩔매는 것이 안됐던 모양이었다. 조금 지나니까 괜찮았다. 냄새가 코에 배일 대로 배니까 눈도 제대로 뜰 수가 있었다.

"자, 마음대로 돌아보십시오. 필요하면 이따가 시체를 따로 하나 내다 자세히 보여드리죠."

우리는 우선 가까운 편에서부터 보아나갔다. 실상 그리 놀라운 것은 아니었다. 놀랍기는커녕 학생들은 상글상글 명랑하기만 했다. 탁구대보다 폭이 좀 좁은 좌판 위에 시체라는 것을 올려놓고 칼로 에워나간다.

시체.

그것이 사람이라니 참 어처구니없는 것이었다. 더 말할 것 없이 깊은 산중에서 비바람에 쓰러져 그대로 썩은 나무토막 그저 그런 것이었다. 방부제의 작용으로 제대로 썩지도 못한 시체는 정말 볼품없었다. 충충한 회색으로 굳어버린 그것을 학생들은 조심스럽게 칼질을 하는 것이었다.

배와 등가죽이 맞붙은 안노인이었다. 가죽만 벗기면 뼈밖에 없을 것 같은데 학생들은 거기에서도 무엇을 찾으려고 예리한 '메쓰' 끝으로 까축거렸다. 썩어 넘어진 고주박 다루는 것 같아 다음 좌판으로 발길을 옮겼다.

발가벗으면 매한가지라는 말도 헛소리였다. 해부대에 올려놓은 시체에서도 그런 것을 느낄 수가 있었다. 첫 번 좌판에 것이 서울 역전에서 여객들을 귀찮게 구는 늙은 거지라면, 그다음 번에 눕혀 있는 시체는 깡패 두목쯤으로 보였다. 거창스러운 녀석이었다. 군데군데 칼자죽 같은 흠집만 아니라도 유령회사 사장쯤으로 보아줄 만한 허우대였다. 그런 기골도 별수 없었다. 여학생들은 한쪽 팔을 야즈리* 칼질하면서 지렁이 같은 심줄을 핀으로 뽑아내는 것이었다. 시체는 그런 짓을 하지 못하도록 하는 아무런 반항도 없었다.

어떻게 보면 개구리를 잡아놓고 소꿉장난을 하는 것같이도 보였다. 남녀 학생들의 동작이 그렇게 재미있게 보였으니까 말이다. 주춤주춤 발길을 옮겨 가던 나는 한 군데 가서 그대로 서버렸다.

짚신을 삼던 사형수가 거기 누워 있지 않은가……. 빗물을 피해서 발돋움을 하던 그 발바닥을 어쩔 셈으로 그 자리에 누워 있는지 몰랐다.

그 사람이 짚신을 남겨놓았거나 사형을 받았거나 학생들에게는 상관이 없었다. 그들은 그 사형수의 머리를 반분으로 갈라나가는 판이었다. 그(사형수)의 뒷모습을 바라보다가 쫓아가 부둥켜안고 싶은 충격을 느꼈을 때처럼, 나는 학생들의 손에서 메스를 빼앗고 싶었다.

"저 저……."

분명 나는 무슨 말을 꺼냈는데도 학생들은 돌아다보지도 않는다. 나는 부지런히 미스 오가 서 있는 쪽으로 갔다.

"저기 나 아는 사람이 있어……."

"……."

"그 사람이 만들어준 물건을 내가……."

짚신 얘기를 꺼내려고 하는데 미스 오가 옆구리를 쿡 찔렀다.

미스 오는 해부를 하는 학생들 못지않게 열심히, 오려내는 메스 끝을 바라보고 있었다. 미술과 해부가 연관성이 있는 분야 같기도 했지만 골격이 어떻고, 근육이 어떻고, 한 것보다, 그 주인공의 본질 같은 것도 알

| * 야지리. 참거나 견디기 매우 어려워서 안타깝게.

300

아볼 필요가 있지 않을까? 나는 부질없이 그런 생각을 하느라고 생전 처음 얻은 기회를 미스 오만큼 내 것으로 만들지 못했다.

사형수의 시체를 보고 나니까 나의 관찰력은 자꾸만 헤먹어 들어 갔다.

또 하나의 좌판을 보았을 때는 "아저씨" 하고 손을 내밀 뻔했다. 천생 시골 사는 우리 아저씨 같았기 때문이다. 아랫도리를 내놓고 있는 것이 안쓰러워 홑이불이라도 덮어주고 싶었다.

"우리는 감사한다."

바싹 옹스리면서 나는 염불을 외우듯 했다. 진땀이 줄줄 흘렀다. 그러면서도 머릿속은 멀끔했다.

"오늘은 열이 오르지 않으면 좋겠는데요."

간호원은 체온기를 내 겨드랑에다 재우면서 혼잣말처럼 중얼거렸다. 간호원 역시 멀미증이 나는 모양이었다.

나는 어떻게 할까 생각해 보았다. 살 것인가? 죽을 것인가? 말이다. 지금 같아서는 그 어느 것이든지 택할 수 있을 것 같았다.

"살자!"

무조건이었다. 내 신열이 변덕스럽게 오르내리는 것에 멀미증을 일으킨 간호원 때문에 산다는 것은 아니다. 내 병을 틀림없이 '염병'이라고 단정한 민 교감 앞에 뻐젓이 내세우기 위한 것도 아니다.

내가 죽으면 손해를 보는 것은 결국 나다. 이 세상에 무엇인가 남겨 놓겠다고 감방 속에서 쭈그리고 앉아 짚신을 삼은 사형수와 어항 속에서 죽어 쓰레기통에 버려진 금붕어와 무엇이 다르단 말인가······.

"삼십육 도 이 부예요."

간호원은 한참 동안 체온을 들여다보더니만 내게로 내밀었다. 틀림 없다는 것이겠지. 열이 그렇게 푹 내리면 무엇을 잊어먹은 것처럼 허전했었는데 오늘 아침은 이상하게도 개운했다. 나는 그런 틈을 타서 또 한 번 '살자'고 결심했다. 내게 없는 내 생명을 어디서 도둑질이라도 해다가 살아야 하겠다는 비장한 결심을 한 것이다. 좀도둑 같은 짓은 하고 싶지 않았지만 막다른 골목에서는 어쩔 수 없는 일이었다.

"오늘도 링겔을 맞을까요……."

나는 의사에게 물어본다기보다 요청을 한 셈이다. 의사는 고개를 가로 흔들었다. 의사의 그런 거만한 수작이 비위에 거슬렸지만 참았다. 의사가 아무리 교만을 부린다 해도 나는 살자고 결심을 했으니까 상관할 바 아니었다. 민 교감이 '옘병'이니 '입원'이니 하고 채신머리없이 서두른 것도 탓할 필요가 없었다. 내가 앞으로 살아가면서 그에게 오금을 줄 만한 일도 아니었다.

다 저녁때까지도 체온은 그대로였다. 기적이었다. 그러니까 또 겁이 생기기도 했다. 이번에는 반대로 열이 자꾸만 내리는 것이 아닌가 하는 걱정이 들기도 했다. 살기로 결심했는데 육신이 그대로 식어지면 큰 탈이다. 열을 돋구어야만 할 것 같았다. 삼십육 도라면 보통 사람들의 평온보다 얕은 것 같았다. 삼십육 도라면 보통 사람들의 평온보다 얕은 것이다.

나는 본시 냉혈성인 모양이었다. 하룻밤을 자고 났는데도 체온은 삼십육 도 일이 부에서 더는 변동이 없었다.

"이젠 언제든지 퇴원하셔도 좋습니다. 퇴원하시거든 음식물에 대하여 당분간은 조심하셔야 할 것입니다."

의사의 직업적이고, 지극히 상식적인 소리를 듣자 나는 형무소에서 풀려나올 때보다도 더 감격했다.

햇살도 눈이 부셨다. 형무소에서 나올 때는 손해만 본 것으로 계산할 수 있었는데 지금(퇴원하는 길)은 그런 것이 아니었다. 어리둥절해지는 것이었다. 그것이 무엇인가를 얻었다는 기쁨인지도 몰랐다.

"어디로 가십니까?"

"저어……."

운전수가 방향을 물을 때 나는 당황했다. 대답을 미처 못 하고 마른 기침으로 다급을 모면 했다. 왜 하숙집 방향을 성큼 대주지 못했는지 모른다.

나는 S 의과대학 앞으로 가자고 했다.

'우리는 감사한다.'

고 새겨논 빗돌 앞에 가서 무엇인가 중얼거려보고 싶었다.

— 《사상계》, 1959년 11월.

도관장 선생都觀長 先生

죽여버리기로 작정했다. 놈을 만나면 인사도 할 것 없이 그냥 싹 죽여버리기로 단단히 결심을 했다.

"까짓 육이오 때 죽은 셈 대면 그만이다……."

놈을 죽이고 나면 나도 죽어야 할 것이다. 그러니까 내가 죽어야 하는 이유를 그렇게 둘러대는 수밖에 없다.

육이오 때는 죽은 사람도 많고, 꼭 죽을 뻔한 사람도 많다. 그때 죽었으면 그저 그만인 것이다. 살았다는 것은 기적적으로 목숨을 얻었다는 것이 된다. 그때부터 근 십 년간을 살았다는 것은 거저 얻은 목숨이거나, 죽은 뒤에 덤으로 살아온 푼수밖에 안 된다. 그것도 푸짐하게나 살았다면 몰라도 죽는다는 약속을 어긴 죄인처럼 연명을 해왔으니 아까울 것 없는 목숨이다. 지금부터는 강달姜達이라고 하는 놈을 죽이기 위하여 산다고만 생각하기로 했다. 이젠 나로서 할 일은 그뿐이다.

아내에게도 그런 상의는 않기로 했다. 쿨쿨 자고 있는 아내를 깨워 새삼스럽게 상의를 해본댔자 별수 없을 것이니까 말이다.

칼을 사용하는 것이 제일 손쉬울 것이다. 충무로 입구에 가면 깡패들이 필요한 연장을 파는 노점 상인들이 있다. 거기서 우선 비수를 한 자루 사자. 얼마나 통쾌한 일이냐……. 놈의 부듯한 뱃구레를 푹 찌르면 눈깔을 홀떡 뒤집어 까고, 제까짓 게 무슨 영웅이나처럼 케엑! 소리를 지르고 넘어박힐 것이다. 통쾌한 일이 아닌가…….

나는 일을 치르기도 전에 어찌도 시원한지 잠이 오지 않았다. 양팔이 멋대로 힘을 내어 용솟음치는 통에 이불 속에서 깍지를 끼고 있었다. 그래도 몸이 허공에 둥둥 뜨는 것 같아서 아내를 꽉 껴안았다.

"으 응……."

아내가 귀찮은 듯 팔을 밀어붙인다. 평소에 하지 않던 짓을 하는 것이 못마땅한 모양이었다. 워낙 아둔하니까 할 수 없는 일이기는 했지만 아내는 너무 답답한 사람이다. 그런대로 나는 아내를 부둥켜안지 않고서는 못 견뎠다. 육이오 때 겪은 일도 그랬었다. 옳지, 그때도 강달이 놈 때문에 그랬었다.

그때 나는 계룡산 줄기의 어느 산속에 있었다. 육이오 사변이 일어나기 훨씬 전부터다. 어느 선배의 소개로 취직이 되어 가보니 바로 그런 고장이었다.

금화도金華道라는 유사 종교 단체에서 경영하는 사립중학교 교사로 간 것부터가 강가 놈하고 내가 알게 된 동기다.

"우리 교에 한 선생 같은 훌륭한 분을 모셔 오게 된 것은 자라나는 교도들에게 큰 행복이라고 생각합니다."

강달이는 아주 점잖이 초면 인사를 치르고 본부 사무실의 직원들을 한 사람, 한 사람 소개하는 것이었다. 지금이니까 강가니, 그놈이니 하고 마구 욕을 하지만 그때는 어림도 없었다. 금화교에서는 일인지하의 위치에 있는 도관장都觀長이라는 직함도 그러했고, 말 한마디나 걸음새 하나까지도 교인들에게 본보기가 되었던 것이다. 거기다가 한 자리 연설쯤은 아주 청산유수였으니까 모두 그를 존경할 수밖에 없었다. 나도 그를 존경했다. 그래서 그가 시키는 대로 금화교에 입교를 하고 알뜰한 교인이 되었던 것이다. 내가 얼마나 알뜰한 교인 행세를 했는가는 하루아침도 빠지지 않고 조례朝禮에 참여했다는 것만으로도 알 수 있을 것이다. 말로는 쉽지만 그놈의 조례라고 하는 의식에 빠지지 않고 끼인다는 것은 여간 고역이 아니었다.

금화산 기슭에 희끄무레 먼동이 틀 때 멀끔히 세수를 하고 두루마기에 교모를 쓰고 나서야 한다. 십 리 밖에 사도 교도들도 그 시간에는 벌써 교주 댁 큰 마당으로 꾸역꾸역 모여드는 것이다. 마당에는 먼저 온 교도들이 거적때기를 주욱 깔아놓는다. 한 줄에 여남은 명씩 가로 나란히 서면 전례사典禮司가 구령을 한다.

"국궁…… 배례…… 국구웅 배에례에…… 국궁……."

엄숙하고도 구성진 그 구령에 맞춰서 배례를 하는 것이다. '각설 이때……' 하는 옛날얘기 같지만 실지 그 처지에 있는 사람들은 온갖 정성을 기울이는 것이 그 조례다. 교주에 대한 아침 배례를 하는 것이다. 별것 아닌 옛날 궁중 의식을 흉낸 수작이다. 대청에 교의를 놓고 의젓이 앉아 있는 교주 정 도사正道師와 그 소실에게 국궁 배례를 하는 그 의식이 진행될 동안 강달이는 댓돌 위에 허리를 약간 구부리고 서 있는 것이다.

그럴 때 강달이는 교주 정 도사에게 온갖 충성을 바치고, 수천 교도들의 우두머리로서 그들을 이끌고 나갈 만한 훌륭한 인격자로 보였다. 사실 교중에서는 교주 정 도사보다도 관장인 강달의 세도가 더 컸다. 교주는 한 달에 한 번 정도 교인들을 모아놓고 강講을 내릴 정도지만, 강달이는 교무원 본부에서 큼지막한 책상 앞에 버티고 앉아 회전의자를 뱅뱅 돌리면서 금전출납이나 교인들의 사생활 문제까지 간섭하고 금화중학교의 교장 직책까지 겸하고 있었던 것이다.

금화교인들이 모여서 사는 금화촌이라는 촌락은 농촌도 아니고 산촌도 아닌 어설프기 짝이 없는 동리다. 계룡산 줄기의 금호산을 배경으로 백여 호의 초가집이 게딱지처럼 몰려 있지만 그들은 농사 한 톨 짓지 않고 도들만 닦으면서 살아가자니 그 생활이란 오죽잖은 것이었다. 다행히도 일체 육류를 금하고 무명옷 이외는 입지를 못하게 하니까 돈이 없어서 고기 못 먹거나 비단옷을 입지 못하는 사람들보다 마음이 편한 사람들이었다.

한때는 강달이의 착안으로 구슬 공장을 만들었지만 실상 교인들은 밤을 세워가며 풀무질을 하고, 유리 조각을 녹여 인조 진주를 만드느라고 진 욕만 보았지 실속이란 하나도 없었다. 남들에게 해물지심*이 없는 교인들이기 때문에 일체 강달이에게 자기들의 권익을 내어맡겨서 그가 마음 내키는 대로 계산해 주는 것을 가지고 좁쌀 됫박이나 사다 먹고 그나마도 서울로 올려 보낸 물건값이 미처 오지 않았다고 하면 교인들은 그냥 눈만 끄먹끄먹하고 때를 기다리는 것이었다.

내가 그곳 중학교에서 교편을 잡고 금화교의 교인으로 행세하면서 느낀 것은 딱 두 가지가 있다. 사람이란 도덕을 지키기 위하여 이 세상에 태어난 것이라고 굳게 믿고 희생하는 즐거움만으로 살아가는 것이 교인들이었다. 그런데 교인들을 사탕발림으로 꾀어서 저희끼리는 무엇인가 내막이 있는 생활을 하는 교무원 간부들은 일반 교도들과는 또 달랐다. 금화촌에 사는 사람들은 기백 명밖에는 안 되지만 전라도, 경상도, 멀리 강원도 지방에까지 교인들은 흩어져 있기 때문에 내가 보기에 교무원의 재정은 든든해 보였다. 그러기에 교주 정 도사의 집은 조그마한 대궐을

| * 사물을 해치려는 마음.

연상할 만큼 꾸미고 있는 것이다.

그들은 쓸데없는 소리를 못 하도록 함구령이 내려 있기 때문에 자신들이 믿고 있는 것을 지껄이지를 않는다. 그러나 그들은 교주인 정 도사는 곧 그가 정 도령임이 틀림없고, 어떠한 시기에 가서는 큰 영광을 누릴 것이라는 꿍꿍이속들은 저마다 차리고 있는 것이다. 그런 속들이 아이들을 교육하기란 힘이 들었다. 명색이 중학교 아이들인데 유치하기 짝이 없는 금화 도덕가 따위를 부르게 한다는 것부터가 틀린 수작이라고 나는 생각했다. 그건 무슨 찬송가도 아니고 시조도 아니고 멋대가리 없는 노래였으니까 말이다. 강달이가 손수 작사, 작곡한 것을 그 학교 아이들에게 부르도록 한 것이니까 나 같은 사람이 말린다고 해서 될 일은 아니었다. 강달이가 주동이 되어서 하는 일은 보통 상식으로서는 도저히 이해할 수 없는 일이 허다했다.

옳지, 금화선약金華仙藥이란 것을 만들어 나누어 주는 짓만 보더라도 강달이 녀석이 얼마나 터무니없는 일을 태연히 하고 있었는가를 알 수 있을 것이다.

금화교에서 일 년에 한 번씩 금화선약을 하사하는 의식이 있다. 내가 부임하던 다음 해 봄에 나는 그 의식에 참여하고 소위 그 선약을 얻었었다. 보통 교인들은 전날 분홍 주머니를 각기 만들어가지고 금화경을 외우면서 정성을 들였지만 우리 집에서는 그 짓을 하지 않고 그저 시키는 대로 붉은 주머니만 만들어가지고 교주 댁 큰 마당으로 갔었다. 강달이 녀석이 연단에 올라서서 일장 연설을 했다.

"에 금년도는 예년보다 좀 빨리 선약을 하사하신다는 정 도사님의 분부가 계셨습니다. 정 도사님께서는 그 이유에 대해서 아무 말씀도 하시지 않았지만, 이렇게 일찍이 선약을 하사하신다는 것은 금년에는 딴 해보다 더 일찍 괴질이 유행한다는 것을 정 도사님은 미리 알고 계시기 때문일 것입니다. 우리 교인들은 이 선약을 지성껏 뫼시고 언제든지 복용하라는 분부가 계실 때는 그냥 먹을 것이 아니라 소반에 청수를 모셔놓고 금화경을 삼독한 후에 선약을 복용하도록 해주시기를 바랍니다. 그리고 이 자리에서 여러분들께 드리고 싶은 말씀은 매년 선약을 하사하실 때, 헌납하는 성금은 우리 교도들의 생명을 건지기 위한 자금으로 사용된다는 것을 다시 한 번 말씀드리는 바입니다. 물론 선약을 하사하신다는 분부에 따라 성금도 준비하셨을 줄 알며 선약을 받으실 때 성금 상자에 먼저 헌납을 해주시기 바랍니다."

강달이의 그런 연설이 끝나자 교도들은 모두 백지에 싼 성금과 약을 받아 넣을 붉은 주머니를 양손에 들고 차례로 줄을 이어 나갔다. 마당 한 귀퉁이에 약봉지가 산더미처럼 쌓여 있고 그 옆에는 오동나무로 짤뒤주보다도 조금 크게 만든 성금 상자가 버티고 있었다. 교인들은 우선 그 앞에 가서 읍하고 헌금을 한 다음에 교주의 소실이 손수 집어주는 약봉지를 받아 준비해 간 붉은 주머니에다 넣고는 배례를 하고 돌아서는 것이다. 차례에 따라 나도 그 약을 받아 들고 돌아왔다. 교주 댁 마당 밖에 있는 학교로 돌아오자 나는 교실로 들어가기 전에 농기구를 넣어두는 창고로 갔다. 도대체 그 봉지 속에 무슨 약이 들어있는지 궁금했기 때문이었다. 분부가 있기 전에는 절대로 봉을 뜯어서는 안 된다고 했지만 그따위 수작은 아무렇지도 않게 여겼기 때문에 아무도 없는 창고에서 약봉지를 뜯었다.

별것 아닌 영신환을 가지고 그렇게 야단스럽게 구는 것이었다. 환약을 한 알 입에 넣고 우물떡거려 보았다. 영신환 중에서도 형편없는 하질이었다.

그자들이 하는 짓이니까 그게 당연할지도 모르지만 그따위를 그야말로 선약으로 알고 곱게 모셔놓고 괴질이 생기기를 기다리는 교인들을 웃을 수는 없었다. 나는 내가 가르치고 있는 어린것들만이라도 그런 수작에 넘어가지 않도록 하자고 별렀지만 그런 이야기를 꺼낼 만한 기회가 영 없었다. 학교에는 강달이의 자식을 비롯해서 교무원 간부들의 자제들이 있으니까 나는 내 생각대로 함부로 말을 할 수가 없었다. 육이오 사변이 터지지 않았으면 나는 기어코 그들의 하는 짓을 아이들 앞에 홀떡 까놓았을 것이었다. 전쟁이 일어나고 인민군들이 몰때려 들어오자 그들은 스스로 탈을 벗고 만 것이다.

전 교인들이 교주의 한마디 예언을 하늘처럼 기다리는 때가 왔다. 금강을 사이에 두고 치열한 포격전이 전개되자 금화촌 사람들은 오도가도 못 하게 된 것이었다. 교주 입에서 새삼스러운 예언이 없었지만 그전부터 내려오는 예언을 믿어오니까 누구 하나 피난 짐을 꾸리는 사람은 없었다. 그렇다고 모두 마음 편히 시국의 추이를 바라보고만 있는 것은 아니었다.

"무슨 분부 안 계십데까?"

교무원 물산과장이란 직책을 지닌 장암 선생이 넌지시 강달이의 눈치를 살폈다. 교주의 예언이 있을 때는 반드시 강달이를 통하기 때문이었다.

장암 선생은 혹시나 하고 그런 눈칠 살피는 것이었다.

"경거망동을 하지 않도록 하라는 분부입니다."

그건 아마도 교주의 분부라기보다 강달이의 의견일 성싶었다. 장암 선생은 다소 불만스러운 기색이었지만 그저 입맛만 쭉쭉 다시는 것이었다. 장암 선생이란 인물은 금호교의 명물처럼 되어 있었다. 어렸을 때부터 꼽추인 그는 금화교를 착실히 믿으면 성한 사람같이 될 수 있다는 바람에 그 부모들은 근 백 석지기나 되는 가대를 몽땅 헌납하고 금화촌으로 이사를 온 것이라 했다. 꼽추 등은 여전하고 오십여 년 동안을 가난과

도덕과 씨름을 하며 겪어온 덕분에, 이젠 꼽추 등을 고친다는 염은 없어지고 백발이 늘어가는 것만 측은하게 생각하는 사람이었다. 옛날 백 석지기의 가대를 헌납했다든가, 꼽추 등을 고쳐주지 못했다고 하는 것보다 오십 년 동안을 견디어왔다는 공로로서 그에게는 물산과장이라고 하는 감투가 돌아간 것이었다. 그것도 구슬 공장을 움직일 때는 제법 일거리도 있는 성싶었지만 그게 없어진 뒤로는 명색뿐인 물산과장인 것이었다.

금강 포진에서 터져오는 포격 소리에 꼽추 장암 선생은 금화교의 원로답지 않게 당황하는 것이 강달이에게는 못마땅한 모양이었다. 금화촌 사람들이 극도로 긴장하고 있을 때 별안간 학교의 종이 요란하게 울렸다. 교인들은 모두 학교로 모이라는 것이었다. 교주의 분부를 목마르게 기다리던 참이라 종소리가 채 끝나기도 전에 금화촌 사람들은 학교 마당에 꽉 찼다.

그러나 교주의 예언이나 분부는 전연 없었다.

"시국은 아주 비상사태로 들어갔습니다……."

연단에 올라선 강달이는 무척 흥분하고 있었다.

"그렇다고 해서 여러분들은 경거망동이 있어서는 절대로 안 됩니다. 우리 금화교인들은 죽으나 사나 한 덩어리가 되어 행동을 해야 될 것입니다. 괴뢰군들이 만약 이 금화촌을 짓밟고 들오게 된다면 우리들은 다 몰살을 당하는 것입니다. 불행히도 그런 사태까지 된다면 우리는 단체로서 피난을 해야 될 것이니까 모두들 그런 결심으로 마음의 준비를 가져주기를 바랍니다. 피난을 갈 때는 우리 금화교의 깃발을 선두에 세우고 정 도사님을 모시고 그 뒤에 우리 교도들이 대열을 지어 행진하도록 하겠으니 그런 줄들 알고 계십시오."

교주의 분부가 아니라서 서운하기는 했지만 교인들은 모두 도관장인 강달이의 지시대로 움직였다.

교인들을 비상소집하고 강달이가 그런 지시를 내린 것과는 딴판으로 판국은 극변했다.

이튿날 아침이었다. 별안간 산날망이*에서 듣지 못하던 총소리가 요란하게 울려왔다. 총소리가 콩 볶는 듯했다는 말을 흔히 하지만 나는 난생처음 그런 총소리를 들었다. 아침상을 막 받고 채 첫술도 들기 전에 그 난리가 벌어진 것이다. 뒤 창문을 열고 보니까 금화촌을 겨누고 총을 쏘면서 새카맣게 몰려 닥치는 것이었다.

"천천히들 먹어라."

나는 꽁보리밥을 허발을 하며 우겨 넣는 어린것들을 타이르고 숟갈질을 계속했다. 밥숟갈을 든 채로 날아온 총알에 쓰러질 것만 같았지만 그 시간엔 별수 없었다. 태연한 척 숟갈질을 하자니까 총소리가 뜸하더니 교주 댁 큰 마당이 떠들썩했다. 울타리 사이로 보니까 벌써 교주들 집에는 인민군들이 꼭 들어차서 북새를 놓고 있었다. 웬 놈의 동리에 닭이 새끼 한 마리 없느냐고 고래고래 소리를 지르는 녀석, 돈을 줄 테니 돼지를 사 오라고 다정한 척하면서 부탁을 하는 녀석…… 그것들을 상대하고 나서는 것은 장암 선생이었다. 조금 전에 들리던 총소리로 해서 금화촌이 송두리째 날아갈 것 같더니 정작 부락으로 싸 들어온 그놈들은 별 해치는 일은 없었다.

장암 선생은 그들에게 교주 댁을 절이라고 속였다. 괴뢰군들은 그것을 곧이듣는 모양이었다.

나는 벽에 걸어논 족자며 사진을 떼어 내렸다. 만약에 집 수색을 당해도 문젯거리가 될 만한 것이 없도록 부지런히 정리를 했다. 제일 곤란한 것이 일기장이었다. 처음에는 아궁이에다 집어넣었다가 다시 꺼내서

| * 산마루.

312

굴뚝 모퉁이 추녀 속에다 우선 감췄다.

그날 저녁때 눈에 뜨이는 꼴을 보자 나는 콩 볶듯 한 총소리를 듣는 때보다 더 크게 놀랐다. 세상이 뒤바뀌진다 한들 사람의 자식이 그렇게 쉬 둔갑할 수가 있을까 싶었다. 강달이 녀석이 주동이 되어 괴뢰군들의 환영식이 벌어졌기 때문이다. 나도 나오라는 기별을 받고 총살이나 당하러 가는 것처럼 겁을 잔뜩 집어먹고 교주 댁 큰사랑으로 갔다. 그런데 웬걸, 강달이와 괴뢰군 장교 한 녀석과는 어느 결에 그렇게 친숙한 사이가 되었는지 서로 한마디씩 주고받고는 무릎을 치면서 너털웃음을 쏟아놓는 것이었다.

"무정 장군과는 중국서부터 잘 아는 처지였죠. 나 같은 놈은 이런 산속에 묻혀서 아무 일도 못 하고 있다가 동무들을 이렇게 대하고 보니 면목 없수다."

"지금부터 합수다레…… 허허허!"

낯짝이 새카맣게 끄슬려진 괴뢰군 장교 녀석은 벌써 강달이한테 홀딱 반한 모양이었다.

"자 한 동무두 이리 와서 군관 동무에게 인사나 하시지. 허허허……."

강달이는 괴뢰군 앞에 날 껴 앉히면서도 무엇이 그리 신명진지 너털웃음을 웃었다.

육식을 일체 금하는 금화교 교주 댁 가마솥에는 돼지를 삶는 누린내가 푸짐하게도 진동했다. 김이 무럭무럭 나는 돼지 다리가 날라 오자 강달이는 내게 눈을 끔적끔적하면서 고깃점을 집어다 우물덕거렸다.

"자, 위원장 동무, 한잔합시다."

괴뢰군 장교는 수통에서 맑은 물을 따뤄 강달이에게 전했다. 내야 그 따위 것을 바라지는 않았지만 괴뢰군은 한 좌석에 내가 앉아 있다는 것조차도 염두에 없는 듯 연신 강달이하고만 주워 지껄였다. 괴뢰군은 강달이더러 위원장 동무라고 불렀다. 낮에 벌써 인민위원회가 조직되고 강달이가 위원장으로 선출되었다는 것을 나는 그 자리에서 비로소 알았었다. 강달이의 그런 보고를 받은 괴뢰군은 그대로 강달이에게 위원장 동무라는 칭호를 붙인 모양이었다.

"죽일 놈 같으니……."

조심조심 그 자리를 피해 나온 나는 아내에게 봇짐을 싸라고 했다. 강달이가 그렇게 날뛰니 앞으로 무슨 일이 벌어질는지 몰랐기 때문이다.

"여기 있다가는 내 명에 죽지 못할 것 같으니……."

가다가 죽는 한이 있더라도 도망을 치자고 상의를 했다. 겁쟁이인 나는 부들부들 떨기까지 했다. 추녀 속에 감춰논 일기장을 어느 놈이 와서 뒤지는 것 같아 자리에 누워서도 깜짝깜짝 놀라기까지 했다. 나는 하는 수 없이 아내를 꼬옥 껴안았다.

"설마 그놈들이라고 해서 사람을 마구 죽일라구……."

아내는 되도록이면 나를 안심시키려고 했다.

"그놈들 때문이 아냐!"

나는 내가 무서워하는 것이 무엇인가를 얘기하고 아내까지도 겁에 질리도록 만들었다.

이튿날 첫닭이 우는 소리를 듣고 우리는 그곳을 떴다. 금화산 잔등을 더듬어 넘고, 날이 샐 무렵에 신작로까지 나왔다. 불과 시오 리 길을 그렇게 허둥댄 것이다. 등 뒤에서는 사뭇 강달이의 그 큰 몸집이 디퉁거리면서* 쫓아오는 것만 같았다.

| * 뒤뚱거리면서.

정세가 바뀌자 강달이에 대한 나의 감정이 그처럼 변한 것은 이상한 일이었다. 평소에 맞대놓고 다툰 일도 없고 특별히 나를 미워한다거나 해치려고 한 일도 없는데 나는 그를 무서워하고 미워하게 된 것이다.

꼭 석 달 동안을 두고 여러 고경을 넘길 때마다 그것이 모두 강달이의 소행 때문이라고 여겨졌었다. 참 알 수 없는 일이었다.

한번은 동구 밖에 폭탄이 떨어진 일이 있었다. 흰돌배기(白石里)라고 하는 동리에 머물러 있을 때였다. 별안간 비행기 소리가 나더니만 피할 새도 없이 귀청을 뚫는 폭음과 함께 먼지가 꽉 차서 눈앞이 보이지를 않았었다. 나중에 보니까 한길에 가는 마차를 보고 폭탄을 던진 것이었다. 그때 그 어지러운 순간에도 나는 강달이를 탓했다. 마치 그놈의 잘못으로 그런 변을 당하는 것처럼 마구 욕을 했다. 그러니까 나는 난생 가장 큰 고생을 석 달 동안 줄창 강달이를 욕하고 살아온 셈이다.

그런 강달이를 서울 바닥에서 만났으니 그때 의당 죽었어야 할 것이다. 그런데 나는 그를 죽이기는커녕 예전 금화촌에서 받들던 것보다도 더 허리를 굽히고 매어달렸으니 참 쓸개 없는 짓이었다.

어쩔 수 없는 형편이기는 했다. 금화촌에서 있었던 일들을 들출 기력이 없는 처지였다. 어쩌면 그따위 기억들은 송두리째 잊었었는지도 모른다. 직장을 찾아 헤매느라고 피난살이보다도 고된 판이었으니까…….

종로를 주춤주춤 광화문 쪽으로 걸어가자니까 땅땅한 신사가 앞을 가로막던 것이다.

"아……."

나는 비명을 올리지 않은 것이 다행이었다. 듣기에는 괴뢰군들이 도망하면서 사지를 찢어 죽였느니, 국군이 진주한 뒤 체포되어 총살을 당했느니, 아주 이 세상에서 없어진 것으로 알려진 강달이를 그런 데서 그렇게 만났으니 놀라운 일이었다.

"허어……. 그래 어떻게 지내슈?"

강달이는 내 주제꼴로써 짐작이 간다는 듯 고개를 끄덕이면서 유심히 배때기를 내밀어 보이는 것이었다.

"도관장 선생님……."

나는 별수 없이 그를 도관장 선생이라고 부르고 빌붙었다.

"거 참 금화중학교가 폭격을 맞지 않았더래도……."

강달이는 금화중학교가 폭격에 없어졌기 때문에 큰 고생을 하느라고, 지금 내가 겪고 있는 고생이 마치 자기에게 책임이 있는 듯 위로하면서 자진해서 직장을 알선하겠노라고 서둘렀다.

"나 좀 ○○당 본부에 시간 약속이 있어서…… 뭣하면 흑조 다방으로 나오슈…… 대개 오전 중에는 거기 있으니까……."

나는 꼭 '원수가 은인 된다'는 격으로 몇 번이고 그에게 머리를 숙였다. 잠깐 듣기에도 강달이는 ○○당 간부들과 선이 닿고, 무엇인지 큰일을 하고 있는 것 같았었다. 육이오 때의 일 같은 것은 얘기할 새도 없이 바쁜 듯했다. 워낙 풍골이 장대하고 거기에 말주변이나 재간이 훌륭하니까 무엇하면 한자리 턱 차고앉을 만도 한 사람이라고 새삼스레 느껴지는 것이었다.

그런 인물을 전부터 알고 있었다는 것을 천행으로 나는 매일 '흑조'라고 하는 정치꾼들이 모이는 다방에 왕래하는 동안, 취직 문제도 차츰 익어갔었다. 강달이가 나보다도 더 서두른 덕택으로 소위 일류라고 손꼽히는 S중학교에 이력서랑 모든 서류를 들여밀고 발령만을 기다리게 되었다.

"도관장 선생님, 이거 죄송하지만 찻값이래도……."

적어서 부끄럽기는 했지만 나는 최대의 성의로써 마련한 것을 봉투에 넣어서 강달이 주머니에 억지로 넣어주었다. 취직만 된다면…… 더군다나 하늘에 별을 따기보다도 힘든 S 중학 같은 데에 당당히 근무를 하게 된다면 그까짓 게 문제가 아니었다. 그동안에 흑조 다방을 찾아다니느라고 힘에 겨운 짓도 많이 치르기는 했다. 코오피는 한 잔에 이백 환씩이고 쌍화탕은 한 잔에 사백 환이나 받는다. 그게 뭐 강달이와 단둘이서 마시면 기백 환이면 되었지만, 비서 격으로 따라다니는 미스터 송과 미스터 한의 찻값이라고 해서 따로 돌려놀 수도 없기 때문에 나는 은근히 고랑때*를 먹어온 것이다. 그러나 나는 그런 것을 아깝다고 여기지 않았다. 저녁때 터덜터덜 걸어서 돌아가는 길에, S 중학 앞을 일부러 거쳐 가는 기분만으로도 그러했다.

아무리 ○○당에서 내려 밀더라도 저녁 한 끼쯤은 인사를 차리는 것이 도리일 것이라는 미스터 한(강의 비서)의 귀띔을 듣자, 나는 최후적인 용단을 내린 것이다. 지금 살고 있는 셋방을 내어놓기로 했다. 그러면 보증금으로 맡긴 십오만 환을 찾게 되기 때문이다.

강달이에게 찻값이라고 싸준 것이 바로 그 돈이다. 집을 비워주는 날 잔액은 받기로 하고 우선 받은 십만 환을 헤아려볼 것도 없이 그대로 싸 다 준 것이다. 그날 저녁때는 S 중학 교문 앞에서 한참 동안 서서 감개무량하게 숨을 들이쉬었던 것이다.

"이제부턴 공부도 더 하고……."

앞이 훤히 틔어오자 나는 좀 더 지식을 쌓기 위하여 공부를 해야겠다는 여유 있는 생각까지 갖게 된 것이다.

그것이 무너진 것이다.

그래서 강달이를 죽여버리려는 것이다.

＊ 한꺼번에 되게 당하는 손해. 골탕

"그런 사실이 전연 없는걸요⋯⋯. 그런 사람을 알지도 못하고, 허어⋯⋯."

하도 답답해서 S 중학교를 찾아갔더니 교장은 아주 딱 잘라 말하면서 내 행색을 훑어보는 것이었다. 강달이가 여러 날 동안 자취를 나타내지 않는 품이 이상하다 했지만 그렇게도 터무니없는 수작이었던 줄은 몰랐었다.

S 중학교를 물러 나올 때, 등 뒤에서 웃는 소리가 들렸다. 교장이 웃음을 터뜨리자, 직원들이 모두 따라 웃고 그것이 번져서 학생들이 한꺼번에 와그르 하고 나를 바라보고 웃는 것 같았다.

"죽여버리자."

나는 남들이 알아들을 만큼 큰 소리로 내뱉으면서 S 중학교 교문을 나섰던 것이다.

이튿날 나는 부지런히 흑조 다방으로 발길을 옮겼다. 날씨는 유난히 침침했다. 내 호주머니 속에 비수가 들어 있다는 것은 아무도 모르는 듯했다. 알 턱이 없다.

피비린내 나는 사건이 벌어질 직전이라는 것도 모르고 점잖은 손님들은 쑥덕거리고 너털웃음들을 웃고 하는 것이었다.

"쌍화탕 하나 주시오."

나는 안면이 있는 레지에게 또렷한 소리로 사백 환짜리 쌍화탕을 주문했다. 강달이 놈이 홀지럭 홀지럭 들이마시던 쌍화탕. 막판인데 한잔 마셔보자는 심사였다. 나는 그전처럼 누구에게나 허리를 구부리지 않았다. 어느 놈이 내 앞자리에 와서 버티고 앉으면 나도 맞상대로 아니꼽다는 듯이 째려보곤 했다. 세상살이가 그렇게 후련하다는 것을 처음 알았다. 내가 버티고 앉아 째려볼라치면 슬금슬금 자리를 피하기까지 하지 않는가…… 것도 유쾌한 일이었다.

그런데 정작 강달이의 덩치가 나타나지를 않았다. 송이니 한이니 하는 녀석들의 쌍따구니*도 보이지를 않았다. 그렇다고 나의 긴장이 풀리는 것은 아니었다. 호주머니의 손은 땀이 축축이 배었다. 칼자루를 사뭇 움켜쥐고만 있었으니까…….

"신문 사세요. 신문…… 신문……."

한나절이 훨씬 지난 듯 신문팔이들이 몰려들었다. 그때까지도 강달이는 나타나지 않았다.

"놈이 피하는 것인가?"

나는 차츰 맥이 풀리기 시작했다. 그때다.

"강달이가 잡혔군……."

바로 옆자리에서 신문을 보면서 지껄이는 소리가 들렸다. 나는 신문팔이를 손짓해서 한 장 펼쳤다. 강달이 틀림없는 그놈의 상판이 큼지막하게 박혀 있고 사기한이니 수천만 환이니 ○○당을 팔고 어쩌고 하는 한자가 띄었다.

나는 맥이 탁 풀렸다. 육이오 때 죽은 셈 대자는 단단한 결심 대신 또 다른 생각을 짜내야만 되었기 때문이다.

—《현대문학》, 1960년 1월.

* '얼굴'의 비속어.

통로 通路

경식景植이는 모르는 척하고 대문을 흔들려다가 창문가로 바싹 귀를 기울였다.

"어차피 비용 들기는 마찬가지 아냐요? 저는 수술하는 데 쓰는 돈으로 그냥 낳겠어요."

"이건 남의 말귀를 그렇게도 못 알아들어……. 누가 돈 들어가는 것 가지고 따지는 거야?"

"첫째는 돈이지 뭐야요? 낳아논 뒤에는 당신 신세 지지 않겠어요. 그러니까 그 일 가지고는 그렇게 신경 쓰실 것 없어요."

"여하튼 나는 원치 않는 일이니까 내일이라도 수술을 하도록 해."

"당신이 정 그러신다면 알았어요. 전 그래도 그렇게까지는 생각 안 했는데……."

누나는 울음 먹은 소리였다. 강가姜哥는 아무 대꾸도 않는다. 아마 담배만 푹푹 피워대는 모양이었다.

경식이는 처음 안 일이지만 놀라울 것은 없었다. 뻐언한 일이었다.

남들이 무슨 눈짓을 하든 간에 노상 둘이서 게적지근하게 굴고 있었으니 어린애를 배는 것은 당연한 일이었다. 그런데 그것을 어쩌라는 것일까? 그들의 약삭진 수작들이 볼만했다.

"그래 다 알았다니…… 무얼 다 알았단 말야? 우리 처지에 새끼만 내갈려 노면 무슨 수가 있을 것 같아?"

강가의 벌 먹은 말투가 누나를 몰아댔다. 놈의 본질이 차츰 드러난다. 기름이 좔좔 흐르게 빗어 넘긴 머리하며 채신머리없이 찍어 맨 나비 '타이'하며 꼭 그따위 소리를 야발거릴 만했다.

어쨌든 강가는 약은 놈이다. 누나 몸에서 새끼를 낳아노면 그만큼 뒤책임이 생기니까 미리서 꾀이는 것이다. 차라리 훑어내 버리면 그땐 다소 목돈이 든다손 쳐도 훗날 걸리적거리는 것이 없게 된다.

그걸 또 안될 소리라고 팔팔하게 내쏘는 누나도 그럴싸했다. 지금 배속에 있는 핏덩어리를 지워버리면 이편에서만 완전히 손해를 보고 돌아서는 것이 되고 마는 것이다. 누나 역시 강가를 탐탁스럽게 여기지는 않는 기색이었다. 그러면서도 살자면 그를 붙들고 늘어지는 수밖에 없는 줄로 알고 있는 것이다. 그러니까 '그래라' '안 된다' 하고 맞부비는 것은 서로의 실속 때문인 것이다. 경식이는 어느 의견이 옳다고 판단을 내릴수가 없었다. 그저 '피식!' 웃고는 여느 때보다도 더 우악스럽게 대문을 흔들었다.

"누나 자아? 누나……."

일부러 큰 소리를 치자 미닫이가 부스스 열리고 누나가 나왔다. 강가도 뒤따라 나와서는 경식이와 엇갈려 골목으로 사라졌다. 전에는 경식이가 시무룩하니 들어가도 아랫목에서 밍기적거리다가 첫 고동이 울어야만 일어서던 녀석인데 아주 무슨 부끄럼이라도 타는 것처럼 도망을 치는 것이었다.

그날 밤 이후 강가는 들르지 않는 모양이었다. 경식이는 습관이 되었기 때문에 으레 느지막하니 돌아가 우선 창가에 귀를 기울이는 것이었지만 언제나 방 안에는 누나 혼자서 기다리고 있었다.

강가의 꼬락서니가 비치지 않는 것은 개운했지만 한편 광대뼈가 드러난 누나의 핏기 없는 얼굴은 보기에 딱했다.

"강 씬 요새 왜 안 오지?"

"알게 뭐야!"

경식이가 위로 삼아 넌지시 묻는 말에 누나는 더욱 배알이가 나는 모양이었다.

"누나 어쩔 셈야?"

"뭘?"

"강 씨 말야."

"넌 남의 걱정 말고 공부나 해."

"……."

경식이는 되도록이면 낙태 수술을 하도록 권하고 싶었지만 누나는 그런 소리를 꺼낼 기회를 주지 않았다. 누나라는 위치에서 어린애 취급을 하는 것이었다. 그렇다고 구체적으로 타이를 수도 없는 노릇이었다. 당초에 강가가 싱글싱글하고 누나에게 접어들을 때 따끔히 굴지 못한 것이 후회는 됐지만 누나가 그렇게까지 어리석은 줄은 몰랐기 때문이다.

'역시 여자란……'

경식이는 혼자서 얕보고 누나를 가련하게까지 여겼다.

'본때를 보여줘야지……'

강가를 그대로 둘 수는 없었다. 언제고 한번 맞다갈리는 경우 단주먹에 해치우자고 경식이는 뼈물었다.

경식이는 신문을 알뜰하게 보기 시작했다. 오가는 길 초에 신문 게시

판을 샅샅이 훑었다. 기사를 보는 것이 아니다. '사원 모집' 따위 활자만 찾는 것이다. 누나는 시험 준비가 궁금한 모양이었지만 경식이는 숫제 생각지도 않는 일이었다. 졸업만 하면…… 아니 당장에라도 취직자리만 있으면 눌어붙을 참이었다.

"야 너의 아버지한테 취직 부탁 좀 하자."

신문 광고는 암만 찾아도 신통치 않기 때문에 실제 운동을 시작했다. 한반 아이들 중에도 소위 '빽'*깨나 쓰는 녀석들을 붙잡았다. 그중에서도 한참 이름을 날리는 국회의원 오 모 씨의 아들 영균이를 잡고 늘어졌다.

"취직만 되면 '콤미숀'**은 톡톡히 낼게."

"된 뒤에 어쩌구 저쩌구 한다는 건 소용없는 소리야."

영균이는 미리 한턱 쓰면 그까짓 취직 하나쯤이야 안 되겠느냐는 것이었다. 경식이는 사회생활에 있어서 교제라는 것이 얼마나 중요한가는 잘 알고 있었다. 그러면서도 당장 기활 좋게 한턱을 쓸 만한 형편이 못 되었다.

강가가 발길을 끊은 뒤로는 영 돈 구경을 할 수 없었다. 누나가 어떻게 마련하는 것인지 끼니만은 이어나갔지만 들어 있는 방도 쫓겨날 형편이었다. 그러니까 경식이는 취직을 바싹 서둘기도 했다.

별도리 없었다. 경식이는 강가를 찾아가기로 작정했다. 당당히 찾아갈 권리가 있기도 했다.

이튿날 학교가 파하자 경식이는 더 생각할 것 없이 강가의 사무실로 찾아갔다. 무슨 구실로 돈을 청구하나 하고 한참 망설였다. 굶어 죽게 됐다고 통사정을 하기는 싫었다. 기분대로 한다면 우선 한주먹 내려지르고 손바닥을 내미는 것이 떳떳할 것 같았지만 차마 그렇게까지는 할 수 없었

---

* 빽back. 뒤에서 받쳐주는 세력이나 사람을 속되게 이르는 말.
** 커미션commission.

다. 솔직히 취직 운동을 한다고 할까도 생각했지만 그것도 치사스러웠다.

'여하튼 만나서 눈치대로 하자.'

무작정 사무실 문을 열고 들어서자 경식이는 대단히 유리한 조건이 생겼다. 마침 강가가 있었다. 그것도 계제가 좋게 되느라고 어떤 계집을 끼고 앉은 것을 눈으로 보게 된 것이다. 모두 퇴근들을 했는지 사무실은 휑하니 비어 있고 응접용 '쇼파'에 강가와 새빨간 구두를 신은 계집이 붙어 앉아 있었다.

강가는 좀 당황하는 것 같이 보이드니만 이내 태연해지면서

"심부름 왔나?"

하고 경식이가 서 있는 문턱으로 다가왔다. 경식이는 곧 주먹이 올라가는 것을 참았다.

"돈 좀 주야겠어요."

"돈?"

"누나가 수술을 한다고……."

불쑥 그런 소리가 삐져 나오는 것이 이상했지만 직방 효과가 있었다.

"병원엘 간다고? 거 진작 그렇게 했음 될 걸 공연히 사서 고생을 하드니 헤엥……."

강가는 계집 있는 쪽을 힐끗 쳐다보면서 혼자 투덜거리더니 속주머니서 돈다발을 꺼내 불쑥 내밀었다. 백 환짜리 만 환 다발이었다.

돈을 받아 넣고 돌아설 때 경식이는 '쇼파'에 앉은 계집과 눈길이 마주쳤다. 계집은 그렇게 뜯어 가는 게 상책이라는 듯한 눈치였다. 경식이도 그 계집에게 한마디 일러주고 싶은 것이 있었지만 그냥 돌아섰다.

그 길로 경식이는 국회의원 오 모 씨 집을 찾아가 영균이에게 만 환 다발을 송두리째 내밀었다.

"우리 누나 수술을 할 돈인데 수술은 좀 나중에 하기로 했지……."

경식이는 숨김새 없이 사정을 털어놓았다. 그러는 편이 그 돈에 대한 생각도 나고 또 꼭 취직을 해야 할 다급한 처지에 있다는 것을 암시하는 것이 되기도 했다.

국회의원 오 씨가 정적과의 싸움 통에 무고죄로 몰렸을 때 누구보다도 실망한 것은 경식이었다. 갖다 바친 돈이 문제가 아니라 다 된 것으로 믿었던 취직이 아주 가망 없이 되었기 때문이다.

오 씨의 사건은 하루 이틀에 끝날 것 같지를 않았다. 신문에서는 연일 '토픽·뉴스'로 오 씨 사건을 보도했다.

'차라리 그 돈으로 수술이나 시킬 것을……'

후회해야 소용없는 일이지만 유표하게 나타난 누나의 아랫배에 눈이 갈 때 경식이는 그따위 짓을 한 것을 탓하지 않을 수 없었다. 그렇다고 후회만 하고 있을 바가 아니었다. 연말이 다가오자 경식이는 더욱 조바심이 생겼다. 누나는 이제 아주 지친 듯 손발 움직이는 것조차 귀찮아했다. 굴속을 이리저리 파헤치고 빠져나가다가 막다른 통로에서 펄쩍 주저앉은 푼수였다.

"강 씨한테 좀 갔다 오렴."

누나는 별수 없이 경식이에게 통사정을 했다. 강가한테 가서 낙태 수술을 할 테니 돈을 좀 달래 오라는 것이었다.

"그따위 새끼한테 돈을 달래?"

"할 수 있니?"

"가만있어 봐. 내가 어떻게 해볼게."

"그 되잖을 소리 말고 강 씨한테 가서 얘길 해. 이만 환만 달래."

"일없어! 난 그따위 것은 할 수 없어……"

경식이는 엉뚱하게 신경질을 부리고 튀어나왔다. 누나 앞에서는 제법 큰소리를 질렀지만 미안한 일이었다. 그럴수록 부아통이 치밀어 견딜 수가 없었다. 때아닌 비가 구질구질 내리는 것도 못마땅했다.

"재일교포 북송을……."

"재일교포 북송을……."

"결사반대한다!"

"결사반대한다!"

거리에는 '데모'의 대열이 연이어 고래고래 소리를 질렀다. 경식이는 광화문 네거리에서 길을 건너서려고 주춤거리다가 어느 결에 군중 속으로 휩쓸렸다.

"재일교포를 구출하자!"

"재일교포를 구출하자!"

"일본 정부의"

"일본 정부의"

"만행을 규탄한다!"

"만행을 규탄한다!"

멋쩍게 '데모' 대열에 휩쓸린 경식이도 "일본 정부의 만행을 규탄 한다!"고 버럭 소리를 질렀다.

처음 한마디는 좀 겸연쩍어 옆에 가는 사람의 눈치를 살폈지만 연거푸 소리를 지르자 주먹이 쥐어졌다. 속이 후련해지는 것 같았다. 나중에는 창자를 쪽 쪽 훑어내면서 "와악! 와악!" 소리를 질렀다.

서울역전에서 '데모'대가 해산하자 경식이는 허전했다. 널따란 신작로 길을 달리다가 논두렁으로 접어든 것 같아 답답하기도 했다.

'강 씨한테 좀 갔다 오렴.'

누나의 애원하는 소리가 되살아왔다. 어디다 내놓고 크게 외칠 수도 없는 소리다.

남대문까지 와서 지하도로 들어섰다. 그냥 무작정하고 지하도로 접어들기는 했는데 어느 길로 빠져나가야 할지 분간을 못 했다. 사람이 많아서가 아니다. 웅성웅성하는 그 많은 사람들이 저마다 빠져나갈 길이 있는데 경식 하나만이 등신처럼 이리저리 밀려야만 했다. 경식이는 손아귀에 힘을 주어 주먹을 쥐었다. 별안간 몸이 부르르 떨렸다. 두 주먹으로 그냥 닥치는 대로 휘갈기고 어느 통로通路고 빠져나가고 싶었다. 시위 행렬에서 풀려나온 사람들이 그대로 꾸역꾸역 밀려들어 지하도는 숨도 제대로 못 쉴 만큼 번잡했다. 경식이는 전신의 힘을 모듬꺼려* 앞으로 확 밀려붙였다.

"아야 야!"

"왜 이래 누구야!"

앞선 아낙네들이 비명을 울리면서 한군데로 쏠렸다. 그때다.

"도둑야!"

하는 처참한 외침이 들렸다.

그 길로 경식이는 경찰서로 끌려갔다. 호주머니를 털렸다는 신사와 경식이가 혼잡 속에서 마구 떠밀고 달아나려는 것을 보았다는 사람도 같이 경찰서까지 불려갔다. 경식이는 별수 없이 '소매치기'의 혐의를 받고 형사의 날카로운 조소를 받아야 했다.

"사람들을 떠밀은 건 사실이지?"

"네."

"왜 떠밀었어?"

"……."

| * 모아.

"좋아……. 남대문 지하도에는 무슨 일로 갔었지?"

"데모를 끝내고 가는 길이었습니다."

"어이 학교에서 오늘 데모를 했나?"

"아닙니다. 저 혼자서……."

"허허허 혼자서 '데모'를 했나?"

"광화문에서 '데모' 행진이 가기에 따라갔습니다."

"너 몇 살이냐?"

분명 열아홉 살이라고 방금 일러주었는데 형사는 또 나이를 물었다.

"야 이놈아 그래 그런 소리에 속을 것 같아? 응?"

"정말입니다."

"그래 그다음은?"

"서울역에서 해산을 하고 흩어져 가는 참이었습니다."

"어디로? 어디로 가는 참이었는가 분명히 말하란 말야?"

"네 저 저의 매형을 찾아가는 참이었습니다."

"매형? 왜?"

"돈이 필요해서요."

경식이는 그렇게 둘러대는 수밖에 없었다. 형사는 그럴 것이라는 듯 고개를 끄덕끄덕하더니만 웬걸 버럭 소리를 지르면서 얼레빵을 놓는 것이었다.

"이 녀석아 너 왜 그렇게 아살픈 거짓말을 까니 엉! 여기가 어딘지 알아! 내가 누군지 알아?"

"정말입니다. 제 누나 수술을 할려구……."

경식이 입에서는 불쑥 그런 소리가 뻘겨졌다. 하도 다급했기 때문인 것이지만 그건 쓸데없는 소리였다.

"물론 돈이 필요해서 그랬겠지……. 너희 누나 어딜 수술할려고 그러니?"

　형사는 한풀 누그러지면서 상냥스럽게 캐어물었다. 경식이는 자꾸만 함정 속으로 밀려 들어가는 것 같아 몸뚱아리를 그대로 가눌 수가 없었다.

　"전 도둑이 아냐요! 답답해서 떠밀었어요 흐흑!"

　울기라도 하는 수밖에 없었다. 와락 울음보를 터트리고 나니까 목구멍의 가래를 토해낸 것처럼 조금은 개운했다. 형사는 말문을 닫고 날카롭게 쏘아보기만 했다.

　"선생님 전 정말 떠밀기만 했어요. 보세요. 제 몸뚱아리에 아무것도 없잖아요……."

　"너희 누난 어디가 아프냐?"

　"……?"

　"아픈 데도 없는데 수술을 해?"

　창식이가 고개를 가로 흔드는 것이 못마땅한 듯 형사는 꼬치꼬치 캐어묻는 것이었다.

　형사에겐 그 이상 정직한 소리를 해야 소용없을 것 같았다. 아니 오히려 정직한 대답을 할수록 상대방은 노기를 띠우는 것이었다. 그렇다고 거짓말을 하기는 더욱 두려웠다.

　경식이는 생전 처음 그것도 생각지 않은 일로 유치장이라는 데 갇혔다.

　"어머니잇! 으 흐 으 으!"

　덜컥 문이 잠길 때 경식이는 어머니를 부르고 울어재꼈다. 집에서 꼬박 기다릴 누나 생각을 하면서 '어머니'를 부르고 울었다.

　"이 새끼야 울려면 이런 델 오지를 말든가 기왕 왔으면 울지를 말든가……. 너희 어미가 검사냐 판사냐? 못난 새끼……."

　들어오는 길로 마구 울어재끼는 꼴이 못마땅한 듯, 우락부락하게 생긴 놈이 목덜미를 잡아나꾸는 것이었다.

경식이는 하룻밤을 고스란히 새웠다. 비록 고아로 자라나기는 했을 망정 유치장 같은 데에서는 잠이 오지 않았다.

이튿날 아침에는 누나까지 불려왔다. 취조실에서 둘이 껴안고 한바탕 울었다.

"강 씨한테 가서 달라랬지 누가 널 보고 그런 짓 하랬니……. 네가 그 짓을 하면 난 어떻게 되란 말이냐……."

누나는 부끄러운 줄도 모르고 사설을 해가면서 마구 울어재꼈다. 누나 역시 경식이를 '소매치기'로 단정하고 하는 소리였다.

그렇게 몰려대고 보니까 자신도 소매치기를 하지 않았다는 것이 오히려 머저리처럼 여겨졌다. 그 군중 속에서 재간껏 소매치기라도 할 수 있는 기술을 갖고 있다면 형사 앞에서도 떳떳이 대할 수 있을 것이다. 그런 길이 있다는 것을 알지 못했고 생각지도 못했기 때문에 공연한 누명만 뒤집어쓰고 소년원으로 넘어갔다. 소년원에서는 남대문 지하도에서 있었던 사건을 다시 들추지 않았다.

"네가 지금 원하고 있는 것이 무엇인지?"

보호관은 경식이의 눈치를 살피면서 조심스럽게 지껄였다. 보호관과 단둘이서 마주 앉은 방에서였다.

'내가 원하고 있는 것을 물으면 어쩔 셈이요?'

경식이는 꾀죄죄한 보호관에게 그런 반문이라도 하고 싶은 것을 참았다. 반문을 해봤댔자 별수 없을 것만 같았다. 보호관은 눈 다래끼라도 났는지 한쪽 눈을 가리고 있었다. 장황한 시간을 같이 앉아 있으면서도 담배를 피우지 않았다. 양복 소매 속으로 드러난 내의가 땟국이 떨어지는 것 같았다. 뒤따라올 때 보호관의 양복바지 엉덩이가 번질번질 닳아

| * '낚다'의 방언.

속옷이 히끄끄래히 내비치는 것도 보았다. 가끔가다가 생각난 듯이 들여다보는 손목시계도 침판이 새까맣게 썩은 것이었다. 그런 주제에 남의 걱정을 떠안겠다는 것인가?

"우리 둘이서 주고받는 얘기는 우리 둘만의 비밀로 하는 것이니까 네가 마음먹은 대로 얘길 해다오 응?"

보호관은 경식이에게 애원하듯 하면서 추근추근 캐어묻는 것이었다.

"별 소원 없어요."

경식이의 대답은 간단했다.

"지금 여기서 내보내 준다면 무엇을 할 작정이냐?"

"글쎄요?"

"또 그 짓을 할래?"

"무슨 짓 말씀에요?"

경식이는 독기를 품고 반문했다. 처음부터 얕보고 덤빈 탓도 있지만 어쩌면 아니꼬운 기분도 들었기 때문이다.

이 길로 나간다면 당장 돈이 필요했고 직장이 갖고 싶고 강가를 때려잡아야만 마음이 갈앉을 판이다. 궁기만 졸졸 흐르는 보호관이 그 소망을 풀어줄 자신이 있겠는가?

그런데도 보호관은 꼬치꼬치 캐고 들었다.

"앞으로 널 보호할 사람이 누구지?"

"절 보호해요…… 누가?"

"글쎄 누가 널 보호할 사람이 있느냐 말야?"

"전 그런 사람이 필요 없습니다."

"……?"

보호관은 어이가 없는 듯 경식이를 물끄러미 바라보았다. 경식이도 그만 입을 다물었다. 보호관은 무엇인가 꿍꿍 생각하는 모양이었다. 무슨 수작으로든지 눈물을 짤짤 흘리도록 해야만 자기 직분을 다할 것만 같은 기색이었다.

"널 보호할 사람이 없으면 내보낼 수가 없어……."

보호관은 답답한 듯 기지개를 키면서 교의에서 일어섰다.

옆방에서도 어떤 소년이 보호(?)를 당하고 있는지 찔끔찔끔 우는 소리가 새어 나왔다.

경식이를 다루는 보호관은 헛힘만 키면서 시계를 자주 들여다보았다.

뚜우…….

오정을 알리는 '싸이렌' 소리가 울렸다. 마치 그 소리를 고대하고 있었던 듯 문이 부스스 열리면서 사환 아이가 고개를 들이밀었다.

"한 보호관님 오시래요. 원장님이……."

"그래 곧 가마."

보호관은 반갑게 나갔다. 경식이는 혼자 앉아 있기가 숨이 막힐 것만 같았다. 대낮인데도 희미한 전등 불빛에 의지해야만 하는 좁다란 방 안에서는 무엇인가 생각할 만한 여유를 찾을 수가 없었다.

두 주먹을 다부지게 쥐어보는 수밖에 없었다. 주먹을 쥐고 부들부들 떨고만 있을 수는 없었다. 책상을 후려쳤다. 손목이 시큰했다. '테에불'* 천판은 조각이 났다. 그것만으로는 울화통이 가라앉지 않았다. 불끈 일어나 교의를 들고 나섰다. 경식이는 이상한 발작증을 일으킨 것이다.

"원장님이 널 만나자고 하신다. 이러지 말고 가……. 때려 부시기만 한다고 되니……."

원장실에서 돌아온 보호관은 경식이의 하는 짓을 보고도 별로 놀라지 않았다. 원장실에는 누나가 와 있었다.

| * 테이블table.

332

누나는 무엇 때문인지 생글생글하면서 아주 기활이 좋았다. 경식이는 아직도 분통이 가라앉지 않은 채 원장 앞으로 바싹 다가섰다.

"여러 가지 얘길 들었다. 그리고 너는 아무 일도 없었다는 것이 증명되었어⋯⋯. 며칠 동안 불쾌하기도 했을 테지만 이번 일은 기억에 남길 것 없이 앞으로도 계속 열심히 공부하도록⋯⋯. 잘못하면 정말 엉뚱한 길로 접어드는 수도 있으니까⋯⋯."

경식이는 어처구니가 없었다. 도둑놈이 아니라는 것이 증명되었다고 하는 것이 또 우습기도 했다.

어쨌든 그 사람들이 나가라고 하니까 거기서 일단 나오는 수밖에 없었다.

어떤 길을 어떻게 뚫고 나가야 할지 모르면서도⋯⋯.

―《자유문학》, 1960년 2월.

왜가리

    나는 송병순宋炳淳이라는 '사람'이다.

    '왜가리'란 별명이다. 언제부터 누가 붙여논 이름인지는 모르지만 이제는 '왜가리'니 '왜가리 부장'이니 하면, 판매부의 신문팔이 아이들까지도 다 알 만큼 되어 있다. 본인인 나도 왜가리의 형상을 그려 '싸인'으로 쓰고 있다. 목을 바짝 움츠리고, 삐쭉한 주둥이에 멋없이 길어빠진 두 다리, 그것이 볼품 있는 상은 아니지만 '싸인'으로서는 그럴싸하다. 돈이 필요할 때는 가불증을 쓰고, 송병순이란 이름 석 자 밑에 왜가리 한 마리를 그려 보내면, 빽빽하기로 명 난 총무국장도 군소리 없이 도장을 찍어 경리로 넘긴다. 부아가 극도로 치밀어 사직서를 쓸 때도 도장 대신 왜가리를 그려서 국장 책상에다 던진다. 아직 한 번도 그 사직서가 수리되지는 않았지만 문서 쪽으로는 충분한 행세를 하는 것이다.

    그쯤 되어 있지만 나는 '왜가리'란 별명이 자신에게 꼭 들어맞았다고는 여겨지지를 않는다. 무어 그 별명이 마땅찮아서가 아니다. 자신이 '왜가리'로 자처할 수가 없기 때문이다. 창계鶬鷄 또는 창괄鶬鴰이라고도 하는 왜가리는 해오라기의 일종이며 그 목소리가 유별나게 크다. 마땅찮을 때

나, 신명이 솟을 때는 제 목청 생긴 대로 소리를 지른다. 아마 나를 보고 왜가리라고 부르는 것은 툭하면 마구 소리를 지르기 때문일 것이다.

그런데 실상 나는 자신이 흐뭇하도록 소리를 질러본 적이 없다. 내 기분에 따라 목소리가 꽥 뻘겨져 나오다가는 되들어가곤 한다. 한 번이라도 기분 내키는 대로 소리를 질러보았으면 속이 후련해질 것 같지만 그게 되지를 않는다. 그날 아침만 해도 그랬었다.

허둥지둥 세수를 마치고 거울 앞에 목을 내밀고 넥타이를 매는 참이었다. 비가 오는 줄은 몰랐었다. 거울에 유리창이 비치고, 그 유리창을 빗방울이 마구 후려갈기는 것이 보였을 때 비로소 나는 날씨가 좋지 않은 것을 알았었다.

"빌어먹을!"

빗방울이 이웃집 기와지붕을 부서져라고 후려갈기는 것을 유리창 너머로 바라보면서 혼자 욕지거리를 했다.

'시원스럽게도 퍼붓는구나……'

속으로는 빗줄기가 기왓장에 부딪쳐서 가루가 되는 것이 시원스럽게 여겨지면서도, '빌어먹을……' 소리가 입에서 뻘겨졌다.

"빌어먹을!"

이번에는 넥타이가 제대로 매어지지를 않아서 욕지거리가 나왔다. 성깔 나는 대로 한다면 목청껏 소리를 지르고, 무엇인가 하나 집어 동댕이를 쳤으면 후련해질 것 같은 것을 그대로 참았다. 참자니까 또 소가지가 끓어올랐다.

"아, 아침 어떡하는 거야!"

부엌 쪽에다 대고 핀잔을 던졌다.

"다 됐어요."

아내의 느릿한 대답이 비위를 거슬러, 재차 소리를 지르려고 하는데 딴 일이 벌어졌다. 국민학교 이 학년짜리 준俊이 녀석의 겁에 질린 울음 소리가 골목으로 뛰어들자 아내가 악을 쓰고 나섰다.

"아유! 이 잡아먹을 놈의 자식!"

픽! 픽! 등가죽을 조지는 듯, 준이 놈은

"엄마 앙그르께……."

비명을 올리면서 싹싹 비는 것이었다. 부엌으로 통한 미닫이를 와락 열어젖힌 나는 그 꼴을 그냥 보고 있을 수가 없었다. 아내의 멱살을 뒤에 서 잡아 추슬렀다. 소리를 지른다거나, 다른 기물을 때려 부술 만한 시간 적 여유가 없었다.

"아이쿠!"

아내는 벌떡 나자빠지면서 비명을 울렸다. 그러면서도 눈알을 희멀 거니 뜨고 바라보았다. 죽일 테면 죽이라는 듯이……. 사실 죽이려고 마 음먹으면 까짓 어려울 건 없지만 그럴 필요까지는 없었다.

"아부지 앙그르께……."

준이 놈은 비를 함초롬히 맞고, 달달 떨면서 두 손을 모아 싹싹 빌고 있었다.

"이 자식아 손 그러지 마!"

어린것이 야릇잖은 손을 맞비비면서 애걸을 하는 꼴이란 비참했다. 그것이 화를 북돋아, 나는 아내를 두어 번 내지르고는 준이를 방으로 불 러들였다. 옷장을 아무렇게나 홀 뒤져서 준이를 갈아입히고, 내 손으로 차근차근 비옷까지 입혀 내어보냈다. 그리고 나는 집에서 나왔다. 아내 는 뒷마루로 기어가 쓰러진 채였다. 불쌍한 것 같기도 했다.

나는 일부러 비를 맞으면서 큰길가로 나왔다. 택시가 가볍게 크락숀 을 울리면서 다가와서는 내 눈치를 보고 그냥 도망쳤다. 택시를 탈 만한 주제가 못 되는 것으로 여기는 모양이었다.

"야 이 개자식아!"

나는 벌 먹은 소리로 내뱉었다. 속력을 내어 달리는 짚차가 흙탕물을 끼얹고 그대로 굴러가는 것이었다. 나는 얼른 앞뒤를 살폈다. 멀찌감치서 여학생 하나가 걸어오고 있었지만 내가 "개자식!" 소리를 지르는 것을 듣지 못한 모양이었다. 오히려 다행이었다.

신문사에 들어서면서는 아무 일도 없었던 듯 시치미를 떼었다. 공연히 내 기분을 다른 사람들에게 옮겨줄 필요는 없었다. 나는 그런 점에 대하여는 노력한다. 신문 기자라는 직업은 특히 기분을 상하지 않도록 해줘야 했고, 또 자기들이 아니라 해도, 한 사람의 기분이 그대로 연쇄 반응을 일으켜 여러 사람의 기분을 좌우한다는 것을 나는 알고 있다. 그런 사실을 분간하기 때문에 참는 것이지만 무엇이든 눈에 거슬리는 것이 있으면 단박 터진다.

"네가 기자야!"

불쑥 터뜨리고 나자 어쩔 수 없었다. 아침에 있었던 일까지 겹질려, 나는 입에서 나오는 대로 내뱉었다. 살인강도범을 체포했다는 기사가 빠져 있었던 것이다. 하고많은 날, 또 하고많은 신문에 어쩌다가는 기사를 놓치는 수도 있다. 그것을 타내서 담당 기자에게 혼꾸멍을 주는 것은 그날의 기분 즉 사회부장인 나의 기분 여하에 달려 있다.

"새벽 두 시까지도 아무 일이 없길래 그냥 돌아왔드니……."

담당 기자가 구구하니 변명을 하자 나는 '너도 기자냐'고 고함을 지른 것이다. 딴 일 까닭에 내 기분이 바싹 상해 있는 참이라 그런 호된 욕설을 듣는 그 기자가 불쌍하기도 했다. 나는 금시 말끝을 누그리고 다시는 그런 실수를 하지 말라고 당부했다. 나의 성격의 결함은 바로 그것이다. 한번 호통을 치기 시작했으면 속이 후련하도록 야단을 치고 끝장을 볼 것이지 꼭 이편에서 먼저 누그러지는 것이다. 왜가리 구실을 못 한다.

여하튼 내 성품이 요 몇 해 동안에 괴상하게 비뚤어졌다. 본시는 어지
간히 깐깐했었다. 그런 것이 이제는 아주 막되어 버렸으니 슬픈 일이다.

"저 손님이 찾으시는데요……."

열한 시쯤, 기자들을 다 내보내고 테이블을 지키고 앉았자니까 사동
아이가 허수레한 늙은이를 끌고 들어왔다.

"여어…… 미수타 송 오랜만이오."

늙은이는 꼴같잖이 큰 소리로 '미수타 송' 어쩌구 하면서 엉성한 손
을 내밀었다. 기분 상한 날은 별것들이 다 찾아온다. 전에, 그러니까 해
방 직후 D 신문사에 있을 때 명색이 주필이라고 하던 늙은이였다. 그때
도 나는 그를 별로 탐탁찮게 여기던 위인인데, 새삼스럽게 반가운 척 접
어들었다. 늙은이는 '캐액 캐액!' 가래를 고나서는 꿀컥 삼키고 집이 어
디냐는 둥, 몇 남매나 두었냐는 둥, 피새를 떨고 꼬치꼬치 캐어물을 때
나는 석간에 내어보낼 톱기사를 걱정하면서 마지못해 대답을 했다.

"저어 다른 게 아니구…… 바쁠 테니까."

그는 내 눈치를 알아챘는지 의자를 바싹 꺼당기고 주위를 살피면서
소곤거렸다.

"나 모처럼 만에 미수타 송한테 특청이 있어서 왔소."

"무슨 일이신데요."

"이거 몇 해 만에 찾어와서 불쑥 이런 부탁만 드려서 안됐지만……."

"괜찮습니다."

"내 처조카 되는 놈 하나이 지금 육군병원에 입원을 하고 있는
데……."

"……."

늙은이는 내 대꾸를 기다리느라고 일단 말을 끊고, 가래를 고나 꿀컥

삼켰다. 나는 벌써 말머리를 듣자 짐작이 갔기 때문에 그냥 상대방의 얼굴만 바라보았다.

"미수타 송의 힘을 좀 빌려야겠어……."

"제대 말입니까? 요즘 그런 일이 어디 됩니까……."

"아냐, 되는 수가 있어. 더구나 미수타 송 같은 분이 힘만 쓴다면 그까짓 것보다 더한 것도 어렵지 않은데……."

"……."

"뭐 비용은 필요한 대로 댈 테니 한번 줄을 대줘……."

늙은이는 별안간 또 내 손을 덥석 잡고는 애원을 했다. 아마 어느 놈에게 단단히 얻어먹고는 그 값을 못 했기 때문에 크게 졸리는 기색이었다. 처조카니 무어니 끌어다 붙이지만 멀쩡한 수작이다.

"사실, 말이야 바로 말이지 그 녀석이 무슨 병이 있어서 입원을 한 게 아니고……."

어느 군의관하고 미리서 짜고, 억지 병을 꾸며 일단 입원을 시켰는데, 그 군의관이 딴 데로 전속이 되었다는 것이었다.

'멀쩡한 도둑놈들!'

나는 속으로 울화가 치미는 것을 참았다. 나잇살이나 먹었으면 곱게 늙지 못하고, 모가지에는 나비넥타이를 매고 건들거리면서, 그따위 일을 저지르고 다니는 그 늙은이가 우선 미웠다. 그리고 어떻게 생긴 놈인지는 모르지만, 명색이 군의관이라고 하는 처지에 있으면서 멀쩡한 사병을 환자라고 진단서를 꾸며 돈을 받아먹고, 심지어는 제대까지 시켜준다고 한 것이 당치 않는 일이다.

그때 전화벨만 울리지 않았더라면 나는 그 늙은이한테 버럭 소리를 질렀을 것이다.

"뭐! 기아 사건?"

경찰에 나간 기자가, 다른 사건은 아무것도 없고, 공원 벤치에 갓난 아이를 버리고 간 기아棄兒 사건이 하나 있는데 어떻게 했으면 좋겠느냐는 전화였다.

"경찰 얘기만 듣지 말고, 현장도 가보고, 영아원에도 가서 그동안 주서다 기르는 아이들의 발육 같은 것도 취재해 가지고 와……."

나는 그 기자에게 큰소리는 치지 않았다. 아침에 그 정도로 호된 소리를 했으니까 정신을 차릴 것으로 믿어졌다.

"미수타 송, 마감 끝나고 조용히 좀 만날까……."

옆에서 사뭇 내 눈치만 멀쭘히* 바라보던 옛날의 주필 영감은 조용히 만나자고 간청을 했다. 아마 자기 깐으로는 내가 그 청을 들어줄 것으로 보였던 모양이다. 조용히 만나자는 것은 비용에 대한 흥정을 하자는 것이다. 어림도 없는 소리.

"내 재간으로는 어쩔 수 없는걸요."

나는 아주 잘라서 거절했다. 그 늙은이의 모가지라도 바싹 조르면서 '이 구데기 같은 인간아!' 하고 욕지거리를 퍼붓든가 '얼른 죽어버리라'고 악담이라도 했어야 내 속이 후련할 것이지만 그걸 꿀꺽 꿀꺽 참고 견디었다. 나는 내 아내 이외 사람한테는 그렇게 내 성질을 죽여가며 참고 견디는데 글쎄 날보고 '왜가리'라고 한다.

"현대인은 계산과 타협이라는 것을 머릿속에 넣고 살아야 해……. 사회부장은 그 나잇세에 너무 외고집이란 말야……."

편집국장이 날보고 하는 충고다. '그 나잇세에……' 어쩌고 하는 것은 내 나이가 젊다는 것인지, 지긋하다는 것인지 분명치 않다. 사십 줄에 들었지만 자신으로서는 나이라는 것을 생각하면서 처세하지 않는다. 편

| * 뻘쭘히.

340

집국장이라는 사람도 나와 별 차이 없는 나이다. 뱃구레가 처지고 반고수머리에 불그스레한 낯판때기가 얼핏 보기에는 나이를 분간하기 힘들지만 마흔 하나나 둘밖에 안 되는 사람이다. 그러면서도 제법 나를 충고하고 나서는 품은 의젓하기가 여간 아니다.

"중간에 끼인 내 입장도 좀 생각해 달란 말야……. 오늘 아침에도 진땀을 뺐어."

"왜요?"

"사장 심정도 우리가 알아줘야지……. 아마 고위층에 불려가서 치도곤을 맞은 모양이지……. 하긴 우리 기사가 너무했어."

"쳇!"

나는 배알이가 나서 팩 토라져 혀를 찼다.

"사십 년이라면 그 사람의 전 생애가 될 거요. 교단에 서서 환갑이 넘은 노인을 생전으로 죽여논 그 짓을 보고, 신문이 그대로 있으란 말이요?"

나는 편집국장에게 들이댔다.

"글쎄 사회부장은 그것이 탈이란 말야……. 물론 죽은 사람에 대하여는 동정도 가지만 주위 사정이 그런 걸 들춰내게 됐어?"

"그럼 신문사 문을 닫아야지."

"점점…… 여보, 오늘 사장이 뭐라고 했는지 알아?"

"날 보고 야당이랍디까…… 빨갱이랍디까?"

"그런 게 아니고 정 사원들이 고집을 부리면 신문사를 송두리째 내던진다는 거야."

"거 참 좋은 생각이군요. 할 소리 못할 바에야 그게 제일 좋은 방책이죠."

"그렇게 할 말이 아니잖소!"

"뭐란 말에요, 그럼! 내 나가리다. 그게 제일 간단할 것 아뇨?"

나는 국장실 문을 모지락스럽게 밀어붙이고 나왔다.

사직서는 쓰지 않았다.

편집국장이 충고하는 것처럼 '계산'을 하고 '타협'을 하고, 그리고 현대인 행세를 하기 위한 것은 아니다. 오히려 끝장까지 고집을 부리고, 내게 무슨 해가 미치는 한이 있더라도 싸울 작정을 한 것이다.

나는 문교부 기자실로 전화를 걸었다.

매일 삼, 사십 리씩 산 고개를 넘어 다니면서 '대통령에 리승만 박사, 부통령에 리기붕 선생……' 하고 기계적인 선거 운동을 하다가 밭두렁에서 쓰러져 죽은 시골 어느 국민학교 교장 선생에 대한 기사를 계속해서 취급할 작정이었다.

"문교부 장관을 만나쇼. 숙직 교장에 대한 문교부 장관으로서의 책임을 추궁하시오. 강력히 조지고 들어가요. 걱정 말아……. 글쎄 걱정 말라니까……. 무슨 그런 시시한 변명이 있어……. 초등교육국장 따위는 소용없어. 장관을 만나요. 장관 역시 가정 방문이니 뭐니 하고 시시한 소릴 늘어놓거든 마구 들이대요. 딴 사 기자들을 같이 몰고 들어가도 좋아요. 이 문제는 각 사 기자들이 공동보조를 취하고 나가도 좋아요……. 그럼 믿습니다."

나는 일부러 국장실까지 들리도록 큰 소리로 지시를 하고는 수화기를 팽개쳤다.

편집국 안의 여러 눈들이 나를 유심히 바라보았다. 저 사람, 우연하면 그만두지 뭣 때문에 저런 극성을 부리나…… 그런다고 무슨 소득이 있다고…… 여러 눈들은 나를 측은스럽게까지 여기는 것이었다. 그럴수록 나는 더 몽니를 떨었다.

육십 노인이 '상부 명령'을 꼬박꼬박 지키느라고 쏘다니다가 지쳐서 그대로 밭두렁을 베고 죽었다는 그 교장과 나는 아무 관계도 없다. 교육 공무원을 선거 운동에 동원시켰다고 정부나 여당을 공격하는 기사를 실린다고 해서 내게 소득이라고는 미움밖에 돌아올 것이 없다. 그 미움이 굳어지면 나는 신문사에서 쫓겨나게 될는지도 모른다. 앞이 어떻게 될 것이라는 것을 잘 알면서도 제 성깔만 내세우는 나는 주책이 없다. 아둔한 '왜가리'다.

온통 독기에 가득 차가지고 외근 기자들이 물고 들어오는 기사만 기다리고 있는데 사장실로부터 호출이 왔다. 순직 교장에 대한 기사가 너무 비판적이라고 해서 책임 추궁이 있으리라는 짐작은 엉뚱한 기우였다.

사장은 심각한 기색으로 내 일신상의 문제를 걱정하고 있었다.

"그간 이것저것 일에 몰려서 무심히 지냈는데…… 사회부장은 식구도 많고 거기다 그 성품 때문에 경제적인 고충이 많다면서? 진작 내가 그런 사정을 알았더라면 고생을 나누어 가질걸……. 이제라도 내가 알았으니 동지적인 견지서 그대로 있을 순 없단 말야. 내가 협조할 수 있는 일이 있거든 말해……."

"별로 큰 고생 없이 지냅니다."

나는 사장 입에서 동지적이니 협조니 하는 소리가 나올 때 그것을 액면 그대로 선의적인 동정으로 받아들일 수가 없었다.

'계산과 타협.'

사장은 나에게 현대인으로서 처세할 수 있는 기회를 주는 모양이지만 나에게는 큰 굴욕을 강요하는 것 같아서 불쾌했다.

"공적으로나 사적으로나 뭐 어려운 일이 있거든 상의를 해줘. 내 힘으로 될 수 있는 일이라면 도와줄 테니……."

내가 시무룩하니 앉아 있는 것을 사장은 겸손한 태도라고 보는 듯, 자꾸만 협조의 요청을 강요하는 것이었다.

"사적으로는 도움 받을 일이 현재는 없습니다."

"그럼 공적으로라도……."

"공적으로는 많습니다."

"그야 공적으로는 내게 대한 요청이 많겠지……. 그중에서도 경제적인 애로 같은 것을 말해봐."

사장은 교묘하게 내 화살을 피했다. 경제적인 문제에 국한해서 말하라는 것은 여간 영리한 술책이 아니다. 만약 경제적인 면을 떠나서 얘기하게 된다면 우선 신문사의 사시社是 문제가 나오게 된다. '공명정화', '불편부당', '신속보도'. 제법 사시만큼은 그럴싸하게 내세우고 있지만 그따위는 모두 장식품이지 실용성이 하나도 없다.

'박석훈'(사장의 이름)이라는 석 자가 대한민국에서 제대로 행세를 하기 위하여는 여당 편에 빌붙어야 했고, 그러자니 날강도 같은 선거 운동을 눈으로 보고도 외면을 해야만 했다. 신문사의 사시 같은 것은 공연한 소리를 늘어놓았을 뿐이다.

"사회부장 입장에서 여러 사람을 이끌고 일하자면 경제적으로 곤란한 때가 많겠지……."

사장은 자꾸만 '경제적……'이란 소리를 뇌까리고 책상 서랍을 뺐었다 들어 밀었다 하면서 나를 바라보았다. 참 어설픈 수작이다. 서랍 속에는 보증수표가 몇 장쯤 들어 있을 것이다. 오만 환짜리도 있고, 십만 환짜리도 있을 것이다. 국회의원이자, 제분회사製粉會社의 사장이며, 그 밖에도 무슨 건설회사 취체역 사장이니 심지어는 종친회 재정부장이란 공직까지 가지고 있는 그로서는 노상 그만한 보증수표가 필요할 것이다. 신문사 안에서도 얌치스러운 녀석들은 그 보증수표 혜택을 보고 있다는 걸 나도 알고 있지만 별로 관심을 두지 않았던 것이다. 사장이 오늘서야 비로소 내게도 그따위 '동지적'인 술책을 걸고 나섰다. '계산과 타협'으

344

로 살자는 것이다.

"어때? 오늘 저녁에 사회부원들 데리고 저녁들이나 같이 하지……."

사장은 안타까운 듯 서랍 꼭지를 주물럭거렸다. 난 나대로 안타까웠다.

"그보다도 사장께 특청이 있습니다."

"무슨?"

"윤전기나 고쳐주십시오."

"윤전기? 윤전기는 잘 돌지 않아?"

"잘 돕니다."

"그런데?"

"색쇄가 되도록 장치해야겠습니다."

"색쇄라니?"

"색쇄 말입니다."

나는 색쇄, 색쇄, 하다가 나중에는 메모 용지에다 '색쇄色刷'라고까지 써주었다. 보통학교밖에 안 나왔지만 국회의원도 하고 사장질도 할 수 있다고 자랑 삼는 그 인물에게는 매사에 구체적인 설명이 필요했다.

"특별한 기사나, 마감 후에 터진 사건 기사 같은 것은 붉은색으로 이중 인쇄를 할 수 있습니다."

사장의 안면 근육이 실룩거리는 것 같았다. 전에는 별로 하지 않던 짓인데 근래에는 무슨 불쾌한 일이 있을 때는 그 모양이다. 어떤 짓궂은 사람들은 사장이 경무대를 몇 축 드나들면서부터 그런 증세가 생겼다고 했다. 그건 리승만 박사를 닮아가는 것이라고 하는 말인데, 그게 무어 좋은 것이라고 닮을까마는 전에 없던 버릇인 것만은 확실하다.

'왜 실룩거리는 거야! 윤전기에 색쇄 장치를 하고, 선거 운동을 하다가 쓰러져 죽은 교장이 있다는 기사 같은 것은 붉은색으로 크게 보도하면 얼마나 효과적이겠는가 말야!'

나는 당연히 그런 소리로 사장한테 크게 들이대야 했지만, 아무 소리도 못 하고 사장실에서 물러 나왔다. '왜가리'라는 별명이 당치 않다. 그런 때 한 번쯤 '꽤액!' 하고 한마디 할 수 있어야만 '왜가리'로 행세할 수 있을 것이 아닌가?

나는 내 주위에서 무슨 위험한 사태가 점점 조여드는 것을 느꼈다. 그렇다고 무어 나를 대놓고 누가 무슨 뒷소리를 하는 것도 아니고, 나를 위협하지도 않는다. 그런데도 위험한 기미가 감도는 것을 어쩔 수 없었다. 나는 여전히 '왜가리'를 그려서 '싸인'으로 썼지만 어쩐지 싱거웠다.

간부회의를 할 때도 내게는 말길이 돌아오지를 않았다.

"왜가리, 뭐 한마디 하지……."

간부회의에서 어려운 문제가 생겼을 때는 으레 발언 요청이 있었고, 또 나도 한마디 않고서는 근지러워 견디지를 못했던 것이다. 근자에 와서는 간부회의에 참석하는 것조차 귀찮아졌다.

기자들도 흘금흘금 눈치만 보았지 제대로 내 말발을 받아주는 기색이 없었다. 나 역시 그들에게 바득바득 조르고 싶지 않았다.

전에도 그랬듯이 나는 집에 돌아와서만은 곧잘 '왜가리' 구실을 했다. 내 집 이외의 장소에서는 이상한 위험성을 느끼면서도, 집 안에만 들어오면 대담해지는 것이다. 아내나 준이 녀석한테뿐만이 아니다. 가끔 들르는 처남한테도 나는 큰소리를 칠 수 있다.

처남은 서울서 얼마 안 되는 지점에 주둔하고 있는 부대에 소속된 군인이다. 무등병이다. 계급이 낮고 시골서 왔다고 해서 그에게 큰소리를 치는 것은 아니다. 도시 사람이 되어먹지를 않았기 때문에 나는 처남만 오면 혼구녁을 주는 것이다.

"또 왔군! 이번엔 며칠간에 얼마를 벌어 가야 해?"

"보름 동안 휴가래유……."

내 앞에서까지 주눅이 들린 처남은 주저주저하면서 흰자위가 유심히 들여다보이는 눈만 끄먹거린다.

"빌어먹을 놈들! 또 돈 가져오래?"

"야."

"얼마나?"

"칠천 환 가져오래유."

"도둑놈들! 이번엔 그냥 가……. 가서 그동안 밀린 식량도 내놓으라고 그래!"

"맞아 죽어유."

"맞아 죽진 않아. 한번 들이대 봐. 노상 시키는 대로 하니까 그렇잖아?"

처남은 울상이 된다. 기가 막힌 것이다.

부대에서는 휴가라는 명색으로 내보낸다는 것이다. 그리고 휴가 기간 동안 품팔이를 해서 돈을 쥐고 들어가야만 된다는 것이다.

"그런 놈들은 순 강도야! 빨갱이보다도 더 악질야. 왜 그따위 명령에 복종하는 거야 바보같이……."

내가 열기를 띠우고 언성을 높일라치면 처남은 금시 울상이 된다. 그렇게 마구다지로 욕지거리를 당하면서도 어쩔 수 없이 내 집을 찾아온다.

"부대장 이름이 뭐야? 계급하고……."

"왜유?"

"그따위 놈들은 군법회의에 회부해야 해!"

나는 무슨 군법회의의 설치자나 된 것처럼 큰소리를 쳤다.

처남은 끝까지 자기 소속장의 계급이나 이름을 일러주지 않았다. 하긴 나도 그저 큰소리를 쳤을 뿐이지 기어코 앙갚음을 할 작정은 아니었다.

처남은 다시 오지를 않았다. 군법회의니 뭐니 하고 얼레빵을 놓는 통에 겁이 생긴 모양이었다. 부대로 돌아갈 때 아내에게 신신당부를 하더라는 것이다. 만약 부대 내의 비밀을 신문 기자한테 누설한 기미만 알게 되면 맞아 죽게 되니 제발 매부한테 아무 소리도 말도록 군대에서 그런 일이 있다는 것을 들추지 말라고 당부를 할 때 나는 왜가리의 본때를 나타냈다.

"그따위 악질들을 그냥 보고 있으란 말야!"

"보고 있잖으면 어떻게 해요?"

"잡아 조져야 해……. 한두 놈쯤 감옥에 보내든가, 총살을 하든가……."

아내는 기가 차는 듯 물끄러미 바라보다가 딴전을 쳤다. 아내도 이젠 더 지껄일 흥미가 없어진 모양이었다.

'왜가리'의 위신은 완전히 추락되고 말았다.

단돈 오천 환을 빌리자고 가불증을 쓰고 '송병순'이란 이름 밑에 언제나 쓰는 왜가리의 '싸인'을 해서 총무국으로 돌렸더니 사환 아이가 되들고 왔다.

"돈이 없답니다."

"뭣이!"

"돈이 없대요."

"아 돈 오천 환이 없어!"

"글쎄 제가 알아요? 총무국장이 돈이 없다고 하면서 책상 위에 놓지도 못하게 하는걸요."

"좋아!"

나는 애꿎은 사환을 나무랄 것 없이 우르르 총무국으로 달려갔다.

"여보쇼, 돈 오천 환에 날 모욕하는 거요?"

"모욕이라니?"

"아니 그래 내 싸인이 그렇게 값싼 거요!"

"헤 헤 헤 헤"

"왜 웃소?"

"왜가리 사인이 값싼 것은 아니지, 헤 헤 헤 헤."

총무국장이 비양조로 웃는 바람에 나는 독이 치솟았다.

"이 구데기 같은 종자들!"

어디에 그런 용기가 숨어 있었는지 모른다. 나는 총무국장의 책상을 양손으로 번쩍 들어엎었다.

"도둑놈들!"

나는 당치 않은 욕설을 마구 뱉으면서 사장실로 투우처럼 뛰어들었다. 사장은 없었다. 부앗김에 접객용 교의를 번쩍 들었다. 유리가 깔려 있는 사장 책상을 박살을 내려고 하다가 나는 문득 밖에서 스쳐 가는 외침 소리를 들었다.

"부정선거 다시 하라!"

"부정선거 다시 하라!"

노기에 찬 외침이었다. 나는 기가 탁 풀렸다. 교의를 들은 양팔에 맥이 없어졌다.

밖의 외침 소리는 점점 거세게 닥쳐왔다. 나는 본능적으로 수화기를 들었다.

"사진부! 사진부에 빨리……. 사진부! 데모 사진을 부탁합니다. 푸라카드를 뚜렷이 나타내도록!"

—《현대문학》, 1960년 9월.

거짓말장이

윤구九九는 자기 자신이 미워졌다. 그리고 무서워지기까지 했다. 이번 일을 그대로 흐지부지 넘긴다손 쳐도 또 다음에 무슨 일이 생길는지 몰랐다. 당장 불덩어리가 발등에 떨어졌는데도 다음날의 일을 걱정하는 것부터가 그렇기도 했다.

거짓말……. 모든 것이 거짓말투성이다. 거짓말도 어쩌다 장난삼아 하는 것이 아니라 이건 무슨 큰일이 터질 적마다 그 원인은 거짓말 때문인 것이다.

"나하고 결혼합시다. 난 당신하고 꼭 결혼하기로 결심했어."

그런 멍청한 거짓말을 심각한 표정으로 태연스럽게 지껄인 결과로 나타난 것이 또 이번 사건이다.

윤구는 거짓말을 잘하는 대신 뒤처리는 아주 시원찮다. 만약 정색을 하고 거짓말을 하는 것처럼 뒤처리를 해나갈 자신이 있다면 굉장한 정치가나 천하의 협잡꾼이 됐을지도 모르지만 윤구는 그런 위인은 못 됐다. 불쑥 한마디 토해낸 때문에 나중에는 허덕허덕 맥을 못 추는 주제였다. 그럴 수밖에 없는 것이 엉뚱한 거짓말을 생각 없이 지껄이는 그것을 진

담으로 만들려고 부등부등 애를 쓰는 것이다. 그것이 자기 생각대로 안
되는 경우 홍역을 치르기보다도 괴로운 일이었다.

"당신하고 결혼을 하는 이상 훈이 녀석은 내 아들이야……. 당신하고
나하고 둘이서만 그렇게 인정하면 그만 아냐……."

윤구가 그렇게 속삭일 때 선옥이는 눈물까지 줄줄 흘렸다. 고맙기 때
문이었다. 세상 흔한 게 여잔데 하필이면 어린것까지 딸린 것을 그처럼
대해주는 사내란 드물 것이다.

"나는 예쁜 아들까지 얻게 되니 보통 행복이 아니지."

윤구는 세 살 난 선옥이의 아들 훈이를 끌어안고 볼을 비볐다. 그것
이 그냥 장난이나 농담이 아니었으니 탈이었다. 물론 선옥이와 결혼을
하겠다는 것부터가 거짓말이다. 더군다나 남의 자식까지 길러낼 그런 욕
심은 없었다.

"훈이 아버지도 꼭 당신 같은 사람이었어요. 군의관으로 있다가 그
만……."

선옥이는 사뭇 감격하면서 죽은 남편도 꼭 윤구같이 차분하고 친절
한 사람이었다는 것을 말하고 아들 훈이만 키우면서 살아갈 작정이었는
데 이젠 그런 실없는 생각을 버리겠노라고 했다.

"이제부턴 당신을 위하여 살겠어요. 그 대신 아무것도 요구하지 않겠
어요. 절 사랑해주시기만 하면 돼요. 당신이 혹시 싫으시다면 훈이는 다
른 사람한테 맡겨도 좋아요."

윤구의 인품에 홈싹 빠진 선옥이는 전후 분간을 할 새도 없이 접어들
었다. 그것이 이번 사건의 서막이었던 것이다.

'사랑만 해주시면 돼요.'

그런 건 그리 어려운 일이 아니었다. 윤구는 선옥이의 요구를 들어주
기로 결심했다. 비록 만난 장소가 자랑스러운 곳은 아니었지만 선옥이는

본래부터 그런 여인은 아니었다. 얼굴도 교양이 있어 보이는 미인이었다.

"우선 결혼 준비를 할 때까지만 하숙을 정하도록 하지."

윤구는 선옥이 모자를 허름한 하숙에다 옮겨놓았다.

그런 짓이 탈인 것이다. 윤구의 매조지* 없는 거짓말은 끝장에 가서 허둥거리게 된다. 외입이면 외입으로 솜씨껏 처리하면 될 것을 공연히 무거운 짐을 자청해서 지고 나서는 것이다.

결혼하기로 결심했다는 거짓말에 이번에는 자신이 넘어가는 것이다. 윤구는 그녀와 결혼을 하기로 정말 결심을 하는 것이다. 그리고는 그녀의 아들 훈이를 바로 제 아들이나 된 것처럼, 아니 처음부터 제 아들인 것처럼 얼싸고 나서는 것이다. 그렇게 쏠리는 것이 우스꽝스러웠지만 막아낼 도리가 없다.

'나를 위하여 평생을 바치겠다는데……. 사랑만 해주면 그만이라는데…….'

그 고마운 뜻, 그리고 아주 손쉬운 의무, 윤구는 아내나 귀여운 딸 영미의 존재를 금방 잊어버리고 말았다.

선옥이 모자를 하숙집에 옮겨논 다음부터 윤구는 그 하숙집에서 회사까지의 통로만 왕래했다. 아내에게는 지방 출장이라는 적절한 거짓말을 하고…….

'우선 하숙에서 머무르고…….'

그다음의 계획까지 당연히 서 있어야 할 것이지만 천품이 그대로 트릿한 윤구는 거기까지 미리 생각할 여유가 없다. 그때그때 마음 내키는 대로 지껄여놓으면 그 거짓말이 어떻게 어떻게 풀려나갔기 때문에 그것이 그대로 생활 습성이 될 고질병이 된 것이다. 그 통에 골탕을 먹게 된

| * 일의 끝을 단단히 단속하여 마무리하는 일.

것은 선옥이었다.

하루 이틀이 아니고 비좁은 하숙방에서 멀쩡하니 틀어박혀 있다는 것은 생사람이 죽을 일이었다.

"여보 어떻게 됐수?"

"무얼?"

저녁때 퇴근하고 돌아오는 윤구에게 판에 박은 듯한 질문을 되풀이했지만 그는 매번 '무슨 소리야?'는 듯이 반문하는 것이었다.

하숙집 주인은 차츰 이상한 눈길로 살피고, 윤구는 넋 빠진 사람처럼 묻는 말에도 대답하기를 꺼리고 하는 틈바구니에서 선옥이는 속만 태웠다. 윤구의 거동으로 보아 결혼할 준비 같은 것은 꿈에도 생각하지 않는 기색이었다. 그러니까

"어떻게 돼요?"

하고 물으면 어리둥절하면서

"무얼?"

하고, 되레 반문을 하는 것이다.

"아니 언제까지나 이대로 있겠어요?"

"이대로 그냥 있으면 어떡하게?"

"아이 참 기가 막혀……. 난 어떻게가 뭐에요? 정말 당신도 답답하기야 하겠지만 난 속에서 메주가 떠요."

"알아 알아……. 방을 얻기로 하지."

"이제사?"

"이제사가 아냐……. 사방 친구한테 염탐 중야."

"그럼 나도 진종일 하숙방에 쑤셔 박혀 있느니 복덕방이나 찾아다녀 볼까?"

"관둬, 내 할게."

"당신 바쁜데……."

"바쁘긴 우리에게 그보다 더 바쁜 일이 어디 있어……. 내 서두를게 조금만 더 참아 응."

말로는 모든 일이 순순히 풀린다. 그렇기 때문에 하루하루 기다리던 선옥이는 달장간이 지나자 지쳐서 늘어졌다. 그러면서도 윤구의 수작이 거짓말이라고는 여겨지지 않았던 모양이다. 일을 저질렀다.

윤구는 오금이 조여들었다. 평생에 처음 겪는 일이라서 그냥 넋을 잃고 우두머니 앉아 있는 수밖에 없었다. 그러면서도 신파극이나 영화를 보는 것처럼 다음 일이 궁금하기도 했다.

선옥이가 유서를 잔뜩 써놓고 잠든 것이다.

통속소설 중에도 아주 판에 박은 듯한 그런 사건의 주인공이 된 윤구는 '조금만 참았으면 될 것을……' 하고, 자신이 지껄인 것이 거짓말이 아니라는 것을 혼자 변명했다.

"저는 이 한 달 동안 정말 행복했어요. 이제 죽어도 저는 아무런 한이 없어요. 당신의 한마디를 모두 믿기 때문입니다. 마지막 부탁은 당신의 아들 훈이를 잘 잘 길러 길이길이 행복하시기를 빕니다."

선옥이의 유서를 요지만 대강 추리면 그런 것이었다. 그리고 훈이 앞으로 또 한 통의 유서가 있었다. 좋은 아빠 말 잘 듣고 아빠를 닮아 훌륭한 사람이 되라는 내용이었다.

윤구는 훈이의 좋은 아빠가 되겠다고 다짐했다. 도시 윤구라고 하는 인물은 그처럼 허술한 결심을 잘한다. 거짓말을 해놓고 그다음은 그것을 참말로 만들지 않고는 못 견디는 사람이다.

일은 당한 것이지만 뒤처리를 어떻게 할 것인가 난감했다. 신문사에서 알면 기자들이 달려올 것이고, 회사에서 알게 되고, 아내가 알게 되고, 아니 모든 사람이 알게 될 떠들썩한 사건의 주인공이 된 것이다. 어쩌면

꿈만 같기도 하고 거짓말 같기도 한 기막힌 경지에 빠진 윤구는 정신을
완전 통일시키고 그 시간 이후에 치러나갈 일을 차근차근 생각했다.

'화장을 해서 유골은 절에 갖다 모시고……. 훈이는 정말 내 아들로
서 기르고…….'

거짓말장이 윤구의 몸을 바싹 달궈놓고 선옥이는 이튿날 점심나절
꾸물꾸물 깨어났다. 윤구는 장례 절차까지 꾸며놓고 단단히 각오를 하고
있었는데 정작 선옥이가 깨어나는 것을 보자 맥이 저절로 풀렸다. 그러
나 역시 다행한 일이었다.

"선옥이……."

"……."

윤구는 멀거니 눈을 뜬 선옥이를 끌어안았다.

"당신이 죽으면 난 어떻게 하란 말야?"

"미안해요."

그 판에 선옥이는 미안하다고 입을 벌름거리면서 외면을 했다.

맥이 풀린 윤구는 선옥이와 교대로 잠이 들었다. 하룻밤을 고스란히
새우고 장례식 절차까지 생각하느라고 어지간히 고단했던 것이다.

"여보! 우리 집에 가……. 우리 집!"

코를 드릉드릉 골던 윤구는 별안간 뒤흔들면서 마구 고함을 치는 소
리에 벌떡 일어났다.

"아니 왜 이래!"

선옥이는 머리를 마구 풀어 흩트리고 윤구를 쳐다보는 것이었다.

"왜 여기서 자, 우리 집에 가야지. 우리 집 우리 집!"

"……."

"어서 일어나 우리 집으로 가요. 여긴 싫어 싫어 싫어!"

윤구는 대뜸 선옥이의 태도가 이상하다는 것을 느꼈다. 눈동자가 보통 때보다도 갑절 크고, 주위에 아무런 거리낌도 없이 마구 고함을 지르고 하는 품이 평소와는 아주 딴판이었기 때문이다.

"우리 집…… 우리 집…… 여보 난 우리 집에 가면 죽지 않을 테야. 안 죽어 안 죽어 호호호호."

선옥이는 정말 정신에 이상을 일으켰다. 윤구는 구슬리는 수밖에 없었다.

"그래 우리 집으로 가요. 나도 이런 데는 싫어."

"그럼 지금 가."

"가만있어. 내가 나가서 준비를 하고 들어올게……. 그동안 짐을 꾸리고 있으란 말야."

"응."

윤구는 우선 구슬려놓고 그 자리를 모면했다.

'집…… 집 우리 집.'

당장 집이라고 발을 들여놓을 곳이 없으니 탈이었다.

윤구는 별도리 없이 그 길로 아내를 찾아갔다.

"여보 일을 저질렀어……."

그는 집 안에 들어서자 털썩 주저앉으며 한숨을 푹 내쉬었다.

"아니 왜 그러우?"

장기 출장에서 핼쑥하니 돌아온 남편의 기색을 유심히 살피는 아내, 윤구는 사뭇 울상이 돼서 말을 못 했다.

윤구는 냉수 대접을 단숨에 들이켜고 마음을 가라앉히고 나서 아내 앞에 정색을 하고 앉았다.

"당신은 지금 내가 무슨 소리를 하든 간에 냉정히 들어야 해."

"왜 그러세요, 무슨 일을 저질렀어요?"

"아니 하마터면 큰 변이 생길 뻔했는데…… 이젠 수습은 됐지만 앞으로 당신이 협력을 해줘야만 내가 살지 그렇잖음 난 죽어……."

윤구는 우선 아내를 긴장시켜 놓고서 차근차근 선옥이와의 관계서부터 말문을 열었다.

"당신한테는 이때까지 숨겨왔지만 나는 큰 비밀을 지니고 있었어."

"……."

"무어 당신이 싫어서 그런 게 아니고……."

막상 말문을 열기는 했지만 어떻게 아내를 설득시켜야 할지 몰랐다.

"아이 답답해요. 도대체 무슨 얘긴지 얼른 말해요."

"다른 게 아니고…… 저어 숨겨논 자식이 있단 말야."

"뭐요?"

"당신은 영미가 커가도 다시 그런 기색이 없고 해서……."

"내가 애를 못 날 것 같아서 다른 여자를 얻었단 말이죠? 분명히 말해요."

"글쎄 꼭 그렇다기보다도…… 어쩌다 불가피한 사정 때문에 알게 됐는데 그만 애를……."

"……."

"사실 이렇게 되니까 당신한테는 미안하지만 자식이 생겼으니…… 그것도 내가 바라는 아들이란 말야."

"그러니 어쩌란 말에요? 너는 아들을 못 낳으니 당장 나가란 말에요?"

"헤이 그렇게 흥분하지 말라니까……."

"그럼 뭐에요? 남을 그냥 놀리는 거요?"

"처음부터 내 얘기했잖아…… 무슨 소리를 하든 간에 냉정해야 한다고…… 그런데 저어……."

"난 모르겠어요. 당신이 저지른 일이니 당신이 마음대로 처리하구려. 나는 그런 꼴 보기 싫어요. 무어 딸자식은 자식이 아니랍디까?"

아내는 점점 서슬을 세우고 좀체 타협할 기세를 보이지 않았다. 윤구는 울상을 하고 매어달려야 소용없다는 것을 알자 욱하고 성질을 부렸다.

"좋아, 사내자식이 이처럼 굽히고 나서면 선후책에 대해서 서로 상의를 하고 나서야지……. 그래 마음대로 하라면 못할 줄 알어! 쳇 나도 마음대로 할 테니 당신도 한번 배짱대로 해보구려."

진짜로 화를 낸 윤구는 벌떡 자리에서 일어섰다.

"얘기를 하다 말고 나가면 어쩌는 거에요? 그래 지금 그 아인 어덨어요?"

윤구가 워낙 서둘고 나서자 아내는 한풀 꺾이고 나섰다.

"문제는 그 아이만도 아냐……. 그 에미가 미쳐서 야단이란 말야!"

"……"

"독약을 먹고 거의 죽어가는 것을 살려놓기는 했는데 정신 이상을 일으키고 발악을 하기 때문에 탈야……. 후유! 까짓 거 나 하나 죽으면 그만이지만……."

"여보 잠자코 좀 앉아요, 그런 복잡한 일이 생겼으면 왜 말을 않는 거요?"

"흥 말하게 됐어? 입을 벌리기가 무섭게 서슬을 세우고 야단을 하니……. 이건 중간에 껴서 살 수가 있어?"

"내 냉정히 들을 테니 차근차근 얘기해요. 공연히 서둘지 말고."

"서둘지 않고는 안 되게 됐어……. 저어 이것저것 따질 것 없이 이 방하고 저 방을 봉해버려……. 별수 없어. 마구 발악을 하는 정신병자를 남의 집으로 끌고 가서 망신을 당하느니보다는 괴롭지만 식구끼리 겪는 것이 나을 거야."

"그럼?"

"날더러 자꾸만 방을 구해내라는 거야……. 그러니까 당신하고 나하고만 알고 있잔 말야, 알았지?"

윤구는 별수 없이 그런 꾀를 냈다. 윤구네 집은 왜식으로 되어서 중간에 있는 장지만 봉해버리면 각각 딴 살림을 할 수 있다. 워낙 다급하게 서둘기 때문에 윤구 아내는 시키는 대로 하는 수밖에 없었다. 남편의 기색으로 보아 그만한 편의를 보아주지 않으면 또 무슨 변이 생길는지 몰랐기 때문이다.

"그럼 난 가서 한시바삐 다리고 올게. 그동안 당신은 저 방에 있는 살림을 전부 이쪽으로 옮겨놓으란 말야……. 그리고 한 가지 일러둘 것은 무슨 일이 있든지 당분간은 참아야 해. 상대방은 정신 이상을 일으키고 있는 것이니까 병이 낫기 전에는 무슨 짓을 할는지 모르거든."

"알았어요. 어떻든 당신은 모든 것을 너무 조급히 굴지 말고 잘 처리하세요."

어디까지나 현모양처형으로 태어난 윤구 아내는 최고도의 희생정신을 발휘했다.

아내가 순순히 응해주자 윤구는 날 것처럼 선옥이에게로 달려갔다. 선옥이는 그새에 말끔히 짐을 꾸리고 얼굴에는 화장까지 하고 기다렸다.

"자 됐어……. 이제 우리 집으로 가자고……. 우선 급한 대로 방은 한 칸만 구했으니……."

"한 칸이면 됐어요. 너무 애를 태워드려서 미안해요."

선옥이는 아까와는 딴판 아주 멀쩡하니 인사치레까지 갖추는 것이었다.

'제정신이 돌아선 모양이군.'

아무튼 윤구는 다행스러웠다.

한 지붕 아래, 그것도 얄팍한 장지문으로 칸을 막고 야릇한 생활이 시작되었다. 아랫방에서는 윤구 아내가 일곱 살 난 딸 영미의 재재골골거리는 말대꾸를 하면서도 윗방의 기색을 빈틈없이 살피고, 윤구는 그런 기미를 알고 있기 때문에 목소리를 사뭇 죽이고 지냈다. 다만 소원이 성취된 선옥이만은 다시없는 행복을 얻은 기쁨에 어쩔 줄을 몰랐다.

"당신이 이렇게까지 사랑해 줄 줄은 몰랐어요. 이젠 나와 훈이는 떳떳이 살 수 있어. 남편 없는 설움, 애비 없는 설움…… 흑흑."

"쉿! 왜 이래……. 저 집에서 듣는구면……."

윤구는 멋도 모르고 마구 주워섬기는 선옥이의 입을 가로막고 눈짓을 했다. 이편의 말소리가 아랫방에 들리는 것도 걱정스러웠지만 반대로 그쪽 말소리가 울려올 적마다 윤구는 오싹오싹 몸뚱어리가 죄여들었다.

"엄마, 아빠 언제 오지? 다섯 밤 자면 온다더니 왜 안 와?"

아무것도 모르는 어린것은 큰 소리로 불평을 한다. 윤구에게는 찌릿찌릿한 울림이었다. 그런대로 아내는 꾸욱꾸욱 참는 모양이었다.

"이제 곧 오실 거야. 영미는 엄마보다도 아빠가 더 좋니?"

아내는 일부러 큰 소리로 지껄이기도 했다. 귀여운 딸을 내세워 지독한 신경전이 전개되는 것이다.

윤구는 되도록 아랫방에서 새어 오는 소리를 듣지 않으려고 선옥이를 힘껏 끌어안았지만 그러면 그럴수록 신경은 자꾸만 그쪽으로 쏠렸다.

"엄마, 아빠 올 때 뭐 사 올까? 응 엄마, 알아맞혀 봐."

"아빠가 오실 때는 네 새 양복하고……."

아내는 말이 막히는 모양이었다.

"엄마는 왜 울어 응?"

"영미가 이뻐서."

"거짓말……. 아빠가 안 오니까 울지, 그렇지?"

아래윗방에서 각기 애간장이 타는 줄도 모르는 어린것은 멋대로 재재골거렸다.

"여보, 전 정말 행복해요. 이젠 애를 태워드리지 않을게 응……."

선옥이는 단둘이서 오붓한 살림을 차리게 된 것이 무한히 기쁜 모양이었다. 윤구의 형편으로서 좀 더 미친 짓을 해야만 아랫방 아내에게는 핑계가 설 텐데, 선옥이는 미친 짓은커녕 상냥하기만 했다.

"그만 자아……."

윤구는 선옥이가 행복에 취한 듯 소곤거리는 것을 억지로 껴안고 잠을 청했다.

거짓말 같은 그런 생활을 오래 계속하려고는 생각지 않았지만 윤구의 예측보다는 훨씬 빨리 야단이 벌어졌다. 사흘째 되던 날 밤이었다. 윤구는 좀 느지막하게 들어와서 곧장 자리에 누우려고 했다.

"식사하셔야죠?"

"아니, 먹었어."

"아이 맛있는 반찬 만들어놨는데."

"내일 아침에 먹지."

"싫어, 잡숫고 주무세요."

"배가 부른걸……."

"암만 배가 불러도 제 성의로 만든 것 잡숫고 주무셔야 해요."

"헤이, 내일 아침에 먹는다니까."

"싫어 싫어……."

선옥이가 지나칠 정도로 어리광을 부리면서 윤구의 목덜미를 껴안고 매달리는데 와지끈하고 장지문이 부서져 넘어박혔다.

"아니 저 문이!"

"……."

"떳떳이 터놓고 살잔 말야!"

"……."

윤구 아내가 워낙 호되게 덤비는 통에 선옥이는 기가 팍 죽어 바들바들 떨면서도 눈치는 눈치대로 '챈' 모양이었다.

"여보! 똑바로 말해요. 저 아이가 정말 당신 자식요?"

"……."

"말해봐요. 당신 자식이라면 그런 줄 알고 내 얼마든지 떠받들 테니까……."

"이건 왜 이러는 거야."

"흥, 당신이 암만 거짓말을 잘해도 저 여자 거짓말에 넘어갔어요."

"이건 무슨 소리를 하는 거야……."

"무슨 소리? 흥 난 당신들같이 거짓말할 줄 몰라요. 여봐 이 갈보야, 너 오늘 낮에 네 동무 년하고 숙덕거린 거 생각나니?"

윤구 아내는 기가 나서 선옥에게 접어들었다. 선옥이는 한마디에 고개를 팩 수그리고 바들바들 떠는 것이었다.

"흥! 그래 칼모찐* 열 알쯤 먹어서는 죽지 않을 자신이 있었어? 그래 고렇게 사내 애를 태우고 새살림 차리면 네 년이 잘살 줄 알고…… 네 년도 잘 속였지만 이 사내도 네 년을 속였어……. 내가 이분의 아내다. 그리고 알토란 같은 딸이 저기 자고 있다."

윤구 아내가 활개를 치고 접어들자 선옥이는 아무 소리 않고 보따리를 챙겼다.

'내가 지나쳤지……. 거짓말 때문에…….'

윤구는 다시는 거짓말 않기로 혼자 맹세를 했지만 그런 맹세를 또 스

| * 칼모틴. 불면증·신경쇠약 등에 쓰이는 치료제.

스로 믿을 수가 없었다.

　윤구는 자기 자신이 미워졌다. 그리고 무서워지기까지 했다.

―『한국현대문학전집 9』, 신구문화사, 1966년.*

온선생溫先生

모산 방죽을 드나드는 낚시꾼 치고 온선생을 모르는 사람은 없다. 나도 입질 좋은 낚시터라는 소문만 듣고 갔다가 온선생이란 인물을 알게 됐다.

떡 벌어진 어깨며 길쭉길쭉한 뼈마디는 장군감에 틀림없는 장골이다. 희멀건 살결에 사무사한* 얼굴로 보아서는 도학자 같은 인품을 엿볼 수도 있다. 그런데 그 온선생, 언제 보아도 잠방이 허리춤이 축 늘어져서 배꼽이 훤히 드러나니 탈이다. 거기에다 행동거취가 형편없이 느리다. 어쩌다 한마디씩 한다는 말이 또한 뚱딴지같아서 꼭 골림 받기 알맞다. 나이는 그저 갓 스물쯤 됐을까?

기골이나 면모야 어찌 됐든, 한다는 짓이 낚시터에서 보따리나 날라다 주고 물속에 들어가 낚시나 건져주고 하니 제대로 된 사람은 못 된다. 그런데 낚시꾼들은 녀석을 온선생이라고 깍듯이 존대를 한다.

"여어! 온선생, 이리 좀 와……. 이것 좀 날라줘!"

| * 사무사思無邪하다. 생각함에 사특함이 없다.

고기가 제대로 낚기지 않는 날은 온선생 아주 세가 난다. 이리저리 자리를 옮기는 사람들이 낚시 보따리를 날라다 달라고 소리를 지르는 것이다.

어디나 이름 난 낚시터에는 잔심부름도 하고, 점심밥이나 막걸리 따위 주문을 맡을 양으로 어슬렁거리는 조무래기들이 으레 있다. 모산 방죽에도 그런 조무래기들이 있기는 하지만 온선생이 있는 한 벌이가 제대로 안 된다. 모두 온선생만 찾으니 말이다. 인기가 여간 아니다. 선생께서 그렇게 인기가 좋은 것은 녀석이 바보천치 짓을 하기 때문이다. 온선생이라는 별호는 바보 온달溫達이 같은 녀석이라는 뜻으로 그렇게들 부른다. 어찌나 바보 구실을 하는지, 동전만을 돈으로 알고 십 원이나 백 원짜리 지폐는 돈이 아니라는 것이다. 요즈음 같아서는, 대처 어린이들은 일 원짜리를 돈 같잖이 여기고, 적어도 십 원짜리나 돼야 손을 내미는 판인데, 나이 이십이나 된 녀석이 그 지경이고 보니 바보라고 할밖에…….

그러니까 낚시꾼들은 일 원짜리 동전으로 부려먹을 수 있는 온선생만을 찾는 것이다. 낚시꾼들이 너무 타산적인 것 같기도 하지만, 낚시터에서 맴도는 조무래기들은 여간 반지럽지가 않다. 수통에 물 한 번만 넣어다 줘도 예사 돈 십 원쯤은 줄 것으로 알고, 심부름 드는 각다귀 같은 놈들이 많다. 그런 녀석들에 비하면 온선생은 죽을 욕을 보고도 동전 이외에는 안 받으니 자연 그를 부르는 것이다. 어떤 때는 낚시꾼이 하도 딱해서 십 원짜리 지폐를 억지로 쥐여주는데도 그건 받을 염도 안 보이고, 동전을 내놓으라고 조른다.

나도 처음 온선생에게 그런 일을 당했다. 모산 방죽은 초행이라서 바닥도 모르고, 그럴싸한 자리가 있기에 덮어놓고 차리고 앉은 것이 탈이었다. 두 칸 반 대를 던지자 이내 찌가 움직였다.

'입질이 좋군······.'

첫 개시에 너덧 치나 되는 놈을 올리자 나는 신명이 솟아 부지런히 미끼를 꼬여 또 던졌다. 본시 이골이 나지 못한 낚시질이라 제자리에 가서 똑 떨어지지를 못한다. 다시 추켜서 제자리에 던질 셈으로 낚싯대를 들자 그만 척 휜다. 장해물이 있었던 것이다. 이리저리 당겨도 보고, 활처럼 낚싯대를 휘어잡고 밑동을 치기도 하고, 갖은 방법을 다해야 영 빠지지를 않았다. 바윗돌 틈새가 아니면 나무토막에 가서 낚싯바늘이 꼭 물린 모양이었다. 그럴 경우는 별수 없다. 벗고 들어가는 수밖에 없다. 그냥 잡아 빼려고 하다가는 끝대나 부러뜨리기가 일쑤다. 나는 낚싯대를 내던지듯 하고 담뱃불을 붙였다. 두 칸 반 대에 수심이 한 길이나 되는 물속으로 들어갈 재간도 없으려니와 남들 보기도 창피했기 때문이다.

"거기 말뚝이 있습넨다. 낚싯줄 끊기기 일쑤죠."

맞은편에서 낚시를 담근 늙수그레한 치가 자못 동정하는 척하면서도 바닥도 모르면서 마구 낚시를 던진 나를 책하듯 뇌까린다. 그러고는

"여보게 온선생······ 저쪽 좀 가보게······."

하고 위턱에다 대고 소리를 지른다.

"저 녀석을 시키슈······. 벗고 들어가는 수밖에 없을 테니······."

그치는 벌써 이편의 낚시질이 서투른 기미를 알고 아주 얄잡는 말투로 타이르듯 했다.

"히히힛! 말뚝! 말뚝에 꼭 백혔지 히히히!"

온선생이라고 불린 녀석, 달음질을 치듯 쫓아와서는 남의 부아통을 건드린다. 그렇다고 녀석을 욕할 수가 없었다. 벌써 잠방이를 홀떡 벗어 던지고는 물속으로 들어서는 것이다. 이편에서 부탁을 한 것도 아니고, 건져주랴고 묻지도 않는다. 당연히 제 손이 가야만 될 일처럼 벗고 들어

서는 것이다. 나는 우선 고맙기도 하고, 녀석 하는 짓이 우습기도 해서 그냥 바라보기만 했다. 녀석은 한쪽 발로 조심조심 더듬고 엔간히 겁을 먹으며 한 걸음 한 걸음 물속으로 들어가더니 중간도 채 못 가서

"어이쿠!"

하고 울상을 하며 돌아선다. 언덕에 나와 주저앉더니 발바닥을 두 손으로 눌러 짠다.

"아니 다쳤소?"

녀석의 발바닥에서 피가 흐르는 것을 보고 나는 속으로 여간 미안쩍지가 않았다.

"가시가 많어유, 저기 서 있던 아카시야가 물속으로 넘어졌으니께유."

지금도 물속에는 넘어진 아카시아 나무가 그냥 있다는 것이다. 선생, 그러니까 미리 겁을 먹고 발바닥을 조심했던 모양이다. 녀석은 발바닥의 피를 마른 흙으로 문지르고 또 물속으로 들어서기에

"가만! 이걸 신고 들어가지……."

하고, 장화를 벗으려 들자 퉁명스럽게

"적어요."

하고는 좀 전보다 더 발밑에 신경을 쓰며 안으로 들어간다. 물이 겨드랑까지 차오자 좀 당황하는 것 같더니 억지를 쓰고 기어이 낚시를 따냈다.

'십 원 가지고는 안 될 거고…….'

낚시를 추켜 당기면서 나는 속으로 계산을 했다. 끝대가 부러지고 낚시에, 줄에, 찌까지 못쓰게 됐다면 십 원이나 이십 원의 손해가 아니다. 그보다도 장정 녀석이 발바닥까지 다치고 그 애를 썼는데 일, 이십 원 갖고는 얘기가 안 될 것이다. 그렇다고 백 원짜리를 줄 수는 없는 노릇, 마침 버스값을 주고 거스른 오십 원짜리가 있기에

"어이! 수고했소. 자 이건 담배나 한 갑 사 피우고……."

하면서, 내밀었다. 그랬더니 선생 아주 못마땅한 기색을 한다.

"싫어유! 그런 돈……."

"적지만 받아두……."

"싫다니까유!"

"흐흠!"

나는 좀 씁쓰름한 기분으로 백 원짜리를 내밀었다. 하긴 발의 상처가 도지기라도 한다면 백 원이 문제가 아닐 것이다. 수고한 대가라기보다도 약값으로 주는 요량으로 백 원짜리를 주는데도 녀석은 받지를 않는다.

"그런 돈 안 받아유."

고개만 옆으로 젓는 것을 보고 나는 슬며시 화가 났다.

"아니 그럼 얼마를 달라는 거야?"

어디 한번 배짱대로 말해보라고, 나는 언짢은 기색으로 녀석의 안색을 살폈다. 그런데 선생께서는 손가락으로 동그라미를 만들어 보인다.

"이건 돈이 아냐? 백 원이 적단 말야!"

멍청한 녀석에게 된통 걸렸다 싶어서 나도 눈을 부라리고 호되게 들이댔다. 무엇하면 후려칠 작정이었다. 그러자 녀석은 찔끔하고 애원하듯 또 동그라미를 만들어 보인다.

"종이는 싫어……. 돈…… 돈……."

"허허허! 여보슈, 그 녀석은 동전 아니면 안 받습니다. 일 원짜리 동전을 주슈……."

실랑이를 하는 것을 보자 맞은편 치가 껄껄대면서 일러준다. 모산 방죽을 처음 간 나는 그런 것을 쇠통 모르고 공연히 화를 냈던 것이다. 녀석은 일 원짜리 동전 한 닢에 꾸벅꾸벅 절을 하면서 신명지게 달아난다. 나는 되레 녀석에게 뒤통수를 얻어맞은 것 같은 기분이었다.

"저 녀석 바보 온달이라 온선생 온선생 그러죠. 허허허! 모산 방죽의 명물입네다."

맞은편 치가 재차 설명을 한다. 그러니까 모산 방죽으로 낚시질을 올 때는 꼭 동전 준비가 필요하다는 것이다. 바보짓에는 틀림없지만 지폐를 불신한다는 것은 바보가 아니고서는 취할 수 없는 대담한 행동이다. 녀석이 반편이 아니라면 얼마나 어기뚱하고, 멋이 있는 처세냐 싶어 나는 그 온선생이 괜히 좋아졌다.

그런데 나는 정말 그 온선생을 존경하게 되고 그 대문에 모산 방죽의 단골 낚시꾼이 됐다.

"온선생, 이것 좀……."

나도 구면이 되자 다른 사람들처럼 온선생 온선생 하면서 물도 떠 오라고 시키고, 자리를 옮길 때는 보따리를 나르라고 시키기도 했다. 주막집에 점심밥을 부탁하는 것도 일부러 온선생을 시켰다. 그럴 때마다 동전 한 닢씩 주는 것이 또한 재미가 났다. 한다는 장정 녀석이 일 전 한 푼을 받아 들고 좋아하는 꼴이란 저절로 웃음이 나온다.

"자 이것도 돈야……."

하고, 어떤 때는 빳빳한 백 원짜리를 내밀어 보기도 했다. 녀석, 막무가내다. 백 원짜리 한 장은 일 원짜리 동전 백 개하고 같은 액수라는 것을 아무리 설명해야 고개를 내젓는다. 바보라고는 하지만 돈 속을 그렇게도 모른다는 것은 좀 이상했다. 더군다나 이상하다고 느낀 것은 온선생은 홀어머니를 모시고 아주 짭짤한 살림을 꾸리고 있다는 것이다.

"효자라도 그런 효자는 없어요. 하기야 병신 자식이 효도한다고는 하지만 바보 천치가 어쩜 그렇게 극진한지 몰라요 글쎄."

주막집 아주머니의 말이다. 점심상을 물리고 마루 끝에 걸터앉아, 담배 한 대를 피우는 참에 온선생 얘기가 나오자 주막 아주머니는 그런 소리를 귀띔한다.

"그럼 저의 어머니하고 단 두 식군가요?"

"그 밑으로 딸이 하나 있어요. 안양 방직 공장에 가 있죠."

"그럼 그 딸이 버는 걸로 살겠군요?"

"에이그! 딸 버는 건 한 푼도 안 건드린대요. 시집 밑천을 얼마나 택택하게 장만한다고요⋯⋯."

"허어!"

"먹고사는 건 그 애가 다 벌어서⋯⋯ 넉넉히 먹고살아요. 쌀이 가마니로 있는걸요⋯⋯."

"아니 온선생이 무슨 벌이를 한다고⋯⋯."

"온선생! 호호호! 바보 온달이라고 그런다면서요?"

"글쎄 일 전짜리 동전밖에 모르는 그 녀석이 몇 푼 벌이나 한다고 그걸로 생활을 합니까?"

"해나가도 아주 기름이 좔좔 흐르는걸요. 저어기 저 건너 삼 칸 집이 그 녀석네 집에요."

"흐음!"

알 수 없는 일이었다. 주막 아주머니가 일러주는 온선생네 집은 겉모양으로도 여간 아담하지가 않다. 모산골이라는 그 마을이 본시 빈촌이어서 집들이 모두 오죽잖다. 황토로 찍은 흙벽들을 쌓아 올리고, 유지나 헌 천막 나부랭이로 덮개를 씌운 토막들이다. 크기도 고만고만하다. 용마루가 두툼한 ㄱ자 집이 한 채 있는데 그건 땅마지기나 가지고 제법 견딘다는 토박이인 모양이고, 그 밖에는 내일이라도 좋은 곳이 있으면 봇짐을 쌀 뜨내기들이 임시로 붙어사는 그러한 마을이다. 흙벽 한 모퉁이가 무너졌어도 손댈 생각들을 않고, 마당 구석에 호박 구덩이 하나를 파지 않는 궁기가 흐르는 마을이다.

그런데 바보 천치인 온선생네 집은 비록 얇기는 하지만 이엉으로 해

잇고 처마 끝도 면도질을 하듯 얌전하게 도렸다. 뜰 앞에는 제법 채마전을 가꿔 푸릇푸릇하고, 닭도 몇 마리 기르는 듯 철사 우리까지 있다.

그런 실정을 알고 나자 나는 녀석을 온선생이라고 부르는 것이 내 자신이 바보 구실을 하는 것 같아서 그전처럼 마구 다루지를 못했다.

"잡었어유…… 여섯 마리……."

내가 점심을 먹고 주막 아주머니와 얘기를 하고 돌아오는 동안 온선생은 내 자리에 앉아서 낚시질을 했던 모양이다.

"여섯 마리?"

"야……. 다섯 치짜리도 잡었어유……."

녀석이 분명 실수를 했다. 일 원짜리 동전밖에 모르는 바보가 고기를 그렇게 낚은 것도 희한한데, 마릿수도 정확하게 세고, 거기다가 다섯 치짜리라는 가늠까지 한다는 것은 믿을 수 없는 일이다. 그런데 녀석이 잡았다는 마릿수나, 다섯 치라는 눈어림이 틀림이 없는 것이다.

"자네 이름이 뭔가?"

나는 시침을 뚝 떼고 점잖이 물으며 낚시를 건져 미끼를 갈았다.

"한기현이에유."

"청주 한 씨라구먼?"

"야."

"친척이 이 근방에 많이 사나?"

"……."

처음에는 무심코 대답을 하다가 보니 좀 이상했던지 대꾸를 않는다.

"나도 집에서 병아리를 몇 마리 기르는데 사료금이 하도 비싸서 손해드만…… 자네 집엔 몇 수나 기르나?"

"우리유?"

"닭을 치든데!"

"한 이십 마리 돼유······."

"사료는 사 먹이나?"

"웬걸유······ 그냥 되는대로 먹이쥬······."

"농사도 짓고?"

"없어요, 농사가 다 뭐유······."

"여동생 버는 것은 시집보낼 밑천밖에 안 될 게고······. 자네 그래도 용한걸······."

"아저씨 어떻게 저희 내용을 그렇게 잘 아세유?"

"어쩌다 알게 됐지······."

"서울 계셔유?"

"응······."

"어! 왔어유, 채세유!"

"엇차!"

녀석하고 나하고는 온전히 통하고 말았다. 온선생이니, 반편이니 하고 모두들 바보 취급을 하는데, 안 지도 얼마 안 되는 사람으로부터 정상적인 인간 대우를 받다 보니 자신도 모르게 그만 휩쓸린 모양이다. 말하는 것도 여태까지와는 판이하다. 그렇게 보아서 그런지 늘 트릿하던 안광이 별안간 빛을 내는 것 같았다.

"낚시를 지켜주고 고기까지 잡아줬으니 돈을 줘야지 허허허! 자······."

나는 그전처럼 동전을 한 푼 내밀었다. 그런데 녀석은

"그만두세유."

하면서 싱긋이 웃는다. 저도 퍽 계면쩍은 모양이었다.

"아니 왜?"

"헤이! 아저씨는 그러시지 마세유."

"허허허! 온선생이 웬일야?"

"아저씨……."

녀석은 졸지에 정색을 하고 애원하는 눈으로 바라본다.

"왜 그래? 이 사람……."

"아저씨만 아시고 다른 사람들에게는 아무 말씀도 마세유."

"뭘?"

"흐흐흐! 저에 대해서 말에유."

"알았다."

"만약 아저씨가 폭로를 하면 전 밥줄이 끊어저유 흐흐흐!"

"흐흠!"

비교적 솔직한 녀석이었다. 내가 저희 집 실정을 아는 척하고, 또 대하는 것이 달라지자 단박 가면을 벗고 애원을 한다. 녀석이 반편 구실을 해온 것은 멀쩡하니 흉물을 떨어온 것이다.

"아니 그건 좋은데 이왕 그럴 바에야 백 원짜리를 내밀거든 성큼 받지, 그래 동전 한 푼을 받아?"

"흐흐흐흐!"

"일 원짜리하고 백 원짜리를 양 손바닥에 내들고 어떤 걸 가지려느냐고 물을 때 말야, 백 원짜리를 쥐고 나서면 될 것 아냐?"

"흐흐흐! 그러면 되나요……."

"뭐가 안 돼?"

"한 번만이라면 그러지만……."

"왜 한 번만야?"

"제가 백 원짜리를 쥐고 달아나면 다음부터는 안 그러거든요."

나는 녀석에게 완전히 뒤통수를 얻어맞은 것이 되고 말았다. 참 존경할 온선생이다. 아무리 큰돈을 줘도 그건 못쓰는 돈이라고 흉을 쓰고, 동전만을 받으니까 모두 그것이 볼만해서 동전을 주지, 그렇지 않으면 어림없다는 것이다. 그러니까 녀석은 동전 한 푼을 가지고 바보니, 온선생이니 하고 놀리는 사람을 되려 골려온 것이다.

"별수 있어유? 살자니까 바보 구실도 하는 것이지유……."

온선생은 지금까지 해온 수작을 변명까지 하려 든다. 역시 잠방이 허리춤이 축 늘어져 배꼽이 드러나 보인다. 나는 무심코 낚시에 열중한 것처럼 찌를 바라보면서도 녀석의 애기를 귀담아들었다.

"작년에도 어떤 아저씨 때문에 혼났지유."

온선생의 가면을 벗긴 것은 내가 처음이 아니라는 것이다.

"그이도 아저씨하고 나이가 비등한 분인데 우리 집에 와서 닭을 사자고 흥정을 하다가 그만 흐흐흐!"

저도 기가 찬지 웃는다. 어떤 낚시꾼이 병아리를 사자고 흥정을 하는데, 턱없이 헐값을 줄려고 하기에 화를 냈다는 것이다.

"저도 깜박했지 뭐에유. 참 바보짓을 했어유. 일 전짜리밖에 모르는 척해오던 제가 병아리 흥정을 하면서 팔십 원 안쪽에는 못 팔겠다고 했으니 말에유. 흐흐흐흐!"

"그래서?"

"그 양반 깜짝 놀라지 뭐에유. 저는 사정 애기를 했지유. 할 수 있어유."

"흠!"

"그 아저씨도 저를 불쌍하다고 생각했는지 육십 원밖에 못 주겠다든 병아리를 백 원이나 주고 사 갔지유."

"수지맞았고나?"

"수지보다도 이제 낚시터에는 못 나가겠고나 했더니……."

"그래서?"

"그 아저씨 참 착한 분이에유."

"왜?"

"그 후에도 절 보면 온선생이라고 하면서 일 원짜리를 주지 뭐에유. 흐흐흐흐! 그런데 그 아저씨 금년에는 한 번도 안 오시데유. 바쁘신지, 딴 데로 다니시는지……. 허 사장님이라고 하는 분인데……."

"허 사장?"

"아저씨 아세요?"

"키가 훌쩍 크고 구렛나룻이 시커먼 사람 아니든?"

"맞았어유. 오도바이도 타고 다니고유."

"흐흐흐흐!"

"왜 웃으세요?"

"아냐……. 흐흐흐흐!"

나는 혼자 웃었다. 내가 모산 방죽을 찾게 된 것이 바로 그 허 군 때문이다. 노상 한다는 소리가 낚시터로서는 모산 방죽이 그만이라고, 딴데 멀리 갈 생각 말고 한번 다녀보라고 내게 권하던 허 군이다. 그러면서도 온선생에 대한 얘기는 한마디도 비치지 않던 것이다.

"그 아저씨 왜 안 오시나유?"

"요새 외국에 갔다."

"그래유……. 근데 아저씨하고 아세유?"

"알고말고……. 그 친구 바람에 나도 이 모산 방죽에 오게 된 걸……."

"야아……."

온선생은 뭔가 알았다는 듯 고개를 깨딱거린다.

"그렇다고 자네 얘길 허 사장한테 들은 건 아냐……."

나는 허 군의 신용을 위해서도 한마디 안 할 수가 없었다.

"허 사장은 자네 얘기는 입 밖에도 내지 않았어. 그분은 절대 그런 경솔한 분이 아니니까⋯⋯."

"알어유. 아저씨두 좋은 어른이구유."

"허허허! 녀석! 아주 단수가 세군 허허허! 난 그렇찮다. 나는 입이 가벼워서 그냥 못 참지⋯⋯. 네 얘기를 광고할걸 허허허!"

"마음대로 하세유⋯⋯."

녀석 여간 아니다. 척척 넘겨짚어 가면서 변명할 건 변명하고 부탁할 건 부탁하면서 내 입에서 말이 나오지 못하도록 못을 박는다. 그러면서도 저를 알아주는 사람이 하나 생겼다는 것이 퍽 좋은 기색이다.

"야아! 온선생, 물 좀 떠 온⋯⋯."

건너편에서 온선생을 부르자 녀석은 나를 보고 힐죽이 웃으면서 일어선다.

한 손으로 잠방이 허리춤을 움켜쥐고 덤벙덤벙 쫓아가는 녀석의 뒷모습이 우습기만 했다.

그 후에도 나는 일체 내색을 안 했다. 여럿이 보고 듣는 데서는 온선생이라고 빈정거리기도 하고, 일 전짜리 동전을 주어 심부름을 시키기도 했다. 녀석도 시치미를 뚝 떼고 여전히 반편 구실을 한다.

그러나 단둘이서 있을 때는 그렇지도 않았다. 비밀을 알고 있다는 것은 그만큼 친분을 갖게 하는지도 모른다. 내 앉은 자리가 불편한 듯하면 뗏장을 갖다가 돋우어 주기도 하고, 점심은 나보다도 먼저 걱정을 하고 주막집으로 달려가고 한다. 그리고 틈만 있으면 내 곁에 와서 쭈그리고 앉아 찌를 노려보다가 까딱만 해도 손짓을 한다. 그런 짓을 나는 또 오해했었다. 녀석, 제 비밀을 못 새게 하느라고 내 곁에만 눌어붙어 있는 것으로 알았다. 그런데 녀석은 그것이 아니었다. 꿍꿍이속이 따로 있었다.

"아저씨 저 취직 좀 시켜주세요."

수문 옆에서 외따로 앉아 있는 내 곁에 와서 무작정 쭈그리고 앉았던

녀석의 입에서 뚝감자* 같은 소리가 뻘겨졌다. 나는 일부러 딴전을 보고 못 들은 척했다. 그러자 재차

"아무 데고 좋아유. 입벌이만 되면……."

하고 접어든다. 낚시꾼들도 덜 꾀고 또 낚시철만 바라보고는 살 수가 없다는 것이다. 한군데로 오래 낚시질을 다니다 보면 지방 청년들로부터 그런 부탁을 가끔 받는다. 그럴 적마다 나는 할 일이 없어서 낚시질이나 다니는 사람이 무슨 힘으로 취직을 시켜주겠느냐고 적당히 거절을 한다. 그런데 온선생에게는 그럴 수가 없었다. 힘이 모자라니까 망정이지 가능만 하다면 녀석을 어디 확실한 직장에 심어주고 싶은 생각이 들었다.

"허 사장한테 부탁해 봤나?"

"글쎄 말씀 좀 드려볼려고 이른 봄부터 줄창 기대려두 안 오시잖아유."

"엉, 이제 돌아왔어. 그동안 외국에 갔었는데, 아마 이제 낚시질도 올 거다."

"그 허 사장님보다도 아저씨가 어디 좀 꼭 넣어주세유."

"글쎄……."

나를 어떻게 보고, 무슨 계산속에서 그러는지 아주 목을 매고 조른다.

"아무 거래두 좋아유……."

"허허허! 인석아 일 전짜리 동전밖에 모르는 반편을 누가 써줘!"

"<u>흐흐흐!</u>"

제 깐에도 어이가 없는지 피시시 웃는다. 그날서야말로 붕어가 곧잘 물려서 채랴, 던지랴, 녀석하고 얘기하랴, 한창 바쁜데 갑자기 위턱이 시끌했다.

| * 돼지감자.

"온선생! 온선생 없어!"

하고, 허둥대는 폼이 무어 일이 생긴 모양이었다.

"왜 그래유!"

"저 저거! 저놈 좀 들어가 잡아라. 어서⋯⋯."

태공들 간에 떠벌이라고 별호가 붙은 영등포 산다는 낚시꾼이 허둥대
면서 손가락질을 한다. 끝대가 물 위에 둥둥 떠서 가운데로 끌려가는 것
이다. 엔간히 큰 놈이 문 듯 채다가 실수를 해서 끝대가 빠진 모양이었다.

"아 어서 들어가! 헤엄쳐서 저 놈을 꺼와⋯⋯."

떠벌이는 발을 구르면서 안달인데 온선생은 우두머니 서서 바라보기
만 한다. 헤엄을 쳐서 들어가자니 엄두가 나지 않는 모양이었다.

"와아! 잉언가 부다!"

"굉장한 놈인가 바!"

조무래기들이 몰려와 법석을 놓는다. 낚시꾼들도 모두 그쪽으로 쏠
린다.

"누구든지 들어가 저놈을 꺼오너라. 백 원 주마⋯⋯ 백 원⋯⋯."

떠벌이는 호주머니에서 백 원짜리를 꺼내 흔들면서 조무래기들에게
소리를 지른다. 그런 때의 기분이야 돈이 문제가 아니다.

"백 원 준단 말야! 들어갈 놈 없어? 자아 백 원이다 백 원⋯⋯."

백 원짜리를 보자 조무래기들은 군침을 삼킨다. 그런데 온선생이 옷
을 훌훌 벗고 나섰다.

"야하! 그러면 그렇지⋯⋯."

부끄러움이고 뭐고 없이 벌거숭이가 된 온선생은 떠벌이와 확실한
흥정을 한다.

"아저씨 꼭 백 원 주죠?"

"뭐?"

떠벌이는 얼떨떨한 기색이었다. 다른 사람들도 모두 놀랐다. 그럴 것이, 십 원이나 백 원짜리 지폐는 못쓰는 종이라고 하면서, 주어도 받지 않던 온선생이다.

"아니, 저 녀석이!"

"히야! 저건 못쓰는 돈야!"

어른들은 놀라고, 조무래기들은 아직도 온선생님을 반편으로 몰고 놀려댄다.

"그래 자! 먼저 주지…… 옛다 백 원!"

떠벌이는 백 원짜리를 온선생 손에 쥐여줬다. 그제사 녀석은 물속으로 들어간다. 참 어처구니없는 일이었다.

그런데 더 어처구니없는 일이 생겼다. 온선생, 헤엄도 신통치 못하면서 그 짓을 한 것이다. 물이 허리춤 위로 올라오자 헤엄을 친답시고 허우적거리며 몇 번 발장구를 치더니 맥없이 가라앉아 버린 것이다.

모산골이 왈칵 뒤집혔다. 마을에서 장정들이 달려와 건져내기는 했지만 온선생이 빳빳이 굳어 있었다.

언덕에 엎어놓고 물을 토하게 한다, 인공호흡을 시킨다, 얼마 동안 야단을 피운 뒤에사 겨우 깨어난 온선생은 나를 보자 눈물이 글썽해졌다. 그때 만약 녀석이 영 죽고 말았다면 나는 모산 방죽에 낚시질을 못 다니게 됐을 것이다. 온선생 아닌 한 군은 지금 친구 허 사장네 회사에서 제 말마따나 아무 일이나 닥치는 대로 하고 있다.

— 《현대문학》, 1964년 6월.

다락 속의 서 노인

나는 사람을 죽였다. 아무도 모른다. 내가 입을 열기 전에는 아무도 그 사실을 알아내지 못할 것이다.

서 노인은 싸느랗게 굳어 있을 테니, 자신이 억울하게 죽은 것을 얘기할 수 없을 것이다. 이 조용한 살인 사건은 오직 나 하나만이 알고 있다.

이제 할 일은 저것(시체)을 이불에 둘둘 말아서 어디에 파묻는 작업만이 남아 있다. 그것이 좀 힘에 겨운 것이다. 죽이기까지는 아주 쉬웠는데 뒷일을 깨끗이 해치우자니 손이 떨린다.

사람이 사람을 죽인다는 것, 이유야 어떻든 간에 그것은 죄가 되는 것이니 떨릴 수밖에 없다. 체형을 받는다는 것도 두려운 일이다. 그렇지, 내가 살인범이라는 낙인이 찍혀 형을 받는다니 정말 끔찍한 일이다. 그러나 그건 다음에 있을 일이고…… 저것을 어떻게 한단 말인가?

본시 겁쟁이인 나는 시체라는 것을 본 일이 없다. 어려서는 어른들이 보여주지를 않았고, 커서는 내가 피했다. 죽은 사람의 얼굴을 본 적이 없는 나다. 영화에서 사람이 죽는 장면이 나오고, 죽은 사람의 얼굴이 클로즈업되는 경우는 그 화면을 정면으로 보지 못하고 고개를 돌리는 나다.

그런 겁쟁이가 이제 누구의 도움도 받지 않고 계집애처럼 곱디고운 이 손으로 시체를 다루어야 하는 것이다. 진저리만 친다고 될 일이 아니다. 시체를 무서워한다거나, 다음날로 미룰 수 있는 일이 아니다. 날이 새면서 노인이 죽었다는 사실이 발각될 것이고, 그가 죽은 원인에 대해서 말들이 나오게 되면 더욱 일이 난처하게 된다.

'이대로 뺑소니를 칠까?'

그것도 하나의 방법이기는 하지만 용기가 필요하다. 애써 결혼식까지 올리고, 이제 잔재미를 붙이게 된 아내를 그대로 재워두고 도망을 칠 수는 없다. 그보다도 직장은 어떻게 되나?

안 될 소리다. 아내나 직장을 버리고 혼자서 도망을 친다는 것은 당치도 않은 소리다.

아무리 징그러워도 이 밤 안으로 시체를 없애버리고 시치미를 떼는 것이 상책이다. 대담해질 필요가 있다. 꾀를 사리고 우물쭈물하다가는 탈이 난다.

'아내에게 도와달라고 할까?'

거들어만 준다면 퍽 수월하게 해치울 수가 있을 것이다. 그러나 그것은 좀 생각할 일이다. 첫째 아내에게 내가 사람을 죽였다는 사실을 알린다는 것이 위험한 일이다. 더 큰 비극을 안게 될는지도 모른다. 아내도서 노인을 죽어 마땅한 늙은이라고 입버릇처럼 뇌까렸다. 그러나 남편인 내가 그랬다는 것을 어떻게 생각할는지 모른다. 아내도 역시 결과만을 가지고, 일생 동안 나를 경계할 것이다. 보다도 내가 서 노인을 죽였다는 사실에 기절이라도 한다면 그건 차라리 숨긴 폭이 못 된다.

배부른 갓난애처럼 새근새근 자는 아내에게 괜한 공포를 줄 것이 아니라 나 혼자 해치우자. 설사 아내에게 거들어달라고 해야 별로 도움이 되지는 못할 것이다.

'괜히 그랬거든……'

아닌 게 아니라 후회가 되기도 한다. 서 노인을 죽인 것 말이다. 내가 지금 울면 어떻게 될까? 아버지 책상 위에 잉크병을 엎질러 놓고 엉엉 울었을 때 아버지는 나를 용서해 주었다. 지금 내가 운다면 그렇게 될 수 있을까? 서 노인이 죽기 이전의 시간으로 돌아갈 수 있겠는지? 지우개로 낙서를 지우듯, 아무 일도 없었던 것으로 될 수 있다면 체면 생각할 것 없이 엉엉 울고 싶다.

괜히 그런 짓을 했거든…… 일을 저질러놓고 보니 이사를 온 것부터가 후회가 된다. 넓디넓은 서울 장안 하고많은 셋방을 두고 왜 하필이면 오양동五陽洞 십칠 통 오 반 서 노인네 문간방을 얻어 들었던가? 그 코뿔갱이 복덕방 영감에게 속았지…… 망할 놈의 영감…….

지난 이월, 아직도 추위가 막바지일 때, 하필이면 그때 이사를 하게 됐다. 오양동을 지목하고 방을 구하러 나선 것은 단 한 가지 이유 때문이었다. 집세가 싸다는 것이다. 아닌 게 아니라 더쳐보니 돈암동이니 삼선교 쪽에 비하면 반절도 안 되는 집세였다. 만 원짜리 전세방도 흔하고 월세는 삼천 원 보증금에 삼백 원이 고작이다.

하긴 그것이 싸다고 할 수는 없는 집들이다. 시유지인 야산을 허비적거려 멍석 한 닢 깔이만큼 터를 잡고 흙과 걸레쪽으로 우그려놓은 것들이니 전세 만 원이라는 것이 통틀어 만 원짜리가 될 것인지 의심스러운 집들이다.

"좀 더 나은 집은 없습니까?"

끌려다녀 봐야 그게 그것이기에 나는 짜증 아닌 애원을 하자

"집들이 어때서요?"

하고, 복덕방 영감은 화를 버럭 냈다. 코끝이 일부러 연지를 바른 것처럼 빨간 영감이었다. 나중에사 안 일이지만 그 코뿔갱이가 아주 고약쟁이였

다. 그런 영감에게 걸렸다는 것부터가 재수머리 없는 일이었다.

"그럼 독채 하나 들라우?"

"방 하나짜리 독채가 있어요?"

"개와집에 전깃불도 들어오고……."

"가봅시다."

"가보나마나요. 월세 사백 원, 열 달치 보증금 사천 원…… 집은 가보나마나 첫눈에 들 거고……."

영감 말마따나 첫눈에 들었다. 산비탈에 찍어 붙인 토담집이 아니다. 제대로 뼈대를 갖춘 양기와 한식 주택이었다. 아마 이 근방에 집이 들어서기 전부터 외따로 서 있던 고가인 성싶었다. 코뿔갱이 말대로 전기 시설도 돼 있었다. 독채라고 우겨대지만 독채는 아니고, 대문에 잇대어 달아낸 문간방이었다.

"이런 방이 싫다면 오양동에서는 방 얻을 생각 마슈."

복덕방 코뿔갱이가 배짱을 튀기는 통에 나는 후딱 계약을 치르고 말았다. 그 계약서 한 장으로 서 노인과 나와의 인연이 맺어진 것이다.

"집주인이 좀 인색하기는 하지만 경우는 밝습네."

계약을 치고 나오는 길에 코뿔갱이는 서 노인에 대해서 그런 귀띔을 했다. 그런 말을 듣기 전에도 나는 서 노인이 인색하다는 것을 알 수 있었다.

"전깃불은 십 촉짜리 이상은 못 쓰네."

보증금을 받아 한 장 한 장 헤아려 간직하고, 계약서에 도장을 찍고 나자, 서 노인은 대뜸 그런 소리를 했다. 안채인 서 노인 집과 같은 계량기에 이어진 전등이라는 것이다. 안채에서도 십 촉짜리 전등을 쓰고 있으니 불값을 똑같이 물기 위해서 십 촉 이상은 써서 안 된다는 것이다.

서 노인은 얼핏 보기에 실성거리는 사람 같기도 했다. 딱딱 매듭을 지어 상대방과 무슨 협약을 하는 것이 아니고 불쑥불쑥 어린애를 나무라 듯 혼자서만 지껄였다. 어떻게 보면 술이 취해서 혀가 제대로 움직이지를 않는 것 같기도 했다. 어딘지 꺼림한 영감탱이였지만 일단 계약을 한 이상 어쩔 수 없었다. 다만 집이 보던 중 제일 마음에 들었고 전깃불이 있다는 것만으로 한시름 잊고 이사를 하기로 했던 것이다.

그런데 그 전깃불 때문에 서 노인과 나는 이사하는 첫날부터 대판 싸워야 했다. 아내는 그릇 나부랭이를 정리하고 나는 형광등을 가설하는 참이었다. 툇마루 앞에 와서 빼끔히 방 안을 들여다보던 서 노인이

"그게 뭐요?"

하고, 손을 내저었다. 나는 눈치를 못 채고

"우선 불을 쓰도록 하려고요."

하자 서 노인은

"안 돼! 안 된대두……."

하면서, 우르르 방 안으로 들어와 발판 위에 올라선 나를 마구 꺼내렸다.

"십 촉 이상은 못 써!"

"허허허! 알아요."

"알면서 왜 그런 걸 달아!"

"이거 십 촉입니다. 이런 방엔 십 촉 이상은 필요도 없습니다."

나는 형광등을 내밀어 보였다. 그런데도 서 노인은 막무가내였다.

"늙은이라고 속여질 것 같아! 내가 속을 사람야!"

눈을 부라리는 서 노인, 참 어처구니가 없었다.

"그게 얼마나 밝은 건데 십 촉이라고 속여! 젊은 사람이 염통머리 없게스리……."

"허허허, 참 영감님도……."

나는 형광등에 대한 설명을 늘어놀 수밖에 없었다. 보기에는 무척 밝

은 것 같지만 실상 촉수는 매한가지라는 것, 그래서 모두 형광등을 쓰고 전기회사에서도 그것을 장려하고 있지 않느냐고 어린애를 달래듯 했다. 그리고 나는 하던 일을 다시 계속하려고 발판 위에 올라서자 서 노인은 와락 달려들어 나를 낚아챘다. 그 통에 형광등이 박살이 나고 말았다.

그러니 이사하던 첫날부터 기분이 좋을 리 없었다. 서 노인은 나를 보고 '흉악한 놈'이라고 하고 나는 서 노인은 '멀쩡한 늙은이'라고 서로 욕을 끓여 붓고는 조석 인사도 없이 한 울안에서 살아왔다.

나야 아침에 나갔다가 온종일 밖에서 지내고 저녁참에나 들어오니까 괜찮지만, 아내가 딱했다. 도무지 어떻게 돼먹은 늙은이가 코딱지만 한 문간방 하나 세를 놓고는 온갖 참견을 다 하고 사람을 들볶는다는 것이다.

하루는 회사에서 돌아오자니까 대문간에 마을 사람들이 주욱 늘어서 구경을 하고, 집 안에서는 주고받는 악다구니 소리가 터져 나왔다.

"아니, 집 세놔먹으면서 마당 못 쓰게 하는 얌체가 어디 있어!"

이건 분명 아내의 짜개지는 듯한 음성이었고

"세를 들었으면 방을 세 들었지, 마당까지 쓰기로 했어? 원 세상에 젊은것들이 경우도 없어……."

하는, 혀 꼬부라진 목청은 서 노인이었다. 그 알량한 마당 때문에 또 싸움이 벌어진 것이다.

아무튼 멀쩡한 늙은이다. 글쎄 쪽마루 끝에 있는 마당을 못 쓰게 하는 것이다. 마당이라야 말을 하자니까 마당이지 코뿔갱이 말마따나 미친 년 볼기짝 푼수도 안 되는 것을 가지고 그 유세를 떠는 것이다.

"계약서를 내놓고 똑똑히 보란 말야! 방 한 칸 사글세 사백 원에 세를 놓고 들기로 됐지, 그래 집 안을 온통 다 쓰기로 됐어!"

"그럼 방 안에 가만히 들어앉아 있고 마당에 흙도 밟지 말아야겠네요?"

"나도 야박한 사람은 아냐! 그까짓 마당을 밟고 다니는 것 가지고는 말도 안 해요. 이건 김치 항아리를 주욱 늘어놓고, 아주 제 땅마냥 사용한단 말야!"

"하유! 저런…… 아니, 그럼 마당가에 김치 항아리 좀 놔두는 것도 계약서에 맞도장을 쳐야 되나요?"

아내도 꺾이지 않겠다고 맞소리를 지르는데 구경꾼을 헤치고 내가 불쑥 들어섰다. 나를 보자 서 노인은 물춤하고 방으로 휭 들어가더니 금시 마루로 되나와 걸터앉아

"여보 윤 씨, 나하고 얘기 좀 합시다."

하고, 턱을 떨었다. 여자하고는 상대할 수가 없다는 말투였다.

"아니 마당에 저 항아리 서너 개 논 것이 안 된다는 겁니까?"

"이봐요, 윤 씨! 내 말을 듣고 야기를 하란 말요!"

"말씀하슈."

"내가 오늘 큰 손해를 봤단 말야. 이 안방을 세 들겠다는 사람이 집을 보러 왔다가, 마당에 주욱 늘어논 것을 보더니 그냥 갔다 그거야."

그래서 안방에 세 들겠다는 사람을 놓쳤으니 손해가 아니냐는 것이다.

"전세 십만 원에 들기로 한 거란 말야! 돈을 싸 들고 온 것을 놓쳤다! 이래도 내가 가만히 있게 됐어! 어디 윤 씨 말 좀 해보우, 엉! 남의 손해를 붙여도 유만부동이지 그래 이럴 수가 있어!"

서 노인은 참척이라도 당한 것처럼 숨을 들이쉬고 내쉬고 있다.

"저깐 늙은이 상대 말고 목간이나 갔다 와요."

아내는 내 뒷전에다 소곤거리면서 수건에 싼 비누를 내밀었다.

"왜 내 말이 말 같잖아!"

서 노인은 대문을 나서는 내 등 뒤에다 악을 썼지만 못 들은 척 나와

버렸다. 아내 말마따나 맞세울 만한 것이 못 된다. 전기 문제나 마당에 대한 시비나 도무지 경우도 닿지 않는 소리다.

'딴 방을 얻어 나가야지……'

지금까지 그 방에서 제대로 기한을 채우고 나간 사람이 없다는 것이다. 그 성화에 견뎌나지를 못하고 방을 비우게 된다는 것이다.

"선생, 목간 오셨구려……."

탕 안에 들어서자 앙상한 늙은이가 아는 체했다. 코뿔갱이였다. 젊어 한때는 제법 설친 듯 팔뚝에 온통 용을 새기고, 일편단심一片丹心이라는 글씨까지 눈에 띄었지만 그런 허세는 이미 다 찌그러지고 쭈글쭈글한 가죽이 한층 흉하게만 보였다.

"그 늙은이 잔소리가 심하죠?"

코뿔갱이는 한사코 내 곁으로 파고들면서 남의 비위를 건드렸다.

"딴 방 하나 구해주슈."

"헤헤헤! 그럴 겁니다. 선생같이 점잖은 분은 그 집에 오래 못 살죠. 아암! 그 늙은이가 예사 망나니가 아니거든……."

이건 제가 소개했다는 것은 까맣게 잊고, 서 노인을 마구 헐뜯는다.

"가만…… 방이야 나온 게 많지만, 그래도 그만한 것이 없는데…… 좌우간에 내 구해보리다."

"급합니다. 지금도 그 영감하고 다투고 오는 참인데."

"하루래도 더 계실려거든 그깐 늙은이 지껄이는 건 건넛마을 굿 소리로만 들으슈…… 헤잇! 오늘도 글쎄 그 안방을 전세 들겠다는 사람이 있어서 끌고 갔더니 늙은이가 주책을 떨어서 헛걸음만 치지 않았겠수……."

"마당 때문에 그랬다면서요?"

"허허허허! 하하하!"

코뿔갱이는 온 탕 안 사람들이 깜짝 놀라게 한바탕 웃고 나더니

"원, 늙은이가…… 그거 얼마나 더 살려고 그러나, 그거."

하고 혼자 투덜거렸다.

"마당이 무슨 놈의 마당…… 글쎄 선생, 방하고 부엌은 세를 노면서 다락은 못 쓰게 한다니 어느 놈이 십만 원씩이나 내고 전세 들면서 그 짓을 하겠수? 안 그래요? 선생……."

"다락이라니요?"

"아 그 부엌 위에 있는 다락 말예요. 그건 제가 쓴다는 거예요. 그래서 계약을 치러다가 말았는데 무슨 마당이 어쨌다구……."

코뿔갱이 말은 아주 딴판이었다. 안방 두 칸을 전세 들기로 하고 계약서를 꾸미는 참인데, 다락은 못 빌려주겠다고 하더라는 것이다.

"늙은이가 다락에서 산다는 거예요. 환장을 했죠. 집은 몸채 문간채, 할 것 없이 죄다 세를 놓고 주인 늙은이는 다락에서 살겠다는 거예요……."

"하하하하! 아 하하하!"

이번에는 내가 웃음보를 터뜨렸다. 서 노인다운 생각인 성싶었다. 누다락에 살면서 집세나 받아 챙기자는 그 심사가 예사 늙은이가 아니다.

"원 세상에 구두쇠도 많고, 얌체도 많다지만 그 늙은이 같은 건 없을 겁니다. 하늘 아래 둘도 없을 거요. 어쨌든 혼자 사는 며느리하고 손주새끼들을 내쫓았다면 말 다 했지 뭡니까……."

목욕은 못 해도 서 노인 욕은 해야겠다는 듯이 코뿔갱이는 물바가지에 수건을 담가 밀어붙이고 뒤숭숭하니 주워섬겼다. 얘기인즉, 서 노인에게도 아들이 하나 있었는데 육이오 때 잘못돼서 죽었다는 것이다. 저의 아버지와는 바탕이 달라 심덕이 여간 좋지 않았고, 기골도 건장했다는 것이다. 그 부인, 그러니까 서 노인의 며느리 되는 여인도 남편 못지

않게 착한 사람이어서 과부가 된 뒤에도 사뭇 시아버지를 받들고 살아왔다는 것이다. 그런데 작년 겨울 그 며느리와 손자 셋을 내쫓았다는 것이다. 이유는 먹는 것이 아까워서 그랬다는 것이다.

얘기가 하도 뒤숭숭해서 나는 건성으로 끄덕이다가, 슬며시 탕 속으로 들어가자 코뿔갱이는 탕 속에까지 따라 들어와 하던 얘기를 계속 늘어놓았다.

"글쎄 그 늙은이 이 오양동 바닥에서는 제일 택택합니다.* 암만요. 지금 돈으로도 수십만 원을 가지고 변놀이**를 할 겁니다. 그런 늙은이가 애비도 없는 손주새끼들을 먹는 것이 아깝다고 내쫓았다 그거예요. 선생, 그래 그게 사람의 탈을 쓴 놈입니까? 아니 그 며느리가 또 어떤 사람인데…… 효부도 그런 효부 없습니다. 아암, 없구말고…… 그 지독하고 개망나니 같은 시애비한테 말대답 하나 안 하는 사람예요. 그런 사람을 엄동설한에 자식들을 떠안겨 거리로 내쫓았으니……."

코뿔갱이는 혼자 흥분해서 제가 하는 말을 제가 되받아 가면서 한참 늘어놓는데, 뱃구레가 불룩한 영감이 탕으로 들어오면서 맞장구를 치고 나섰다. 역시 오양동에 사는 영감인 성싶었다.

"그 늙은이 아무 때고 벼락 맞아 죽지……."

"벼락도 아깝죠. 그저 날더러 죽이랬으면 더도 말고 석 달 열흘 주리를 틀어서 말려 죽이겠구먼서도……."

"허허허! 그런다고 그 늙은이 피 한 방울 흘릴 줄 알아?"

코뿔갱이와 새로 들어온 배부른 영감은 입심 좋게도 서 노인을 마구 헐뜯었다.

그런 일이 있은 뒤 며칠 지난 뒤였다. 된새벽, 우리 내외는 아직도 잠

---

* 실속 있게 넉넉하다.
** 이자 놀이.

자리에 묻혀 있는데 대문을 마구 흔드는 소리가 났다.

"할아버지! 할아버지!"

겁에 질린 소년의 음성이 할아버지를 부르면서 울먹거렸다. 나는 그 소년이 쫓겨난 서 노인의 손자라는 것을 직감하고 그대로 이불 속에서 바깥의 동정을 살폈다.

"할아버지! 할아버지!"

금시 울음이라도 터뜨릴 것 같은 소년의 음성을 못 알아들을 리 없는데 안채에서는 좀처럼 나오는 기색이 없었다.

"대문 좀 열어주세요……."

소년은 애원을 한다. 할 수 없이 문간방에 있는 우리에게 사정을 하는 것이다. 서 노인이 잠이 들었나 싶어 내가 나가서 대문을 열어주자 소년은

"아저씨 고맙습니다."

하고, 깍듯이 인사를 하고 안방 쪽으로 갔다.

그러자 안방 미닫이가 와락 열리면서

"왜 왔어!"

하고 서 노인의 성난 얼굴이 튕겨 나왔다. 대문을 열어준 나를 욕하는 말투이기도 했다.

"엄마가 대단해요. 할아버지……."

소년은 울음을 섞어가며 애원을 했다.

"병원에 입원을 시켜야 한대요. 할아버지…… 엄마 좀 살려주세요."

"이놈아 내가 무슨 권한으로……."

"할아버지, 돈 좀 주세요."

"돈! 돈을 달라고!"

"오천 원만 있으면 살릴 수 있대요."

"없다! 내게 무슨 돈이 있어!"

"할아버지……."

"듣기 싫어! 병원에 간다고 죽을 사람이 살아! 병원이라는 데는 한번 가기 시작하면 집안 망하는 거야!"

"할아버지……."

"난 이날 이때까지 감기약 한 봉 안 먹고도 죽지 않고 살았어!"

"할아버지, 제가 벌어서 갚을게 오천 원만 꿔주세요."

"뭐! 뭐? 꿔줘?"

"이자까지 쳐서 갚아드릴게요. 엄마 좀 살려주세요."

소년은 서 노인의 심리를 알기 때문에 끝까지 애원을 하고, 심지어는 이자까지 붙여줄 테니 입원비를 둘러달라고 사정을 했다. 그런데도 서 노인은 딱 잡아뗐다.

"이놈아, 죽을 사람은 병원 아니라 아무 델 가도 죽어! 괜히 헛돈을 내버려! 부자들은 돈이 없어서 죽어! 어린 녀석이 겁도 없이…… 오천 원이 적은 돈야!"

"할아버지, 나 중학교 못 간 원망 안 할게 엄마만 살려주세요."

"뭐라고! 중학교?"

"할아버진 아버지도 없는 손자를 중학교까지라도 보낼 의무가 있잖아요? 많은 돈 가지고 이자 놀이까지 하면서……."

악에 받힌 소년은 끝까지 굽히지 않았다. 경우를 따져서라도 돈 오천 원을 째내다가 저의 어머니를 입원시키겠다는 각오인 성싶었다. 그러나 아무리 다그쳐도 소용이 없었다. 서 노인은 우르르 부엌으로 들어가더니 연탄집게를 들고 나오지 않는가……. 그런데도 소년은 꼼짝을 않는다. 돈만 준다면 사형私刑도 좋다는 태도다.

"영감님 왜 이러십니까?"

나는 보다 못해 서 노인이 추켜드는 연탄집게를 뺏고 소년을 눈짓으로 돌려보냈다.

"개짐승만도 못한 늙은이……."

그날 아침, 아내는 사뭇 흥분해서 전에 없던 상소리까지 마구 내뱉었다.

"저런 것들은 싹 몰아다가 바다 속에 띄워버리든지 해야지……."

"허허허! 아니 남의 일에 왜 당신이 그렇게 흥분하는 거야?"

"저런 늙은이를 그냥 살려두니까 그렇죠. 원 세상에……."

만약 아내에게 사람을 죽일 만한 용기나 방법이 있었다면 당장에라도 해치울 기세였다.

그러니까 서 노인을 죽인 것은 나지만 그 전에 벌써 코뿔갱이나 그 배부른 영감, 그리고 나의 아내가 이미 죽인 거나 마찬가지다. 나는 다만 그들의 의견에 찬동하고 대신해서 행동했을 뿐이다.

여러 사람이 벼르기만 했지 실천을 못 한 것을 나는 아주 간단하게 해치울 수가 있었다. 얼마 후의 일이다.

소년의 어머니는 동회장의 증명을 얻어 무료로 치료를 받도록 입원을 했다는 소문이었다. 서 노인은 계획대로 안채를 통틀어 전제를 놓고 다락에서 혼자 살았다. 부엌 대문 위에 있는 창문으로 사닥다리를 놓고 드나드는 것이다.

"아무리 돈에 환장한 늙은이지만 글쎄 저 꼬락서니가 뭐예요! 정말 저 늙은이가 죽어 없어지든지 우리가 나가든지 해야지 세상 징글맞아 못 살겠어요."

아내는 서 노인에 대한 욕설이 아주 구습이 되고 말았다. 아닌 게 아니라 다락 위에서 쿨쿨거리는 소리가 새어 나오면 그 속에 앙상하니 웅크리고 있을 서 노인의 모습이 떠올라 기분이 좋지 않았다. 더구나 아침에 창문을 비집고 삐주룩이 내다보는 꼴은 여간 불쾌하지가 않았다. 천생 '나 아직도 안 죽고 이렇게 살았다' 하고, 원망스러운 눈초리로 흘겨 보는 것 같았다. 그것이 꼭 내가 일어나서 칫솔질을 하면 다르륵 하고 창 문이 열리는 것이다. 그렇다고 내게 무슨 말을 던지는 것도 아니다. 내가 별반 말이 없으니까 서 노인 역시 내게 무어라 말을 청할 건덕지가 없다. 그저 내가 문을 열고 나와 부엌 쪽문 앞에서 칫솔질을 할라치면 그것을 기다리기나 한 것처럼 다르륵 창문이 열린다. 나는 자연 그쪽으로 눈이 가게 되고 눈이 가면 서 노인의 갈쿠랑한 눈초리와 마주치게 된다. 그렇 게 봐서 그런지 서 노인의 눈초리는 언제나 원망에 가득 차 있었다. 다락 속에서 그런 궁상스러운 생활을 하는 것이 마치 '네 탓이다' 하는 것처럼 갈쿠랑하니 바라본다. 그것이 하루 이틀 겹치는 동안 나는 아침 세수하 는 시간이 두려워지기까지 했다. 그래서 내가 그를 죽인 것은 아니다. 그 런 꼴을 안 보려고, 코뿔갱이한테 방도 당부해 놨으니 이사만 가면 그만 인 것이다.

내가 서 노인을 죽이자는 것은 순간적인 생각이었다. 어쩌면 심술궂 은 장난 같기도 했다.

어제 일이다. 회사에서 돌아오는 길이었다. 약방에 들러서 쥐약을 한 병 사서 들고 나오는 참인데 웬 구두닦이 소년이

"아저씨 이제 가세요?"

하고, 꾸벅 인사를 한다. 서 노인의 손자였다.

"너의 어머니는 좀 어떠냐?"

"많이 나아졌어요. 먹는 것만 잘 먹으면 곧 낫는대요."

그전에 저의 할아버지를 찾아왔을 때보다 훨씬 명랑해 보였다.

"안녕히 가세요."

소년은 내가 무슨 말을 더 하려는 것이 귀찮은 듯 또 한 번 꾸벅하고 는 구두닦이 통을 덜그럭거리면서 큰길을 뛰어 지나갔다. 나는 괜히 이

상한 기분에 물끄러미 바라보자니까 녀석은 은행 앞에 죽 늘어앉은 저의 동패들에게 어울려 치거니 받거니 히히덕거렸다. 나는 한참 그 패들을 바라보다가 버스에 올라섰다.

'오늘 저녁부터는 그놈의 쥐들 싹 씨가 지겠지……'

오우버 주머니에 손을 넣자 조금 전에 산 쥐약이 만져졌다. 서 노인이 다락을 쓰게 된 뒤부터 쥐가 바싹 성해진 것이다. 아마 그 다락 속에 본거지를 두고 활동하던 것들이 우리 방 천장 위로 이동을 한 모양이었다. 까짓 이사를 가면 그만이지 하고, 아무리 소동을 부려도 그냥 뒀는데 간밤에는 아내가 너무도 호되게 놀라는 통에 돈이 좀 들더라도 그놈들을 씨 지우기로 결심을 한 것이다. 내가 쥐약을 산 동기는 단순히 그것뿐이다. 그런데 그 쥐약의 용도가 달라진 것이다.

"아휴! 저놈의 늙은이 앓는 소리에 사람 죽겠어……."

아내는 나를 보자마자 안채 다락 쪽을 눈으로 가리키며 얼굴을 찌푸렸다.

"글쎄, 죽는다고 저 야단이잖아요."

"왜?"

"호호호! 연탄 중독인가 봐요. 부엌에서 가스가 새어 올라간 모양이죠……."

아내가 그런 소리를 야발거리는 동안에도 서 노인의 신음 소리는 사뭇 들려왔다.

"정통으로 걸렸지 뭐야! 벌을 단단히 받는 거야, 히힛!"

아내는 어지간히 고소한 듯 벙글거린다.

"글쎄 죽는다고 악을 쓰면서도 내일이 집세 낼 날이라고 나한테 예고를 하잖아요……."

"내일?"

"그렇죠. 우린 까맣게 잊고 있었는데 쥔 늙은이는 금방 죽어가면서도 집세 받을 날짜를 꼽고 있잖아요? 참 기가 막혀서……."

"……."

아내는 마치 남의 일처럼 주워섬기지만, 정작 기가 막힌 것은 나였다. 아직도 보증금이 그대로 남아 있으려니 여기고 있었는데 어느새 열 달의 기한이 다 차고, 집세 채근을 받게 되니 기가 막힐 수밖에 없다.

"어이구! 그러면서도 늙은이 말하는 것 보지…… 글쎄, 열 달치 보증금을 다시 내고 눌러 있을 텐가, 그러지 않으면 내일 모레 중으로 방을 내놓든가 하라잖아……."

"……."

"눌러 있으려면 오백 원씩 해서 일 년 치를 내고, 그렇잖으면 당장 확답을 하라는 거야."

"왜 오백 원야? 확답은 무슨 놈의 확답?"

"물가도 자꾸 오르는데 집세를 안 올릴 수 있느냐는 거야. 그게 싫으면 오늘 중으로 확답을 해줘야 복덕방에 내놓는다나……."

"흐흠!"

"아까부터 자꾸만 당신 왔느냐고 소리를 지르던데……."

"그래, 내 얘기하지……."

나는 벗으려던 오우버를 그냥 꿴 채 나왔다. 아무 생각 없이 그냥 안 채 부엌문 옆에 있는 사닥다리를 올라가 창문을 열었다.

"누구요!"

"나요."

"윤 씨우…… 아이구 죽겠다…… 후유!"

"아니 어디가 편찮으십니까?"

"괜찮소. 그런데 아이구! 후유! 집을 어떻게 하겠소? 더 있겠소? 비워주겠소?"

나는 미처 생각 없이 올라갔기 때문에 성큼 대답을 못 했다. 그때다. 정말 순간적인 생각이었다. 어물어물 오우버 주머니에 손을 넣고 쥐약 갑을 만지작거리다가 그런 멍청한 생각이 떠오른 것이다.

"내일 중으로 일 년 치 보증금을 내죠."

힘 하나 안 들이고 자신 있게 대답하고는

"그것보다도 뭐 약이라도 잡숴야죠?"

하고, 천연덕스럽게 지껄였다.

"약? 약이 어디 있어야지…… 돈도 없고……."

"자, 이걸 잡수십시오. 연탄 중독이나 독감에는 직효랍니다. 저도 몸이 좀 이상하기에 사 왔는데……."

나는 쥐약 갑을 꺼내 알맹이만 뽑아 서 노인 앞에 내밀었다. 서 노인은 아무 대꾸도 않고 묵묵히 나를 바라보다가 시커먼 누더기 옷을 뒤집어쓰고 돌아누웠다.

'눈치를 챘나?'

나는 괜한 짓을 했구나 싶어 그냥 되집어 가지고 내려올까도 싶었다. 그런데 서 노인은 이불 속에서

"그 약값이 얼마요?"

하고, 물었다. 나는 또 얼결에

"원 별말씀을…… 잡숫고 일어나기나 하십시오."

하고는, 슬금슬금 내려온 것이다.

서 노인의 신음 소리가 계속되다가 멈춘 건 새벽 두 시가 지나서였다. 그 짓을 한 나는 사뭇 뜬눈으로 다락 쪽의 기색만 살폈던 것이다. 서 노인이 신음을 할 때는 나도 함께 신음을 하듯 목이 타더니 딱 그 소리가 멈추니까 전신의 맥이 탁 풀리는 것 같고 눈앞이 아찔했다.

'죽었는데 어쩌지?'

이렇게 싱겁고도 우습게 나는 서 노인을 죽인 것이다.

"아니 당신 벌써 깼수?"

내가 또 담뱃불을 붙이는 기색에 잠이 깬 아내는 나도 저와 함께 자고 이제사 잠이 깬 줄만 안다. 그리고는 이상하다는 듯 눈을 끄먹끄먹한다.

"아무 소리도 안 들리죠? 다락에서……."

"글쎄?"

"죽었나?"

"……."

"조용한 걸 보니 아무래도 이상한데, 히힛!"

아내는 실눈을 해가지고 히쭉히쭉 웃더니

"더 자요……."

라고는, 그담 또 잠이 들어버린다.

나는 아내가 깨지 않도록 조심스럽게 미닫이를 여닫고 밖으로 나왔다.

'아뿔사!'

벌써 날이 훤히 트기 시작한다. 괜히 어물어물하다가 그만 그런 시간이 되고 말았다. 그러자 갈피를 잡지 못할 만큼 당황해졌다. 서 노인의 기척이 없으면 안방에 사는 사람들도 수상하게 여기고 다락 속을 들여다볼 것이다.

'연탄가스에 죽은 것으로 할까?'

그러고 보니 시체를 감추는 것보다 그대로 두고, 가스 중독으로 카무플라즈하는 것도 좋을 성싶었다. 그러나 어쨌든 죽었다는 사실은 확인해야 될 것 같았다. 또한 내가 준 약이 혹시 남아 있지 않은가도 보아야 할 것 같았다.

나는 안채 부엌 앞으로 가서 가만히 숨을 길게 들이쉬고 사닥다리를 잡고 한 발 올라섰다. 등에서 식은땀이 난다는 것은 그런 걸 말하는 것인가? 아무리 태연하려 들어도 턱이 아들아들 떨린다. 그런 판에

"누구야?"

하고, 서 노인의 외침 소리가 터졌으니 내가 놀란 것은 더 말할 수 없다. 아무튼 사닥다리서 뒤로 벌렁 나자빠지지 않은 것만도 천행이었다. 와들와들 떨리는 손으로 사닥다리를 꽉 잡고

"나요."

하고, 대답을 하고 말았다. 그랬더니 서 노인은

"윤 씨우? 물을 좀…….."

하고, 반긴다. 나는 도무지 뭐가 뭔지 얼떨떨하기만 했다. 물 대접을 들고 사닥다리를 올라서는데 얼마나 승강이를 했는지 모른다. 겨우 창을 열고 물 대접을 먼저 들이밀고 서 노인이 벌떡벌떡 물을 들이켜는 소리를 듣고서야 얼굴을 내밀었다. 서 노인은 분명 죽지 않았다.

"고맙수 윤 씨…….. 하유! 이제 좀 살 것 같소."

서 노인은 나를 다락으로 올라오라고 손짓을 한다. 날은 이제 훤히 새기 시작했다. 굴속 같은 다락도 뿌옇게 밝아왔다. 아직도 사나운 꿈자리에서 신음하는 것 같은 내 눈에 희끄름한 것이 보인다. 서 노인의 머리맡에 내가 놓아준 약봉지가 그대로 있는 것이다.

"약을 안 잡수셨나요?"

나는 좀 떨리기는 했지만 조심스럽게 물었다.

"고맙수 윤 씨…….. 약을 먹을까 하고 손이 가다가도 부끄러워서…….."

서 노인답지 않은 축축한 음성이다. 나는 아직도 무엇이 무엇인지 분간을 못 할 정도로 겁에 질려 서 노인의 얼굴만 바라보았다. 만약 그것이 극약이라는 것을 눈치채고 안 먹었다면 일은 크게 벌어지는 것이다. 그런데 그것이 아니었다.

"그 착한 며느리가 죽게 됐다고 손자가 울고 왔을 때도, 아이쿠우! 이 늙은이는 돈만 생각하고 그냥 때려 쫓았는데 내가 무슨 죽을병이라고 윤 씨가 사다 준 약을 먹겠수…… 흐흠! 죽으면 그대로 죽지, 내가 더 살겠다고 입에 약을 털어 넣을 수 있수?"

"……."

"내 열다섯부터 삼개(마포麻浦)서 새우젓 독을 날랐소. 그리고 이날 이 때까지 고생을 해왔지만 몸이 아프다고 편히 누워서 약을 먹은 적이 없 소. 내게 먹으라고 약 한 첩 사다 주는 사람도 없었고……."

묵묵히 듣자니까 서 노인이 이상하게도 달라진 것 같았다. 말투부터 가 어제까지의 그가 아니다.

"윤 씨, 자 이걸 보우……."

서 노인은 벌떡 일어나 배에 차고 있는 전대를 풀어 그 속에서 예금 통장 하나를 꺼낸다.

"내가 이렇게 돈을 모으면서도 주변 사람들에게 야박하게 하고 심지 어는 불쌍한 손주새끼들까지 거리로 내쫓은 건 내 한 가지 허욕 때문이 었소. 아암, 허욕이지…… 글쎄 그게 될 법이나 한 소리요?"

그는 뭔가 복받치는지 한참 숨을 돌리고 나서

"삼개 부자가 한번 돼보겠더니……."

하고는, 한숨을 푹 내쉰다. 삼개 부자, 즉 마포 갑부가 돼보자고 그런 모 진 생활을 했다는 것이다.

"내 혼자 몸뚱이, 부자가 되면 그 돈 내 다 가져가겠소? 한번 부자 소 리를 들은 다음에는 손주새끼들에게도 물려주고 또 그것들 공부하라고 학교도 세우고 하자는 것이었소."

서 노인은 예금 통장을 다시 전대에 간직하고 허리에 찬다. 예금 잔 고는 백만 원이 훨씬 넘었다.

"이것만 가지면 설마 밥이야 굶겠소? 내 손주들을 다시 불러들일 작정이오. 오늘부터 공부시켜서 꼭 윤 씨같이 훌륭한 사람을 만들어보겠소. 간밤에는 어쩌나 그것들이 보고 싶은지 주책도 없이 울었구려……."

그는 외면을 하고 얼굴을 훔친 다음

"나는 아침마다 저 창문을 열고 윤 씨를 바라보았소. 내가 본 것이 틀림없었지……."

그는 나 같은 자식이 있었으면 당장 눈을 감아도 한이 없겠다고 하는 통에 그 앞에 앉아 있기조차 거북했다.

"어제 저녁때 윤 씨가 준 저 약봉지를 머리맡에 놓고 나는 다시 한 번 깨달았소. 예전에 천대받고 발가락이 찢어지도록 고생한 삼개에서 갑부 소리를 들은들 뭣하겠느냐는 생각이 듭디다. 그래서 한평생 지녀온 허욕을 버리고 손주들을 데려다가 꼭 공부를 시키겠소."

그러니 나더러 다른 데로 이사 가지 말고 자기 손자들을 지도해 달라는 것이다.

"내 그만한 보답은 하리다. 집세니 뭐니 다 그만두고 내 손자들이나 사람 구실 하도록 만들어주, 윤 씨……."

서 노인은 덥석 내 손을 잡고 놓아주지를 않는다. 나도 주름진 그 손을 꼭 쥐었다.

앙상하기는 하지만 따뜻한 손이다.

—《현대문학》, 1965년 1월.

합의서

바지런히 좀 갔다 오라고 그만큼 신신당부를 했는데도 좀처럼 돌아오는 기색이 없다.

"빌어먹을! 양귀비만 바라보면 배지가 부른가……."

준태俊太는 마구 욕지거리를 하면서 비탈길을 내려다본다. 아내에 대한 역정이다.

"굼벵이 같은 여편네!"

비를 철철 맞고 궁상을 떨고 다닐 아내가 그지없이 밉살스러웠다. 애녀석은 애비 눈치만 흘끔거리면서 무슨 꼬투리만 잡으면 울음을 터뜨릴 기색이다.

"하이구! 빌어먹을……."

울화가 치밀어 배길 수가 없는 준태는 뜨락으로 나섰다. 비까지 구중중하게 내린다. 그럴 때 담배꽁초라도 있어서 쭈욱 빨아 삼키면 좀 후련하겠지만, 호주머니 있는 대로 다 뒤집어봐야 꽁초는 고사하고 담배 가루도 없다.

"장 씨 오늘은 출근 안 하우?"

천막집 서 영감이 역시 잔뜩 찌푸린 상판으로 바라본다. 누덕누덕 꿰맨 천막에 비가 새는 모양이었다.

"시청으로 오란다더니 잘됐우?"

서 영감은 비닐 종이를 뒤집어쓰고 다가온다.

"신문 기자네 집에 좀 갔다 오랬더니 함흥차사로군요……."

"그렇지, 신문 기자가 새중간에서 한마디만 하면 그깐 일이야 즉석에서 말소되지……."

"빌어먹을, 이깐 놈의 집에다 글쎄 꽃이 뭐고, 양귀비가 다 뭣에 말라 비틀어진 거야……."

"워낙 무모한 짓을 했지……. 내 뭐랬소…… 앵속*은 취체를 하니 뽑아버리라고 그만큼 일렀는데도……."

서 영감은 입맛을 쩍쩍 다신다. 그러면서도 속으로는 고소하게 여기는 기색이다. 대지 까탄**에 다툰 앙심이 아직도 풀리지 않은 판인데, 그런 일을 당했으니 겉으로야 동정하는 척하지만서도 내심은 깨소금 맛으로 여길 것이다. 그렇잖아도 심술이 그득한 서 영감이다. 아내 말로는 서 영감이 시청 직원을 우정 끌고 와서 양귀비 심어논 것을 가리켜준 것이라고 하지만, 설마 그렇게까지 했으리라고는 여겨지지 않았다.

"나도 일거리가 하나 생겼는걸……."

서 영감은 진달래를 한 가치만 뽑아 아까운 듯 빨면서 투덜거린다.

"묘 임자가 나섰단 말야. 흐흐흐흐! 시빗거리야 되지……."

그것도 꾸며서 지껄이는 말 같았다. 영감네 천막도 남의 묘를 두 장이나 까뭉개고 세웠지만, 그것을 말하는 것이 아니라, 준태네 집을 놓고 하는 말 같았다. 준태네 집 뜨락 바로 밑에 납작한 봉분이 있었다. 영감

* 양귀비.
** '까닭'의 방언.

말이, 까짓 임자 없는 무덤인데 어떠냐고, 꼴 보기 싫으니 밀어제쳐 버리라고 하는 통에 편편히 골라서 마당을 삼은 것이다. 아내가 화초밭이랍시고 양귀비 씨를 뿌린 것이 바로 그 묏자리다. 그것이 아주 소담하게 자라서 한창 꽃이 피는 참에 거둬들인 것이다.

서 영감이 풍덩풍덩 지껄이는 것은 양귀비를 심은 것으로 해서 벌금을 무는 것은 약과요, 정작 큰 코를 다칠 조건은 남의 산소를 임의로 까뭉갠 것이라는 은근한 위협이기도 했다.

"어느 놈이 이제 와서 묘 임자라고 큰소리칩디까?"

준태는 눈을 부라렸다. 서 영감은 얼굴을 실룩거린다. 준태가 자기 말을 고깝게 듣고 불끈 화를 내는 것이라는 것을 눈치챈 모양이다.

"어느 놈이고 나서라고 그러슈…… 땅속의 뼈다구를 다 파헤치고, 제 놈들의 것이라는 증거를 대라고 할 테니. 만약 증거를 못 대! 그때는 그놈을 그냥 묘 구뎅이에다 생으로 파묻고 밟아버릴 테니까……."

준태는 입안에 고인 거품을 탁 뱉었다. 서 영감의 안면 근육이 더 심하게 경련한다. 그러면서도 입을 실룩거린다.

"그런 소릴 해서 뭘 해…… 우리가 남의 조상 무덤을 까뭉갠 것이 잘못이지……."

준태는 주먹을 부르르 떨었다. 그때 어떤 아낙네가 헐레벌떡거리고 뛰어들지만 않았더라도 준태는 서 영감의 멱살을 잡았든가, 주먹질이 튀든가 했을 것이다.

"이봐요, 댁의 아주머니가 차에 치었어요. 빨리 극장 뒤 병원으로 가보세요."

준태도 낯이 익어 보이는 그 아낙은 파랗게 질려서 말도 잘 못한다. 철이 녀석이 영문도 모르면서 왈칵 울음을 터뜨리고 발을 구른다.

아내의 얼굴은 종잇장처럼 희었다. 침대 밑에는 흙투성이가 된 아내의 옷이 내던져져 있었다. 의사가 급한 대로 그냥 벗겨 동댕이친 모양이었다. 팬티는 흙물과 피가 범벅이 돼서 김이 무럭무럭 난다. 아내에게 아직 체온이 있는 것이다. 준태는 우선 남방샤쓰를 벗어서 아내의 팬티를 가렸다. 흙물이나 피보다도 양말짝을 오려서 누덕누덕 기운 것이 더 보기 싫었다.

"당신이 남편이요?"

의사는 잔뜩 화가 나서 준태를 바라본다.

"미안합니다, 이렇게……."

준태가 죄인처럼 어물어물하자 의사는 그까짓 소리가 무슨 소용 있느냔 듯이 투덜댄다.

"합승회사에 빨리 연락해서 큰 병원으로 옮겨 가도록 하슈."

"저어 혹시 죽지는……."

"생명에는 지장이 없지만, 대퇴부 절골이라 빨리 수술을 해야 합니다."

의사는 문밖에 주욱 모여든 구경꾼들과 침대에 뻗쳐 있는 환자를 번갈아 보며 사뭇 짜증이다. 그러면서도 준태에게 동정이 가는지, 지금부터 취해야 할 방법을 일러준다.

"합승회사에서 지정한 병원으로 가지 마슈. 그리고 합의서에는 도장을 찍지 마슈."

준태는 의사의 그 말이 무슨 뜻인지 잘 몰랐지만 자기를 이롭게 코치하는 것에는 틀림없는 성싶어서 고마웠다.

"대학병원이래야 해……."

뒤따라온 서 영감이 귓전에다 대고 일러준다.

"영감님, 나 담배 한 개 주슈……."

"자 여기 있어. 정신을 차려야 해."

서 영감은 평소와는 달리 얼른 담배를 한 가치 뽑아 불까지 붙여준다. 준태는 정신을 잃을 정도가 아니었다. 정신을 잃기는커녕 되레 가라앉는다. 집에다 떼박지르고 온 어린것이 궁금했다. 양귀비 사건 때문에 취체관한테도 가야만 했다. 병원에 입원을 시킨다면 물이라도 끓여 먹일 주전자 나부랭이를 장만해야 했다. 그런 것들을 생각하자니 정신을 잃을 겨를이 없었다.

"아구 춰! 춰!"

죽은 듯이 누워 있던 아내가 두 주먹을 부르르 떨면서 이를 보득보득 간다.

'입원을 하자면 환자를 덮어줄 이불이 있어야 할 텐데……'

준태는 아내의 두 손을 찍어 누르면서 그런 생각을 하는데 구경꾼들을 헤치고 웬 거부성한 청년이 다가왔다. 까맣게 물감을 들인 군대 작업복을 입고 있었다. 여러 날 면도를 안 해서 그렇지 불과 삼십 안팎의 청년이다. 준태에게 뭐라고 어물거렸지만 무슨 말을 하는지 알아들을 수가 없었다. 얼굴색은 파란데 술내가 지독하게 풍겼다.

"당신이 운전수요?"

의사가 심문을 하듯 한다. 운전수는 의사에게는 아무 대꾸도 않고 준태만 바라본다.

"일수 탓이지…… 여기 걱정은 말고 정신을 차리슈……."

준태는 얼결에 그런 말을 해놓고도 옳은 소리를 한 것인지 어쩐지 분간을 못 했다.

"당신 좋은 분을 만났소."

의사가 그런 말을 하자 운전수는 삐질삐질 운다. 준태는 호주머니에 대폿값이라도 있으면 운전수를 끌고 가고 싶었다. 운전수를 대접한다기보다 핑계 삼아서 구수한 해장국에 대포 한 사발만 들이켰으면 속이 확 풀릴 것 같았다.

405

"야 이 자식아 멀쭘히 바라보기만 하지 말고 빨리 피해자를 큰 병원으로 실고 가!"

서 영감이 보다 못해 운전수에게 호통을 친다. 타인이니까 망정이지 자기 살붙이가 그 지경 됐다면 운전수를 물어뜯기라도 할 서 영감이다. 그러니 준태의 흐리멍덩한 것이 속상할 수밖에 없다.

"이 자식아, 사람을 저 지경 만들어놓고도 회사 놈들은 코끝도 안 내밀어!"

서 영감이 계속 호통을 치자, 아내는 맞장구라도 치듯 두 주먹을 휘두르면서 외마디 소리를 지른다.

"아구! 나 죽네……."

준태는 서 영감이 따라와 준 것이 다행이다 싶었지만, 죽은 듯이 까부라졌던 아내가 마구 용을 쓰고 고함을 치는 것은 좀 어색했다.

서 영감이 호되게 다루는 통에 겁이 났던지 운전수는 어느 결에 자취를 감추고 말았다.

"합승은 악질에요. 순순히 다뤘다가는 애먹습니다."

장부를 정리하던 의사가 서 영감을 바라보고 하는 말이다. 서 영감이 운전수를 다뤄 넘기는 푼수가 제격이라는 듯한 말투다.

의사는 장부를 탁 덮어 치우고 침대 곁으로 와서 준태 아내의 얼굴을 한참 바라보다가, 다시 제자리에 가 앉으면서 합승회사에 대한 불평을 털어놓는다. 듣자니까 의사하고 합승회사 간에는 감정이 좋지 않은 모양이었다. 그동안 합승에 치인 환자를 여러 명 응급 치료해 줬지만 고맙다는 치사는 고사하고 치료비 몇 푼도 제대로 받아본 적이 없다고 한다. 거기에 비하면 버스 회사 측이 훨씬 신사적이라는 것이다.

"뻐스 회사는 환자가 원하는 병원에다 입원도 시키고, 완쾌할 때까지 성의껏 해줍니다. 그런데 이 합승회사는 한번 사고가 나기가 불행이지,

환자에 대한 대우가 인간 이하란 말에요. 오늘 이 환자도 응급 치료를 하고, 몇백 시간 동안 다른 환자를 못 받고 그랬어야 돈 삼 원밖에는 못 받습니다. 그것도 제대로나 주면 괜찮게요……"

그래서 합승에 치인 환자는 안 받고 싶지만, 자기 병원 근처에서 부상을 입었을 때는 어쩔 수 없이 자기가 화를 입는다고 하면서 '나쁜 놈들'이라고 대놓고 욕을 한다.

"보슈. 환자를 갖다 놓고도 회사 놈들은 아직도 나타나지 않잖아요…… 어서 서두르슈. 그냥 그놈들 하는 대로 놔뒀다가는 큰일 납니다."

의사는 서 영감에게다 대고 충동질을 한다. 어떻게 서둘라고는 일러주지 않는다.

의사 말을 듣자니까 준태는 앞이 캄캄했다. 그런 사람들과 맞씨름을 할 만한 자신이 없다.

경찰 백차가 몰아닥치자, 태륜합승운수회사의 이사라는 자가 나타났다. 의사한테서 들은 말도 있고 해서 준태는 그 합승회사 이사라는 자를 첫 대면서부터 몰아쳤다.

"사람을 이렇게 만들어놓고 어떡하는 거야! 당신들만 사람야!"

본시 말주변이 없는 준태가 흥분을 했으니 그 이상의 말이 나올 수 없었다. 그러나 이편이 분격하고 있다는 것은 충분히 전달된 것 같았다.

"출근하자 곧 달려온 것이 이렇게 됐습니다. 이제 안심하십시오. 저희가 병원으로 모시겠으니…… 곧 앰뷸런스가 옵니다."

그자는 보잘것없는 준태에게 연신 머리를 숙이고 사과와 위로를 한다. 그동안 경관들은 사고 현장을 조사하고 피해자인 준태 아내에게 경위를 묻는다.

"난 잘못한 거 하나도 없어요. 운전수 놈이 정신 나간 놈야! 아이구나 죽겠네!"

준태 아내는 또 소리를 지르고 죽는 시늉을 한다.

"왜 주사도 안 놔줘! 아이구 취 죽겠단 말야! 합승회사로 날 데려다 줘요. 아이구……."

아내가 악을 쓰는 소리에 준태는 되레 얼굴이 화끈했다. 경관과 합승 회사 이사라는 자는 그럴 것이라는 듯 고개를 끄덕거리면서 저희끼리 뭔가 수군거린다.

"보호자 되슈?"

경관들 중에 우두머리 되는 듯한 뚱뚱한 자가 준태 앞으로 다가오며 수첩에다 뭔가 적는다. 본적 주소 성명 등을 묻는 대로 일러주던 준태는 직업이 무어냐는 물음에 성큼 대답을 못 했다. 한참 머뭇거리다가 "없습니다." 하고는 우선 서 영감의 눈치를 살폈다. 서 영감이나 이웃사람들은 준태가 목재회사에 다니는 줄로만 알고 있는 것이다.

"직업도 없는 데다가 부인까지 저렇게 부상을 입어서 괴롭겠소……."

경관은 안됐다고 동정은 하면서도 얕보는 기색이 뻔히 눈에 띄었다.

뒤늦게사 나타난 앰뷸런스는 준태 아내를 주워 싣자 사이렌을 울리면서 마구 달렸다. 환자인 준태 아내를 가운데 눕히고 준태와 서 영감 그리고 합승회사 이사라는 치가 둘러앉았다. 운전대 옆에는 건장하게 생긴 청년이 앉았는데, 합승회사 사람인지 경찰관인지 통 알 수가 없었다. 그런데 그 청년이 지시하는 대로 차는 달린다. 이사라는 치도 아무 말이 없다. 계속 사이렌을 울리면서 시가지를 누비던 앰뷸런스는 엉뚱한 방향으로 접어들더니, 운전대 옆에 앉은 청년이 손짓을 하자 멈췄다. 그때까지도 준태는 영문을 몰랐다. 차가 멈추자 운전대 옆의 청년이 뛰어내려 뒷문을 열고, 이사라는 치와 들것을 마주 들고 나선다.

"여보슈……."

준태는 이사를 쏘아보면서 여기가 어딘데 환자를 내리느냐고 물었

다. 그제사 그 이사라는 자는

"이 병원이 저희 회사 지정입니다. 시설도 좋고 원장 김 박사가 직접 수술과 치료를 하십니다."

하면서, 준태의 대답을 기다릴 것도 없이 환자를 꺼내리려고 서둔다. 준태는 그 의사가 하던 말이 바로 이거라고 여겨졌다.

"우린 대학병원으로 가겠다고 했잖소! 당신도 그러자고 하고서 이게 뭐요!"

준태는 목이 콱콱 메이도록 소리를 질렀다. 운전대 옆에 앉았던 청년이 눈을 부라리면서 환자의 발치를 들고 잡아끈다. 그 청년은 처음부터 준태의 존재 같은 것은 싹 무시하는 태도였다.

"그렇게 하십시다. 대학병원보다도 더 깨끗이만 치료해주면 되지 않습니까?"

이사라는 치가 준태를 구슬린다. 응급 치료를 한 의사한테서 그런 귀뜸을 받지 않았으면 그저 하자는 대로 했을 것이다.

"운전수! 왜 이러는 거야! 가지 못하고……."

서 영감이 운전수에게 버럭 소리를 지른다. 그런데도 운전수는 묵묵히 앉아만 있다.

"대학병원으로 간단 말야! 다른 병원은 싫어!"

사뭇 죽은 듯이 신음 소리 한마디 안 하던 준태 아내가 악을 썼다. 그러자 발치를 들었던 청년은 들것을 내던지고 집 안으로 들어가 버렸다. '김충용 외과', '의학박사 김충용'이라고 옆으로 세워진 간판이 준태를 위압하는 것 같았다.

"누가 그래! 누구야!"

방금 들어간 청년을 따라 콧수염을 기른 자가 허겁지겁 쫓아 나왔다.

"대학병원으로 간다는 게 누구야!"

역도 선수 못지않게 생긴 그자는 가운 소매를 걷어붙이면서 준태와 서 영감을 독기 찬 눈으로 쏘아본다. 그자가 김충용 박사인 성싶었지만 준태는

"당신 누군데 이러슈!"

하고, 악에 받친 눈길로 맞섰다.

"뭐라고! 이 차는 내가 보낸 거야! 뭐! 대학병원으로 가!"

김 박사라는 거한은 준태에게 주먹을 휘두르며 접어들었다. 아닌 게 아니라 그 주먹에 얻어맞으면 단번에 고꾸라질 것만 같았다.

"여보! 너무하잖소! 합승회사 특약점인지는 모르지만, 우린 대학병원으로 가겠다는데 왜 이러는 거요! 왜 위급한 환자를 두고 시비요!"

역시 서 영감이 준태보다 말발이 세었다. 서 영감이 턱수염을 빳빳이 곤두세우면서도 욱지르고, 환자가 악을 쓰고 했으니까 망정이지 준태 혼자 따라왔더라면 별수 없이 그자들 하자는 대로 하고 말았을 것이다.

어쨌든 그런 아귀다툼을 해서 S 의대 부속병원의 일등실에 입원을 시킨 것까지는 좋았는데 그다음부터가 예사로운 일이 아니었다. 환자의 경과가 좋고 나쁘고가 문제가 아니었다.

"아니 어쩌자고 그런 병원 일등실로 모시는 거요!"

대머리가 번들거리면서도 어딘가 궁상이 뚝뚝 흐르는 방 이사가 오 이사를 쏘아보면서 날카롭게 들이댄다. 준태 아내의 사고를 논의하기 위해서 태륭합승운수회사의 이사회를 벌린 자리다. 이사회라고 그럴싸한 명분을 세우기는 하지만, 이사니 회의니 하기보다는 차주들이 모여서 중구난방으로 한마디씩 하는 자리다. 더군다나 교통사고에 대한 얘기는 서로 팻대들을 내세우고, 때로는 도둑놈 소리까지 터져 나오게 마련이다. 그중에서도 방 이사가 제일 까닭을 붙이고 나선다. 전에 경찰관을 지낸

일도 있고, 한때는 이십여 대의 합승을 굴린 적도 있지만, 지금은 바싹 줄어들어 겨우 합승 한 대를 굴리면서 거기에 몫을 대고, 회사에서는 이사로서 크게 행세를 하려 드는 위인이다. 방 이사가 교통사고에 대해서 열기를 올리고 나서는 데는 그만한 이유도 있다. 다른 이사들도 그것을 짐작하고 있다. 그런대로 방 이사가 나서면 치료비니 위자료니 하는 흥정을 최소한으로 깎아내려 회사의 이익을 가져오게 하니 어쩔 수 없는 일이다.

"여보, 그 병원 일등실에 환자를 집어넣으면 일주일 계산이 얼마나 나오는지 알기나 하우?"

오 이사라는 자가 준태 아내를 우대한 데 대한 공박이다. 그러나 오 이사는 그대로 할 말이 있었다.

"우선 합의서를 받자는 거란 말에요. 합의서만 받아논 다음에야 병원을 옮기든가, 공동실로 옮기든가 할 수 있잖느냐 말에요……."

"아니 그걸 누가 몰라서 묻는 거요? 한 달에도 몇 건씩 교통사고를 처리하는 우리가 지금 그런 상식적인 얘기로 시간을 허비해야 되우?"

"나도 김 외과 앞에 앰뷸런스를 대놓고 환자를 꺼내리려다가 죽일 놈 살릴 놈 소리까지 들었단 말에요……."

"저저 그만들 두슈…… 그것보다도 문제는……."

방 이사와 오 이사의 말다툼을 바라보고 있던 한 이사가 가로채고 나선다.

"우리가 항상 지난 일을 가지고 논의하다 본즉슨 앞으로 해야 할 일을 상의할 시간이 없어진다 그 말씀야. 그러니 기왕 오 이사께서 오늘 수고를 많이 하셨는데 그것의 잘잘못을 따질 것 없이 앞으로 피해자 측과의 절충에서 어떤 방법으로 우리가 손해를 덜 보느냐 하는 문제를 상의하잔 말씀야……."

돋보기를 코에 걸친 한 이사는 다른 사람들의 동의를 구하면서 좌석을 죽 훑어본다.

"것도 좋지만 오 이사의 처리에 도무지 이해가 가지 않는단 말입니다."

"야 이 자식아! 뭐가 이해가 안 간다는 거야?"

"아니 저 자식이!"

방 이사, 오 이사 하고 제법 점잖이 지껄이던 사람들이 금시 이 자식 저 자식으로 변한다.

"인마 그럼 어째서 그런 큰 사건을 너 혼자 쫓아다니느냐 말야……."

"인마 나 혼자 쫓아다녔어도 일 원 한 닢 안 떼먹었다! 되레 내 돈 몇백 원 찔러 넣었어! 네놈처럼 치사스러운 짓은 안 한다 인마……."

"아니 저 새끼가!"

방 이사는 분결에 재떨이를 들고 일어선다. '네놈처럼 치사스러운 짓은 안 한다'는 말에 질렸지만, 그런 기색을 감추기 위해서도 큰소리를 쳐야 했다. 방 이사의 치사스러운 짓이란, 피해자의 가족을 설득시킨다는 명목으로 주식대니 거마비니 해서 회사 돈을 꺼내다가 그건 그것대로 잘라먹고, 피해자 측으로부터는 회사에서 한 푼이라도 더 긁어주마고 사탕발림을 해서 되레 술잔이나 얻어먹은 것이 탄로된 적이 여러 번 있었던 것이다. 어지간한 사람들이라면 창피해서도 입질에 올리지 못할 것이지만, 툭하면 그따위 소리들을 해서 얼굴들을 붉힌다. 방 이사가 교통사고만 생기면 기를 쓰고 나서는 연유가 바로 그것이다. 다른 이사들도 마찬가지다. 우선 오늘 준태 아내 때문에 수고를 한 오 이사만 해도 그렇다. 회사에서 타낸 돈은 십 원 한 닢 안 떼어먹고 오히려 제 주머니를 축냈다고 하지만, 그건 멀쩡한 소리다. 그런 말을 한다고 곧이듣지를 않는다.

그 오 이사, 회사에서 환자용 과일값으로 천 원, 거마비 및 피해자 측과의 주식과 차대조로 삼천 원, 도합 사천 원 받은 속에서 사백 몇십 원밖에는 안 썼다. 환자용 과일은 막사과 여섯 알과 배 두 개, 거기에 도마도 주스 한 통, 그래서 백삼십오 원으로 충분했고, 왔다 갔다 택시값이 백 원에 서 영감과 준태에게 구내식당에서 곰탕 한 그릇씩 사준 것으로 그만이다. 하기야 그런 맛에 욕을 먹어가면서도 쫓아다니지, 무슨 중책을 진 이사라고 제 일처럼 발 벗고 나설 것인가……. 좀 점잖지 못한 얘기지만, 그런 잡수입이 있기 때문에 교통사고만 나면 이사들이 열을 올리고 나선다.

그런 폐단을 없애기 위해서 교통사고가 발생했을 때는 이사들이 두 사람이고 세 사람이고 패를 지어서 함께 다니도록 정해왔지만 그런데도 용케들 실속을 차리고 시침들을 뗀다.

"자, 들 괜한 흥분들 하지 말고, 상의들 합시다."

의장격인 전무가 분위기를 수습하고 다시 회의가 진행됐다.

"어쨌든 오 이사가 접촉을 하기 시작한 것이니 오늘이라도 오 이사가 합의서를 받아 오도록……."

"글쎄 그거란 말에요! 나도 합의서를 받기 위해서 저희 요구대로 일등실에 입원을 시킨 것이 아니겠소."

오 이사는 답답하다는 듯 외친다. 그러자 방 이사가 또 나선다.

"부상을 입은 여자 남편이 뭐 하는 녀석이요?"

"그것이 아주 고질덩이다 그겁니다. 직업도 없는, 실직자인 데다가 당장 끼니 걱정을 하는 사람이란 말에요."

"그렇다면 까짓 다루기 좋지……."

방 이사는 또 은근히 끓어당긴다. 자기가 나서면 그까짓 거 제자리서 합의서를 받을 수 있다는 것이다.

"안 그래요? 전번에…… 그러니까 작년 여름에 왜 대퇴부 골절상을 입은 사건 있잖았소? 남영동에서……. 그 녀석이 실직자요, 당장 목구멍에 풀칠하기가 바쁜 놈이었거든······. 그거 그때 병원에는 보름인가 입원시켰다가 오만 원 줘서 내보냈잖소? 지금도 그 녀석 나를 만나면 저의 하래비 푼수나 반가워하는걸 ㅎㅎㅎㅎ!"

그러니까 자기가 나서보겠다는 의사다. 방 이사라는 자, 그때 그 피해자한테서도 커미션을 받아먹은 것이 탄로 났지만, 그런 것은 쏙 빼고 지껄인다.

"좌우간에 오 이사가 합의서를 받아보슈. 만약 여의치 않는 경우는 내가 덤벼볼 테니까······."

다른 사람들이 "거 방 이사한테 맡깁시다." 하는 말이 나올 때를 바라다 못해 자신이 서둘고 나섰다. 결국 방 이사 말대로 기왕 손을 댄 오 이사가 합의서를 받도록 하되 그것이 잘 안 될 때는 방 이사를 내세우기로 결정하고 헤어졌다.

'제깐 놈의 말주변 가지고는 어림도 없지······.'

회의가 끝나고 돌아오는 길에도 방 이사는 군침을 삼킨다.

'대퇴부 절골에다가 다리와 어깻죽지의 절골에 삼 개월 진단이 내렸겠다······.'

교통사고를 전문적으로 가로맡아 쫓아다니다 보니, 이제는 부상 정도만 보고도 치료비에 대한 계산이 나온다. 준태 아내의 경우는 큰 사고에 속한다. 방 이사는 또 한 번 침을 꿀꺽 삼키고, 어깨를 축썩한다. 필연코 그 해결은 제 손으로 넘어오게 될 것이니 신명이 나는 것이다.

교통사고가 났을 때는 첫째 피해자 측의 행패를 막고, 합의서를 받는 것이 제일 큰일이다. 합의서란, 병원의 진단대로 치료를 해주면 그 밖의 요구는 하지 않는다는 것이 골자로 되어 있다. 그런데 그 문면이 피해자 측에 유리한 것처럼 번드르르하게 꾸며져 있어서 웬만한 사람들은 선뜻 도장을 찍어주게 된다. 합승회사는 그것만 받으면 일은 끝난 것이다. 병원 치료비는 보험회사에서 나오게 마련이다. 회사로서는 손해도 없고 속 썩일 일도 없다. 만약 그 합의서를 못 받는 경우는 피해자 측의 행패나 요구에 대해서 일일이 상대를 해야 하니 그것이 보통 일이 아니다. 그래 서 태륜합승회사의 이사라는 직함을 가진 자들은 주로 교통사고가 났을 때 피해자 측으로부터 합의서를 받아들이는 일을 가로맡기 위해서 평소 에는 번들거리고 있는 것이다.

"어떻게 됐소? 합의서는……."

이튿날 아침 회사에 나간 방 이사는 전무 책상 앞으로 기대서면서 눈 치를 본다.

"받기는 뭘 받아……. 하유 운전수 가족들까지 몰아닥쳐서 행패 니……."

전무는 들여다보던 결재 서류를 홱 내동댕이치면서 짜증을 부린다.

"흐음!"

방 이사는 걱정을 하는 척 상을 찌푸리지만 내심으로는 벌써 작전 계 획을 세우는 것이다.

"벌써 어느 놈이 바람을 집어넣은 모양야. 남편 되는 녀석은 고분고 분 말을 들을 것 같은데, 웬 늙은이가 하나 붙어 앉아서 발거리를 놓는 모양야…… 그리고 환자가 보통 엉구렁쟁이가 아닌 것 같고……."

"흐음!"

"아무래도 방 형이 나서야 될까 봐……."

"그런데 내가 나서는 것은 좋은데……."

"나서는 건 좋은데 뭐야? 거 시시하게 굴지 말고 해결시켜 놓고 보자 고……. 이러다가는 회사 망하게 됐어. 회사가 망하면 이사 놈들은 살 것 같아! 정신들 좀 채리라고……."

전무는 소리를 버럭 지른다. 역시 같은 차주의 한 사람이고, 이사들

중에서 그래도 정계나 감독관청에 줄이 굵다고 해서 전무 자리에 앉은 자다. 방 이사하고는 타놓고 지내는 사이기도 하다.

"우선 합의서나 받아놓고 얘기하자고……."

"좌우간에 내 만나보기나 하고……."

방 이사는 거마비와 접대비조로 오천 원을 청구했다가 내리 깎이고, 돈 이천 원을 받아 넣고 나섰다.

"여보 뭣 좀 잡숫고 와요."

"난 안 먹어도 괜찮아. 당신이나 먹어야지……."

"난 좋은 주사 맞고 편히 누워있는걸. 호호호!"

"퍽도 편하겠다……. 사람을 그렇게 놀라키고……."

"그놈의 양귀비 때문에……. 이제는 괜찮아요."

"괜찮다니?"

"사람이 이 지경 됐는데도 벌금 내라고 할까……."

"잘도 무사하겠다…… 에이 이 판에 나도 양귀비 심은 죄로 징역이나 몇 해 살게 됐으면 좋겠다."

"당신은 아무 상관 없어요. 내 이름을 적어 갔으니까 호호호!"

준태 아내는 자신의 몸뚱아리가 온통 돌덩이 같은 깁스에 쌓여 있다는 것도 잊은 듯 히히거린다. 준태 역시 낯색이 부드럽다. 준태 내외가 그런 푸근한 감정에 묻혀보기는 근래 처음이다.

"의사보고 좋은 주사 좀 많이 놔달라고 그래…… 영양제 말야……."

"약으로 그냥 달래서 갖다 팔지…… 당신 담배나 사 피우게 히히히히!"

준태 아내는 실없이 또 히히거리다가 깜짝 놀라서 상을 찌푸리고, 죽겠다는 시늉을 한다. 노크 소리가 들렸기 때문이다.

"이거 늦게 찾아뵈어서 죄송합니다."

방 이사는 명함을 내놓고 준태의 손을 꼭 잡는다.

'태륜합승운수주식회사 이사 방일해'라는 큼직한 명함도 그러려니와 이발까지 싹 해서 가꾼 풍채가 그럴싸했다.

"저의 회사에는 자동차가 수백 대 있습니다. 아무 염려 마십시오. 자동차를 차례로 팔아서래도 온전히 치료를 해드리겠습니다."

"하 네…… 미, 미안합니다."

벌써 인격적으로 눌린 준태는 그저 어쩔 줄을 모른다. 비록 그런 사고 때문이기는 하지만 병실까지 일부러 찾아와서 자기가 당한 불행처럼 한걱정을 하고, 열 번 백 번 머리를 숙이니 되레 미안할 수밖에 없었다.

"저 나가십시다. 차라도 한잔……."

준태는 방 이사 같은 사람이 그런 병실에 오래 머물러 있는 것조차 미안해서 차라도 마시자고 자청했다. 아내가 괜스레 죽는 시늉을 하고 끙끙거리는 것도 여간 면구스럽지 않았다.

그러니 방 이사로서는 벌써 승산이 생길 수밖에 없다

"첫째는 부인을 잘 보해드려야 합니다. 절골된 상처야 완전 접골된 뒤에 깁스만 떼면 됩니다. 병원 소용없어요. 그 대신에 보약도 잡숫도록 하고, 침 있잖습니까? 침이 또 제일입니다. 침이라는 것은 죽은피를 밖으로 뽑아내고, 혈액 순환을 조절하는 것이거든요. 난 이런 사업을 오래 해와서 많은 환자를 겪어봤으니까 안단 말에요. 안 할 말로 내가 절골상을 입었다면 병원에 안 옵니다. 정골사整骨師*한테 가서 우선 뼈나 접골시키고, 집에 편히 누워서 이틀만큼 사흘만큼 쇠족이나 사다가 푸욱 고아 먹겠습니다. 장 선생, 그것만은 잊지 마십시요. 부인께서는 족탕 국물이

| *어긋나거나 부러진 뼈를 맞추는 사람.

그만입니다. 다른 약 소용없어요."

다방에 마주 앉자, 방 이사는 준태의 얼굴색을 흘끔거리면서 침의 효력을 역설하고, 족탕으로 보할 것을 재삼 권한다.

"고맙습니다. 정말 저는 그런 건 전연 모르고……."

준태는 방 이사의 말을 한마디도 놓치지 않고 귀담아들으면서 연신 '고맙습니다' 소리를 되풀이한다. 그것뿐이 아니다. 차를 몇 모금 마시자 방 이사는 여담으로 자기 친구들 얘기를 하나하나 들춘다. 듣자니까 방 이사는 일개 합승회사 중역으로 있을 사람이 아니었다. 정계의 중진들과는 학교 동창이 아니면, 집안 간, 또는 방 이사네 집에서 많은 신세를 진 사람들이었다.

"나도 마음먹기에 따라서는 정치도 할 수 있고, 하다 마는 한이 있더래도 장관 한자리쯤 딸 수 있는 사람이지만 나 그런 거 원치 않아요. 왜? 지금 정치를 하거나, 큼직한 감투를 쓰자면 인간 본연의 양심은 안방 캐비넷 속에다 넣어놓고 다녀야 하니 차마 그 짓이야 어떻게 하겠소? 하하하하! 잘못하다가는 캐비넷 속에 넣어둔 양심은 제물 녹아 없어지고 비니루 종이만 남는다 그 말씀야 하하하하! 알겠소? 인간이란 십 원짜리 장사 합승 사업을 하든, 지게 품을 팔든 제 양심은 버려서 안 된단 말야……. 적게 먹고 가늘게 살면 마음은 편할걸……. 난 친구의 자식이다 후배다 하는 청년들을 적재적소에 취직도 많이 시켜줬지만, 늘 당부가 그거에요. 첫째 인간 본연의 양심만은 지켜라…… 허음!"

"좋으신 말씀입니다."

"좌우간 악으로 만났건, 선으로 만났건, 서로 이렇게 만났다는 것이 벌써 인연일 테니, 앞으로 우리 가까이 지냅시다."

"고맙습니다. 지도를 바라겠습니다."

준태는 또 한 번 머리를 깊이 숙였다.

교통사고다, 피해자다 하는 것은 멀리 떠난 인간 대 인간의 자리가 되고 말았다. 준태는 방 이사의 얘기를 들을수록 가슴이 시원해지는 것 같았다. 앞으로 그분의 천거로 직장이라도 갖게 될지 모를 것 같은 희망이 생겼다. 그래서 준태도 자기소개가 조금은 필요할 것 같았다.

"저도 비록 실직을 당하고, 부끄러운 말로 처자식을 굶기는 형편이지만, 양심 하나만은 지키고 살자는 것이 제 인생관입니다."

"알아, 알아! 내가 관상 대가는 못 돼도 어지간히는 볼 줄 알지…… 사람을 대할 때 한 번만 척 훑어보면 그 사람의 심사를 대강은 알 수 있지…… 내가 아무한테나 장 선생한테 한 얘기를 늘어놓을 줄 알아…… 다 사람 봐가면서 제 속을 털어놓는 거란 말야……."

방 이사의 말주변은 한마디도 버릴 것이 없는 성싶었다.

"자 그럼 환자가 혼자 계시고 할 테니 난 물러가겠습니다. 앞으로도 뭐 불편한 점이 있다든가, 우리 회사에 전할 말이 있으면 나한테 직접 연락을 하시오. 아무리 중하고 바쁜 일이 있어도 제쳐놓고 장 선생 일이라면 내가 쫓아올 테니까……."

방 이사는 빈틈없는 친절을 베풀면서 레지를 불러 찻값을 치르고 일어서다가

"아 참 잠깐……."

하고 다시 앉는다.

"기왕 뵌인 길에 상의를 해야겠군……."

방 이사는 다시 담뱃갑을 꺼내 준태에게도 권하고 자신도 피워 문다.

"다른 게 아니고 운전수 말입니다. 사고를 낸 녀석……."

"아 참, 어떻게 됐습니까?"

"구속됐지…… 즉석에서 구속됐습니다. 그런데 녀석이 또 불쌍한 놈이란 말씀야……."

그는 입맛을 쩍쩍 다시기도 하고, 담배를 길게 빨아 한숨과 함께 내뿜기도 하면서 사고를 낸 운전수의 정상을 털어놓는다.

　"혼자 벌어서 일곱 식구를 먹여 살리는 녀석인데…… 그나마도 스페업니다. 그런 데다가 만삭 된 예펜네가 산기가 있는 걸 보고 출근했다 그겁니다. 쌀 한 톨, 미역 한 꼭지 준비 없는데 애는 날라고 하고…… 그렇다고 녀석도 고지식한 놈이 돼서 누구한테 통사정 한마디 못 하고…… 흐흠! 그러니 그 녀석이 제정신으로 운전을 할 수 있습니까? 장 선생한테는 죄송한 말씀이지만 녀석 때문에 부인께서 벼락을 맞은 셈이죠. 그런데 애를 낳았습니다그려……."

　"아 네……."

　"회사에서 쌀가마나 보냈으니까 우선 굶지는 않겠지만, 만약에 기소가 된다면 여러 사람이 굶게 됩니다. 그래서……."

　방 이사는 속주머니에서 봉투를 꺼내더니 그 속에서 '진정서'라고 쓴 것을 준태 앞에 펼쳐놓는다.

　"장 선생께서 큰 도량을 가지고 이거 한 장만 내주신다면 그 사람은 사는 것입니다."

　"어디 봅시다."

　준태는 내용을 대충 훑었다. 내용이라야 별것 아니었다. 사고를 낸 것은 크게 잘못이나 정상을 참작컨대 이러이러한 사정이 있어서 지극히 동정 안 할 수 없고, 부상자도 병원에서 잘 치료를 받아 머지않아 완치할 수 있다고 하니 운전수에 대하여 사직 당국의 관대한 처분을 바란다는 흔히 있는 내용이었다.

　"지장도 괜찮을까요?"

　준태는 더 얘기할 필요도 없이 엄지손가락을 바짓가랑이에 쓱쓱 문질렀다.

"하아 참 고맙습니다……."

진정서에 준태의 넓적한 지장이 찍힌 것을 소중히 간직하면서 방 이사는 또 한 통의 서류를 내민다.

"아 인주 닦을 것 없이 여기도 하나 눌러주십시오."

준태는 응급 치료를 한 의사가 미리 귀띔한 말을 까맣게 잊고 엄지손가락에 입김을 후후 불어서 꾹 눌렀다. 그러고 보니까 바로 그것이 합의서였다.

"앞으로 무슨 일이든 나하고 상의합시다. 연락만 하시면 언제든지…… 올 테니까."

방 이사는 준태의 지장이 찍힌 진정서와 합의서를 양복 속주머니에 단단히 간직하고 태연히 일어선다.

이튿날 아내는 공동실로 옮겨졌다. 한 방에 여덟 사람의 환자가 같이 쓰는 방이다. 그중에는 삼 년 동안 입원 생활을 한다는 환자도 있었다. 허리를 못 쓰는 그 환자도 교통사고로 입원한 것이라고 했다.

"이제는 별수 없습니다. 합의서에 도장을 찍은 이상 고소를 해도 소용없고 사정을 해도 소용없어요. 끝까지 도장을 안 찍어줘야 하는데……."

삼 년 묵은 환자는 남의 일이라도 안됐다고 혀를 찬다.

"아이구 나 죽겠네……."

아내의 신음 소리를 듣다못해 준태는 공중전화통으로 달려가 합승회사를 불렀다.

"누구요! 방 씨요? 아 방 이사…… 그분은 여기 늘 계시는 것이 아니고 일이 있을 때만 잠깐 나오는 분입니다. 네? 뭐요? 대학병원 입원실…… 그런데요? 네 나중에 방 이사 나오면 전하죠…… 글쎄 난 모르겠습니다."

　상대방은 이쪽 얘기는 변변히 들으려고도 않고 딱 끊어버린다.

　준태는 홧김에 엄지손가락을 꽉 깨물었다. 합의서에 지장을 찍어준 바로 그 손가락이다.

―《현대문학》, 1966년 1월.

참초斬草

그저 그런 마을이다.

한복판에 새마을 회관이 자리 잡고, 그 맞은편 박 참봉네 큰 마당에는 조무래기들이 와자지껄 자치기를 하고, 동구 밖을 흐르는 봇도랑에는 시멘트를 이겨 만든 빨래터가 있고, 특용 작물을 하는 최 씨네 불란서식 새마을 주택이 어색하게 서 있고, 강 씨네는 담배 건조실 토벽까지 노란 페인트칠을 했고, 반장네 염소가 남새밭을 온통 망쳐놨다고 비명을 지르는 기돌 엄니의 짜개지는 욕설과 방앗간 집 딸딸이 엔진 소리가 뒤범벅이 되는 그저 그런 마을이다. 톡 삘겨지게 전진한 '승자 마을'도 아니고, 아주 뒤떨어진 '후진 부락'도 아닌 그저 그런 마을이다.

정 씨네는 둘째 아들이 영등포 무슨 공장 기술 감독이라는 것이 자랑이고, 오 씨네는 서울로 시집간 딸이 승강기로 오르내리는 아파트에 살고 있다는 것을 광고하고, 군에 입대한 신 씨 아들이 휴가를 오면서 약혼자라는 처녀를 데리고 나타나 한동안 얘깃거리가 된 그저 그런 마을이다.

〈갑순이와 갑돌〉이니, 〈최 진사댁 셋째 딸〉이니 하는 유행가는 말짱 이 마을을 노래한 것이라고 내세울 수 있는 그저 그런 마을이다.

말뒷골이니 마우리니 하지만 정확한 이름은 말뒷골이다. 한문자로 쓸 때는 마후리馬後里다. 행정구역 명칭도 칠산면 마후리七山面 馬後里로 되어 있고, 오만분지 일 지도상에도 마후리로 찍혀 있다. 그런데도 마을 이름을 정확하게 부르는 사람들이 거의 없다. 이 부락을 담당한 면서기조차도 '마우리'라고 한다.

마을 이름을 이처럼 트릿하게 부르는 것은 가야산이 '개산'이 되고 대마을(죽촌竹村)이 '대머리'로 된 것처럼 발음에서 오는 변칭이라고도 볼 수 있지만, 그보다는 마을 사람들이 의식적으로 그렇게 만들어버린 것이 아닌가 싶다. 말뒷골이니 마후리니 하는 동명의 근원이 창피스럽기 때문이다.

말뒷골, 즉 마후리라는 이름은 이 마을이 들어앉은 주위 형각에서 딴 것이 분명하다. 마을의 뒷동산이 밋밋한 두 개의 봉우리로 갈라져 있는데 그것이 꼭 기름진 호마의 엉치처럼 보인다. 이 마을 사람들은 그것을 건강한 여인의 유방에 비유하고, 그 골짜기에서 흐르는 물을 유식하게도 유천乳泉*이니 뭐니 하지만, 그건 이 마을의 존위尊位**로 자처하는 윤 회장의 주장이고 지술地術깨나 본다는 사람들은 그 뒷동산의 형상을 호마천골胡馬薦骨이라고 해서 호마***의 엉덩이로 단정한다. 풍수객들의 입을 빌리지 않아도 그건 누가 보든지 호마의 엉덩이에 가깝다. 그러니까 말뒷골이니 마후리니 하는 이름이 붙여졌다는 것은 더 따져볼 것도 없다.

그 소담스러운 말 엉치 아래, 그러니까 샅이 되는 부분이라고 할 수 있는 골짜기에 파리 떼처럼 붙어 있는 것이 마후리 부락이다. 해서 타동 사람네는 이 말뒷골 친구들을 '말 불알의 파리'라고 긇려댄다. 윤 회장이

* 젖이 흐르는 샘이나 골짜기.
** 높은 지위. 마을의 어른.
*** 만주나 중국에서 나는, 키가 크고 날렵하게 생긴 말.

장터 시조방時調房에 나타나면 으레 한마디 놀림을 받는다.

"왱 하는 소리가 나더니 말 불알의 파리가 나타났구나, 하하하 하……."

방 안의 학발영객鶴髮詠客*들의 놀림에 윤 회장은

"예끼, 고이헌 것들! 유천선부乳泉仙府를 말 불알에 비유하다니!"

하고, 농으로 받아넘기기는 하지만, 그놈의 호마천골 때문에 조상 망신 까지 시키는 것 같은 개운찮은 기분이 드는 것이다. 윤 회장뿐만이 아니 라 말뒷골 사람들은 으레 그러려니 하고 그 정도의 놀림은 냉수 마시듯 하고 지내야 한다. 요지간에 와서는 그것이 부쩍 심해져서 국민학교 어 린이들까지도 '말 불알의 파리'라고 타동 아이들이 떼거리로 놀려대는 통에 말뒷골 어린이들은 기를 못 펼 정도다.

그렇다고 그런 놀림이 싫대서 청석골이나 부용리 같은 이름 좋은 곳 을 찾아서 이사를 가야 할 것까지는 없기 때문에 예나 지금이나 '말 불알 의 파리'라는 굴욕을 삭이면서 그저 그렇게들 살고 있다.

이런 마을에서 그저 그렇게 사는 사람들에게 쾅, 하고 하늘이 내려앉 는 것 같은 충격이나 온 마을 사람들이 뱃살을 잡을 만큼 아기자기하고 재미나는 이야깃거리 같은 것이 있을 리 없다. 얼마 전 윤구라는 청년이 옹기를 굽는 고령토를 파다가 어장이 나는 바람에 흙더미에 깔려 죽은 돌발 사고 같은 것은 온 마을 사람들의 아랫도리가 후들후들 떨릴 만한 사건이었지만 그런 사고가 노상 있는 것은 아니다. 미덕이 할머니의 이 빨 뺀 얘기 같은 것도 근래에 없는 화젯거리가 되기는 했지만 지방 신문 가십난에도 오르지 못하는 사건이었다. 미덕 할머니는 충치로 썩은 앞니 두 개가 주체스러웠다. 금방 빠질 것처럼 간들거리면서도 뽑으려 들면

| * 시조를 읊는 노인.

뿌리가 있어서 쉽사리 빠지지 않았다. 그렇다고 병원에 가서 빼기는 돈이 아깝고 해서 저절로 무너나기*를 바랐었다. 그것이 개운하게 빠졌다. 장날 만원 버스를 타고 가는데 차가 급정거를 하는 통에 승객들이 왈칵 쏠렸다. 미덕 할머니는 쓰러지면서 의자 틈바귀에 입을 부딪치고 그렇게도 주체스럽던 썩은 이빨이 몽땅 무너났다.

"이가 빠졌어, 호호호호!"

미덕 할머니는 피 묻은 이빨을 옆에 선 마을 청년 학준이에게 자랑삼아 보였다. 입에서는 피가 나고, 입술이 좀 얼얼했지만 그건 상관없었다. 그런데 그걸 본 학준이는 와락 소리를 지르면서 운전사 쪽으로 비집고 나갔다.

"야, 이 새끼야! 운전을 어떻게 하는 거야!"

"……."

"손님 이빨이 빠졌는데도 말 한마디 없이 그냥 가기야!"

우람스레 생긴 학준이가 호되게 다루자 운전사는 기가 팍 죽어 금방 안색이 변했다. 학준이는 교통순경에게 고발을 하겠다고 윽박질러 결국 치료비와 의치값으로 거금 십만 원을 받아냈다. 미덕이네 텔레비전은 그 돈으로 산 것이다. 미덕이네 집 지붕 위로 치솟은 텔레비전 안테나를 보고 마을 사람들은 박장대소를 했다.

그런 얘기는 한동안 마을 사람들을 심심찮게 해주지만 그것도 한물 지나면 입질에서 멀어진다. 그런저런 얘기를 재탕 삼탕 주고받다 보면 지껄이는 사람이나 듣는 편이나 서로 싱거워지고 다른 사건이 생길 때까지는 화제가 없어진다.

그렇게 되면 족제비라도 놀려대는 수밖에 없다. 마을에서 무슨 회가

| *무너나다. '물러서다'의 방언.

있을 때나 비럭질(공동 작업)을 할 때는 만만한 족제비가 놀림감이 된다. 족제비는 마을의 천덕꾸러기여서 나이 칠순이 다 됐는데도 항상 놀림 대상이 된다. 그는 이갑술이라는 뚜렷한 성명 석 자가 있으면서도 그건 면사무소의 호적부나 이장이 다루는 공문서에서 찾아볼 수 있을 뿐 마을에서는 통용되지 않는다. 어린이나 청년들은 숫제 족제비의 본명이 무엇인지도 모른다. 하긴 순돌 아버지나 강 지관地官 같은 이의 이름도 여간해서 아는 사람이 없지만 그래도 순돌 아버지의 성이 민 씨라는 것은 거의 다 안다. 족제비만은 이 씨라는 성조차도 사그랑이*가 됐다. 그는 별명 그대로 족제비 형상의 볼품없는 위인이다. 어린애 주먹 푼수밖에 안 되는 머리통이 남에게 얕잡힐 만한데 얼굴이라는 것이 두 눈만 빼꼼하고 잔주름투성이의 이마에다가 노리끼리한 턱수염 등 어느 한구석도 몰골스럽지 않은 데가 없다. 거기에 배운 것도 가진 것도 없어서 어릴 적부터 윤 회장네 젖머슴으로 잔뼈가 굵었고, 그 집에서 장가까지 들여 행랑채에 살았었다. 늘그막에 마누라가 죽고, 홀아비로 남의 위토 서너 마지기를 지어 먹고사는 딱한 늙은이다. 아들이 하나 있었지만 국민학교를 마치자 슬그머니 집을 나간 채 소식이 없다. 그것이 이십여 년 전의 일이라 이제는 아주 없었던 자식으로 치고 수소문도 하지 않고 있다. 불쌍한 늙은이를 놀린다는 것은 잔인한 것 같지만, 오히려 본인이 그것을 마다하지 않기 때문에 마을의 놀림감이 되는 것이다. 그로서는 마을 사람들이 따돌리지 않고 한통 쳐주는 것이 고맙고 또한 자신에게 모두 관심을 쏟고 있는 것이 흐뭇한 것인지도 모른다.

비럭질로 수로水路의 복사를 쳐올리던 날도 별수 없이 족제비가 놀림을 받았다. 마을 사람들이 공동 작업을 할 적에 일이 고되거나 따분할 때

| * 다 삭아서 못 쓰게 된 물건.

는 족제비를 놀려대고 한바탕 웃으면 일하기가 훨씬 수월하다. 그래서 그날도 덕칠이가 농지거리를 건 것이다.

해마다 이른 봄에 한 차례씩 하는 그 수로하상정지水路河床整地라는 복사 쳐올리기 작업은 순 모래를 제방으로 쳐올리는 삽질이라서 여간 고되지가 않았다. 얼핏 보기에는 찰흙보다 힘이 덜 들 듯하지만 그게 아니다. 흙은 삽을 지르고 잠깐 허리를 폈다가 발로 콱 눌러서 퍼 올리기 때문에 그리 숨 가쁘게 하지 않아도 된다. 그런데 이건 순 모래 삽질이라 발로 지르고 힘을 쓰고 하는 것이 아니라 한 삽 푹 퍼서 까마득한 둑 위로 올려붙여야 되는 것이다. 늘씬거릴 수가 없다. 늙은이나 젊은이나 그냥 한통속으로 정신없이 퍼 올리기 때문에 목에서 휘파람 소리가 나고 머리가 어질어질하기까지 한다. 윤 회장을 빼놓고는 누구누구 할 것 없이 일제히 하는 삽질이다. 마을 사람들이 모조리 나서서 쉴 새 없이 부수지르면 한나절에 끝막을 수 있고, 사람이 덜 나오고 괜히 희학거리기나* 하다가는 종일 가도 못다 하는 일거리다. 그래서 입들을 다문 채 주살나게 삽질만 하는 참인데 덕칠이가

"허허, 이게 뭐여!"

하고 허풍을 떨면서 삽으로 무엇인가 푹 떠서 족제비한테로 던졌다. 아직 겨울잠을 자는 개구리였다.

"쪽쩨비 채반이다. 얼른 집어삼켜!"

"……."

"처먹기 아까우면 잘 모셔놨다가 너의 할애비 제사상에 올려라, 하하하하!"

"……."

| * 희학하다. 실없는 말로 농지거리를 하다.

족제비는 덕칠이의 그런 농에는 대꾸도 않고 조끼 호주머니서 담뱃
갑을 꺼내 피워 물었다.

"야 인석아, 내나 하니까 널 주지 다른 사람 같으면 어림없다 인석!"

덕칠이가 계속 이죽거리는데도 족제비는 담배만 뻐끔거렸다. 좀 샐
쭉한 기색이었다. 덕칠이의 농이 좀 과했던가 아니면 일이 너무 고돼서
만사가 귀찮거나 한 것이다.

그런 정도에서 잠깐 허리들을 폈다가 다시 일을 계속했으면 별 탈이
없었을 텐데 기만이 녀석이 불쑥 퉁어리적은 소리를 하고 나섰다.

"쪽제비는 개구리보담두 병아리를 더 좋아한다데유, 흐흣!"

"뭣이 워째!"

족제비의 얼굴빛이 금세 샛노래지면서 삽자루를 불끈 들고 덤볐다.

"이 호래들 놈의 새끼, 네놈의 새끼 눈깔에는 내가 쪽쩨비로 보이냐!
이 순 쌍놈의 종자!"

족제비 입에서 거품이 튀겼다. 삽으로 내려치지는 못하고 그냥 부들
부들 떤다. 족제비가 그처럼 성을 낸 적은 별로 없다. 기만이가 칠 테면
쳐보라면서 맞세우는 것을 젊은 축이 덤벼서 멀찌감치로 끌고 갔다.

그걸 지켜보는 마을 사람들은 웃지 않았다. 모두 비위가 거슬리는 것
이다. 하긴 기만이 녀석이 잘못한 것은 사실이다. 저의 아버지한테도 존
장뻘이 되는 칠순 늙은이인데 그럴 수가 있는가. 덕칠이는 나이도 엇비
슷하려니와 예전부터 족제비와 터놓고 지내는 농지거리 친구다. 덕칠이
입에서는 무슨 험담이 나와도 노여움을 타지 않는 족제비다. 개구리를
제사상에 차려놓으라고 해도 족제비는 히죽 웃고 마는 그런 사이다. 기
만이 녀석이 그런 두 늙은이들 농지거리에 한축 끼고 나선 것은 버르장
머리 없는 행동이다.

그러나 마을 사람들의 비위가 거슬린 것은 그게 아니다. 내동* 받아

주던 놀림인데 오늘따라 족제비는 쌩하고 토라지는가 하면 "네놈의 눈깔에는 쪽쩨비로 보이냐!"고 악을 쓰는 것이 비단 기만이만을 상대로 따지는 것이 아닌 것 같았다. 그건 지금까지 그를 족제비라고 부른 마을 사람들 전체를 걸고드는 것이 분명했고, '쌍놈의 종자'라는 독설도 기만이 한 사람을 지칭하는 것이 아닌 것 같았다. 그 말을 새겨들은 마을 사람들의 기분이 좋을 리가 없다. 그런데 족제비는 한술 더 뜨고 나섰다.

"이놈아, 혼자 몸뚱이 죽지 못해 이렇게 살고 있다만 너희 놈들하고는 뼉다구가 달라! 성명 삼 자도 없이 지내지만 뚜렷한 충언공 자손야! 주리를 틀 놈들! 없는 놈은 핏줄도 없는 줄 알아!"

족제비가 가위 악을 쓰듯 하는 소리를 듣자 누군가가 피식 웃었다. 그것이 무슨 신호처럼 일제히 웃고 나섰다. 사실 족제비 입에서 '충언공 자손' 어쩌고 하는 것은 웃기는 얘기다.

"그만 일들 해! 쓸데없이 늘쩡거리고 있어. 들놀이하러 왔어?"

윤 회장이 보다 못해 소리를 지르자 다시 삽질을 하기 시작했다. 모두 시무룩하니 삽질에 신명이 없다. 윤 회장의 호령이 아니꼬워 그러는 것은 아니다. 하긴 윤 회장이라고 해서 자신은 살포** 자루를 짚고 서서 무슨 십장이나 공사 감독인 양 호령을 하는 것은 의당한 일이 아니다. 그를 회장이라고 부르는 것은 그전에 칠산국민학교 육성회장을 십여 년 동안 역임할 적에 부르던 경칭이다. 그보다도 본인은 '농민협동회장'이라는 것을 은근히 내세우지만 그건 제물에 없어진 단체다. 자유당 정부가 그래도 뭐 농민들을 위해서 경지 정리를 해준다고 설칠 때의 일이니까 지금 젊은 애들은 알지도 못하는 일이다. 마을 앞들의 농토가 경지 정리 구역으로 잡혔었다. 농민들의 불평이 끓어올랐다. 경지 정리를 하고 나

* '지금껏'의 방언.
** 논에 물꼬를 트거나 막을 때 쓰는 농기구.

430

면 비싼 수세를 물어야 하기 때문이다. 그까짓 논두렁을 일직선으로 바로잡지 않아도 농사를 지어먹을 수 있고, 개천에다 보를 막으면 물 걱정은 안 해도 되는데 빌어먹을 무슨 경지 정리냐고 반대를 하고 나섰다. 그때 조직한 것이 '칠산면 마후리 농민협동회'라는 것이고, 마을에서 그래도 말마디나 할 수 있는 윤 씨를 회장으로 뽑은 것이다. 가가호호에서 쌀 닷 말씩을 거뒀으니 그 금액도 수월찮았다. 그것을 몽땅 윤 회장에게 맡기고 경지 정리 반대 운동을 하게 한 것이다. 그때도 한편에서는 먼 앞날을 바라보고 경지 정리는 해야 된다는 측도 있었지만, 윤 회장은 그런 의견을 깔아뭉개고 대전으로 서울로 쫓아다니며 사방에 진정서를 뿌렸다. 윤 회장 말로는 도지사도 만나고 농림장관하고도 따졌다고 하지만, 장터 윤 선생을 앞세우고 다니면서 도청과 농림부에 진정서를 접수시킨 것이 고작이다. 윤 선생이란 윤 회장과 동족간이고, 도의원에 출마했다가 차점으로 낙선한 지방 유지다. 그는 도청은 말할 것 없고 중앙관서에도 안 통하는 데가 없는 정객이기 때문에 그를 앞세우고 다닌 것이다. 그때만 해도 말뒷골 사람들처럼 경지 정리를 반대하는 어수룩한 사람들도 있었지만 그 공사를 꺼가려고 맹렬한 운동을 하는 곳도 있었기 때문에 마후리 농민들의 진정은 두말없이 받아들여졌다. 윤 회장은 경지 정리를 못하게 막은 것은 자신의 공로라고 크게 내세웠지만 내막은 그러했다. 그런 일로 해서 마후리 앞들은 그중 늦게, 최근에사 농지 정리가 되고, 지금은 장기판같이 줄을 그은 들에서 가뭄도 모르고 홍수도 아랑곳없이 농사를 짓지만, 그때 그것을 반대한 것은 두고두고 한스러운 일이다. 그런데 아직도 그때 조직했던 농민협의회니 뭐니 하는 그 회장이었던 것을 내세우는 윤 회장이다. 하기사 지금도 회장 감투 하나는 쓰고 있다. 말뒷골 동리의 노인회장 말이다. 그것도 누가 시킨 것이 아니고 자칭 회장이라고 나서서 이리 왈 저리 왈 하는 것이다. 본시 그는 막일은 하지 않고,

할 줄도 모르지만, 마을 사람들이 다 나서서 아낙네들까지도 뼈똥싸게 일을 하는데도 멀쩡하니 서서 감독만 하는 것이다. 그렇다고 누구 하나 나서서 그것을 책하는 사람이 없다. 뇌깔스럽기는 하지만 으레 그렇게 돼 있는 것처럼 한 팔 접어주는 것이다. 윤 회장 자신도 마을 사람들의 그런 눈치를 알고 있다. 아다 뿐인가. 한 놈 한 놈 그 배꼽에다 유리쪽을 대고 그 속을 환히 들여다보고 있는걸. 그러기에 더 기를 쓰고 큰소리를 치는 게야. 내가 살포 자루만 짚고 서서 입으로 한몫 보는 것이 아니꼽살스럽다 그런 눈치들인데 그렇다고 저희 놈들이 나를 어쩔 테야? 이 윤 회장이 호령을 하면 싫든 좋든 따라야지 별수 있느냐 말야. 옛날 내 집에서 장리쌀 얻어다 먹지 않은 놈 있어? 그뿐이 아냐! 애새끼 이름 하나 지을 줄 아는 놈 있었느냐 말야! 주살나게 만들 줄만 알았지 내질러 논 새끼 이름 하나 지을 줄 모르는 것들이거든! 새끼는 저희들이 만들고 이름은 나한테 지어달라던 것들, 그래서 기만이, 학봉이, 천수, 삼예, 일순이, 그저 쓸 만한 이름만 골라서 붙여주지 않았느냐 그거야. 어디 그뿐인가! 편지 대필은 얼마나 해줬고, 밀주 담궜다가 들킨 놈, 노름하다가 잡혀간 놈, 타동 사람을 무경우하게 때려눕히고 고소를 당한 놈, 그런 것들 내가 쫓아다니면서 빼놓지 않았으면 말짱 징역감들이었다고.

그때만 해도 장바닥에서 이 윤 회장을 만나면 저마다 탁배기다 장국밥이다 해서 서로 받들어 모시던 것들이 이제 세태가 바뀌고 밥술이나 먹게 됐다 해서 나를 아니꼽게 여겨? 내 비록 가세가 기울어 삼간 슬레이트 지붕 밑에서 마누라와 단 두 식구 연명하고 있다만서도 너희 놈들 괄시는 받지 않아! 아직은, 아니 내 평생은 너희 놈들 신세 지지 않고 음풍농월할 수 있어! 내 지금 한 되는 것은 자식 하나 없는 것이다. 슬하에 쓸 만한 자식 하나만 있어도 너희 놈들이 나를 얕보진 못하겠지? 그게 한야! 어쩌다가 자식 하나 거느리지 못하는 신세가 됐노? 그래, 이 윤달

헌은 너희들한테 괄시받아 싼 인간이다, 제 살이 섞인 자식을 내 새끼라고 주장하지 못하고 그냥 놓쳐버렸으니 말야. 그놈의 체면이 뭔가? 그 자식만 뺏었어도 이처럼 막막하지는 않을 텐데…… 그 자식이 경신생이렷다?

윤 회장은 살포 자루에 의지하고 앉아서 혼자속으로 역정을 부리다가 한숨을 내쉰다. 마을 사람들은 어떻게든지 한나절 안으로 작업을 끝맺을 작정으로 목 타는 숨소리로 부리나케 삽질을 하고 있다.

"쪽쩨비, 여 임마!"

아무래도 또 허리를 펴야 하겠는지, 덕칠이가 헉헉거리면서 족제비의 코를 쑤셨다.

"네 조상이 무슨 공이라고? 충월공?"

"……"

"뭐랬어? 조상을 댈라면 똑똑히 대! 무슨 공야? 네 조상이……."

"충언공?"

"그래!"

"그것도 쪽쩨비냐?"

"빌어먹을 놈!"

"충언공이라는 건 쪽쩨비가 아니란 말야? 너만 쪽쩨비냐?"

"예끼 순!"

족제비가 우르르 달려가 덕칠이에게 모래를 한 삽 푹 끼얹는다. 그통에 모두 일손들을 놓고 함께 웃는다. 족제비가 누그러져서 덕칠이의 농을 받아주자 비럭질 판이 훨씬 부드러워졌다.

"쪽쩨비 너 장가들어야겠다……."

덕칠이가 아주 정색을 하고, 마치 소년을 구슬리듯 하자, 족제비는

"빌어먹을 놈!"

하고, 피식 웃는다. 다른 사람들도 킥킥거렸다. 덕칠이는 실없는 농담이 아니라는 듯 더욱 근엄하게 타이른다.

"충무, 아니 충언공의 손이 끊겨서야 되겠냐. 지금이라도 장가를 들어 씨를 떨어뜨려야지…… 밭만 있으면 씨는 뿌릴 자신이 있냐?"

아주 시치미를 뚝 떼고 뇌까리는 덕칠이의 표정이나 그걸 심각하게 듣고 있는 족제비의 꼴이 너무도 우스워 마을 사람들은 일제히 허리를 잡았다. 그런데 족제비는 입을 실룩실룩하더니 그 빼꼼한 두 눈에 눈물이 질컹해지는 것이 아닌가.

"그럴 수만 있다면 얼마나 좋겠냐…… 참말이지 내 나이 육십만 같아두……."

"……."

이번에는 덕칠이가 약간 당황하면서 물끄러미 바라본다.

"영영 대가 끊기면 조상 대할 면목이 없어 죽지도 못하겠는데……."

족제비는 설움이 복받치는 듯 말끝을 흐리더니

"우리 광용이가 돌아올 꺼여!"

하고, 미친 듯 외쳤다.

"내가 이 말뒷골에서 천시를 받으면서두 늘어붙어 있는 건 다 그래서여…… 그 자식만 돌아온다면, 아니 살아 있다는 것만 알면 그날로 이 세상 하직해도 한이 없어! 그 자식만, 그, 자식만……."

족제비는 말을 잇지 못하고 콧물을 닦는다. 허리를 잡고 킥킥거리던 마을 사람들은 웃음을 뚝 그치고 숙연해졌다.

그러니까 아주 단념한 듯 입 밖에도 내지 않았지만 족제비는 지금도 아들 광용이가 돌아오기를 기다리는 것이다. 그는 눈물 콧물을 훔치다 말고 또 외쳤다.

"그 자식은 죽지 않았다고! 어려서 집을 나갔지만 성공하기 전에는 돌아오지 않는다고 했단 말여. 돈을 못 벌어 염치가 없어서 못 오는 거라고…… 바보 천치 같은 놈! 재물은 팔자에 타고나는 것인디……."

비럭질을 하던 날 그런 일이 있고부터는 아무도 족제비를 놀리지 않았다. 그런 거 저런 거 가리지 않는 덕칠이도 농지거리를 챙겼다.

윤 회장이 밤잠을 설치게 된 것도 그 후부터이다. 원래가 주객이기는 하지만 요즈막에는 매일 장취였다. 어느 날 그는 장터에서 몸을 가누지 못할 만큼 취해 수로 둑길을 걸어오고 있었다.

걷는다기보다 바람 빠진 풍선 같은 두 다리를 질질 끌면서 가쁜 숨을 몰아쉬고 있었다. 콱콱 막힐 것만 같은 숨구멍을 틔우기 위해서 시조 가락을 읊조렸다.

"세사는 금 삼척이요…… 생애는 주 일배로다아……."

그는 털썩 주저앉았다. 다리가 자꾸만 헛디뎌졌다. 숨이 차오르면서 가슴이 송곳으로 마구 조기고 휘젓는 것 같아 별수 없이 주저앉을 수밖에 없었다. 수로에는 시퍼런 물살이 조용히 흐르고 있었다. 혓바닥을 날름거리는 강물처럼 보였다. 윤 회장은 몸뚱어리가 물살에 빨려 들어가는 것 같아서 고개를 뒤로 젖히면서 벌렁 드러누웠다.

'지금 죽어서는 안 되지…… 그 자식을 찾아서 뒤를 이어놓고 난 다음에 죽어야지. 이대로 저승에 가서 조상을 어떻게 대하느냐 말야!'

그런 생각을 하면서 한 치라도 물가에서 물러나려고 애를 썼다. 칠십 평생을 살아오면서 하고 싶은 짓은 다 하다시피 지내왔다. 사실 죽는다는 것에 여한은 별로 없다. 오래 앓지만 말고 편하게 죽었으면 하는 생각뿐이다. 그때까지 마을의 상여를 개비하지 말고 있다가 자기가 죽거들랑 새 상여에다 보내주기를 바랐다. 그래서 대동회에서 상여를 새로 장만하자는 의견이 나올 적마다 좀 더 쓰다가 개비하자고 주장해 온 것이다.

그처럼 담담하게 죽을 날을 기다리던 윤 회장인데 요즈음, 그러니까 족제비가 훌지럭거리고 뇌이던 말을 듣고부터는 죽음에 대한 공포가 휘감고 조였다. 죽는다는 그 자체에 대해서는 충분한 각오가 돼 있기 때문에 두려울 것 없었지만 조상들을 대할 것이 걱정이 됐다.

'진작 찾을 것이지…… 아니다, 지금이라도 찾으면 된다. 찾으면 돼…….'

그는 외곬으로 그 생각만 했다. 혼자만의 생각이다. 남들이 알면 큰 일 나는 것이다.

"분명 살아 있다고 했으렷다!"

그는 큰 소리로 외치다가 깜짝 놀라 주위를 살폈다. 그 시간 둑길을 지나는 사람이 있을 리 없다. 설사 지나는 사람이 있다손 쳐도 윤 회장이 외치는 소리가 무엇인지 알아들을 리가 없다. 그런데도 그는 자신이 외치는 소리를 누가 듣지나 않았나 하고 깜짝 놀라 주위를 살피는 것이다. 그러다가 아무도 듣는 사람이 없는 것을 확인하자 버럭 화를 낸다.

"들으면 어때. 내 자식 내가 찾겠다는데 어느 놈이 말려! 뭐라고? 어째서 네 자식이냐고? 내 자식이니까 내 자식이라는 것 아냐! 어느 놈이 광고하고서 자식 만드는 놈 봤어! 증거? 후유! 기막히다. 증거를 대야 한다니 정말 기막히다. 어느 놈이 증인 서주느냐 말야! 그 자식을 낳은 제 어미가 뒈졌으니 누가 내 말을 인정해 줘! 그래서 기가 막히다는 거다, 이놈들아! 여 이놈들아!"

윤 회장은 외치면서도 자신이 무슨 말을 하는지 분간을 못 했다. 정신이 멀쩡한 것 같으면서도 자기가 지껄이는 말조차도 분간을 못 할 지경이었다.

"멀쩡한 놈! 누구 자손? 무슨 공 자손이라고? 여 임마, 네가 누구 자손이랬어! 허허허허! 아하하하! 으음, 좋다! 네가 누구 자손이건 내 알 바 아니다. 상관없어! 허지만 그 앤 내 자식야! 체면상 말을 못 하고 지

436

내왔다만, 이젠 체면이고 나발이고 가릴 것 없다. 그놈은 내가 만든 자식이야! 네놈이 떼돈을 벌겠다고 직산 금점판에 갔을 때……."

윤 회장은 횡설수설하다가 또 깜짝 놀라 주위를 살폈다. 아무도 듣는 사람이 없었지만 그는 자신이 토해낸 말을 쓸어 담듯 변명을 했다.

"내 탓이 아냐! 말뒷골 터가 그런 걸 어떡하느냐 말야! 호마 사타구니에서 생긴 음풍淫風인 걸 어떡하느냐 말야!"

그는 사십여 년 전에 저지른 실수를 마을의 형국 때문이라고 변명한다.

"내가 계집이 없어서 하필이면 행랑채 갑술이(족제비) 계집을 탐냈을까! 안 그런가? 이 사람네야…… 내 체모에 그런 실수를 저지른 것은 호마 사타구니를 흐르는 물을 마시고 살기 때문에 음심淫心이 발동한 거란 말야. 그게 어디 나 하나뿐인가? 덕칠이 놈과 천수 어미가 옛적부터 그런 사이라는 것은 다 아는 사실이고, 요새 와서도 빤할 새가 없이 그따위 사건이 터지는 것은 그게 다 마을이 자리를 잘못 잡고 앉은 탓이다 그 말야……."

윤 회장의 방백放白은 말뒷골 사람들 누구나 다 머릿속에 박혀 있는 풍수설이다. 그것을 입 밖에 내는 것이 쑥스럽고, 타동 사람들네 입질에 오르내릴까 봐서 머릿속에만 간직하고 있는 것이다. 팽나무 집 준호와 영달이 처가 놀아난 사건만 해도 그렇다. 준호는 장가를 든 지 얼마 안 된다. 장가인 즉 보통 잘 든 것이 아니다. 이 마을 새댁들 중에서는 학식도 제일이다. 인천에서 여고를 졸업하고, 직장 생활까지 하던 색시다. 그런 만큼 얼굴도 바탕부터가 미인으로 빠졌고 살결이라든지 몸매라든지 말뒷골에서는 그네를 따를 미인이 없다. 준호가 군에 입대했을 때 그네의 오빠와 한 중대에 있었고 그런 연줄로 연애가 돼서 결혼을 했지만, 이런 촌구석으로 시집을 올 그런 처녀가 아니었다. 그런 새색시를 두고 준

437

호는 영달이 처와 배가 맞아 놀아나다가 들통이 났던 것이다. 영달이 처는 나이도 준호보다 두 살이나 위고, 들일에 까맣게 그을린 보잘것없는 촌부다. 준호가 그런 정신 나간 짓을 하고, 마을을 시끄럽게 했지만, 영달이한테 한차례 두들겨 맞고, 장터 중화요릿집에서 진탕 한턱 쓰고 해결했다. 그때도 준호를 밉게 보는 축에서는 간통죄로 고발하라는 충동질이 있었고, 영달이도 그럴 작정으로 장터 대서소에까지 가서 소장을 써 왔지만 개발위원들을 비롯한 마을 유지들이 적극 말렸다. 그러잖아도 음촌淫村으로 손가락질받는데 간통죄니 상벌이니 해서 고발을 한다면 동리 망신만 더 하게 되는 것이니 가만히 쓸어 덮자는 의견들이었다.

"마우봉우리를 까뭉개 버려야지!"

마우봉우리란 호마 엉치처럼 생긴 마후봉우리를 말하는 것이다. 그것만 까뭉개 버리면 그런 음풍도 사그라지리라는 것이다. 그 의견에는 말짱 찬성하면서도 정작 엄두도 못 내고 바라보기만 하는 것이다.

마을에서 남녀 관계의 불미한 사건이 생기고 마후봉을 탓할 적마다 윤 회장은 옛날 자신이 족제비 아내와 몰래 지낸 것도 그 탓이라고 자기 변명을 한다. 그러나 윤 회장과 족제비 아내의 관계는 아무도 아는 사람이 없다. 아무리 음촌이기로 윤 회장까지 그런 일이 있었으리라고는 생각하지 않기 때문이다. 원래 오입쟁이는 천부賤婦나 비녀婢女를 부러 택하기도 한다지만, 윤 회장이 행랑채의 족제비 아내와 그렇게 지냈다는 것은 마을 사람들이 상상도 못 한다. 족제비 아내가 아이를 뱄어도 의심하는 사람은 아무도 없었다. 그들이 은밀히 지낸 것은 족제비가 직산 금점판에 나가 있는 동안이었지만, 마후리와 직산은 불과 오륙십 리 거리여서 족제비 녀석이 한 장 도막이 멀다고 달려오고, 때로는 며칠씩 묵으면서 밀린 일을 멀끔히 해치우고 가고, 명절이나 무슨 이름이 있는 날은 어김없이 달려오고 했으니 그 아내의 배가 부르고 애를 낳고 하는 것에 의

심할 사람이 없었다. 윤 회장도 족제비 아내의 배 속에 든 생명을 자기 것으로는 생각하지 않았었다. 사내아이를 낳고, 족제비가 득남 턱을 내고 하는데도 그저 덤덤했고 족제비가 제 자식 이름 좀 지어달래서 빛 광 光 자 쓸 용 用 자, 그저 생각나는 대로 쉬운 글자로 지어주기까지 한 것이다. 정말 그 아이에 대해서 별다른 생각은 눈곱만큼도 없었다. 나이도 젊었을 뿐만 아니라, 딸 둘에 아들도 둘씩이나 있었으니 억지로 딴 계집의 배까지 빌려서 자식을 늘릴 필요가 없었던 것이다. 그리고 족제비 아내와의 상관은 그리 길지를 않았었다. 그때만 해도 읍내 송죽관에 오는 계집은 맡아놓고 차지할 수 있었고, 그런 화류계 여자가 아니래도 따르는 게 계집이었으니 족제비 아내 같은 것한테 깊은 정을 두고 죽자 사자 할 윤 회장이 아니었다.

윤 회장이 만주로 떠나기 며칠 전, 읍내에서 저물녘에 돌아오는데 수로 둑에서 족제비 아내와 동행을 하게 됐었다. 족제비 아내가 윤 회장을 기다리고 있던 것이 분명했다. 그네와 동행을 한다고 해서 아무도 의심할 사람은 없지만 족제비 아내의 그런 대담한 행동에 놀랐다. 그네는 다부지게도 윤 회장이 만주로 떠난다는 소문을 듣고 어린애에 대한 것을 분명히 하기 위해서 그럴 기회를 엿봐왔다고 했다.

"뭐라고! 내 자식이라고?"

"책임을 지우거나 어린것을 떠맡길려구 그러는 건 아니유."

당황하는 윤 회장에 비해 족제비 아내는 지극히 태연했다.

"그이 앞으루 민적도 올렸구, 이 세상에서 둘밖에 아는 사람이 없는 일을 새삼스럽게 까뒤집을 건 없잖어유? 그게 무슨 좋은 일이라구……."

"그런데……."

"그런 줄만 알구 계시란 말이유…… 양심상 말씀 안 드릴 수가 없어서 그라는 거여유. 타국에 가시면 언제 오실지 모른다는 소문이데유. 그래서 떠나시기 전에 말씀드릴려구 빼물렀지만 그게 워디 잘 돼야지유…… 그전에는 워떻게 그런 짓을 했는지, 호홋!"

"그러니까 뭐여? 그 애가 내 핏줄이라는 것만 알고 떠나라 그 말인가?"

"사람 일이라는 게 어떻게 될지 모르잖어유? 그래서 말씀드리는 거라니께유."

"어떻게 될지 모르다니? 그게 뭔 소리여?"

"지가 혹시 못 뵈옵구 죽기라도 하면 워떡해유…… 그래서……."

"쓸데없는 소리! 죽긴 왜 죽어!"

"죄 많은 년 오래 살기를 바래겠어유?"

"듣기 싫어!"

"괜히 말씀드려서 어른 상심거릴 만들어드렸나 봐유……."

"상심할 것도 없어! 그 자식이 내 핏줄이라고는 믿지 않으니까……."

"아이 아니유! 까놓고 얘긴데유, 이 서방은 자식 못 낳아유. 애를 낳을 수 있으면 벌써 예전에 자식을 뒀게유. 내가 뭣 때문에 없는 말을 하겠어유."

족제비 아내는 사릴 것 없이 털어놓았다.

"의원한테 진찰두 받어봤지만 이 서방은 자식을 가질 수 없다는 거유. 불공두 여러 번 드렸는걸유. 그것뿐이 아니유. 아무러면 그거 모르겠어유? 광용이는 절대루 이 서방 아이가 아니니께 그런 줄만 아세유."

그날 족제비 아내와 둑길을 걸으면서 그런 얘기를 듣지 않았으면 생판 염두에도 없을 일이었다. 윤 회장은 사뭇 께름하고 한편으로는 족제비 아내에게 멍청히 당한 것 같아 패씸하기도 했다. 결국 제 서방한테서는 가망이 없으니까 윤 회장에게 꼬리를 흔들고 마음을 동하게 해서 씨를 받은 푼수가 됐으니 말이다. 거기에 한 켜 더 얹어 부탁까지 했다.

"보나마나 이 서방 주변으로는 자식 하나 제대루 못 갈칠 꺼여유. 기왕 그렇게 된 거 워뜩해유! 어른께서 돌봐주셔야지유. 염치없는 소리지만 살이 섞이구 핏줄이 이어졌는데 그래두 그 자식이 잘돼야 할 것 아니유?"

"허음, 알았어."

"보답은 잊지 않을께유."

"그 대신 나 없는 동안에라도 절대로 입 밖에 내서는 안 돼!"

"하이구 참, 입 밖에 낼 일이 따로 있지……."

아이를 하나 낳아놓더니 아주 딴판으로 변한 것 같았다. 말하는 것도 그렇고, 생각하는 것도 그전의 그네가 아니었다.

"떠나시기 전에 호젓이 만날 틈이 없을 것 같아서……."

그네는 고의춤에서 차곡차곡 접은 십 원짜리 지화紙貨 한 장을 꺼내 윤 회장의 손에 쥐여주었다.

"이게 뭐야?"

"가시다가 차 속에서 변또나 하나 사 잡수셔유."

"쓸데없는 짓!"

"제 성의여유……. 멀리 떠나신다니께 웬일인지……."

그네는 말끝을 맺지 못하고 두 손으로 얼굴을 가렸다. 그때만은 윤 회장도 착잡한 심정이었다.

"죄 많이 짓고 떠나는구먼."

혼자 두런거리듯 하면서 손수건을 꺼냈다. 그러나 그런 사삭스런 감정을 오래도록 간직할 그가 아니다. 만주로 떠난 뒤 이내 잊고 말았다. 족제비 아내와 지낸 일이며, 그네가 낳은 자식이며, 또 그처럼 간곡히 부탁한 것까지도 까맣게 잊었었다.

일본이 패망한 뒤 맨주먹으로 고향에 돌아와서도 그런저런 과거를

들출 겨를이 없었다. 노상 읍내에 나가서 살다시피 했다. 정당이다, 애국
단체다 하는 간판을 쫓아다녔고, 금시 떼수가 생길 것만 같았는데 육이
오 사변이 터진 것이다.

'육이오만 아니었어도……'

지금도 윤 회장은 입버릇처럼 뇐다. 혼자 당한 것은 아니지만, 윤 회
장에게는 날벼락이었다. 생때같은 아들을 둘 다 죽였으니 말이다. 그것도
보람 없이 죽었다. 하나는 의용군에 끌려가 죽었고, 또 하나는 끝장까지
용케 넘기다가 막판에 어처구니없이 죽었다. 국군이 수복해 오기 바로 전
날 마을 청년들이 놈들의 분주소分駐所(지서支署)를 탈환했다. 그리고 패주
하는 괴뢰병을 깡그리 잡아 가뒀다. 윤 회장 아들도 청년들과 함께 기세
를 올리다가 패잔병이 터뜨린 수류탄에 어처구니없이 폭사한 것이다.

'그 자식들만 그 지경 되지 않았으면 구차하게 그런 생각을 왜 해!'

윤 회장이 족제비 아들 광용이를 새삼스럽게 생각하고 핏줄을 따지
려 드는 것은 절손絶孫을 면하기 위해서다. 두 아들의 참척을 당한 뒤, 늦
게나마 손을 보려고 애썼으나 여의치 않았다. 여자도 여럿 갈아들이고,
좋은 약도 복용하고 했지만 소용없었다.

족제비 아들 광용이가 집을 나가 소식이 끊기는 통에 윤 회장은 그도
저도 다 잊고 읍내 시조방 출입으로 담담한 소일을 하는 판인데 그날 공
동 작업장에서 그런 일이 생긴 것이다. 윤 회장은 꺼졌던 불길이 다시 살
아난 것처럼 자식에 대한 애착이 치솟았다. 족제비 입에서 무슨 공 자손
이니 뭐니 하는 소리가 삐져지고, 광용이가 살아 있다고 장담하는 것을
듣자, 윤 회장은 속에서 화기가 치솟고, 걷잡을 수 없으리만큼 마음이 초
조해졌다.

'족제비하고 담판을 하는 거야! 제 놈도 양심은 있을 것이 아닌가!
자식을 둘 능력이 없었다는 것은 제 놈 자신이 잘 알고 있을 꺼란 말

야…… 그 녀석이 충언공 자손이니 뭐니 데데한 소리를 늘어놓는 것도 어딘가 꿀리는 것이 있어서 하는 소리라고…… 아냐 아냐! 우격다짐으로 담판을 지을 일이 아니지. 순리대로 얘기를 하고 애원을 하는 것이 옳지 않을까? 그건 그려. 어쨌거나 내가 제 계집하고 지냈다는 것은 큰소리칠 것이 못 되니까 말야……'

윤 회장은 더 망설일 것 없이 귀결을 짓자고 결심했다. 어려서부터 그만큼 신세를 지고, 주종의 의리를 맺고 살아온 처지고 보면 족제비도 들어줄 법했다. 제가 누구 자손이라고 족보를 내걸지만 그건 들은풍월에서 오는 것이고, 가문으로 따진다면 제까짓 게 감히 겨룰 처지가 못 된다. 그러니 윤씨 가문의 혈손을 돌려달라는 것이 사리에 벗어난 소리 같지는 않았다.

여하튼 간에 처음에는 좋도록 타협을 꾀해보고, 족제비가 정 버겁게 굴 경우는 법정에까지라도 몰고 가기로 결심했다.

'피검사만 해보면 단번에 드러나겠지. 제깐 놈이 아무리 제 자식이라고 버틴들 무슨 소용 있어!'

그러나 그건 장본인인 광용이가 나타난 뒤의 얘기고, 우선은 족제비하고의 담판이 필요했다. 그런 얘기를 하자면 한자리 만들고 술잔을 나누다가 서로 주기가 돌았을 때 삐주룩이 꺼내야만 부드러울 것이지만 새삼스레 족제비와 술자리를 갖는다는 것도 어색할 것만 같고, 또한 그 꼴이 술이 들어가면 주사가 심해서 가릴 수가 없는 위인이라 그냥 맨속으로 얘기하는 수밖에 없을 것 같았다.

식전을 택했다. 족제비 집이 마을에서도 그중 외져서 그런 얘기를 하기에는 적격이니 괜히 딴 장소를 택할 것이 없었다.

"허음!"

사립문을 나서는 윤 회장은 큰기침을 하면서 가래를 끄나 탁 뱉고 아

443

랫배에 힘을 주었다. 아랫도리가 맥없이 후들거리는 것 같았다. 그전에 경지 정리를 반대하는 진정서를 갖고 도청에 갔을 때도 그랬었다. 그때는 도지사를 만나 담판을 지을 것을 생각하고 그랬지만, 보잘것없는 족제비를 찾아가면서 그 꼴이니 늙은 것이 분명하다고 생각했다.

족제비네 집은 마을 복판 고샅을 거쳐 뒷동산 쪽으로 꼬부라져 언덕을 한참이나 올라가야 된다. 윤 회장은 언제나처럼 담배 물주리를 꼬나물고, 한쪽 손을 바지 허리춤에 꽂고 그냥 태연한 척 천천히 걸어갔다. 그는 매일 식전마다 그렇게 마을을 한 바퀴 돌기 때문에 누가 보든지 별다른 거동은 아니다. 그가 주봉이네 집 브로크 담 모퉁이를 지나가는 참이었다. 별안간 방문을 메어지게 열어젖히면서 악다구니 소리가 터졌다.

"가자, 이년아! 연놈을 내 기어코 지서 앞마당으로 끌고 갈 테니께……."

아랫마을 석수쟁이 처가 주봉 어머니의 파마머리를 훔켜잡고 밖으로 끌어내면서 고래고래 소리를 지른다. 주봉 어머니는 죽은 듯이 당하고만 있는 품이 뭔가 단단히 죄를 진 것 같았다. 마을 사람들이 불길이라도 잡으러 오는 것처럼 몰려들고, 어린것들은 저의 어머니가 당하는 것을 보고 악마구리처럼 울어댄다.

"말리지들 말아요! 내 이년 가래장머리를 찢어놓고 말 테니께 구경들이나 해요!"

살기가 돋친 석수 마누라는 주봉 어머니를 마당으로 꺼내려 정말 무슨 탈을 저지르고야 말 것처럼 치를 떨었다.

"이년이 글쎄 남의 서방을 꾀어가지고 팔도유람을 하고 돌아와서 시치미를 딱 떼고…… 이년아, 나는 시집온 지 근 이십 년 됐어두 유람이니 관광은 고사하고 장에도 동반해 본 적이 없어, 이년아!"

싸움의 내막은 들어보나마나 뻔했다. 주봉 어머니가 친정에 큰일이 있다면서 여러 날 집을 비우더니만 그 동티가 난 것이다. 남편 죽은 지 일 년도 채 안 돼서 그 지경이다.

"에이구, 애들 보기 남부끄러워서 원!"

"한동안 동리가 잠잠하다 했더니……."

중년 부인들은 그 꼴을 보고 탄식들이었다. 덥석 덤벼 말리는 사람도 없었다. 동리 사람들끼리라면 떼어놓고, 말리고 하겠지만 타동 아낙이니 마구 다룰 수도 없고, 한편으로는 주봉 어머니가 밉살스러워서도 그냥 당하게 두고 보기만 했다. 어느 결에 왔는지 족제비도 마을 사람들 축에 끼어 있었다.

그러니 윤 회장의 오늘 아침 계획은 완전히 어긋났다. 하필이면 오늘 식전에 그런 소동이 일어날 것이 무언가. 입맛이 씁쓰름했다. 윤 회장은 낯을 찌푸리며 돌아섰다. 다른 사람들이 보기에는 그런 싸움판을 구경하는 것조차 점잖지 못해서 그러는 것으로 알았을 것이다. 윤 회장이 오던 길을 되돌아 몇 걸음 발길을 옮기는데 족제비의 시큼한 음성이 들렸다.

"장터로 끌고 가서 조리를 돌려요! 연놈들을 다아! 그런 짓 하는 연 놈들은 ○○○을 자르고 ○○○을 찢어놔야 한다구!"

윤 회장은 섬찍했다. 마치 윤 회장을 대놓고 퍼붓는 독설 같았다. 본 시 말하는 것이 상스럽기는 하지만 부인네들도 잔뜩 있는데 그런, 입에 담지 못할 상소리를 끓어 붓는다는 것은 눈앞에 벌어진 사건만 가지고 그러는 것이 아닌 것 같았다.

'이놈, 네놈이 혹시 내 속을 들여다보고 그런 주둥아리를 놀린다면 난 법적으로 따지겠다.'

윤 회장은 구역질이라도 토하듯 가래침을 탁 뱉으면서 집으로 돌아 왔다. 주봉 어머니와 아랫마을 석수쟁이와의 간통 사건은 석수 마누라가 아랫마을을 설치고 악을 쓰는 통에 그냥 가라앉기는 어려울 것 같았다.

쌍벌죄로 두 것들을 감옥으로 보내든가 죽게 얻어맞아서 병신이 되든가 해야만 수그러질 것 같았다. 석수 마누라가 예사 여자가 아니었다. 그런데 한나절도 채 안 돼서 귀결이 나고 말았다. 주봉이네 집 어린것들이 "울 어머니 죽었어요!" 하고, 고샅에 나와 발을 구르는 것을 보고 이웃 사람들이 달려갔을 때는 벌써 빳빳한 시체였다. 농약을 마셨다고 했다.

지금까지 그런 비슷한 사건이 수없이 발생했었지만 남녀 간에 스스로 목숨을 끊은 사람은 없었다.

'빌어먹을 것! 하필이면 요새 그 짓을 하고 죽어!'

윤 회장은 죽은 주봉 어머니가 미웠다. 마을은 온통 부글부글 끓는 죽솥 같았다. 주봉 어머니와 척분이 닿는 사람들은 억울한 누명을 쓰게 되자 죽음으로 결백을 증명했다면서 아랫마을 석수네 집으로 달려갔지만 그들 식구는 아무도 없었다. 그런가 하면 마을을 송두리째 옮기든가 마후산을 까뭉개든가 양단간에 수를 써야 한다는 의견이 또 터져 나왔다. 마우산을 밀어내고 그 위에다 취락 구조 개선 사업으로 새 동리를 만들자는 것은 청년회에서 내건 의견이다. 청년들은 당장이라도 해치울 것처럼 떠들어댔지만 그게 그리 쉬운 일이 아니다.

주봉 어머니를 공동묘지에 묻고 나자 그런저런 열기도 식고 다시 마을은 조용해졌다. 윤 회장은 족제비와의 담판을 또 별렀다. 그럭저럭 칠월도 다 가고 추석이 임박했다. 산소에 참초를 해야 할 때다.

'타협이 순조롭게 이루어지면 참초하는 날 점심이나 흠씬 대접하지.'

윤 회장은 부인을 불렀다.

"가서 쪽제비 좀 오라고그래."

"쪽제비는 왜유?"

"칠월이 다 갔으니 참초할 상의도 하고……."

"상의할 것 뭐 있어유. 해마다 하는 일 어련히 알아서 할라구……."

"잔말 말고 불러와! 그리구 참초하는 날은 미리 장을 봐다가 잘 대접하자고…… 칠순 늙은이야."

"언제는 뭐 대접 안 했간유?"

"금년에는 더 좀 성의 있게 대접하자고…… 아, 어서 가 불러오라니까!"

"저이가 금년에는 별일여."

부인은 투덜대며 사립문을 나선다.

'얘기만 잘되면 족제비한테도 서운찮게 해줘야지. 논을 서너 마지기 떼 주든가 뭐하면 한집에 살자고 해도 되지. 늙은이 혼자 청승맞게 그러지 말고 옛날처럼 내 집에 와서 있도록 하는 것도 괜찮아.'

윤 회장은 그런 생각을 하면서 줄담배를 붙여 무는데 부인이 쫓기는 것처럼 달려왔다.

"아이구, 아이구 기막혀!"

"아니 뭔 수선야! 쪽쩨비 데릴러 간 줄 알았더니…….'

"갔다 오는 거 아니유!"

"그런데 왜 혼자야, 뭐가 기막히고?"

"글쎄 다른 사람 사서 시키래잖아요!"

"뭔 소리여!"

"참초 말에유. 올부텀 다른 사람 사서 깎으래유."

"뭣이?"

"아이, 참말로 기가 막혀서…….'

"뭐라고 했기에 그런 소릴 해?"

"글쎄 내가 갔는데도 아랫목에 앉아 퀼런만 피우면서…….'

"수다 떨지 말고…… 쪽쩨비가 어째서 참초를 안 한다는 거야?"

"내 말을 들어보시라니께유."

윤 회장 부인은 화를 내뿜느라고 한참 동안 색색거리더니 얘기를 계속했다.

"날더러 워째 오슈, 내 집엘…… 그러잖아요? 앉은 채 담배를 꼬나물고…… 문만 빼꼼히 열고…….'"

"그래서?"

"회장님이 좀 오래요…… 그러니까 입을 삐쭉대면서 왜 그러느냐잖아요? 그래서 참초 때문에 그러시나 봐요, 그랬더니 한다는 소리가, 낫질할 수 있간유!'"

"……'"

"난 어디 몸이 아파서 그러는 줄 알았다고요. 나도 참 눈치가 없지…… 그런 데다 대고 어디 편찮으슈? 하고 물었더니 나 아픈 데 없어요…… 그러면서 쌩큼하니 외면을 합디다. 하도 기가 차서 물끄러미 바라보니께 올버텀은 딴 사람 사서 참초하슈! 그러더라고요, 글쎄."

"그게 제 자식한테서 편지가 왔다더니 금방 보리감주 변하듯 하고…….'"

"뭐! 뭐랬어, 지금?"

"왜 있잖았어유, 광용이라고 어려서 나간 채 소식 없는 녀석 말예요."

"그 애가 어쨌다는 게야? 살아 있대?"

"편지가 왔다니께유."

"펴, 편지!"

"서울 있대요, 난 영감도 그 소문 들은 줄 알았더니."

"으음!"

윤 회장은 새 정신이 펄쩍 들었다. 자식에 대해서 하도 애를 태우니까 하느님이 광용이를 보내주시는 것이 아닌가 싶었다. 여하튼 일은 제대로 된다 싶었다.

"그런데 글쎄……."

부인은 아직도 분이 덜 풀려 말소리가 떨린다.

"글쎄 그놈이 돈을 엄청 벌었다는 소문이더니 아주 제가 무슨 대원군이나 된 것처럼, 기가 막혀서."

"그런 소문 어디서 들었어?"

"저이 좀 봐! 온 동네에 파다한 소문을 어디서 들었느냐니."

"소문이 어떻게 돌아?"

"우체부가 이갑술이를 찾더래유."

"그래서?"

"이갑술이가 누군지 알간유?"

"쪽쩨비가 이갑술이 아냐."

"글쎄 우리나 알지 다른 사람 누가 쪽쩨비 이름을 알아유."

"그런데……."

"이장이 받아서 전했대요."

"편지 내용도 이장이 읽어줬나?"

"그랬을 테지유…… 편지에 뭐 긴 사연은 없구유, 이제 남부럽잖을 만큼 벌어놨으니께 저희 애비를 모셔간다고 그랬더래유."

"……."

"제 놈이 벌기는 무슨 재주로 벌어!"

"그건 또 뭔 소리여?"

"아 제대로 배운 사람도 돈 벌기가 힘든 세상인데 고작 국민학교 출신이 어떻게 벌어요? 도둑질이나 했겠지!"

"봤어?"

"뭘 봐유?"

"그 애가 도둑질하는 걸 봤느냐고!"

"보나마나 뻔하지 뭐예요."

"닥치지 못해!"

"어이구, 괜히 역정이셔."

"다시 또 그따위 소릴 해봐라, 주둥배기를 빗싹 으깨놀 테니……."

윤 회장은 버럭 소리를 지르고 휭 나섰다. 앞뒤 생각할 겨를 없이 족
제비네 집으로 달려갔다.

"그 애한테서 반가운 소식이 왔다면서? 난 이제사 소문을 들었구
먼…… 요새 매일 시조방에 가서 살다 보니……."

윤 회장은 아주 태연하게 말을 꺼냈다. 족제비는 그 몰골스러운 얼굴
에 온통 웃음을 담고 조끼 호주머니에서 봉투를 꺼냈다.

"따져보니께 이십 년이유, 우리 광용이가 나간 지가…… 흐흐흐흐!"

마누라가 전하는 것과는 딴판, 족제비는 윤 회장을 반겼다.

"이 편지 좀 읽어보시우, 흐흐흐흐! 원 싱겁기가 맹국물에 국수 말은
것 같은 녀석이지. 이십 년 만에 보내는 편지를 글쎄 그렇게 달랑 한 장
만 써 보내고…… 흐흐흐흐!"

말은 그렇게 하지만 그 얄팍한 종이쪽 한 장이 세상에 둘도 없는 보
물처럼 자랑스럽고 대견한 듯 족제비는 손을 부들부들 떨기까지 한다.
윤 회장의 손도 떨렸다. 급한 대로 봉투 속을 비집고 편지지를 꺼낸 윤
회장은 아차 했다.

"이거 내가 돋보기를 안 가져왔으니……."

아무리 멀찌감치 들고 눈을 까뭇거려도 흰 종이에 파리똥을 갈겨논
것 같기만 하지 글씨는 알아볼 수가 없었다.

"이리 주슈, 내가 읽어드릴게유. 흐흐흐흐!"

족제비가 편지를 채뜨리며 능청을 떤다. 세상이 다 아는 까막눈이 편
지를 읽어준다면서 히히덕거리니 기찰 노릇이었다.

"아버님 그동안 기체 안녕하십니까? 이 편지 받으시고 무척 놀라시고 이 자식을 욕하실 줄 믿습니다……."

족제비는 줄줄 내리읽는다. 그것이 우습게도 편지지는 멀끔히 그냥 들고 눈을 지그시 감고서 중얼거리는 것이다.

"흐흐흐흐…… 오는 사람마다 붙들고 읽어달랬더니 이제는 눈만 감으면 술술 외죠, 흐흐흐흐……."

족제비 말에 윤 회장은 별수 없이 고개만 끄덕거리며 귀를 기울였다.

"뭐 읽으나 마나예요. 글쎄 그 자식이 데릴사위로 들어갔더믄유. 서울 변두리서 채마전 하는 집에 머슴으로 들어갔다가 쥔네가 어떻게 봤던지 자기 딸하고 혼인을 시키고 그냥 데리고 살았어유!"

족제비는 신이 솟은 것처럼 어깨를 들먹거리면서 편지 사연을 바탕으로 해서 광용이가 지난 이십 년 동안 겪어온 것을 마치 지켜보기나 한 것처럼 주워섬겼다.

"그 녀석 능청스럽게도 사고무친 제 몸뚱이 하나밖에 없다고 속였지 뭐유. 그래서 장개를 들면서두 기별을 못 하구, 자식을 남매나 뒀는데두 할애비 상면도 못 시켰다 그거예요. 허음! 아 그러다가 저희 장인이 교통사고로 죽었다지 뭐유. 그 사람두 혈손이라고는 딸 하나밖에 없구. 그래설라므네 그 살림을 송두리째 떠맡은 거죠. 갈 데 있간유! 그런데 참 별꼴이지…… 글쎄 일이 잘되느라고……."

광용이가 살던 변두리가 서울시로 편입이 되고 거기에 아파트가 들어서는 통에 땅값이 치솟아 그 일대에서 채소 장사나 해먹던 사람네가 모두 벼락부자가 됐다는 흔해빠진 얘기였다.

"그 애가 상속받은 땅도 수만 평, 아니 그렇게는 안 되겠지. 아마 수천 평 됐던 모양이죠? 그런 자세한 얘긴 안 썼더구먼도 돈으로 따져서 몇 억은 되나 봐유. 허허허허!"

그 대목은 순전히 상상으로 꾸며대는 것 같았다. 족제비는 자기의 그 상상이 틀림없다는 것을 증명하듯 편지 구절을 또 외운다.

"지금은 서울 시내에 큰 집도 장만하고 회사를 꾸며서 종업원도 수십 명 거느리고 있습니다. 자가용차도 있고, 대궐 같은 집에는 방이 수두룩 하게 남아돌고 있으니 아버님도 이제 고생 그만하시고 서울로 올라오십 시오……. 이번 추석 때 모시러 가겠습니다……."

"흐음!"

눈을 지그시 감고 족제비가 떠벌이는 소리에 귀를 기울이던 윤 회장은 입이 자꾸만 굳어지면서 한숨이 나왔다.

"윤 회장!"

그때 족제비가 느닷없이 손을 잡는 통에 윤 회장은 물씬했다. 희희낙 락하던 기색은 싹 가시고 족제비 몰골을 한층 드러내는 낯색이었다.

"……."

윤 회장은 그의 입에서 무슨 말이 나올지 몰라 바싹 긴장했다. 족제 비는 한참 동안 그를 쏘아보듯 하더니 잡은 손에 힘을 주며 비쭉비쭉 울 상을 지었다.

"갑술이……."

이쪽에서 무슨 말이 나오기를 기다리는 것 같아서 윤 회장은 마음을 다잡으며 입을 열었다. 부러지게 얘기를 해야 할 계제가 된 것 같았다. 족제비 눈에는 눈물이 홍건했다. 그리고 우는소리로

"내 눈에 흙이 들어가기 전에는 윤 회장 댁 은혜를 잊지 않을 꺼유." 하면서, 그 장작 같은 손에 힘을 주며 바르르 떠는 것이 아닌가.

"은혜를 잊는다면 사람의 새끼가 아니지…… 금년까지만도 참초를 해드리고 가야 내 마음이 덜 서운할 텐데 내일 떠나유. 용서하슈."

"떠나다니?"

"그것들이 데릴러 올 때까지 기대려 뭣하겠슈. 며느리나 손자새끼들까지 주욱 올지도 모르는데 이런 궁상스러운 꼴을 애써 보일 필요 없잖아유? 내 발로 찾아가야쥬. 편질 받는 즉시로 달려가고 싶었지만 몸에 꼬일 것이 있어야쥬. 옷 한 벌 사 왔으니께 내일 식전차로 올라갈 작정유."

"……."

"참말이지 발길이 떨어질 것 같지 않지만, 어차피 자식이 데려간다니 가야죠. 흐음, 참말이지 나 같은 인생을 회장 댁에서 그렇게 해주시지 않았으면 오늘날 이런 좋은 꼴 볼 수 있겠슈? 입에 발린 소리가 아니라 그 은혜는 절대 잊지 않을 테니 두고 보슈. 그저 한 되는 것은 지 에미가 조금만 더 살아서 이런 좋은 꼴을 봤더라면 하는 것인데…… 에이구, 팔자에 타고난 복이 그뿐이어서……."

"……."

윤 회장은 말문이 콱 막히고 말았다. 그리고 한참 있다가 점잖이 타이르듯 했다.

"죽은 사람 생각하면 뭘 하나. 임자는 덕을 쌓아서 후끝을 보는 것이니 그 사람 몫까지 오래 살라고……."

이튿날 새벽 온 마을 사람들이 회관 앞에 줄지어 족제비를 전송했다. 윤 회장은 마을 사람들을 대표해서 맨 앞에 서서 그를 보냈다. 덕칠이가 앞으로 쑥 나서며

"인석, 쪽쩨비야!"

하고, 긴요한 얘기라도 있는 듯이 불러 세우더니 고작 한다는 소리가

"쪽쩨비 자식이 억만장자 사람이 된 건 오이 넝쿨에 가지가 열린 거냐, 가지 넝쿨에 오이가 열린 거냐?"

하면서 막판까지 놀려대는 통에 마을 사람들은 너무 웃다가 눈물을 찔끔거렸다. 윤 회장도 피식 웃다가 얼른 옷소매로 눈을 가리고 돌아섰다. 윤 회장의 눈물을 처음 본 사람들은 역시 인정이 많은 분이라고 수군거렸다.

족제비의 뒷모습이 동구 밖으로 멀어지는 것을 바라보고, 낫과 숫돌을 찾아 챙겼다. 참초를 하러 갈 채비다. 평생 처음으로 지게를 지고 마후산 쪽으로 가면서 그는 조용히 읊조렸다.

"세사는 금삼척이요 생애는 주일배로다……."

무골충無骨蟲

그것이 단순한 버릇인지 아니면 영 고칠 수 없는 불치병인지 한 선생 자신도 단정을 내릴 수가 없었다. 버릇으로 쳐도 볼썽사납고, 병이라면 아주 고역한 병이다. 본시는 그런 사람이 아니었다. 꽤나 깐깐한 성품이었다. 사리에 맞지 않는 일은 절대 용납하지 않는 기질이었다.

그런 한 선생이 싹 변했다. 오늘 아침 일만 하더라도 그렇다. 그전의 한 선생 같으면 그렇게 데면데면 넘길 일이 아닌데 그는 그냥 히쭉히쭉 웃기만 하고 어물거렸다.

오늘이 가무내(현천玄川) 장날이라 한 선생 부인은 언제나처럼 청산靑山행 첫 버스를 타야 했다. 그래서 한 선생의 일과는 부인의 장짐*을 버스 정류장이 있는 다리목 주막거리까지 날라다 주는 것으로 시작됐다. 그건 도시 격에 맞지 않는 일이다. 한 선생은 진짜 선생이다. 교단을 떠난 지가 오래되기는 했지만 전직이 교육자이고 보니 덮어놓고 김 선생, 박 선생 하는 그런 입치레로 부르는 선생이 아니다. 그런 그가 고작 아내의 장

* 장에서 샀거나 팔 짐.

짐이나 날라주면서 눈치를 살핀다는 것은 체통머리 없는 짓이지만 그 짓도 이제는 히쭉히쭉 웃으면서 행복감을 느낄 만큼 됐다.

　오늘 짐은 부피보다 꽤 무거웠다. 한 선생 부인은 오늘이 일요일이라는 것을 계산하고 있었다. 그동안 장곡 · 화동 · 갈천, 멀리는 청산 등지까지 장바닥을 싸다니면서 사다가 쟁여논 더덕을 몽땅 꾸려가지고 가는 것이다. 오늘 가무내장에서 낙암사落岩寺를 찾아온 서울 관광객들에게 값을 호되게 붙여 팔자는 심산인 것이다. 요즈음은 관광객들도 버스 속에서 덩실거리며 춤이나 추고 길바닥에 그냥 돈을 뿌리고 다니는 것이 아니다. 쇼핑 관광이라나, 그런 멋들어진 명목으로 가는 곳마다 그 고장의 특산물을 훑드려 간다. 참깨 · 녹두 · 밤 · 버섯 따위에서부터 심지어는 도토리묵까지 거둬 가는 극성들이다. 아무래도 산지 값이니까 서울보다는 차이가 있어서 잘하면 교통비쯤은 떨어진다는 것이다. 뽕도 따고 임도 보자는 약디 약은 심산들이다. 그런 약디 약은 사람들의 호주머니 속을 노리는 한 선생 부인의 상술은 한 켜 더 약다. 한 선생은 그런 부인을 존경하지 않을 수가 없었다. 부인이 방 안에서 화장을 끝낼 동안 한 선생은 더덕 꾸러미를 차곡차곡 챙겨 거적때기로 싸고 단단히 묶었다. 그것을 자전거에 싣고 밧줄로 묶는 참이었는데 밖에서 깡돌이란 놈이 사납게 짖어댔다.

　한 선생 댁에는 구색이 맞지 않는 것들이 몇 가지 있다. 예를 들자면 헛간을 온통 차지하고 있는 씽크대라든가, 안방 마루 선반에 모셔논 가스렌지 따위 말이다. 한 선생 부인이 나다니다가 헐값으로 사들인 물건들이다. 돈이 남으면 되넘겨 팔고 작자가 나서지 않으면 그대로 두었던 것인데 지금 한 선생 댁의 형세로는 걸맞지 않는 물건들이다. 그중의 또 하나가 쪽대문 밖에서 쾅쾅 짖어대는 도베르만 수캐다. 역시 한 선생 부인이 장삿속으로 사 온 것인데 그냥 내처 기르고 있다. 혈통서가 있고 없고, 순종이고 아니고를 따지기 이전에 한 선생 댁 부인이나 딸 진숙이는 그런 멋진 개를 기르고 있다는 것을 자랑삼지만 한 선생은 이웃에서 비웃는 것만 같아 사뭇 못마땅하게 여긴다. 그놈이 또 어찌나 사나운지 육장 드나드는 이웃 사람들도 분간 않고 마구 짖어대는 통에 면구스러울 때가 많다. 그런데도 한 선생 부인은 그놈을 극진히 위한다. 장에서 돌아올 때는 으레 음식점에서 갈비 뼈다귀 같은 것을 지성으로 주워다 보신을 시키고, 끼니마다 흰쌀밥에 멸치 국물을 꼭 곁들여 준다. 따지고 보면 주인인 한 선생보다 그놈이 훨씬 잘 얻어먹는 편이다. 그놈을 그처럼 열심히 거두는 이유가 따로 있기 때문에 한 선생은 더욱 기분이 상했다.

"진숙이 밖에 나가봐라. 개 짖는 소리 안 들려!"

한 선생은 딸애를 불러댔다. 일요일이라 집에 있었다. 그러면서도 아비가 끙끙거리고 짐을 챙기는데 생판 모르는 척한다. 한 선생은 그런 딸이 괘씸하기는 했지만 내색을 않는다. 매양 있는 일이다.

개 짖는 소리는 금방 멎고 조용해졌다. 그 대신 쪽대문을 밀고 나간 진숙이가 비명을 지르듯 했다.

"말도 없이 시키면 어떡해요!"

"헤헤헤! 될려나 모르겠다……."

진숙이의 앙칼스러움에 비하면 아주 데설스러운 대꾸다.

"안 돼요!"

진숙이는 계속 쏘아댔다.

"덮어놓고 붙이는 법이 어디 있어요!"

"아따 뭘 그러니……."

"글쎄 안 된단 말예요! 값도 안 정하고 덮어놓고 시키고 있어!"

"<u>흐흐흐흐</u>. 주마. 돈 줄께 그냥 둬. <u>흐흐흐</u>!"

"얼만지 알기나 해요?"

진숙이의 앙칼이 좀 수그러진 듯했다.

"얼마가 되든 주마…… 주잖고!"

사내는 여전 비우적거리는 투로 진숙이의 앙칼을 막는다.

"오천 원 주세요. 돈 먼저 주고 시키세요."

"뭐? 얼마?"

"오천 원요!"

"얘, 그건 너무한다. 개 한번 뒤 올리는 데 오천 원이 뭐냐……."

"비싸면 그만두란 말예요!"

"얘, 소도 삼천 원씩이고 돼지는 천 원밖에 안 받는데 오천 원이 뭐냐……."

"그럼 소한테 끌고 가요. 돼지를 붙이든지 히힛!"

밖에서 주고받는 소리를 엿듣던 한 선생은 아찔했다. 여고 2학년생이나 되는 계집애가 그냥 서슴지 않고 나서서 그런 흥정을 하니 말이다.

사내는 아랫마을 윤 씨였다. 그는 한 선생과 띠동갑이다. 그런 사람한테 진숙이는 스스럼도 없이 마구 야불거린다.* 글쎄, 그런 일에 과년한 계집애가 나선다는 것이 말이나 되는가! 적으나 속 찬 계집애라면 얼굴을 붉히고 외면할 그런 일을 가지고 되느니 안 되느니 실랑이질이니 한 선생은 기가 꽉 찼다. 한 선생은 그걸 그냥 듣고만 있을 수도 없고 그렇다고 가로채고 나서는 것도 꼴이 아니고 아주 난감했다. 별수 없이 히쭉히쭉 웃는데 안방 문이 펄쩍 열리면서 부인이 핀잔을 터트렸다.

"아니, 다 됐으면 어여 싣고 가지 뭘 우두머니 서 있어요!"

부인은 한 선생이 머뭇거리는 이유를 꿰뚫고 있는 것이다. 한 선생은 그것이 되레 다행이었다. 어머니의 꾸중을 들은 소년처럼 짐 실은 자전

| * 야불거리다. 입을 자주 놀려 잇따라 말하다.

거를 허겁지겁 끌고 나서는데 윤 씨가 앞을 가로막았다.

"이봐, 오천 원은 너무하잖아……."

그는 한 선생이 그렇게 값을 매겨주기나 한 것처럼 생각하는 모양이었다. 그래서 자전거 핸들을 꽉 잡고 통사정을 했다.

"저놈들 기왕 저렇게 된 거 어쩌겠나…… 내 다음 장날 이천 원만 줄테니 그리 알게나."

한 선생이 힐끗 보니 깡돌이란 놈은 이미 윤 씨가 끌고 온 암케 등에 올라타고 한참 보기 흉한 짓을 하고 있고 딸 진숙이는 그걸 쾌쾌스럽게 지켜보고 있었다. 그러면서 여전히 종알댔다.

"우리 아버지한테 얘기해야 소용없어요. 오천 원 안 줄 테면 저 개 지금이라도 끌고 가요!"

진숙이가 너무 암팡을 떠는 통에 한 선생은 윤 씨의 눈길을 피하면서 히쭉거리는데 부인이 자전거 꽁무니를 떠밀면서 서둘러댔다.

"버스 시간 늦겠어요. 어여 가요."

한 선생은 친구에게 미안했지만 어쩔 수 없이 자전가에 올라탔다. 그 흥정에 참견할 자격이 없는 것이다.

"마수* 없게 나동그라지지 말고 조심해요."

부인은 괜스레 한 선생 뒤통수에 대고 핀잔을 지르더니 큰 소리로 씨부렁댔다.

"그 개가 어떤 갠데 오천 원이 비싸다는 거야. 우리 물건 깎아먹기 맛들였구면."

부인은 윤 씨를 마구 헐뜯으며 진숙이의 역성을 들었다.

"똥개 새끼도 장에만 내오면 씨알 좋은 놈은 한 마리 만 원씩이라고

| * 그날 장사의 운수.

요. 덮어놓고 값만 후려 깎으려고 하고 있어."

부인은 한 선생한테 마구 역정을 부렸다. 윤 씨를 빗대놓고 하는 말이지만 기실은 남편인 한 선생을 몰아붙이는 것이라는 것을 알고 있었다. 윤 씨는 한 선생네와 그전에 있었던 거래 관계로 해서 한 선생 부인의 미움을 사고 있는 것이다. 그리고 윤 씨에 대한 그 미움이 한 선생한테로 함께 쏠리고 있다. 한 선생은 부인의 그런 심정이 뇌꼴스러웠지만 일체 내색을 않고 그냥 히쭉히쭉 웃으면서 자전거 페달을 밟았다. 웃으면 되는 것이다. 부인도 히쭉거리는 남편이 귀여운지 입을 실룩거리며 눈가에 웃음을 띠었다. 화장을 한 부인의 얼굴이 지금 막 계족산 봉우리에 솟아오르는 햇살을 받아 한결 이쁘게 보였다. 시골 장바닥을 누비면서 더덕이니 버섯, 때에 따라 멸치·김·뱅어포 할 것 없이 돈냥이나 남을 만한 물건은 휘뚜루 사고파는 것이 부인의 장사다. 그런 주제에 얼굴 화장이나 번들거리는 한복 차림이 어울리지 않는데도 한 선생 부인의 몸단장은 갈수록 화사해졌다. 한 선생은 그 이유도 알고 있다. 부인은 한 선생이 숙맥처럼 아무것도 모르는 것으로 알지만 그건 천만의 말씀이다. 다 알고 있지만 그걸 까발리지를 않는 것이다.

"ㅎㅎㅎㅎ!"

한 선생은 그저 히쭉히쭉 웃기만 한다. 웃으면 다 씻어지는 것이다.

"아, 정신 채려 가요. 물논에 장짐 쑤셔 박지 말고."

부인은 등 뒤에서 또 쏘아댔다. 히쭉거리는 통에 아마 자전거가 비실거렸던 모양이었다. 그러다가 한 번쯤 곤두박질을 할 것 같아서 미리 침을 놓는 것이다. 남편에게 장짐 심부름을 시키면서 유세가 대단했다. 한 선생은 그런 아내가 많이도 변했다고 생각하면서 히쭉거렸다.

오래전의 일이다. 교단을 떠나 낙향을 한 뒤 서투른 농사에 짜증만 늘어갈 때였다. 이른 봄, 후릿가래질을 하는데 부인이 곁밥(간식)을 늦게 날라 왔대서 한 선생은 아내의 머리채를 감아쥐고 진흙 수렁에 얼굴을 쑤셔 박은 일이 있었다.

"ㅎㅎㅎㅎ!"

한 선생은 웃음이 나왔다. 그렇게 오기를 부리던 자신이 지금 그 아내의 지청구를 고분고분 받아주는 것이 우스웠다. 자신과 부인과 두 사람 중 어느 편이 더 많이 변했는가 한번 저울질을 해볼 만하다고 생각했다.

"진숙이 하는 일에 괜히 나서지 말아요."

주막거리에서 버스를 기다리는 동안 부인은 어린애에게 타이르듯 했다. 괜히 나서서 값을 깎아주지 말라는 것이다. 한 선생이 알았다는 뜻으로 히죽 웃자 부인은 치마를 걷어 올리고 전대에서 오백 원짜리를 한 장 뽑아 내밀었다. 나들이 가는 어머니가 떼어놓고 가는 아들에게 사탕값을 주는 푼수나 근엄하고 인자한 태도였지만 한 선생은 하나도 고맙지 않았다. 장짐을 날라 온 삯전을 받는 것 같아 비위가 상했다. 담배를 모개로 사 오든가 아니면 며칠씩 모듬거렸다가 한꺼번에 주든가 하면 될 텐데 꼭 그 짓이었다. 한 선생은 돈을 받아 아무렇게나 우그려 넣고 히죽 웃었다. 그런 걸 일일이 생각하다 보면 사람만 치사해진다.

버스가 굴러와 멎자 한 선생은 짐을 부둥켜안고 달려갔다. 차장은 짐을 떠밀면서 사람만 타라고 했다. 그것도 매번 있는 일이다. 이젠 안면도 설 만한데 차장은 매살스럽게 군다.

"짐삯 줄께."

재빨리 차에 올라 자리를 잡고 앉은 부인이 한마디 튕기자 차장은 군소리 없이 짐을 받아 싣고 문을 닫는다.

"잘 다녀와요……"

한 선생은 닫히는 버스 문에다 대고 인사하는 것도 잊지 않았다. 그새 부인은 옆자리 사내와 얘기를 하느라고 인사도 받지 않는다. 한 선생은 그 사내가 꿀사장이 아닌가 싶어 창 안을 살피려 드는데 차가 횡 떠났다. 한 선생은 부인과 한자리에 앉아 가는 사내가 꿀사장이 아닐 거라고 자신을 달랬다. 한 선생은 먼지를 뒤집어쓰면서도 버스 꽁무니를 한참 지켜보았다. 오늘 싣고 가는 더덕이 불티처럼 팔려서 부인을 기쁘게 해 주기를 바랐다. 가무내 정류장에서 내려서도 장바닥까지는 한참을 가야 하는데 그 무거운 짐을 이고 가자면 고개가 무던 아플 거라고 걱정도 했다. 그래서 그는 부인과 한자리에 앉아 가는 사내가 꿀사장이기를 은근히 바랐다. 그 사람이면 부인 혼자서 무거운 짐을 옮겨 가도록 그냥 두지는 않을 테니까 말이다.

그쯤 생각하자 역시 부인이 거침없이 다가가 앉은 그 자리의 사내가 꿀사장임에 틀림없는 것 같았다. 그렇게 단정하니까 역시 꺼림칙했다. 부인이 그자와 어울리는 것을 한 선생은 마땅찮게 여긴다.

꿀사장이란 부인에게 장삿길을 틔워준 사람이다. 읍내에서도 알아주는 재치꾼이다. 물엿과 설탕과 무슨 약품을 섞어서 가짜 꿀을 만들어 톡톡히 재미를 본 녀석이다. 그래서 그를 꿀사장이라고들 한다. 덩치가 아주 실하고, 구변이 좋고, 배짱 또한 대단한 녀석이다. 그가 꿀 도가를 할 때 한 선생 부인이 친구들과 어울려 꿀 장사 도부꾼으로 나섰다. 생판 처음인 장사였지만 벌이가 짭짤했다. 그럴 것이 별것 아닌 물엿을 집에서 뜬 진꿀이라고 속여 파는 것이다. 딸네 집을 못 찾아서 오도 가도 못 한다느니, 가져온 꿀을 팔아서 집에 돌아갈 차비를 마련해야겠다느니 그럴싸하게 꾸며대는 것이다. 한때 서울 주택가의 주부들을 골린 네다바이*술책이다.

그게 들통이 나서 꿀사장이 징역살이를 하게 되자 한 선생 부인은 장

| * 남을 교묘하게 속여 금품을 빼앗는 짓.

을 누비는 허드레 장사꾼이 된 것이다. 한 선생이 그 꿀사장이라는 자를 꺼림칙하게 여기게 된 것은 그가 감옥에서 나와 인삼 장사를 시작하자 한 선생 부인이 이내 그와 동패가 되어 삼 장사로 들러붙었기 때문이다.

인삼은 가짜를 만들어낼 수 없는 물건이지만 그자의 술책으로 또 무슨 짓을 할지 모른다. 자기 부인이 거기에 또 휘말릴 것이 걱정이었다. 더군다나 장바닥의 천박한 소문이 돌고 돌아 한 선생의 귓전을 파고들자 그는 더욱 불안했다. 부인을 믿으니까 망정이지 그렇지 않으면 장 출입을 못 하게 하든가 무슨 규정을 지웠을 것이다.

"흐흐흐흐!"

한 선생은 부인이 탄 버스가 기러깃재 모퉁이로 사라지는 것을 보고 히쭉히쭉 웃으며 돌아섰다. 웃으면 홀가분해진다. 그는 언제나 그러듯이 아랫배에 힘을 주고 단전 호흡을 하는 것처럼 숨을 가끔 몰아쉬었다. 그러면 숨이 탁 트이는 것만 같다. 오늘은 유독 무거운 압박에서 풀려난 것 같았다. 그놈의 더덕 꾸러미가 다른 것보다 훨씬 무거워서 서투른 자전거로 날라 오기가 힘겨웠지만 그것과 그가 느낀 중압감과는 별개의 것인 것 같았다.

한 선생은 마을 쪽으로 되돌아오다가 논둑에서 일단 멎고 자전거를 받쳐 세웠다. 멎은 곳은 어제와 같은 장소였다. 어제뿐만 아니라 그저께 그끄저께도 그는 바로 그 장소에서 자전거를 세웠었다. 히쭉히쭉 웃는 버릇처럼 그 장소에 오면 자전거를 세워야만 했다.

그는 바지 앞단추를 따고 두 다리에 힘을 주며 자세를 취했다. 맑고 진한 햇살이 쏠렸다. 태양은 아내처럼 인색하지 않아서 고마웠다. 그는 고개를 좌우로 돌려 아무도 보는 사람이 없는 것을 확인하면서 또 히쭉 거렸다. 그건 진짜 흐뭇한 웃음이었다. 오렌지색 햇발은 볼록렌즈를 거친 것처럼 그의 노출된 부분을 쬐며 간지럽혔다. 그는 계속 좌우를 살피면서 되도록 그 시간을 오래 끌었다. 소변만 보기 위해서는 그렇게 시간을 오래 끌 필요가 없지만 그는 그 시간에 생각하고 결심해야 할 것이 있었다. 그 길로 집에 돌아가서 딸아이를 어떻게 다뤄야 아비의 체통을 세울 수 있는가 하는 것이 바로 그것이다.

그 애가 학교 성적이 떨어졌다든가, 가사에 대한 관심이 없다든가 하는 문제라면 그냥 모르는 척하고 히쭉히쭉 웃어버릴 수도 있다. 그것으로 해서 아비의 위신이 넘보이지는 않을 것이다. 그러나 오늘 아침에 있었던 그 천덕스러운 언동은 절대 그럴 수가 없었다. 아비의 체통을 세우기 위해서도 단단히 혼쭐을 내주어야 되겠다고 생각했다. 그는 다부지게 벼르면서 바지 앞단추를 천천히 여몄다. 좀 더 차근히 생각하고 싶었지만 주막거리 쪽에서 아낙네가 다가오고 있으니 그 자세를 더 지속할 수가 없었다. 한 선생은 딸 진숙이에게 우리나라 농촌의 관습을 얘기해 주기로 작정했다. 그것이 현명한 생각이라고 여겼다. 윤 씨를 대하던 오늘 아침 그 아이의 언동을 노골적으로 나무랄 용기가 없기 때문에 그런 방법을 쓰자는 것이다.

자고로 우리 농촌에서는 개가 교미를 하는데 주인이 나서서 돈을 받는 사례는 없었다. 강아지를 돈 받고 팔면 세상이 망한다고까지 했다. 강아지는 이웃이나 근동 간에 나눠서 기르고, 설사 낯모르는 사람이 주인 모르게 집에서 집어 가는 일이 있어도 예사로 알고 웃고 말았다. 그래서 강아지 도둑은 점잖은 양반님네도 했으며, 도포 소매에 강아지를 감춰가지고 다니는 것은 흉이 되지 않았다. 그런 우리들의 관습을 딸애에게 얘기해 주면 오늘 아침에 취한 제 행동을 부끄럽게 여길 것 같았다.

"흐흐흐흐!"

그는 모처럼 만에 아비 구실을 제대로 하게 될 것 같아 흐뭇했다. 그래서 자전거 페달을 더 부지런히 밟았다.

그런데 한 선생이 생각한 것과는 엉뚱한 상황이 그를 기다리고 있었다. 윤 씨네 암캐가 쪽문 밖 말뚝에 묶여 있는 것이다. 깡돌이란 놈은 한 선생을 힐끗 보더니 외면을 한다. 주인인 그를 아주 얕보는 태도다. 한 선생은 윤 씨와 딸아이 사이에 또 한 차례 실랑이질이 있었고 윤 씨는 하는 수 없이 암캐를 그냥 두고 간 것이라는 것을 직방 알 수 있었다. 윤 씨네 개는 한 선생의 그 짐작이 틀림없다고 고자질이라도 하듯 꼬리를 흔들며 아는 체했다.

"이 개는 왜 안 가져가!"

한 선생은 쪽대문을 들어서며 볼멘소리로 내쏘았다. 자신의 짐작을 확인하기 위해서였다. 대답이 없자 그는 좀 더 퉁명스레 건넌방 쪽에 대고 욱대겼다.

"왜 안 가져가! 윤 씨네 개!"

그제사 진숙이는 짜증스레 대꾸했다.

"이따가 가져간대요!"

문도 열어보지 않는다. 무슨 참견이냐는 투였다.

"네가 못 끌고 가게 한 것 아냐!"

한 선생이 다시 접어들자 딸애는 귀찮다는 듯이 내뱉었다.

"한 번 더 시키고 가져간다니까요!"

한 선생은 아까 생각한 대로 우리 농촌의 관습을 얘기할까 어쩔까 망설이는데 방문이 불시에 열리고 진숙이가 당당히 타이르듯 했다.

"윤 씨가 값을 깎자고 해도 아버진 모른다고 하란 말예요. 꼭 오천 원 받아야 된단 말예요."

"……."

"내일 학교에 오천 원 갖다 내야 된단 말예요."

꼭 저의 어머니 말투를 따서 톡톡 쏘고는 이편에서 뭐라고 대꾸도 하기 전에 문을 암팡스레 닫는다.

한 선생은 아무 소리 않고 안방으로 들어와 담배꽁초를 피워 물었다. 딸애의 언동을 더 나무라다가는 오히려 되잡히게 된다는 것을 잘 알기 때문이다.

'그러니까 윤 씨한테 오천 원을 받아서 영어 과외 수업비를 선납하겠다는 말이지?'

한 선생은 담배 연기를 내뿜으면서 히쭉 웃었다. 진숙이가 저의 어머니한테 돈 오천 원을 요구하다가 핀잔을 맞는 것을 그도 엿들은 적이 있다.

"에미는 돈을 어디서 모래 파오듯 하는 줄 알아!"

한 선생 부인은 버럭 소리를 지르며, 객돈 쓸 것 없이 방학 동안 너의 아버지한테 배우라고 했다.

"뭣하러 돈까지 갖다 바치고 동냥을 하듯 하느냐 말야. 치사스럽게스리! 선생님이 집에 계신데……."

부인의 그 말을 한 선생은 어떻게 해석해야 할지 몰랐다. 정말 남편을 선생님으로 존경해서 하는 말인지, 아니면 할 일 없이 빈둥대다가 제물에 늙어가는 것을 비꼬아서 하는 말인지 도통 종잡을 수가 없었다. 단한 가지 분명한 것은 학교에서 하는 과외 수업은 그만두고 아버지인 한 선생한테 그것을 배우라는 것이었다. 한 선생은 딸애가 저의 어머니 말에 순종해서 그에게 영어를 배우려 들지 않을까 걱정을 했었다. 다행히도 진숙이는 그 문제를 다시는 들고 나서지 않았다. 저의 어머니한테 더 졸라봐야 씨가 먹지 않을 것이고, 아버지한테는 더더군다나 기대할 것이 못 되니까 딴 꿍꿍이속을 가졌던 모양이다. 한 선생은 딸애가 영리하다고 생각했다.

"흐흐훗!"

소리 없는 방귀처럼 피식 웃다가 한 선생은 소스라쳤다. 무엇인가 야무진 물체가 뒤통수를 후려치는 것 같았기 때문이다. 다행히도 아프지도 않고 상처도 나지 않은 것으로 보아 그건 순전히 그의 환각이었지만 그 때문에 한 선생은 새로운 것을 생각하게 됐다. 그것은 마치 영감과 같이 떠올랐다. 아내와 딸 그리고 자신 그 세 식구가 자꾸 멀어져 가고 있으며 머지않아 아주 위험한 고비에 도달하게 될 것이라는 것을 신의 계시처럼 느꼈다. 가장 가까워야 할 사람들이 그렇게 멀어져 가는 이유도 떠올랐다.

'내가 가난 귀신을 모셔 들인 것으로 알거든! 아니, 어쩌면 나 자신을 가난 귀신으로 단정하는 거야.'

바로 그것이라고 생각했다. 남편을 마치 제 자식처럼 마구 나무라고 핀잔을 주는 것은 바로 그 때문일 것이라고 생각했다. 딸 진숙이도 마찬가지다. 저의 어머니보다도 아버지를 유별나게 따르고 대롱대롱 매달리던 그 애가 어느 사이에 싹 변해서 그 아버지를 마치 송충이를 대하듯 하는 것이다.

한 선생은 부인과 딸 진숙이가 자신을 그렇게 대하기 시작한 것은 배추밭 사건이 있은 다음부터라고 짐작됐다. 오늘 아침 암캐를 끌고 온 윤 씨를 그렇게 모지락스레 다루는 것도 그때 그 감정 때문이다. 딸 진숙이가 윤 씨한테 값을 깎아줘서는 안 된다고 완강히 나서는 것도 역시 그때 그 오금으로 기어코 호된 값을 받아내자는 심술인 것이다. 아무튼 한 선생 부인이나 딸 진숙이는 그때 그 일로 해서 윤 씨한테 이를 간다.

'그게 그렇게도 숙원宿怨을 품을 만한 일인가?'

한 선생은 아무리 생각해도 진숙이 모녀의 심사를 이해할 수가 없었다. 한 선생은 본래 꼿꼿한 성품이어서 자기가 한 일이 그릇된 것이었을 때는 금방 후회하는 사람이다. 또 한편으로 그는 소심한 면도 있어서 손해 보는 일은 절대 하지 않았다. 혹시 자신에게 손해되는 일을 저질렀을 때는 아무리 작은 일이라도 사뭇 꺼림칙해서 견디지를 못하는 성미다.

부인은 그가 삼일오 선거 때 괜한 외골수로 사표를 내던졌다고 은근히 미워하지만 한 선생은 여태까지 그 일을 후회하지 않는다. 그가 교단을 떠난 것은 삼일오 선거가 막바지에 이르렀을 때다. 교사들도 가정 방문을 해서 득표 공작을 하라는 밀령이 내렸었다. 얼씨구나 하고 날뛰는 사람도 있었다. 어느 정직한 교장은 상부 지시에 너무 충실하던 끝에 지치고 지쳐서 논두렁을 베고 오사誤死*를 한 사건도 있었다. 그때 유독 한 선생은 교육자의 양심을 내세우고 끝내 버티다가 결국은 엉뚱한 이유를 찍어 붙여 사표를 강요당했다. 그담 그는 고향에 돌아와 주저앉은 것이다. 다른 사람 같으면 사실 그 후에 영웅처럼 설치고 나설 것이지만 한 선생은 마을을 떠나지 않고 뿌리를 내렸다.

부인은 한 선생을 야속하게 여기는 것 같았다. 부인으로서는 한 선생이 괜한 고집으로 큰 손해를 보고 있다고 생각하는 것이다. 그러나 한 선생 자신은 그렇게 생각하지 않는다. 교단을 떠난 것을 후회도 하지 않고, 좋은 세상 만났을 때 다시 복귀하지 않은 것을 손해라고 생각하지도 않는다.

그런 한 선생이 그까짓 배추밭 사건을 기억 속에 쟁여둘 리가 없다. 그건 벌써 여러 해 전의 일이다.

그해는 김장 채소가 대풍작을 이루었었다. 초출 무렵에 날씨가 가물어서 물 주기에 좀 애를 먹었지만 후반에 가서 비도 제대로 뿌려주고 병해도 없고 해서 너나없이 김장 풍년이었다. 그러니 자연 값이 제대로 들어설 리가 없었다. 너무 풍년이 들면 거저 내버리듯 하는 것이 김장 농사

| * 죄를 지어 벌을 받거나 재앙을 당하여 제명대로 살지 못하고 죽음.

다. 그해에도 서울로 무·배추를 올려간 상인들이 트럭 운임도 추릴 수 없게 되자 그냥 내버리고 도망쳤다는 풍문이 연일 나돌았었다. 한 선생네도 배추밭을 넘기지 못해 속을 태우고 있던 참인데 아랫마을 윤 씨가 덥석 덤볐다. 배추밭을 도거리로 사 가는 것이었다. 그때 부인만 집에 있었어도 한 선생이 나설 일이 아닌데 그 무렵 한 선생 부인은 가짜 꿀 장사에 재미를 붙여 계속 집을 비우고 나다닐 때였다.

"사만 오천 원밖에 못 주겠는걸……."

윤 씨는 배추밭을 두루 돌아보면서 포기 수를 따져보고 하더니 나름대로 그런 값을 불렀다. 한 선생은 펄쩍했다.

"안 돼! 그 값에는……."

"이 사람아, 요새 시세가 없어! 소문도 못 들었나?"

"글쎄, 그런데 사만 오천 원이라니!"

"뭐?"

"자네 괜히 트럭 운임도 모자라서 뺑소니칠려고 그러나! 허헛!"

"무슨 소리야?"

"손해 보지 않도록 하라고! 배추 장사 한답시고 괜히 빚지지 말고……."

한 선생은 그가 부른 값에서도 만 오천 원을 깎아서 삼만 원에 가져가라고 했다.

"나야 농사진 것이니까 덜 받는대도 밑천 달아나는 것 아니지만 자넨 장사가 아닌가! 나한테서 사 간 것이 손해 봤다 소리 난 듣기 싫다고……."

"허허허허! 아주머니한테 혼날려고 그러나?"

"괜찮아 괜찮아! 갖다가 재미나 보게."

그래서 삼만 원에 넘겨준 것이다. 나중에 들자니까 일당은 들어섰다

469

고 했다. 한 선생은 잘했다 싶었다. 붙박이 장사꾼도 아닌 그가 가을걷이도 미루고 그 짓을 하는 것은 자식들의 학비 보탬이라도 하자는 것인데 다만 얼마라도 이문이 있었다니 한 선생은 듣기가 좋았다.

배추밭 사건이란 그것이다. 그것으로 끝난 얘기다. 그 후 며칠 만에 돌아온 부인도 삼만 원에 넘긴 것은 썩 잘한 일이라고 깔깔거렸다.

"아유! 김장값이 똥값이라는데 용케 넘겼수! 당신한테 그런 수단도 있었구려. 호호호호! 글쎄, 서울서 내려오면서 보니까 배추밭이 말짱 그냥 묵어 나자빠졌더라고요……."

그러던 부인이 어디서 누가 귀띔을 했는지 그 흥정 내막을 알고서는 입술이 파랗게 질리고 몸을 부들부들 떨면서 사생결단이라도 할 듯이 덤볐다.

"무슨 억하심정요! 가으내 피땀 흘려서 가꾼 것을 그래 한 푼이라도 더 받지는 못할망정 준다는 값에서도 절반이나 깎아서 내줘!"

"절반이 무슨 절반야……."

"만 오천 원을 깎고 삼만 원만 받았으니 절반을 깎아준 것 아니냐고요! 선생님이 그런 셈도 못 따져요!"

"그 사람 그 값에 가져갔으면 손해 봤을 거라고……."

"그래서!"

"그래서는 뭐가 그래서요. 한동리 살면서 손해를 보게 해서야 되겠소?"

"아유 아유! 이런 무굴충이! 당장 받아내요. 제 주둥이로 사만 오천 원 준다고 했으니 만 오천 원 더 받아내요! 안 받아내고는 못 견딜 테니 받아내요!"

부인은 마치 전신에 불이라도 붙은 것처럼 오두방정을 떨면서 고래고래 소리를 질렀다. 이웃 사람들이 몰려오자 부인은 더욱 기승을 부리면서 사설을 늘어놓았다.

"저런 무굴충이하고 평생을 살면서 그래도 후끝을 바란 이년이 병신이지…… 아유 아유! 내 팔자야!"

한 선생은 부인의 그런 꼴을 처음 보았다. 장사를 한답시고 나돌더니 사람 아주 못쓰게 됐구나 싶었다. 남편을 무굴충이라고 대놓고 욕을 하니 그건 버린 사람이다. 무굴충이란 무골충을 말하는 것이다. 뼈도 없는 버러지.

"흐흐흐흐!"

한 선생 입에서 히쭉히쭉 웃음이 새어 나왔다. 단돈 만 오천 원을 까탈 삼아 하늘 같은 남편을 버러지 항렬로 추락시키는 잔인하고 대담한 언동에 그는 웃음밖에 나오는 것이 없었다.

"나는 단돈 천 원을 벌기 위해서 꿀병을 들고 이 집 저 집 문전걸식을 하듯 쏘다니는데 집구석에서는 손에 쥐여주는 돈도 마다고 돌려주니 아유 아유! 못 살아! 못 산다고…… 굶고 살아도 합심이 돼야 후끝이 있지! 무슨 심술야! 들어오는 복을 까불르는 심술이 뭐야!"

계속 사설을 퍼붓는 부인의 앙탈에 한 선생은 히쭉거리기만 했다. 시장 바닥의 막된 여자들과 다른 데가 없으니 그걸 가릴 수가 없었다.

그 일로 해서 한 선생의 체모는 영 말이 아니었다. 단박 '무굴충이'라는 별호가 붙고, 마을에서 그를 대해주는 눈치도 싹 달라졌다. 그가 하는 일은 매사를 멍청하게 여기는 것 같았다. 부인의 구박은 더욱 심해져서 대외적으로나 가정적으로나 금전이 따르는 일에는 한 선생이 절대 참견해서는 안 된다고 못을 박았다. 그것이 그대로 굳어서 가풍처럼 됐다. "윤 씨가 값을 깎자고 해도 아버진 모른다고 하란 말예요!" 하고, 진숙이가 쏘아대는 것은 집안 내력이 그렇게 돼 있기 때문에 '당연한 말씀'이라고 삭이는 수밖에 없었다.

'이 집에서 쫓겨나는 것이 아닌가?'

한 선생은 그런 멍청한 생각을 하면서 히쭉거렸다. 이대로 가다가는 필연코 그런 위기가 닥쳐올 것만 같아 눈시울이 매콤해지는데도 그는 흐느적거리면서 히쭉히쭉 웃는다.

'쫓겨나기 전에 내가 스스로 나가야지⋯⋯.'

꼭 그래야만 될 것 같았다. 그 녀석(꿀사장)이 눈을 부라리고, 아내가 욕설을 퍼붓고, 딸년마저 그 편을 들고 나설 때 역부족으로 쫓겨나는 것보다는 자진해서 떠나는 것이 훨씬 떳떳하고 다소나마 체모가 설 것 같았다.

"ㅎㅎㅎㅎ!"

꿀에 체모를 생각하는 것이 우스워서 히쭉거리다가 건넌방 문이 거칠게 열리는 소리에 한 선생은 소스라쳤다.

"오늘 아무 데도 안 나가셔요!"

진숙이가 대수롭잖게 던지는 말에 그는 괜스레 켕겨 당황했다.

"나간다."

"언제요?"

"지금! 지금 나가려는 참야."

한 선생은 허둥대며 애원하듯 했다. 건넌방 문이 조용히 닫히는 소리를 듣고 한 선생은 또 눈시울이 매콤해졌다.

진숙이 말은 당장 이 집에서 나가라는 것은 아니다. 한 선생도 그런 줄은 안다. 그런데도 그는 주눅이 들려 허둥댄다. 그 아이 말끝에는 저의 어머니처럼 가시가 있는 것이다.

'오늘 아무 데도 안 나가셔요!'

하고, 톡 찌를 때 그는 '아야!' 소리 대신

'나간다.'

하고, 속으로 기어들어 가는 대답을 했다.

'언제요!'

하고, 재차 찌를 때

'지금…… 지금 나가려던 참야.'

하며 쩔쩔맸다. 그는 자기 몸뚱이 어느 부분이 가시에 찔려 검은 피가 흐르는 것 같은 착각으로 허둥댔다.

한 선생은 별수 없이 히쭉 웃으며 일어나 옷장을 열었다. 와이셔츠를 꺼내 입고 넥타이로 목을 죄었다. 그리고 가보처럼 소중히 모셔논 신사복을 꺼내 조심스럽게 입었다. 부인이 이 년 전에 마춰준 감색 양복이다. 부인은 그 양복을 입혀가지고 딸 진숙이의 중학교 졸업식에 그를 데리고 갔었다. 부인도 새로 지은 한복에 새 밤색 코트를 걸치고 나섰던 것이다. 코트 깃에는 기름이 졸졸 흐르는 털까지 달려 있는 것이었다.

한 선생은 부인과 함께 걷는 것이 몹시도 불안했던 것이 생각났다. 도시 자기 아내라는 실감이 나지 않았던 것이다. 남의 마누라와 동행을 하는 것 같아 아주 거북살스러웠다. 그런데도 부인은 신혼여행을 떠나는 푼수나 행복하고 자랑스러운 기색이었다.

졸업식장 입구에 들어서자 한 선생은 생각지 않은 광경에 비위가 뒤틀렸다. 마치 결혼식장에서 수금을 하는 것처럼 두 사람이 지키고 앉아 있는 것이다. 으레 그러려니 하고 미리 마련해 온 사람들은 봉투를 내놓고 종이꽃을 한 개씩 얻어 가슴에 달고 들어가는데, 그렇지 못한 학부모들은 당황했다. 호주머니를 뒤져 꼬깃꼬깃한 오백 원짜리를 한 장 내밀기도 하고, 백 원짜리 동전 한 닢을 내놓고 죄인처럼 쩔쩔매는 촌 영감도 있었다. 그나마도 내놓지 않는 사람은 종이꽃은 고사하고 거들떠보지도 않는다.

한 선생은 가슴에서 납덩이같은 것이 푹푹 치미는 통에 숨을 몰아쉬

어야 했다. 마누라한테 버려지라는 역설을 듣고서도 히쭉거리며 흐느적
거린 한 선생이지만 졸업식을 핑계로 그따위 짓을 하는 것을 보고는 그
대로 삭일 수가 없었다.

"오늘 같은 날 선생님들을 그냥 짬짬히 돌아가시게 할 수는 없잖습
니까?"

머리에 기름 뒤범벅을 하고 빨간 넥타이를 맨 녀석이 돈을 챙기면서
그따위 설명까지 늘어놓았다.

한 선생은 졸업식이고 뭐고 더 볼 것 없이 발길을 홱 돌리든가 녀석들
이 차리고 앉은 그 책상을 뒤집어엎든가 두 가지 중에 하나를 택해야 할
것 같았다. 부둥켜 쥔 주먹은 땀이 배어 미끈거렸다. 그런데 그는 발길을
돌리지도 못하고 더군다나 책상을 둘러엎을 것은 생각도 말아야 했다.

"수고들 많이 하시는군요. 호호호!"

앞장선 한 선생 부인이 핸드백에서 '축 졸업식'이라고 쓴 봉투를 꺼
내 그 기름챙이 같은 녀석에게 주면서 피새를 떠는 것이었다. 녀석하고
는 아는 사이인 듯 유독 친절히 부인의 가슴에 종이꽃을 달아주며 갈롱
을 떨었다.

"이따 꼭 참석해 주십시오. 해동옥으로 곡 오셔야 합니다."

한 선생은 부질없는 생각을 지워버리고 히쭉히쭉 웃으며 부인을 따
라 식장에 들어가 점잔을 뺐다. 식이 끝난 뒤에는 인조 화환을 목에 건
진숙이를 앞에 세우고 부인과 함께 사진도 찍었다. 중국음식점에서 잡채
밥을 먹고, 지린내가 진동하는 영화관에서 무술 영화라는 것도 보았다.
버스 시간을 기다리는 동안 다방에서 코피를 마실 때 부인은 한 선생에
게 거북선 담배까지 한 갑 사주었다. 부인은 평생소원을 푼 듯 흐뭇해했
고, 딸 진숙이도 그날만은 아비에게 존경의 눈길을 보냈다. 단 몇 시간
의 단란이었다. 그리고 그건 부인이 꾸민 각본에 따라서 진행됐고, 그 짧

은 시간의 쇼를 위해서 부인은 적잖은 투자를 했다. 적어도 한두 달 수입은 소비했을 거라고 짐작되었다. 그래도 부인은 행복에 겨워 있었지만 한 선생은 메스껍고 머리가 띵했었다. 한여름, 농약을 뿌리는 들판에 서 있는 것처럼 역겨웠다. 부인과 집을 나설 때부터 그런 증세가 비치더니 졸업식장에 들어서면서부터 더욱 솟구쳐서 점심을 먹을 때는 음식을 입에 대기도 전에 체증을 느꼈었다. 불과 몇 시간 동안이었지만 그는 자신을 폐수로 오염된 강물에서 허덕이는 물고기와 비교해 보았다.

한 선생이 자신을 공해로 맥을 못 쓰는 물고기와 곧잘 비교하는 것은 언젠가 이상한 붕어를 낚은 후부터다. 사람으로 친다면 꼽추 같은 놈이었다. 등이 불룩하고 옆구리가 뒤틀려서 구부정하게 굳어 있었다. 한 선생은 그놈을 낚아 올리는 순간 섬뜩했다. 신문에서 비슷한 물고기의 사진을 본 적이 있었기 때문이었다. 공장 폐수와 오물로 죽어가는 한강을 살려야 한다는 기사와 함께 공해병에 걸린 물고기의 사진이 실려 있었다. 한 선생이 낚아 올린 붕어가 영락없이 그것이었다. 그놈을 낚아 올리는 순간 그는 너무도 섬뜩해서 덥석 잡지를 못했었다. 이상하게도 그 병신 붕어가 자신의 몰골처럼 느껴졌기 때문이었다. 한 선생은 자신이 무골충이 된 것은 어떤 독성 때문이라고 여기는 것이다. 폐수를 토해내는 공장도 없고, 매연을 내뿜는 자동차의 홍수도 볼 수 없는 이 농촌에 폐수나 가스보다도 더 독성이 강한 괴물이 오염되고, 그 때문에 자신이 병신 붕어처럼 피해를 입고 있다고 생각하는 것이다. 그 괴물은 매연처럼 검은 연기를 내뿜는 것도 아니고, 공장 폐수처럼 악취를 풍기지도 않는다. 눈에 보이지 않으면서 압박만 가한다. 흐느적거리면서 히쭉히쭉 웃는 병신을 만든다.

"아버지도 그렇게 차리고 나서니까 신사 같으네요. 호홋!"

졸업식이 있던 그날 진숙이는 한 선생을 그렇게 평했다. 그러니까 육만 원짜리 새 양복이 '무굴충이'를 '사람'으로 승격시켜 준 것이다.

"흐흐흐흐!"

한 선생은 자신의 인격이 얼마나 헐값으로 평가되고 있는가를 알 수 있었다. 단돈 만 오천 원 까탈에 버려지로 추락했던 인격이 양복 한 벌로 해서 사람 축에 들게 되니 말이다. 진숙이의 그 짜릿한 익살 때문에 그는 그 양복을 입을 때마다 기분이 야릇했다.

'어디 사람의 탈을 좀 써볼까……'

꼭 그런 기분이 들었다. 지금도 그런 생각을 하면서 거울 속의 자신을 측은스레 바라보았다. 허리를 옆으로 뒤틀어 구부정하게 하고, 가슴을 움츠리고 등을 굽혀보았다. 그거다! 병신 붕어다.

"흐흐흐!"

신기하리만큼 그놈과 닮은 것 같아서 히쭉거리는데 웬 자동차가 멎고 깡돌이가 마구 짖어대는 소리가 들렸다. 한 선생은 종잡을 수 없는 꿈에서 깨어난 것처럼 정신을 가다듬고 밖으로 귀를 기울였다.

"아무도 안 계십니까!"

낯선 음성이었다. 깡돌이란 놈 때문에 질려서 쩔쩔매는 듯했다.

건넌방 문이 열리고 딸 진숙이가 나가면서 누구냐고 묻는 소리가 들렸다. 깡돌이는 더욱 사납게 으르렁댔다.

"여기가 한대동 선생 댁이 틀림없지?"

낯선 음성이 '한대동 선생 댁' 어쩌고 하는 말에 진숙이는 어리둥절하는 것 같았다. 그럴 것이라고 한 선생은 히쭉댔다. '한대동 선생'이라는 호칭은 생소하다. 이 마을에서는 한 선생을 '진숙 아버지'라고 부르고 어떤 사람은 그냥 '한 씨'라고 한다. 또 나이가 엇비슷한 사람네는 아무렇지도 않게 '대동이'라고 부른다. 저희들과 한 타랑으로 대해주는 것이 어쩌면 고마운 것도 같지만 꼭 그렇게만 생각할 수는 없었다. 몇 해 전까지만 해도 그냥 '선생'이라고 부르기가 송구해서 '님' 자까지 붙여 깍듯이 '한 선생님'이라고 존대하던 사람들이 그처럼 달라진 것이다. 그것은 결국 '너는 뭐 별것이냐!'고, 헤피 보게 됐기 때문인 것이다. 한동안은 그것이 여간 노엽지가 않았지만 이제는 아무렇지도 않게 받아들일 만큼 됐다. 그가 옛날 교직 생활을 했다는 얘기를 들은 젊은 면서기나 우체부 같은 사람들이 '선생님'이라고 부를 때 도리어 한 선생 편에서 어색해질 만큼 그와 선생님 칭호는 삭막한 사이가 됐다.

그런데 생각지 않은 낯선 음성이 '한대동 선생 댁' 어쩌고 하니 진숙이가 어리둥절할 수밖에 없다.

"나 한 선생 옛날 친군데 한 선생 어디 가셨나?"

개는 금방 물어뜯을 것처럼 고약을 떨고, 진숙이는 설떠름하게만 대해주니까 사내는 한 선생을 목마르게 찾아댔다.

"가만있지 못해!"

진숙이는 깡돌이란 놈한테 왈칵 신경질을 부리고 안방 문 앞으로 와서 마치 보기 싫은 하숙생에게 던지듯 말했다.

"누가 찾아요!"

밖에서 그처럼 떠들썩한데 왜 내다보지도 않느냐는 꾸중이었다. 감색 새 양복으로 갈아입은 한 선생이 나서자 진숙은 "옛날 친구래요." 하고는 눈을 내리깔면서 건넌방으로 피해 갔다. 몹시도 귀찮다는 태도였다.

"허허! 한 선생 살아 있었구만!"

한 선생이 쪽대문을 나서자 사내는 두 팔을 벌리고 껴안을 것처럼 호들갑을 떨더니 손을 잡고 무작정 흔들어댔다. 어떻게 지냈느냐, 생각보다는 덜 늙었다, 어쩌구 하면서 사내가 수선을 떠는 동안 한 선생은 캄캄한 기억을 마구 들춘 끝에

"강 선생!"

하고 외마디 소리를 지르듯 했다. 그만큼 그는 달라져 있었다. 그 미련스럽던 메주볼이 탁 까부라져서 얼굴이 길쭉한 늙은이가 됐으니 강달수라는 이름이 성큼 떠오르지 않는 것이 당연했다. 거기에 복장도 싹 달라져 강 선생의 인상을 느낄 수가 없었다. 옛날의 그는 사시사철 염색한 미군 작업복을 헐렁하게 입었고, 무슨 예절을 차려야 할 때는 색 바랜 골덴 양복에 철도 없고 유행하고도 관계가 없는 회색 넥타이를 매는 것이 그의 정장한 모습이었다. 그래서 학생들은 마차꾼이라는 별명을 그에게 붙여 주었다.

그 마차꾼 강달수가 어느 파티 장소에 나타난 노신사처럼 검정색 신사복으로 쪽 빼고, 생전 운동화짝밖에 모르던 발에는 새 구두가 유리알처럼 번들거린다. 그보다 더 놀라운 것은 그가 타고 온 자동차였다. 요새 자가용쯤 타고 다니는 것이 그리 별난 것이 못 되지만 이건 보통 볼 수 있는 그런 자가용이 아니다. 시골구석에서는 생전 볼 수 없는 유난 번쩍한 물건이다. 쉽게 말해서 장관이나 재벌급 사장들이 타고 다니는 그 육중하면서도 날씬하고 으리으리한 고급 승용차다. 오죽하면 온 마을 사람들이 겁에 질린 얼굴로 자동차와 손님과 한 선생을 지켜보고 있을까! 그들 생각에는 금방 고을이 왈칵 뒤집힐 만한 경사가 터진 것 같을 것이다.

한 선생은 그를 안방으로 안내하고 다시 마당에 나와 생각했다.

'저치가 왜 불쑥 찾아왔을까?'

'대학교수가 됐다는 풍문이더니 거기서도 한층 더 뛰어오른 모양인데……'

'그렇게 유별히 친한 사이도 아니었는데 죽마고우처럼 대하는 속셈이 무엇일까?'

한 선생은 모든 지력을 동원해 보았지만 강달수가 불시에 찾아온 이유를 알 수가 없었다. 선뜻 간첩이 아닌가 하는 생각까지 들었지만 그런 기색은 찾아볼 수 없었다. 그를 간첩으로 모는 것은 유치한 생각이다. 그럴 위인이 아니다.

"너 구판장에 가서 맥주 좀 댓 병 가져오느라. 뭐 안주 될 만한 것도 쩜부러서……."

한 선생은 그가 불쑥 찾아온 연유를 캐보려던 생각은 단념하고 진숙이를 불러냈다. 여느 때 같으면 어림없는 일인데 군소리 없이 나선다.

'흐흐흐! 자가용에 질렸고나!'

아마 그렇지 못한 허수레한 사람이 찾아왔다면 "맥주는 뭘 하게요!" 하고 내쏠 아인데 그렇게 순순히 가는 것을 보고 한 선생은 히쭉 웃었다. 그리고 운전사 생각이 났다. 이럴 때 집이 넉넉했으면 운전사는 딴 방에 들어앉도록 하겠지만 별수 없었다.

"기사 양반 좀 들어오시오."

한 선생은 차 속에 번듯이 누워 있는 운전사에게 다가갔다. 주인으로서의 예의다. 그런데 운전사는 못 들은 척 대꾸를 않는다. 의자를 뒤로 벌렁 젖히고 비스듬히 누워서 담배를 피우고 있었다.

"방으로 좀 들어갑시다."

"괜찮시다……."

운전사는 쳐다보지도 않고 담배만 피워댔다. 그 태도며 말투가 오만하기 짝이 없다. 내가 그 냄새 나는 방 안엘 들어갈 것 같으냐는 것인데 운전사 치고는 꽤나 오기가 있는 녀석 같았다.

"흐흐흐!"

한 선생이 히쭉거리자 녀석은 깔끄러운 눈초리로 쏘아보더니 신경질적으로 담배를 빨아댔다. 본데없는 녀석이다. 저의 상전과 어떤 사이라는 것은 눈치로도 알 수 있을 텐데 그따위 뇌꼴스러운 태도다. 웃기는 녀석이다.

한 선생이 방으로 들어오자 강 선생은 아랫목에 느긋이 누운 채로 연신 감탄이었다.

"참 좋군! 웅! 정말 좋아······."

무엇이 좋다는 것인지는 몰랐다. 굴왕신같은 그 방이 좋다는 것은 아닐 것이라고 생각했다. 입은 옷이며 타고 온 자동차며, 또 그의 기활이며, 그 어느 면으로 보나 고리끼리한 농가 집 안방을 좋다고 감탄하지는 않을 것이다.

"흐음! 참 좋아요!"

"흐흐흐흐!"

한 선생은 뭘 좋다는 거냐고 묻는 것도 숙맥 짓 같아서 그냥 히쭉히쭉 웃기만 했다. "좋다! 참 좋다!" 하고, 감탄을 연발하던 강달수는 한 선생이 맞장구를 치듯 히쭉히쭉 웃자 눈을 지그시 감고 잠든 체했다. 잠이 그렇게 금방 입을 봉하지는 않았을 것이다. 그는 무엇인가 곰곰이 생각하는 것 같았다. 한 선생은 혼자 히쭉거리기도 멋쩍어서 덩달아 눈을 지그시 감고 그가 찾아온 이유를 생각하려고 드는데 진숙이가 술상을 들고 들어왔다. 그 기색에 강 선생은 벌떡 일어나 앉는다. 진숙이는 상만 들여놓고 내기라도 하듯 얼른 나간다. 내외 같은 것은 모르는 아이다. 미적거리다가는 '인사드려라' '술 따라라' '뭐 김치라도 더 가져오너라' 하고, 귀찮게 굴 것 같아서 서둘러 나가는 것이다. 그 아이의 속셈은 한 선생이 잘 안다.

"맥주요! 허허허허! 이거 맥주보다는 탁배기가 제격일 텐데······."

강 선생은 술상을 보자 금세 헬렐레 다가앉아 권하기도 전에 컵을 든다.

"흐흐흐! 오랜만이군······."

한 선생이 맥주를 따르며 혼잣말처럼 뇌이자 강 선생이 얼른 되받

480

는다.

"이십 년 만이라고! 한 선생 학교 떠난 뒤 처음 만나는 것 아냐?"

"흐흐흐흐! 그게 아니고……."

"그게 아니라니?"

"맥주를 따르는 게 오랜만이란 말이지 흐흐흐흐! 생전 처음인 것도 같고……."

"으응! 흐 큭큭!"

맥주잔을 받아 단숨에 들이키던 강 선생은 한 선생 말하는 것이 우스 워서 킥킥거리다가 그만 사레가 들린다. 그것이 계기가 돼서 두 친구는 웃기 시작했다.

"흐흐흐흐! 생각나는군! 학부형한테 멱살을 잡히고 얼굴빛이 백짓장 같았던 옛날의 강 선생이…… 흐흐흐흐!"

"제 자식이 나한테 맞아서 골병들었다고 그랬지. 하하하하!"

"흐흐흐흐! 그때 혼났지? 흐흐흐!"

"그 자식, 새로 부임한 여선생을 울렸단 말야!"

"흐흐흐흐! 교탁 밑에다가 거울을 숨겨놨겠지? 흐흐흐흐!"

"여선생, 스커트 속이 환히 비치게 해놓고 그걸 바라보면서 침을 흘 리다가 들킨 거야 하하하하!"

"흐흐흐흐!"

두 친구 옛적 얘기에 허리를 잡으며 잔을 비우는데 밖에서

"언제 갈 겁니까?"

하고, 욱대기는 소리가 들렸다. 운전사였다. 그 말투가 여간 불손하지가 않았다. 그 소리를 들은 강 선생은 무춤한다.

"들어오게나."

억지로 위엄을 부리지만 주눅 들려 애원을 하는 것 같았다.

"지금 안 갈 테면 난 내 볼일 봐야겠시다."

"그래? 그럼 다녀오게."

"……."

밖에서는 그담 말이 없더니 부르릉 하고 차 떠나는 소리가 들렸다.

강 선생의 입언저리가 실룩거렸다. 금방 욕설이 터져 나올 것 같은 기색이었다.

그는 얼른 술잔을 들어 쭉 들이켰다. 그래도 목에 걸리는 것이 있는지 자작으로 거듭 따라서 벌컥벌컥 마신다. 운전사 녀석의 언동에 비위가 상한 것이 분명했다. 한 선생은 계제에 잘됐다 싶어 혼잣말처럼 두런거렸다.

"녀석 못됐구만! 돼먹지 않았어!"

"……."

강 선생은 못들은 척 맥주만 마신다.

"어디서 그따위 말버릇을!"

"호호호호! 호홋!"

강 선생이 술컵을 든 채 히쭉히쭉 웃는다.

한 선생은 그가 그렇게 흐느적거릴 일이 아니라고 생각했다.

"당장 올라가는 길로 갈아치워! 천하에 순 배우지 못한 놈이지!"

한 선생은 좀 전에 무안을 당한 앙갚음으로 강력히 권고했다.

"호호호호!"

"웃을 일이 아냐! 양반 노릇 하려면 종을 잘 둬야 한댔잖아! 더 볼 것 없이 갈아치우라고!"

"호호호호! 내 운전사래야지……."

"으응? 그래……."

"난 갈아치울 권한이 없다고! 마누라 운전사니까…… 호호호호!"

"마누라 운전사라니?"

"말귀 못 알아듣는구만! 저놈은 우리 마누라 운전사지 내 운전사가 아니란 말야!"

"무슨 소린지 원!"

"허허 참! 내 차가 아니란 말야! 우리 마누라 전용차를 빌려 타고 온 거란 말야!"

강 선생은 마치 귀머거리한테라도 일러주듯 큰 소리로 외쳤다. 그리고 한 선생에게 불쑥 잔을 내민다.

"술 안 따라줄 테야!"

그는 일부러 취한 체하는 것 같았다. 술의 힘을 빌리지 않고는 실토하기가 거북한 얘기가 있는 것 같았다. 그래서 그는 서둘러 술을 마시고, 일부러 취한 체하는 것이다.

한 선생이 계속 채워주는 잔을 연거푸 몇 잔 비우더니 그는 몸을 흐느적거리기 시작했다. 그리고 눈을 갈구랑히 뜨고 쏘아본다. 몸은 우무처럼 흐느적거리면서도 얼굴은 험상스러웠다. 뼈에 사무친 원한이라도 품은 것 같은 섬뜩한 몰골이었다.

한 선생은 당황했다. 그가 돌연 나타난 이유를 다시 후벼보았지만 캄캄할 뿐이다. 예전에 그와 척이 질 만한 일이 있었는가 다급히 훑어보았다. 없다. 그런 일이 없다. 다만 삼일오 선거 때 그는 교장이 시키는 대로 고분고분 따르고 한 선생은 빳빳이 맞세우다가 물러난 일밖에 없지만, 그것은 자의였으니까 두 사람 사이에 혐의를 품을 성질이 아니다.

그때 교장 입에서 당랑거철螳螂拒轍*이라는 유식한 문자가 새어 나왔다. 버마재비가 수레바퀴를 막는다면 그 결과가 어떻게 되겠느냐면서 한

---

* 자기 분수도 모르고 무모하게 덤빔을 비유적으로 이르는 말.

선생의 반골 행위를 나무란 것이다. 강 선생은 스스로 버마재비로 자처했지만, 한 선생은 양심과 지조를 앞세우고 사표를 내던졌던 것이다.

그건 서로가 택한 길이지 상의를 했다든가 어느 편에서 배신을 한 것은 아니다.

"한 선생!"

강 선생이 더욱 험악한 눈초리로 쏘아본다. 한 선생은 자지러질 것만 같았다. 금방 비수ㄴ쁩를 번쩍이며 달라붙을 것만 같은 눈빛이다. 처음 당하는 일이었다. 가끔 성난 아내의 눈빛에서 그런 것을 느끼는 적이 있지만 그건 이미 면역이 돼서 히쭉히쭉 웃어버리면 됐다. 아내 이외의 사람한테 당해보기는 처음이었다. 그래서 히쭉거릴 수가 없었다.

"왜 그래! 당신 나하고 뭐 시비 가리러 왔어!"

한 선생도 덩달아 눈알을 굴리고 맞세웠다. 분별할 새가 없었다. 자신이 생각해도 의외였다. 그처럼 맞세울 수 있는 용기가 가상스러웠다.

"흐흐흐흐! 왜 그래? 왜 발끈거려? 한 선생 그 외골수 여전하구만! 허허허허!"

한 선생이 맞세우자 그는 금방 수그러지면서 이지렁스럽게 껄껄거렸다.

"흐흐흐흐! 강 선생 능갈*이야말로 여전하군!"

한 선생도 따라 웃었다. 그러나 그의 눈빛에서 느낀 비수는 사뭇 꺼림칙했다.

'나한테 뭔가 맺힌 것이 있기는 있는 모양인데……'

그것이 성큼 떠오르지 않으니 답답했다. 어느새 강 선생은 졸린 듯 눈을 지그시 감고 있었다.

| * 얄밉도록 몹시 능청을 떪.

쪽대문 밖에서 두 팔을 활짝 벌리고 반기던 기활과는 딴판이다.

늙었다. 피곤해 보였다. 술에 휘감겨서가 아니라 쌓이고 쌓인 피로에 지쳐서 몸을 제대로 가누지 못하는 것 같았다.

'무굴충이 흐흐!'

한 선생은 무굴충이라는 말이 생각나서 혼자 히쭉거리는데 그가

"왜 웃는 거야? 날 보고 왜 웃어?"

하면서, 눈을 가느다랗게 떴다. 쏘아볼 기력을 상실한 것 같았다.

"강 선생, 많이 늙었군……."

한 선생은 솔직히 말했다.

"흐훗! 늙을 수밖에…… 흠! 한 선생 나 부탁이 있는데……."

그는 금방 바람 빠진 고무풍선처럼 맥을 못 쓰면서 애원하는 눈길로 바라본다.

"나 이 동리 와서 살도록 좀 해주."

"뭐라고! 흐흐흐흐!"

한 선생은 웃었다. 사람을 잔뜩 긴장시켜 놓고 그런 어처구니없는 소리를 하니 말이다. 그런데 강 선생은 금방 정색을 하고 소년처럼 떼를 썼다.

"꼭 이 동리 와서 살아야겠어. 한 선생이 못 오게 해도 와야겠어. 그러잖고는 더 살 수가 없어."

그는 벽에다 등을 기대고 비스듬히 누운 자세로 한 선생의 대답을 기다린다. 그의 태도가 농담으로 던지는 것 같지는 않았다. 그래서 한 선생도 어물쩡 대답할 수는 없었다.

"여기도 옛날 농촌이 아냐. 언젠가 낚시에 병신 붕어를 낚았다니까!"

"병신 붕어라니?"

"공해병에 걸린 붕어! 사람으로 친다면 꼽추 같더군. 등이 굽고, 옆구리도 뒤틀리고…… 얼핏 보기에 공기가 맑은 것 같지만 농촌도 오염됐

어. 그놈의 농약을 그렇게 함부로 쓰니……. 어쩌면 도시의 오물이나 매연보다 더 심하다고……."

"ㅎㅎㅎㅎ……."

강 선생이 어이없다는 듯 히쭉댄다.

"오물이나 매연밖에 모르는군!"

그는 또 한 번 히쭉 웃고 나서 말을 잇는다.

"공해 공해 하지만 동취보다 더한 공해는 없다고!"

"동취라니?"

"허허! 동취를 모르고 사니! 하긴 내가 여기 와 살겠다는 것도 그 때문이지만……."

"대체 그 동취라는 게 뭔데 그렇게 공해가 심해?"

"정말 동취를 몰라! 구리 냄새, 동취銅臭."

"구리 냄새?"

"답답하군! 돈 내!"

"돈 내가 뭐야? 수수께끼처럼 얘기하지 말라고……."

"돈, 냄, 새! 그래도 몰라!"

"……."

한 선생은 알 듯 모를 듯해서 눈을 깜박거리자 강 선생은 한심스럽다는 듯 설명을 한다.

"옛날 후한後漢 때 최열이란 자가 오백만 금을 주고 사도司徒라는, 지금으로 치면 장관급 벼슬을 샀단 말야!"

"아아…… 으응!"

"이제 알겠나? 그 최열이가 우쭐대면서 자식에게 세상 사람들이 이 아비를 어떻게 평가하더냐고 물으니까……."

"아버님한테서 동취가 난다고 했지 ㅎㅎㅎ!"

"그거라고! 동취…… 돈 냄새…… 사람 죽이는 그 냄새……."

"주로 그런 사람들만 상대하는 모양이군?"

한 선생이 비우적대자 그는 버럭 소리를 질렀다.

"마누라가 풍기는 동취에 말라 죽겠단 말야!"

강 선생은 왈칵 내뱉고는 괜한 역정을 부린 것이 쑥스러운 듯 피식 웃으며 빈 맥주잔을 입으로 가져간다. 손이 경련을 일으키고 있었다. 속에서 분통이 치미는 모양이었다.

한 선생은 그의 눈빛에서 느낀 비수가 자기를 겨눈 것이 아니라는 것을 알 수 있었다. 고문에서 풀려난 것처럼 일단은 안심이 되었다.

그는 벽에 의지하고 또 무엇인가 생각을 하는 것 같았다.

한 선생은 부인이 뭘 하길래 그처럼 돈 냄새를 풍기느냐고 물어보고 싶었지만 참았다. 그것을 물으면 또 역정을 내고 두 눈에 칼날을 세울 것 같았기 때문이다. 하긴 물어보나 마나 여자가 동취를 풍긴다면 알 만하다.

'땅장사, 아파트 장사에 떼수를 만났겠지! 계 오야도 하고…… 도리 짓고땡도 하고 흐흣!'

나름대로 그런 짐작을 하면서 히쭉거리는데 강 선생이 잠꼬대처럼 두런거렸다.

"마누라가 미국에 간 새에 차 좀 타고 왔더니 그 자식이 사람 망신 톡톡히 시키는구먼! 빌어먹을!"

"사모님이 미국에 가셨어?"

"우정의 사절이라나? 세상 좋아졌지……."

한 선생은 그 틈을 타 궁금증을 풀어볼 생각으로 슬그머니 떠보았다.

"사모님이 사업을 크게 하시는 모양이군?"

그 말을 들은 강 선생은 피식 웃으면서 몸을 일으켰다.

"알고 싶은가? 우리 마누라 돈 버는 내막……."

"호호호호! 글쎄, 뭐 꼭 알아야 할 것까지는 없지만……."

"고기 장사를 한다네!"

"뭐!"

"쇠고기 장사!"

"수입 쇠고기 말이로군? 그러니까 무역회사 사장이란 말이지?"

"호홋! 무역회사 사장 참 좋아하는군!"

강 선생은 쩍쩍 입맛을 다시고 나서 덧붙여 설명을 한다.

"수입 쇠고기 장사도 아니고, 간판 붙인 육간도 아니고, 한마디로 말하자면 밀도살密屠殺꾼야! 시골서 몰래 잡은 쇠고기를 자가용차로 서울에 날라다가 단골 음식점에 팔아넘기는 암거래꾼야! 허가도 없고 세금도 안내는 알찬 장사지……."

"흐흠!"

강 선생은 남의 얘기처럼 주워섬기고 헐뜯는데 도리어 듣는 편이 어지러웠다.

"운전사 녀석, 저놈도 동패꾼이란 말야! 남 보기에는 으리으리하고 번지르르한 저놈의 자가용차가 알고 보면 밀도살한 쇠고기 운반차란 말야!"

강 선생의 언성이 차츰 격해졌다. 좀 전의 그 험상스러운 얼굴로 다시 변했다.

"그놈이 날 깔본단 말야. 봤지? 알 만하지? 내 집 운전수 놈이 나를 그처럼 얕보고 지랄을 하는 것만 봐도 내가 여편네한테 얼마나 구박을 받고 사는가 짐작하겠지?"

"호호호호."

한 선생은 알 수 있다는 표시로 히쭉 웃었다. 사실 그의 처지를 십이분 짐작할 수 있었다. 그러면서도 모를 일이 있었다.

"그럴 수가…… 그럴 수가……."

한 선생은 답답한 듯 혼자 씨부렸다.

그러자 강 선생이 몸을 추켜 일으키며 맞장구를 치고 나섰다.

"아암 안 되지! 그럴 수가 없지!"

"……."

"그런데 그 마누라가 못됐어 하하하하!"

그는 눈만 껌벅거리는 한 선생을 놀리기라도 하는 것처럼 껄껄거리더니 한숨을 내쉬었다.

"난 도통 무슨 얘긴지 원……."

"잠자코 들어봐! 내 얘길 들어보란 말야!"

"아니, 대관절 강 선생 지금 하고 있는 일이 뭐야? 직함이 뭐요?"

한 선생은 그의 술주정 같은 넋두리를 듣기보담도 결론적으로 그것을 알고 싶었다.

"하고 있긴 뭘 하고 있어, 먹고 대학 우등생이지. 하하하하. 봤으면 알 것 아냐. 운전수 놈한테까지 구박을 받는 천덕꾸러기지 별거야. 직함? 허허허! 회장이냐 사장이냐, 아니면 전무냐, 뭐 그런 거 말이지? 나 그런 건 근처에도 못 가봤어. 구멍가게 주인도 사장이고 생선 장사도 사장이고 하숙집 주인도, 보신탕집 아저씨도, 우리 마누라하고 동패 장사를 하는 밀도살꾼도 말짱 사장으로 통하는데 난 그 축에도 끼일 자격이 없단 말야. 배운 도둑질인 훈장 노릇도 그만둔 지 오래니 선생도 아니고……."

"사람 말하는 것!"

"직함은 고사하고 갖다 붙일 직업도 없는 놈이란 말야. 버러지야. 버러지 중에도 뼈 없는 버러지. 아 그러니까 당신처럼 이런 데 와서 묻혀 살겠다는 것 아냐!"

"내가 그렇게 보이나? 이렇게 사니까 그런 천더기 무골충으로 보여?"

한 선생은 버럭 역정을 내면서 얼굴을 붉혔다. 이제까지 그런 일은 좀처럼 없었다. 그만큼 불쾌한 것이다. 마누라한테 '무골충'이라는 욕을 먹고서도 그냥 히죽대기만 하던 그가 그깐 말에 역정을 부린다는 것은 우습다. 그렇지만 강 선생의 말투는 이편을 싹 까놓고 비양하는 것 같아서 비위가 확 상했다. 그래서 자신은 무골충이 아니라는 것을 기를 쓰고 내세웠다. 강 선생의 말은 되씹을수록 화가 치밀었다. 마치 이런 촌구석은 무골충들이나 살 곳이라는 것으로 들렸다. 그래서 무골충이인 자신도 이곳에 와서 끼리끼리 어울려 살아보자는 것이다.

한 선생은 사뭇 화가 솟구쳐 어깨숨을 몰아쉬면서, 그가 한 말을 취소시킬 궁리를 대는데 밖에서 자동차 클랙슨 소리가 한 선생보다 더 화가 난 듯 마구 울려왔다. 제 볼일을 보러 간다던 운전사 녀석이 돌아온 모양이었다.

빵 빵! 빵! 빵!

가겠느냐, 안 가겠느냐, 나 지금 기분이 좋지 않아!

클랙슨 소리는 꼭 그렇게 들렸다. 그 소리에 단박 풀이 죽은 강 선생은 부스스 일어섰다.

"한 선생, 오늘 폐가 많았소. 또 만납시다."

그는 한 선생이 대꾸도 할 새 없이 서둘러 구두를 신고 쪽대문 밖으로 나갔다.

한 선생도 뒤를 따랐다. 주인 된 도리는 하자니까 어쩔 수 없다.

강 선생이 쪽대문을 나서자 저쪽 깡돌이는 덤덤하니 바라보기만 하는데 엉뚱한 윤 씨네 개가 마구 짖어댔다. 강 선생이 개에 쫓기듯 서둘러 차에 오르면서 문도 채 닫기 전에 차는 신경질적으로 붕 떠났다. 운전사 녀석이 신경을 곤두세우고 액셀러레이터를 밟은 것이다. 그런데도 강 선

490

생은 제법 의젓이 창밖에다 대고 손을 흔든다.

"ㅎㅎㅎㅎ! 허허허! 헛! 헛!"

한 선생은 아무 의미도 없이 소리 내어 웃었다. 웃다가 생각하니까 정말 우스웠다. 그래서 마음 놓고 웃었다.

"허허허허! 아 하하하하!"

"허허허허!"

누군가 옆에서 따라 웃는다. 윤 씨였다.

"뭐 좋은 일이 있나 보군?"

한 선생이 돌아보자 그는 멋쩍은 듯 그렇게 얼버무린다.

"좋은 일? 허허허허!"

"지금 떠나보낸 손님 뭣 하는 분여?"

"몰라. 허허허허! 나도 몰라!"

"헹! 일러주면 큰일 날 사람인가벼…… 워쨌거나 똥깨나 꾸는 사람 같은데……. 저런 삐까뻔쩍하는 자가용에 번듯이 누워서 여봐라! 하는 걸 보니 말여. 젠장할 것, 세상에 나왔으면 그만큼 한번 살아봐야 하는 건데……."

"……"

한 선생은 웃음을 억지로 참았다. 그냥 내처 웃다가는 그야말로 허팟줄이 끊어질 판이다.

"그런데 말여……."

한 선생이 억지로 정색을 짓자 윤 씨도 은근한 자세로 용건을 비친다.

"아침에 진숙이하고 실랑이를 하다가 말았는데 말여……."

그는 일단 말을 끊고 호주머니를 뒤져서 슬그머니 내민다.

"이거 이천 원인데 받아둬. 그만하면 서운치 않게 쳐주는 거니께……."

"뭘 말여?"

한 선생은 시치미를 떼면서 일부러 사투리를 써가며 되물었다.

"아따, 저놈 뒤 올린 것 말여! 한 번 뒤 올리는데 이천 원이면 제대로 친 것 아녀? 크게 밑천이 든 것도 아니고 말여. 허허허허!"

"안 돼!"

"엉?"

"우리 개가 어떤 갠데 그래. 새끼를 내면 한 마리에 만 원 이상 받고도 남을 종잔데 고작 이천 원? 안 돼!"

"아니 이 사람이!"

"뭐가 이 사람야? 두말 말고 오천 원 내놔? 그 알로는 절대로 안 돼!"

"······."

윤 씨는 멍하니 바라본다. 한 선생이 그처럼 나온다는 것은 너무나 뜻밖이어서 말문이 막히는 모양이었다.

"자네 우리 집 물건 헐값으로 훑때리기에 재미 붙인 모양인데 저 개는 그렇게는 안 돼! 절대로 안 된다고!"

한 선생 입에서 그런 말이 술술 나왔다. 그건 모두 그의 부인과 딸 진숙이의 말투를 딴 것이다.

"옛네! 옛서! 오천 원!"

윤 씨는 오천 원짜리를 한 선생 코앞에다 들이밀면서 손을 부들부들 떨었다. 어지간히 억울하고 패씸한 모양이었다. 한 선생은 서슴지 않고 받아 쥐고 한마디 선심을 썼다.

"신통찮으면 한 번 더 시키지그래······."

"관두게 관둬!"

윤 씨는 입속의 침이 마르는지 헛기침을 캑캑 고르면서 저의 개를 끌고 나섰다. 멍! 멍멍, 멍! 멍멍!

속없는 놈, 깡돌이는 암캐를 그냥 데려가는 것이 서운한지 마구 짖어댔다.

"진숙아, 옛다! 윤가한테 돈 받았다."

한 선생은 쪽대문을 들어서면서 방금 받은 오천 원짜리를 자랑스럽게 내밀었다.

"호호호호. 아버지가 된통 들이대니까 꼼짝 못 하데요. 호호호호!"

"다 들었구나. 허허허허! 제깐 놈이 안 내고 배겨!"

"호호호호!"

"허허허허!"

한 선생 부녀는 오랜만에 서로 낯을 활짝 펴고 웃었다.

"어여 저녁 준비해야지……. 너의 어머니 입맛 댕길 만한 것 뭐 없냐? 반찬거리……. 네가 알아서 만들어봐."

"알았어요. 아버지……."

"난 주막거리 나간다. 버스 시간 얼추 됐나 보다."

한 선생은 자전거를 끌고 나섰다. 장에 간 부인 마중을 하기 위해서다. 아침에 부인한테 지청구를 먹으며 더덕 꾸러미를 싣고 가던 그 논둑길로 자전거를 몰았다.

그런데 빈 자전거를 타고 가는데도 자꾸만 비슬거려졌다. 마치 오장육부를 송두리째 들어낸 것처럼 속이 허전했다. 그러면서도 언제나 납덩이처럼 묵직했던 머릿속은 씻은 듯이 개운했다.

둑길에 접어들자 일단 멎고 자전거를 받쳐 세웠다. 습관이 된 그 장소다. 그는 바지 앞단추를 풀면서 두 다리에 힘을 주었다. 그리고 천천히 생각해 보았다. '난 무골충이 아니지? 정말 아니지?'

—《문학사상》, 1980년 9월.

해설

추식의 작품 세계

_김영애

1. 들어가며

추식秋湜(1920~1987년, 본명은 성춘成春, 호는 고우古雨)은 소설가이자 극작가다. 작가의 말에 따르면 그는 희곡 창작으로 문학 수업을 시작했고, 1963년 방송극 〈동백冬栢아가씨〉의 원작자로 대중적인 유명세를 탔다. 또한 그는 단편 「인간제대人間除隊」로 제3회 한국문협 신인상을 수상했으며, 1962년 을유문화사 '한국신작문학전집' 시리즈의 여덟 번째 작품으로 전작장편 『가시내 선생』*을 출간한 바 있다.

추식의 작품 세계를 설명하는 표현들은 대체로 '인격 상실의 드라마',** '패자敗者의 곡예',*** '욕구 불만의 인텔리',**** '전후사회戰後社會의

---

* 1962년 을유문화사에서 '전작장편'의 형식으로 출간된 작품은 모두 10편이다. 1권은 손소희孫素熙의 『남풍南風』, 2권은 박용구朴容九의 『회색灰色의 단층』, 3권은 정한숙鄭漢淑의 『끊어진 다리』, 4권은 유주현柳周鉉의 『강 건너 정인情人들』, 5권은 강신재康信哉의 『임진강의 민들레』, 6권은 김광식金光植의 『식민지』, 7권은 오유권吳有權의 『방앗골 혁명』, 8권은 추식의 『가시내 선생』, 9권은 박경리朴景利의 『김약국金藥局의 딸들』, 10권은 권태웅權泰雄의 『자유의 가교假橋』이다. 이 시리즈는 "한국에서 처음 시도한 본격적으로 새로 쓴 순수문학전집! 한국문단에서 기라성 같은 역량 있는 작가들만의 정금미옥탑精金美玉塔!"이라고 소개되었다. 이 시리즈의 작가들의 면면을 살펴보면 이들이 당시 문단에서 주목받던 신인 작가들이며, 김동리에 의해 추천된 추식 또한 당시 문단의 주목을 받았던 '역량 있는 작가'로 인정받았음을 알 수 있다. 『가시내 선생』 발표를 기점으로 추식은 지금까지의 단편 중심 창작 경향에서 벗어나 점차 장편과 방송극, 시나리오 창작에 주력한다.

** 정창범, 「인격 상실의 드라마-추식론秋湜論」, 『현대한국문학전집』 9, 신구문화사, 1966년, 472~480면.

캐리커처',***** '비인간 사회의 인간성 추구'****** 등의 수사로 한정된다. 이러한 수사적 표현들은 추식 소설의 특징적인 면모를 설명하는 것과 동시에, 역설적으로 그의 작품에 대한 확장된 이해를 제한하는 기능을 수행하기도 한다. 이들은 1960년대 중반 이후 각종 문학선집의 해설과 단평에 등장한 수사들로, 이후 추식 소설 연구의 방향과 내용 또한 이에서 크게 벗어나지 않는다.

추식이 발표한 것으로 현재 확인되는 소설 작품은 중·단편 36편, 장편 12편이며, 이외에도 방송극과 시나리오가 수십 편에 이른다.******* 추식의 소설들 가운데 단행본으로 출간된 것은 창작집 『인간제대』와 번역서 『스물네 개의 눈동자』, 장편소설 『가시내 선생』, 고전 『심청전』, 동화 『우리는 아파똘이』로, 이 가운데 순수한 의미에서 소설로 분류할 수 있는 작품은 앞의 두 편뿐이다. 1960년대 이후 발간된 각종 문학전집을 제외한다면 이 두 권이 추식 소설 단행본의 전부인 셈이다. 이러한 사실은 그간 추식 소설에 대한 문단과 독자, 연구자의 관심 수준이 어떠했는가를 짐작케 하는 근거다. 1955년 등단한 이래 30년 가까이 수많은 작품을 발표하며 활발하게 창작 활동을 했음에도 불구하고 그의 소설 작품은 대중에게 거의 알려지지 못했다. 등단작 「부랑아」와 한국문협 신인상 수상작 「인간제대」 정도만이 각종 문학전집의 한 귀퉁이를 차지할 따름으로,

*** 이어령, 「패자의 곡예 – 인간제대」, 『현대한국문학전집』 9, 신구문화사, 1966년, 492~493면.
**** 천상병, 「욕구 불만의 인텔리 – 왜가리」, 『현대한국문학전집』 9, 신구문화사, 1966년, 494~495면.
***** 김병걸, 「전후사회의 캐리커처 – 추식의 작품 세계」, 『한국문학대전집』 16, 태극출판사, 1976년, 561~567면.
****** 구창환, 「비인간 사회의 인간성 추구 – 추식의 문학 세계」, 『한국문학전집』 24, 삼성당, 1983년, 545~549면.
******* 추식의 소설들 가운데 《현대문학》에 발표한 작품의 수가 압도적으로 많다는 점이 특징적이다. 그가 《현대문학》에 발표한 작품은 모두 12편으로 「부랑아」, 「모오든 나는 오라」, 「비인격형」, 「곰선생」, 「인간제대」, 「도관장 선생」, 「왜가리」, 「온선생」, 「다락 속의 서 노인」, 「합의서」, 「나응전」, 「참초」 등이다. 이외에 그가 발표한 방송극과 시나리오는 현재까지 그 편수조차 정확하게 집계되지 않는다. 유족의 증언에 따르면 대략 그 수는 백여 편 이상이라고 한다.

그 외 많은 그의 작품들은 출간조차 되지 못하고 긴 동면을 계속해 왔다.

1955년 단편 「부랑아」를 발표하며 등단한 이후부터 1960년대 초반까지 추식은 놀라울 정도로 왕성하게 소설 창작에 몰두했다. 이 시기 그가 각 문예지에 발표한 작품의 수는 전체 작품의 절반이 훌쩍 넘는다. 연보에 따르면 특히 1957년과 1958년에 추식은 무려 단편 12편과 장편 2편을 발표했다. 물론 이 시기는 현저하게 단편 창작이 많았으며, 이후로 갈수록 점차 장편화되는 경향을 보인다. 그 기점이 되는 것이 1962년에 발표한 『가시내 선생』이라 할 수 있다. 『가시내 선생』 이전까지 추식의 작품은 대부분 단편이며, 그 기저를 지배하는 주제 의식과 분위기 또한 공통된 하나의 맥락을 형성하고 있다. 『가시내 선생』을 기점으로 그의 작품은 점차 장편화되고, 이와 맞물려 주제 의식과 분위기 또한 변모된다.

추식의 작품을 전후소설의 한 유형으로 범주화하는 이유는 무엇인가. 가장 유력한 근거는 그의 등단 시기에서 찾을 수 있다. 추식의 등단 시기가 1955년임을 감안할 때 그를 전후세대의 범주로 묶는 것은 일반적인 문학사 서술의 관행으로 이해된다. 그런데 등단 시기를 제외한다면 그의 소설에서 보편적인 전후문학의 서사를 발견하기란 쉽지 않다. 물론 전쟁이 배경이 되는 작품이나, 전쟁과 직접적인 상관관계를 맺는 서사가 등장하는 작품도 있다. 그러나 전쟁이 단순한 배경으로 물러나거나, 그 의미가 상대적으로 약화된 작품이 그의 소설에서 대다수를 차지한다는 점을 간과해서는 안 된다. 특히 그가 집중적으로 작품을 발표한 1955년부터 1960년대 초반의 경우에도 전쟁은 큰 비중을 차지하지 않으며, 이러한 경향은 이후로 갈수록 더 심하다.

그의 작품들은 보편적인 전후소설의 문법과는 사뭇 다르다. 그의 소설은 시궁창 같은 현실을 극복한다는 미명하에 그것을 허술한 관념 따위로 치환하지 않는다. 그의 소설은 척박하고 곤궁한 현실을, 그것을 재단하는 서술자 혹은 작가의 관념이 개입되지 않은 상태의, 날것 그대로 보여줄 따름이다. 관념이 승한 보편적인 전후소설에 익숙한 독자에게 추식의 소설은 그 자체로도 낯설고 새롭다. 이러한 특징으로 인해 그의 소설이 대중에게 알려지지 못했다는 점은 매우 안타깝고 또한 아이러니컬하다.

본고는 추식의 작품 세계를 세 단계로 구분하고, 구체적인 작품 분석을 통해 각 단계별 특징을 추출해 내고자 한다. 단계별 구분은 형식의 측면과 주제의 측면을 동시에 고려한 것으로, 세부적으로는 1950년대부터 1960년대 초에 해당하는 전기, 『가시내 선생』을 중심으로 한 중기, 그리고 1960년대 중반부터 1980년에 이르는 후기로 나누어 그의 소설 세계가 펼쳐 보이는 다채로운 지형들을 탐구할 것이다. 이를 통해 그의 삶과 소설을 온당하게 평가하고, 더불어 그에 대한 다양한 논의들을 유도해 낼 수 있으리라 기대한다.

2. 추식의 삶과 작품 세계

1) 전기 : 냉혹한 현실주의자의 시선

1920년 충북 청주에서 출생한 추식은 1955년 6월 김동리에 의해 「부랑아」가 《현대문학》에 추천되어 등단했다. 등단 당시 추식은 연합신문사에 재직하고 있었다. 1947년부터 신문 기자 생활을 시작한 그는 《독립신문》, 《평화신문》, 《연합신문》, 《호서신문》, 《중도일보》 등을 거치면서 이후 창작의 소재가 될 다양한 사건들을 취재한다. 그의 많은 작품들에서 주인공이 신문 기자라는 사실은 이 같은 전기적 특징에서 비롯된 결과라 할 수 있다.

솔직히 말해서 「부랑아」라는 처녀작을 쓸 때 나는 그것이 소설이라고 인정을 받으리라고는 생각지 못했다. 지금도 마찬가지지만 문학이니 창작이니 하는 엄청난 짓을 내가 감내할 만한 자신이 없었던 것이다. 처음부터 나는 '문학 수업'을 못 했다고 했으니까 엉뚱한 소리를 횡설수설한 것이다. 이런 제목의 청탁을 받고 떳떳이 격에 맞는 글을 쓰지 못하는 것은 슬픈 일이다. 습작 시대를 겪지 못하고 흐지부지 나선 것이 불행이란 말이다. 나에게 군이 '문학 수업'이라는 것이 있었다면 사회부 기자로 십여 년 종사하면서 이 땅의 가장 높은 어른도 만나고 거지 사회까지도 파고 다닐 수 있었다는 것일는지도 모른다. 그건 곧 나의 인생 수업이요 또 문학 수업이며 직업이기도 하다.*

「부랑아」 발표 이후 「모오든 나는 오라」를 통해 추천이 완료되고 이어 《현대문학》에서 '나의 문학 수업'이라는 표제로 원고 청탁이 들어오자, 추식은 '사회부 기자로 십여 년 종사'한 것이 문학 수업의 전부라고 말한다. 이는 그에게 특별한 '문학 수업'이나 '습작 시대'가 없었다는 고백이기도 하다. 그의 생애 가운데 문학과 관련지을 만한 내용은 그가 유년기부터 이야기를 좋아했다는 점과 『구운몽』, 『추풍감별곡』, 『유충렬전』 같은 고소설을 즐겨 읽었다는 점, 그리고 외숙이 소장한 각종 '희곡집'을 읽고 흥미를 느꼈다는 점 정도다.**

「부랑아」를 신춘문예에 투고하는 과정에 대한 고백은 그가 소설 창작을 시작한 계기를 설명해 주는 단서가 된다. 그의 고백에 따르면 그는 처음 「부랑아」를 써서 신춘문예에 응모했으나 당선되지 못하자 이것을 《현대문학》에 보낸다. 신춘문예에서 탈락한 사유에 대해 추식은 「부랑아」의

* 추식, 「나의 문학 수업」, 《현대문학》, 1960년 3월, 307면.
** 같은 책, 302~303면.

서사가 일간지에 발표하기에 지나치게 어둡다는 뒷얘기를 들었다고 밝힌 바 있다. 이후 김동리가 이 작품을 추천하여 그는 소설가로 등단한다. 김동리는 창작집 『인간제대』(일신사, 1958년) 서문에서 "이 작품(「부랑아」—인용자)이 독자에게 깊은 충격을 주고 또 문단의 호평을 사게 된 근본 원인은 그 제재의 심통성沈痛性이나 그 대사회적 문제성에 있었다기보다 그 작품에 내포된 작자의 '극한 의식極限意識'이라고 본다."고 평가한다. 나아가 그는 추식의 작품에 공통적으로 내재한 본질로 '대세기적對世紀的 극한 의식'을 지적한다. 그에 따르면 추식은 '인간 대열'에서 제외된 군상들을 형상화하는 과정에서 '극한 의식'을 드러낸다. 그의 작품은 "'대세기적 증언'으로써 '인생' 그 자체를 고발하는 데 근본 의도가 있다."는 것이다.*

이어령은 추식의 소설에서 '기술記述의 철학—산문정신의 일면'을 읽어낸다.

> 「인간제대」 등의 작품에 나타나 있는 패배한 인간의 군상이 현대적 사회성의 그 보이지 않는 끈에 의하여 조종되고 있기 때문이다. 그들은 잉여 정리整理된 숫자처럼 인간의 울타리 밖에서 부동하고 있다. 「인간제대」의 '나'는 건강하게 생활하는 인간의 대열에서부터 영영 떨어져 나간 암체暗體의 유성流星인 것이다. 추식은 바로 이 고독한 생명의 '걸인乞人' 군상에서 현 사회의 안티노미를 척결剔抉한다. 초보적이기는 하나 기술記述의 철학—산문정신의 일면을 그는 터득하고 있다.**

---

* 김동리의 평가에 대한 이어령의 반론에 관한 논의는 마희정의 논문을 참조하였다. 마희정, 「1950년대 '김동리 대 이어령의 문학 논쟁' 고찰」, 《개신어문연구》 15, 1998년, 518~521면.
** 이어령, 「패자의 곡예—인간제대」, 『현대한국문학전집』 9, 신구문화사, 1966년, 492면.

이어령이 말하는 '기술의 철학―산문정신의 일면'이란 일상적 생활 풍경을 관찰하고 그것을 '재판소 서기의 그것'처럼 기록하는 행위가 아니다. 추식이 그린 풍경화는 '보다 가열하고 음울한 색조'를 띤다. 그것은 '싸늘한 청동靑銅의 풍경'이다. 그는 추식의 소설이 도시의 주변부를 부랑아처럼 배회하는 배제된 자들의 일상에 침투하여, 그곳에서 발견한 진정한 삶의 모습을 음울한 풍경화로 그려내고 있다고 본다.

추식의 작품 세계 전반부에 해당하는 1950년대는 이처럼 정상적인 인간성 발현이 불가능한 도시 주변부 삶의 누추를 묘사하는 데 집중되어 있다. 「부랑아」의 고아 박달이나, 「곰선생」의 교사 강만수와 매춘부 혜숙, 「인간제대」의 무직자 '나', 그리고 「기적궁奇蹟宮」의 매춘부 봉순의 모습은 뿌리나 정처 없이 떠도는 도시 변두리 삶의 한 전형이다. 이들의 공통적인 특징들 가운데 하나는 등장인물들이 모두 비윤리적인 행위를 일삼아 연명해 나간다는 점이고, 당연히 이들은 파국적인 결말을 맞는다는 점이다. 작중 인물들이 지향하는 바는 분명하나, 그들은 결코 그것을 얻지 못한다. 흥미로운 것은, 인물들이 비윤리적인 행위에 대해 죄책감을 느끼기보다는 일종의 피학적인 쾌감에 가까운 감정을 느낀다는 사실이다. 이는 왜곡된 인간 군상을 핍진하게 묘사한 결과이기도 하면서 동시에 인간성 자체에 내재한 본질적인 속성을 심도 있게 고찰한 결과이기도 하다.

「부랑아」(《현대문학》, 1955년 6월)의 박달이 원하는 바는 명료하다. 그것은 '여주 색시'로 상징되는 애정의 대상과의 결합이다. 여주 색시는 박달에게 모성이자 여성(연인), 그리고 유일한 '사람'이다. "사람들이 살고 있는 틈새에 가서 꼬옥 끼어 살고 싶었다."로 요약되는 박달의 소망은 여주 색시의 죽음으로 인해 좌절된다. 사기꾼, 모리배, 꽃제비, 여주인, 펨프, 상무 등의 인물들에 둘러싸인 박달은 '사람이 살고 있는 틈새'에 살면서 '사람'을 그리워한다. 박달이 지향하는 '사람'은 여주 색시로 상징되는 존재로, 실제 그가 살고 있는 공간의 사람들과는 다른 존재다.

박달은 결핍의 근원에 대한 진지한 성찰이나 모색의 수준에까지 접근하지 못하고, 여주 색시라는 상징적 존재가 소멸하자 다시 부랑아의 신세가 된다. 스스로 사람 사는 곳이 아니라고 여기는 그 뒷골목을 떠나는 것으로 박달의 성장은 시작되는 것이다. 그 시작은 '사람이 되고 싶다'는 소망의 구체적인 발현이라 할 수 있다. 이를 두고 단순하고 안이한 결말이라 비판할 수 없는 이유는, 박달의 결핍이 뒷골목을 떠나는 것으로 충족될 수 없기 때문이다. 전후의 현실에서 박달과 같이 떠도는 주변인들의 내적 욕망은 결코 실현되지 못할 것이고, 박달은 다시 부랑아의 삶을 반복할 뿐이다. 정처를 찾고 거기에 자신의 뿌리를 깊이 내리는 것과 같은 정상적인 생활이 불가능한 것이 다름 아닌 전후 한국의 현실이다.

「곰선생」(《현대문학》, 1956년 12월)의 주인공 '곰선생' 강만수는 청광학원 교사로, 성적 욕망을 해소하기 위해 주말마다 매춘부 혜숙을 찾아간다. 가족 없이 홀로 살아온 만수는 혜숙을 만난 이후로 남들처럼 가정을 꾸리고 안정된 생활을 하길 원한다. 그 역시 가정을 이루어 행복하게 살고 싶은 부랑자들의 욕망을 보여준다. 그러나 혜숙은 가짜 중령 행세를 하는 사기꾼에게 속아 그의 아이를 임신한 상태다. 만수의 정성 어린 태도에 감동한 그녀는 그의 청혼을 받아들인다. 그러나 무리하게 낙태수술을 감행한 결과 혜숙은 죽고, 결혼식 날 만수는 비로소 그녀가 죽었음을 알게 된다. 만수의 욕망이 좌절되는 과정은 앞서 살핀 다른 작품에 제시된 상황과 유사하다. 정처를 얻고 안정적으로 살아가고자 하는 부랑자들의 소박한 욕망은 결국 완고한 사회 현실의 벽에 부딪혀 좌절될 수밖에 없다.

이 작품에서 두드러지는 비극성은 혜숙의 죽음을 둘러싼 일련의 정

황들에서 포착된다. 가짜 중령에 속아 그의 아이를 임신한 혜숙은 매춘부의 생활을 접고 정상적이고 안정적인 삶을 꿈꾼다. 결혼을 하고 아이를 낳아 기르는 것이 그녀가 원하는 정상적이고 안정적인 삶이다. 그것이 좌절되어 실의에 빠진 그녀는 곰선생 만수로부터 청혼을 받자 다시 안정된 삶을 꿈꾼다. 그러나 그녀는 만수와의 행복한 결혼 생활을 위해 수술을 받다가 죽는다. 혜숙의 비극성은 이러한 이중의 좌절에서 파생된다. 그리고 그 이중의 좌절이 죽음이라는 극단적인 파국으로 마무리된다는 점에서 더욱더 비극적이다.

「인간제대」(《현대문학》, 1957년 7월)의 '나'는 적의와 살의로 충만한 인물이다. '나'가 살의를 느끼는 대상은 수시로 변하는데, 그 가운데 주목할 대상은 '나'의 아내다. 매춘으로 생계를 유지하는 사람들이 모인 동네를 두고 '나'는 "살덩어리를 팔아 먹고사는 골목"이라 조소한다. 물론 이 조소에는 '나' 자신도 포함된다. 제대 후 별다른 직업 없이 아내에게 빌붙어 살아가면서도 '나'는 "내게 불리한 일이 생길 적마다 아내를 욕하는 버릇이 있"을 정도로 그녀에게 적대적이다. 아내에 대한 '나'의 적의는 아내의 호구책 때문이다. 아내는 매춘가에서 창녀들을 상대로 미용을 해서 돈을 번다. '나'는 그런 아내에게 수시로 살의를 느끼는데, 그 시작은 아들 재환의 죽음이다. 군대에 있었던 '나'는 아들의 부고를 듣고 그것이 아내 탓이라 여긴다. 제대 후 '나'는 삶에 대한 의욕을 상실하고 부랑자들이 모이는 거리를 떠돈다. 취직을 하겠다는 의지가 없는 것은 아니나, 그것이 '나'의 일상을 변모시키고 삶에 대한 의욕을 갖게 할 만큼 절실하지는 않다. 그러니 '나'는 매일 아침 '살덩어리를 팔아 먹고사는 골목'을 탈출해 '인간'이 살 법한 공간으로 나간다. 그러나 파고다 공원에 즐비한 부랑자들, 실업자들만을 목격할 뿐, 아무런 변화가 없다.

'나'의 의식은 인간적인 삶을 꾸리지 못하는 현실에 대한 조소로 가득하다. 인간적인 삶의 조건이 무엇인지 명확하게 제시하지 않은 채, 그저 자신을 둘러싼 현실의 부조리와 타락을 탓할 따름이다. '나'의 방황의 근본적인 원인이 여기에 있다. '나'는 막연하게 매춘가를 벗어나 인간답게 살고 싶다고 이야기하지만, 무엇이 인간적인 삶인지, 자신에게 결여된 것이 무엇인지, 그 근본적인 원인이 어디에 있는지에 대해 묻지 않는다. '나'는 그저 파고다 공원의 영감이 보여주는 만화경 속 세상을 보며 위안 삼고, 아내에게 욕을 하거나 폭력을 행사함으로써 '개운함'을 느낄 뿐이다. "인간 대열에서 제외된 것이 하도 억울해서"* 아내를 죽였다고 말하는 '나'의 의식은 인간적인 삶에 대한 희구로 가득 차 있다. '나'는 아내를 죽임으로써 좌절된 인간적인 삶에 대한 동경을 보상받고자 한다. 여기서 반인륜적인 행위를 통해 인간적인 삶을 회복하려는 '나'의 모순이 발생한다. '나'는 '인간 대열에서 제외'된 데 분노하여 아내를 죽였다고 말함으로써 이중의 배제를 자청한 셈이다. 물론 '나'가 아내를 죽였다는 말은 사실이 아니다. 그러나 '나'는 자신이 아내를 죽였다고 말함으로써 인간적인 삶에 대한 기대, 인간 대열에 소속되고자 하는 욕망을 스스로 내던진다.

「기적궁」(《문학예술》, 1957년 11월)의 봉순은 '기적궁'이라는 유곽의 매춘부다. "기적의 궁전서는 모두 과거를 말하지 않는다."라는 진술에서 드러나는 것처럼 이 소설은 많은 부분 상징적이고 모순적인 장치들을 배열하여 주제를 함축한다. '기적의 궁전'에서 봉순은 말도 생각도 하지 않으려 애쓴다. 봉순은 실향민이자 전쟁고아다. 그녀는 한국전쟁 때 월남

---

* 이러한 인식은 단편 「죄罪」(《사상계》, 1958년 5월)에서도 찾아볼 수 있다. 유학 경비를 갈취하기 위해 어머니의 정부情夫를 권총으로 쏜 '나'는 죽은 후 자신이 "인간 세계에서 축출"되었다는 사실을 알고 신에게 이를 따지고 든다. '나'는 '나'를 다시 "인간으로 복귀시켜" 줄 것을 신에게 요청한다. 죄를 지었으나 그것이 죄가 될 수 없음을 역설적으로 피력하는 '나'의 고백을 통해 작가는 "우리 스스로가 알아차릴 수 없는 죄명에 공포증을 느끼"는 현실을 우회적으로 고발한다.

하는 과정에서 어머니, 오빠와 헤어진다. 7년 만에 어머니와 재회한 봉순은 그녀가 딴 사내와 살림을 차린 사실을 알고 삶에 대한 의욕을 거둔다. 그에 더해 봉순은 기적궁에서 우연히 오빠 봉식과 만나나, 그를 알아보지 못한다. 부지불식간에 근친상간을 저지른 봉순과 봉식은 기적궁에 일어난 갑작스러운 화재로 인해 죽음을 맞는다.

'기적의 궁전'은 결국 아무런 기적을 만들어내지 못한 채 '현대식 아파트'에 자리를 내주고 마는, 불행의 공간일 따름이다. 오매불망하던 가족과의 재회가 이루어졌으나, 역설적으로 그 재회가 또 다른 불행을 낳고 마는 상황과 대면함으로써 봉순이 또한 「부랑아」의 박달이나, 「곰선생」의 만수와 혜숙, 「인간제대」의 '나'와 같이 비극적인 결말을 맞는다.

추식 소설의 인물들은 모두 현재 자신이 속한 공간을 부정한다. 그러나 그 공간을 떠나는 일이 자신들의 사활을 걸 만큼 중요함에도, 인물들은 선뜻 그곳을 떠나지 못한다. 추식 소설을 지배하는 모순의 정조는 여기서 발생한다. 이러한 모순은 그의 장편소설 『가시내 선생』에서도 여실히 드러난다.

2) 중기: 온정주의자의 시선과 대결 구도의 와해

『가시내 선생』*은 '서름도' 여교사 강진숙을 중심으로 벌어지는 갖가지 에피소드를 모은 작품이다. 이 소설의 주된 공간인 '서름도'는 극도로 폐쇄적인 곳으로, 시종일관 그 폐쇄성을 바탕으로 육지 도시인 서울과 대비를 이룬다. 이 공간의 대비는 곧 서름도를 대표하는 인물들인 구장, 옥선 어머니, 덕수, 장 씨 등과 서울을 대표하는 인물인 박기웅의 대비로

---

* 추식, 『가시내 선생』, 을유문화사, 1962년. 작품 말미에 '1961. 12. 신륵사神勒寺에서'라는 부기가 있어 이 작품의 탈고 시기를 알 수 있다. 이후 인용은 작품 제목과 면수를 표기하기로 한다.

연결된다.

진숙은 뚜렷한 이유 없이 낙도 분교로 좌천되어 서름도로 간다. 도시의 신식 여성인 그녀에게 섬사람들은 가난뱅이 무식꾼들일 뿐이다. 시종일관 그녀의 의식을 지배하는 것은 훌륭한 교사로서의 사명감과 소명 의식이다. 진숙이 "바퀴 달린 물건이라고는 한 번도 본 적이 없는" 무지한 아이들과 자신을 근거 없이 모략하고 불신하는 마을 주민들의 학대를 견디는 힘은 바로 교사로서의 소명 의식이다. 이 소명 의식의 근거는 무엇인가. 진숙은 고난이 닥칠 때마다 페스탈로치의 교육 철학을 떠올린다. 그러나 보다 근본적으로는 진숙의 소명 의식은 선험적으로 주입된 것에서 점차 관념성을 극복하고 구체적인 경험을 통해 진정성을 확보해 나간다는 점을 지적할 필요가 있다.

『가시내 선생』의 서사는 서름도 주민들과 진숙의 대결 구도가 서서히 와해되는 과정으로 구성된다. 이 과정에서 진숙은 다소 시혜자의 입장이나 태도를 취하기도 한다. 그러나 진숙 또한 서름도 주민들과 화해하고 섬 생활에 적응하는 과정에서 서서히 성장한다. 즉 교사로서의 소명 의식은 그녀가 선험적으로 지니고 있던 관념이라 할 수 있으며, 서름도에서 겪은 구체적인 경험을 토대로 그녀는 진정한 교사로 거듭난다. 이것이 진숙과 기웅의 과도한 계몽적, 시혜적 태도가 지닌 관념의 과잉을 극복하는 중요한 요소다. 진숙과 기웅의 의식에 자리한 영웅 심리나 감상주의는 서름도라는 극한의 공간 설정을 통해 더욱 부각된다. 진숙은 극한의 상황에서도 교사로서의 사명감을 버리지 않고 견딘다. 그녀로 하여금 극한의 상황을 견디도록 만든 것은 섬사람들에 대한 우월감이 아니라, 그녀의 정결주의다.

이 작품에서 도시 출신의 여교사와 낙도라는 배경의 설정은 시너지 효과를 창출한다. 낙도라는 공간적 배경이 참혹하면 할수록 진숙의 고매

함과 사명감은 더욱 빛을 발하기 때문이다. 『가시내 선생』을 지배하는 주된 갈등의 요소는 진숙과 서름도 주민들 사이에서 빚어지는 편견과 오해로부터 비롯된다. 여기에 진숙의 내적 갈등이 추가된다. 즉 이 작품을 지배하는 갈등의 핵심은 진숙이 서름도를 떠나 도시로 갈 것인가 아닌가에 집중되어 있다. 마을 주민들과의 불화가 심해지거나, 서름도의 외적 조건이 악화될수록 진숙의 내적 갈등은 더 심해진다. 서름도라는 외적 요인은 진숙의 내적 갈등을 불러일으키는 장치라 할 수 있는데, 이 과정을 지속적으로 보여줌으로써 작가는 진숙이 자신의 내적 갈등을 조정하고 그것을 극복하는 경지에 도달하도록 추동한다. 일차적으로 진숙은 서름도 생활과 마을 주민들의 박해를 견디는 것을 목표로 삼는다.

> 여기 이런 외딴 섬이 있고, 이런 사람들이 이렇게 살고 있다. 가시내 선상의 힘으로는 어쩔 수 없는 무리가 있고, 가난이 있다.
>
> ―『가시내 선생』, 115면.

> 그런데 저는 학부형들이 쓸데없는 오해나 또는 지식 여성이라는 것에 대한 질투 같은 것으로 적대시하는 것이 제일 슬프더군요.
>
> ―『가시내 선생』, 193면.

진숙은 섬사람들의 편견과 오해로 인해 엄청난 고통을 겪는다. 섬사람들은 '가시내 선상의 힘으로는 어쩔 수 없는 무리'이며, 이들의 편견과 오해란 '지식 여성에 대한 질투'로 압축된다. 진숙의 갈등은 마을 수호신을 모신 해왕당이 불타 없어지는 대목에서 절정에 이른다. 돈을 벌기 위해 서름도를 떠나 도시로 갔던 황 서방은 그곳에서 한쪽 다리를 잃고 다시 서름도로 돌아온다. 그사이 황 서방의 아내는 다른 남자와 눈이 맞았고, 한쪽 다리가 없는 탓에 뱃일도 하지 못하게 된 황 서방은 홧김에 해왕당에 불을 지른다. 마을 주민들은 느닷없는 방화가 진숙의 사주로 일어났다고 단정하고 그녀를 맹렬하게 비난하고 모욕한다. 진숙의 편을 들어주었던 구장까지 합세해 그녀를 비난하자 진숙은 서름도를 떠나기로 결심한다.

진숙과 서름도 주민들 사이의 갈등이 극에 달했을 때 그 해결사로 나선 인물은 박기웅이라는 신문 기자다. 그는 취재차 서름도에 왔다가 진숙의 생활과 섬 아이들의 곤궁함을 목격하고 충격을 받는다.『가시내 선생』의 서사가 온정주의로만 일관하지 않고 낙도 생활의 참상을 고발하는 데까지 나아가는 것은 온전히 기웅의 역할이다. 그는 신문 기자로서의 사명감을 앞세워 서름도를 비롯한 벽지의 낙후한 교육 환경을 기사로 보도하고, 나아가 그것을 사회적 이슈로 부각하는 데 앞장선다. 진숙과 기웅의 만남은 서름도의 교육 환경 실태 조사라는 공적인 임무를 통해서 이루어지나, 그 기저에는 낙후한 교육 환경의 개선을 시급한 사회 문제로 바라보는 두 인물의 공통된 현실 인식이 놓여 있다.

진숙과 기웅의 공통된 현실 인식은 교육 당국, 위정자들의 위선적인 태도와 좋은 대비를 이룬다. 공적 영역인 교육 환경 개선 사업은 교육 당국과 정치인들의 무관심으로 인해 결국 기웅을 중심으로 한 사적 영역에서 해결된다. 당국의 무관심이나 정치인들의 위선을 목도하고 고발함으로써 기웅과 진숙은 교육 환경 개선 사업에 보다 적극적으로 참여하게 된다. 공통의 목표를 설정한 두 인물은 자연스레 동지적 연인 관계로 발전한다.

　　"나는 오늘처럼 기쁜 날이 처음이요. 어즈끼는 우리 배가 진수를 했기 때문에루 기뻤지만 오늘츠름 이르키 기쁘지넌 않었읍네다. 내 배가 되돌어왔다구 하는 얘기가 아닙니다. 시상 이런 좋은 일이 으디 있읍니까? 시상 낯이붙이 모르넌 저 어린것덜이 형제 동기간이라구 이런 외딴섬얼 찾어오다니, 이건 시상 탄생 후로 읍던 일이요. 짐성덜이나 다름읍시 살던 우리 서름도 사람들도 이저는 훌륭한 인간 구실얼 하게 됐으니 이보다 더 기쁜 일이 으디 있었읍니까? 이까튼 기쁨얼 가져온 것언 여기 기신 강진숙 선상님이 이 섬으로 오셨기 때문이라고 생각합니다. 이저는 우리 섬이 서름도가 아니구 기쁨도라구 이름얼 곤치야겠읍니다. 허허허!"

—『가시내 선생』, 378~379면.

　궁벽한 낙도 서름도는 지금까지 추식의 작품에서 구체적으로 제시된 적이 없었던 일종의 정처定處라 할 수 있다. 옹벽하고 낙후되었을망정 이제 사람들은 모두 그곳으로 돌아온다. 돈을 벌러 떠났던 황 서방이 그렇고 제대한 제식이 그렇고 서울로 간 진숙 역시 다시 서름도로 돌아온다. 그러니까 이 소설의 인물들에게 서름도는 '고향'이자 '정처'다. "옛부터 서름도를 찾어갈라면 삼베 두 필은 갖고 가라고 했"다는 말이 불문율이 되었을 정도로 서름도는 오지였다. 배가 뜨지 않으면 섬을 빠져나올 수도 없으니, 서름도에 가려면 그곳에서 장례 치를 준비를 미리 하고 가야 한다. '설움'의 상징처럼 등장했던 서름도는 진숙과 기웅의 노력을 통해 점차 사람이 살 만한 곳, '기쁨도'로 변모한다.

　서름도의 변모는 곧 『가시내 선생』의 주제 의식과 닿아 있다. 불굴의 개척 정신과 투철한 사명감으로 무장한 젊은 지식인들의 무모한 도전이 저 낙도 분교의 열악한 교육 환경을 개선하고, 나아가 무지몽매한 섬사람들을 교화, 계몽하기에 이른다는 내용의 주제는 결국 서름도의 변모를 통해 상징적으로 제시된다. 구습의 상징이었던 해왕당이 불타 없어지고, 그 자리에 새로운 교사를 짓겠다는 마을 사람들의 의지 또한 이러한 서름도의 변모를 단적으로 드러낸다. 또한 섬 주민들과 진숙 사이의 아슬아슬한 대결 구도가 작품의 결말에 이르러 완전히 와해된다는 점도 특징적이다. 이는 초기 소설들이 보여준 결말의 구조와 상이한 점으로, 초기 소설이 대결 구도의 종식이 아닌 미해결의 상태로 끝맺는 패턴을 보여준다는 점에서 『가시내 선생』의 결말과 구별된다. 이러한 대결 구도의 와해는 궁극적으로 작가의 변화된 세계 인식을 드러내는 표징이다. 초기 냉혹한 현실주의자의 시선은 점차 온정주의적 태도로 변모한다. 초기 소설의 인물 간 대결 구도 혹은 인물과 세계 간 대결 구도는 이후로 첨예화되지 않는다.

『가시내 선생』을 비롯하여 1960년대 중반까지 발표된 작품들은 이전과는 달리 온정주의적 시선을 담고 있다. 이때의 온정주의적 시선은 일차적으로 작가가 인물들을 바라보는 태도이자, 동시에 인물들이 세상을 바라보는 태도다. 확실히 「부랑아」와 「인간제대」의 시기와 비교했을 때 『가시내 선생』에 담긴 시선은 좀 더 따뜻하다. 이러한 온정주의는 삭막한 현실에 대한 돌파구로서 작가가 선택한 문제 해결의 한 방식일 것이다.

3) 후기: 무시간無時間 속 인정미담의 세계

추식의 후기작들의 특징은 무시간성, 인정미담의 세계로 압축될 수 있다. 실제로 그의 후기작들에서 구체적인 시간성을 감지할 수 있는 표지들은 거의 등장하지 않는다. 작가는 철저하게 무시간성의 세계를 설정하고 이를 바탕으로 하여 화해로운 인정 미담을 만들어낸다.

「온선생溫先生」(《현대문학》, 1964년 6월)에 등장하는 '온선생'은 모산방죽 낚시터의 명물이다. 한기현이라는 멀쩡한 이름을 두고 사람들이 그를 '온선생'이라 부르는 이유는 그가 "바보 온달이 같은 녀석"이기 때문이다. 낚시꾼들의 잔심부름을 도맡아 하는 기현은 그 대가로 1원짜리 동전만을 선호한다. 지폐의 가치를 전혀 모르는 기현의 행동 덕분에 사람들은 그를 바보 취급하면서도, 저렴한 비용으로 부릴 수 있는 온선생에게만 심부름을 시킨다. 그러나 사실 온선생은 일부러 바보 구실을 해왔는데, 그는 자신을 바보 취급하고 놀리는 사람들을 오히려 골려온 셈이다.

기현이 '온선생'으로 위장하여 살아온 이유는 생계 때문이다. 닳가가 싸다는 이유로 낚시꾼들은 대부분 온선생에게만 심부름을 시켰다. 그러나 온선생의 위장은 곧 들통이 나고 만다. 한 낚시꾼으로부터 백 원짜리 심부름을 받자 그만 자신의 본색을 드러냈기 때문이다. 바보 행세가 들통 나자 기현은 '나'에게 취직을 부탁한다. 기현의 바보 행세에 대해 이미 알고 있던 '나'는 그의 비밀을 지켜주고, 그를 친구 허 사장의 회사에 취직까지 시켜준다.

이러한 훈훈한 인정미담의 세계가 추식의 후기 소설의 특징이다. 냉혹한 현실 속을 부랑하는 인물들을 통해 전후사회의 어두운 단면을 파헤치던 작가는* 이제 변두리에서 서로 속고 속이며 살아가는 인간 군상들을 애잔하고 동정 어린 시선으로 바라본다. 인간 대열에서 제외된 존재들의 아우성에 귀 기울이던 작가는 이제 이들이 어떤 방식으로 살아남았는가를 이야기하기 시작한다. 전후사회가 잉태한 무수한 부랑아들은 어엿이 성장하여 거짓말과 사기가 난무한 삶을 이어가고 있다. 작가는 이들의 생존 방식을 함부로 단죄하거나 평가하지 않는다. 가령 「다락 속의 서 노인」(《현대문학》, 1965년 1월)에 등장하는 웃지 못할 촌극 또한 '살인미수'라는 사법적 판단이 아니라, 인정미담의 차원으로 승화된다. 서 노

---

* 「염병染病」(《사상계》, 1959년 11월), 「통로通路」(《자유문학》, 1960년 2월), 「왜가리」(《현대문학》, 1960년 9월)에 등장하는 메시지들 또한 초기 작가의 시선을 짐작할 수 있는 근거가 된다.

인은 소문난 수전노로, '나'는 서 노인의 문간방에 세를 들어 살고 있다. 서 노인은 외아들이 6·25전쟁에서 전사하자 며느리와 손자 셋을 모두 내쫓을 정도로 야박하고 몰인정한 인물이다. 그는 안채 전부를 '나'의 가족에게 세주고 자신은 다락에서 생활한다. '나'는 극단적으로 야박한 서 노인의 태도에 분노를 느끼고, 결국 그것을 참지 못해 그를 죽이기로 결심한다.

'나'는 감기에 걸려 골골거리는 서 노인에게 쥐약을 건네면서 치료약이라 속인다. 뜻밖에 서 노인은 염치가 없어 그 약을 먹지 않는다. 죽음의 문턱에서 서 노인은 '나'의 선의에 감동하여 회개하고, 그간 자신이 지녀온 허욕을 '나'에게 풀어놓는다. 그가 '나'에게 고백한 내용은 "삼개(마포) 부자가 돼보는" 일이 한평생의 소원이었다는 것이다. '나'의 "조용한 살인 사건"은 결국 서 노인의 회심으로 화해롭게 종결된다. 서 노인은 내쫓았던 며느리와 손자들을 불러들이고, 모아둔 돈으로 아이들을 힘써 교육하기로 결심한다. 서 노인은 '나'의 행동을 선한 것으로 오인하고, '나'에게 감사한다. 노인을 죽이려던 '나'의 행동이 오해를 불러일으키고 그것이 서 노인의 회개로 급작스럽게 연결되면서 사건은 훈훈하게 마무리된다.

「과막여설果幕餘說」(《월간문학》, 1970년 2월)은 과수원 원두막을 중심으로 벌어지는 치정극을 다룬 작품이다. 표면적으로는 '강가姜哥' 강덕성의 과수원 사과 서리를 둘러싼 인물들 간의 다툼을 내세웠으나, 그것이 둘러싸고 있는 핵심적인 서사는 강가와 청양댁의 치정癡情이다. 강가는 신 의원에게 아들 금식의 사과 서리 대가로 터무니없는 금액을 요구할 정도로 후안무치한 인물이다. 게다가 그는 과거 청양댁의 수양딸을 제대로 치료하지 못해 죽게 한 이력을 들어 신 의원을 협박하기까지 한다. 청양댁의 수양딸은 신 의원의 오진으로 죽은 것이 아니라, 강가와 청양댁이 자신들의 비밀을 지키기 위해 몰래 독살한 것이다. 이 사실을 모르는 신 의원은 강가의 협박에 속수무책으로 당할 수밖에 없는 노릇이다.

청양댁은 청상과부로 수절하여 열녀로 칭송받는 동시에 홀로 아들을 대학에 보내 훌륭한 어머니상까지 받은 인물이다.

> 청양댁은 이십 년 전이나 십 년 전이나 또 어제와 오늘이 한결같은 여 인이다. 열일곱에 청양 땅에서 김 참봉 댁으로 시집을 온 그녀는 이십 대 에 남편을 여의었다. 그리고 오늘까지 그 크낙한 참봉 댁을 혼자서 지키 고 있는 것이다. 단 하나인 아들은 서울에서 대학을 다니고 팔십 객의 시 어머니가 삼 년 전에 작고한 뒤로는 청양댁 혼자 집과 얼마 남지 않은 가 산을 지키고 있는 것이다. 참봉 댁의 유일한 후계자인 아들 상호는 방학 때 집에 돌아오기만 하면 어머니를 졸랐다. 남은 가대를 정리하고 그것을 은행에 정기 예금을 하면 그 이자만으로도 모자 두 식구가 서울서 넉넉하 게 살 수 있다는 것을 누누이 설명했다. 그럴 때마다 청양댁은 막무가내 였다.
>
> —「과막여설」, 48면.

청양댁의 됨됨이를 설명하는 위 인용문을 통해 그녀가 정조를 지켜 온 시간은 의심할 바 없는 사실로 인식된다. 평소 행동거지에 한 치의 흠 결도 없어 보였던 청양댁은 겉으로 수절과부, 양반 댁 며느리 행세를 하 고, 몰래 과막에서 강가와 정을 통해왔던 것이다. 절대 어울릴 것 같지 않은 두 사람의 치정 사건은 엉뚱하게 금식에 의해 발각된다. '과막'은 금 식을 비롯한 조무래기들의 사과 서리 장소이자 동시에 강가와 청양댁의 밀회 장소로 설정된다. 사과 서리라는 겉 이야기와 치정 사건이라는 속 이야기가 '과막'이라는 공통의 장소에서 펼쳐지는 것이다.

강가와의 소문이 퍼지자 청양댁은 극약을 먹고 자결함으로써 자신의 무고함을 주장하고자 하였다. 거기에 청양댁의 아들 상호는 어머니가 억울한 누명을 쓰고 자살했다고 생각하여 강가를 죽이려고 협박한다. 그러나 강가는 오히려 청양댁과의 관계를 사실대로 밝히고자 신 의원을 찾아와 부탁한다. 강가의 고백에 따르면, 그가 청양댁과 정을 나눈 것은 3년 전부터이며, 두 차례 읍내 병원에서 낙태 수술을 받은 적이 있고, 청양댁의 수양딸을 죽인 것은 입막음을 위해서라는 것이다. 강가는 신 의원에게 사실을 밝혀주기를 청한다. 강가의 고백은 중요한 범죄 사실을 시인하는 셈이다. 과막을 둘러싼 흉흉한 소문의 형태로 떠돌아다니던 이야기가 모두 사실임이 밝혀졌으니, 살아남은 강가는 그에 응당한 벌을 받아야 한다. 그런데 작가는 치정 사건을 둘러싸고 벌어진 두 사람의 죽음을 두고 어떤 도덕적 단죄도 내리지 않는다. 그저 모든 사실을 신 의원만이 알도록 함으로써 사건을, 과수원을 둘러싼 시시한 소문 정도로 마무리하고자 한다.

「참초斬草」(《현대문학》, 1979년 7월)의 윤 회장과 '족제비' 이갑술은 과거 주종主從의 관계였다. 윤 회장은 두 아들을 전쟁 통에 모두 잃고 절손絶孫이 될 위기에 처하자 족제비의 아들 광용을 떠올린다. 과거 윤 회장과 족제비의 아내는 불륜을 저지른 적이 있는데, 그때 잉태된 것이 광용이기 때문이다.

마을은 유난히 남녀 간 치정 사건이 잦은데, 마을 사람들은 그것을 '마후리馬後里'라는 지명과 풍수설 탓이라 믿는다.

> "내가 계집이 없어서 하필이면 행랑채 갑술이(족제비) 계집을 탐냈을까! 안 그런가? 이 사람네야…… 내 체모에 그런 실수를 저지른 것은 호마 사타구니를 흐르는 물을 마시고 살기 때문에 음심淫心이 발동한 거란

말야. 그게 어디 나 하나뿐인가? 덕칠이 놈과 천수 어미가 옛적부터 그런 사이라는 것은 다 아는 사실이고, 요새 와서도 빤할 새가 없이 그따위 사건이 터지는 것은 그게 다 마을이 자리를 잘못 잡고 앉은 탓이다 그 말야……."

—「참초」, 84면.

근엄하기로 소문난 윤 회장이 과거 자신의 집안 종이었던 족제비의 아내와 정을 통했으리라 믿는 사람은 아무도 없다. 윤 회장도 자신의 불륜이 '마후봉' 탓이라 여긴다. 자신이 저지른 일에 대해 책임을 지지 않으려 모든 것을 마을 지세地勢 탓으로 전가하는 윤 회장의 태도는 곧 추식의 후기 소설들이 철저하게 무시간의 세계에 놓여 있음을 보여준다. 설화의 세계 속 인물들은 시간의 지배로부터 자유롭다. 따라서 어떤 갈등이 불거지더라도 화해로운 결말이 가능하다. 이 작품의 갈등은 윤 회장의 불륜 자체가 아니라 절손을 두려워한 윤 회장이 자신의 아들을 찾으려는 욕망을 품었기 때문에 빚어진다. 족제비의 아내는 이미 죽고 없으니, 자신만 입을 다물면 과거의 치정 사건은 아무런 문제가 되지 않을 것임에도 윤 회장은 아들을 찾겠다는 욕망에 눈이 멀자 자신의 치부를 스스로 나서 밝히려 든다.

아들을 찾기 위해 선산의 벌초를 기회로 족제비에게 사실을 털어놓으려던 윤 회장은 집을 나가 20여 년 동안 소식이 없던 광용에게서 별안간 편지가 왔다는 이야기를 듣고 고백을 포기한다. 광용은 도시에서 큰돈을 벌었으니 족제비를 모셔 가겠다는 기별을 해온다. 족제비는 광용의 편지를 받고 기뻐하며 마을을 떠난다. 윤 회장은 혹시 족제비가 모든 사실을 알고 있음에도 시치미를 떼는 것이 아닌가 의심한다. 그러나 그 의심은 끝까지 해소되지 않는다. 사실이 밝혀졌을 경우 엄청난 파장이 예상되지만, 작가는 그 모든 이야기를 덮고 작품을 마무리한다. 모든 사건은 '마후봉'으로 상징되는 마을의 풍수 탓이다. 작가는 모든 갈등을 무마하고, 사건을 인정미담의 차원으로 정리한다. 극단적인 방식을 취하지 않고 문제를 미해결의 상태로 남겨두려는 작가의 태도는 분명 초기작에서 보인 그것과 다르다.

「무골충無骨蟲」(《문학사상》, 1980년 9월)*의 한 선생은 3·15 부정선거 때 윗선의 강압을 견디지 못해 퇴직한 교사다. 고지식하고 선량한 지식인인 한 선생은 낙향하여 농사를 짓는다. 한 선생의 부인은 유능한 장사꾼이 되어 가족의 생계를 책임지고, 나아가 돈 되는 일은 마다 않고 닥치는 대로 파고든다. 한 선생의 부인은 그가 퇴직하자 곧바로 세속의 룰에 적응한 반면 한 선생은 스스로 '무골충'이 아닌가 하는 자괴감에 시달리면서도 그 룰을 쉽게 받아들이지 못한다. 유능한 장사꾼이 된 아내는 과거와 달리 한 선생을 업신여기고 그의 무능함을 비난한다. 한 선생은 그런 아내의 변화를 묵묵히 받아들인다.

동료 교사였던 강 선생의 갑작스러운 방문은 한 선생의 심리적 갈등을 부추긴다. 강 선생 또한 교직에서 물러난 지 오래되었으며, 장삿속이 밝은 아내 덕분에 무위도식하며 운전기사가 딸린 좋은 승용차를 타고 나타난다.

---

* 《문학사상》 1980년 9월호에 '권말특선중편 200장 전재全載' — "인간의 실존적 의미에 처절한 물음을 던져온 중견 작가 추식이 10여 년의 침묵을 깨고 다시 실존의 표적을 향해 터뜨리는 존재의 폭음!" 이라는 광고가 실렸고, 이어 '작가의 말'이 게재되었다. "친구들을 너무 멀리했다. 부랑아 박달이를 비롯하여 황색시인, 인간제대자, 꽃잠이, 곰선생, 왜가리, 그 밖의 여러 친구들과 헤어진 지 10여 년이 된다. 낙향을 했다는 것으로 핑계가 될 수는 없다. 과목果木이나 얼룩소들이 그 친구들만큼 소중할 수 없다. 그럽다 해서 그들을 찾아 나섰다. 이제부턴 옛 친구들과 함께할 작정이다. 그렇다고 폐광廢鑛을 다시 더듬자는 것은 아니다. 그동안 짚어논 맥이 있다. 표토表土서부터 차근차근 파 들어가면 거기 내가 찾는 보난자Bonanza가 있을 것이다. 그 작업이 그리 수월치가 않다는 것은 알지만 질기게 파 들어갈 작정이다."

"내가 그렇게 보이나? 이렇게 사니까 그런 천더기 무골충으로 보여?"

한 선생은 버럭 역정을 내면서 얼굴을 붉혔다. 이제까지 그런 일은 좀처럼 없었다. 그만큼 불쾌한 것이다. 마누라한테 '무골충'이라는 욕을 먹고서도 그냥 히죽대기만 하던 그가 그깐 말에 역정을 부린다는 것은 우습다. 그렇지만 강 선생의 말투는 이편을 싹 까놓고 비양하는 것 같아서 비위가 확 상했다. 그래서 자신은 무골충이 아니라는 것을 기를 쓰고 내세웠다. 강 선생의 말은 되씹을수록 화가 치밀었다. 마치 이런 촌구석은 무골충이들이나 살 곳이라는 것으로 들렸다. 그래서 무골충이인 자신도 이곳에 와서 끼리끼리 어울려 살아보자는 것이다.

—「무골충」, 382면.

한 선생은 자전거를 끌고 나섰다. 장에 간 부인 마중을 하기 위해서다. 아침에 부인한테 지청구를 먹으며 더덕 꾸러미를 싣고 가던 그 논둑길로 자전거를 몰았다.

그런데 빈 자전거를 타고 가는데도 자꾸만 비슬거려졌다. 마치 오장육부를 송두리째 들어낸 것처럼 속이 허전했다. 그러면서도 언제나 납덩이처럼 묵직했던 머릿속은 씻은 듯이 개운했다.

둑길에 접어들자 일단 멎고 자전거를 받쳐 세웠다. 습관이 된 그 장소다. 그는 바지 앞단추를 풀면서 두 다리에 힘을 주었다. 그리고 천천히 생각해 보았다. '난 무골충이 아니지? 정말 아니지?'

—「무골충」, 384면.

한 선생은 일없이 빈둥대는 강 선생의 모습에서 자신을 발견하자 심기가 불편하다. 특히 강 선생의 운전기사가 강 선생을 무시하는 태도를 숨기지 않자 한 선생은 불쾌함을 느낀다. 그 장면에서 자신과 아내의 관계가 연상되었기 때문일 것이다. 자신이 "버러지 중에도 뼈 없는 버러지"라고 자학하는 강 선생의 악다구니 또한 한 선생 자신에 대한 한탄이다. 결국 강 선생의 모습을 통해 자신이 어쩔 수 없는 '무골충'임을 깨닫자 한 선생의 태도가 달라지기 시작한 것이다.

이웃 윤 씨는 한 선생 집에 '구색이 맞지 않는' 도베르만 '깡돌이'를 탐낸다. 자신의 개와 깡돌이를 교배시키고자 하는 것이다. 윤 씨는 처음 2천 원에 교배 흥정을 나섰다가 한 선생 부인과 딸 진숙에게 퇴짜를 맞는다. 윤 씨는 사람 좋은 '무골충' 한 선생을 이용해 다시 흥정을 붙이나, 한 선생은 어느새 태도가 돌변하여 교배 대가로 윤 씨에게 5천 원을 요구한다. 강 선생이 다녀간 뒤로 한 선생의 태도가 변한 것인데, 앞의 인용문에 따르면 그것은 매우 이례적인 일이다. 강 선생에게 화를 낸 일이나, 윤 씨에게 교배 대가로 5천 원을 요구하는 일 모두 이전 한 선생의 모습과 다르다. 여기서 한 선생이 화를 내거나 윤 씨에게 5천 원을 요구하는 행위는 갈등을 유발하는 것이 아니라, 오히려 갈등을 해소하는 역할을 한다. 즉 한 선생은 이러한 행위를 통해 지금껏 자신의 머리를 아프게 했던 문제를 해결하고 갈등의 상황을 종결시킨다.

한 선생의 갑작스러운 변모의 근원은 아내와의 관계 속에 있다. 정확하게 말하자면, 한 선생이 퇴직을 하고 낙향한 이후 달라진 아내와의 관계가 그 근원이라 할 것이다. 강 선생의 방문으로 자신이 나약하고 무능한 존재로 전락했음을 깨달은 한 선생은 마지막 발악처럼 강 선생에게 화를 내고, 윤 씨에게 교배 대가로 터무니없는 액수를 요구한다. 무언가 '허전함'을 느끼자 그는 재차 자신이 무골충이 아님을 확인하는 것으로 그 공허함을 상쇄한다. 자신이 경멸했던 그악스러운 세속의 룰을 수용하기 시작하자 그 대가로 그는 '빈 자전거를 타고 가는데도 자꾸만 비슬거리'고, '오장육부를 송두리째 들어낸 것처럼 속이 허전'함을 느낀다.

작가는 한 선생의 변모 과정에 '개의 교배'라는 다소 우스꽝스러운 에피소드를 삽입함으로써 황금만능주의로 대표되는 세속의 룰을 조소하고 비판한다. '개의 교배'라는 상징적인 사건에 한 선생이 적극적으로 개입하도록 설정하여 작가는 한 선생의 고지식함과 선량함이 지켜지기 어려운 세태를 우회적으로 비판한다. 이러한 비판은 유머와 풍자의 기법을 통해 제시된다.

3. 나오며

추식의 작품 세계를 살피는 과정에서 발견한 놀라운 사실 가운데 하나는 30여 년간 꾸준히 창작 활동을 해온 그의 이력에 비해 문단과 연구자의 관심이 극히 미미하다는 점이다. 그 이유 가운데 하나는 추식의 소설이 일반적인 전후소설의 문법에서 다소 비껴나 있기 때문일 것이다. 또한 그가 등단 초반 소설 창작에 주력하다가 이후 방송극과 시나리오 집필로 방향을 선회한 것 또한 한 이유가 될 수 있다. 이유야 어찌 되었건 주목해야 할 점은 추식에 대한 연구가 그 대상이 소설이든 방송극·시나리오든 거의 이루어지지 못했다는 사실이다.

추식의 작품 세계는 초기, 중기, 후기의 세 단계로 구분할 수 있다. 그의 초기 소설들은 단편을 중심으로 구성되며, 추식의 작품 세계 전반부에 해당하는 1950년대는 이처럼 정상적인 인간성 발현이 불가능한 도시 주변부 삶의 누추를 묘사하는 데 집중되어 있다. 「부랑아」의 고아 박달이나, 「곰선생」의 교사 강만수와 매춘부 혜숙, 「인간제대」의 무직자 '나', 그리고 「기적궁」의 매춘부 봉순이는 뿌리나 정처 없이 떠도는 도시 변두리 삶의 한 전형이다. 이들의 공통적인 특징 가운데 하나는 등장인물들이 모두 비윤리적인 행위를 일삼아 연명해 나간다는 점이고, 당연히 이들은 파국적인 결말을 맞는다는 점이다. 작중 인물들이 지향하는 바는 분명하나, 그들은 결코 그것을 얻지 못한다. 흥미로운 것은, 인물들이 비윤리적인 행위에 대해 죄책감을 느끼기보다는 일종의 피학적인 쾌감에 가까운 감정을 느낀다는 사실이다. 이는 왜곡된 인간 군상을 핍진하게 묘사한 결과이기도 하면서 동시에 인간성 자체에 내재한 본질적인 속성을 심도 있게 고찰한 결과이기도 하다.

『가시내 선생』을 비롯하여 1960년대 중반까지 발표된 작품들은 이전과는 달리 온정주의적 시선을 담고 있다. 이때의 온정주의적 시선은 일차적으로 작가가 인물들을 바라보는 태도이자, 동시에 인물들이 세상을 바라보는 태도다. 확실히 「부랑아」와 「인간제대」의 시기와 비교했을 때 『가시내 선생』에 담긴 시선은 좀 더 따뜻하다. 이러한 온정주의는 삭막한 현실에 대한 돌파구로서 작가가 선택한 문제 해결의 한 방식일 것이다. 아울러 초기작들이 보여준 첨예한 대결 구도는 이후 서서히 와해된다. 초기 소설이 대결 구도의 종식이 아닌 미해결의 상태로 끝맺는 패턴을 보여준다는 점에서 『가시내 선생』의 결말과 구별된다. 이러한 대결 구도의 와해는 궁극적으로 작가의 변화된 세계 인식을 드러내는 표징이다. 초기 냉혹한 현실주의자의 시선은 점차 온정주의적 태도로 변모한다. 초기 소설의 인물 간 대결 구도 혹은 인물과 세계 간 대결 구도는 이후로 첨예화되지 않는다.

추식의 후기작들의 특징은 무시간성, 인정미담의 세계로 압축될 수 있다. 실제로 그의 후기작들에서 구체적인 시간성을 감지할 수 있는 표지들은 거의 등장하지 않는다. 작가는 철저하게 무시간 속 설화적 공간을 설정하고 이를 바탕으로 화해로운 인정 미담을 만들어낸다. 냉혹한 현실 속을 부랑하는 인물들을 통해 전후사회의 어두운 단면을 파헤치던 작가는 이제 변두리에서 서로 속고 속이며 살아가는 인간 군상들을 애잔하고 동정 어린 시선으로 바라본다. 인간 대열에서 제외된 존재들의 아우성에 귀 기울이던 작가는 이제 이들이 어떤 방식으로 살아남았는가를 이야기하기 시작한다. 전후사회가 잉태한 무수한 부랑아들은 어엿이 성장하여 거짓말과 사기가 난무한 삶을 이어가고 있다. 작가는 이들의 생존 방식을 함부로 단죄하거나 평가하지 않는 대신 유머와 풍자를 동원하여 훈훈한 인정미담의 차원으로 승화한다.

초기작들이 전후 한국 사회의 불모성과 불안을 예각적으로 형상화하는 데 집중되었다면, 그의 중·후기작들은 그 불모성과 불안을 견뎌낸 존재들의 노쇠한 내면을 온정적인 시선으로 묘사하는 데 집중된다. 이에 따라 그의 초기작들은 대부분 소년 주인공을 설정하여 그들이 벌이는 불안한 생존의 곡예를 아슬아슬하게 묘사했으며, 후기작들은 대체로 노년 주인공을 중심으로 인간 존재와 삶의 의미를 탐구하는 데 주력하였다. 추식의 소설 세계는 놀라울 만큼 다채롭고 흥미로운 이야기들로 가득하다. 때로 그는 현실의 추악한 단면을 가감 없이 들춰내고, 때로 화해롭고 훈훈한 인정 미담을 들려주며 인간과 삶의 본질에 대한 접근을 시도한다.

1920년   9월 9일 충북 청주시 용정동에서 부 추인봉, 모 김갑열의 4남매 중 장남
            으로 출생. 본명은 성춘成春. 호는 고우古雨. 『추풍감별곡』, 『구운몽』, 『유
            충렬전』 등을 읽으며 성장. 보통학교 때 외숙의 서가에서 희곡집을 읽고
            연극과 희곡에 관심을 가짐.

1940년   충북도청 산림과에서 임야 조사 사무를 담당.

1944년   충북도청 산림과를 사직하고 극단을 조직. 희곡을 쓰고 무대에도 오름.
            지원병으로 나간 주인공이 백골 상자로 돌아오는 내용의 연극을 상연했
            다는 이유로 강제로 극단 이름을 바꾸고 고등계 형사의 감시를 받음. 극
            단을 나와 만주 외숙의 농장에서 식객 노릇을 하며 희곡을 씀.

1945년   청주로 돌아와서 방직 공장과 그 밖의 몇 가지 사업을 하였으나 모두 실
            패함.

1947년   《독립신문》에 입사하여 신문 기자 생활을 시작함. 이후 《평화신문》, 《연합
            신문》 등을 전전.

1949년   《호서신문》, 《중도일보》 등에서 편집국장, 주필 등을 역임.

1951년   홍익대학 문학부를 졸업.

1954년   동양통신 취재부장에 취임.

1955년   《연합신문》 문화부장에 취임. 단편 「부랑아」(《현대문학》 6월호)가 김동리
            에 의해 추천됨.

1956년   단편 「모오든 나는 오라」(《현대문학》 2월호)를 발표하여 추천 완료됨.
            「비인격형」(《현대문학》 6월호), 「곰선생」(《현대문학》 12월호) 등 발표.

1957년   《연합신문》 편집부국장 겸 문화부장에 취임. 단편 「황색시인」(《신태양》
            2월호), 「귀순 어머니」(《자유춘추》 6월호), 「인간제대」(《현대문학》 7월
            호), 「기적궁」(《문학예술》 11월호) 등 발표. 「인간제대」로 제3회 한국문
            학가협회 신인상 수상.

1958년   단편 「죄」(《사상계》 5월호), 「대류」(《자유문학》 5월호), 「엄친」(《신태양》
            5월호), 「꽃제비」(《지성》 12월호), 「색시」 등 발표. 창작집 『인간제대』를
            일신사에서 출간.

1959년	장편 『이십오번 화신풍』을 《연합신문》에 연재. 단편 「염병」(《사상계》 11월호) 등 발표.

1959년 　장편 『이십오번 화신풍』을 《연합신문》에 연재. 단편 「염병」(《사상계》 11월호) 등 발표.

1960년 　단편 「도관장 선생」(《현대문학》1월호), 「통로」(《자유문학》2월호), 「왜가리」(《현대문학》9월호) 등 발표. 시나리오 〈인생운전〉, 〈바위고개〉 등을 발표.

1961년 　시나리오 〈견우직녀〉, 단편 「거짓말장이」, 「초대장」 등 발표. 츠보이 사카에 원작 장편 『스물네 개의 눈동자』를 번역해 한일출판사에서 출간.

1962년 　연합신문사를 그만두고 귀향하여 창작에 전념함. 장편 『가시내 선생』을 을유문화사 신작 전집으로 출간. 시나리오 〈여판사〉를 발표.

1963년 　본격적인 방송극 집필을 시작. 〈동백아가씨〉, 〈단골지각생〉, 〈김 순경〉 등을 발표.

1964년 　장편 『오팔청춘』을 《경향신문》에, 『미완성 부대』를 《학원》에 연재. 방송극 〈마포 사는 황부자〉, 〈사랑의 배달부〉, 〈노래하는 여객전〉, 〈섹스폰 부는 처녀〉 등 발표. 단편 「온선생」(《현대문학》6월호) 등을 발표.

1965년 　단편 「다락 속의 서 노인」(《현대문학》1월호), 방송극 〈날개 부인〉, 〈보경 아가씨〉 등 발표. 장편 『인간입대』를 《신아일보》에 연재. 『사랑은 열두 고개』. 『심청전』(한국고대소설전집 6)을 을유문화사에서 출간.

1966년 　단편 「합의서」(《현대문학》1월호) 등 발표.

1967년 　충남 예산군 삽교읍 상성리로 이주. 과수원과 목장을 경영하면서 본격적인 귀농 생활을 시작.

1968년 　장편 『울퉁불퉁 4남매』를 《학원》에 연재.

1970년 　단편 「나옹전」(《현대문학》2월호), 「과막여설」(《월간문학》2월호) 발표.

1975년 　장편 『시저리 만세』 발표.

1976년 　단편 「호주댁」, 장편 『언덕 위의 저 목장』 발표.

1979년 　단편 「참초」(《현대문학》7월호) 발표.

1980년 　중편 「무골충」(《문학사상》9월호) 발표.

1984년 　전작 장편 『우리는 아파똘이』(금성출판사) 발표.

1987년 　5월 10일 서울 영등포구 문래동 자택에서 별세.

| 작품 목록 |

▪ 중 · 단편소설

1955년 　「부랑아浮浪兒」,《현대문학》, 6월.

1956년 　「모오든 나는 오라」,《현대문학》, 2월.

　　　　「비인격형非人格型」,《현대문학》, 6월.

　　　　「또 하나의 전설傳說」, 6월(이후 「해탈문解脫門」으로 개제改題). ※최초 발표지

　　　　확인 불가. 1958년 『인간제대』(일신사)에 수록.

　　　　「곰선생」,《현대문학》, 12월.

1957년 　「황색시인黃色詩人」,《신태양》, 2월.

　　　　「대도신문사大都新聞社」, 6월. ※최초 발표지 확인 불가. 1958년 『인간제대』(일신사)에 수

　　　　록.

　　　　「귀순貴順 어머니」,《자유춘추》, 6월.

　　　　「인간제대人間除隊」,《현대문학》, 7월.

　　　　「기적궁奇蹟宮」,《문학예술》, 11월.

1958년 　「도묘기盜苗記」, 2월. ※최초 발표지 확인 불가. 1958년 『인간제대』(일신사)에 수록.

　　　　「귀촌歸村」,《현대》, 3월.

　　　　「색시」, 5월. ※최초 발표지 확인 불가. 1966년 『한국현대문학전집』 9(신구문화사)에 수록.

　　　　「죄罪」,《사상계》, 5월.

　　　　「대류對流」,《자유문학》, 5월.

　　　　「엄친嚴親」,《신태양》, 5월.

　　　　「꽃제비」,《지성》, 12월.

1959년 　「염병染病」,《사상계》, 11월.

1960년 　「도관장 선생都觀長 先生」,《현대문학》, 1월.

　　　　「통로通路」,《자유문학》, 2월.

　　　　「노을 진 호수」,《여원》, 3월.

　　　　「왜가리」,《현대문학》, 9월.

1961년 　「거짓말장이」. ※최초 발표지 확인 불가. 1966년 『한국현대문학전집』 9(신구문화사)에 수록.

1964년 　「온선생溫先生」,《현대문학》, 6월.

1965년	「다락 속의 서 노인」,《현대문학》, 1월.
1966년	「합의서合意書」,《현대문학》, 1월.
1970년	「나옹-전裸翁傳」,《현대문학》, 2월.
	「과막여설果幕餘說」,《월간문학》, 2월.
1976년	「호주댁濠洲宅」. ※최초 발표지와 서지 사항 확인 불가. 1976년 『한국문학대전집』 16(태극출판사)에 수록.
	「특호실特號室 환자患者」. ※최초 발표지와 서지 사항 확인 불가. 1976년 『한국문학대전집』 16(태극출판사)에 수록.
1979년	「참초斬草」,《현대문학》, 7월.
1980년	「무골충無骨蟲」,《문학사상》, 9월.

■ 미확인 작품

「닐니리 목부」

「비밀」

「주간등晝間燈」

「초대장」

■ 작품집

| 1958년 | 『인간제대人間除隊』, 일신사. |

■ 장편소설

1956년	『녹슬은 태양』*,《중도일보》. ※정확한 연재 기간 확인 불가.
1958년	『처妻』. ※정확한 연재 지면과 기간 확인 불가.
1959년	『이십오번 화신풍二十五番花信風』,《연합신문》, 1월 1일~6월 30일(179회 완).

---

* 장남 추호경은 추식이 1956년경《중도일보》에 '녹슬은 태양'이라는 제목으로 첫 장편소설을 연재했다고 증언하였다. 또한《중도일보》전 주필 안영진의 「중도일보 60년 그때 그 현장」에 "추식은 이때(1956년) 녹슨 태양이라는 소설을 연재한 일이 있는데 그 주인공은 사장이었다. 이렇게 사장을 견제하려다 뜻을 접고 서울 나날이 신문으로 자리를 옮겼다."라는 언급이 등장하는 것으로 보아 1956년 '녹슨(녹슬은) 태양'이라는 표제의 장편소설이 연재되었던 사실은 분명한 듯하다. 이는 단편 「왜가리」에도 등장하는 서사다.

1960년	『바다는 마르지 않는다』, 《서울일일신문》. ※정확한 연재 기간 확인 불가.
1962년	『가시내 선생先生』, 을유문화사(한국신작문학전집 8).
	『봄눈이 녹듯이』, 《민주신보》. ※정확한 연재 기간 확인 불가.
1964년	『오팔청춘五八靑春』, 《경향신문》, 5월 27일~10월 16일(120회 완).
	『미완성 부대』, 《학원》, 1964년 3월~1965년 8월(18회 완).
1965년	『사랑은 열두 고개』, 《주부생활》, 1965년 4월~1966년 3월(12회 완).
	『인간입대人間入隊』, 《신아일보》, 5월 6일~12월 30일(205회 완).*
1968년	『울퉁불퉁 4남매』, 《학원》, 1968년 2월~1969년 2월(13회 완).
1975년	『시저리 만세』. ※정확한 연재 지면과 기간 확인 불가.
1976년	『언덕 위의 저 목장』. ※정확한 연재 지면과 기간 확인 불가. 1983년 『한국문학전집』 24(삼성당)에 수록.
1984년	『우리는 아파똘이』, 금성출판사.

- 시나리오
1959년	〈자식복 돈복〉
1960년	〈인생운전人生運轉〉
	〈바위고개〉
	〈견우직녀〉
1962년	〈여판사女判事〉**
1963년	〈열두 냥짜리 인생〉(각색)
1965년	〈로타리의 미소〉
1967년	〈태양은 내 것이다〉
	〈젯트부인〉
	〈메밀꽃 필 무렵〉(각색)*
	〈개살구도 살구냐〉

* 유가족의 증언에 따르면 추식은 《신아일보》가 12월 31일까지 발행될 것이라 예상하고 그날치 원고를 미리 써두었다고 한다. 그런데 1965년 12월 31일자 《신아일보》가 발간되지 않은 탓에 추식이 미리 써둔 하루치 원고 8매 정도가 발표되지 못했다고 한다. 결과적으로 『인간입대』는 마지막 회가 발표되지 못한 상황에서 연재 종료된 것이다. 현재 『인간입대』의 마지막 연재분은 확인할 수 없다.
** 1962년 홍은원 감독에 의해 영화화되었다. 홍은원 감독은 우리나라 최초의 여성 영화감독이다.

1968년	〈이층집 새댁〉
1970년	〈남 대 여男對女〉**
	〈호피판사虎皮判事〉***
1971년	〈예산 시악시〉
	〈괴짜부인〉
1972년	〈어머니〉

■ 방송극

1963년	〈동백冬栢아가씨〉
	〈단골지각생〉
	〈김순경金巡警〉
1964년	〈사랑의 배달부配達夫〉
	〈마포麻浦 사는 황부자黃富者〉
	〈노래하는 여객전무旅客專務〉
	〈섹스폰 부는 처녀〉
1965년	〈날개 부인夫人〉
1966년	〈보경 아가씨〉
1971년	〈삽다리 총각〉
	〈나는 몰랐다〉

■ 번역서

츠보이 사카에[壺井榮], 추식 역, 『스물네 개의 눈동자』, 한일출판사, 1961년.****

■ 전집 수록

『한국단편소설선집』 3, 삼성출판사, 1965년.

---

* 이효석 원작을 추식이 각색한 것으로, 이성구 감독이 연출하였다.
** 변장호 감독에 의해 〈별난 남자 대 별난 여자〉로 영화화되었다.
*** 라디오 드라마 〈나는 몰랐다〉를 각색한 작품이다.
**** 『그리운 눈동자』(고려문화사, 1973년)와 『잃어버린 눈동자』(집현각, 1975년)는 『스물네 개의 눈동자』
  의 해적판이다.

『신한국문학전집』 9, 신구문화사, 1966년.

『현대한국문학전집』 9, 신구문화사, 1966년.

『신문학60년대표작전집』 12, 정음사, 1968년.

『한국단편문학대계』 10, 삼성출판사, 1969년.

『한국수상문학전집』 3, 신태양사, 1973년.

『광복30년문학전집』 2, 정음사, 1975년.

『한국대표단편문학전집』 21, 정한출판사, 1975년.

『신한국문학전집』 12, 어문각, 1976년.

『한국작가출세작품전집』 3, 을유문화사, 1976년.

『한국문학대전집』 18, 태극출판사, 1976년.

『한국단편문학대전집』 8, 동화출판공사, 1976년.

『한국단편문학선집』 2, 계몽출판사, 1980년.

『한국단편문학전집』 5, 진문출판사, 1980년.

『한국문예극장선집: 한국단편문학』 1, 학원문화사, 1980년.

『현대한국단편문학전집』 17, 금성출판사, 1981년.

『한국문학전집』 24, 삼성당, 1983년.

『정통한국문학대계』 31, 어문각, 1986년.

『한국단편문학』 9, 금성출판사, 1990년.

『한국현대대표소설선』 9, 창작과비평사, 1996년.

▪ 기타

「제3회 문협신인상文協新人償을 받고」, 《현대문학》, 1958년 3월.

「나의 문학 수업」, 《현대문학》, 1960년 3월.

「제목을 '낙도지落島誌'로」, 이상노, 『인생비어록人生秘語錄―세계지성인世界知性人의 서간집書幹集』, 세문사, 1964년.

『심청전沈淸傳』, 추식 편저, 을유문화사, 1965년.*

『소년소녀 한국전기전집』 2, 계몽사, 1966년.

〈고우만필古雨漫筆〉, 《새농민》, 1975년 5월~1977년 11월.

「도시 순례―양반고을 교육도시로 이름난 곳―청주시」, 대한지방행정공제회, 1983년.

「쇠똥에 앉아 쓰는 글」, 《샘터》, 1986년 8월.

「창간에 참여한 보람 커, 원고료에 신경 안 써」, 《신아일보사新亞日報社史》, 신아일보
사사편찬실, 2005년.
「능금이 익을 때」, 추식 작사·이봉조 작곡, 1968년.
「오씨 3형제」, 추식 작사·박춘석 작곡, 1968년.
「내 땅은 안 판다」, 추식 작사·정민섭 작곡, 1969년.
「이 몸은 가드라도」, 추식 작사·박춘석 작곡, 1969년.
「가는 길 오는 길」, 추식 작사·박춘석 작곡, 1969년.
「부부 운전사」, 추식 작사·정민섭 작곡, 1970년.
「맏며느리」, 추식 작사·김학송 작곡, 1976년.
「나는 곰이다」, 추식 작사·이봉조 작곡, 1976년.

* 유가족의 증언에 따르면, 『심청전』 이외에도 비슷한 시기에 『전우치전』을 을유문화사에서 출간했다고 하
  나 현재 확인되지 않는다. 다만 박서림의 〈종심만필從心漫筆〉에 "TBC에 나간 작품으로는 『현대판 전우치
  전』이 있었다."라는 회고가 등장하는 것으로 보아 이 작품이 방송극으로 상연되었으리라 추측할 수 있다.

|연구 목록|

구창환, 「비인간 사회의 인간성 추구―추식의 문학 세계」, 『한국문학전집』 24, 삼성
　　　당, 1983년.

김건우, 『사상계와 1950년대 문학』, 소명출판, 2003년.

김동리, 「인간제대에 기함」, 『인간제대人間除隊』, 일신사, 1958년.

김명석, 「1950년대 소설에 나타난 근대성의 경험―추식·김광식·김동립의 소설을
　　　중심으로」, 《현대문학의 연구》 7, 한국문학연구학회, 1996년.

김미향, 「1950년대 전후소설에 나타난 가족 형상화와 그 의미」, 《현대소설연구》 43,
　　　2010년.

―――, 「한국 전후소설에 나타난 소외 및 대응 연구」, 인천대 박사논문, 2011년.

김병걸, 「전후사회의 캐리커처」, 『한국문학대전집』 16, 태극출판사, 1976년.

김성아, 「한국 전후소설에 나타난 소외 양상 연구」, 중앙대 박사논문, 2006년.

김영기, 「선량한 인간 탐구의 미학」, 『현대한국단편문학』 17, 금성출판사, 1984년.

김택호, 「오래된 권위에 대한 냉소적 시선―추식 소설론」, 《현대소설연구》 25, 한국
　　　현대소설학회, 2005년.

마희정, 「1950년대 '김동리 대 이어령의 문학 논쟁' 고찰」, 《개신어문연구》 15,
　　　1998년.

이어령, 「영원한 모순―김동리 씨에게 묻는다」, 《경향신문》 1959년 2월 9~10일.

―――, 「패자敗者의 곡예」, 『현대한국문학전집』 9, 신구문화사, 1966년.

정창범, 「가시내 선생에 기함」, 『가시내 선생』, 을유문화사, 1962년.

―――, 「인격 상실의 드라마」, 『현대한국문학전집』 9, 신구문화사, 1966년.

정춘수, 「1950년대 소설의 문체적 특징과 화자 양상―손창섭과 추식의 작품을 중심
　　　으로」, 성균관대 석사논문, 1993년.

조미숙, 「1950년대 휴머니즘 문학―추식을 중심으로」, 《겨레어문학》 21, 겨레어문
　　　학회, 1997년.

―――, 『격동의 시대와 문학』, 한국학술정보, 2010년.

천상병, 「욕구 불만의 인텔리―왜가리」, 『한국현대문학전집』 9, 신구문화사, 1966년.

한인만, 「추식 소설의 인물 유형 연구」, 충남대 석사논문, 1994년.

한국문학의재발견-작고문인선집

추식 소설 선집

지은이 ｜ 추식
엮은이 ｜ 김영애
기　획 ｜ 한국문화예술위원회
펴낸이 ｜ 양숙진

초판 1쇄 펴낸 날 ｜ 2013년 2월 22일

펴낸곳 ｜ ㈜현대문학
등록번호 ｜ 제1-452호
주소 ｜ 137-905 서울시 서초구 잠원동 41-10
전화 ｜ 2017-0280
팩스 ｜ 516-5433
홈페이지 www.hdmh.co.kr

ISBN 978-89-7275-639-2 04810
ISBN 978-89-7275-513-5 (세트)